控局 **⑥ 大结局**

上位与蜕变的制胜王道

云宏 | 著

九州出版社
JIUZHOUPRESS

图书在版编目（CIP）数据

控局 . 6 / 云宏著 . -- 北京 ：九州出版社，
2014.12
ISBN 978-7-5108-3417-2

Ⅰ . ①控… Ⅱ . ①云… Ⅲ . ①长篇小说－中国－当代
Ⅳ . ① I247.5

中国版本图书馆 CIP 数据核字 (2014) 第 303759 号

控局 6

作　　者	云宏　著
出版发行	九州出版社
出 版 人	黄宪华
地　　址	北京市西城区阜外大街甲 35 号 (100037)
发行电话	（010）68992190/3/5/6
网　　址	www.jiuzhoupress.com
电子信箱	jiuzhou@jiuzhoupress.com
印　　刷	北京建泰印刷有限公司
开　　本	690 毫米 ×980 毫米　16 开
印　　张	23.5
字　　数	500 千字
版　　次	2015 年 6 月第 1 版
印　　次	2015 年 6 月第 1 次印刷
书　　号	ISBN 978-7-5108-3417-2
定　　价	38.00 元

|目 录|

第一章　尊严

云烨无论如何都没想到，来接"大帝号"的会是张亮。当这家伙满脸红光地站在"公主号"甲板上，拿着望远镜仔细观看行驶中的"大帝号"时，他再也不是那个躲在帐篷里哀嚎告饶的家伙了。云烨再一次认识到老程和许敬宗预言的准确性。

本以为他剩下的日子不是在牢里等死，就是在自家宅院终老，结果才一年多没见，这家伙就变成了辽东水师的大统领。李二这是要把水军牢牢地掌握在手中，没打算给兵部。

张亮的笑声不绝于耳，他拍着云烨的肩膀："老弟啊，以后老哥哥就和你一个锅里搅马勺了。你也知道，辽东是一个鸟不拉屎的苦地方，不如咱们和陛下说说，你去辽东苦熬，换老哥哥来岭南发财？不瞒老弟，哥哥我装财宝的箱子都准备好了。"

张亮的语气非常诚挚，云烨知道他说的是大实话。高句丽之战马上就到了收官阶段，灭国之功谁都想要。张亮自觉欠了云家的大人情，就想用这项功劳来补偿云家，他说发财之类的，不过就是一个说辞（唐人称"高句丽"为"高丽"，本书统一为"高句丽"）。

"张公，你与高句丽有深仇大恨，我岂能和你抢功？至于发财的事，交予小弟就好，都是水师袍泽，岂有我发财你喝汤的道理？"

张亮的眼睛瞬间变得血红，这个转变云烨都预料不到，看来灭家之恨从来都是张亮的软肋，轻易触动不得。

眼看书房只有云烨，张亮忽然跪下来，在自己脸上狠狠抽了一记，拦住要扶自己起来的云烨说："张家当年做了对不起云家的事，如今又靠云侯得以起死回生，云家的恩情张亮记下了，日后定有厚报！"

他说完就站了起来，眼睛虽然还是红的，牵着云烨的手说："辽东之时，老夫号寒于破帐，啼饥于雪地，士卒视我如猪狗，动辄喝骂，棒疮未愈就徒步千里，负柴薪填沼泽，牵绊绳于牛马之间。精疲力竭之余，犹在怀念你那一盆带着油花的热面条，如果不是饥饿时总能在你那里找到一盆面条，老夫的尸骨早就寒了。自今日起，张亮唯云侯马首是瞻，若有半句虚言，叫我张亮万箭穿身而死！"

云烨把张亮按在椅子上说："利益自然如此，但是忠心必须给陛下，你我皆然。进了水军，我们和陛下的利益就结在一起，兵部的事情与我们无关，你屯守东海，我控制南海，给皇家效力之余，蒙头把自家弄富足了再说其他。"

张亮笑得眼泪都出来了，拍着桌子说："这是正理，如此简单的道理老夫以前怎么就没有悟到。你我现在的职位不高不低，不显山不露水，正是一个脱出朝野视线的好职位，只要把高句丽灭掉，老夫一定把头缩起来当乌龟，万事不理！"

刘进宝和张亮的儿子张举仁站在外面，听到两人不时有笑声传出来，知道一定是好事情。

"刘兄，您知道为何'大帝号'上只许那些宦官上去？这座巨舟乃是辽东水师的旗舰，我父帅为何不登舟？小弟早就想去舰上观赏一下。"

"不成，我家侯爷说，这艘船在陛下没有上去之前，工匠能上，将士能上，水手能上，就是勋贵不能上。只有等陛下在云梦泽检阅完毕后，才能交给辽东水师，到那时候，你想怎么看都没问题。"

张举仁还要问，就见张亮大笑着和云烨道别，云家的家眷都在"公主号"上，他们不方便在船上长留。不愧是常年吃水上饭的，两船之间抛过来一根溜索，父子二人就顺着绳子滑了过去。

此时，李泰觉得自己快死了，在大床上不断地翻滚，在岭南收的那些姬妾围在床边不断地轻声呼唤，生怕王爷有个好歹。

"殿下，您的脉象四平八稳，不像是患病啊，虽说脉搏跳得急促了一些，那也是你自己刚才折腾的，还是静下心来，安抚好自己才成。"

"你这老道说话忒无理，王爷的头都疼成了这样，你还说风凉话？来人，拖出去重责二十大板！"说话的是如玉，就是那个采珠女如花的妹子，她仗着得宠，就想替魏王处置这个邋里邋遢的老道士。

李泰慌忙爬起来，一耳光抽她脸上，咬着牙对孙思邈说："您不要跟这个蠢妇一般见识，我也知道自己身体没病，为何我就如此难受啊？"

孙思邈笑着对李泰说："这是心病，老道士以前做过一个实验，把一个人的双眼蒙上，告诉他有火苗烧他的手指，其实不过是拿一块烧红的炭熏他的手指而已，只烘烤了一会就拿开了，却告诉他火焰是在如何灼烧他的手指。结果，他好端端的手指就真的出现了烫伤的症状，老道百思不得其解。唉，心思上的病症千头万绪，难以揣测，老道的修行不够，解不开，只有靠你自己来控制了。"

"不行，我受不了了，船进了长江，我一定下船，骑马去岳州，也不愿意遭这个罪了。"等孙思邈离去后，李泰让如玉给自己找了根带子，狠狠地勒在自己的脑门上，总算能舒服一些。

母亲挨了打，一岁多的儿子李欣不知怎么的，就爬到李泰身边，拿胖胖的小手去摸父亲的脸，李泰张嘴咬住儿子的手，父子俩玩得不亦乐乎。

等到孩子睡着了，李泰瞪着如玉，强忍着不适说："即使是我父皇见到孙先生也是礼遇有加，你今日的过错，看在欣儿的份上我就不处罚你了，以后千万不要再出现这样的事了，就算我的部属，你也不可以随意处罚，下去吧！我不适的时候，不要把孩子抱过来。"

如玉连忙跪地施礼，匆匆回后面去了。

头痛越发猛烈了，李泰只想把舱房里所有东西砸个稀巴烂，才找了个顺手的，就听见隔壁舱房传来一阵孩子的哭声，一个高亢，一个像猫叫，这如何了得。

他跌跌撞撞地冲进隔壁舱房，压低了声音问希帕蒂亚："怎么徽儿和小雀儿一起在哭？可是哪里不适？我去请孙先生。"

希帕蒂亚拦住了李泰，把他扶到床榻上，在他的颈项上垫了一块檀香木，让他的头悬空，揉着他的太阳穴问："这样可舒适些？"

"我这是心病，治不好的，大不了不上船就是了，我问你徽儿和小雀儿怎么了？徽儿身子健壮，小雀儿一生下来就瘦瘦小小的，马虎不得。你看看，徽儿越长越健壮，小雀儿却变得越来越小，愁死我了。"

希帕蒂亚掩着嘴笑了一下说："那是徽儿长得太快，小雀儿也在长，只不过没有哥哥长得快而已。孙先生看过了，说小雀儿只是先天不足，但也会平安长大的。"

"可他们在哭！"

"那是小雀儿尿了，哭了一声把哥哥也吵醒了。"希帕蒂亚说着，就抱起小雀儿喂奶。

李泰握起拳头为闺女打气："多吃些，再多吃些，你母亲乳房够大，里面的奶水足够你们兄妹吃的。"说着说着，他咽了一口口水。

"你是不是也想吃？"希帕蒂亚把小雀儿放在摇篮里，回头瞅着李泰。

"不想！"李泰的回答很干脆，而且有些羞恼。

希帕蒂亚"哦"了一声就进了里间，抱起李徽继续喂养。李泰趴在摇篮边上，轻轻地推动摇篮，这个时候头已经不太疼了。

良久，希帕蒂亚才从里间出来，把一个小碗放在床头，就抱着小雀儿去外面晒太阳。

李泰到里间看到胖胖的李徽睡得正香，乳娘坐在凳子上守护着孩子，他蹑手蹑脚地出来，伸长了脖子往外看看，竖起耳朵听听四周没有动静，就拿手指蘸蘸那碗液体，放进嘴里尝试一下，有点甜，味道很熟悉，好像在哪喝过。

这个疑问刚起，他就笑了起来，这个味道应该是深入骨髓的，岂能忘记？飞快地端起小碗，一饮而尽，擦擦嘴角，就从船舱里匆匆出来。迎面就撞见云烨。

云烨是特意从"公主号"上过来探望李泰的。

"你的头不疼了？"

"不疼了，现在一点也不疼了，心病还需心药医啊。"李泰浑身轻松，那股味道还嘴里缭绕，真是的提神醒脑的东西，头疼的感觉居然不药而愈。

"椰子奶的效果这么好？我再去给你弄一碗。"希帕蒂亚非常惊喜，把小雀儿放在李泰怀里就要走。

"你刚才给我喝的是椰子奶？"李泰的声音都有点走调了。

"那你以为是什么？"希帕蒂亚忽然脸红了，从李泰的怀里抢过孩子就进了船舱。

恼羞欲狂的李泰回头就打算灭口，却发现云烨已经挂在溜索上往"公主号"溜了，只留下一阵压抑不住的大笑。

舰队进了长江口，那座岛的面积已经有四五十亩的样子了，云烨觉得应该记录一下这座岛的成长。能见证地理的变迁，是一件多么难得的机会，海岛短时间内从一亩地变成两亩再到十亩，会让人无比的吃惊，但是从十万亩变成十万零一亩，人们几乎就不会感受到它有多大变化了。

八月的长江波涛汹涌，但是从海洋上吹来的风还是把舰队缓缓地送往上游。没有时间在扬州停留，两千里的逆水行舟并不轻松，而且云烨已经接到消息，皇帝陛下已然上了金牛古道，到达汉中后，就会坐船自汉水顺流到岳州。李二给云烨的旨意是他不喜欢等人，他到岳州的时候，云烨就该带着"大帝号"等在云梦泽上。

皇帝出行，繁文缛节极盛，但这一回，他彻底抛弃了那些小节，留下太子监国，带着皇后和数不清的嫔妃一起出行。随同皇帝一起出动的还有十六卫中的六卫，这其实算是李二第一次巡幸两湖。

检校"大帝号"只不过是一个借口，满朝文武被带来了一大半，可见皇帝已经开始把目光投向南方了。如今北方大定，最近的蛮族都在黑水以北，残存的突厥人如今已经在打算走匈奴人的老路了，向西寻求新的安身之所。

如今西突厥的使臣就在长安，希望获取大唐的资助，能让他们有力量进行一场旷日持久的西征。他们已经承诺，北海之地再也不会见到一个突厥人。

这次远征的不光是西突厥，还有已经极度衰弱的薛延陀，苟延残喘的吐谷浑与回纥人……他们预备组成最强大的一支军队去西方碰碰运气。

中原王朝每次完成更替的时候，都是最强大的时候，无数事实证明，一向战无不胜的草原民族，在这个时候是没有任何办法与之抗衡，有一个恶邻居，还是早日搬家比较符合自己族人的利益。

听说遥远的西罗马帝国已经衰落，诸侯正在内战，这时候该是去远方为自己的族人寻求一席之地的时候了。他们坚信会从大唐这里得到他们需要的一切帮助，吐谷浑大长老作为最熟悉大唐国情的人，坚定地留在长安，等待和大唐皇帝会晤。

吐蕃的大相禄东赞又来到了大唐，他带着大批礼物，怀着一颗诚挚的心，唯一的要求就是能够为赞普松赞干布求娶一位公主。

辽东三国和倭国的使节也在长安，鸿胪寺给他们安排了食宿之后就不闻不问。

不甘默默无闻的荣华女，每日都会去拜会大唐的勋贵官僚。由于过于穷困，她唯一拿得出手的礼物就是自己的刺绣。荣华女竭尽全力地向他们诉说高句丽的苦难，说到悲苦之处，满座高冠，无不潸然泪下。她还去国子监倾诉，去弘文馆倾诉，但玉山书院毫不留情地拒绝了她。她就在玉山书的外面，向她遇见的每一个学生和先生倾诉战争带给高句丽的灾难。

每个人都同情荣华女，一些贵妇人甚至召开了一次义卖，所得的钱财都送给了荣华女，希望她能用这些钱给可怜的高句丽饥民买一些粮食。

荣华女还去修路的工地看望了那些战俘，告诉他们高句丽没有忘记他们，只要战争正式结束，她一定会要求大唐遣返这些苦难的人。

长安成了那些使节们展露手段的场所，在这样的环境下，李二开始了自己的第一次南巡，将这些聒噪的使节抛在长安。

舰队依然在江面上航行，没有风的时候，只有依靠巨桨和两岸牲畜拖着巨舰前行，险要的地方，唯有那些赤身裸体的纤夫拉着纤绳将船拖过激流。

云烨看着"公主号"如同老牛一样在水里航行，心中充满了怨念，书院什么能把茶壶变成蒸汽机？一大群人已经研究三年了，到现在还只能让一个茶壶带着一条蚱蜢舟在水里慢慢跑两下，根本就没有实际应用的可能。

"大帝号"应该是那种喷吐着浓烟，如同魔神降世般的存在，而不是像现在这样，没有风就像一个痴呆老人一般步履蹒跚。

"云侯要求过高，溯流而上这样的速度还不满意么？没有风，谁都没法子啊，现在已经过了鄂州，即将到达江夏，在汉水口等待陛下的到来就是。"张亮很喜欢吃香蕉，片刻工夫一大把子香蕉就被他一人吃的干干净净。

见云烨看那一堆香蕉皮，张亮哈哈一笑说："老夫世居北方，对于南方的佳果实在是欢喜得紧，我船上的已经被我和儿郎们吃光了，老夫只是奇怪，你如何能把香蕉这东西储存三个月不坏？老夫用冰镇了一下，结果全部变黑坏掉了。"

云烨笑而不语，带张亮来到后舱。看到满屋子的果树，张亮都要疯了，看着一颗果实累累的荔枝树被装在巨大的木桶里，他除了拱手表示佩服之外，什么话都说不出来。

"张公，这可是我下了大工夫的，只要不伤根，连土载到盆子里就好，能维持半年。'橘生淮南则为橘，生于淮北则为枳'是个错误的说法，只要满足植物的各种生长条件，北方也能种出香蕉来，只不过代价太大，不值得如此做而已。"

"老弟如此奢华，就不怕那些随同陛下一同前来的酸丁嚼舌头？"张亮还是觉得这样做非常过分，他认为自己以前被人家说奢华无度实在太冤枉，和云烨在一起的这些日子里，除了没有美女，剩下的享受几乎是人世间最顶级的。吃个香蕉而已，没必要把香蕉树也搬到船上来吧？

"张公，这些东西可都是我自己花了钱的。至于我的钱，那都是正大光明赚来的，所以也不亏欠国家。既然我谁都没有亏欠，而且还有无数的人因此而受利，你说我为什么要担心那些人的攻讦呢？换句话说，我花我自己的钱关他们屁事。"

"不妥，不妥，这样不妥，节俭才是上策，就算是你花的是你的钱财，那些人也会找到攻讦你的借口，老夫当年德行不修的评价就是这么来的，不可不防。"

云烨笑而不答，继续带着张亮往后走，"公主号"上不但有果树，还有岭南的各种特产，巨大的螃蟹在水槽里吐着泡泡，张牙舞爪的龙虾纠缠不休。

云烨从一箱子土里刨出来一个黑蛋蛋对张亮说："这是一种蘑菇，名曰猪拱菌，炭火烘焙之后最是美味，可惜还有一种叫做瘦骨龙的鱼，吃过之后唇齿留香三日不绝，就是抓起来非常艰难，如果不是担心陛下吃上瘾，造成岭南百姓的伤亡，我连它都不会放过。"

"这条鲨鱼有何用处？"张亮猛地一抬头就看见一条巨大的鲨鱼窝在一条水槽里，眼睛瞪得溜圆的，吓了一跳。

"这个是送给魏征的，老家伙害得我流窜岭南三年，此仇焉能不报？为了陛下脸面好看些，只好用鲨鱼来当礼物了。"

"哈哈哈，别人的礼物一定都是善物，唯有他获赠一条鲨鱼，真是有趣。"

"张公误会了，我只是告诉魏征，他面对的是一个怎样的存在。"

"你把自己比作了鲨鱼？"

"嘿嘿，张公，你我二人就是这大海里最凶猛的巨鲨！"

因为汉水的汇入，长江在江夏拐了一个弯。舰队终于迎来了好时候，有了可以借用的风，整支舰队立刻就从死鱼状态恢复了彪悍的本色，"大帝号"稳稳地泊在江边，平原上吹过来的大风让桅杆顶上的五爪金龙旗哗哗作响。

水手全部立于甲板上，恭候皇帝的船队从汉水出来，最前面的报讯船只不断传来消息，皇帝已在十里之外。

最先到来的是李孝恭，老家伙是来给皇帝打前站的，顺便临时控制一下舰队。因为主帅是云烨，所以皇帝到了十里之外才有随驾大将前来，换一个人，三百里开外，就会有人来控制军队。

因为要见皇帝，李泰、云烨、张亮都必须顶盔掼甲、坐着小船去汉水上迎接皇帝。领军大将最远的接驾距离是三里，礼节必不可少。

李孝恭面无表情，仿佛不认识他们三个一般，展示了一下令牌就挥挥手，他带来的船只就迅速靠近舰队，无数穿着龙骧卫衣甲的武士攀上舰船，快速将舰队控制起来。这个时候李孝恭才是这里的最高统帅，直到皇帝下令重新将军权给云烨。

四十名水手摇着桨把李泰、云烨和张亮送到汉水，这是一条比长江小了很多的江河，但汉中充沛的雨量让这条河水不比长江逊色多少。怪不得皇帝要挑选这个时候，也唯有这个时候，汉水才能承载大船。

艨艟迅速地在江面上划过，大批的骑兵络绎不绝地出现在江边，不断有号角声响起，一声连着一声，向汉水上游传去。

穿过无数的艨艟和楼船，一艘船头画着怪兽的五牙大舰出现在眼前，这艘船似乎比"大帝号"还要高些，两边伸出五只巨大的拍杆，这就是这艘大船的主战武器，好在船上还有很多弩炮，让它看起来不那么原始。

云烨遗憾地摇摇头，平底船上还建高楼，两三层也就是了，盖四层纯粹是找死。当年孙权让吕蒙把楼船开到三江口，结果遇上大风，还没打仗，一支楼船舰队顷刻间就沉到长江里去了。比起海上的飓风，长江上的风能有多？

张亮捋着胡须对李泰说："殿下切莫看不起这些五牙大舰，当年杨素就是依仗它将陈国灭亡，纵横大江未逢敌手。陛下当年之所以能兵不血刃地拿下蜀中，靠的就是这些五牙大舰的威势，当然，老臣现在也不觉得这些船好在哪里。"

艨艟才到楼船跟前，从楼船上就跳下来七八个穿着宦官衣衫的人，要依惯例搜三人的身。李泰一脚一个给踢开了，明明都是武艺高强之辈，但李泰、云烨的大脚踹过来却只能忍着。只有张亮站得直挺挺的，让人家摸了个遍，他很清楚，自己要是敢踢人，立刻会被剁成肉酱。

全身甲胄的李二，站在楼船顶上看见李泰和云烨，大声喝问："朕的'大帝号'何在？"

"大帝号"已经拨给了辽东水师，所以张亮单膝跪在甲板上，大声回答："回禀陛下，'大帝号'如今就停在长江上，恭候陛下的驾临。"

李二满意地点点头，三人沿着绳梯攀上五牙大舰，李泰悲呼一声"父皇"，就膝行到李二面前，抱着腿恸哭不已。

李二摸着李泰的脑袋笑着说："痴儿，痴儿，父皇也牵挂你，莫效儿女之态，惹人笑！"

"孩儿三载未见父皇，已是不孝，如今江上相见喜不自胜，哪管他人耻笑。"

李二眼圈也红了，扶起李泰，在他肩膀上拍拍，又在他的胸口捶了一下，欢喜地对旁边的房玄龄说："玄龄，你看看，这孩子如今已是四个孩子的父亲了，还是如此痴缠，倒是身子骨越发的结实了。"

房玄龄拱手回答道："陛下父慈，魏王子孝，本是人间佳话，哪个敢耻笑。老臣听闻，风浪最是能强壮体魄，殿下远征万里，自然会被风浪锻打出一个好身板。"

李二深以为然，猛地想起李泰似乎得了心病不敢坐船，如今见他在摇晃不定的船上站得稳稳的，就问："听云烨说你得了心疾，不能再乘舟，如今以然痊愈了？如何治好的，孙先生也在岭南，莫非是他出了手？"

李泰面红耳赤，云烨实在忍不住，笑了出来。李泰揪着云烨的甲叶羞恼地说："你若敢胡说，我们就割袍断袖！"

李二大笑："好，好看样子抓到了痛脚，父皇不问就是，只要你身子康泰比什么都好。"

李泰这才松开手，跟李二知会一声，就匆匆进了船舱去见长孙。

"云烨、张亮，你们看看朕的五牙大舰如何？能否比得上你建造的'大帝号'？"李二似乎对这艘五牙大舰非常满意。

云烨和张亮对视一眼，不知道该怎么说。云烨为难地看看李二，半天才说："微臣认为没有可比性，两艘船根本就不是一个类型的，'大帝号'是用来征战的，五牙大舰是陛下在曲江池子里与群臣饮宴时用的。"

一句话就把一旁的阎立德气得嘴歪眼斜，他指着云烨，手抖了半天才说出两个字："胡说！"他今年不幸中风，才矫正过来，但是说话依然不利索。

云烨不明白阎立德为何会如此激动，程咬金把嘴凑在他耳边轻声说："老阎在奉节督造的八艘五牙大舰，如今全在这，为了这些大舰，人都中风了，你少说些，免得气死了赖你头上。"

"陛下，老臣恳请派一艘五牙大舰和大帝号演练，若有损失，老臣一力担之。"褚遂良站出来帮阎立德说话了。

李二皱着眉头见嘴眼歪斜的阎立德拜伏在甲板上不断叩头，又看看无所谓的云烨，问张亮："张卿以为如何？"

张亮毫不犹豫地说："'大帝'号乃是海上蛟龙，五牙大舰不过是浅水里的鱼鳖，老臣以为，实力过于悬殊，这样的比试是对'大帝号'

的羞辱。"

阎立德的眼睛都要冒出火来，把头在甲板上磕得梆梆作响，只求李二容他放手一战。

不算内部的装饰，"大帝号"的造价足足二十万枚银币，如果能被不超过五千枚银币的五牙大舰形成威胁，云烨和岭南水师的将士早就该羞愧的自杀了。

云烨把阎立德扶起来，认真地说："大匠，云烨没有胡说，我虽然年轻，却也在海上奔波了数年，张公更是水上作战的名家，我们做出的评判是公正的，五牙大舰以前是水上的霸主不假，但现在它已经落伍，甚至不堪一击。"

"时代总是在进步，就像我大唐，十年前还在为吃饱肚子努力，如今我们已经粮食满仓了。水师也一样，'公主号''承乾号''青雀号'三艘巨舰就能横扫南海。您的五牙大舰在内河或许还能有用，在大海上只会成为靶子，五牙大舰在'大帝号'面前连出手的机会都不会有。"

阎立德心神激荡，云烨的战绩他是知道的，南海之战离奇的战报他也看过。大唐至今还没有哪个将领敢如此造假，程咬金算是最会作假的，无非就是把杀敌的数目往大了说一点。

"陛下，相信云烨的话吧，如果再犹豫，他又故伎重施，和诸位打赌，云家已经有很多钱了，没必要再给他家送钱。"

长孙拖着云寿从舱室里出来，和群臣见过礼后，就建议皇帝不要上当。

云寿见到爹爹，就挣脱皇后的手，扑到云烨怀里大哭。云烨抱着儿子，向皇帝、皇后及众大臣告一声罪，就去了甲板僻静处。

"儿子，想死爹爹了，让爹爹先亲一下。不哭，乖儿子，爹爹把祖母、母亲、妹妹、姑姑都带回来了，我们忙完了这里就回家，今晚跟爹爹还有娘亲睡……"

"荔枝，香蕉，巨大的螃蟹，你答应我的……"

"当然有，爹爹给你挖了一棵荔枝树，还有香蕉树，抱着吃都没关系，至于螃蟹，那就不算是什么事，龙虾爹爹都给你带了……"

云烨好不容易把儿子哄好了，这才拖着他来到前面，却看见一艘五牙大舰顺流而下，气势汹汹地向长江杀了过去。

云烨不明就里，问张亮："张公，那艘船要干吗？"

张亮笑着说："总有不信邪的，撺掇着陛下派一艘船去试试'大帝号'。"

"啊？"云烨叫起来，"张公，大帝号专有的那条禁令您还记得吗？"

张亮的话脸色一下子变得惨白，转身就跑到皇帝面前大声说："陛下，陛下，快阻止五牙大舰，快阻止五牙大舰！任何带着敌意的船只靠近'大帝号'五百步，'大帝号'就会立刻攻击，这是'大帝号'的禁令。"

李二奇怪地看着云烨："为何会有这条禁令？"

"陛下，'大帝号'就是您的座驾，与辇驾相同，所以五蠡司马就按照典制制定了这条禁令。'大帝号'在水上就是您的行宫，心怀不轨者会被立刻击毁。河间王都不能阻止大帝号船长执行这条禁令，船上的督令官是中官，他们只认陛下。"

李二点点头对云烨说："确实如此，不过现在晚了，传令开船！我们去前面看看。"

五牙大舰开始顺流而下，十里水路瞬息既至。岸边的骑兵都驻马长江岸边，鸦雀无声，江上只有无数的小船在救人，五牙大舰已经不见了踪影。在阳光下泛着黑色光泽的大帝号张着半帆，正在江心游弋。

李孝恭站在"公主号"上，指着"大帝号"破口大骂，但是只敢离得远远的。刚才的一幕几乎让他肝胆俱裂，五牙大舰顺流而下，李孝恭也把测试的命令用旗号传给"大帝号"，可是大帝号说"前令未销，后令不尊"，还命令五牙大舰不得进入五百步范围，否则立刻击毁。

口气之嚣张令人生厌，都是悍将，谁受得了这个，于是五牙大舰上的校尉命令继续靠近，打过再说。

"大帝号"上不断地传来禁止前进的旗号，五牙大舰一概不理，当距离"大帝号"八百步的时候，"大帝号"起锚了，帆已经张起，舰上的弩箭木屋也跟着升起，并且射出三支响箭，恫吓五牙大舰止步。

刚刚靠近"大帝号"五百步，四支粗大的弩箭就钉上五牙大舰，一连串巨响后，五牙大舰的上面的阁楼崩塌了，船上的桅杆也断裂了，拍在水面上溅起大片的水花。

在李孝恭的咆哮声里，"大帝号"疾驰过来，暗红色的撞角狠狠地插进五牙大舰的侧面，无情地将它压进了长江。

"大帝号"上没有欢呼，没有惊叫，甚至一点情绪波动都没有，只是张着半帆在江面游弋……

第二章　不作死就不会死

李二是一个事事讲究规矩的人，他认为皇帝就该号令天下，群臣就该四海牧民，农人种地，商人经商，工匠做工，只要都守好本分，那就四海皆安了。

既然《典诰》上说皇帝的座舟不容挑衅，那么大家都遵守这条禁令好了，哪怕是自己的命令下错了造成了伤亡，那就该有人承担这个错误。好在李二从来没有推卸责任的毛病，一句"其错在朕"就包揽了所有错误，只是，罚自己在静室闭关，三天吃素是个什么惩罚？

甲板上摆了上百具尸体，魏征的脸色很差，他的眼睛很不舒服，看东西模模糊糊的，几次想要说话，都被褚遂良所阻。阎立德早已昏厥过去了，房玄龄也是一脸惨然，倒是长孙无忌背着手，严肃地看着对面依然在游弋的"大帝号"，一语不发。

五牙大舰上的五百三十三人，被救上来的只有三百零九人，还有一百余人从此失踪，陪戎校尉也在其中，长江的下游少不得会有浮尸。

"陛下，'大帝号'乃是无双利器，不宜假手他人，请陛下在宗室中挑选能者充任船长，辅以中官，作为陛下水上行宫，辽东水师的舰船从各个水师调集就是。"

长孙无忌一出口就让张亮的心凉了半截，他万万想不到这艘巨舰居然只能成为摆设，和云烨送给皇后的奢华游船一样，只能白白的躺在浅水里，随着时间的流逝慢慢烂掉。

"陛下，老臣附议！岭南水师足矣平定一切水上势力，高句丽人已寸板不得出海，我们的海上力量足够了。'大帝号'昭显国威即可，大可不必将之遣于海上。其造价超过二十万银币，如果倾覆，会影响大唐气运，不可不慎！"房玄龄语音铿锵，似乎已经看到了"大帝号"的命运。

"蛟龙不行于大海，困于池塘，还能被称之为蛟龙？"杜如晦是兵部尚书，自然要为军方张目，军队的实力雄厚，他手里也就多了几张好牌。

"现在说这些还早，随朕上船去看看。断鸿，执我令牌，命'大帝号'落帆抛锚，解除武装。"断鸿小心接过李二递给的金牌，乘着小船向'大帝号'驶去。

断鸿上了"大帝号"不久，"大帝号"的巨帆迅速落下，八牛弩全部归仓，船舷上的小窗也全部关了起来，五爪金龙战旗降下，象征皇帝休憩的团龙旗缓缓升起，一队队甲士来到甲板，褪下身上的衣甲，换上黑衣，盔甲和刀枪一起放在小箱子里，然后由专人推进了船舱。

等到所有人换装完毕，"大帝号"上响起了五凤朝阳曲，这是专门迎接皇帝驾临的曲子。等了良久的李二没有丝毫的不耐烦，反而看得津津有味。

云烨不打算陪着皇帝上船，那里是狄仁杰的地盘，这个年轻人需要一个起点很高的平台，用整个"大帝号"做他的出世平台，怎么算都值了。

"大帝号"只要能把狄仁杰送出去，让世人皆知，二十万银币就花得非常值，更何况花的还是国库的钱，至于李二是要把"大帝号"抬上岸，还是把它当柴烧，和云烨一点关系都没有。房玄龄说的没错，大帝号确实过于强大，交给谁皇帝都不会放心，没有可以制约的力量就不算是自己的力量。云烨建造"大帝号"并且大方的不控制在手里原因就在于，他很清楚地知道这件武器谁都拿不走，如果李二自己不能控制，毁掉当柴烧是它唯一的使命。

"大帝号"更多的只是一种宣传手段，告诉世人，武器原来可以强大到如此地步。张亮梦想驾驭"大帝号"驰骋四海的梦想注定要落空。

这是一件昂贵的玩具，昂贵到谁都无法忽视的地步，它的出现能让玉山书院的名声更加响亮，以后再出现什么稀奇古怪的东西，世人就会想起"大帝号"，那样恐怖的利器都能出现，出现点别的也不会惊讶。等到蒸汽机出现的时候，人们就会惊奇地发现，在铁甲舰面前，"大帝号"不过是另外一堆烂木头而已，不值得稀罕。

云烨以对"大帝号"不熟悉为由，强力推荐了狄仁杰，说他才是这艘战舰的督造官。

长孙也不去，说这是陛下首次登上"大帝号"，属于大典，女人不利于舟船，就不上去了，等到陛下熟悉了这艘战舰，再上去不迟。

老程、老牛、秦琼也不上去，自认为是陆上悍将，上船头晕，还是不上为妙。李泰跑不掉，必须陪着父亲，还要给他讲解南洋的趣事，脱不开身。

五牙大舰慢慢靠近了"大帝号"，御林军上了船，断鸿扶着李二过了跳板，狄仁杰紧随其后，开始从船舷开始给皇帝讲解"大帝号"的详细数据。

"走吧，去'公主号'，本宫还要好好问问你，到底打的什么盘算。"长孙瞅了云烨一眼，就拖着云寿走到艨艟上，让水手开船。

程咬金推了云烨一把："走吧，臭小子。陛下这时候有苦难言，他让你造一艘前所未有的船出来，你就造了这么一艘怪物出来？你让陛下怎么处理？交给谁能放心？有这样一艘船足以在海外开国了，要是掌握这艘船的大将起了异心，谁能收服它？娘娘这是帮陛下问你，老夫几个过来帮你敲边鼓。"

几个人上了"公主号"，云烨全家过来拜见。长孙扶着老奶奶的手说："三年不见，老夫人的身体日渐硬朗，这是好事啊，孙儿争气，重孙儿也是个个聪慧，真是让人羡慕。"

老奶奶连说是托皇家的福气，云家才有今日的鼎盛，自当教育子孙忠心为国，以报皇恩，不敢有丝毫的怠慢之心。

长孙又和辛月说了几句话，见小丫跪在后面，就命她起来，拿手指托着小丫的下巴说："一看就是个伶俐的孩子，佑儿娶你也算是天作之合，嫁过来之后一定要相夫教子，不负陛下所托。富贵一生，还是可以期待的。"

辛月又惊又怕，听到"相夫教子"这四个字就担心小丫发怒，好不容易从小丫嘴里听到"谨遵命，不敢违"时，才算是放下心来。

长孙又挑起小武的下巴，仔细看了后叹气说："你师父总是偏你多以些，这么好的闺女竟然与皇家无缘！不过聪明的女子总是容易吃亏，你师父苦心安排的大场面给了狄仁杰，就想把他推荐给陛下，本宫知道你的才学不下于狄仁杰，甚至有过之，大唐没有女子做官的先例，要做也只能做宫中女官，你可愿意？"

小武自然地把下巴从长孙的手指上挪开，低头说："女子无才才是福分，师父苦心教导武媚多年，就是不愿意武媚进入权力场，如今把武媚许给了狄氏，就是希望武媚一生能过的平安喜乐，能拜在师父门下，才是武媚最大的福气。"

长孙点点头说："也是，宫中女官想来还不被你放在眼里，给本宫说说，你意欲何为，今日本宫就满足你一个条件。"

小武抬起头看着长孙说："家师已经准许武媚出师，自认跟着师父十年未曾虚度，如果武媚能进入玉山书院执教，定然欢喜无限。"

长孙的眼睛眯了起来："女子书院？"

小武坚决地回答道："不，玉山书院，武媚愿意着青衣，执教天下士子。"

"你师出名门，本宫不怀疑你的才学，只是忧虑你的心志，为师者，必然心如皎月，为何你的眉宇间阴云不散，是何道理？"

"小女子是在为眼前的'大帝号'心忧，当初家师命狄仁杰与小女子将书院的利器能装的都装上的时候，小女子就明白'大帝号'的下场一定不会太好。人常说矛盾，矛盾其实就是一攻一守，这两者缺一不可，现在造出世间最犀利的矛，却对盾不闻不问，世上焉能有只攻不守的帝王？"

"蛟龙不能在大海里兴波，也当在江河里翻浪，这人间最恐怖的利器，不能驰骋于名将坐下，只能辱于奴隶人之手。小女子一想到它将在曲江池终老，心中就痛如刀割，他毕竟是玉山书院多年的心血结晶。"

长孙拉着小武的手，低声问道："难道你认为'大帝号'应该在大海上驰骋？"

"断然不可，'大帝号'只能终老于曲江池，如果航道所限，就该立刻拆毁，绝对不能交予他人。陛下此时若是征伐天下的秦王，自然可以驾驭，但是如今歌舞升平，陛下也非征战的统帅，国之重器岂能握在他人手中？"

"小小年纪就知道关心国家大事，也不知道你师父是怎么教出来的。可惜生为女儿身，如果是男子，定是我大唐的一代名臣。"长孙拍拍小武的脸颊，从头上取下一支钗子，插在小武的头上，"既然你意在玉山书院，那么本宫就满足你的意愿。穿青衣，教化天下士子，这样的雄心壮志就是男儿也少见，回京后你的告身就会下来，有希帕蒂亚在先，再有你武媚也不算是稀奇。"

小武拜谢了长孙，随着小丫回了舱房，只有辛月在一旁陪侍长孙，程咬金、牛进达、秦琼三人将云烨围在一起嘀嘀咕咕，不时有笑声传来。

"说什么呢，大点声，我们一起乐呵乐呵。"长孙见四人的表情有趣就问。

"娘娘，云烨说他从南方带了几棵小树，要请我们去看看，老臣正在说几棵破树有什么可看的，倒是老程的檀木棺材需要多注意一下。"

听了老程的话，辛月就悄悄地在长孙的耳边说了一些话，长孙惊讶地问辛月："果真如此？"

"自然是这样的，要不然，寿儿那个皮孩子连三年不见的多娘都不顾地去了？"辛月掩着嘴轻笑，说到云寿眼睛都要笑得眯住了。

长孙来到后舱被眼前的一幕惊得差点站不稳，到处都是挂着香蕉的香蕉树，巨大的叶子把后舱遮得严严实实，靠近船舱的里面有一个一丈方圆的木桶，木桶足足有五尺高，上面有一株结满了荔枝的果树。一个胖娃娃爬在树上，坐在树杈间剥荔枝，一个粉嘟嘟的小姑娘仰着头，不断地哀求哥哥给她再扔下来一些。

耳听得那些女侍卫叽叽喳喳的欢笑，长孙自己也来了兴致，剥好一个香蕉，咬了一口，笑着对辛月说："原来富贵人家是这样过日的，本宫这些年的皇后当得可真冤啊，白白的顶着一个天下第一家的名头，衣不敢穿，精美的食物不敢进，你夫君做一顿饭，本宫能吃半年，真是丢人。"

吃饱了，她就拿手帕擦擦嘴，恨恨地把云寿从木桶上拽下来，在他的屁股上抽两巴掌算是父债子偿了，带着一篮子荔枝和一大筐香蕉就走了。

云烨目送长孙离开"公主号"，不由得感慨："您看看，皇家就是这么难伺候，陛下在东海可是说得明明白白，他的'大帝号'第一必须够大，第二必须够强悍，第三必须够奢华，如今，大帝号完美诠释了陛下的要求，却成了小侄的罪过。"

"行了，这里没外人，说说你怎么打算的，'大帝号'已经变成陛下的笑话了，老夫不信你在造舰的时候没想到这一点。"程咬金没吃过香蕉，从香蕉树上扭下来一个青的，打量了一下，好歹知道剥皮，咬了一口，涩得口齿发麻，恼怒地看着云烨。

云烨叹口气，摘下几个成熟的，分给三位老家伙："威慑，一个国家必须有威慑力量，而这股威慑力量必须是看得见、摸得着的。巨舰是一个国家技术和财力的象征，'大帝号'只要存在一天，海上的邻国就不敢造次，哪怕摆在曲江池子里当画舫，也是实实在在的力量。您几位也是大唐的威慑力量，就算是不领军，但声名早就远播域外，多活一年，大唐就多一份威慑力——所以啊，一定要注意身体。"

老秦一纵身就跳上了木桶，伸手摘下几个荔枝："这几年吃的药比吃的饭还多，没想到身子居然慢慢养过来了，秦家和你们家不一样，子孙不争气，做爹娘的没法子，只好亲自干，就指望能给他们把家底打厚些，能多吃几年。怀玉这孩子天性懦弱，一点都不像是将门子弟，没办法，老夫还不敢死。"

"说这些晦气话做什么，都是打断骨头连着筋的兄弟，有他们一口吃的，秦家的碗就不会空。"每回老秦说这些话的时候，程咬金都很不满，老兄弟在一起就过了这么几年舒心日子，老念叨着死算怎么回事。

牛进达在鲨鱼槽边被吓了一大跳，指着那个巨大的环形槽子问云烨："怎么把这个杀才弄回来了，还这么大一条？"

"牛伯伯不知，鲨鱼只要停下来就会没命，所以我才专门弄了一个环形水槽，让它不断地游，这才能活到现在。"

"小烨，你废了这么大的劲弄这条鱼回来作甚？"老程、老秦也围过来看鲨鱼。

云烨笑着说："鱼翅自然是孝敬三位伯伯的好东西，至于鱼肝是要送给魏征魏老头的，鱼翅做汤鲜美无比，鲨鱼的肝却是剧毒之物，吃一二两就差不多会没命。"

秦琼大惊，连声说："不妥，不妥！魏征虽然与你政见不同，但是从无私怨，他在朝堂上对你多方攻击，私下里却赞不绝口，从未想过要置你于死地，他只想逼得你老老实实在玉山教书，他绝非大恶之人。"

老程、老牛也连声说不可，不管有什么理由，毒杀大臣都是真正的灭门大罪，朝堂上也不会有一个人站出来替你说话，因为这已经超过了所有勋贵能承受的底线。

云烨看着槽子里绕着圈游水的鲨鱼说："鱼肝确实是剧毒之物，但炮制妥当后，却是去翳明目的良药，魏征如今距眼盲之日已经不远了，这鲨鱼的肝脏就和砒霜一样，既是剧毒，也是良药，魏征想要双目反清复明，鲨鱼肝脏少不了。"

"小侄就是再没出息也不会用下九流的方式。再说了，魏征的存在对我们好处多多，就是因为有政敌的存在，皇家才会对云家信任有加。如果连政敌都没有，满朝勋贵都说云家的好，云家衰败的日子恐怕就不远了。所以魏征还不能退出朝堂，就算老家伙自己想躲清静，小侄也绝不允许这样的事情发生。眼睛瞎了，咱们给他治好，被阎王勾走了，咱们也要把他从地狱夺回来，没了魏征，云家怎么办？他必须活得好好的，继续当云家的政敌！"

秦琼、程咬金、牛进达的汗水都下来了，魏征这个政敌当得闹心啊。都说朝政如棋局，魏征这颗棋子连滚下棋盘的资格都没有。想想魏征一生在生死间游走，总能全身而退，哪怕给隐太子出主意要把当今皇帝干掉，这样的大罪都没能将他如何，反而在皇帝手下过得如鱼得水，爵封郑国公，官至谏议大夫，左光禄大夫，几乎就要进相了，如今在小辈眼中不过是一面抵灾的盾牌而已。

老程扳住云烨的脑袋，仔仔细细地看了一遍，叹口气对秦琼说："老夫怎么都没想到，处默从荒野里捡回来的小子会变成这样的妖怪，二十七岁的年纪就把老狐狸玩弄于股掌之上。朝堂也就是给他这样的人准备的，咱们还是好好地躲在家里当他说的威慑力量吧。"

"大帝号"又在吹号，四个人走到甲板上，只见"大帝号"正在升帆起锚。云烨拿出望远镜一看，只见李二全身甲胄坐在一把椅子上，狄仁杰站在一边，指着一群正在搬动绞盘起锚的大汉解释着什么，张亮站在船头手里拿着旗子，不断地下达命令。这就要走了？

"不行，老夫得赶到岸上去，左武卫名义上还是老夫的麾下，必须赶过去，大将军没了部下，算什么大将军，老牛，你也有差事，一起走吧！"

程咬金和牛进达离开了，老秦是闲职，背着手站在甲板上吹风，两岸的山光水色尽收眼底，说不出的惬意。

狄仁杰穿着一身书院的青衣，挺胸抬头，意兴飞扬，和寒辙的战斗让他学会了从容，跟随师父学习让他学会了淡泊，十八岁主持的大工程给了他自信，今日就是师父对自己的最终考核。

皇帝对"大帝"号问得很详细，从整条战舰的设计到布局，再到人员的调配，物资的使用，航线的确定，遭遇的困难，都问到了。

不光皇帝在问，房玄龄、杜如晦、魏征、李孝恭都在问二十万银币打造的无敌战舰的核心内容是什么？

"机关！大匠，帝王号的珍贵之处不在于船舷外面披的八万斤铁木，也不在造价昂贵的八牛弩，而在于它的机关上，玉山书院土木分院，八年的心血都在这条巨舰上得到了最充分的体现，您看看。"

狄仁杰在给阎立德解说的时候，非常贴心地站在上风面，替阎立德挡一下江风，这个细微的动作立刻就赢得了一众大佬的好感。和他那个混账师父相比，狄仁杰更加的具有君子之风。

狄仁杰摇动了一个巨大的手柄，只见船舷处的甲板立刻缓缓地向两边分开，一座外面是木板、内衬铁板的木屋就缓缓升起。随着木屋的升起，八牛弩自动上弦的声音就传了出来。等到木屋在卡槽的部位固定好，狄仁杰就把两只粗大的铁棒插进固定孔，然后搀扶着阎立德指着木屋说："大匠，木屋升起的时候，八牛弩已经做好了准备，战争中，只要争取到刹那的先手，说不定就能锁定胜机！"

李二彻底了解"大帝号"之后，又是怜惜又是恼怒，"大帝号"威力无比，可是这样的巨舰能托与何人？脚下的甲板都被擦洗出木纹的原色，黄澄澄的，招人喜爱，再看看身后富丽堂皇的装饰，他气急败坏地质问狄仁杰："狄仁杰，看你师父如此推荐你，他定然对你极为看重，你多少也该有些才学才是，难道你就看不出，这样的重器是没有办法托与他人的么？"

"回禀陛下，'大帝号'是按照陛下要求的更大、更快、更强建造的，如今已经成了现实。纵横大海，穿波斩浪，所向无敌才能彰显陛下的威仪，家师为确定设计方案，曾三日夜不眠不休，可谓鞠躬尽瘁，至于怎么处置这艘战舰，就是陛下和诸位长者的权力了。家师从来都奉行：做好自己的事就好，不该自己操的心就不要管，不该自己管的事就不要管。学生深以为然。"

房玄龄眼看着皇帝的脸要变黑，于是出言道："狄仁杰啊，你是少年英杰，好好地学你师父的学问就好，懒散的性子就不要学了。'大帝号'建得好过了头，征伐不臣之地，那三艘以殿下名讳命名的巨舰足以胜任。'大帝号'如此巨大，费用必然惊人，出动一次得不偿失，战场之上的情形瞬息万变，万一阴沟里翻船，我大唐的颜面何存？"

房玄龄问完，李二和其余重臣也盯着狄仁杰看，船上的空气像是凝固了一般。

狄仁杰到底年轻，额头的汗水顿时就下来了，他斜了一眼，忽然看到远处的"公主号"上，师父正在拿望远镜看自己，旁边穿着鹅黄衣衫的必然是小武，心里立刻就感到了暖和。

"您高看'大帝号'了，目前它是无敌的存在，也只是目前而已，过些年您就会发现它不过是鸡肋。五牙大舰纵横大江五十年，被誉为天下之最，如今在'大帝号'面前犹如童稚，这样的故事绝对不会只发生在五牙大舰的身上。过几年，等到物理学有了寸微进展，五牙大舰的今日，就是'大帝号'的明日。家师曾说，无敌就是用来被打败的。李泰先生已经有了一些想法，等这些想法得到证实，大帝号何足道哉。"

李二看着狄仁杰说："无敌就是用来被打败的。这句话有点意思，青雀，狄仁杰既然把你扯出来了，那就说说你的想法，让父皇听听，'大帝号'怎么就会败在你的想法里。"

李泰从怀里摸出两枚铜币，手一松，那两枚铜币就掉在了甲板上，见大家都一头雾水，也不解释，李泰捡起铜币，把其中的一枚远远地抛了出去，直到铜币掉进水里，这才对李二说："这就是孩儿的发现，妙用无穷，是一门大学问，想要说清楚，非百万言不能说明其中含义，这也是孩儿今后十年里主要的工作内容，一旦被孩儿弄清楚了其中的道理，'大帝号'确实不堪一击。"

他不解释还好，解释后李二和一干大臣更加糊涂。李二看不懂，但是他不问，学问上向来都有忌讳，反正是自己儿子的学问，也就是李家的，回头再让他细细讲解也就是了，至于群臣糊涂那有什么关系，高深的学问都是这样的。

房玄龄惭愧地拱手说："殿下学问日渐精深，刚才的妙喻老夫尽然一无所获，真是惭愧，却不知这门学问能参悟者有几人？"

李泰拱手道："回禀杜相，我不知道。但这门学问参透后，人就可以飞起来了！"

李二猛地从座位上站起来，拉着李泰的手急切地问："青雀，果然如此？"

李泰苦笑着说："父皇，这是云烨的预测，中间还有无数的难题等孩儿一一解决，孩儿说十年之约，不过是最乐观的估计。不过在这中间，一定会有其他的学问问世，只要利用好这些学问，'大帝号'实在是不堪一击。学问从来都不是单独存在的，他们环环相扣，失之东隅收之桑榆更是常事。"

李二缓缓地坐下来，拍着李泰的手说："你专心学问就好，需要什么帮助尽管告诉父皇，父皇来帮你解决。"

这时候再说"大帝号"未免无趣，长孙总是出现的恰到好处，在"大帝号"鼓浪前进的时候带着侍女在甲板上摆上了桌案，各种点心和刚刚从"公主号"上弄来的水果摆了一桌子。

魏征睁着半瞎的眼睛，拿了一只香蕉在眼前仔细观瞧："多谢娘娘盛情，这香蕉老臣只是闻其名而不识其物，荔枝更是只在典籍中见过。大唐地大物博，各地风味不一，这岭南佳果娘娘如何从千万里之外运来的？老夫观这些果品都极为新鲜，不知是如何保存的？"

长孙笑着说："云烨有的是法子，他把果树都装在船上运回来了。这些鲜果是本宫去'公主号'上现摘的，自然新鲜无比。"

魏征剥开香蕉吃了一口，叹口气说："果然是人间难得的佳果，云烨好吃之名传遍天下，香蕉在岭南定然不是稀罕之物，可是借助军舰，一路上耗用无数民力，就是为了满足他个人的口腹之欲的吗？老夫怀中还有一枚银币，就算这只香蕉的资费吧。"说完就在怀里摸索了良久，掏出一枚银币放在案子上。他这么做，谁还吃的下去，都已经是在吃民脂民膏了，谁能安心？

长孙拿了一枚香蕉让侍女捧给魏征说："放心吃吧，云烨说了，他都自已付了钱的。'公主号'现在还没有编入岭南水师，算是他的私船，用自家的船运送什么东西别人管不着。他还说长安的勋贵都傻了，光知道赚钱不知道花钱，一辈子都是穷命。"很明显，皇后不满意云烨拿二十万枚银币给皇帝造了个玩具，这就开始赤裸裸地替云烨拉仇恨了。

皇帝云淡风轻地品尝着荔枝，不为所动。事关奢侈、简朴之分，是皇后应管的本分，他不操心，云烨就算是被勋贵们的口水轰成筛子他都不会管。

但狄仁杰的脸顿时就黑了："回禀娘娘，家师不惜血本从岭南带回这些果木，并非为口腹之欲。在登州时，家师发现了海参、对虾、扇贝、海带，如今这几样美食已然风靡长安，登州的赋税至少有七成依赖这些东西，能把贫贱之物变成绝世佳肴，也就我恩师有这本事。"

"香蕉、荔枝这些果品，在岭南乃是常见之物，香蕉更是在野外长得如同森林一般，家师发现了一座长满香蕉的山谷，初步计算年产上千万斤香蕉，四乡八寨的寮人，每年腐烂落地的更是数不胜数。学生大胆揣测，家师带着这些果品回来，无非是想重演登州旧事。

"荔枝的存放日期不过三日，第一日食之美妙绝伦，第二日食之味减三分，第三日食之，色香味全无。若想让北地人尝到荔枝的美味，除了把树带过来还能有什么办法？"

狄仁杰说完就走到桌子边上，拿起魏征放在桌子上的那枚银币说："这枚银币在岭南可以购买至少上万斤香蕉，魏大夫吃了一只香蕉，情愿付一枚银币，就已经充分地说明了家师的高明之处。只要把香蕉完好的带到北地，它就值这个价钱，至于几棵香蕉树又算得了什么？"

长孙见狄仁杰把那枚银币心安理得地揣进了怀里，心中大骂，果然和他师父是一丘之貉，小心眼不说，还睚眦必报。不过，能把喜欢奢华生活硬生生地和国计民生联系到一起，确实算得上是一种本事。

魏征苦笑一下，云烨做事从来都是在对与不对之间徘徊，有识之士看着都会讨厌，但是翻开大唐律就会发现，从无违反律条。

既然云烨说了大唐勋贵要学会花钱，那么奢侈之风必然会在长安蔓延，却不知这回他会用什么手段撬动勋贵们捂紧的钱袋。

李二很喜欢狄仁杰，这个年轻人的出现让他好像看到了少年时的云烨，自信、恭谨、能干，知识渊博却做事低调，云烨的弟子心胸必然不会太开阔，不过作为臣子足够了。十全十美的人不是圣人就是奸雄，真出现了，自己未必敢用。

第三章　真正的目的

　　"大帝号"沿着长江溯流而上，五面巨帆兜满了江风，船速甚快，"青雀号"紧紧跟在后面，"公主号"却拖在舰队的尾巴上，似乎要拉开距离。

　　云烨带着五个孩子在甲板上玩，最小的云香都已经三岁，如今在船上已经能稳稳地走路了，不知为何，云露胆子最小，走到哪里都需要抓着爹爹的衣角才行。

　　老二注定是要被遗忘的，云欢却不在意，手里的线绳子上拖着一只乌龟，玩得很开心，他虽然最喜欢的是姐姐的大狗，可旺财狗不喜欢他，只要靠近，就会把他撞个屁墩儿，已经很多次了。

　　"爹爹，李象的娘亲和烟容的娘亲都被关了起来，为什么您不把二娘也关起来？她总是掐我的脸，还咬！"

　　那日暮总想要个男孩，可是这些年一无所获，只要逮着云寿就会习惯性地捏捏胖脸，甚至轻轻地咬着云寿的脸蛋，这个女人想要一个儿子想的快疯魔了。

　　云烨其实最上心的就是那日暮，一起经历过生死劫的感情自然不同，只要他看到那日暮的背影，就会想起草原茫茫大雪里传来的那段歌声。

　　"儿子，你二娘不是在咬你，是喜欢你才亲你的。象儿和烟容的娘亲被关起来，是他爹爹做得不好，烟容是你的小妻子，你就多照顾她一点，下回再去看烟容的母亲，就正大光明地去，不要理会那些破规矩。为了规矩人伦都不要了，这是在惩罚谁？"

　　见云寿还是一脸的迷糊，云烨就蹲下来抓着儿子的肩膀说："这个世界上最亲近的关系就是父母妻儿。爹爹以为，为了这些人，不管做什么都没什么错误，如果有错误，也是可以原谅的错误，咱家就是这样。"

　　"爹爹，要是有人要把娘亲她们关起来怎么办？"云寿抬起头，眼睛一眨不眨地看着父亲，看到李象和烟容的遭遇以后，这个问题已经困扰他很久了。

"那就救出来——皇帝关的也不行——跑得远远的，如果皇帝不原谅，爹爹会给咱家准备一艘大船，咱们带上奶奶二娘、三娘、弟弟、妹妹，跑得远远的，再也不回来。"

"可是家里的那些地怎么办？奶奶要我看好的。"

"不要了，和你娘亲比起来，那点破地算得了什么？我们到了海上，大海都是咱们家的。咱云家重人轻地，千万不敢学长安城里的那些傻子，死守着那一亩三分地不敢撒手，今儿得罪一个人，就从家里推个人出去顶罪，明儿得罪一个人，又从家里推一个人出去顶罪。时间久了，家里没人可推的时候，迟早要完蛋！"

云烨不求云寿能够听懂，九岁的孩子还没有分辨是非的能力，那么，作为父亲就必须给孩子灌输这些，让他有朝一日在需要做出抉择的时候有个参考的依据。

对于自己的孩子，云烨的态度极为明确，成材也好，不成材也罢，总要把他们安排妥当才是。成材的在这个倾轧的世界里不一定有好命，不成材的说不定反而能安乐一生。

云寿的表现，云烨满意极了，放火烧太子家的马尾巴，将满堂宾客弄得猪突狼奔，小小年纪就已经有了混账的称号，很了不起。

假扮烟容的故事也被人广为流传，不过这个故事里面，李象、李烟容日夜思念在冷宫受苦的母亲，极为聪明地想出了李代桃僵的好主意，只是为了给母亲两棵荔枝。这样的故事让不少大儒都潜然泪下，朝堂上已经有了请求陛下赦免那两个妇人的声音。

胖胖的云寿就成了三个孩子里面唯一的坏蛋加笨蛋，什么烟容使了美人计，让呆头呆脑的云寿心甘情愿地假扮烟容拖住那些管事的婆子。胖胖的云寿就知道吃了睡、睡了吃，如果不是他贪睡，李象、李烟容的计策就会天衣无缝，绝不会被精明的皇后发现。

云寿把自己的委屈告诉了父亲，眼泪一把、鼻涕一把的。云烨看得心酸，把胖儿子放在膝盖上，仔细地给他擦干净脸，笑着说："爹爹现在就可以对大江说我儿子是长安最聪明的孩子，爹爹还可以对老天说，对高山说，对你母亲说，对奶奶说，对旺财说，就是不给别人说。知道为什么？"

云寿睁着眼睛摇摇头，表示不理解。在他看来，爹爹应该狠狠地夸赞自己才是，顺便帮自己洗刷一下冤屈才好，最应该告诉的是程处默伯伯家的闺女，那个破丫头现在已经开始叫自己蠢胖子了。

"儿子，爹爹给你讲个故事，你听着。话说长安城里有两个聪明人，其中一个聪明人谁都知道他聪明，所以啊，大家都在提防这个人。只要这个聪明人想要干点什么事，难度总是要大很多，所有人都瞪大了眼睛盯着他。干了好事也没人夸奖，因为你是聪明人，明明应该一枚金币才能干成的事情，大家就只给一枚银币，甚至一枚铜币，干成功了是应该的，干砸了，大家不但不会帮助他、同情他，反而会嘲笑他、侮辱他。

"另一个聪明人就不一样了，从来没有人夸过他聪明，只有他爹爹知道他聪明。这个聪明人就把自己伪装的像一个笨蛋，于是，只要他干一件成功的小事，大家都夸赞他，他的敌人会轻视他，他的朋友会帮助他，他的长辈会爱护他。明明一个金币能干成的事情，大家就忍不住要多给他一个银币。出了岔子，大家也会原谅他，他得到的只有鼓励，不会有人过分指责他。因为他笨。于是，这个装傻的聪明人暗地里干了很多不为人知的大事，等到很多年过去以后，人们才发现，这个装傻的聪明人才是真正的聪明人。

"儿子，告诉爹爹，这两种人你打算做哪一种？"

"爹爹，聪明人很辛苦，师父以前一天只给孩儿布置一篇文章，可是孩儿背得很快，师父发现后，一天就布置两篇文章了，孩儿还是背下来了，师父就拉了一车的书，告诉孩儿三年要把那些书都要背会。孩儿不想背那些书，爹爹，怎么才能显得笨一点？"

云烨发现把儿子带到沟里去了，装傻可不是不背书，连忙说："书一定要背，以后还要学习更多的书，只有把这些书全部学透学精，才能变成一个聪明人，这是前提，师父布置的作业必须完成。"

"你说要学着当傻子的，现在又要我变得聪明，到底当傻子还是当聪明人？"臭小子这就来气了，一下子从老爹的膝盖上跳下来，"要我当傻子，必须把姑爷爷赶走，要不然整个长安人都会知道我很聪明！"说完就跑到厨房去找好吃的了。

辛月来到发呆的云烨跟前，悄悄地问父子俩怎么了，云烨好半晌才回过头看着辛月说："你儿子从明天起就要变成一个傻子了，只要我能把离石先生撵走就成。"

听了丈夫的话，辛月的眉毛就立刻竖了起来："哪个要做傻子，我寿儿背书那么好，练武也不差，为什么要做傻子？无舌先生说了，离石姑父是在给孩子伐毛洗髓，现在痛苦一点，将来受用无穷！这么好多孩子，怎么就要做傻子？"

"我说的，谁告诉你聪明就一定好事了？我希望寿儿愚鲁一点才是福分，我这样的聪明人吃尽了苦头，还不知道警觉么？这就是前车之鉴，你看着，狄仁杰将来的路途也不会一帆风顺，命运多舛啊！"

见到丈夫伤感，辛月流着泪说："妾身把他生下来了，对得起云家的列祖列宗，至于怎么养育，是你这个做父亲的拿主意，就是成了一个真傻子，也是你云家的种。"

辛月一哭，甲板上的人就像见了鬼立刻就消失不见了。云烨赔着笑脸，把辛月抱着放在腿上说："你听寿儿临走时说的那些话：必须把姑爷爷赶走，要不然整个长安人都会知道我很聪明！啧啧，知道怎么利用自己的优势，知道怎么把这些优势转化成利益，这样的孩子想装傻，难度很高啊，比装聪明难多了。"

辛月抹了一把眼泪："这孩子和你不一样，你是白手起家，寿儿是站在你的肩膀上往上爬，起点就高了许多，想要出人头地也容易许多。我明白你说的道理，你已经是出头的椽子，寿儿要是再木秀于林，确实有害无益。可是妾身就是转不过这个弯来，一个好好的聪慧孩子要装的平庸，对他很不公平。"

"陛下曾经说过，我这样的人必定会占尽祖上的福萌，云家三代之内不会出人才。寿儿一旦聪明过人，日子一定不好过。皇帝最大的希望就是让所有的勋贵子弟全部变成纨绔，这样对大唐的江山，他的统治才是最有利的。

"你以为皇帝就没有派人专门腐化那些勋贵子弟么？玉山书院的出现才给了皇帝一个台阶，所有的学生接受的是正统的儒家教育，再加上算学、物理、天文、地理这些杂学，最长心思的年纪里都被这些学问占满了，他们没有时间、也没有工夫再接受家学了。

"其实书院的教育才是最没有特性的，所有学子都被塑造成一个模样，没有庸才，但是想出来一个天才也极不容易，就像咱家瓷器作坊上的瓷瓶，都是一个样，我一般把它们叫做流水线产品，这种东西往往都是廉价的标志。"

头一回听丈夫说起这些，辛月的嘴巴张得大大的，她自以为傲的玉山书院原来还有这样的用处，怪不得夫君会把狄仁杰、小武从书院带出来亲自教，原因竟在这儿。

未到岳州先到赤壁，这里是周瑜打败了曹操的地方，这么应景的地方怎能不给孩子们讲一讲故事，云烨坐得高高的，一家老小搬着板凳坐在底下全神贯注地听家主讲故事。

"黄盖用刀一招，前船一齐发火。火趁风威，风助火势，船如箭发，烟焰涨天。二十只火船撞入水寨，曹寨中船只一时尽着，又被铁环锁住，无处逃避……张辽与十数人保护曹操，飞奔岸口。黄盖望见穿绛红袍者下船，料是曹操，乃催船速进，手提利刃，高声大叫：'曹贼休走，黄盖在此！'操叫苦连声……"

全家老少都听得聚精会神，一会儿叹息，一会儿惊恐，辛月听得脸都扭曲了，云寿听得小脸涨红。看到这一切云烨志得意满地拍了一下手中的镇纸，只听得"啪"的一声，镇纸声刚落，"哗啦"又一声，辛月怀里抱着的茶壶就掉到了甲板上。

还没等辛月抱怨，就听见李二的声音传了过来："胡说八道，虽然诸葛亮乃文臣之表率，但赤壁之战是周郎战绩，与他何干？胡说八道也能引人入胜，人家说你长了一口如簧的口舌，真是不算冤枉你！将史册改得七零八落，只为了动听有趣，哪里还有半点学问人的方正？"

老奶奶连忙带着全家叩见皇帝，然后给满脸不高兴的云烨使个眼色，就带着小的们匆匆下了船舱。辛月则带着那日暮和铃铛在旁边伺候长孙，一同过来的还有房玄龄、杜如晦、魏征、长孙无忌，最后面跟着摇着折扇的许敬宗。

"朕看是管教的少了，让你日渐骄纵，你翻翻史书，赤壁大战里何曾有过诸葛亮的影子？不学无术！带路去后舱，朕要看看堂堂的蓝田侯是怎么个奢侈法。"

云烨心里就是一万个不愿意，也得带着他们去。来到了后舱，李二居然笑了起来，命侍卫把剩下的荔枝和香蕉全摘了下来，这才对云烨说："魏征弹劾你奢华无度、败坏民风，所以朕过来看看。这些就当是进贡给朕的，怎么，不愿意？"

云烨赶紧摇头，这已经上门硬抢了，谁敢不给？却听房玄龄在那边说："陛下，您来看看这些螃蟹和巨虾，都是老臣所仅见的。"

"哦，那就全部装上，今晚我们打算夜游赤壁怀古，多两样下酒菜也是好的。仔细看看，还有什么好东西不要错过？"

魏征好死不死地瞅见了鲨鱼，他眼睛模糊，就掀开上面的网，打算凑近点看看到底是什么东西，被云烨一把拉了回来，刚要发怒，就看见一条巨大的鲨鱼从水槽里跃了出来，"噼里啪啦"地在甲板上拍尾巴。

两米多长的鲨鱼，折腾的声势惊人，不要说被鲨鱼咬上一口，就算是被拍上一尾巴也是要命的事，长孙无忌吃惊地指着鲨鱼说："你怎么连祸害都带到中原来了？"

魏征抖抖衣衫，对云烨刚刚救了自己一命的事毫不在乎，接口道："这就是你们护着他的下场！据说鲨鱼惯以死人为食，残毒无比，他今日能豢养鲨鱼，明日就会豢养猛虎！书院里的熊猫成灾，百十头熊猫盘踞玉山书院不去，哈哈，真是大唐奇观！"

李二饶有兴趣地看着扑腾的鲨鱼，对魏征的话充耳不闻，熊猫是儿子的宠物，怪罪不到云烨头上，只是不知道猎杀鲨鱼是不是别有一番风味。

"给朕拿鱼叉来，让你们看看朕是如何杀死这头恶鲨的！"

侍卫兴冲冲地跑到前面去找鱼叉了，谁都知道，李二就见不得眼前有猛兽或者，如今见了海上霸王，如何能忍住？

这可不行，这头鲨鱼是要治病的，不小心把鲨鱼肝脏弄坏，魏征的眼睛就没救了。

云烨连忙拦住李二："陛下，万万不可，这条鲨鱼是药，孙先生还等着用它的肝脏取鱼肝油，千万不敢损坏了，只能活捉。"

李二斜眼看着云烨："你是要朕活捉这条鲨鱼？安的什么心，没见这东西力大无穷么？"

魏征又说："据老夫所知，鲨鱼的肝脏乃是剧毒之物，不知道云侯打算用这条鲨鱼的肝脏给谁治病？能让你如此上心不惜花费巨资把它活着弄回来的人，屈指可数，不知是陛下还是娘娘，或者老程、老牛、老秦、尉迟他们？你打算毒死哪一位？"

李二把眉头皱起来了，就算鲨鱼肝真的有毒，云烨已经说了是孙思邈要入药用，就算云烨存心不良，孙思邈的人品也得相信，剧毒入药又不是第一次听说。

"此言不妥，你说云烨奢侈浪费，事实确凿。要说他有什么害人的心思朕还是不信的，云烨刁钻、小气，再有不是，他也不会下毒害人。不过朕也好奇，云烨，这条鲨鱼的肝脏你打算给谁吃？"

侍卫们按照李二的吩咐，把鲨鱼网起来费力地抬进水槽，临入水了，还有个倒霉的家伙挨了一尾巴。

"陛下，还能是谁？鲨鱼肝脏主要用途就是清心明目，人吃了中毒，是因为清心明目的功效太强劲所致，但是对眼疾者来说，却是最好的良药。至于给谁吃，自然是这位又是嘲讽，又是挖苦，还居心不良的魏大夫。眼睛都要瞎了，还满肚子小人心思，早知道我就不费那些事了。"

李二乐不可支，瞅瞅云烨，又瞅瞅鲨鱼，最后再瞅瞅腮帮子都在哆嗦的魏征，只觉得天高云淡，受了魏征这么些年的窝囊气，转瞬间消散得干干净净，总算见着了魏征被人家指着鼻子骂小人，还只能低头承受的惨状。他哈哈一笑就走过去看那些螃蟹。

房玄龄看不下去了，埋怨云烨说："你有良方怎么不早说，老魏被眼疾困扰了两年之久，最近越发严重，告病的折子都已经写好了，只等回到长安就递给陛下，你小小的年纪，心思也太重了，非要看着老魏出丑你才甘心。"

"冤枉啊，我也是在岭南听管家说长安见闻时才知道他眼睛伤了，这才命家将抓了一条，打算到长安就送到他家去，谁知道他会把鲨鱼当成我的罪状。"

魏征不愧是混大场面的，羞愧了一瞬间就恢复了正常，朝云烨拱手一礼："不论如何，魏征谢过了云侯美意，只是老夫还想问一句：为什么？"

这个问题不但魏征想知道，李二也想知道，周围那一群人都想知道，只有许敬宗轻摇折扇，似乎智珠在握。

"为什么？哪来那些为什么！你是陛下的臣子，我也是陛下的臣子，我们同殿为臣这么多年了，虽然政见不同，互相攻讦为常事，但我从未把你魏征当成恶人看待，只认为你是一个食古不化的老顽固——估计在你眼中我也不算是什么好人。政见归政见，你病得海枯石烂的时候，我有能力，有办法治好你的病，难道还要袖手旁观不成？我恩师没教过我这样，娘娘也没有教过。魏征，你质疑我的人品也就罢了，现在难道连我的教养也要质疑？"

云烨越说越气，声音也越来越大，说完最后一句，直接拂袖离去，继续去陪着皇帝抢劫自己的船。

李二回头打量一下云烨："还行，没让朕失望，有这样的行为，就算奢华些，对你的人品也是无损的。总算是从你身上看到了一点教化的影子，不错，不错，皇后这些年的心血没有白费，多少能慰藉一下。"

杜如晦过来凑趣说："老魏这个跟头栽大了，这种争执再多些，就是我大唐的福分。陛下这些年不断地教诲群臣和睦，如今已有鲜花盛开，臣为陛下贺！"

长孙无忌大笑着对魏征说："老魏，看好你的鲨鱼，孙先生就在'青雀号'上，你的眼疾日渐严重，耽搁不得啊，到了岳阳，你还是在静室调养，请孙先生早日施术才是。"

魏征也大笑起来指着水槽里的鲨鱼说："老夫一世英名竟然毁在一条鲨鱼身上，报应不爽，看来日后，再要弹劾云侯的时候，还需再三审慎，直到没有漏洞再行之。"

长孙笑得开心，把云烨唤过去拍拍他的手说："就知道你不是一个无情的人，人呐，只要骨子里不存着害人的心思，就是好人，本宫多年的教诲你终于还是没有忘怀，这就好。"

长孙轻笑着转身对皇帝说："陛下，今晚妾身要带着青雀和云烨夜游赤壁，赏月怀古，不知可否使得？"

李二瞅了一眼云烨说："也好，你们自己找乐子去吧。"

许敬宗感觉自己被抛弃了，悄悄地碰碰云烨说："这一手高啊，三年不回长安，这才半路上就来了这么一出，虽不能冰释前嫌，但是过安稳日子还是没问题的。帮帮忙，你找个空闲和陛下说说，把我要回书院继续当学监去。"

"现在的日子过不成了，老夫今年四十有三，也是要脸的人啊，满朝文武都人为我是靠了马屁文章上去的，房玄龄不待见我，不小心写错了一个字，都会挨骂，后面裴家的老大还总是惦记我的位子，中书侍郎的位子迟早会被他抢走，我要是被外放刺史，可就惨了，赶紧想办法，我不想离开长安。"

许敬宗会如此凄惨，是云烨万万没想到的。一个鲶鱼一样滑溜的人，在李二的朝堂上是没有什么地位的，现在的朝堂上，要么就是能臣，要么就是直臣，最不济的也是干臣。皇帝现在事事要求正大光明，因为他已经没有耍阴谋诡计的必要，想要干什么就直接下令，命令不听，大军就过来了。

皇帝抢劫完云家就带着爪牙离开，长孙和许敬宗留了下来。云烨从土里刨出很多的黑黑的土疙瘩，小心装进篮子里，又从旁边的木桶里捞上来一些只有巴掌长的小鱼，对长孙说："娘娘，这才是无上的美味，余者不足以论！"

云家的生活胜在精致，这是别人家比不了的，那么，别人家唯一能拿得出手的就是豪奢了。大家族拼了命地往家里捞钱，只进不出，跟貔貅一样，李承乾已经被钱荒折腾得精疲力竭了，印制的通票已经出现十枚银币面值的了，如果等到这些人明白，只要不断地印制通票，大唐就有花不完的钱时，那就完蛋了。

李二此行的最大目的就是来看看两湖开发的结果，大帝号不过是他的一个玩具而已。

免了三年税，民间应该沉淀了大量的财富，李二驻马赤壁，就是在等待自己的情报系统把岳州最新的情报送过来，只有看过这些表面上看不到的情报，李二才会有的放矢地视察岳州。作为自己登基以来最大的建设项目，岳州的成败非常有指导意义，他必须确定自己看到的都是真实的，抱着最好的希望，从最坏处着手。

大人物都是这德行。

云家的岳州管家老姜远远地赶过来，陛下已经到了赤壁，就停留在那里，这让他非常的紧张，早早地带着程家、牛家、秦家的管家一起过来，想听听云烨对岳州的产业有什么指示。

云烨放下账簿说："没有什么不合适的地方，你是咱家的老人了，这点信任还是有的。主要是陛下不走，我们谁都走不了，无非就是在等岳州的消息，等到陛下对岳州已经有了一点书面上的认识，才会继续前行。我们现在要的就是不要这么显眼。你们立刻就回去，把自家店铺上的家徽去掉，能关门的就先关门，陛下巡查岳州的这段时间，我们不做生意，被陛下看见不好。"

云烨轻描淡写的一句话，让四位管家都愣住了。相互对视一眼后，老姜拱拱手说："侯爷，去掉家徽不难，老奴回去以后就能做，可是关门就难了，咱家的铺子很多，雨花街上的三成铺子就是咱五家的，卖的都是稀罕的南北杂货，及西边传来的檀香，最近又多了香料，如果全部关门那条大街就没人了。"

云烨倒吸了一口凉气，岳州城是他自己设计的，雨花街是个什么位置他太清楚不过了，岳州刺史的治所就在雨花街上，过一条街就是常乐山军营，军营旁边就是岳州府库，如果按照地段来算，绝对是岳州城的精华所在。

只要关了门，李二看到萧条的街市不怀疑才见鬼了，更何况现在已经有人在替李二收集情报了，雨花街的情况他不可能不知道。

"街上最大的商家是谁家的？"云烨抱着一丝侥幸。

"是恒顺号，老奴等人不管如何打探，也没有弄清楚恒顺号的东家是谁。跟咱家起了两次纠纷，咱没有占到半点儿便宜，还吃了一点儿亏；另外还有一家泰和号，似乎与魏王府有纠葛。这两家是最大的，长孙家的和丰号，河间王家的东升号，房相家的乾顺号，杜相家的连升号，都是和咱家的云丰号差不多大的买卖，这条街上真正的买卖家就咱们这些人。"

云烨这才松了一口气，不是最大的就好。皇后的爪子伸得真长，居然把恒顺号做成了老大，只是李泰的泰和号怎么也这么大？

"那就这样，这些天尽量降低价格，让这条街的买卖兴隆起来，既然躲不掉，那就博个让利于民的名声。以后不要招惹恒顺号，咱惹不起，如果这些天你们能把其余的那些商户弄得像黑心商户就最好了。对了，千万记得要缴税，如果还没缴的税，回去就缴！"

"侯爷放心，咱家做生意从来都是童叟不欺的，不但货真价实，招待客气，就是门口的叫花子也从来没有驱赶过，都是喂得饱饱的让他们去别处。"

"叫花子，岳州城里哪来的叫花子，我走的时候，可是给所有人都上了户籍的。韩城和钱升在搞什么？"云烨这就动气了。

"侯爷，这可不怪韩别驾和钱司马，那些叫花子就是您剿灭的那些水贼。岳州城建好了，一部分被远窜到了荒蛮之地服苦役，剩下一些缺胳膊少腿的没办法远窜，当地的百姓又恨这些水贼，写了万民书不许刺史大人给他们户籍。商家也不敢雇佣这些水贼，工坊里也不要，他们只好靠着乞讨度日。已经三年了，现在都吃惯了，每天到了饭点就来乞讨，讨厌得很！"

"这样啊。"既然是全体岳州人的选择，云烨就没话说了，这些水贼肆虐了洞庭湖这么些年，遭些罪没人有话说。

"侯爷，您如果没有什么吩咐，老奴这就去内宅给老奶奶和夫人请安，问问内宅还需不需要添置些东西，老奶奶奔波了上万里路，需要好好静养才是。"

云烨点点头，见四人进入了内舱，这才从前舱出来，看着头顶炽热的太阳，连打了两个喷嚏，通体舒泰。

岳州的定位就是一座商业城市，处处自然与长安不同，作为国都，长安需要的是庄严肃穆和浓厚的文化气息，把长安的坛坛罐罐都搬到岳州，整座城市就会变得幽静许多。不管谁做长安府尹，都会抓住这个机会改造一下城市的机能。

马周做得很绝，当初看起来好像牛头不对马嘴的清查土地，这时候才显出它的威力。清查土地是一方面，挖掘瞒报的人口才是他的主要目的。只是丹阳公主一家就挖出瞒报的人口两百二十五户，老薛丢人丢大了，被马周传唤到长安府衙，当着无数从吏的面，被问得面红耳赤，继而恼羞成怒，堂揪着马周的领口就把他扔到房梁上去了。

薛万彻还要继续行凶，结果被宗人府的人赶过来按倒在地上"噼里啪啦"的就是一顿板子。李家的家主李二一丝人情都没给老薛，堂堂国公在光天化日下受辱不说，还降爵一级，现在也成了侯爷。

有了皇帝恶犬名声的马周大肆整治长安城，特意在西市划定了胡商贸易区，让胡人在长安有了一片可以自由贸易的区域，不再受那些勋贵的压制。

他居然还三次去玉山，请求将玉山书院的研究作坊迁到长安内城，被怒不可遏的元章先生驱逐了出去，还把云烨重新给他补上的学籍彻底焚毁，宣布他为玉山书院的逆徒，永世不得再踏进玉山书院一步。

马周在书院大门外站了一夜，第二天回到长安就签发了本该秋决才签的斩首令，令大理寺非常不满，但皇帝却默许了马周的行为。一十九位死囚人头落地，其中就有长孙家的管事，丹阳公主的贴身婢女和柴绍家的侍卫首领。这些人都是在马周清查田土人口的时候带头阻挠的。

弹劾马周的奏折堆积如山，都被李二留中不发，直到这个时候，勋贵们才知道这一切都是皇帝的主意。

长孙无忌被迫退还了两千亩田土，自请处分，被皇帝赦免。朝中因为土地人口超过本身爵位而被质问的人极多，削爵罢官者不在少数。

这些事都发生在李二东征之前，为了讨好皇帝，群臣轻易地通过了东征的提议。

第四章 眼界

马周如何，云烨不打算理会，毕竟他现在抱着李二的大腿，但是他不能不管薛万彻，都是吃喝嫖赌的好兄弟，眼看着他坠入深渊这可不是做兄弟的本分。

这是一个被老婆欺压的可怜人，连公主的贴身婢女都敢训斥他，还被大舅哥不待见。老婆犯了错都要安在他头上，老婆偷人被抓到了，去大舅哥那里告状，却被训斥一顿。这如何能让出身敦煌将门世家的薛万彻咽得下这口气？

这次被皇帝宣来岳州护驾，可老薛没脸见人，整天躲在船舱里喝闷酒在舱房里。估计他唯一的心思就是打算去岳州看看贴身侍女和两个儿子，然后就要找个志同道合的一起造反。他不会不清楚，菜市口砍头绝对是唯一的下场，他只不过想好好地出一口气。

"大帝号"终于启动了，张了满帆，只有"公主号"和"青雀号"能勉强跟上，剩下的船只都被远远地甩在后面。两岸的骑兵拉成了两条蜿蜒的黑龙，跟着"大帝号"往大江的上游奔驰。

到了中午，李二也没有停船的意思，看样子打算马上就进入洞庭湖，好好见识一下"大帝"号真正的能力。这已经这位帝王为数不多的爱好了。

只要没事，云烨绝对不会踏上"大帝号"一步，李二夫妇总想找茬，还是少见为妙。可是树欲静而风不止，云烨没有对皇帝夫妇晨昏省定也成了罪过，专门派断鸿跳来臭骂了一顿，还要云烨从现在归列，必须住到"大帝号"上去。

云烨抱着枕头上了"大帝号"，又被长孙训斥一顿，堂堂云麾大将军，离不了自己的枕头算怎么回事，快三十岁的人臭毛病真多！

好在分到一间舱房，船上的贵人多，一个侯爵在这里比王八大不了多少。也不知李家哪来那么些亲戚，云烨拜见了一圈的李公，还是分不清谁是谁。

这些土鳖在船上样子凄惨，一个个脸色蜡黄，估计都是晕船所致。船舱里满是一股呕吐物的酸臭味，这样的地方怎么睡人？

云烨抱着卧具就上了甲板，喊过来一个水手，说侯爷要看看你的训练成绩，立刻把八牛弩的防护木屋建设好，十个数的时间。

不愧是自己手下训练出来的，云烨喊到"八"的时候，一间木屋就出现在面前。见水手还想把八牛弩从甲板下升上来，云烨抬起大脚就踹走了，这才打量自己的房间，不错，就是刘进宝没有跟着上来，要不然有个跑腿的人就更舒适了。

一觉醒来，精神大振，天已经快黑了，外面狭窄的水道已经变成了烟波浩渺的湖面，"大帝号"已经进了洞庭湖，只是没看见"公主号"和"青雀号"的影子。

肚子饿得厉害，很想去前舱吃饭，但想到李家的那些肮脏的土鳖亲戚，云烨生生忍住了，攀着扶梯就下到第三层，直接进了厨房。

厨子做梦都想不到会在这里看到大帅，刚要说话，就听云烨不耐烦地说："赶紧的，饿着呢，把你克扣下来的好东西献上来就饶你不死。"

厨子嬉笑着从一个暗格里拿出来一个盆子，里面有大块的牛肉、油黄的肥鸡，还有两个蹄膀。云烨让厨子把牛肉切一盘子，两只鸡腿撕下来，再来两个馒头，一顿饭就解决了。厨子把珍藏的酒壶也献了出来，比云烨喝的还要好，这一定是克扣了皇帝的好酒，一个个都吃了熊心豹子胆了。

见大帅走了，厨子这才恶狠狠地对几个帮厨说："哪个狗日的要是敢泄露大帅的事，老子的刀可不认人！"说完"咣"的一声把巨大的剁骨刀砍在菜板上。

银盘一般的月亮，在洞庭湖的水汽中显得非常美丽，云烨举起酒壶和月亮干一杯，顿时感觉高雅了很多。月光透过纱幔，木屋里半明半暗，唯有云烨狼吞虎咽的声音在回荡。

一阵沉重的脚步声由远而近，随后就是一阵自言自语："爹啊，娘啊，孩儿受不了了，长安没法待了，那个女人寡廉鲜耻，如今已成长安城最大的笑话。孩儿决心以死护卫自己的名声，到了那一边，您二老不要看不起我！"

是薛万彻的声音，这家伙准备跳湖？看来丹阳公主给他的打击看来不是一般的大。云烨不打算阻拦，自杀的懦夫死了就死了，至少还能便宜洞庭湖里的鱼虾。

"爹娘，孩儿不甘心啊！大哥劝我忍，可是这种事让孩儿如何忍？每天看到那个淫妇还要赔笑脸，我七尺男儿，百战猛将，这样的奇耻大辱要孩儿如何忍让？原以为有了证据就能让陛下处罚她，可遭受处罚的却是孩儿！八十军棍啊，一棍都没有轻饶，孩儿屁股不疼，可是心在滴血啊！呜呜……"

云烨在木屋子里听得牙疼，一个狗熊一样的家伙居然"呜呜"地哭，实在是想不出是个什么样的场景。李渊有二十二个儿子十九个女儿，是好鸟的不多，闺女淫乱早就不是什么新鲜事了，你当初以为娶了皇家的闺女是福分，现在知道是祸害已经晚了。

"马周查出来不法的事情都是丹阳做的，孩儿的手下都躲在庄子上忍气吞声呢，自保都来不及，哪里还会作奸犯科？可是陛下不管啊，公爵降成了侯爵，到了船上，挤在污秽的小舱房里，腿都伸不开。喝了两口酒都被处罚，勒令不得近酒，不喝酒的薛万彻还是薛万彻么？没路走了，爹娘，没路走啊！回到长安，孩儿就将府门关上，从门口杀到后堂，一个都不放过，宰掉那个贱人就自尽……"

薛万彻似乎已经陷入持刀杀尽奸夫淫妇的幻想中，把沉重的身子靠在木房子上，拍着甲板，说得慷慨激昂。说到痛快的地方，还给自己叫声好，说到自杀的时候就低身自泣，语不成声。

见到他如此，云烨把自己的酒壶悄悄地放在他的手边。

薛万彻碰到了酒壶，也不想就是从哪里来的，扭开盖子闻闻，喊了声"好酒"，一仰脖子就灌下去了半壶，长长吐了口酒气，大笑着说："能捡到一壶好酒，这是我薛万彻最近以来最好的运气了！"

这个蠢货一边喝一边说："主意拿定了，就这么干，去岳州看了欢娘和孩儿，我就回长安。丹阳的野种也不能放过，还想让野种继承我的爵位，做梦去吧！既然我的孩儿不能继承，老子就把爵位毁掉也不便宜你们，一窝猪狗，杀干净了才痛快！"

云烨叹了口气，把吃剩的牛肉连盘子都送了过去。这个蠢货这才发觉不对劲，"嚯"地站起来，握紧了双拳，嘶声喝道："你是谁？出来！"

"王八蛋，你从那里絮絮叨叨地要杀公主，害得老子在这里帮你把风，还要供你酒肉，现在知道抖威风了。"

听见云烨的声音，薛万彻一下子就崩溃了，抱着头蹲下来呜咽着说：

"哥哥的丢人事你都知道了？也好，反正你回长安也会知道的，活不成了，哥哥我活不成了。"

云烨把薛万彻推进木屋，把酒壶塞进他手里："别的事都能马虎，你怎么知道公主生的孩子不是你的？这事要弄清楚。"

"弄什么清楚啊，怀孕七个月就生下一个八斤的大胖小子，你信不信？"

云烨艰难地摇摇头说："我家小妾也生了一个不足月的孩子，只有四斤多，孙先生说先天不足，好不容易长到三岁了，还是头发黄黄的，身子瘦弱。"

薛万彻苦笑着说："这就对了。我薛万彻有胡人血统，头发天生卷曲，眼珠淡黄，欢娘给我生的两个孩子也是如此。丹阳生的那个眼珠漆黑，头发不卷。说怀孕七个月都说多了，七个月前我还护卫着陛下在渭水行猎，三个月都不在长安，你说这个孩子会和我薛某人有关么？"

云烨哑口无言，为了兄弟的面子，他从怀里掏出一个瓷瓶，放在薛万彻的面前说："这是毒箭木的汁液，见血封喉，你只要下手快点，公主府绝对没活人。如果你觉得拿刀砍人麻烦，兄弟我这里还有金丝蜈蚣的毒液，只要倒进你家的水井里，我保证一个活着的物事都没有。"

云烨又从怀里掏出一个小瓷瓶："还有啊，你要是觉得长安城里的人都非常可恶，兄弟我这里还有疬疮的病毒，一小瓶足矣把整个长安干翻！"

薛万彻头上的汗水"滴答滴答"地掉在甲板上，手痉挛得像鸡爪子，想要去拿瓷瓶，几次三番又把手抽了回来，哀求地看着云烨，希望他能给自己一个建议。

云烨把瓷瓶里的毒液在鸡腿上抹了一点，咬了一口鸡腿说："别看了，这是酱料。你犹豫，就说明你心里还有一丝舍不得。我明白，你舍不得的是欢娘和两个孩子，你的老大都十五岁了，听说在岳州书院念得不错，老二今年十三了，听说酷爱习武，就是在岳州找不到好师父。你薛家的马上功夫名扬天下，你们哥俩硬是靠着手里的铁槊打下来这场富贵，就不能亲自去教教么？"

"我、处默、虫子、坏人算是你兄弟吧，我们谁认为丹阳是你老婆了？虫子在岳州，你儿子能进官学就是他帮的忙——谁家的私生子会被我们几个放在眼里？欢娘一个人顶着那么大的铺面把生意做得风生水起，你以为这是她一个妇人该有的本事？

"丹阳公主偷人，丢的是皇家的脸面，陛下为什么对你发脾气？就是因为你没长心思，把一件丢人事，弄得满城风雨！你不挨军棍谁挨？陛下没砍了你的脑袋，你该庆幸了。皇家的婚事就那么回事，遇着好公主了，自然要真心对待，遇不着好的了，就把心思拿回来，她爱干什么干什么！你去砍她算怎么回事？你死了不要紧，你哥哥全家还活不活了？"

薛万彻抬起头，愣愣地看着云烨，半天才说："你们的意思是欢娘才是我老婆？丹阳只是一件公务？"

"对啊，公务嘛，有功夫就干，没工夫就放起来，反正这件公务没有时间要求。"

"我是不是很蠢？"薛万彻犹豫着问。

"比猪都差点，猪至少知道一样食物不好吃，就会转头去找可口的，你不知道。你看看人家冯少师，还有赵景慈。一个在大漠戍边三年，刚回来公主就产子了，老冯还不是把百日宴办得热热闹闹的？老赵就更懂事，刚回家，公主和侍女两个人都生了孩子，老赵给外面宣布这是天赐的孩子，对那个孩子疼爱有加，虽然那个孩子没活到百日，让他伤心欲绝。你这边好歹不是还有七个月怀孕时间，比他们强多了。"

人就是这样，他人骑马我骑驴，后面还有挑柴汉，有了这种心思就很容易愉快。薛万彻摇摇酒壶，大笑着对云烨说："和你说话就是痛快！这酒不错，你从哪弄的？"

两人说得正高兴，木门开了，许敬宗见怪不怪地钻进来，把酒葫芦拿过来喝了一大口："老夫堂堂的中书侍郎混的连郎中都不如，这船上的规矩也太森严了。"

良辰美景说闲话，几乎可以与雪夜看禁书相媲美。不知不觉已到了半夜，许敬宗打死都不回酸臭的舱房，薛万彻认为自己在地板上也能将就一夜。李家的那些亲眷实在是招人讨厌，一个个土头土脑的，还偏偏傲气十足，听说皇后这些天已经不厌其烦。

听到许敬宗说到这句话，再联想到马上就要到达的岳州，云烨敢肯定，这些人都是来发财的，就是不知道他们打算怎么个发财法，如果正正经经的做生意，让些利润给他们不是不可以，如果想巧取豪夺，云烨打算让他们光着屁股滚回晋阳老家。

洞庭湖的日出虽然没有海上日出来的壮观，但是看着日头从君山上升起还是让人心旷神怡。

逍遥了一小会儿，云烨就看到了长孙的贴身婢女出现在了，脸色很不好看，看样子长孙的脸色也好看不到那里去，因为长孙的贴身婢女的表情永远和长孙一模一样。

"红姑姑，小侄发现自从尹姑姑离开禁宫后，您的脸色怎么就没有好的时候啊，您这副样子出现，小侄的心肝都扑通扑通的。"不管如何马屁先奉上再说。

"少油嘴滑舌，娘娘宣你过去，快走吧。这几天烦死人了，那些晋阳来的人围着陛下一个劲地说自己当年的辛苦，如今眼看着别人发财，就求陛下可怜可怜他们，你不知道，他们还带了很多的子弟，想请陛下安插一下，还说什么自家的江山怎么也要自家人看着才放心。我都看不上，更不要说陛下和娘娘了。皇家的产业如今都有专门的人才经营，要是这些人混进去，会把尹姐姐活活气死，快想想办法，把这些人撵走！"

俩人边说边往皇后的舱房走去，等到了舱房门口，云烨已经知道自己将要面对的都是些什么事了，皇后这是想金蝉脱壳，看来这些人的势力很大。

推开门进去，云烨就差点被浓重的气味熏出来，难怪长孙这几天的怒火如此旺盛。一屋子白胡子老头规规矩矩地坐在椅子上，见到云烨进来，齐刷刷地瞟了一眼，"哼"了一声，又齐齐把脑袋转了过去。

云烨刚想发怒，长孙又重重地"哼"了一声，云烨只好低下头，随便拱拱手就当是见礼了。

长孙笑着对为首的老头说："九公，十二公，这就是蓝田侯云烨，虽然年轻，但身负陶朱公的本事，您几位想让家里的闲钱有个去处，听听他的意见大有好处。"

"这样的黄口孺子也敢论及陶朱？世间多的是沽名钓誉之辈，老夫虽在荒僻之地拱卫祖坟，这道理还是知道的，要老夫把养老钱交到他手里，不妥当！"

老家伙说完还瞪了云烨一眼，其他的老头子也议论纷纷，说的都不是好话。云烨看到了长孙眼睛里的怒火，她拿着扇子的手背上青筋暴起，皇后已经处在爆发的边缘了。

这就该自己出马了，云烨笑着拱拱手说："不知前辈们的养老钱有多少，如果没几个银币，晚辈就添些钱随便找个铺子投进去，过了一年半载，分些红利也就是了，想必也足够诸位前辈过几个肥年的。"

"放肆！老夫等人这回筹集了十万银币，就是要来购货，买店铺，组商队！你这黄口孺子，竟敢不放在眼里，这可是十万贯啊，想当年太上起兵之时，我等倾尽家财资助太上皇也不过六万贯，太上皇就是靠着这六万贯起雄兵，吞并天下！这样的巨资难道不该交给一个可靠的人么？"老头子这就怒了，站起来指着云烨破口大骂。

云烨为难地看着长孙说："娘娘，十万枚银币的买卖，微臣从来都没做过，一般这样数额的买卖，都是管家做主，微臣接手会被人家笑话的。"

长孙无奈地用手支着额头，不忍心再看现场。李家的这些亲戚都已经站了起来，九公哆嗦着身子，指着云烨说："不知多大的生意你才会接？老夫发动族人凑凑，说不定能凑出你需要的数字。"

"晚辈到现在就干了三件买卖，第一件修建了一座玉山书院，第二件就是修建了一座岳州城，第三件就是闲着没事给陛下造了这艘'大帝号'，好像每一件都不是十万贯能做的下来的。"

九公认真听完云烨的话，拱手问皇后："娘娘，这个少年人说的可是事实？"

长孙抬头说："他虽然出言不逊，话却没错。这也是本宫为何要把大家的钱交给他的原因，你们想要的货物他大概都能提供，也会保证品质，这一点上他的信誉很好。"

"老夫想问，这艘'大帝号'哪里值得了十万贯？少年人你如果说不出个所以然来老夫定会与你在陛下面前辩个清楚明白！"按照他们的看法，十万贯已经是一笔能够左右一个国家兴衰的庞大资金，由于消息闭塞，他们对日新月异的大唐几乎是陌生的。

云烨指着老头脚下说："您脚下的这方地毯，出自波斯名匠之手，不是一般的羊毛制品，而是羊绒。波斯历来有一寸羊绒一寸金之说，这方地毯的价值就是七千枚银币，也就是您所说的七千贯。"

老头骇然，低头仔细观看，晋阳是半农半牧的地方，羊绒的珍贵他如何不晓得，看清楚了脚下的地毯真的是羊绒织以后，不由得连退两步坐在椅子上。

云烨又指着老头屁股下面的椅子说："您坐着的这把椅子共有八张，加上您搁放了酒壶的这四方小几，乃是最珍贵的黄檀木所制，这种木料非常难得，很难见到大型的材料。晚辈认为黄檀的明黄色最能体现皇家的雍容华贵，甚至比紫檀还好，'大帝号'乃是陛下的座驾，必须使用这种木料，所以魏王殿下攻伐了南洋一十六国方才收集到足够做这些椅子和小几的木料，您说这些椅子价值几何？"

九公额头的冷汗涔涔而下，事关魏王的名声，云烨断然不会说谎，心神恍惚间，手中捧着的茶碗掉在椅子上摔成了四五瓣。

云烨叹息说："您这一失手，三千贯就不见了，邢窑大匠吴延年费尽心血，直到临终前才悟透瓷窑的秘密，亲手烧制了这套一壶八盏的白瓷。你看它薄如蝉翼，击之有金声，碗底的松鹤延年图注水之后宛如活过来一般。吴延年烧制好这套瓷器后来不及交代工艺，就耗尽心血而亡。我花费了三千银币，加上焦炭工艺，才换来这套瓷器，如今已经不全了，绝世宝物就此成绝响！"

云烨痛苦地闭上眼睛，也不知道长孙是怎么想的，居然拿这套杯子招待这群土鳖，这才是真正的暴殄天物，可怜吴延年，为了这套杯子，死的时候连句话都没来得及留下来。

不但九公目瞪口呆，就是长孙也半信半疑，她瞅瞅自己的茶碗，又看看那个摔成好几瓣的茶碗，见云烨一脸的痛苦之色，就吩咐红姑把管瓷器的宦官喊过来。

宦官进来后，还没有拜见长孙就看见了那个摔坏的茶碗，惨叫一声，连滚带爬地来到椅子跟前，捡起那几瓣瓷片，抱在手里号啕大哭："活不成了，这是吴延年的绝响，老天爷啊，活不成了！"

红姑走上前去，一巴掌打在那个宦官脸上，陷入疯魔的宦官这才醒过来，趴在长孙面前不断地叩头祈求饶命。

"不是你的错，本宫也不罚你，只是问你这套瓷碗的价值几何？"

管瓷器的宦官本身就是懂瓷器的，听了长孙的话，就流着泪说："回禀娘娘，这套瓷碗没法标价，世上就这一套，红姑姑当初问老奴，云侯拿来的瓷碗标价三千贯是不是在讹诈，老奴当时告诉红姑姑，宫里捡了大便宜……"

红姑长大了嘴巴，云烨送来的东西，宫里从不检查，自己当时只是奇怪这么离谱的价格，问了管瓷器的老人，得到了很值的回答，也就再没过问，没想到居然就是这套瓷碗。

"娘娘，老朽孟浪，损坏了价值连城的瓷碗，请娘娘治罪。"九公和一大群老头子全部趴在地毯上请罪，这回丢人丢大了，做个客就把主人家的宝贝给毁了。

长孙让红姑把这些老头子扶起来，笑着说："我们都是亲眷，打断骨头还连着筋，茶碗虽然珍贵，又哪里比得上我们的情义深厚，万万不可如此。"

闯了祸的老头子们也没脸在长孙这里多留，告罪之后就退下了，云烨见他们似乎还有怒气，就大声说："出门的时候小心，整扇大门都是骅骝木制作的，经不起大力推搡。"

九公踉跄了一下，等宦官打开大门这才慢慢地走了出去，没有一个人去碰一下那两扇大门。

见老家伙们都走了，云烨打开所有窗户，埋怨长孙说："您老人家怎受得了这味道，也不知道开开窗户通风。"

长孙哼了一声说："都是七老八十的老人家，经不起湖上的凉风，以为谁都和你一样没心没肺。你今日用奢华打发走这些老人，说不定他们会提出更加过分的要求，都是开国时候出了大力的人，陛下可不会拒绝他们的这点要求。"

长孙一说，云烨才知道，这些人没有学问，也没有勇力，但李家的根基就是他们，九公的三个儿子都战死在沙场上，虽然没有立下什么大功，可是李家起事的时候他们都是最忠实的追随者。他们每家每户都有战死的子弟，因为没有显著地功勋所以候爵位不高，可是他们依然守着晋阳祖陵，李渊和李二都起过誓，绝不相负，所以只要不是过分的要求，李二都会答应。他们常年待在穷乡僻壤，消息闭塞，这些年看到大唐变得富裕了，而族人的日子过得并没有太大的变化，就请了这几位族老来长安求陛下给他们指点一些生财之道。

云烨点点头："确实如此，这些人对陛下，就相当于云家庄子的百姓对微臣一样，都是根基自然不容损坏，只是让他们发一笔财容易，想要他们时代富裕就难了，有了人才，穷山沟也能飞出金凤凰，没了人才您就算是给他们一个金元宝他们依然会饿肚子。"

长孙看着窗外的湖面说："本宫自然知晓这些，可是他们你也看到了，九公已然是最有智慧的了，但是在你面前连交锋的资格都没有，被你区区的一些说辞就骇的手足无措，都是些没见过大场面的，所以难啊。"

云烨忽然笑了起来，长孙恼怒地说："有什么可笑的，吓跑几位不见过世面的老人家很得意么？叫了你这么些年的敬老都没学会。"

"娘娘，微臣不是在笑话那几位老人家，我是在笑话咱们师徒俩过于自以为是了。"

长孙回头看着云烨说："说说，咱们怎么个自以为是法。"

"娘娘，这个故事微臣以前给陛下说过，说是有一个农妇和丈夫坐在田埂上想象您和陛下的过的什么日子。农妇说娘娘您一定是每天都烙葱油饼吃，农夫就说陛下一定是每天扛着金锄头刨地。”

话才说完，长孙就笑得不成样了，红姑也笑得快要断气了，其他宫女更是笑得东倒西歪。

长孙好不好容易才止住笑："要是你故意编排本宫你试着，现在说这个比喻有什么道理。"

"娘娘，微臣刚才发现，您和微臣眼里的一千贯和那些部属眼里的一千贯不同，咱们以为按照他们的功绩，那些人会要一座宫殿，其实人家不过想要一间青砖大瓦房而已，咱们以为少于百万贯不能让人家满足，其实有一万贯人家就非常满意了。"

长孙拍着手说："确实如此，让他们自己提要求，如果过于简单，我们就加倍，如果过分，我们就删减，确实是一个好法子，这样既笼络了人心，又不伤陛下的颜面。"

第五章　查账

"大帝号"路过君山岛的时候，李二随便赞了句"人间仙境，可与蓬莱媲美"，老实的关庭珑就老老实实地报告："陛下，君山已经卖给了云家。"

李二恨恨地看了云烨一眼就不再言语，他的表情一般不会显露出来，但是对云烨，喜怒哀乐都会明显地挂在脸上。他在等云烨给自己一个解释，他在长安好不容易平定了土地风波，云烨却在岳州大肆置地。

云烨没打算解释，当初是关庭珑硬生生地塞进自己手里的，与其说是宝地，不如说是麻烦。

"陛下，将君山卖给云侯可是微臣的一项政绩啊！"关庭珑捋着胡须得意地向李二表功。

"哦？"李二转过头来看着关庭珑，"将这样一座人间仙境般的大岛卖给私人，朕很想听听你的功绩到底在哪里，莫非你卖了很多的钱？"

"陛下，这座岛微臣不但没有收到一文钱，反而赔了大量的人工，在岛上修筑了道路、码头，又许诺三年之内与岳州同样免税，这才说动云侯接手了君山岛。陛下您或许没有听明白，微臣这么说吧，君山乃是岳州最大的负担，这里远离岳州，远离湖岸，人烟稀少，又是蚊虫滋生之地，府城如果需要治理，就需要投入极大地人力和物力，产出与投入根本就不合算。如果不治理，这座岛屿立刻就会成为盗贼的老窝。您现在看到的君山秀美异常，可是您不知道到了傍晚蚊蝇会遮天蔽日。孙道长南下之时亲自登岛，告诉微臣这就是岳州的疫病之源，除了能在云侯手中变废为宝，别人无此能力。微臣把话放在这里，有哪位高才愿意接手，微臣这就去更改文书，当年签订这封文书的时候就是微臣要赖硬做下来的，不知哪位愿意接手？"

关庭珑也看出来事情好像不对，前面还在说笑，到了后面语气变得越发凌厉。

云烨笑着朝大家拱拱手，表示认可关庭珑的说法，心里多少有些伤感，相处这么些年了，依旧没有获得纯粹的信任，或许皇帝这种怪物从来就没有相信过人。

岳州城十步一岗，五步一哨，黄土垫道，净水洒街。百十个坊官在街市口摆上了香案，岳州的坊市与长安相差无几，只不过少了高大的坊墙和催还的钟鼓。

皇帝的行宫被关庭珑安置到独龙峰下最好的一块土地上，也是岳州城的最高点，样子很像太极宫，但与万民殿截然不同，整座建筑全部用青石垒成，没有上翘的飞檐，简洁大气，隐在高大的树木背后颇为幽静。

早早到来的宦官，宫女已经把整座宫殿收拾的一尘不染，长孙冲作为宿卫官，特意在宫门前迎接皇帝到来。

李二从华丽的辇驾上下来，路过一个坊市就饮酒一杯，吃一口供品，与老者攀谈几句，等到行宫门前时，已经有了三分醉意。等他进入了行宫，长孙就下令关闭宫门，关庭珑准备的万民书和欢庆的典章都没了用武之地。

云烨和李泰守在后门等皇帝和皇后，皇帝就这脾气，不喜欢盛大的欢迎仪式，专门喜欢暗地里窥人隐私，这样做也不是一回两回了，骗骗关庭珑这些外人可以，想要瞒过云烨、李泰、房玄龄、杜如晦这种人就有难度了。

等了不大的工夫，就看见一身仆人装束的断鸿出现在后门，紧接着红姑扎了两个包包头也从里面出来了，十几个彪悍的青衣大汉若无其事地从众人面前走过，散入前面的小巷子里。

李二穿了一身玄色单衣，身后跟着戴锥帽的长孙，他朝云烨等人挥挥手，一群人就沿着小巷子汇入熙熙攘攘的岳州城。

李二像个傻子似的，踢门柱、抠漆皮，还从水井里拎一桶水上来尝尝，有时候还命令那些青衣大汉从花圃里拔出一棵花草仔细研究一下。

"这棵树已经长了至少五年。"李二看着侍卫手里的那颗松树，摆摆手示意可以扔掉了，但已经晚了。两个凶神恶相的家伙走过来，很有礼貌地要求李二赔偿五十个大子的松树钱，这是岳州城里武侯。

看到那些侍卫想要发怒，云烨赶紧掏出一枚银币放在大汉手上，大汉这才点点头说："看看就行了，干吗要拔树？城里的土层薄，种活一棵树不容易，都是衣衫光鲜的大老爷，怎么比那些乡下来的汉子都不知好歹？"

说完了还把那颗小松树从侍卫的手里夺过来，用佩刀挖好坑重新栽上，这才大摇大摆地从李二面前走过。云烨一直为这两位捏着一把汗，刚才他们拔刀的时候，至少有十把强弩对准了他们。

"陛下，这些东西做不了假，您就不要抠人家牌坊上的漆皮了，您看已经有好多人朝咱们翻白眼了。您想看岳州城的繁荣程度，只要去雨花街看看就知晓了，用不着这么查看。"

"你不懂，小处看大，朝廷整整在岳州消耗了五十六万贯，虽然大部分是你从老虎嘴里夺来的，但朕还是要检验一下。建造这样的新城是前所未有的事情，也是日后大唐建造新城的标杆，马虎不得。

"雨花街上不是皇家的店铺，就是你们的店铺，朕已经了解过了，这些不是朕来岳州的重点，朕要看的是岳州的民生。岳州的位置特殊，乃是长江锁钥，洞庭门户，两湖之地想要彻底变样，百姓能够从中受益，就需要这样的大城带动，民生、赋税、律法、驻军这些要害都要一一过目。朕建造这座岳州城不是为了让勋贵们发财的，是为了看看在勋贵们拿走最大的利润之后，百姓能落下多少。"

云烨垂首受教，雨花街上确实可以看到富庶繁华，但看不到岳州的真实面目。李二是对的，一座城市的好坏不能只看几家大商家，繁华背后的阴暗面才是真正需要去关心的。

水云街上住的全是靠水运吃饭的人家，青石板已经被洒落的桐油糊的看不出本来面目，赤着脚、裸着身的汉子在这条街上不断穿梭，虽然干的活计很重，脸上却有掩饰不住的快意。皇帝来了，各地的商户争先恐后地进货，码头上的商船一眼望不到边。

李二停下来，看着那些挑夫颤巍巍地运货，瞅着从船上卸下来的猪羊，非常满意："这才是朕想看的景，水运开通，百姓们就有了谋生的门路，那些才高德韶的会成为官员，那些喜欢经营的会成为商户，没有这些本事的就只能规规矩矩的靠自己的力气吃饭。"

"昨日九公哭诉，说他们无拳无勇还不会经营，手里握着十万枚银币却无处下手，唯恐被你采购成地毯和木料，或者买了几个杯子回家。云烨，九公他们信不过你，把十万银币交给了朕，要朕帮他们采购一些来钱快的货物，最好他们运到晋阳就能立刻出手大赚一笔。朕没有想到他们千里迢迢地来到岳州，只要求大赚一笔改善一下族人的生活，朕以为丝毫不为过，你说呢？"

云烨苦笑着说："乍一听很刺耳，不但要求稳赚不赔，而且还要大赚，如果是别人这么说会被那些商家鄙视至死，可是啊，就冲着他们的族长是您，这个要求确实不为过。陛下想着将本求利，已是万民之福，族人们也没有想着巧取豪夺，这已经非常的难得了。这个生意就交给微臣去做吧。"

"我不会把他们的血汗钱变成几方地毯和椅子，也不会拿他们的钱财去购买几套茶杯——虽然这样做可能赚得更多——微臣一定把他们的船装得满满当当，不知道三倍的利润能不能让他们满意？如果这个条件还不满意，微臣还有一个办法，帮他们购买无忧草，三十倍利润不在话下，岭南市舶司扣下的无忧草可不在少数。"

"胡说！那种东西怎能摆到明面上说，孙思邈种了半亩，朕都忧心忡忡。这种东西拿到了就该就地销毁，你囤积在岭南做什么？"

"禄东赞留在长安未走，一直想从中原带走些东西，微臣以为无忧草正该那些以神灵自居的上师们享用。苯教徒醉生梦死，明明是凡人却要操神仙的心……"

李二的脸色变了一变，严肃地问："如果朕没有猜错的话，那些无忧草大概已经被你带到了岳州吧？"

"没有，陛下当年说，私自拥有此物者，死！微臣不敢擅专，也没有资格处置。微臣是岭南百骑司的头领，接到了百骑司的指令，要将这东西运往长安。"云烨说着，就掏出一张纸递给李二，"这里是密令，微臣一直揣在怀里，请陛下勘验。"

李二接过那封密令，随手交给严松，严松掏出另外的一张纸两相核对一下，见两张纸的缺口严丝合缝，这才对皇帝说："确实无误。"

李二松了口气："百骑司密报，说'大帝号'上有三口箱子是绝密，能下令开启者只有朕。这些天朕一直在想会是什么东西，为何只有朕有这个权利解封，所以迟迟没有下令。现在看来，就是这东西吧？云烨，人可以不择手段地害人，但是不能欺天，我大唐如日中天，朕就不信煌煌天威不能让他们敬服！这样恶毒的东西，朕不会用，免得有一天祸延子孙。严松，持我令牌，将'大帝号'甲字一号库房里的三口箱子检验过后就地焚毁，缺失一两，你就自尽吧。"

云烨早就对李二说过，无忧草是毒瘤，需要尽早割除。西方来的船只上，只要有无忧草被市舶司查到，等待他们的就是死，螃蟹岛上的尸体不全是海盗的。

俱兰国来的商船上，很多的水手都拥有此物，一些富商甚至把这东西当成礼物献给李容和冯盎。他们废了九牛二虎之力才收缴了这些，准备焚毁的时候却接到了百骑司的密令，说要送到长安。云烨今天不过试探一下皇帝的口风，却发现皇帝竟然不知情，但严松却能立刻拿出密令的另一半。这就非常奇怪了。

拿吐蕃当借口，是云烨事先给自己留的一条退路，也是给皇帝一个台阶下，没想到皇帝根本就没有使用这东西的想法，到底是谁？

皇帝知道内情后的第一反应不是追查到底是谁发出的密令，而是销毁无忧草，这里面一定有一篇很大的文章，云烨不敢问，也不能问，因为特意被云烨拉来当见证的房玄龄与杜如晦两人闭着眼睛在养神，对于云烨和皇帝的话充耳不闻。

李二看着庄严肃穆的岳州衙门笑着说："关庭珑倒是有趣，别人做官从不修衙门，担心受到不好的影响，他倒好，将衙门修得气势宏伟，这算是朕看到的最气派的衙门了。"

房玄龄回答说："由不得他，下拨岳州的款项都是专款专用，给他修衙门的钱他用不到别的地方去，否则户部、御史台就要找他的麻烦。"

"房卿，你家的店铺是哪一家？可在这雨花街上？"李二似笑非笑地问房玄龄。

房玄龄非常难堪地说："臣惭愧，贱内说岳州是个做生意的宝地，所以就在这里开了一家生药行，这家乾顺号就是。"

李二哈哈一笑，当先走进了乾顺号，房玄龄的脸黑得像锅底，李二这是不打算给他留脸面了。

店铺的门面不小，进进出出抓药的人很多，店里还有两位坐堂的郎中，伙计见李二气质不俗，跑过来要招呼。掌柜挥挥手把他撵走了，快步迎出来。他不认识李二，但是看到自家老爷跟在后面，这个黑衣人的身份也就呼之欲出了。

"贵人来到小店，不知是抓药还是诊脉，您尽管放心，小店出售的生药都是货真价实的原产地的好药，发现一味不对，小老儿的人头尽管拿去，店内坐诊的先生也是岳州城有名的良医，只要在小店抓药，诊费全免。"

几句话说完，掌柜的就像是从水里捞出来的，汗水已经把衣衫浸透了，两条腿打着弯儿，似乎随时准备跪下去，明知道面前的人是皇帝，偏偏要当成一般的顾客来招待，这对他的心脏是一个极大地考验。

当李二和长孙坐在云家的酒楼上喝茶的时候，严松回来了，还了金牌小声说："三百三十七斤六两，一两不差，已经全部焚毁。"

"人呢？"李二端起热茶抿了一口。

"除岭南部乃是受命而为无罪外，已斩首七级，剩余一十一人正在追索中。"严松的话言简意赅。

"厚葬吧，官爵不必追夺。"李二叹口气吩咐严松，转过脸就对云烨说，"你说得对，这东西留不得，不管是因为什么原因，都不得动用。"

云烨终于知道自己不愿意和李二待在一起的原因了，因为和他在一起总能听到某某已经被斩首的消息。自从上回被李二逼着看活埋后，呕吐的敏感点不但没有钝化，反而更加敏锐了，现在只要听到人头之类的词汇，胃部一阵阵的不舒服。

李二点了一大桌子菜，什么贵就点什么，酒坛子打开了，菜也上来了，却一口不吃，甩甩袖子就要去铜铁巷喝醪糟。虽然云烨努力的劝说这家酒楼的醪糟味道极好，和玉山书院黄鼠家醪糟是一脉相传，远不是铜铁巷醪糟能比拟的，但李二还是离开了酒楼，看样子乎是要去祸害谁家的铺子。

这家店铺的门面极大，坊门一样高大的店门，一看就不是穷鬼能进去的，李二拿手指指店铺门脸问云烨："这是谁家的？"

"好像是微臣家的香料铺子。"云烨抽着脸回答。

李二闷哼一声继续往前走，一家专门贩卖珍珠的商行就在眼前，商家非常的豪气，玻璃缸里装满了珍珠，卖米一样的摆在柜台上。很多妇人坐在椅子上，自己拿丝线穿选好的各色珍珠，直到搭配满意了，才结了账，在爪牙的簇拥下扬长而去。

"这又是谁家的铺子？"李二看到掌柜笑眯眯地从后面端出一斗各色珍珠媚笑着放在一个贵妇面前的小几上，忍不住又问。

"看门脸上写着'云丰'二字，大概，可能……还是微臣家的。"

李二盯着云烨的脸恶狠狠地说："你能给朕说说这条街上那家店铺不是你家的么？"

"那家！您看门脸修得像城池的那家就不是。别家都是辛辛苦苦地赚两个散碎银子，只有那家卖东西都是一船一船地往外卖啊，他们家连天竺的生意都做，最过分的是他家连渔网都卖！"

李二走路习惯性往右看，偏偏云家的几个铺子都在右边，对门杜如晦家的粮店人潮汹涌，李二却视而不见。

云家的掌柜的看到云烨进来了，正要迎接，却看到侯爷的嘴都要扭到天上去了。老邵是云家专门做珍珠买卖的大掌柜，心思非常灵便，能让自家侯爷跟在后面不敢说话的一男一女，除了帝后，他想不出还有别人。

李二和长孙都坐到椅子上了，老邵还站在门口打摆子，比房玄龄家的掌柜还不如。

"撑着点，老邵，去把店里最好的珍珠拿出来，其他的我来应付。"云烨在老邵耳边低声说，这句话算是救了他。

不一会儿，老邵就在大木盘子里端了五六个玻璃罐子出来了，里面的珍珠最小的都有龙眼大，其中一颗金色的走盘珠，最是夺人眼球。

长孙用自己的长指甲拨动一下盘子里的那颗大珍珠，大珍珠就在磁盘子里不住的滚动，流光溢彩非常的美丽。她点点头，询问了一下皇帝的意见，就命伙计拿盒子装起来。

云烨的心都在滴血，这是珍珠行里压舱底的宝贝，如今被长孙看上了，难道还指望她付账不成？

李二脸上的阴云这才淡了些，正要离开，却发现门口走进来四个公人。

为首一个戴着软帽的文史笑着朝老邵拱拱手："恭喜发财啊，邵掌柜，见到你家生意兴隆，我们也跟着高兴。你把账簿拿来，给我们一间静室，我们核算你这个季度的税款，不打扰你招待贵客。"文史都是靠眼力价吃饭的，进来后看了一眼厅堂，就发现这里面的几个人很不简单，还专门向李二和长孙行了礼。

"张主簿辛苦了。"老邵赶紧拿来账簿，让伙计带着他们去隔壁的屋子里去核算账目。

"就在这里核算，你，就是你，把他们以往的缴税记录拿过来老夫看一下。"李二随口吩咐那几个文吏。

张主簿皱皱眉头说："贵人身份高贵，小吏是清楚的，万万不敢怠慢，但是户曹的账簿不宜给外人观看，这是律法，小吏不敢有违。如果贵人有户曹参军的手令，自然百无禁忌。"

李二愣了一下，很少有人拒绝他的要求，本来要发怒，但是听到小吏说这是律法，就不气了，向房玄龄投去征询的目光。

"确实如此，三年前户部颁发了《账簿令》，其中一条就是非有关人等不得私窥账簿，违者杖三十，徙三千里，这个小吏倒是一个懂事的，不宜苛责。"

李二点点头又对那个小吏说："现在你可以把账簿拿给我看了，不会有人追究你。"

张主簿还要再坚持一下，老邵在一边对他说："张主簿，你就把账簿让这位贵人看看，不会有事的，放心吧，你已经取得了许可，俺老邵不会害你的。"

见老邵做了保，张主簿这才把账簿送到迎过来的断鸿手上，乖乖地退到了一边，等候贵人征询。

"贞观十三年秋，岳州府共计征收珍珠行税银四项一十六笔，共计一千零三十五枚银币，上面有缴银入库的记录，想来不会偏差，只是这笔退税一百三十三枚是何缘由？老夫从没听说过已经入了国库的银币会有退还这一说。"

房玄龄正要解释，想了想，就把这个机会给了小吏，听听他怎么说。

"回贵人的话，退税共有三种情况，一是减免退税，二是误收退税，第三就是涉外退税。这里的退税是，有一百银币是减免退税，陛下在十三年的时候为了给得病的太上皇祈福，下令减免了天下一成的赋税，岳州自然会执行，由于岳州征税乃是在秋初，陛下的旨意发出的时间是在秋末，所以按照规定退还了珍珠行一百枚银币，而剩下的三十三枚银币就属于涉外退税了。"

李二笑着说："很好，我想起来了，十三年确实有这样一道旨意。你们执行得很好，不要紧张，慢慢说，这么个涉外退税，工部是怎么制定的，岳州都是怎么实施的？都说说，不管你说了什么，老夫保证没有人敢问你的不是。"

见到主簿发现断鸿是宦官后就紧张起来，李二赶紧温言安慰。这是他的另一个毛病，对朝中的大臣大发脾气，但对底层的官员却向来优容有加。这种情况随着对方身份变化而变化，对房玄龄、杜如晦从来不会说一句老哥之类的话，如果在田间地头，他和老农揽着肩膀，称兄道弟是为常事。

"贵人不知，岳州最近多了很多的胡商，他们带来的金块、银块或者金饼、银饼远远不及咱们大唐的精美，成色也多有不足，交易的时候，大唐商户不愿意收他们的杂色金银，这个时候就会按照胡商的金银成色来厘定成交价。大部分商户把胡商的金银成色是往低里说，钱庄拿回来重新铸造，去除火耗之后会有一定的剩余。这样账面就会出现盈余，账目平不了，所以这些多出来的金银会当成商家的利润重新上税，税后剩余的就会发还给商户。"

房玄龄补充道："的确如此，户部的账面不能出现不足，但是也不能容忍盈余，入一笔出一笔，两两核算之后账面的数目应当是持平的，不足就说明少了收入，多出来就表示出了差错，这也是不允许的。"

李二点点头，又翻了翻珍珠行的账簿问："十四年的赋税比十三年多了六成，是不是说明珍珠行去年赚的钱比前年多了六成？"

"不一定。以前确实就像贵人说的，商家的利润涨了一倍，赋税也必然跟着上涨一倍，但赋税被陛下改了后就不是的了。依小吏来看，珍珠行去年的利润要比前年多出来一倍以上。"

李二愣了一下，回头问房玄龄："皇帝是怎么改的赋税？我怎么不知道？"

房玄龄苦笑着说："这位张主簿所说的，一定是陛下在十一年之时提出的累进税制，就是缴纳的赋税越多，享受的各种减税的力度就越大，比如缴税一百枚银币和缴税一千枚银币，他们的产业利润相差可不是十倍，有时候甚至是几十倍。"

李二一下子就把手里的茶碗扔了，恼怒地说："这样一来，岂不是富者愈富，贫者愈贫，利润少者反而要缴纳更多的赋税？这不公平，你这个尚书左仆射的职责之一就是匡扶社稷，矫正帝王得失，明知道不妥，那个时候干什么去了？"

房玄龄还没有下拜，张主簿先"咕咚"一声昏过去了。云烨让老邵把张主簿几个人几个小吏带到后院，还吩咐侍卫把店门关上，这一幕可不能被外人看见。

房玄龄、杜如晦跪倒在地上，低着头不语，长孙则和李泰一起看墙上的字画，尤其是看到中堂上那幅硕大的乌龟戏水图时，母子二人更是窃窃私语，兴致很好。

"云烨，你来说，朕不信你当初会不知道这个结果，为了自己发财，黑了心了！"

听到皇帝这么说，长孙吃惊地转过头来，看看气急败坏的皇帝，赶紧对云烨说："不许你说大逆不道之言。"

这是长孙第一次在皇帝处理政务的时候插话，李二疑惑地瞅着长孙，却发现旁边的李泰也是一脸的尴尬，他立马意识到这事可能怪不得别人，多半是自己的错。皇后这是在给自己挽回颜面，多年的夫妻，这点默契还是不缺的。

云烨刚说话，被长孙一句话差点噎死，只好翻着眼睛看房顶。

"云烨，朕疲乏了，这就回行宫休憩，我们明日再议。"李二吩咐完，侍卫就打开了大门，李二和长孙钻进了马车。大街上不断地有人钻出来加入侍卫的队伍，在李泰的指挥下浩浩荡荡地杀向行宫。

瞅瞅皇帝走了，云烨把跪着的房玄龄和杜如晦搀扶起来，让到椅子上坐下，亲自给他们倒了茶水，这才说："房公，杜公，想想法子啊，陛下这么做，我们回到长安就没好日子过了。累进税制是陛下自己为了少缴税给自己开的口子，贞观十一年的时候有资格享受这道累进税制好处的可只有皇后娘娘，陛下没想到只过了三两年，有资格享受这种谁知的人变这么多了，他现在后悔了。咱们当年可都是反对过的，是陛下自己一意孤行，现在又拿我们来顶缸，如何是好，政令这东西是没法子朝令夕改的。"

房玄龄喝了一口热茶，没好气地说："老夫有什么好法子？这道政令对大唐的商业发展有很大的促进作用，以些小商家自动合并，抱成团的准备享受这道政令大餐，现在看来对大唐还是有好处的，等到大商家越来越多，朝廷的税收必然进入一个瓶颈期，再想要如此快速的发展就难了。"

杜如晦接着说："陛下这种拍脑袋得来的政令出现的又不是一次两次了，军中的退役令，军马法，不都是这个样子？一旦发现不合适，宁可硬着头皮继续执行，也不愿意折损了自己颜面。退役令将府兵退役和服役的岁数都提前了，看起来军中的青壮甚至变多了，可是老夫宁愿多些三十岁的老兵，也不愿要那些十六七岁的娃娃兵，很多老将已经抱怨过了。"

"您两位发现了没有，都是些急功近利的法令，说明陛下在着急，他想一口气走完前人数十年，甚至上百年才能走完的道路。"

"有什么好急的，大唐现在的状况之好乃是数百年来罕见，外无强敌，内无忧患，百姓安居乐业，只要将眼前的状况保持下去，老夫敢说不出十年，大唐自有一番新天地，如果能保持百年，那时的状况老夫都不敢想。"

"贪心了，贪心了，我们不都是想着让大唐平安无事么？这一回老夫一定不会答应陛下再折腾了。"杜如晦说完拱拱手就去自家的粮店里去了。

房玄龄也背着手回了自家的生药店，云烨站在自家的珍珠行门口感觉这两位大佬此时更像是一位锱铢必较的掌柜。

"云侯，救命啊，小吏委实不知道那位是陛下啊！"

"陛下是很讲道理的，你说的又没错，也没有徇私枉法，担心什么，回去吧，今天你也没心思查账，我估计啊，你马上就要升官了。"

老邵站在云烨身后目送又惊又喜的张主簿离去，小声说："这狗日的又沾了咱家的光，平白无故地得见天颜，祖坟上冒了青烟了。"

"别管人家祖坟冒不冒烟，你家侯爷我已经气得冒烟了，帝王珠没了，气死我了。"

"侯爷莫恼，那走盘珠咱家还有九颗都在宝库里放着呢，倒是后面再卖的话，咱必须拿出一个过得去的借口。"

这就对了，这才是云家的人，面对皇帝也能分清楚里外，皇家可没有。

李二哀叹的声音不时地从凉亭里传出来，长孙把一条带子紧紧地勒在他头上。自从长孙告诉李二那个该死的累进税制是怎来的之后，他就开始头疼，正在给魏征准备手术的孙思邈，急急地过来诊过脉之后说是忧思过度，不需服药，只要静养两天就可以痊愈。

"观音婢，你说房玄龄、杜如晦、云烨三个人是不是正在笑话朕？笑话朕搬起石头砸自己的脚。丢人啊，朕处理过的政务成千上万，哪里能一一记住这些琐碎的小事。"

长孙轻轻地揉着皇帝的太阳穴说："陛下，这可不是小事，妾身算过，光是恒顺号一年少缴纳的赋税就超过八万银币，再加上长安、洛阳、晋阳等地的豪商少缴纳的赋税，绝对是一个很大的数字，拿来修路足够修好几千里。您把精力过多地放到百骑司身上了，妾身一直想要说，总觉得自己不该插手，今日的事情妾身认为发生的好，陛下能警觉过来就不算什么。"

"不盯着不行啊，朕需要打起十二万分的精神盯着这个国家，就算这样，依然出现了纰漏，如果不是云烨不满无忧草的用法，他就不会试探朕，朕也不会知道原来百骑司里也有人敢私自下令。他们向朕禀报有秘密材料运到京师，但是没有说明白秘密材料是无忧草，他们就指望着朕疏忽大意，遗漏掉这件事。如果不是云烨说起，朕相信那些无忧草会成为吐蕃头人的恩物，这样做虽然会给大唐带来利益，但相比无忧草的后患，这样的利益不要也罢。

"此次斩首一十八级，就是让那些供奉看清楚朕的心胸，如果想要把吐蕃人彻底消灭，朕有的是法子，秦岭里的一个山洞里就有一件更加恐怖的武器，也更加有效。朕只是把那只恶魔锁在不见天日的洞窟，也不愿意动用，就足以说明朕对上天是恭敬的。"

长孙叹口气，把李二的脑袋搁在自己大腿上怜惜地说："一个人的精力终归是有限的，您一个人就算是长八百双眼睛也看不过来啊，更何况您的麾下人才济济。房玄龄、杜如晦这些老狐狸已经足够您操心的了，承乾、青雀他们也长大了。一茬一茬的人才纷纷出现，妾身本该穿上朝服，带着所有的妃子向您恭贺，可是作为您的妻子，妾身实在是不愿意您耗费心神的和这些人打交道。"

"不说别人，光一个云烨，和他打交道都让人头疼。妾身昨日不过拿了他家的一颗珠子，您不过浪费了他一顿饭食，今天早上，他的酒楼就把陛下昨日点的那桌酒席拿纱罩罩起来，上面专门写着'陛下钦点美食'，珍珠铺的大门写上'皇后娘娘也爱这里珠子'……"

李二刚要坐起来发发脾气，却被长孙在额头上亲吻了一下，火气就消散了。

"算了，这些都是小事，其实妾身最担心的是有一天内府的钱财会超过国库。妾身以为，皇家不能再把钱庄握在手里了，现在钱庄虽然挂在户部的名下，但是真正运作钱庄的还是内府，这是非常不妥当的一件事。妾身昨夜特意查看了岳州钱庄的账目，数目惊人，陛下，您是该给钱庄找一个合适的去处了，妾身已经掌握不了钱庄了。现在有人提出用纸片代替金银铜成为钱币，妾身不懂，万一错了就会酿成滔天大祸。"

"云烨怎么说？"李二听完长孙的话不由得坐了起来。

"妾身在船上问过云烨，他当时的脸色煞白，说了一些妾身听不太懂的话，最后说再敢有人提起用纸代替钱币者，请斩立决！"

李二闭着眼睛思量了一阵子，缓缓地说："相比别人，我更相信云烨的判断，钱庄本来就是他和太子、恪儿鼓捣出来的，最清楚钱庄利弊的人应该就是云烨。回到长安之后，钱庄的事情我们需要好好和他谈谈。"

夫妻两相对无言，不约而同地叹了口气，凉亭子里显得更加幽静。

第六章　以下犯上

李二和长孙还是在岳州的大街小巷转悠，有时候还会出现在郊外的农田里，他们不再隐瞒自己的身份。

云烨当年胡乱扔稻秧的地方已经出现了一座小小的庙宇，庙里有云烨的造像，也不知道谁刻的。碑文还在，上面讽刺的口吻没变，只不过在最后加了一句话："年末，此处田亩丰产一成。"

"胡闹也能闹的百姓自动给他造像，朕实在是无话可说。"李二进到庙里，拿手拍着塑像的脑袋感慨万分，这家伙的神奇到底是运气还是冥冥中真的有百神保佑？

继续前行，李二看着四周葱茏的群山问韩城："这里三面环山，一面近水，沼泽密布，蚊虫横行，为何很少看到野兽？朕以前听闻云梦泽里蛟龙横行，山上虎豹成群，如今我们君臣在这里走了一天为何连狐狸之类的小兽都很难见到？"

韩城躬身回答："微臣如今只是叹息蛟龙太少，虎豹踪迹难寻。"

"哦？这是何故，蛟龙与虎豹都是害虫，卿为何有此感叹？"李二知道其中必有缘由，没有轻易下结论。前几天的遭遇让他耿耿于怀，岳州这地方有很多地方都和其他州府不一样，其中一条就是岳州城门从不关闭，后半夜会有络绎不绝的车马驶进城，问了之后才知道，岳州城不允许商家白日进货，只能在后半夜街市无人之时将货物运进岳州，原因就是刺史认为猪羊过市有碍观瞻。

"陛下，蛟龙虎豹虽然都是害虫，却全身都是宝，蛟龙皮鞣制之后就成了最好的皮料，用来做靴子经年不坏，最好的鞣皮工匠，能把一张蛟龙皮剥离成四层，剥离后的鳄鱼皮柔软如丝，坚韧如麻，用来制作各种箱笼乃是上上之选。您看，那些女官身上背的箱包就是云家店铺出产的，价格贵得离谱，以微臣的俸禄一年买不了几个这样的箱包。蛟龙肉更是紧俏，医家认为蛟龙肉能够补气养血，平喘止咳，所以大户人家都备有蛟龙肉干。虎豹也是一样，长安来的高手匠人制作的皮裘如今已经贩卖了大食，岳州城有两成的产业就是依靠这些蛟龙和虎豹支撑的。如今岳州城周围已经见不到蛟龙了，虎豹之类也只有深山才能见到，因为如此，岳州制作的箱笼和皮裘，价格又高了很多……"

李二唤过一个随行的女官，让她把自己的背包拿过来，李二拿手撕扯几下，又打开看看。女官的俏脸立刻变得绯红，里面都是些女人的私人物品，李二不管，翻过来就倒在云烨塑像前面的供桌上，看着包上一个铜质鳄鱼标示仔细研究。

"这种箱包妾身有很多，云家只要有新货都会送到宫里一些，只是价值妾身就不知道了，一个箱包能有多贵。欢奴，你的这个箱包花了多少钱？"长孙问女官。

"回娘娘，这是奴婢攒了两年的份例昨日在云家老铺买的，用了十二个银币。"女官把头垂得低低的，不敢看长孙，娘娘一向崇尚节俭，看不习惯这样的行为。

"十二枚银币？"长孙惊叫了一声，随手一巴掌就拍在女官的脑袋上，"云家的东西要价从来都是黑了心的，五十石粮食就买了这个东西？"

见到长孙发怒，欢奴连忙跪下请罪，其余的女官都把箱包放在长孙面前，也跪下来请罪，居然每人都有一个。

韩城拱手替这些女官求情："娘娘息怒，微臣家中有一妻一妾三女，这样的箱包足足有十几个，箱包对她们来说已经是除首饰之外最大的念想了，她们随娘娘从长安来岳州，不购买一些箱包，微臣才会奇怪。"

"你是说妇人家购买这东西已经是常态了？"长孙不敢置信问韩城，这东西毕竟太昂贵了，一般人家可购买不起。

"确实如此，微臣有些老友身在楚州、成州，都会来信要求老夫替他们夫人购置几件新式的箱包，说来惭愧，微臣的俸禄都搭在这上了。"钱升也在一旁帮腔。

"混账，都是混账，心思都到哪里去了，一个箱包哪里价值五十石粮食了，本宫这就要去问问云烨这个混账东西，如此搜刮民财天理何在！"

李二却笑了起来，按下长孙指东画西的手："朕倒是认为价格定高些是对的，能买得起这些箱包的都不是贫寒人家，至少衣食无忧，这东西能把一个妇人和普通百姓家的妇人从根本上分成两个阶层，十二枚银币并不多。钱升，云烨怎么说？"

钱升无奈地说："微臣当初问过云家人，他们说他们卖的可不是什么皮包，他们只卖尊贵的生活，这个皮包不过是一个表示主人身在富贵生活中而已。"

李二呵呵一笑："朕想起来了，云烨以前就奏请过加征奢侈税，当时朕不以为然，现在看起来云烨这是给朕敲警钟啊。也罢，五十石粮食买一个皮包赚的确实过分——拟旨，命中书省制定奢侈品名单，将它们的税率提高三倍……"

李二宣完旨意，就让女官们起来，并不呵斥她们，自己能在无意中发现一个漏洞并且迅速补上，不能不说是一个胜利。

皇帝准备征收奢侈税的消息顿时让云家老店的大掌柜老周一颗悬着的心落了地，赚钱赚得心里七上八下的没个底，现在好了，朝廷开始征收重税了，这是大好事了，云家做生意从来都是以稳妥为第一，必须合情合理合法，奢侈税的出台让早日的担心顿时化为乌有。

"福寿，你说说，陛下的旨意里说没说奢侈税的税率是多少？"老周安心地放下茶碗，问报告消息的伙计。

"掌柜的，陛下把奢侈税订的比现在税率多了三倍。"伙计连忙回答。

"什么？"老周一下子就从椅子上蹿了起来，袖子把茶碗都带倒了，"赶紧去告诉侯爷，三倍，怎能是三倍？这要是通过了三省，咱家非得被骂死不可！"

大唐的政令发布以前有一台非常严格的程序，一道政令想要产生，必须要经过中书、门下、尚书三省的三道关卡。

中书省拟定政令，皇帝批红后再到门下省审核，然后还要经过御史台的审议，如果御史台的大佬对皇帝这道政令不满，会打回去重新拟定，直到满意了才会下发到尚书省执行。以前有尚书令的职位，可是大唐第一个担任这个职位的是李二，所以李二登基后，尚书令就没有了，这是中央六省中权力最大的一个部门，李二有意无意地就把这项权利握在自己手里。

自从打败草原上的强敌后，李二权威日重，很多政令没有经过商议就下发到了中书省，房玄龄一般会规劝，见皇帝打算一意孤行后，就会起草好政令，再送到门下省。长孙无忌自从上次反对将自己封为赵州刺史后，不知道怎么被李二收拾了，反正从那以后，门下省对皇帝的命令一向奉行不渝。而掌管御史台的魏征这两年被皇帝撵得像狗一样东跑西颠，剩下的那些软蛋谁敢捋皇帝的龙须？最后，尚书省这个皇帝亲自掌握的部门执行。

一个人再聪明也有遗漏的地方，李二又何能例外？奢侈品税在现有的基础上翻三个跟头，很多吗？这不是粮食、布匹这些必需的东西，你翻三个跟头老百姓就没法活了，这是奢侈品啊！

利润不翻上百十倍好意思叫奢侈品？岳州的税率是十税一，还是按照最初的实物上税，把麦子磨成面粉不会上税，再把面粉蒸成馒头也不会上税，饭馆里上的税也是原材料的税，云家酒楼日进斗金，一月的商税不过十个银币而已。云家箱包上的税实际上是鳄鱼皮的税，和面粉上的是麦子的税一样。至于鳄鱼皮你拆分成几层子没人管，官府就是给你家半寸厚的鳄鱼皮上一次税，然后皆大欢喜。

老周自己急得像推磨的驴，手背拍着手心，焦急地对云烨说："侯爷，这不成啊，税率翻了三个跟头，这和没加有什么区别，这么赚钱咱们自己的心里都不踏实。老奴以为在最终的实物上征收十税一还差不多，您得去和陛下说说，再这么下去，咱家的箱包可就不敢卖了，谁都眼红，到时候满世界都是仇敌，得不偿失啊。"

辛月站在云烨身后帮他揉太阳穴，云烨刚刚听到报告后就开始头疼，农耕社会到商业社会，李二都没有做好准备，他以为三倍的税率已经是一种恶趣味了，谁知道还是低得让人为难，一旦成为律法确定下来，那就完了，十年不修律是死规定，云家要是这样无法无天的狠赚十年钱，这还了得！

事实上大家都在等待奢侈品税的诞生，唐朝人习惯了在朝廷定下的框框里生活，只要这个框框能够让他有食有衣就没人会造反，除非活不下去了，这才重新弄一个皇帝来制定新的框框。

云烨长叹一声，从椅子上站起来，让辛月伺候自己穿官服，今天必须好好地和皇帝谈谈了。拍脑袋决定政务的时代已经一去不复返了，皇帝必须尊重臣僚的意见，每一项政令必须再三考证过后才能发布，比如这税率。

坐着马车先去看了房玄龄，房玄龄正在对着一张纸发愣，见云烨一身官袍，一丝不苟，连忙告一声罪，回到后堂穿好官服才出来相见。按照官场的礼仪，云烨向房玄龄行了礼，房玄龄回礼之后两人才落座。

"云侯此次前来，可是为了奢侈品税的事情？陛下已经下了令，很难更改了。"房玄龄一下子就猜到了云烨的目的，他也认为皇帝拍脑袋决定的政务不合理，但皇帝似乎等不及了，已经派了两拨内侍过来问消息，他担心那些奢华的东西卖得更多，国家受损。

云烨不说话，把手里的包包放在房玄龄的桌案上，又掏出十五个大子扔在边上，伤感的指着两样物事，又坐回了座位。

房玄龄何许人，也看到这两样东西立刻就明白了，吃惊地问云烨："云侯莫非是说陛下的税率上的不合适，不是太多，而是太少？"

云烨的声音就像是木偶发出来的："这个皮包市价十枚银币，按照陛下的税率，上了十五个大子，房相以为如何？这个钱云家不敢挣啊，陛下已经认识到奢侈品的危害，为何就出台了这么一个东西？我都不敢想，陛下知道自己决断错了之后会有什么反应。"

房玄龄闭目不语，半晌才艰难地对云烨说："现在还不算太晚，咱们俩去见陛下吧，此事事关陛下的颜面，万万不可外传。"

"晚了，我家伙计都知道的事情，您还指望谁不知道？陛下在城外那座小庙里为了显示皇家的威严，当众下达了旨意。按说我该高兴，至少可以没心没肺的赚十年的巨利，可是我就是高兴不起来。"

房玄龄苦笑道："巨利？恐怕没那么好赚……算了，我们进宫去吧，吃了这次的亏，陛下该醒悟了，自己毕竟是一个人，操不过来全天下的心。"

两人坐着马车又到了行宫，云烨、房玄龄明明能够凭着腰牌直接进去，两人偏偏在侍卫迷惑不解的眼光中掏出了官牒，正式请见。

李二看到两人的官牒也非常迷惑，难道云烨不该哭嚎着窜进宫抱着皇后的腿，哀求给他家的店铺一条活路么？为什么要这样正式觐见？

长孙的眼珠子上下窜动，如果云烨一个人，可能真是被逼急了，想穿着官服让陛下想起自己立下的那些功劳，好把税率降一点。可是他不是一个人，还有房玄龄，两个人都是一副正式的奏对格局，这里面一定有鬼。

"陛下，这两个人今日来着不善啊，您做好准备了？一个老狐狸，一只小狐狸联袂而来，您还是早做准备吧，如果妾身没猜错，他们就是冲着您今日的那道旨意来的。"

李二拍拍已经有些发福的肚皮，大笑着说："想从朕这里突破，说破天也不行，三倍的税率朕一点都不会降，敢说一句求情的话，朕就加一倍的税率！房玄龄雄辩滔滔，云烨诡辩不绝，嘴皮子上的功夫了得，朕虽然不惧，但是不可不防。说不定这两个人就是那些黑心的勋贵们找来的说客，身后有一个庞大的利益集团。这样的交锋已经好几年没有出现了，观音婢，朕现在兴致勃勃地想看看他们如何说动朕改变税率，朕就是不答应，看他们能奈我何。即使毁掉这些奢侈品对国家也没有多少损害。"

长孙皱着眉头说：“妾身有种非常不好的感觉，总觉得他们做事不会这么简单，死谏？云烨是万万不肯做的，他们到底想要做什么？”

“哈哈哈，死谏？魏征、刘泊他们做得出来，房玄龄，云烨？朕不信，尤其是云烨这种挨板子都会叫唤的小子，朕更不信！”

随着断鸿的脚步，两人亦步亦趋地跟着，云烨小声地问房玄龄：“房公，您说陛下听到咱们的奏对之后会是什么反应？今日晚辈就全靠您了，您要是不在，陛下铁定恼羞成怒，说不定会当堂揍我，传出去晚辈就没脸见人了。要想一个既让陛下感受到自己错了，又不伤及他的颜面，您说有什么法子？”

“你年纪小，又是陛下的晚辈，挨顿揍不算丢人，问题要不解决，才后患无穷，老夫感觉大唐的《商律》需要全面改进了，不如就由你牵个头制定出一部超前的律法来？现在的律法沿用了隋制，八十余年都没有修正过了，依老夫看来，到了重新制订律法的时候了。你是少年英杰，挨顿揍换来一部律法，这种事情很值啊，年纪轻轻的不要总是躲躲闪闪，遇到困难有时候就该迎面直上才是。”

云烨吃惊地看了一眼房玄龄，老家伙坑人都不眨一下眼，李二现在就是魔王，谁吃饱了撑的去招惹他，自己穿官服觐见就是不愿意挨揍。

还没等云烨开口，断鸿就催促道：“你两位还是快些，陛下都已经等急了。”

云烨、房玄龄对视一眼，跟着断鸿进了大殿，李坐在龙案后面，似笑非笑地看着走进来的两人：“二位卿家见朕何事，速速奏来。”

云烨一侧目，发现房玄龄已经跪坐在旁边的垫子上了，捧着笏板的样子非常端正，李二的嘴角也浮现出一缕耐人寻味的笑容。

云烨悄悄地往后退了两步，抱着笏板咬着牙说：“陛下，微臣今日前来是为了您日间下达的旨意，臣听说陛下命中书、门下、尚书三省在厘定何为奢侈品，准备加征三倍的税率，微臣以为不妥……”

“住口！尔等俸禄都是民脂民膏，衣食穿用都是百姓血汗，为人臣不思替君分忧，不知体恤百姓疾苦，挖空心思对百姓敲骨吸髓，更设计出各种奇巧之物，恬不知耻地搜刮百姓的救命钱粮！朕意已决，休要再言，胆敢再言税率者，多说一句话朕就加一倍税率，朕宁愿毁掉这些无用的奇巧之物，也不愿看到你们坐享其成！”

“陛下，请听微臣一言，这道旨意……”

"房卿记下，奢侈品税增加到四倍！"李二斩钉截铁地对房玄龄下令。

"陛下，不是的，微臣就是想……"

"房玄龄你也听到了，他又说了三句话，税率增加到七倍！"李二冷笑着把手放在案子上，满怀期待地等着云烨再说话。

云烨不说了，从怀里掏出炭笔在笏板上计算了一番，然后拱手对皇帝说："陛下啊，税率确实不妥啊，您总要听微臣说话，不是？"

李二嘿嘿地笑："前三个字不算，后面说了两句税率再增加两倍！小子，有种你就继续说，朕不在乎毁掉那些狗屁东西，没了那些东西，大唐说不定会更好！九倍的税率朕看你如何经营，有本事把你家的皮包卖到一百枚银币一个。"

"陛下，税率不是这么计算的，您弄错了。"

"好胆子，十二倍的税率了，你打算破罐子破摔不成？"李二有些奇怪了，莫非云烨真的不在乎这些商铺了，这可是他云家最大的经济来源。

云烨和房玄龄互相交换了笏板，看看对方计算的数字，房玄龄又对云烨伸出来三个指头，云烨点点头，抱着笏板说："没打算破罐子破摔，是想好好经营，一代代地把手艺传下去。"说完就瞪着眼睛看皇帝的反应。

李二发现了云烨和房玄龄的交流，感觉到了不对劲，闭着嘴迟迟不下令，房玄龄站出来说："回禀陛下，云侯刚刚又说了三句话，微臣这就去厘定奢侈品税的定额，为基本税率的十五倍，微臣告退！"

房玄龄走了，云烨闭着嘴巴也告退了。这样的结果最好，谁都不得罪，错误全是皇帝的，那些专门发奢侈品财的人家也把涨税的罪名都赖到皇帝头上了，皇帝是暴君，不许大臣说话讲理，仗义执言的云侯多说了几句话就被皇帝蛮横地把税率增加了十几倍。

瞅着两位臣子出了大殿，李二脸上阴云密布，可是怎么想，都没有想到哪里不对。夕阳的余晖穿过后窗，照在李二阴晴不定的脸上，有说不出的诡异。到底哪里不对劲？

"陛下，他们在故意加税，妾身刚才翻看了一下我朝的商税，这才发现您只加了三倍的商税太少了，我朝只征实物税，就拿那个卖价十二枚银币的箱包来说，您加了三倍的税率，不过是每个箱包多付出十个铜钱而已，而且累进税律同样适用于奢侈品，这样一来您增加的税率几乎没起作用。

"云烨是个明白事理的，他知道这样做不合适，所以他早年就向陛下提起过奢侈品税，他一进殿妾身就发现他是想加税。如果是减税，他一定不会如此忐忑不安，因为加税的举动会惹陛下羞恼，所以他穿了朝服，拖上房玄龄，恐怕是担心陛下对他发难。"

长孙把《唐律疏议》中的商税篇特意用红笔勾勒出来，放在李二的桌案上，就命令内侍全部退下，只留下忐忑不安的断鸿注意着随时会爆发的李二。

李二把那些文字看完闭上眼睛胸口剧烈地起伏，一字一句地说："朕想给价值十二枚银币的皮包上税，没想到却把税率增加在了一枚银币一张的鳄鱼皮上，气死朕了……"

皇帝三天没出行宫一步，因为随行的御史已经在弹劾皇帝暴虐成性了，不等臣子把话说完，就无礼的把特种商税增加到了十五倍，简直丧心病狂，古之暴君也没有这样残暴的增加过税率。魏征的眼睛还包着纱布，就要仆人把自己带到了行宫，叩阙拜见皇帝。

李二狂躁的心逐渐冷静了下来，想翻出起居注看看自己的得失。但皇帝是不允许看自己的起居注的，这是史家向来坚持的原则。

李二说："朕一字不增一字不减，不臧否，不菲薄，只想看看往日言行，明识己身，惩前毖后不使政务再有疏漏之处。"

目的很明确，理由很充分，但是记录皇帝起居注的史官是颜家的颜师古，他对皇帝的保证嗤之以鼻，不管皇帝如何解释自己的目的，他都是一句话："颜氏家训并无此先例。"

暴怒的李二命人将颜师古捆起来，却找不到起居注在何处。内侍问颜师古起居注何在，颜师古回答："昨夜未曾用晚饭，就把起居注当晚餐食了，如今还在腹中，需要剖腹才能见到。"

春秋时，崔杼一连杀了三个记录他杀死国君齐庄公的史官，依然不能让史书有所改变。李二虽然暴怒，却没有崔杼皮厚，只好释放了颜师古，事实上不放不行，因为颜师古的哥哥颜师鲁已经站在宫门外面，一旦他弟弟被皇帝砍头，他会立刻进宫继续当史官。这个职位是颜家世袭的，别人写的起居注只能是野史，只有他们写的才会被天下人认可。李二不用想就知道，颜师古死了，颜师鲁也一定不会给自己看起居注的。

没吃到羊肉却惹了一身腥膻，李二觉得自己的起居注一定不会太好看，否则颜家人不会如此舍命维护，以前的名声不好，现在又有了攻击史官的事件，估计会被写得更加不堪。

被打击的焦头烂额的皇帝只能在皇宫里暴跳如雷，本来就患有风疾，如今加上暴怒，一下子旧病复发，孙思邈用了针这才稍微好些。

云烨背着一个大包袱进宫去看李二，被满面病容的李二吓了一跳。

李二躺在床上看着帐子顶虚弱地说："都不省心啊，看来把朕活活气死你们就满意了，现在你们一个个都是怎么了，也不再像以前一样直言朕的过失，朕想去看看自己的起居注匡正得失都不行，没想改里面的内容，只要是朕做的事情，朕都认了。朕英雄了一世，断不肯在这上面丢人的，凭什么信不过朕？"

孙思邈诊脉完毕后就退下了，长孙掩面哭泣，这段时间发生的事情好像都在证明皇帝已经不是一个合格的皇帝了。这如何能让心高气傲的李二服气，只要知道自己的错误在那里，李二认为自己依然是那个君临天下的天可汗。

"陛下怎么会想起去找颜家要起居注的，他们家的人都是石头，油盐不进。当初书院打算要陛下的起居注印制成藏书，微臣被颜之推老先生唾了一脸的唾沫。"

李二艰难地抬起头看着云烨说："你是一个不服输的人，是不是想了什么办法拿到了起居注？快快拿来，朕要看看。"

"没有，颜家不知道把起居注藏到哪里去了，不过陛下要看自己的历史微臣却是有办法的，并且给您带来了。"

李二一翻身就坐了起来，见云烨把大包袱放在榻上，解开一看，全是线装的手抄书籍，翻开一本，只见扉页上用毛笔写着四个圆润的大字"贞观纪事"，他疑惑地看着云烨，等他解释。

"陛下，贞观年间大事不断，精彩纷呈，想记录这段历史的人可不是只有颜家一家，书院的史家也在搜集整理贞观年间的事情，汇编成册。现在已经写到了贞观十四年，要论起史料的详实，颜家还没有办法与我玉山书院相提并论，不管在人力物力上，他们家根本就没办法相比，除了比颜家起居注少了宫闱秘闻之外，在天下大事，人情风物，地理变迁，律法颁布，朝政更替，远比颜家详实。

"您看，这篇《西域志》，主笔者是玄奘，书院史料馆还特意访问了远征西域的侯君集、宁大昌这些主帅，还访问了随行的将校军卒不下百人，这些东西颜家可没有。商税部分执笔的乃是房相、长孙仆射、刘洎和长安东西两市的主官，还有牙行首脑、大商户、中等商户、下等商户这些人做的注脚。看完这部分，陛下就会对商税有一个清楚明白的认识，总之，只要是您想看的，不管是政令、法令、军令、刑赏，《贞观纪事》里都有。

"这些东西之所以在微臣这里，是因为书院需要微臣补足南洋篇和辽东篇，至于青雀的物理篇晦涩难懂，陛下就没必要看了，一个人精力有限，顾不过来的。"

李二大喜，翻开一部，就发现那里正好讲到自己与颉利渭河对话的一幕，白马之盟李二自然记得清楚，看了一段后，指着其中的一段话对云烨说："这里不对啊，木桥只有一百五十步，何来三百步之说？隔着三百步，朕和颉利如何对话，只有一百五十步，再近了就很危险，远了说话听不清楚。"

云烨立刻拿过笔墨，将李二的这段话记录下来，夹进了书页，然后说："陛下，这些书您只能看，也可以摘录，但是不能印制，因为这涉及到版权的问题。您也知道，玉山书院的夫子们对钱财毫不在意，只要牵涉到版权，没道理好讲，比颜家人难缠多了。"

李二点点头，表示答应，学问这东西已经不是律法能管束得了的，他是皇帝也不行。

见李二看得入迷，长孙示意云烨跟她一起来到偏殿，眉毛顿时就竖了起来："陛下病体未愈，你们就大肆献书是何道理，莫非还准备羞辱陛下？"

云烨奇怪地看着长孙说："娘娘，当初邹衍给秦皇献《五德终始说》的时候，秦皇是何等的喜悦，董仲舒将儒学这个绝世美人献给汉武帝之时，汉武是何等的狂喜，怎么到了陛下这里。我们献书就成了羞辱陛下？"

"微臣送来的是《贞观纪事》，魏侍中还在整理的《贞观补遗》，乃是贞观年间所有政务得失的名录表，有总结，有教训，还有各种补救办法，明日也会送给陛下研读。房相、杜相也把自己多年积存的政务心得汇编成了《贞观心得》现在正在做删减，听说不下六十万言。

"颜家因为拒绝了陛下看起居注，所以准备把颜之推老先生撰写的《颜氏家训》献给陛下，阐明他家对于教育的看法，乃是无价之宝。李靖、李勣合著的兵法也准备献给陛下……

"我们之所以把这些书献给陛下，就是因为我们敬陛下，听到陛下想匡正得失，就不约而同地把自己认为最合适的书籍献上，尽一个臣子的忠敬之心，何来羞辱之说？"

长孙的怒火平息下来，又问："为何是现在，为何要挑这个时间进献？本宫敢说，只要错过这个时间，陛下收到这些书也必定会像秦皇汉武一样的喜悦。"

"娘娘，书是用来读得，不是放在架子上让虫子咬的，现在恰好是陛下迷茫的时候，需要形成自己的治政理念，自然就会研读这些书籍。您以为我们编写这些书很容易吗？陛下如果不读，我们的心血就白费了。"

长孙也变得迷茫起来，以前得心应手的政务，现在变得非常的陌生，一座岳州就让她云里雾里的，更不要说整个大唐疆域了。

"皇后，让青雀备齐仪仗，依弟子礼替朕去拜谢那些献书的臣子。云烨说的没错，他们的这份忠敬之心不容抹杀。"李二的声音远远地从大殿里传了出来。云烨刚才故意大声，其实就是讲给他听的。

皇帝开始读书了，这场风波就算是圆满过去了。每一次代替老爹去感谢人家，对李泰来说都是一种折磨。八月的岳州酷热难当，李泰穿着礼服，袄、袍、夹衣、深衣、绶、佩、节、冠、靴子一样都不少，一场礼仪下来就是一整天，好不容易把这活干完了，全身长满了痱子。

第七章　人头铺路

李二在灯火通明的行宫里握着一卷书慢慢地踱步，笔墨凌乱地散落在桌子上，大块的墨汁在檀木桌案上慢慢汇聚成一汪墨泉。

别人眼中的李世民原来是这个样子的，这些文章都是最亲近的人所写，李二不怀疑他们的真诚，也不相信他们会有所偏私，可是总该有一个人是错的，难道错的是自己？

不会的，朕劈开了帝国的道路，如何会错？以往的历史无不证明了朕的英明，房玄龄谋而不断，杜如晦断而不绝；魏征拘泥于食古不化；云烨偏爱投机，从不把话说到十分；长孙无忌眼光过人，却无坚持之能……都是有缺点的人，他们的不足之处一眼就能看出来。

有缺点的臣子才是好臣子。

从什么时候开始散乱的？是从草原大胜？还是从土豆的出现？李二整整在大殿里徘徊了一夜，直到太阳从东边升起，长孙给他端来饭食，他忽然悟透了纷乱的来源。

原来都是从吃饱肚子之后才开始变得纷乱的。天下人饥饿了几千年，到了他手里才开始吃饱了肚子，肚子吃饱了并没有出现知礼仪的一幕，什么仓廪实而知礼节，这是一句骗人的鬼话，吃饱了肚子之后还催生了一样副产品，那就是欲望。欲望是没有止境的，吃饱了肚子就想要暖和的衣服，有了衣服就会想要一间舒适的房子……人们不再为肚子发愁的时候，心思自然而然地就活泛起来，心思一活泛，天下滔滔，顿时将一个清明世界变成了一团乱麻。

一宿没睡的李二神采奕奕，换过衣服后就带着断鸿和侍卫重新去认识这座岳州城了。

卖菜的小贩专注地打量着过路的每一个人，只要有半点可能，就要把自己的蔬菜售卖给对方，拿到铜子的那一瞬间，李二发现小贩的眉毛似乎都在飞舞，不过这种愉快很快就随着下一位路人的到来消失，又变成了那种深深的渴望，周而复始，从不停止，那种渴望似乎远远不是几枚铜钱能够填满的。

李二好像很有逛街的兴致，一路上购买了很多东西，买纸鸢，买泥人，买娃娃哨，买风车，甚至还买了两只竹马，三个侍卫身上挂满了东西。

浓荫深处有人家，门楣上硕大的"云府"两个字让李二眉开眼笑，见大门紧闭，门前连值守的下人都没有，他就对断鸿伸伸手指。

断鸿一脚就踹开了大门，胳膊粗的门闩断裂成两截。冬鱼、人熊和管家老赵正在门房喝酒聊天，见到有人打上门来，立时大怒，才出门就看见李二，赶紧趴地上不敢动弹。

"云烨在哪，带我过去，敢通风报信，朕打断他的狗腿！"李二径直往里走。管家老赵匆匆在前面带路，侯爷和魏王正在后花园喝酒呢。

"你以前说，造一个硕大的圆球，不断地把热气冲进去就能把人带飞起来，这和孔明灯一个道理，想要依靠人自身的力量飞起来还是很难，不过先弄出来一个能飞的东西来玩玩也不错。"李泰穿着裤头，十分不雅地躺在躺椅上。

云烨半眯着眼睛，没接他的话，自顾自地说："等回京把小丫的婚事办完了，估计我也没什么事，我们就潇潇遥遥地过几天清闲日子。陛下这时候忙着读书，估计没时间找我的晦气，能清闲几天是几天，我对南山的皇家猎场早就垂涎三尺了，什么时候去打猎？"

"还得一个月呢。"李二非常没形象地坐到两张躺椅间的小几上，居高临下地看着云烨，"你先告诉朕，你们送这么些书，难道就是打算把朕困在书房，你们好过清闲日子？说实话，朕是不是非常讨人嫌？别起来，就这么回答，别用心思，你一用心答，答案就变了，赶紧的，是也不是？你们就是讨厌朕指手画脚了吧？"

"没，没这打算，"云烨被吓得身子一抖，还没坐起来又乖乖地躺下了，"陛下乃是天下奇才，区区几本书很快就会看完。微臣等人钻研了许久，都没有找到一条适合大唐将来要走的道路，只好寄希望于陛下，希望陛下能纳百家之长最后把这条路找出来。"

李二的眼睛像鹰一样盯着云烨，云烨很不自在，把身子往下缩缩。

"放屁，朕今天在街上被人鄙视了一天，给和尚金币被鄙视，给小贩金币也被鄙视，你要是说不出个所以然来，朕秋猎的猎物就是你！"

云烨暗暗叫苦，李二天生的小心眼，今天不知道发了什么疯，估计就是想看看市井百态，看完了小贩，现在该看勋贵了。不知道他从别人身上看到了什么，又想从自己身上看到些什么。

既然不知道，那就信口开河："颜之推老先生把人性分为三等，即上智之人，下愚之人和中庸之人。他说上智不教而成，下愚虽教无益，中庸之人，不教不知也。他还说陛下就是上智之人，是天赋的英才，不学自知、不教自晓。微臣不同意这个看法，陛下早年南征北讨看遍世情，所以做事往往能切合百姓的需要，制定出的法令自然会通行无误，可是后面这十几年，陛下一直留在长安，一道宫墙把陛下和百姓分割开来，您知道的百姓，都只停留在奏折上，或者情报里。"

"但奏折和情报都不足以告诉陛下如今的天下是如何一个一日三变，您按照以前百姓的实情来制定现在百姓的律法，难免会有疏漏。可是陛下乃一国之君，不能整天出没于市井，所以微臣等人就把自己的心得汇编成册，献给陛下，想让陛下看到一个真实的大唐，并无二意！"

李二坐到断鸿搬来的椅子上，叹口气说："果然如此啊，人生于忧患而死于安乐啊，朕不过松懈了数年，没想到竟然与大唐民生格格不入，确实到了学习的时候了。小子，且让你得意几天，等到朕弄通弄懂这些变化之后有你受的。治天下不外乎治人而已，既然朕没有心力掌控世间所有的事情，那就看好你们就够了，你们牧民，朕牧你们。"

李二坐在那里畅快地喝茶水，似乎真的想明白了什么。李泰披上袍子习惯性地站在李二背后，被李二一把扯过来说："你身上的痱子没好，光着就光着吧，又没外人，希帕蒂亚为何不服侍你，还有没有一点做妻子的觉悟？"

"父皇，孩儿和希帕蒂亚就是合作生个孩子，孩儿不会纳她为妃子的。"

李二惊愕地看看李泰，一巴掌抽在云烨的光脊梁上，破口大骂："都是你这个混账东西，前面把路走歪了，青雀也学你的样子！你和安澜肆意妄为，以至于现在已成长安街市上的笑柄！"

云烨疼得龇牙咧嘴，又不敢顶嘴，只能怒视着偷笑的李泰，这混蛋绝对是故意的。

心情刚刚好，脸色又垮了下来，李二见云烨背上一个红红的手印，也不好再下手，整整袍子，气冲冲地对断鸿说："气死朕了，回宫！"

李治是个软性子，从来不知道拒绝别人，牛奶已经给了这只胖胖的小熊猫，结果又被它看见这块抹着果酱的蛋糕。书院十天才供应一次蛋糕，他喜欢吃甜食，不愿把蛋糕给熊猫，但是这个憨货抱着他的腿不松手，"啊哦啊哦"地叫着，模样可怜。

李治长叹一声，用叉子把蛋糕叉起来放在竹叶上，熊猫立刻就松开了他的腿，趴在地上吃蛋糕。

张谏之端着盘子，风风火火地走了过来，他今年就要毕业了，已经是内定的晋王府属官，十一岁的李治明年就要开府建牙，张谏之是兰陵帮他挑的，这个贫穷的少年经过书院四年的锻造，已经变得一表人才，做事风格也极为硬朗，一向以敢为学生出头著称于玉山书院。

那只小熊猫吃完了蛋糕，又来抱张谏之的腿。张谏之可不是李治，一抬脚就把它送得远远的。

书院最早只有兕子送过来的三只熊猫，书院的厨子每天都会给这三只熊猫喂食，何况东羊河边还有大片的箭竹林子可供觅食，这三只熊猫也就在书院安下了家。三年前的冬天下了一场大雪，这场雪非常的大，好多的竹子都被积雪压断了

厨子按照惯例给熊猫喂食的时候，发现多了一只瘦弱的熊猫，就把剩米饭给了一些。于是，第二天这只熊猫又来了，三只熊猫的粮食四只熊猫吃问题也不大，厨子并不在意。可是当他发现找他要食物的熊猫越来越多的时候，已经悔之晚矣。这些熊猫不知为何完全没了野性，厨子拿脚踹，它们也只会支起屁股挨着，为了一点食物完全没了作为熊的尊严。

书院把熊猫在书院泛滥成灾的消息告诉了晋阳公主，欣喜若狂的兕子坐着马车来到了书院。单薄的小姑娘一边咳嗽一边喂熊猫的样子，让李纲无论如何也说不出把这些熊猫撵回秦岭的话来。

兕子去找了父皇、母后、哥哥、姐姐募捐到很多钱财，打算专门喂养熊猫。李二一道旨意下到书院，不得驱赶熊猫，还专门找人管理这些熊猫。于是，那个厨子就从杂役变成了皇家的编内人员，招来四五个杂役专门负责饲养熊猫。

李纲担心有一天书院会被熊猫占领，结果熊猫的野兽本能让它们开始驱赶后来的熊猫。而且小熊猫一旦长大，就会被那些大熊猫毫不留情地撵到秦岭里去了，所以书院的熊猫一直保持在百十头左右。

熊猫的这一习性被书院的先生们发现了，从猎人那里得知，野外的熊

猫都是单独存在的，甚至公母都不在一起，为何书院的熊猫就会结成庞大的族群？

有人猜测这是和食物的丰沛有关，于是书院本着研究精神砍了一些竹林，结果又有一些熊猫被赶进了秦岭，等到来年那些竹子重新长出来之后，熊猫的数量又恢复了。发现了这一特点的是一个叫轩仁的年轻先生，他向书院递交申请，准备研究野兽行为。他认为世间万物都是按照特有的规则所生活的，人间是由皇族、勋贵、平民和奴隶构成的，那么野兽也该有这样的社会等级。这是天命所归，不可能因为个人的意愿有所改变。

这样无聊的事情，元章先生自然不会同意，但是李二不知道从哪里知道了这个消息，专门从内府拨出资金支持轩仁的研究。李二敏锐地发现这个理论一旦被证实，他的统治就会变得更加名正言顺，这样的好理论如何可以放过？

李纲先生年纪越老，孩子气越重，世上有马车、驴车、羊车，老先生偏偏要坐熊车，找了一头温顺的熊猫套上辔头，让它拖着自己小暖车在书院里漫步最惬意不过了。熊猫慢腾腾地东游西逛，老先生就躺在暖车里半睡半醒。

李纲去的最多的地方就是颜之推先生的造像那里，还不止一次地说马上就会来作陪了，他觉得冰冷的石头远比孱弱的身体更加适合自己。

云烨说学问到了极致想要的就是不朽，这种不朽自然不是指肉体，李纲不指望可以和颜老先生一样活一百多岁，他只希望自己的精神能和书院一起永远传承下去就好，这样的结果，比多活几年重要得多。

泰山老儿还是没有活过他，三个老儿兑现了在书院教书三年的承诺后，回去就陆续谢世了。老家伙们死了以后，别人给的都是丧表，只有李纲给的是大红的贺表。没有人怪罪，甚至没有人觉得这么做有什么不对，三个老头子的子孙甚至不远千里来到书院拜谢，没有着麻衣，而是穿着吉服感谢李纲先生。李纲大笑道："他们已经可以休息了，唯独剩下老夫还在天地间挣扎，如何能不恭贺？"

李二终于决定回长安了，他已经看够了岳州，最后得出的结论就是这是一座属于商人的城市，他们使用的是另一套礼义廉耻，其中最重要的一条就是契约，在契约签订之前，可以无所不用其极，坑蒙拐骗丝毫不以为耻。一旦签订了契约，你就能十成十地相信他，毁约者会被同行抵制，休想再做生意。

岳州最大的商人是李二，最大的得利者也是李二，一旦毁约，皇家的信誉就会破产。这个问题非常严重，他在商业圈子里不再是高高在上的帝王，只能按照这个圈子的规矩来。他明白自己已经被庞大的商业利益绑架在了这架车上了，皇权都无法令它停下来。

在汉水上逆水行舟很艰难，所以李二就舍弃了水路，下令大军沿着汉水直入汉中，最后沿着金牛道穿过秦岭的薄弱处回到长安。

"大帝号"拆卸掉一半的武器后交给了岳州刺史，它只能停泊在洞庭湖上，没有皇帝的命令，不得进入长江水道，任何理由都不行，这是李二的命令。

"公主号"和"青雀号"编入了岭南舰队的战斗序列，户部补偿了云烨和李泰一些钱粮，就算是收购了这两艘巨舰。李二也没有再下达新的造舰计划，他认为大唐海上的力量已经足够了。

云烨也给岭南舰队下达了换防的命令，只要张亮的舰队赶到登州，岭南舰队就会回到空虚的南海，继续往螃蟹岛上安放尸体。

汉中多雨，本来阴沉沉的天，一阵风吹了过来，淅淅沥沥的秋雨就飘洒了下来。皇帝没有下令扎营，就只好冒着大雨继续前行。

李二归心似箭，路过南郑，居然不停，大军浩浩荡荡地穿过褒斜道。山南西道为了商旅通行特意休整了褒斜道，但是整条道路依然崎岖难行，没有人明白李二为何要匆匆赶回长安，只能随着他埋头赶路。

这些天不断地有大臣上御辇，被李二交代了各种事宜后，带着绶节，领着侍从，快马加鞭地离去。这是有大事发生的前兆，云烨只希望这事和自己没关系。气氛诡异，就连最乐观的程咬金都难得有笑容了，因为大佬之一的刘洎日出前就带着侍卫匆匆赶回了长安，老刘年事已高，经不起战马的颠簸，没有惊天的大事，李二不会这样折腾一位老臣的。

沿着褒水溯流而上，很快就到了石门，石门的地势险要，滔滔褒水一泻而下。道路右边的巨石上，曹操手书的"衮雪"二字清晰可辨。

这里山道狭窄，不是一个扎营的好去处，前面只能见到翠绿的山谷，后面也只能看到翠绿的山谷，如果不是头顶还有一线灰蒙蒙的天空，这几乎就是一座绿色的坟墓。

雨已经下了七天，开始不疾不徐，现在依然是不疾不徐，扎营后，李泰又过来蹭饭。

他一边吃着羊肉面，一边用胳膊碰碰云烨："你这几天心思很重啊，不过也是，和我父皇在一起心思不重不行。告诉你啊——我父皇不让告诉你的，生怕你又起了什么怪心思，看你太难受我就悄悄地说，你知道刘泪去干什么了？知道哪些随驾的大臣去干什么去了吗？"

云烨摇摇头表示不知，疑惑地看着李泰，等他继续说。

"百骑司变成了商检司！我父皇认为百骑司权力过大，有时候甚至会背着他干出一些奇怪的事，咱们从岭南拿来的那些无忧草不是我父皇下的令。已经斩首了十八个人，现在看起来远远不够。既然没了忠心，皇家也就没必要养这条狗了，那些大臣就是带着我父皇的密令去清查各地百骑司的，每个人手里都有杀无赦的令牌，刘泪负责清洗长安的百骑司，为了保密，特意选择了褒斜道，这样能有效地将消息封锁在最小的圈子里。

"你是岭南百骑司的头领，按理说，不该告诉你，免得你有什么不法事事先做了安排。是兄弟才告诉你，看你坐立不安的样子，有什么不法事推到我头上就好？说说，你到底有什么事啊，岭南的事情是咱哥俩处置的，还有什么是我不知道的？"

云烨的心情一下子就变好了，快速把一大碗面条吃完，拍拍肚子对李泰说："百骑司关我屁事，我就是用用他们的渠道，又没用他们的人，能出什么事，我担忧的是咱们身边的这座山崖快塌了。"

"要塌？你怎么知道？"李泰手里的碗掉到了地上，傻傻地问云烨。

云烨放下饭碗，从旁边崖壁上抓了一把岩石碎屑对李泰说："这种风化岩石其实是最危险的，我还看到悬崖上的树都不对劲了，咱们还是劝陛下赶紧走吧，在这里多待一会我的腿肚子就抽筋，太危险了。"

李泰让侍卫爬上悬崖看了一下，然后拖着云烨就爬上了銮驾，李二正在长孙的伺候下吃饭，没什么奢华的，也就是一大碗面条，还赶不上云烨的羊肉面片。

"慌什么慌，礼仪都不懂了？"李二放下手里的碗筷，不高兴地说。

"陛下，咱们还是快点走出这条峡谷吧，雨天留在山里不是好事情。"云烨说。

"父皇，咱们还是去一处开阔地扎营吧，孩儿也觉得这里不合适，刚才孩儿派遣侍卫去看了崖壁，发现上面已经有裂缝了。"李泰说话的时候，两只耳朵竖得和驴子一样。

李二愣了一下说："没下大雨，只是小雨而已，难道也会有塌陷？"

"陛下，不管是大雨还是小雨，只要让土地里水分足够多，就会滑坡，褒斜道不是一个适合久留的地方,咱们必须连夜通过这片狭窄的地方。"说话的对象是李二,云烨却看着长孙说。

李二又捧起了饭碗,长孙依然忙着给皇帝布菜,全当云烨在唱歌。

断鸿湿漉漉地钻进来禀报:"陛下,奴婢刚才检查了一下崖壁,确实如魏王所说,已经出现了裂隙,还有一些树木已经有些移位了,此地不宜久留。"

"命令大军搜索前进,一夜不停,直到宽阔地再报!"李二不合时宜地打了一个饱嗝,鄙视地看了一眼急得团团转的李泰和云烨,终于下达了命令。

走夜路很麻烦,有些车轮会卡在石头缝里折断,不管那里面装的是什么,李泰都会命令军士把那辆车子推进褒水里去。

磕磕绊绊地走了一夜,没有出现伤亡已经是不幸中的万幸。等到天光大亮的时候,恼人的雨还在下着,还有变大的趋势,一匹快马从前方窜了过来,大声禀报前面半座山都塌了下来,把褒水堵上了。云烨这才发现脚下的悬崖里咆哮的褒水已经悄无声息地断流了。

麻烦大了,一旦出现堰塞湖,大家就只好掉头往回走。李二表现得依然不紧不慢,下令按照原来的路线前进。前面都堵上了,还怎么过去?云烨很想问问李二打得什么主意,李二看都没看他,就钻进了銮驾,继续前行。

人困马乏泥中歇,云家的家小除了妇人和孩子,其余的人都跟在马车后面步行,好在云家的马都是滇马,耐力惊人,否则就会和皇家的那些高头大马一样瘫在地上。云烨的披风上全是泥点子,在自家队伍前后来回巡梭,云寿见父亲辛苦刚要从马车上下来,被云烨一把就给推了进去,这个时候不许他添乱。

"三个时辰之后,朕的车驾要通过褒斜道转入金牛道,逾期者斩!"李二的命令远远地传了过来。云烨不解地看着道路边上两颗血淋淋的人头,不明白李二为什么要这么做。为什么要杀人,尸体就在旁边,身上的官服都没有脱掉。

"卸甲!"云烨大声命令家将,牛皮甲被雨水泡得发胀,非常笨重,必须全力赶路,李二一旦进入主帅模式,杀人不眨眼,刚才死的那两位可都是刺史、司马一类的中级官员。

都说车到山前必有路,这话半点不假,前面被泥石流掩埋的道路已经被挖开了,一个全身泥浆的官员跪倒在泥水里恭迎李二车驾。

前面的大军已经穿过了塌方区,李二看看崩塌的大山,叹了口气说:

"做得不错。"说完，车驾就沿着铺好的道路小心地走了过去。

那个官员如蒙大赦，仰面朝天躺在泥水里号啕大哭，云烨发现他的嘴里全是鲜血，刚才不知道是如何挺过来的。

他们居然能用人头大小的石头把这段路砌好，真是不容易，十余米长的道路修得甚是平坦，一颗乱石都没有。一股涓涓的溪流从岩石上垂落到路上后，云烨眼前一阵发黑，他怀疑那些泥巴里的石头是一个个人头，不用说，土层里面掩埋的一定是尸体！

"夫君，这个官员很能干啊，这一路上就数这段路好走，一点都不颠簸。"那日暮把脑袋探出车窗，甜甜地向云烨笑着说。

"是啊，不错，你把头缩回去，乖乖坐好，我们马上就找地方休息。"云烨强忍着胃部的不适，把那日暮安排好，喝令车队加快步伐离开这段道路，拿人命填出来的道路多走一步都是罪孽。不知道那个活着的官员回去后如何向民夫的妻儿解释，云烨觉得自己现在就没办法向自己解释。

身后远远有爆炸声传来，这是云烨安排的，堰塞湖必须疏通，否则给下游的百姓带来灾难。

站在七盘关残颓的故基上北望，隐隐可见的是关中顺县的黄坝驿。绵延不绝的秋雨还在下着，在七盘关的遗址上，大队人马休整了两天，马上就要进入秦岭，人马必须做最后的准备，这段道路需要走六天，在大雨中或许需要十天。

大军早就开始吃干粮了，云家也只有妇人和孩子有热食吃，其余的人都是在啃干粮，粗粝的锅盔划得嗓子生疼。李二以为云家也没了柴火，特意命人送来一担，这是因为老奶奶和孩子们在，特意给的优待，云烨命人把柴火送去了后营的伤患那里，给他们熬一口热粥喝也好。

大雨终于停了下来，棉絮般的白云布满了天空，山顶被久违的阳光照得一片金黄，这样的景致难得一见。大军不知不觉地停了下来，因为李二停下来了，他就站在山道上，仰头看着摩天岭，若有所思。

"五丁开山遂有金牛古道，一个骗局就能让蜀王自开门户么？"云烨悄悄地问李泰。

"我怎么知道，史册就是这么记录的，蜀王为了迎接金牛和美女特意派五丁开了这条道，结果美女没来，司马错的大军来了，蜀国就灭亡了。"

李泰的回答干巴巴的，没有一点创意，云烨知道李二现在很希望有人问他一句"陛下为何在此沉思，可有所得"，然后他就稀里哗啦地说上一大堆典故。

如果不是怀疑用尸体垫路，云烨会很乐意充当这个佞臣角色，可是见了那些尸首，云烨宁愿问天生就没有多少浪漫格调的李泰，也不会让李二舒心畅意一回。

天不遂人愿，李二有这样的人，那个人就是长孙，长孙来到李二的背后问："陛下因何沉思，可有所得？"听了这句话，云烨鄙视地把头转了过去。

"摩天岭高万丈，邓艾偷入阴平，后主请降，可见山川之险不足为屏障，想要万世传继，需要在人心中构筑坚城。"

魏征脸上的纱布去掉了，那双眼睛又变成了鹰隼一样的犀利，幸好他没看见那些垫道的尸体，否则不知道会伤感成什么样子。有些时候，当瞎子比当明眼人强得多，房玄龄、杜如晦好像什么都没看见，那些老将也没有认为这样做有什么不妥。

刚刚说完天地不仁以万物为刍狗，他自己就把百姓当成了刍狗，以后他说的话，到底哪一句是真的，哪一句是假的？云烨认为自己没办法辨认清楚。

人说话其实都有时效性，当时说的时候，不能否认他的确是真诚的，但是时过境迁，这句话往往就会有别的解释，而且也能说得通，到了最后就变成了一句实实在在的空话。

九月的秦岭，空气清新得让人陶醉，湿润的泥土气息和木叶的清香，让人沉醉。但那一颗颗疑似被雨水冲刷的苍白的人头，总是出现在眼前。

不知道用什么词汇来形容这种感觉，云烨最后发现破口大骂或许是最合适的。松涛阵阵不知道能不能掩盖住自己的咒骂声？

大骂其实代表着无力，如果有其他办法云烨就不大骂了。

"褒斜道上，陛下用尸体垫道，云侯为何一言不发？这还是当年那个为了一个卑微的歌妓指着窦家家主的鼻子破口大骂的汉子么？"

"什么尸体垫道，我不知道啊，没看见！"云烨转过身来，脸上的肌肉都在抖。

"云侯打算骗自己多久？心里不舒坦吧？那条路走起来是否安逸？"

"还好，那种感觉不错，回去就让书院研究怎么才能让天下所有的路走起来都是那种感觉，郑公一席话点醒梦中人，这就回去研究一下。"云烨朝魏征拱拱手就打算回马车。

"呵呵，老夫也就是说说，云侯不必当真，几百条人命而已，算不得什么，陛下的安危要紧，咱们的安危也要紧，几个百姓的贱命不足挂齿，云侯不必放在心上。"魏征笑呵呵地劝说云烨，可云烨从他的眼睛里却看到了极大的愤怒。

"郑公，小子在南洋赚了一些钱财，总是要交过路费的，那些人用身体筑了一条路，小子没交过路费实在是不该，您看一万枚银币如何？"

"哈哈哈，一万枚银币，云侯好大的手笔，两百多条人命算下来每人能摊四五十枚银币，人命卖到这个价钱不便宜了，他们该满足才是，可是啊，云侯，一万枚银币能买得了你的安心吗？或许有那么几个人不愿意拿性命换这几十枚银币怎么办？"魏征咄咄逼人，不给云烨留半点喘息的余地。

"郑公，那些人不是晚辈填的，命令也不是晚辈下的，您有事该去找事主才是，找我做什么？我现在只想把尾巴夹起来老老实实地做人，打算看到儿子成亲，闺女出嫁，再把老奶奶埋进土里，随随便便地把这辈子交代过去拉倒，您逼我做什么！"

"哈哈哈，果然公道不在人心，人心在乎实力，褒州的录事参军已经被老夫请了令牌斩了，山南西道的巡查御史今年恰好是老夫，这枚便宜行事的金牌还没人收走！都说御史出京，不能地动山摇，震慑州府，就算是失败，老夫斩了陛下刚刚亲点褒州刺史，此举你认为可否算得上地动山摇？"

完了，老家伙疯了，这是狠狠地抽了李二一记耳光，地动山摇？接下来的事情才会地动山摇，就不知道老家伙能不能扛得住李二的怒火。

"小子能做什么？您已经把事情做得这么绝，我还能做什么，我本来打算过两年找个借口把这人弄死，被您抢了先。您这么逼我，一定有事交代，小子洗耳恭听。"

云烨不知道魏征已经把天捅了一个大洞后找自己做什么，补天的本事没有，看看能不能帮他善后，估计魏老头这回没什么好结果。

魏征似乎看透了云烨的心思，笑着说："老夫倒霉自然不会牵连云侯，老夫只要求云侯能在老夫出事后，保下侯君集全家小的性命，这事本来是老夫必须做的事情，看来没什么机会了，就拜托你了。"

"这事您不说我也会全力以赴，小子受侯家恩惠良多，岂能在这个时候袖手旁观，您只管放心，小子会拼尽全力。"

魏征点点头拎着手里的盒子就要去李二的帐篷里。

"郑公，您手里的盒子装的什么？"

"哈哈哈，这里装的是害民贼的人头，老夫这就要去问问陛下，二百四十七名百姓何辜，要遭此毒手？云侯，老夫去也！"老家伙潇洒得就像是拎着礼盒去拜访老友，谁能知道他已经做好了承受狂风暴雨，接受最糟糕的命运。

这一瞬间，云烨认为把老家伙的眼睛治好，实在是太正确了，朝廷或许真的少不了这样的一个人，或者一群人。因为皇帝的帐篷边上已经跪了一地的御史，一个个伸长了脖子正在等待，魏征的到来好一起向皇帝发难。

这群家伙惹不起啊，以后见了穿御史衣服的家伙必须要绕道走，这是一群根本就不在乎自己性命的疯子。

和高大的魏征相比，云烨乖乖地把身影藏在一棵巨大的松树后面，捂上耳朵，蹲了下来，什么都不行听，什么都不想看……

"先帝创业未半而中道崩殂，今天下三分，益州疲弊，此诚危急存亡之秋也。然侍卫之臣不懈于内，忠志之士忘身于外者，盖追先帝之殊遇，欲报之于陛下也。诚宜开张圣听，以光先帝遗德，恢弘志士之气，不宜妄自菲薄，引喻失义，以塞忠谏之路也……"

云烨开始小声音吟诵《出师表》，好让有声音在耳朵里轰鸣，这样就听不见李二的暴怒、魏征的斥责、军士的骚乱、群臣的哀求了。

念着念着，眼泪就哗哗地往下淌，当忠臣确实需要胆量，可惜自己没有，只能猥琐地躲在树后，悄悄地吟诵《出师表》，希望皇帝能再一次容忍魏征一次。

直到这时，云烨才发现自己讨厌魏征其实是一种嫉妒心在作祟，这是一个非常纯粹的人，以前都是自己以小人之心度君子之腹，为了一群当了基石的百姓，他连自己的命都不顾了，这种人确实活在自己的周围，不佩服不行。

云烨恨自己不争气，又被魏征感染得心潮澎湃不，所以就任由眼泪横流，一遍一遍地告诉自己：记住了，一会出去了一定要把眼泪擦干净，点一堆湿柴，就说想烤土豆，眼睛被烟熏坏了。

透过迷蒙的泪眼，云烨发现自己周围站满了人，"嗷"地惨叫一声就落荒而逃，也不管站在自己身边的是什么人。

李二一脸迷惑地问魏征："他跑什么？"

魏征嘿嘿笑着说："大概是被陛下看到他痛哭流涕的样子羞愧难当，自然要跑了。"

李二疑惑地说："背《出师表》能号啕大哭的也就他一个人吧？这里又不是五丈原，就算是怀念诸葛亮，也不至于哭成这样，一定有古怪。"

魏征打开盒子从里面掏出一面印绶："陛下，高句丽战俘已处决完毕，微臣缴令！"

第八章　回来了

弄清楚了原委的云烨在松林里大喊大叫，刚刚投林的鸟雀又被他的声音惊得四散飞起。太蠢了，真是太蠢了，李二现在把百姓的命看得和金子一样，哪里会舍得让他们去填道路？他走在大街上听到人家新生儿哭，都会死皮赖脸地走进去祝贺一番，因为这户人家又给他生了一个缴税的男娃，一个未来的壮丁，或军士。

有人才能多多占地，没人了再大的地方也没用。偌大的国土上只有三千六百万人，就像是一口巨大的汤锅里洒了一点胡椒面，人口还是太少了。买卖大唐人口只有一个"死"字，但买卖其他国家的人，他乐见其成。别国的男人想娶大唐女子，官府这一关就过不去，大唐男子却成群结队地往家里弄外族女子。

一路走来，李二不再观看哪里是雄关险要，而是看哪里适合耕作，如果那些土地上长满了作物，他就会非常高兴，如果那里适合种庄稼却荒芜一片，他必定要跟随驾的地方官问个清楚，听到人少种不过来的话，往往就会扼腕叹息。

云烨不知道自己的脑子怎么就不转转，金牛道已经修筑完毕，那些高句丽战俘自然是要处理。李二准许高句丽人居住在大唐，但是绝对不会容忍他们出现自己的族群，否则征伐高句丽还有什么意义？

魏征的眼睛刚刚治好，自然会到处瞎看，看来看去发现云烨这几天很不对劲，以他的智慧根本就不用猜，就会知道云烨到底哪根神经不对。他不但试探出了云烨的本心，还给自己找了一个挽救侯君集家属的强力盟友，何乐而不为？至于带着人为围观云烨哭泣，完全是意外，因为云烨捂着耳朵的哭声太大了。

天快黑了，旺财过来找云烨，抱着旺财的脑袋，云烨不知道何去何从，太丢人了，没脸回营帐。

挨到半夜，云烨悄悄回了营地，守在帐篷外的刘进宝小声说："侯爷，魏王在等你！"

云烨掉头就走，李泰的声音却从帐篷里传来："我父皇让我来打探你为什么哭，说个理由啊，真不知道，你哭了一鼻子，怎么有那么多的人关心，都来了好几拨人了。"

躲不掉了，云烨一头扎进帐篷，劈头就问："青雀，你是不是也怕陛下，和他在一起就全身不舒服？"

"你也有这感觉？我还以为就我有，和我爹单独在一起我全身都痒，总想去挠，可是离开他后，就没这症状了。"李泰舒了一口气。

云烨无言以对，两人大眼瞪小眼地瞅了一阵也觉得无趣，李泰拍拍他的脸，指指李二的寝帐，苦笑着掀开帘子就出去了。

李泰刚刚出去，辛月就钻了进来，那日暮和铃铛也跟在后面走进来，围着夫君叽叽喳喳地问个不停。

云烨恨恨地说："你夫君被人欺负了，记住了，欺负我的就是魏征那个老王八蛋，咱们断不与他干休！"

"早就看出来那个老儿不是好东西，夫君以后少和他来往！一副穷酸相，翻白眼翻得眼白都回不去，差点瞎掉，要不是夫君大仁大义，请孙先生给他治眼睛，他早成瞎子了，恩将仇报的东西！"

云烨吃惊地看着辛月，什么时候学会这么恶毒地骂人了，不过骂的是魏征就没关系了。

狄仁杰带着小武是坐船走的，东西太多，和李二走在一起不合适，老赵准备了二十艘船才勉强把货物都装下。财物其实没有那么多，最多的是草药，孙思邈在岭南采购了巨量的药材，他老人家现在对金钱没有什么概念，只要是自己需要的，云家掌柜的就要去满世界采购，还乐此不疲，能给老神仙跑腿是荣耀。

走水路虽然舒坦些，但要多走四五倍的路，狄仁杰和小武现在正是情浓的时候，谁还去管道路的远近。

箱子上明明有师父写的"不许打开"四个字，小武却一把扯下了那张封条，双手合十，嘴里念念有词。狄仁杰听得很清楚，她在祈祷师父给她装满满一箱子宝贝。

打开箱子后，狄仁杰的眼睛都被晃花了，摇曳的烛光下，那些花花绿绿的宝石发出璀璨的光芒，这样一箱子珍宝足以让世人发狂。

小武的眼睛变得绿莹莹的，像猫的眼睛一样，脖子上挂了七八条珍珠链子，手里拿着一大把宝石，仔细地在烛光下辨别。

"小武，烛光下是不能辨别珠宝的，只有在阳光下才可以，咦？这里还有一封信！"狄仁杰见信封的封面上写着小武的名字，就把信递给了小武。

"武媚徒儿，当你看到这封信的时候，怎么也到了江南之地。师父给你安排了婚事，事后却觉得有些对你不公，如果你不喜欢小杰，或者觉得时间不到，就带着你的嫁妆远走他乡去吧，以你的智慧，一定会活得很好。不要想太多，小杰那里为师会去解释，你只要依照自己的本心生活就好。你本是九天上的鸾凤，被师父锁住了双脚，将你安置在人世上。为师不能确定自己这样做到底对不对，只能让你自己选择，这是你最后的一次选择机会，慎之。"

小武光洁的脸蛋上全是泪水，把那封信折好装进了信封贴身藏好，抹干净了脸上的泪水，恶狠狠地对狄仁杰说："此生不得负我！"

狄仁杰虽然不明白小武为何一会笑，一会儿哭，但是听到小武说不许负她，赶紧点头，给了一个大大的笑脸。

小武这才嫣然一笑继续摆弄那一箱子珠宝，有了这箱子珍宝，一辈子怎么也会衣食无忧。

夜深了，船队依然在江面上航行，不时有水手的号子声传过来，狄仁杰困得不行了，小武的眼睛依然明亮，一样一样地把珍宝摆出来。第一次拥有这样大的一笔财富，她根本就不能矜持，满脑子都是这些东西该做成什么样的首饰，至于师父说的那些话，就当是师父对自己的疼爱吧。

云侯路过摩天岭感怀诸葛亮一生的功绩不由得潸然泪下的事已经在大军中广为传播，更何况云侯还在悲伤之中写下了"出师未捷身先死，长使英雄泪满襟"的优美对句，就连房相、杜相这样的人物念到这两句时，也忍不住泣下。陛下闻听后，更说说这是云侯第一次由心而发。

魏征死皮赖脸地爬上了马车，坐在云烨旁边说："云侯心地善良，老夫钦佩。没想到狡计百出的云侯居然在这件事上露出如此大的破绽，老夫没想到！知否？你大哭之时，老夫满腹心酸，别人调笑，只有老夫明白你当时的心情。心存善念就好，不必学老夫事事做绝。老夫眼看着步入了暮年，如果不是你和孙先生治好了老夫的眼睛，恐怕此时已经致仕了，今后还是需要你们年轻人多担待一些。"

"不，我回到长安就准备好好享受一下，辛苦了这么些年，好日子没过过几天，朝堂还是您玩吧，小子现在已经臭了，还是好好地过我的富家翁生活为妙。"

魏征呵呵一笑："小子啊，朝堂是个烂泥坑，你已经在里面趟了这么久，想干干净净地出来，做梦去吧！知不知道，老夫巡检玉山书院时，在一个山洞里不小心发现了一些奇怪的箱子，一些贴着皇家的封条，还有一些贴着你云家的封条。陛下的那些东西老夫无权打开，你家的还难不住我，结果打开一看，里面原来是……呵呵。"

云烨无奈地睁开眼睛说："那又如何，全大唐的人发现了我都不担心，你难道会去告密？弄死了百十个外人，算得了什么大事，我乃是大唐贵胄，妻女受辱，岂能干休？"

"告密自然不会，但是那些吐蕃人恐怕不会干休吧？禄东赞在大唐生活了三年，对于大唐可谓娴熟无比，听说书院的迷林里总能抬出一些尸骨。陛下去岳州之前，迷林甚至发生了一场火灾，陛下大怒。看来吐蕃人从头到尾都认为是你做的，小心啊，张亮家的惨事莫要重演才好。"

魏征就是一只乌鸦，从他嘴里很难听到好消息。不过他说的必须要注意了，如果禄东赞敢找麻烦，这次一定要弄死他。反正弄死他也不会有什么事，李二现在对外国的事情不是很上心。主意拿定了，心情也就好了。

魏征笑着说："云侯满身杀气，难道要快刀斩乱麻？禄东赞一心想要促成吐蕃王与大唐公主的婚事，他现在住在长孙无忌的别院里，你恐怕不好下手吧？说说，老夫给你参详参详，年轻人性子急，出了岔子可不好。"

见了鬼了，什么时候和这个老家伙好到可以一起合伙谋杀的地步了？云烨脑子里的警钟顿时响起来，必须打起一万分的精神。老魏的话不能接，只要接了说不定就会掉进坑里，他和长孙无忌不对付，要是被他利用了就惨了。

"没有，小子打算把家里修成堡垒，全家关起门来过日子。"

"嘿嘿嘿，信不过老夫？也罢，反正你小心些，老夫觉得那个禄东赞似乎特别恨你，恐怕不光是你杀他的人，偷走他的东西，应该还有更深层次的原因。"

"当然有，禄东赞和松赞干布为了对付苯教，把佛教引进吐蕃。陛下打算支持他们，晚辈告诉陛下，越笨的吐蕃越对大唐有利，苯教喜欢把粮食烧掉，这是多好的事情啊，不用大唐一兵一卒，就靡费了吐蕃的财力，这样的好事难道不是不战而屈人之兵的最好诠释吗？"

魏征跷起拇指夸赞一下，就跳下了马车，站在路上说："回到长安就好好享受吧，天下太平，我们也能睡个好觉了。"

看来打算醉生梦死的人不止自己一个，这些年多了很多法律，事事都有了规矩可循，治政也轻松了好多，就是不知道李二看到这样的一盘散沙会不会着急？这次整顿百骑司恐怕也是不得已而为之。

老钱从家里赶过来迎接，见了云烨大哭一场，向云烨汇报完家里的事情后，就挨个拜见了老奶奶和辛月等人，小丫几个则一窝蜂地去老钱带来的马车上找东西。

老庄没过来，庄子上最近不太平，晚上总是有贼，抓了几回都没有抓到，老江准备动用强弩了，一定要在主家回来之前把贼人全部剿灭。

许敬宗的大儿子许昂也过来拜见云烨，因为他和小东的婚事也就在今年，小丫出嫁后，就轮到他们了。这是几年前就已经商议好的，许昂长得和他父亲一般人才出众，小东第一次得见，欢喜得紧。

"云侯，我这孩子如何？不是老夫自夸，在书院里，昂儿也是一等一的人才，今年才外放的太子舍人，将来前途不可限量，所以嫁妆不能轻啊，小丫是要做王妃的，这个不好比，不过不能比以前的两位小娘子的嫁妆少。"许敬宗知道云烨是什么货色，这样直白地提要求，在别人看来是非常不礼貌的，但云烨喜欢。

许昂对父亲的行径颇为羞愧，红着脸把头垂下来，躲到一边不言语。

云烨哈哈大笑："廷风，你不必不好意思，我与你父亲多年知交，这样说话才是一家人该说的话。你父亲这些年在书院清廉如水，想必没有积攒下多少家财，不勒索我，他勒索谁去！"

许敬宗得意极了，把茶当酒一连干了三杯，笑着说："我真的要回书院了，你送上去的《贞观纪事》还记不记得？陛下把这个编纂的差事交给我了，于是我就借口中书侍郎的职位琐事多，恐无力胜任，请求依旧担任玉山书院的院判，陛下已经应允，所以啊，老夫又回来了。"

"这是好事啊，朝堂现在倾轧的太厉害了，陛下的心思也很难捉摸。躲几年清闲也好，这两本书弄好了，你的爵位怎么也该有了，要不然弄得官位显赫，见了那些后进还要施礼太难看了。"

没有封爵这是许敬宗的硬伤，这些年皇帝把封爵的口子捂得很严，侯爵以上的爵位五年时间未曾递进过一位，倒是有好些公爵、侯爵纷纷落马。现在的爵位非常吃香，要不然以洪城的卑贱出身，是不会有大族和他联姻的，大女儿被狗子骗走了，剩下的两个女儿听说都嫁给了豪门。狗子这些天也在烦恼，不过因为他有护卫魏王有功的这个功劳，捞个校尉一类的勋职还是没问题的，因为李泰就能分封。

"不瞒云侯，老夫时运不济啊，当初追随陛下在潜邸的时候功勋不彰，错过了登基大封，日后想要寸进更是难上加难，幸好在书院积攒了些人望。老夫也认为只要把这书编好了，一个男爵的封赏还是能有的。"

旺财忽然变得狂躁起来，刨着蹄子不断地嘶鸣，李二回头看一眼，就对云烨挥挥手，示意他可以滚蛋了。

出口就在蓝田县，站在这里就能看到玉山的顶峰，旺财闻到了熟悉的气息，哪里还按捺得住。云烨一勒缰绳，旺财的脑袋就转向小路，一溜烟地跑了。

进了云家庄的牌坊，旺财比云烨有面子，叫了一嗓子，就有蹲在墙根的老爷爷问同伴："得是听到旺财叫唤？"见同伴点头应是，就激动地站起来。

一匹枣红色的健马尥着蹶子跑了过来，菜摊子上嚼一口就吐掉，不认识旺财的摊贩正要拿扁担抽，老爷爷就大声说："你动一下给我看看，这是云家庄子，正主回来咧！"然后就抱着旺财的脖子哭得稀里哗啦的，这三年多云家庄子没了主心骨，庄子上的笑声都少了很多。

"王三，王三！还不把稠酒热好，以前卖稠酒的都知道规矩，到了你就啥都不知道，三把果干一把桂花，要是偷奸耍滑，你就不要来云家庄子了！"

已经长得半大的孩子赶紧凑过来教弟弟妹妹给旺财挠肚皮。云烨知道旺财的德行，脖子上的钱袋给它装得满满的，眼看着它带着一大群孩子在集市上找好吃的。

老人看到云烨弯下腰问安："侯爷安好？老奶奶安好？夫人和小公子可安好？"

云烨扶起老人说："都好，都好，旺财等不及先跑来了，祖母和夫人她们就在后面。"

"侯爷此次回家，可还要出去？"老人又问。

"海波平静，举国无敌，我应该能宽松几年。"不回答不行，一大圈人围拢了过来，都是自家的庄户，必须给他们一个准信好安他们的心。

云烨笑着从人群里穿过，看见白发苍苍的老江和越发苍老的老庄，还没有搭话，就听老庄跪地禀报："启禀侯爷，老奴共擒到夜入府中的吐蕃贼人四人，如何处置请侯爷示下。"

"斩，将人头送至吐蕃大相禄东赞面前，告诉禄东赞，侯爷我不日将登门拜访！"

老庄、老江一起单膝跪地大声回答："诺！"

这一幕是老庄他们特意安排的，云家庄子沉寂了三年多，家主回归，就必须向四周不怀好意的邻居告知一声，人头是最好的宣威方式。

云家房顶上表示家主统军在外的画戟还戳在那里，就有人敢偷偷摸摸地往家里闯，逮着了就是死罪，这在大唐是保护出征将官家小的惯例。

家门前站着离石和云姑姑，云烨躬身一礼，谢过他们这段时间操持云家的辛苦。离石上下打量一下云烨，点点头就进了院子，云姑姑抱着云烨泣不成声。

扶着已经很富态的云姑姑进了家门，院子里的仆役一起恭迎家主回归，云烨说了一声"赏"就进了中门。

留在家里的姑姑婶婶们又哭成了一团，中间还夹杂着喋喋不休的告状声。云烨坐在椅子上笑眯眯地听她们抱怨，其实没什么好抱怨的，都是些鸡毛蒜皮的小事，对家主说出来不过是一种感情的宣泄而已。

侯爷回来了，因为还有军务在身，一面硕大的帅旗升起，代表着正主就在府中。这面旗子让云家庄子在一瞬间就变得生动起来，仆役们开始出门采办，脸上的骄傲无论如何也掩饰不住。

从刘进宝他们嘴里流传出来的段子已经开始在庄子上蔓延。什么侯爷在南海平定几十个国家，在辽东最危急的时刻万里驰援，三天攻下了大军围困了半年多的坚城了，怎么玄乎怎么吹，不过鼓舞人心的效果极好。寂静多日的府邸里又恢复了往日的喧嚣。

云烨早上一睁眼睛，就看见小丫双手支着下巴趴在床头，眼睛一眨不眨地盯着自己看。云烨知道她舍不得离开家，可是闺女大了总要出嫁的，这事没什么道理好讲。

"不喜欢李佑？如果真的不喜欢，哥哥想办法，咱们不嫁了。"

小丫摇摇头："喜不喜欢的也就那个样子，不嫁给李佑，总还是要嫁别人的，我没有小武漂亮，也没有小武聪明，将来要过好日子，就要嫁个好夫君。李佑其实没有那么差，对我也好，嘴贱了一些，我总会治好的，我只是舍不得离开家，舍不得离开哥哥和奶奶。"

云烨坐起来，在小丫鼻子上刮一下，笑着说："小丫头哪来那么些鬼心思，好好地准备嫁衣。李佑要是好好对你则罢了，要是他敢有半分对不起你的事，哥哥都会把他的腿打折。"

小丫最喜欢哥哥说大话，明知道哥哥现在已经不可能随随便便就打折一个亲王的腿，但是她依然喜欢听，而且百听不厌。

兄妹俩在内院说着，旺财溜了进来，见小丫在转身就要走，被小丫抓到一只耳朵。见小丫要骑到背上，它立刻倒在地上四条腿朝天装死，不管小丫如何拨弄，它都一概不理，眼睛闭得死死的，一动不动。

姊姊拿着一股刚刚压好的金线要小丫去看看嫁衣的配色，这才把小丫硬是给拖走了。

小丫刚走，云烨的脸色就变了。阴弘智还是狗改不了吃屎，居然把他的妻舅燕弘信介绍给李佑充当齐王府典军，昝君谟、梁猛彪这样的街头侠客也被弄进了齐王府。不过三年，李佑现在已经整日宴游无度，齐王府长史薛大鼎规劝无效，已经给皇帝上表请辞，他看出来了，跟着齐王绝对没好日子过。

云烨回到书房，案子上还有齐王送来的请柬，他本来不打算去的，现在看来，不去不行。在家里处理了一天的军务，直到下午，刘进宝提醒了两次，云烨这才换了衣服，带着狗子和人熊出门，刚刚出门，就见一副丫鬟装束的小苗出现在云烨面前。

无舌带着小苗走了几万里路，狗子偷偷告诉云烨，无舌的房间里堆满了金银财宝，多得没地方落脚，都是他师徒二人行侠仗义的产物。

无舌杀人，小苗一定是帮凶，这不必说，小姑娘该是见到杀兔子都会流泪年纪，却被无舌弄去广州做了半年的刽子手。这样的怪胎谁受得了，跟着无舌这样的老怪物，迟早会变成一个小怪物。

"刘方爷爷说侯爷动了杀机，还说您这样的人最好还是不要杀人，小苗欠侯爷一份人情，不如把这个机会给小苗吧。报恩之后，小苗再无牵挂，就要浪迹天涯，磨砺技艺了。"

云家收回来的情报都会被送到刘方手里，所以云烨的心思瞒不过老家伙，可是小苗突然钻出来要去干掉李佑身边的奸邪之人还是让云烨吃惊。

"你的年纪还小，杀人的事情还是不要参与了，乖乖回去绣花，再跟着师父练几年，再说了，我从来没有想着要你报什么恩情，我一个堂堂侯爷，想要杀人，用不着刻意去找杀手，这样做是破坏规矩的。"

说完，云烨就带着狗子和人熊坐上马车直趋齐王府。现在的小姑娘一个个都怎么了？小武的脾气捉摸不透，小丫好像什么都不在乎，现在又出来一个想杀人的小姑娘，还能不能好好过日子了？

云烨走了以后，小苗背着一个小包袱也从侧门出了云家，刘方和无舌站在门口送小苗。

无舌冷冰冰地对小苗说："你的功夫比你那个不成器的师兄高，他当年吃不了苦，受不得累，练武的好时间也过了。你不同，受我衣钵的人终究还是你，别听云烨胡说，把那几个杀才的人头取了，就自己去闯天下吧，没事别回来。"

"别听老糊涂的，你是一个好孩子，他是害怕你留在云家久了，把武道之心毁了。这云家人就是瘟疫，专门会把意志坚强的人变成一滩烂泥，你师兄、洪城、单鹰、寒辙就是例子。孩子，你追求的是武道，就不能陷进红尘里，你师兄已经没救了，你是老家伙最大的希望，想干什么就干什么吧。云烨有一点没说错，你不欠他的，只要自己能过的快活就好。"

不管两个老头子说什么，小苗就像是一块冰，等他们两个住了嘴，就转身离去，没有半点眷恋。

第九章　鸡鸣狗盗

齐王府已经成了歌舞场，阴妃为了把儿子的婚礼办得热热闹闹，特意花了很多钱装点了齐王府，现在看起来，齐王府更像妓院。云烨来的时候，李佑已经喝醉了，迎接他的是李佑的舅父阴弘智，现在的齐王府长史。

云烨脸上的寒霜能让人窒息，冷冷地看了一眼阴弘智，他一步就跨进了齐王府。阴弘智讪讪地跟在后面，在云烨面前，他这个国舅的身份还上不了台面。

"阴家早年掘了陛下祖坟，阴弘智，这些旧事你已经忘记了？"走进大厅，云烨一脚踹开了一个要上来敬酒的醉汉，坐在软榻上问阴弘智。

阴弘智脸色大变，想要接话却不知从何说起，只能把话含在嘴里玩味，不知道云烨为何会问起这些事，这些事已经是阴家的大创疤，从来没有人提起。

云烨放过阴弘智，转过头去却对燕弘信下死手："你叫燕弘信，是阴弘智的妻舅？听说你有拔鼎之力，我的一个家将不太相信，你们试试吧，如果你败了，我会招收你进岭南水师，南洋的小岛上缺了一位守岛兵卒，你就去那里吧，这一辈子别想着再回陆地了。"

"云侯，却不知在下赢了又如何说？"瘦高的燕弘信站了起来，浑身的肌肉黑黝黝的，说不定真的能把木头里的钉子拔出来。

"赢了？你赢了会被乱刀砍死！"云烨从盘子挑了一个核桃，让狗子捏碎了给自己，挑着里面的核桃仁边吃边说。

"云侯这是消遣下官来着，却不知齐王殿下同不同意？"燕弘信立刻就紧张起来，云烨根本就不打算让他活命，只好把齐王祭出来。

"李佑，你是不是还活着？活着的话就吱一声，敢下帖子请我，怎么我一来就装醉？多少年了，怎么还是这副狗熊样子？"

"帖子不是我下的，是我母妃给你下的帖子，我才知道。"李佑躲不下去了，只好从布幔后面走出来给云烨行礼。

"权万纪哪去了？我记得陛下请他当了你的先生，这样热闹的场面没有先生，有些逊色啊，我还听说有人给你出主意干掉老权，不如就由我代劳如何？"

在云烨锥子一样尖锐的目光下，李佑小声说："都是酒后之言，当不得真，您别看这里到处都是女人，我可是一个都没碰，您知道的，我只是喜欢热闹。"

云烨看了李佑一会，点点头说："这话我信，你和小丫也算是一起长大的，这点情义还是有的，如果不是看在这点情分上，我根本就不会来。"

云烨作了恶客，很多人想溜走，都被云府的家将拦了下来。齐王府的侍卫都站得整整齐齐的，不敢乱动，一个绯衣女子站在那里，冷冷地看着大厅，那是阴妃的贴身侍女。

一个枯瘦的老头匆匆走进大厅，看到云烨后施了一礼问："云侯哪里听说齐王准备杀死老夫？老夫亲口告诉你，这是一派胡言，您是李佑的亲眷，断不可血口喷人！"

云烨向老者拱手说："这还是在京城，如果在齐州，还不知道他会做出什么事来。您打算维护他到什么时候？"

权万纪梗着脖子说："引导辅佐齐王，是我权万纪的职分，云侯不满，可以弹劾，如此指责就过了。你云府的家将控制了齐王府，老夫倒要问云侯一句，你要干什么？上下尊卑，国法纲纪你还要不要了？"

这又是一个不要命的，这种人似乎满地都是，万年县的县令硬是梗着脖子把高阳公主的车架拆了，被李二揍了三十板子都不认错，只因为高阳为了能让车驾进出坊门，把坊门给拆了。

趁着权万纪发飙的工夫，客厅里的客人纷纷从小门溜了出去，云烨正要命人熊拦住他们，权万纪跨前一步挡在前面，不让云烨过去。

整个大厅立刻就空旷了许多，李佑扶着权万纪坐下说："先生，确实有人这样对我说过，已经被我斥退了。您放心，我李佑自束发就学以来，虽然行事荒唐，但是大逆不道之事却是万万不敢做的。"

权万纪拍着李佑的手说："老夫清楚，你喜欢宴游，只是因为过于孤单，因你外祖父的关系，其余的皇子都远远地避开你。老夫来齐王府已经三个月了，该看的都看清楚了，但你结交的这些人都不是什么正人，包括你的舅父阴弘智，他辜负了你母妃对他的期望。"

"你母妃在宫中身份微妙，从来不敢为你多争取一些，除了你的婚事，从不敢多说一句话。你知道你母亲为了能让你娶云丫，费了多少心力么？她用了三年时间绣制了百鸟朝凤裙，在娘娘大寿时亲自献上，娘娘为你母妃一片怜子之心所动，答应亲自向云家求亲，这才有了你一个月后的大喜，你万万不可辜负了你母妃的一片苦心。"

李佑绝望地看了一眼云烨："云侯，你是不是也看不起我？那你为何非要把你最疼爱的妹子嫁给我？"权万纪不说这些话还好，说了这些话立刻就把李佑的自信心打得粉碎。

"哼！你也知道几个妹子里我最疼的是小丫？说是我妹子，不如说我在把她当闺女养。要是想让她做王妃，李贞、李恽哪一个不比你强，可是小丫那个不争气的就要嫁给你，我有什么办法。"

听云烨这么说，李佑的眼睛里有了生机，从脖子上解下一个用丝线编织的彩绳放在云烨手里说："我没有别的东西，这条绳子是我三岁差点死掉的时候我母妃给我编织的，从未离身，对我来说就是我的命，小丫既然想要嫁给我，我就把命给她，此生定不相负，被她打死我都毫无怨言。"

云烨很满意地接过绳子，拿手帕包好揣进怀里。

权万纪已经勃然大怒，指着李佑说："一个妇人而已，何至于以命相托？齐州的百姓正在翘首以待齐王，您应当起雄心、树大志，为大唐江山效力，为齐州百姓谋福，怎能陷进儿女私情，你难道忘记了陛下的教导？"

李佑挠挠头："先生，我这辈子就这样了，好好地活着已经不容易了，能有个人死心塌地地跟着我，已经走大运了，别的事情还是由我的哥哥们去做吧。"

李佑的生存环境非常恶劣，这是从娘胎里带出来的，如果不是母亲貌美如花，阴家的人早就死绝了。

造成这一切的都是阴弘智的父亲阴世师，他曾劫杀李渊第五子楚王李智云，捣毁李祖坟。李渊攻下西京大兴城后，就诛杀守将阴世师、阴骨仪兄弟及其三族，唯独放过阴世师的幼子阴弘智与幼女阴月娥。李渊称帝后，把阴月娥赐给次子秦王李世民，隔年，生李祐。

李佑从小就不受其他兄弟的待见，被母亲灌输了小心自保的想法后，他发现自己能混吃等死已经是最好的结局了。

但权万纪不明白，他认为李佑是陛下的儿子，就该承担义务，却不知李佑做得越好，他的死期就来得越早。在书院学习过权谋之术的李佑，对自己的见解远远不是权万纪一个腐儒能比拟的。

李佑没有理会权万纪的咆哮，拱手问云烨："先生，李佑此生注定籍籍无名，让小丫跟着我一起遭受这样不公正的待遇，为难她了。如果她不愿意默默无闻地过一生，小王一定会极力向我父皇阐明道理，解除婚约。"

"该你自己去跟小丫说，要我传达是什么道理，云家的大门你认识，早年间能去骗吃骗喝，现在却不敢登门了？"

李佑笑了："那就好。我舅舅心思多，不适合担任齐王府长史，燕弘信他们也得辞掉，不过这是小丫这个主母该做的，我明日就去问问她的意见。"

云烨很满意，李佑既然已经这么想了，阴弘智这帮人不杀也罢。

权万纪坐在那里如同死人，云烨没来的时候，李佑虽然会和他争论，也算是两人之间有交流，云烨说了几句后，他就发现自己已经成了一尊泥菩萨，李佑对他恭敬有加，但是不论他说什么话，李佑都会听着，也只是听着而已。

李佑把云烨送出了家门，直到云烨的马车消失在街角，他才走进府里，对阴妃的贴身婢女说："梅姨，您既然出了宫，不如就在府里当管家吧，小丫虽然性子火暴，但心地却极为善良，您在府里养老可好？"

梅姨抱了一下李佑，点点头就出了门，她必须把李佑的变化告诉阴妃。

云烨回到家里，就找到小丫，把李佑的信物递给她："李佑说这是他的命，他把自己的命交给你保管，以后打算窝在家里了。齐王府有什么事，都该你出面，你经营得好，他跟着你吃香的喝辣的，你经营不好，他就跟着你喝粥。"

"到底是我嫁他，还是他嫁给我？当初把他揍成那个样子了，都不给我看，现在怎么舍得把命给我了？"

"这家伙很可怜，像个死人一样，没办法，哥哥就说你一心一意地等着他来娶，他就活过来了。"

小丫皱着鼻子说："我是没办法才嫁给他的，那可是皇帝的旨意，要不然鬼才会嫁给他。不过这么说也行，能救他一条命，我的名誉受损也没关系，毕竟我已经是他未婚妻了。"

外人只知道小丫蛮横无理，云烨却很清楚她宁愿委屈自己也不愿意让别人难做，只要李佑真心诚意地待小丫，这家伙这一辈子定会过得舒坦无比。

云家的演武场的兵器架子都已经有点生锈了，这是家主的地方，云烨一年里难得动一次兵刃。武将家里的兵刃生锈很丢人，所以云烨穿着麻衣正在努力打磨。

才把一把大刀打磨好，想喝口茶，抬头才发现严松呆呆地看着自己，身后是一脸焦急的老钱。

云烨拱拱手说："严兄到了寒舍不知所为何事？"

严松回了一礼，问云烨："不知云侯能否将一尊五百斤的石狮子举起来，并送上房顶，最后计算好某人恰好路过，将石狮子推下来将这人砸成肉酱？"

云烨想了一下说："这个还是可以办到的，只要利用一些工具就能轻易完成，但是要恰好将一个路过的人砸死就比较难了，我杀人一般喜欢用强弩。"

严松点点头说："我想的也是这样，今日看到你府上生锈的兵器，我心里就更加确定了。可是你云家的石狮子从兴化坊跑到永安坊，还在光天化日砸死了人，陛下要我来问问，你是怎么办到的？"

"胡扯，我家的石狮子怎么可能会跑去永安坊，中间隔着三个坊市呢。"云烨就迷糊了。

"事实上，不光是你家的石狮子自己跑出来砸死了人，长孙无忌的腰刀也跑到了燕来楼，活活地把一个人劈成了两半。还有，李大亮的儿子李鹏程刚刚回到京城，与友人在酒楼饮宴，不慎跌下了楼梯，他毫发无伤，倒是身下垫背的那个人被他压成了肉饼。还有啊，魏征老匹夫的马车在行驶中忽然车轮脱落，从坡上滚下去后居然把一个人的脑袋压成了烂柿子。您四位的爵位太高，除了陛下，没人敢问，长安县层层上报，所以陛下就打发我来问问怎么回事。陛下特意点明此事和你脱不了干系。"

这些事情也太离谱了，云烨一无所知，既然长孙无忌、魏征和刚刚袭爵的李鹏程也成了杀人嫌犯，这就有趣了，必须要过去看看。长孙无忌杀人如麻，不算事；李鹏程一向以武力强悍著称，压死个人也不算是；可魏征弄死了人，这就有看头了。一定得看看魏征杀人后的嘴脸。

两人一路说笑着就进了宫，来到万民宫前面，三个当事人都坐在前厅等李二召见。按理说死个把人李二不会亲自过问，现在居然把所有人都召集到了一起，就说明死的人身份不会太简单。

长孙无忌看到云烨也来了，嘿嘿一笑："云侯好本事，家里的石狮子居然通了灵性，能帮着你杀人了，相比之下，老夫的腰刀伴随了老夫数十载才有这样的本事真是惭愧。"

云烨笑着回答："伯伯家里人杰地灵的，您的宝刀出现灵异事件不足为奇，听说那把刀自己能使用一招大劈，小侄心向往之，渴欲一睹啊。"

魏征哼了一声："老夫的车轮能把人头碾成烂柿子真是天下奇闻，就是不知哪位高人在这里谋算老夫，嘿，也算不上谋算，恐怕老夫是被殃及的池鱼吧！"然后转头看着李鹏程："我们三个杀人的手段都是器物，你怎么一屁股就把人坐死了？"

李鹏程苦着脸说："小子昨晚没喝几口酒，晚上回家还要照顾老母，在和友人告辞的时候，不小心滑落就栽下来了，起来就发现把人压成了肉饼。"

云烨想不通，就看着长孙无忌说："我们几个被人栽赃这是确定无疑的事情，可是到底是谁干的？在下以为，要把石狮子从兴化坊弄到永安坊，还把赵公的佩刀从府中偷出来，再让鹏程无声无息地中招，最后还把郑公的车轮弄下来，这绝对要比杀人更难，这人要干什么？"

"能干什么，"李二从后面转出来，"依朕看来，这是在立威，拿你们几个人的名头立威，说不定有世外高人准备在京师打响名号也说不定。"说着，把一张纸放在桌子上，示意让他们看。

云烨看完后就知道杀人的到底是谁了，但脸上依然是一副思索的表情，不敢露出破绽。

李二撇了云烨一眼："云烨，被你家石狮子砸死的人叫燕弘信，你不是说要把他弄去南海守荒岛么？怎么就改变主意了？"

云烨苦笑着回答："陛下，微臣也就是那么一说，要是真想要燕弘信的性命，用不着这么麻烦，只要把他征召到岭南水师去守卫荒岛，想怎么杀就怎么杀。"

李二点点头："这也说得通，看样子你没少用这个法子屈死和你不对路的人，朕手头没证据，就任你胡为吧！不过这件事情你们必须给朕一个交代，朕之所以来晚了，就是在安慰阴妃，她唯一的弟弟被无忌的刀劈成了两半，总需要一个交代吧。齐王府里的四个支柱，阴弘智、燕弘信、昝君谟、梁猛彪死得不明不白，你们怎么看？在这件事情里，齐王不能出事！云烨，他的安危你负责，无忌，你就全权处理此事，早点了结，朕不打算让这些奇闻怪谈弄得人心惶惶。"

云烨和长孙无忌、魏征三个人对视一圈，发现对方都一副了然于胸的表情。李二的眼睛里揉不进沙子，他办事从来没有马马虎虎的时候，现在居然要和稀泥，那么他一定知道些什么。

辞别了皇帝，四个人出了宫，长孙无忌对其他三人说："我这就去按照陛下的要求去做事，不管出现什么结果，你们三个是不是都认同？"

云烨和魏征一起拱手说有劳，李鹏程被云烨踢了一脚，连忙躬身感谢长孙无忌。

等散了，李鹏程又骑马追上来问云烨："先生，明明咱们四人受了委屈，陛下为何要息事宁人，难道有什么内幕不成？您就给学生说说，我刚刚袭了爵位，万万不敢出差错。"

"鹏程，你还是认了吧，能在你不知不觉中算计你的人不是你能对付的，陛下一定知道，可是我们都没问，所以你也不要问，就当这事从来没有发生过。你父亲刚刚去世，你就饮宴已是不孝，这些天好好在家里侍奉你母亲，不要出门。"

人是小苗杀的，云烨认为自己没必要背黑锅招阴妃的恨，阴弘智怎么说都是她唯一的弟弟。李佑也认为是云烨下的手，毕竟那晚云烨威胁燕弘信来着。

在这种情况下，云烨只好告诉李佑："不是我杀的，但我知道原委，你爹也知道，可就是不能告诉你，这件事和你半点关系都没有。你告诉你母亲，别追究，越追究，麻烦越多。"他能说的，只有这么多了。

李二在宫里发愁，阴妃已经请了他三回了，他不知道怎么和阴妃说，必须要等到长孙无忌弄出一个结果来才成。

断鸿说此事不可查，不可问，因为鸡鸣狗盗之术最高的杀人手段就是让人死于无形，既然有人故意把手段亮出来，就是在告诉世人，他已经练成了鸡鸣狗盗之术。断鸿没有完全练成，无舌也没有完全练成，到底是谁完全练成了？

鸡鸣狗盗之术听起来像是下三流的手段，但是当年的孟尝君就是凭借门客学鸡叫、爬狗洞就能偷过秦国的城关，那可是一个法度森严到极点的国度，要是没有过人的神奇，孟尝君根本就不可能偷过城关。

对于这些豪侠，李二有时候也感到无奈，他们就像藏在大海里的一滴水，如何能把他们找出来？断鸿还在研究那只石狮子和那把宝刀，魏征的马车也停在宫里，但愿断鸿能找到蛛丝马迹。

云烨硬是和李纲先生挤到一辆熊车上，老先生虽然有些不满，但还是把身子往左边让让，给他腾出一些空位。

　　"您老人家在信里说得太吓人，紧赶慢赶回了家，打听到您老人家一切安康才敢跑来见您。"

　　"难过的时候熬过去了，估计还能多熬两年，小烨啊，你是不是非常畏惧陛下？"李纲从来不说废话，睁开眼睛就直奔主题。他总说自己老了，没时间和别人客套，开门见山的谈话方式已经成了常态。

　　不过这话问得云烨着实有些尴尬，不知道如何回答。

　　"你把'大帝号'献给陛下，还制定了严格的规章，老夫就知道你心生惧意。你不反对把小丫嫁给李佑，老夫就已经确定你在害怕。告诉老夫，你在害怕什么？舍不得你的那点富贵，还是舍不得你的家人？男子汉大丈夫畏首畏尾的，还有什么痛快可言？老夫活得久一些，见过很多惊才绝艳之辈，明明能干出很多的大事，却被自己心性所误，至死都默默无闻，胆怯是做事的大忌。"

　　云烨苦涩地看着李纲说："学生的牵挂太多，牵挂祖母，牵挂妻儿，牵挂旺财，也牵挂朋友，身上背的包袱太重，有时候就不敢把步子走得太快。小丫嫁给李佑是学生权衡过的，往大里说我想让这个国家尽量平稳一些；往小里说，就是小丫自己的性格注定能包容她的人太少。"

　　李纲闭着眼睛摇摇头说："天魔姬不是善类，小丫跟着她学到的东西难免阴毒了一些。让小丫过来伺候老夫几日，老夫教教这孩子如何把事情做得光明正大。"

　　那只熊猫把两个人拖到假山前阳光最充足的地方停了下来，李纲已经沉沉睡去，说了这么多的话，对他已经是一种负担了。

　　云烨把毯子给李纲盖上，让仆役把李纲带回家休息，决定一个人去迷林看看。

　　往日的奴隶小儿已经长成了男子汉，火烨看到云烨非常高兴，请他进家门喝茶。一户不大的院子，院子里还种着一些青菜，巨大的席子上晒满了干菜，一个用手帕包着头的青衣妇人背着一个戴着虎头帽的孩子正在席子上翻检那些干菜。见云烨走进来，他施了一礼，就进屋端了一壶茶放在院子的石桌上，继续干自己的活。

　　"我听说迷林着了一次大火？损失大么？"

　　"有一些，损失了一些蜘蛛和蝎子，蚂蚁和马蜂却没有什么损失，长安还是太寒冷了，不利于这些生灵生长，蚂蚁已经在褪色了，性情也没有第一批那么凶了，我估计再有三五年就和本地的蚂蚁没有什么区别了。"

火炷没有说起那些放火者的命运，云烨也不问，火炷把这些毒物看得和性命一样宝贵，估计那些人已经死得不能再死了。

喝了一会茶，火炷给云烨的鞋子上涂抹了一些汁液，就带着云烨推开柴扉向迷林深处走去。

到底是深秋了，风一吹树上的叶子就哗啦啦地往下掉，石头屋里放了一整排铁柜子，云烨打开了其中的一个，仔细检查里面的东西，火炷就守在屋外。

在这个与世隔绝的地方，云烨才会感到一丝自由，李纲先生说自己胆怯已经是嘴下留情了。李二给云烨的感觉已经不能用胆怯来形容了，恐怖这或许更加确切。

光棍的时候什么都敢做，什么也都能做，可是当家的责任背到身上以后，胆子就喂狗了。虽说男人都是这样，越活胆子越小，可云烨的心里满是酸楚和委屈。他只想活得久一些，看子孙成人，给老奶奶披麻戴孝，然后等着云寿他们给自己披麻戴孝。

夕阳斜照过来，穿过了石屋的窗子，也穿过了云烨手里的三枚玉牌，三只狰狞的鬼脸被印在墙上。这一回云烨没有睡着，他看见了那三幅图案，没有惊叫，也没有慌乱，观察了一下地势，以及光线，就收了起来……

从石屋里出来，云烨跟火柱说笑着回到了火炷家，烫了一壶酒，围着小炉子在铁板上烤蜂蛹，听火炷讲述这三年来书院的变化。

"元章先生命人在后山挖山洞，说书院以后的典籍都需要藏到山洞里去。公输老先生明明都快死了，听到这个消息又活过来了，非要亲自设计，因到底要不要安装机关这事，两个白发老头子破口大骂，并发誓老死不相往来，不过昨日我去送蜂蛹的时候又看见他们两个人在一起喝茶……"

延陵先生先生变得孤僻无比，除非有课，否则从不出观星台，还邀请书院的算学高手帮他演算星星的运行轨迹。那个打算去研究狼族关系的轩仁，下场很惨，被狼抓瞎了一只眼睛，鼻子也只剩了半个。伤好后他找了铜匠打了一个面具，现在书院里都称呼他为铁面先生，最近他又去找狼群了。

火炷的酒量很差，半壶酒就已经醺醺然了，脸膛被炉火烤得通红，看得出来，他对目前的生活非常满意，甚至可以说满意到了极点。

云烨拎着一罐子蜂蜜，带着一大包蜂蛹出了迷林，远远就看见旺财，毛色散乱，腿上还有横七竖八的血印子。见云烨出来，它立刻就扑了过来，把大脑袋杵在云烨的怀里寻找安慰。

云烨怒了，旺财什么时候吃过这么大的亏？仆役战战兢兢地解释，旺财踩翻了熊猫的食槽，想把熊猫都赶走，结果被一大群熊猫围住殴打，他们好不容易才把熊猫赶走。

云烨心疼地蹲下来检查旺财的伤势，还好都不太严重。兄弟俩心情都不太好，垂头丧气地往家里赶。回到家里的时候，天早就黑了，云烨命人赶紧调好药水，给旺财包扎。

辛月在一边挑着灯笼不断地问旺财是怎么了。云烨心烦气躁，懒得理会，给旺财收拾好了才交给马夫，命他好生照顾，这才回了卧房，饭也不吃了。

三天没出家门，断鸿过来了，见云烨在教儿子闺女读书，也不打扰，等云烨忙完了，才走过来示意云烨去亭子里叙话。

坚硬的石榴在断鸿手里顷刻间就四分五裂，宝石般的籽粒粒饱满。云烨要过一片吃，等着断鸿说话。

"其实你家的石狮子从来就没有离开过你家大门，不过是被别人扔到水沟里去了，砸死燕弘信的也不是石狮子，而是巨锤，是一锤锤的把全身砸出石狮子底座大小，再把另外一个石狮子放上去。"

"你怎么知道是巨锤砸的？十几个人都亲眼看见一尊石狮子从天而降，你说的和严松说的不一样。"

断鸿嗤嗤地笑着说："我可是练过鸡鸣狗盗的功夫的，虽然练得不到家，可是一些端倪还是知道的。那些人看见了什么？只不过听见一声巨响，而后就看见一尊石狮子压在一具尸体上。市井小民以讹传讹，最后就成了石狮子从天而降砸死人了。那些人的心神都被石狮子所夺，谁还注意到一辆乌篷马车就停在一边？更何况，一个像燕弘信那样魁伟的大汉从自己身边走过，或多或少都会有点记忆，可是我们拿着燕弘信的画像问遍了那些人，居然没有人见过他，您说怪不怪？"

"鸡鸣狗盗的功夫是最大限度地利用外在的条件，比如灯光、倒影、习惯、黑暗、烟雾，更加讲究技巧和合理性。刚出道的这位，虽然把这门功夫练得不差，到底还是心太软了，想要让石狮子杀人成为真正的事实，那些路人也该杀掉几个的。看样子这位出山的高手是一个善良的人，如果您再见到他，转告一声，无情才是鸡鸣狗盗的精粹。"

断鸿说完话拱拱手就要离开，被云烨一把拉住："不对，你话里话外的意思好像我是凶手的同伙，岂有此理！"

"云侯，陛下命你照顾好齐王，您把齐王留在云家是对的，但是四天时间里，齐王总共从云家出来六趟，其中四趟是陪着小丫逛集市，有一回还没有护卫。你是一个心思缜密的人，齐王府死了四个人，你怎么知道凶手不会对齐王下手？以前有凶手谋刺陛下的时候，您可是把护卫工作做得滴水不漏，现在齐王有难，你却表现这么松散了。出现这样的情形只有一种可能：您一定认识那位高手，知道齐王不是他的目标。"

云烨看着断鸿，不再说话。

"云侯不要担心，高人出自云家，我不会说出去的，无舌先生对我有大恩，不敢不报，就此别过。"

云烨看断鸿走出家门，无舌悄无声息地出现在云烨背后，随着云烨的目光看着远去的断鸿说："这几天把他熬坏了吧，你看他两只手都在发抖，他知道小苗一直在盯着他。"

今日的阳光很好，花园里只有云烨、无舌和刘方，刘进宝、老庄、老江等人守卫在外面，没有家主的命令，谁都不能靠近花园一步。

三枚玉牌悬挂在一个架子上，等太阳快要落山的那一刹那，一只独角鬼头出现在玉牌后方的白纸上，刘方快速拿笔画下了这个鬼头；紧接着，第二个长着翅膀的应龙出现在白纸上；第三个鬼头不像是一个实物，更像是一张无眼无嘴的面具，上面写着四个字"尽东其亩"。

看到这四个春秋古篆，刘方放下手里的笔，对无舌说："原来是宾媚人啊！"那些影像随着阳光的偏移很快消失了。

云烨把玉牌交给无舌后问刘方："冰美人是谁？难道说这玉牌后面还有什么香艳的故事不成？"

刘方叹口气说："亏你也是教书的，连宾媚人都不知道！《左传》有一篇记载，名叫《齐国佐不辱使命》，晋国去攻打齐国，齐国打不过，打算求和。晋国提出要求，其中一个是要齐国国君的老母做人质，齐国不答应；另一个要求就是'尽东其亩'，要齐国的田亩走向全部朝东，好方便晋国下回再收拾齐国。这两个条件齐国都不能答应，多亏了齐国的国佐宾媚人，用道理说服了晋国，才让齐国躲过一劫。"

"宾媚人因为这件事名声大噪，没多久就被鲁国聘为国卿，但不知道犯了什么错，被鲁国人扒下了面皮，把他的脸皮戴在别人的脸上游说各国，希望能承继他的智慧，结果成为笑谈。所以看到人皮面具，和'尽东其亩'这四个字，我就知道这张脸皮属于宾媚人的。"

云烨和无舌对视一眼，都是一头雾水，这和寒辙家只要血统纯正，就能变成聪明人的论调有异曲同工之妙。看样子白玉京也不是什么好鸟，但是又没办法告诉刘方，只能自己窝在心里，自己稀里糊涂地成了白玉京的传人，这个哑巴亏只能暗自消受了。

刘方嘿嘿笑着在云烨脸上不断地打量："没想到你白玉京的传承会如此奇怪，老夫以前还奇怪你怎么会懂得那么多的事情，现在知道了，你到底戴过多少人的面皮？"

无舌把盒子抛到一边，用力揉搓云烨的脸颊，边揉边对刘方说："老夫奇怪，他们师徒行走大江南北，这样出众的两个人居然没有半点传说，不容易啊，除非你们当时戴着人皮面具，快弄一张出来给老夫看看，没人的话老夫现在就去抓，好奇得紧。"

不管云烨如何挣扎也逃不出无舌的双手，直到脸皮都要搓破了，无舌才住手，又仔细看了几眼才说："这张脸皮是真的。"

云烨喘了一会，抚摸着发疼的脸说："我从来没有戴过人皮面具，一直都是靠自己的这张脸皮混的，白玉京的事情关我屁事，我也没发现我师父戴过。"

刘方嘿嘿地笑着说："你怎么知道你师父没戴？你师父吩咐你在他死后要把他自己的身体烧掉，说不定就是在毁尸灭迹，高明啊！真正做到了来无影去无踪。"

"您二位高兴什么啊，这才弄清楚了一个玉牌，还有一个独角鬼王和应龙怎么解释？"

说话的工夫刘方就在纸上又画出了应龙和鬼王，摊在地上让云烨和无舌挑了一幅，剩下的自己揣上，心情愉快地离开了花园。

第十章　置之死地而后生

云烨还没出门，就见辛月风风火火地闯进来："夫君，咱家的河湾地少了！去年夏天被洪水冲了，妾身要庄户们重新把地整理出来，今天官府居然不许咱家继续整地，还说以后河湾、河滩都不许种地，只能种树苗！妾身算了一下，咱家最少要损失八十亩好地，这明显在欺负人！"

云烨见辛月气呼呼的，给她倒了一碗茶说："官家做的没错，这些年长安的几条河都不安稳，最大的祸害就是水磨和河滩地，土地肥沃，利润丰厚，都不想撒手，导致河道越来越窄，洪水泄不下去就只好漫堤。这些年死了不少人。你不是跟着奶奶学念佛吗？咱家少几十亩地饿不死人。"

"砰"的一声，辛月一巴掌拍在桌子上，柳眉倒竖，咬着牙说："这不一样，咱家的地就是咱家的地，一分也不许少，您今天被人家收走了几亩，明天再被人家收走了几亩，用不了几年，咱家的地就没了，将来寿儿还有什么？那些赃官们就是这么慢慢侵吞百姓土地的，您今天不理睬，他们明天就敢说咱家的坡地也有问题，不能给他们惯这些坏毛病。"

云烨把辛月按在椅子上："我现在巴不得全长安的人都说我是一个软蛋，你看看，我连朝会都不乐意去，就是想把头缩进龟壳让别人看不见我。你不懂，被人欺负是一件好事，如果咱堂堂侯府只剩下这个云家庄子了，那才是最美的，咱家就能万代传下去！"

辛月疑惑地看着丈夫，不明白什么意思，但出于对丈夫的信任，还是小声说："那妾身就装作不知道？这样可以吗？"

"那不行，咱家受了委屈就该大声喊出来，我去喊太丢人，你去喊。傝县伯家里也必定会遇到和咱家一样的困扰，你看看傝县伯家里是如何做的？"

"傝县伯夫人正坐在河边哭呢，"辛月好像有点想明白了，"您的意思是妾身也去哭？"

"哭啊，你是诰命夫人，被一些微末小吏欺负，只能坐河边哭！一会多吃点儿饭，好好睡一觉，明天攒足了力气去河滩上哭，围观的人越多越好。我估计，明天和你一起哭的妇人绝对不少。"

辛月咬咬牙说："那就哭，明天那日暮、铃铛也去，一起哭！"

云烨一大早起来，就带着孩子们读书，等到树上的露水都被阳光晒干后，就带着五个孩子去摘梨子，今年恰逢果树的丰年，梨子挂了一树。

云烨站在三角梯子上摘，云寿就把父亲递下来的梨子一个个的从小篮子里装到竹筐里，云暮仰着小脸帮父亲抓着梯子，三个小的就蹲在大筐子边上数到底有多少梨子。

旺财也站在筐子边上，它不喜欢吃梨子，只是喜欢留在云烨身边。

站在梯子上，可以看到奶奶躺在锦榻上在屋檐下晒太阳，也能看见小丫和李佑厮闹，刚才她似乎被李佑偷着亲了一口，云暮的大狗横卧在院子里，完全一副目中无狗的神态。

多好的日子啊，婆娘们都去河边哭，带走了很多吃食，看样子打算哭一整天，也不知道蓝田县的新县令能不能受得了。

勋贵家不在意那是不是好地，在乎的是面积，清理河沟是所有人都受益的事，把道理说通了，这件事就会成为县令的功绩。现在好了，不但大户人家的主妇去河滩上哭，小门小户的人家也去哭。你把治下弄得哭声一片，御史要是不找你麻烦才是怪事。

明天的早朝是必须要参加的，侯君集的处置方案下来了，戴胄真的是铁面无私，侯君集和三个儿子都是死刑，妻妾和女儿充为官奴，不知道他和侯君集到底有多大的仇。

云烨去问刘方时，刘方喝着小酒，漫不经心地说："官场不是你这么混的，告诉你，戴胄和侯君集不但无仇，反而交情莫逆，侯君集二女儿就嫁给了戴胄的小儿子，到现在还没退婚。你想想，戴胄为什么连最后的一点脸面都不顾了，非要置侯君集全家于死地？"

云烨摇摇头，这是大理寺的判决，除非皇帝推翻，否则侯家就会被这样处置。

刘方抿了一口酒说："小子，这招叫做置之死地而后生。侯君集死定了，这点没得商量，但是对他家人的处置，却大有文章可做。戴胄之所以把事情做狠、做绝其实就是想激起陛下的怜悯之心。侯君集是什么人，在这之前，他是陛下的第一忠犬，玄武门奋勇向前，浑身浴血也不叫一声苦，更何况又有灭国的功绩，陛下怎么可能连一丝香火都不给他留？朝中大臣必然也会求情，所以老夫敢和你打赌，侯君集会被处死，他的家人定然会安然无恙，所以明日你只要冷眼旁观，等到侯家被发配到岭南后再出手帮助不迟。"

跟随李二造反的这些家伙，确实没一个是好相与的，谁该干什么事，恐怕早就分工好了，戴胄不解除婚约的目的恐怕就是在等皇帝的旨意。

天没亮，云烨就快马直趋长安城，此时天上的残月还在，一片蛋白色的薄曦已然显现，这是一个普通的早晨，唯一不普通的就是侯君集会在今日殒命。

从侧门进了长安城，沿着朱雀街一路狂飙，宫城还没打开，宫门前已经聚集了很多人，云烨有点后悔，因为今天老程他们都穿着盔甲，还都是破破烂烂的老式铁盔，走一步路脚下都发出沉闷的轰响。

"知道你不会穿盔甲，老夫把处默的带来了，去马车里换上——你薄袍轻带的，来看热闹？老侯自寻死路，但是他的妻儿不能有差错，戴胄下了死手，咱们今天想要保住老侯的妻儿，很难啊，你年轻，嘴皮子利索，指着你多说两句呢。"

云烨弱弱地答应了，转头就看见李靖铁青的脸，一身破旧的铁甲，上面全是刀砍的痕迹。他和侯君集一向不睦，这一次逼得侯君集在草原上没猴耍，最后自缚双手回京请罪，虽然他做的没错，但是老将们却把怒火都倾泻在了他的身上。

老家伙这辈子就没干对一件事情，李渊造反他去告密，李二造反他保持中立，侯君集造反他去镇压。从法理上看一点错都没有，甚至称得上高风亮节，但是从情理上来看，他全错了，李渊造反他就该帮忙，李二造反他就该身先士卒，侯君集造反他就该躲得远远的，现在弄成狗不理，实在是他的性格造成的。

力士们打开宫门，群臣开始排队，侍御史拉着长脸来回巡检。云烨走在白发苍苍的老头队伍里，正打算找一个年纪差不多的，就看见李鹏程低着脑袋排在自己身后，这家伙继承了他老子的爵位，公爵掉一级成侯爵了。

看到这一幕，云烨有点开心，云寿将来继承爵位还是蓝田侯，孙子也是，如果李鹏程这辈子没什么功绩，爵位再传一级就成了伯爵。

"先生，不知道赵公是如何处理杀人案子的，学生去问过，总是说正在查办，到底什么时候才能查办清楚啊？"

瞧瞧，这就是官场上的生瓜蛋子，居然跑去问长孙无忌什么时候能把案子办下了来，李二都没问，你算哪棵葱！长孙无忌没有破口大骂已经是看在故世的李大亮的份上了。

云烨一巴掌抽在李鹏程的铁盔上，力度没掌握好，把手抽得生疼，忍着气说："哪个要你去问的？谁要你去问的？赵公说正在查办，就正在查办，这么复杂的案子不查个百十年怎么能弄清楚？以后要是再敢多嘴，就自己到云府来领罚，你爹怎么把爵位给了你这个二百五？官场上哪来那么多的是非黑白？"

李鹏程这才恍然大悟，赶紧致谢，云烨看到侍御史走过来了，赶紧转过身站好，装作什么事都没有发生过，可是回头就看见戴胄的黑脸。

"云侯教学生，不要隐射老夫才好，老夫忝为大理寺正卿，职责就是把疑问断个清楚明白，要是大家都稀里糊涂的过，朝堂会成什么样子？"

云烨拱拱手说："我给学生教什么是我自己的事，还不用上大理寺的厅堂，倒是侯君集的家小走了一趟大理寺，没脑袋的没脑袋，成歌姬的成歌姬，以后我要是上了青楼，不小心嫖了自己的故旧，都要拜你大理寺所赐！"

云烨的话极为恶毒，薛万彻还跟着喊了一声"好"，戴胄的脸色瞬间就白了。要是李二狠下心，真的按照这个法子处置侯君集，他戴胄绝对会成为众矢之的。

"噤声！"侍御史走过来冲着云烨吼了一嗓子，屁大点官不知道哪来的这么大的威风。

万民宫的好处就是够大，今日的大朝会足足六七百人，以前在太极宫开会的时候，绿袍子的官员需要坐在大门外面，现在不需要了，一人一个锦垫，很舒服，坐好了打瞌睡都不成问题。

"诸卿可有本奏？"李二坐在龙案后面低声问道，两边圆弧形的回音壁设计非常适合用这种威严的声音。不用多大声，声音都可以传得很远，李二已经掌握窍门了。

"臣房玄龄有本奏上，臣今日审阅府库甲兵，远胜前隋，臣以为应当减少武库藏兵，结余之资可以开山铺路，以补国用不足。"房玄龄是宰相，从来都是第一个发言。听了他的话，众武将的脸上又黯然了几分，房玄龄明摆着想用侯君集的事达到他减兵的目的。

李二面无表情地说："铠甲兵械等武器装备，诚然不可缺少；然而隋炀帝兵械难道不够吗？最后还是丢掉了江山。如果你们尽心竭力，使百姓人心思定，这就是朕最好的兵械！江山之险在人心而非兵革之利，既然诸卿以为兵械过多，那就减去一成！"

房玄龄达到了减兵的目的，回头看了一眼武将群，就抱着笏板退下了。戴胄见其余大佬都没有事情奏报，知道是特意给自己腾出时间，于是出班启奏："陛下，臣奉命清查侯君集不法事，如今已有结果！"

"今查，侯君集目无君上，于十二年一月十四日斩杀五蟊司马第五州，已是僭越；十五日自命潘英寿为镇军将军，统御狄寮；十七日集众将，曰帝困于辽东，太子据守长安，正是吾辈奋发之时，得富贵必不相忘！时有副领军锲朵质问君集因何出此大逆不道之言，被刀斧手剁为肉泥，长史萧炎、折冲都尉裴仲、羽林郎将窦怀德、都尉韩德不从亦为君集所杀。十二年二月初九，君集下令全军班师，欲侵长安，行至散马原，闻太子殿下已至辽东运粮，诸军方知受骗，不发。君集只得自缚双手，至长安请罪。因此波折，一百三十一名五蟊司马殒命，将校殒命者达七十四人，亲卫无数，惑乱军心者，尤此何甚！

"大理寺已查明，侯君集谋反之心昭昭，证据确凿，按律判下：侯君集为谋反首恶罪当绞！其子侯杰、侯英、侯虎按律当斩，妻女没入宫室，永世为娼妓，遇赦不赦。其余从贼潘英寿、贺兰楚石、辛獠儿、雷鸣按律当斩，夷三族，请陛下明正典刑！"

云烨这才知道原来侯君集干了这么多事，萧炎和裴仲在长安的时候没少一起喝酒，看护云家牧场的就是都尉韩德，怎么就被侯君集剁成肉泥了？

朝堂上死一般寂静，往日还有起伏不断的咳嗽声，现在一点声音都没有，秦琼、程咬金、牛进达等人估计也是才知道侯君集捅了这么大娄子，个个面如死灰，求情的话不知道从何说起。怪不得戴胄要兵行险着，非要赌一下李二的仁慈之心，不这么办别的法子根本走不通，侯君集这混蛋把自己的活路堵得死死的，连全家的活路都没了。

戴胄禀报完了也不下去，依然弯着腰不起来，因为皇帝没有发话。

罪不容诛啊，戴胄的判决没有半点错误，侯君集能被绞死，已经是顾全他国公的身份了，五蟊司马是什么？那是李二的亲军，一次死了一百三十一个，再加上心腹中的心腹第五州，李二这次损失惨重。

"陛下，老臣弹劾戴胄假公济私，判案不明，请陛下治戴胄之罪，侯君集罪大恶极，犯的又是大逆之罪，上千将士死于这个恶贼之手，臣请启用大辟之刑，以戒后人！"

这就开始了？魏征一番话说得掷地有声，顿时就让朝堂炸了锅了。几个老夫子指着魏征破口大骂，说桀纣之君才用大辟，为了处罚一个侯君集就恢复大辟，乃是本末倒置得不偿失。

等到喧哗之声稍微落下，杜如晦也出班启奏："微臣也认为启用大辟之刑不妥，侯君集做事已引得天怒人怨，怎样处置都不为过，但是请陛下念在他往日薄有微功，给他留些颜面，妻女不必没入官妓，一体斩绝为宜！"

"杜如晦，枉你一向以名臣自居，却不知你口角之上视人命如蝼蚁，《大唐疏律》已行二十余载，为何不按律处置？侯君集叛逆，《大唐疏律》自有相对的条文，何用你多嘴。"

刘洎的一番话就算是把场面兜回来了，按照大唐律令，侯君集死定了，侯家的老大侯杰也死定了，侯英、侯虎远窜八千里，妻女入官。按照八议条款，侯君集的妻子年老不宜入官，侯家的二闺女因为和戴胄家有婚约，不算侯家人，而侯家的长女曾是太子妃，这样看起来，他们已经巧妙地把话题引到正点上了，现在只要把侯杰救出来就好。

云烨伸长脖子看了看，没看见李承乾，这家伙最近被禁足，原因好像是偷偷去看了他的两个老婆。看样子李二就不愿意把自己的儿子放在今天的这个大油锅上煎熬，出现在朝堂上的皇子只有十二岁的晋王治，他是在观政，没有发言权。

李二一直在沉默，见群臣一体附和刘洎的意见，良久才沉声说："带侯君集、侯杰入殿。"云烨从他的声音里听出来一丝疲惫，侯君集造反无疑是在他的心头插了一刀。

都说伍子胥一夜白头，如今侯君集也是满头白发。每走一步铁链子都哗哗作响，人看起来苍老，走路依然虎步龙行，腰板挺得像标枪一般直，脸上也没有丝毫愁苦之色，见到昔日老友还知道点头示意。走到大殿中间，他向李二叩拜之后就站了起来，比张亮那种把脑袋杵进烂泥里的家伙高明了一百倍。

"侯君集，你从左虞侯到车骑将军，再到左卫将军爵封潞国公，再到右卫大将军，从龙之功，朕可有委屈你半分？"

说起这些，侯君集有些惭愧，低头说："没有，有功得赏，一步未落人后。"

"贞观四年你改任兵部尚书，检校吏部尚书，实有宰相之权，贞观九年你任积石道行军大总管，十一年改封陈国公，十二年迁吏部尚书，朕对你不可谓不重用吧？"

侯君集站不住了，撩起铁链拜倒在地："臣仕途之顺利古今罕见，陛下没有对不起微臣，是臣自己被猪油蒙了心，千错万错都是臣的错，臣无言苟活，只求速死！"

"哈哈哈哈！"李二苍凉的笑声在万民宫回荡，少顷即止，"你死容易啊，只要挨一刀万事皆休。你少年时随朕起兵，我们一路血雨腥风的都走过来了，如今富贵满门，正是品尝胜利果实的时候，你却自寻死路！侯君集啊，天理国法都要杀你，朕却狠不下这颗心，你的心是顽石，朕的心不是！我们相交二十余年，即使是石头也该焐热了吧？"

"张亮说你怂恿他谋反，朕不信，讫干成基说你意图谋反，朕还是不信！朕留在辽东，就想看看你到底会不会行此悖逆之事，朕的一念之仁，千余将士冤死草原！侯君集，你辜负了朕，辜负了朕对你的期望！不管是大辟，还是按律，处置的不过是你的罪过，朕付出二十年的信任该何去何从？侯君集，你来告诉朕，朕该如何做？"

李二的一席话，把侯君集最后的一口气也抽掉了，他重重地叩了三个头："陛下，请赐臣一把匕首，臣不自杀，只是心头堵得厉害，想松快一下，求您了，陛下。"

李二一抬手就把案头的裁纸刀扔了下去，断鸿捡起来递给侯君集。侯君集谢过之后，一抬手，就把刀刺在自己的肋下，抬头对李二说："侯君集负了君王，负了兄弟，负了妻儿，还有什么颜面苟活人世！诸君，侯君集早就想死了，只是想留着这颗人头警戒一下后人。陛下，侯君集犯下滔天大罪，罪不容诛，当在西市口斩决！诸君不必为侯君集求情，诸位的大恩且容我来世再报。"说完话，把刀抽出来放在地上，拜别了李二，就一步一步地踩着自己的血走出了万民宫。

云烨拿胳膊捅了一下薛万彻，这个心里有鬼的家伙吓了一跳。

"你现在在公主府上班，和雇主和不和睦？"云烨的心情很差，只好拿这个家伙打趣。

"我和公主商量好了，她的事我不管，我的事她不管，但是相互间都要给对方留脸面，不能被外人知晓，这辈子凑合着过。"

"恭喜，我听说公主在你去岳州的时候好像又怀孕了，隔着好几千里地，你是怎么办到的？"

"别恶心我成么？你说咱们能不能保下老侯的妻儿啊，这事太重要了，要是进了教坊司，咱们都没脸见人了。"

在云烨和薛万彻小声说话的时候，一个童稚的声音忽然响起来："启奏父皇，侯君集辜负皇恩，死不足惜，父皇万万不可伤神。孩儿年幼，不能对朝政发表意见，站在人子的立场上恳求父皇饶恕了侯君集妻儿，以彰显父皇的仁爱之心。对侯君集家小仁慈，也能纾解父皇的伤感之情。"

大殿里立刻就安静下来，没有人附和李治的话，因为这是他站在一个儿子的角度上说的，可以说是私情。

李二抬起头，挥手让李治退下，对戴胄说："侯君集罪在不赦，按律处置，其余人众发配岭南烟瘴之地，遇赦不赦，永世不得还乡。"

"陛下仁慈之心定当光耀千秋，臣等为陛下贺！"

李二第一次没有说退朝就默默地离开了龙座，神情黯然。程咬金拉住云烨指指李二意思要他留下来陪陪李二，他们还要去菜市口送送侯君集。

侯君集的府邸被封了，灵位只好摆在外面，侯杰伏在父亲的灵位前号啕大哭，侯夫人反而比较镇定，规规矩矩地答谢每一位过来祭拜的老将。

程咬金带云烨来到侯君集灵前，等云烨上完香，一把就将痛哭的侯杰拽起来，大声喝道："闭嘴！你爹死了，有什么好哭的，现在该考虑你娘和弟妹们以后的日子，照顾好他们，才是你最大的孝心！"

见侯杰止住了哭泣，侯夫人也走了过来，云烨冷冰冰地对侯杰说："书院教了你这么些年，照顾好母亲弟妹的能力你该有吧？"

侯杰咬着牙说："有！此仇……"

刚说了两个字，就被母亲一记大嘴巴子把后面的话打了回去，就听侯夫人一字一句地对侯杰说："你爹的死怨不得任何人。从今往后，如果你不想为娘死，也不想弟妹死，就把耳朵伸长了，把小烨说的每一个字都给我听进去！"

云烨把跪倒在地的侯杰又拎了起来，小声说："知不知道，为了救你，将门损失了一成的军械；知不知道，为了救你，萧家、韩家、裴家从将门索走了多少好处？"

侯杰哭着说："那你们救我做什么，让我随我爹一起死了算了，花了这么大的代价，就为了救我这样一个没用的废人……"

"你给我听仔细了！你去岭南不是混吃等死的，有很重要的事情要你去做，侯英、侯虎，还有其他的一些将门子弟要去，你不是窝囊废，你有大用！去岭南后，家人自然有人照看，用不着你操心，有人会带着你和小英上船，送你们去一个叫做爪哇的地方，那里还有我留下来的一些人，你要做的就是带着这些人在那里打出一片地来，建立城池！你记住了，你待的地方是我们将门最后的栖身地，朝堂上的风波越来越险恶了，以后说不定我们都会去那里。叔父的头七过后立即启程，南洋有你施展才能的地方，往事如过眼烟云，大丈夫从头再来便是。"

侯杰惊讶得合不拢嘴，他无论如何也想不到，自己居然会去替将门经营退路。

"奇怪什么，狡兔三窟。我们不想反叛，可我们也不能束手就擒不是，经营海外合理合法合情，谁都说不出个不是来，干不干？"

侯杰点点头，就变得安稳了许多，跪在灵位一侧，和母亲一起拜谢前来吊孝的人。他们现在还是罪人，来的人并不多，云烨和老秦等人也不宜多留，处理完这些事也就各自告退了。

夜色冥冥，长街城一片寂静，只有灵堂里的两只白烛，闪烁着明灭的火光，一阵大风吹过，蜡烛就熄灭了。侯杰再次起身重新点亮了蜡烛，已经重复了好多遍，他没有一丝的厌烦……

云烨到家没多久，辛月就气冲冲地回来了，河滩里那么多的贵妇，长孙就揪住她一顿训斥。

"夫君，你看妾身像是猪脑么？咱家的地被收走，只能种一些不值钱的杂树，娘娘一点道理也不讲，河滩里的贵妇人那么多，干嘛就说妾身一个人！"

"不找你找谁，娘娘看着顺手的就你一个，做样子不拿最近亲的人下手还能拿谁？你这才挨了一顿，你夫君我已经挨了十几年的臭骂了。"

不用去现场，云烨就知道，长孙这只金凤凰驾临河滩，那些鸟雀一样的贵妇立马就会老实，然后浑身冒着金光的长孙再把辛月拎出来一顿臭批，那些草鸡一样的贵妇唯一的出路就是鸟兽散。

"您是没看见，那个县官鼻孔都要伸到天上去了，娘娘刚走，他就下令重新丈量土地，给咱家补了二十亩荒滩地，上面都有盐碱，气死妾身了！"

"这不对啊，咱家的河滩地不是足足八十亩么？怎么就只给补二十亩？其余的六十亩哪里去了？这也太欺负人了。"

辛月有些难堪地说："以前是二十亩，后来的六十亩是咱家自己平整出来的。"

这么说云烨就明白了，自己家占了河滩地六十亩，原来是占便宜没占上，被人打回了原型，怪不得辛月会如此生气。

第十一章　请客

寒辙愤怒得要炸了，庞准却笑眯眯地在一边喝茶，自从把老头子弄死后，庞准就一直是这副样子，笑眯眯地吃饭，笑眯眯地喝水，笑眯眯地睡觉。他认为，只要老头子死了，这个世界就没有什么事值得沮丧了。

白石宫很大，大到了让寒辙愤怒，光是山谷里就有一千六百名仆役，而主人只有他和匙儿、庞准。

"以前的时候我们没吃的了，是怎么解决的？"

"很简单啊，派憨奴去抢，这里是高原，山下的牧草非常茂盛，总有牧民到这里来放牧，把牧民杀掉，牛羊弄回来就成。吐蕃人一年接一年地被杀，总有人自愿送死，苯教的上师告诉他们那些不见了的人是被神仙接去了。"

寒辙接手白石宫做的第一件事就是点亮所有的灯火，第二件事就是允许仆役们离开山洞去山谷里转转，结果一百多个人的眼睛立刻就被猛烈的阳光刺得红肿流泪，什么都看不见了；饱餐了一顿后果也很严重，撑死了两个人；把憨奴身上的铁链子去掉后，蹭痒痒的憨奴一不小心把仆役又给弄死了七八个。

以前在南洋看到云烨指挥上万人也井井有条的，为什么到了自己这里就没有发出一条不死人的命令？

庞准还把账本送了过来，一句话，没钱没粮了。

"把朱砂都装上，我去一趟长安，家里的粮食省着点吃，没吃的了，就让憨奴去抢，但不杀人，我总觉得好像哪里不对。你好好看家，我会带粮食回来，神奴也不要再用了，惹得大唐皇帝找麻烦就不好了。"

在过去的两年里，寒辙总算是对大唐皇帝有了一个真实的认知，白石宫不暴露则罢，一旦暴露就会立刻被摧毁，皇帝有这个能力。

虽然马上就要饿肚子，但白石宫里的人却非常愉快，有的时候，人的要求低得可怜，他们的要求不过是能晒晒太阳就好。

此时的长安依然秋雨绵绵，熊猫们占据了书院的干草棚子，虽然非常饿，却没有一只熊猫到雨地里去吃竹子，它们都在等着钟声敲响，只要钟声响起就会有吃的了。

寒冷的日子里，云烨在打麻将，已经一天一夜了。他的上家是李渊，下家是李泰，坐在对门的是独孤老太太。长孙给李渊在龙首原上修了一座昭阳宫，辉煌大气，一直被李渊当作麻将房来使用。

四根盘龙柱子把整座大殿烘得暖洋洋的，柔软的羊毛地毯，精美的挂毯，袅袅飘香的熏炉和外面的凄风苦雨形成了鲜明的对比。一天一夜不睡觉，对于老人家来说就是在找死，李渊不在乎，他已经嫌命长了。

都说想要活得长，就必须节制，他不管，酒色财气样样都来，习惯性地赤裸着上身，好像不这样，不足以显示自己的豪气。独孤老太是他的小姨子，也不知道两个人之间是不是有什么说不清道不明的关系，对李渊的样子没有半点不适。

在牌桌上不用理会李渊的身份，这个时候他就是一个赌徒，云烨非常喜欢李渊骂骂咧咧的性格，牌桌上不扔牌、不骂人，打牌还有什么意思。

云烨每年都要和李渊大赌一场，李渊会精挑细选参与赌博的人手，今年李泰不幸中奖，被从武德殿的地底下挖出来了。

牌桌很奇怪，越是骂人凶的就越惨，又一轮战罢，李渊一脚踢开空箱子，暴跳如雷。他输光了，所以赌局就要结束了，云烨打算收拾一下散乱的金币回家睡觉。

却不想李渊哈哈大笑着从地毯缝隙里又摸出一枚金币，招呼大家重新坐好，继续开赌。

见了鬼了，他竟然靠着那一枚金币居然慢慢地赢回去了。看着李渊欣喜若狂的样子，输钱的独孤老太似乎比他还要高兴。

李渊拿着一张牌，脸上带着诡异的笑容，却迟迟不肯打出来，云烨打算催促一下，独孤老太笑着摇摇头说："让他再高兴一会儿，太上皇驾崩了。"

云烨一屁股坐在地毯上，叹了口气就闭目沉思。李泰出去给内侍吩咐了一声，一道凄厉的嗓音划破秋雨远远地传了出去："太上皇驾崩了！"

不知过了多久，浑身湿漉漉的李二就窜进了昭阳宫，速度虽然快，神色却极为平静，仔细看看李渊赢钱的雄姿，取过他手里的那张再也没放下的牌，拍在桌子上："大三元，和了！"

云烨出了昭阳宫，遇见袁天罡匆匆而来，两人攀扶着马车窗户交谈，秋雨中说鬼事倒也应景，说完鬼事拱手相别，一个只想远离死地，一个却趋之若鹜。

一路上碰见了四五十拨戴着重孝的快马，不用说，他们是在把太上皇去世的消息传遍四方，李二必须让全天下人知道，他老爹是自然死亡，不是他弄死的。

房玄龄、杜如晦、长孙无忌、魏征这些重臣都需要去昭阳宫给李二作证，相逢也不过是匆匆一揖就擦身而过。没人选择坐车，全部都选择骑马，兴冲冲地往昭阳宫疾驰，那层悲伤底下，不知道是一颗怎样兴奋的心。

官家的解释没人信，死在大三元上才是长安人喜闻乐见的，官家也没有出来辟谣，就连史官记录大行皇帝最后事迹的时候，上面写的都是"巨赌，胜之，狂喜，薨"！

太上皇死了，饮宴歌舞全都停止，唯有麻将未被禁止，天南地北的诸侯国、属国、羁縻州、各府县用麻将向大行皇帝敬献了最后一次心意。从此之后，云烨再也没有从邸报、文牍上见过太武皇帝的尊号，三原县的献陵将他的一切功过是非掩埋。

李二要哀痛整整一百天，在这一百天里，大唐会如同死一般的安静，草原上的边军不会有任何动作，辽东的边军会老老实实地留在营地里过冬。为了给太上皇祈福，皇帝下令免除了晋阳、河东、山西三个地方的全部赋税。

只要大唐不找事，这个世界就乏味至极，大丧期间不兴兵是礼制，当然，如果有必要，李二是不会理会这些的，只有傻子才会去主动挑战他。

但云烨高估了其他掌权者的智商，姚州、戎州刺史来报，蒙舍诏的乌蛮王蒙舍龙，正在日夜攻打戎州，三十二羁縻州已经反叛二十六州，请求朝廷火速来援。

暴怒的李二毫不留情地拒绝了吐蕃大相禄东赞的调停请求，命令吐蕃必须从松州出兵，协助大唐剿灭蒙舍龙，否则，他会派兵经过吐蕃的国土进攻南诏。他任命李道宗为姚州道行军大总管，统管南诏军国事，要么蒙舍龙被捆着送过来，要么蒙舍龙的人头被装在盒子里送过来。

站在朝堂上，云烨没吱声，作为最了解南诏的将领，他很清楚乌蛮、白蛮的区别。乌蛮是以牧畜为业、不知耕织、很少同汉人接触的落后族。白蛮大姓爨氏，自蜀汉以来，历朝有人作本地长官，白蛮文字与汉族同，语言相近，耕田养蚕，也同汉人。

这个时候该联系白蛮，把乌蛮王换掉就是了，用不着派兵进入南诏。南诏就不是一个打仗的好地方，地无三尺平，天无三日晴，大唐最精锐的骑兵派不上用场，关中的府兵去了南诏会烂脚，想要剿灭南诏还要靠当地的府兵。花费了巨大的代价去把南诏人的竹楼毁掉，再抢几头猪回来，完全得不偿失。

老天才会知道李二想干什么，李道宗要是不栽大跟头才是怪事，一无所有的乌蛮打仗不要命，所以富裕的白蛮只能让最强大的乌蛮王做首领。

房玄龄已经说明了南诏的情况，李二听不进去，云烨完全没有必要自找没趣。

李泰在云家遇到了寒辙的车队，他高兴地祝贺寒辙终于当上家主了，如果不是国丧，他一定会喝酒庆祝。寒辙的事情他清楚，如果把自己放在那个位置上，早就疯掉了。寒辙脱去了枷锁，皇家也没压力了，这确实是一件值得祝贺的大好事。

寒辙苦笑着说："不当家不知柴米贵，我的白石宫没粮食了，只剩这些朱砂，我不想去杀人抢劫，只好来长安兑换。"

云烨大笑："你就不是一个生意人，这些朱砂你知道能换到多少粮食吗？一万人，足够吃二十年！粮食不值钱，那么多你怎么弄回去？深山老林子里，运输是个大麻烦。"

李泰深以为然地点点头："还有啊，这样大批量的粮食买卖，是要报备官府的。不如你拿一部分粮食，够你们吃两年就行了，剩下的换钱货，开一家商行吧，这样你们白石宫就会有一份稳定的收入，以后就不用操心粮食这种小事了。"

寒辙非常高兴，原以为二十车朱砂，能换百十车粮食就不错了，他手头连个掌柜都没有，只能交给云烨帮着处理。

李二很快就知道了寒辙的事，对寒辙弑父，他异常满意，从寒辙在岭南那两年的表现来看，他更像是一个聪慧的年轻人，只要白石宫愿意融入大唐社会，李二是乐见其成的。有了白石宫的例子，那些让人讨厌的世外高人终究会慢慢融入社会。

白石宫走到了现在的阶段，入世是唯一的可以预见的后果，只要商号成立，他们就没有任何办法斩绝和俗世的牵绊。

寒辙特意写了一份言辞恳切的信笺交给李泰，希望能送到皇帝的桌案上。白石宫的傲气还在，臣服不可能，但寒辙保证会遵守大唐的制度。

从这封信里，李二看出来非常多的信息，白石宫不在大唐的土地上。寒辙虽然没说白石宫在什么地方，但从他们进入大唐的时间就能推算出大致位置。

朱砂在长安非常紧俏，寒辙的客房里堆满了金币，但他对这些并不感兴趣，因为他要帮助李泰准备将要开始的试验，元日的时候，要在曲江上试验人类的第一次飞翔。

全长安的人都在期待这一次的飞行，李二为此免了李泰守墓的差事，让他专心准备。李渊死了后，李二一口气撤销了十六家的爵位，长安的气氛太压抑了，需要一点欢快的事件来缓和一下。

辛月这些天非常害怕，凉国公安兴贵的事情把她吓坏了。好好的一个姑臧世家，崩坏只是顷刻间的事情，云烨当初不愿意和安家结交，是辛月一意孤行地交好安家。李二从安家搜出来大量书信，其中就有云家和安家来往的书信，虽然只是一些生意上的来往，但这个时候被找出来，问题非常严重。

安兴贵和弟弟安修仁，李二给安上的罪名叫"心存怨望"，爵位一撸到底，封地收回。宇文士及、钱九陇、李孟尝三家遭到牵连，也一同被降了爵位。

辛月非常担心云家被降爵，问题是，李二拿掉谁家的爵位也不会拿掉云家的。如果没了爵位，云烨会立刻把家搬到岳州，说不定开着船就跑了，失落的只能是李二。

现在担任大理寺少卿的是马三宝的大儿子马九户，前年继承了父亲的爵位，和云烨是在长安混惯了的纨绔兄弟，人不错，就是长着一张臭嘴。

"哥哥我倒霉，听说和安家有书信来往的都要前来认罪是吧？这不，为了给朝廷省点事，我把婆娘带来了，一会给安排一个干净点儿的牢房，把我和婆娘关在一起。"

马九户鼻子不是鼻子，眼睛不是眼睛的："哎哟，我的哥哥呀，安家的事情和您八竿子都打不着，那几封信不过是平常的问候，这都有事的话，长安城里的勋贵就不剩几个了。"

这话一说，云烨就火了，没看过怎么知道那是寻常的信笺？上前揪住马九户的领子，恶狠狠地说："你还真看了啊？真长本事了！"

两人正纠缠间，就听一个低沉的声音传来："云侯好大的官威，这里是大理寺，不是你岭南水师大营！"

云烨扭头一看，见是戴胄，就松开马九户，嘿嘿笑道："戴正卿，你居然私拆云家的信，意图诬陷，这个理你倒是给我说个清楚明白！你现在砍勋贵的头是不是砍上瘾了，时不时就要拉出来一个立立威风？人都说你大理寺现在是阎王殿，我看也就这么回事！"

戴胄气得须发乱抖，好半晌才平息下来，惨笑一声："也罢，老夫明日就辞官归隐，云侯，如此你可满意？"

"你当不当官和我一文钱的关系都没有！云家的信笺你瞧够了吧，如果没有大逆不道的字句，还给我如何？我老婆的私信落在蛋吏的手里要是被篡改了，那就麻烦了，听说你大理寺很擅长这一手。"

云烨字字诛心，听在戴胄的耳朵里像是炸雷，云烨这分明在传递一个信息，那就是勋贵对自己已经极度不满了。大海的浪潮总是要起起落落的，李二处理十六家李渊的旧部，这就是涨潮，马上要进行的必然就是大规模的安慰勋贵，这必然是落潮。现在就到了李二退让的时候了，云烨说得很清楚，安家的事情和云家无关，你戴胄马上就要成为替罪羊也和云家无关，把你手里的云家信函还给我就好，我不踩你，但是也不拉你。

官场上对你发怒不一定是在生气，说不定正在准备奖赏你，骂人也不一定就是在骂人，说不定正在进行善意的劝说。云烨这些年没学会别的，这一手学的顺溜，许敬宗真是一位良师益友，这些东西，李纲先生可教不了。

在马九户惊愕的目光中，平日里不畏权贵的戴胄居然命人把云家的信笺还给了云烨，老家伙这是怎么了？难道云烨有让他戴胄都不敢得罪的地方？

辛月看了看那几封信，朝丈夫点点头，云烨对戴胄拱手说："戴先生，长安山高水长，我们必能相见，保重了。"说完就拖着辛月出了大理寺。

上了马车，辛月急不可耐地把那几封信撕得粉碎，投进马车里的小炉子，拿火筷子把纸灰全部捣碎后，才长长地出了一口气。

云烨心里却在叹息，走马灯一般的朝堂，什么时候才能安静下来，大家好好的过日子不好吗？安家这些年已经老实得快像狗了，怎么就不能赏他一口饭吃？回到家里他就下令关门，国丧期间，谁都不见。

他这一躲，就是三个月，三个月后，国丧解除了，长安似乎也风平浪静了。云家忽然邀请了长安城大部分的勋贵做客，请柬有些奇怪，上面的具名居然是"云烨夫妇"，也就是说女人也可以赴宴。

男人奇怪，妇人们却丝毫不感到奇怪，纷纷去购买新首饰和准备新衣服，非常积极。辛月私下里说了，能穿多豪奢，就穿多豪奢，能打扮多漂亮，就打扮多漂亮，要不然整天在家里低眉顺眼地伺候公婆，好衣服、好首饰都要发霉了，总得穿出去让人见见不是？

日头偏斜的时候，无数马车沿着新铺好的石板路向云家庄疾驰，前后都是盔明甲亮的家将，任谁看到了，都知道这些都是勋贵之家，而非那些满脑肥肠的巨富。

程处默在这个时候回长安了，不是凑巧，而是他把人家刺史的腿给打折了。一个折冲都尉和刺史八竿子打不着，就因为人家说话喜欢拖长腔。程处默学那个刺史说话，声音古怪之极，满堂宾客笑翻了，至于程处默丢官的事，堂堂国公家，还在乎一个都尉？

把批评自己的人当敌人是中国人的传统，当然，程处默这种带着强烈的关中特色的批评，还是要克制一下。所以陛下大怒，将程处默找回来，准备把他的腿也打折。

这是在安慰那位可怜的刺史，程处默回到京城就被放回了家，没人再过问，连挨揍的刺史都当这件事已经过去了，能让皇帝给你脸面演双簧，已经是莫大的面子了。

"烨子，清河公主很担心，你有空让辛月去家里劝劝她。我这是故意的，如果不这么做，我还要留在婺州发霉！你想想，那里没叛乱，没外敌，最过分的是连盗贼都没有！都是一些遭过难的人，知道好日子来之不易，一门心思地种庄稼。我整天带着府兵，除了打猎屁用没有！我爹还说我做得不对，希望我多熬两年，有了资历再回京师不迟。"

几年不见程处默，这家伙已经变成了第二个程咬金，大胡子宽肩膀，就是把他老子传给他的心眼喂了狗。

云烨有一下没一下地喝着酒："长孙冲也回来了，岳州任上绩优；见虎也要回来了，吏部给的考评是干吏；宝林也快回来了，虽然大河改道，将他的运河计划彻底摧毁，但涿州上下对宝林五年时间清洗了近十万亩的盐碱地非常肯定，万民书就要到京师了。你也回来了，结果不一样啊！处默，大不一样啊，你一心想在沙场搏命，成就不世功业，可是你看看大唐周围，还有你用武的余地么？"

"高句丽已日薄西山；吐谷浑的大长老不日就要进京；薛延陀成为羁縻州已经不可阻挡；回纥、突厥、昭武九姓的残余正在筹粮，准备迁徙到遥远的西方；靺鞨族平了雪原，请大唐入驻；李道宗在南诏可能会吃点儿小亏，但随着大唐正眼观瞧过去，他们也要大难临头了；吐蕃这次如果配合大唐也就罢了，如果拒绝，苯教就会获得大唐的支援，松赞干布在吐蕃的统治就会岌岌可危。

"你看到没，文治已然开始了，武将的作用正在被削弱。杜如晦坐稳了兵部尚书的位子，文人开始充任武职，这意味着什么？大唐武备被一减再减，文人们鼓吹的刀枪入库、马放南山就要开始了，这个时候给人口实，非常失策。"

程处默低头听完，涩声问道："你是不是对我很失望？"

云烨摇摇头，拍着他宽厚的肩膀说："刚才说的都是道理，是事实，却不是心里话。你性格刚烈，渴望战场的雄风，大唐开国时的勇气没有从你身上消退，这很重要，每个帝国经历强盛的时候马上就会面临衰败，歌舞场最是消磨英雄心，衰退之时，那些吟风弄月的文士只能抱头鼠窜。"

"西域商队传来消息，说萨珊王朝正在灭亡，大食人正挥舞着弯刀横行，他们对土地的欲望是没有止境的。突厥人西征失败之日，就是我们西征的开始，这一战，必须让每一匹胡马都不敢探望大唐！"

程处默看着云烨不作声，停了一阵子才张嘴问："你什么时候开始这么说话的？"

云烨摸摸鼻子，不好意思地说："这是这两年养成的坏毛病，永远准备好两套说辞，也就是见人说人话，见鬼说鬼话。官当得久了，这种本事就会自然而然地出现。现在这毛病越发的严重了，有时候我自己都不知道自己说的是什么意思，总之一句话，现在吃好、玩好，做好准备，我们迟早有一场艰苦的战争要打。"

程处默点点头，端着盘子去找吃的，走了半截又回来了："明明一句话能说清楚的事，你废话半天，累不累啊，你那个破官不当也罢。"

云烨拿了一个盘子紧紧地跟上，云家厨子最近开发出来几种新食物，得给他讲清楚，这家伙见不得海鲜，只要吃了海鲜浑身就会起疹子。

李泰明显是一个会吃的，每一样都只有很小的一块，刚刚够吃一口，用叉子挑着吃，整个人都沉浸在美食的诱惑之中。

柴令武是个聪明人，他就跟着李泰，李泰怎么弄他就怎么弄，所以整个人看起来就文雅。刚才马九户已经丢了丑，大骂厨子把青菜不弄熟，让他吃生菜叶子，厨子给他示范了一下，他才知道生菜叶子是需要卷着酸奶酪吃，被大家哄笑了一顿。

李承乾身边永远围满了人，侯君集的事情让他非常憔悴，云烨知道他最近的日子不好过，特意请他过来，见见人没什么坏处。

跟每个人都打过招呼后，云烨静静地隐在黑暗里，观察着这些人的动态。

"每个人都披着一层人皮，你现在看到的，和实际情况一定有误差。"许敬宗不知道是怎么溜进来的，云烨确定没邀请他。

"我是不请自来，你折腾出这么大动静，恐怕不会是单纯地想表现一下你云家的奢华吧，看这些人才是你的主要目的。一连三个月，你和魏王死命往钱庄里存钱，听说娘娘也在做，秦家、程家、牛家、尉迟家也在后面跟风。什么原因啊，说说，我许家小门小户的，经不起折腾，我感觉你正在冒坏水，这些人现在吃进去的，恐怕要百倍的还回来吧？"

云烨不为所动，喝了一口葡萄酿，看了许敬宗一眼。

许敬宗接着说："老夫发现你们的动作后，也跟进了，家里除了买菜钱，其余的都存进去了，就是心里不踏实，想听听你的意见，说清楚啊，都是儿女亲家了，别藏着掖着。"

云烨放下杯子，看着熙熙攘攘的人，淡淡地说："陛下很可能要有大动作，就是钱币上的，我这是在做预防而已。我只知道一件事，陛下取南诏最大的原因不是蒙舍龙，而是因为铜矿。我一直认为，蒙舍龙就算是有天大的胆子也不敢进攻羁縻州。现在铜贵银贱，世家大族把铜钱都收了起来，想把铜钱和银子的兑换价格打破。事实上已经打破了，以前铜币在市面上兑换银子是按照面值进行的，现在则不然，是靠重量兑换的，这样兑换后，他们就会平白多出了来两分利。想一下，老许，全天下钱财的两分落进他们的口袋是个什么概念？你认为陛下会容忍么？别人小小地咬他一口，他要是不狠狠地咬一条腿回来，他就不是大唐的天子！我只是奇怪，是谁在给他出谋划策？"

"南诏有铜？"许敬宗没听见云烨后面说什么，他只听见云烨说南诏有铜。

大唐的铜矿非常少，满足不了这个庞大的帝国的需求，中原大地自古以来就对铜有一种深厚的感情，认为它代表着尊贵。祭祀用的鼎器，最尊贵的不是金器、玉器，而是铜器。

"是啊，南诏的铜矿非常人，甚至超越了我朝所有铜矿的总和，而它的出产地恰好就在蒙舍龙的领地内，那里的道路是现成的。匹夫无罪，怀璧其罪，有了这样一个巨大的铜矿，蒙舍龙不进攻大唐，他都必须进攻了，他活不下去的，因为陛下想要铜。”

云家的商队从南诏回来后说南诏最近铜便宜得厉害，希望家主能允许商队采办一些回来。掌柜报告了这个消息后，云烨就立刻想到了那里的铜矿已经被朝廷知晓了。李二要蒙舍龙的脑袋，并且不允许投降，目的就在于独霸铜矿，他不想把自己的利益分给任何人。

“那样的话你就该邀请那些大佬过来，找这些年轻人做什么？他们知道个屁啊。”

“老许，注意一下风度，你是读书人，不要听到几文钱的事就变得粗俗！你也不想想，那些老家伙都成精了，到了我家，白吃白喝一顿，然后拍屁股走人，脸上什么都看不出来。因为我很想找出来是谁给陛下出的主意。你看着，占领铜矿后，朝廷就会大量铸造铜币，把铜价打下去，那些高价兑换铜币的人就会吃大亏，得利的只有朝廷，所以我家把家里的铜币全都换成了银子，陛下吃肉，咱们喝点汤总成吧。钱庄里短缺货币，云家把钱都存到钱庄，这叫做为国分忧，至于我存的是银子还是铜币，又有什么关系，重要的是这份心，云家一向都是这么爱国。”

许敬宗抹了一把被云烨喷到脸上的唾沫星子，佩服地拱拱手：“云侯一片爱国之心可昭日月，请允许许家一路追随。”

云烨嘿嘿笑着说：“趁着陛下没对我下封口令，也就能对你说说，等陛下下了封口令，我一个字都不会吐露。”

许敬宗再次拱手谢过，指指东张西望的断鸿说：“封口令来了，老夫去那边带些吃食回去，老妻至今还没吃一口东西……”

断鸿见了云烨，立刻就走了过来，拱手道：“陛下要我问你，没乱说吧？”

“说什么啊？我招呼客人都没空，哪有时间……”

断鸿扭头看见大虾，装了一大盘子，边吃边对云烨说：“陛下说了，要是敢胡乱讨论南诏的事情，就等着去南诏当矿监，反正你在南诏待很长一段时间，对那里的气候已经适应了吧？陛下的话带到了，我要好好地吃点东西。”说完就端着自己的盘子找了个没人的地方开始大嚼。

许敬宗背着手，唱着小曲往家走，老仆拎着一个硕大的食盒，到了门口，马九户就窜了出来，小声喊了声“姨夫”。

“姨夫，外甥见您和云侯攀谈了很久，如果是发财的事情，能不能提携一下外甥。”

"什么发财，吾辈都是国之重臣，焉能斤斤计较于区区钱财？你整日章台走马，就是不知道一心为国，枉你还是勋贵子弟，没有半点的忠敬之心。"

马九户热脸算是贴到冷屁股上了，讪讪地拱手领教，就匆匆回酒宴了。

许敬宗讥诮地哼了一声，老夫倒霉的时候为何不见你这个外甥，现在凑过来了，这种事少一个人知道就保险一分，为何要告诉你？

能给皇帝出这个主意的人不可能是那些老臣，老人还没有学会拿经济杠杆做武器来收拾那些贪心的勋贵。

狄仁杰把一杯热茶送到师父手里，小声说："没发现有这样的人，弟子把书院里喜欢钱庄的学生捋了一遍，圈出来四个，沈功海、元嘉、朱宗、姚四，此四人都是书院第三届的杰出学生，以前还在礼部、户部做见习官，但是两年前就不见了踪影。这四人乃是生死与共的好友，当年在燕来楼曾入过百骑司的法眼。弟子拿着您的令牌，调阅了已经封存的百骑司档案，最后发现他们出现在姚州和戎州，都是经历官，最可疑的就是他们。"

云烨笑起来，非常得意，他准备不理会这件事，就把自己当成一个局外人，冷眼旁观，成也好，败也好，就看他们的手段了。

狄仁杰既然说到他们出现在戎州、姚州，那么可以肯定，就是这四个家伙在兴风作浪。他们的手段比马周强太多了，自己躲在暗处，出面的是皇帝，不声响地算计那些为富不仁的富豪。

既然是自己的学生动手了，那就让自己这个先生考评一下他们的能力。到底要不要给他们制造一点困难呢？

"仁杰，家里的存在钱庄的钱财任你调用，如果感觉不够，就借用一下牛家的钱财，看看你能不能给自己挣到足够多的钱财，小武的花销小不了，你想养活她，就要赚很多钱，这是一个机会，你们师兄弟博弈一下吧。这次赚到的钱统统都是你的。"

"师父，您想破坏他们的计划？"狄仁杰不解地看着师父。

"没想着破坏，只是给他们增加一点难度，另外让你赚点零花钱。"

狄仁杰笑起来，给师父鞠了一个躬，就去找吃的了。

第十二章　过年

　　云烨进宫了，理由很奇怪，皇帝邀请他观看新画的一幅残荷图。这是破天荒的第一次，以前找云烨进宫都是简单明了，比如"滚进宫"或者"滚过来"，很少有能让云烨正常走进来的。

　　外面的阳光极好，李二却待在幽暗的宫殿里，见云烨磨磨蹭蹭的，就有点生气地吼了一嗓子："滚过来，朕又不吃你，畏畏缩缩的干什么？"

　　这就对了，听到李二发怒，云烨就自然了，这么客气做什么，还以为要砍头呢。李二面前摊着一幅《残荷图》，笔法幼稚不堪，云烨可是被离石逼着画水墨画的，好坏还是能分得出来。

　　"此画如何？"李二拿手敲着桌案问。云烨敏锐地发现李二对这幅画也不以为然，以他自恋的性格，就算画出来的是一坨屎，也会得意洋洋，所以这画肯定不是他画的。

　　云烨左顾右盼，夸赞了两仪殿的布局，也夸赞了桌案上的几样宝贝，对李二的那把茶壶更是大加赞赏。

　　"朕知道茶壶是宝贝，朕问你这幅画，你瞎扯什么。"李二也奇怪，只要和云烨说话，莫名其妙地就来气，只要在云烨的后脑勺上抽一巴掌就舒坦了，想到长孙说云烨现在非常害怕，他硬是忍着了。

　　"陛下，咱们说点别的吧，这幅画不值一提。"

　　见云烨这么说，李二哑然失笑，但旁边的布幔却在剧烈抖动。云烨算是看出来了，这幅画肯定是那个刚刚得宠进宫的徐惠画的，那个写"朝来临镜台，妆罢暂徘徊。千金始一笑，一召讵能来"让李二龙心大悦的徐惠。

　　不管云烨怎么批，布幔后的人都不敢出来，云烨和长孙、杨妃、阴妃这些长辈在一起不需要讲究礼法，但像徐惠这样的女人，还是要避嫌的。

　　李二说："你太过苛求了，徐惠今年只有十五岁，应该还有进步的余地。"看样子徐惠非常受宠，这就帮着说话了，还知道人家只有十五岁？

云烨偷偷撇撇嘴，也不知道徐惠是怎么向李二撒娇的，把自己拖过来为她扬名，画这么糟，还有脸让人点评？估计李二也不好意思叫别人，所以就把自己叫过来充数。

李二喜欢去太液池边散步，从来不管什么冬夏。太液池是一池子死水，只要寒风吹起，池面就会结冰。它其实是长安城水利工程的一部分，丰水期的时候蓄水，枯水期的时候放水，现在是冬日，太液池的水被放走了大半，只剩下浅浅的一层，靠近岸边的部分已经结冰，只有最中间还有一小片黑黝黝的池水，几只没有来得及南飞的野鸭在上面凫水。

云烨一直认为长安最冷的时候不是三九，而是刚刚入冬，这个时候人还没有适应冬日的严寒，所以感觉冷得厉害，尤其是太液池边的冷风飕飕地往衣服里钻。

"年轻人的火气都哪里去了，整日胡混，把身子都熬垮了，以后想指望你们治理江山，朕能放心得下吗？"李二背着手训斥云烨。

云烨把两只手缩进袖筒里，脑袋摇得像拨浪鼓："微臣没打算帮着治理江山，就打算快快活活地把这辈子过完。咱大唐已经没有什么事需要微臣去管了，多我一个不多，少我一个不少，我就打算在您的羽翼下富贵一辈子算了。"

"真的如此？"李二看了他一眼，又叹口气，"你说得没错，朕都感觉自己现在没多大用处。提着剑找不到敌人，确实无趣，大唐已经过了需要扩张的时候，重要的是内政。太平年间有太多的军队是灾难，不是福气，手里有了兵马，朕就想平个什么，灭个什么。朕是马上皇帝，自然知晓将士们想什么，谁都想要功勋，谁都想要富贵，可是百姓太少，容不下那么多吃闲饭的勋贵，这就是朕为何会减少勋贵的原因。不是因为他们是先帝手下就罢黜，当然，这里面也有朕的私心存在，罢黜他们总比罢黜朕的老兄弟们要好。"

"给你说这些，就是要你告诉那些老将，他们的富贵都是拿命博回来的，朕不会无缘无故夺走，现在国家进入了一个平和期，该到了享福的时候了，你只要把朕的话带给他们就好。"

李二的脸膛也被寒风吹得通红，但是精神极好，云烨认为，只要不吃铅丸子，或者水银丸子，以他的身体素质绝对不不止活五十来岁。

"陛下准许老将们享福，为何对自己却越发严苛？臣听说陛下每日击剑的时间增加了半个时辰，每日的素菜占到您每日饭食的八成，还把最喜欢的红烧肉剔除了，长安的普通人家也不至于如此啊。"

这是云烨对李二敬畏的原因所在，好端端的，就开始节食，这是有大志向的表现，眼看着李二的大肚子逐渐没了，云烨更加害怕，天知道他下了什么决心。

"嘿嘿，这就是朕当这个皇帝必须付出的代价。我们正在走前人从未走过的道路，朕想走的长远一些，所以从现在就必须奋发，群臣开始懈怠了，朕懈怠不得，朕要好好地盯着这个国家。很可惜，长生之说到底是虚无的，否则朕确实想试试。"

云烨从怀里掏出三枚玉牌递给李二："陛下，微臣无意中发现，这三枚玉牌在落日的那一瞬间会出现三幅图案，一个是独角鬼王，一个是应龙，还有一个是面具，上面写着'尽东之亩'四个字。寒辙说那个面具应该属于宾媚人，还说我就是宾媚人，但是微臣认为只要把别人的面皮扒下来戴在自己脸上就能继承那个人的智慧纯属扯淡，所以对这些恶心的事情失去了兴趣，陛下如果有，那就尝试着找到最后一枚玉牌，看看能不能找到一点长生的希望。"

云烨陪着李二在太阳落山的一刹那看到了玉牌上透出来的图案。君臣二人坐在空荡荡的宫殿里，眼看着图案出现，又眼看着它自然的隐没，天完全黑了下来，两个人都没说一句话。

冬天黑得早，云烨在宫里留不得，只能向皇帝辞行，李二挥挥手就表示同意了。

云烨出了宫门，就直奔程咬金家，李二要求云烨转达的话，云烨像背书一样的对程咬金背了一遍，又把自己在皇宫里的作为一五一十地讲给老程听。

老程没在意李二说了些什么，只问云烨把玉牌交给皇帝有何用意。

"小侄害怕了，如今大唐四海升平，陛下却在立大志向，不管是什么志向，都会对大唐造成前所未有的冲击，与其要面对无知的危机，不如让陛下把心思用在找白玉京上，免得被陛下新的大志向给带到沟里。"

当云烨发现李二在励精图治的时候就知道大事不好，王二狗的大志是能娶到槐树下那个胖寡妇，钱三麻子的大志是争取今年挣到五十枚银币，这些都没什么了不起的，可是李二的志向就吓人了，天知道他要干什么。铜钱说不定就是一个诱因，万一他认为这个世界对穷人不公平，打算让大家一样贫穷，云烨努力了十余年的心血就会付之东流。

一个人最可怕的就是他思想的不确定性，李二是这个星球上权力最大的人，他甚至可以为所欲为，人当烦了，就想着当神。

大唐发展得很好，再这样下去，不用十年，天下真的就能丰衣足食了，云烨不相信以李二的智慧，在当前的环境下能想出更好的办法。

赶过来的老牛和老秦也是面面相觑，臣强主弱不是好事，主强臣弱也不见得是好事，这两者之间应该有一个微妙的平衡，但现在臣子对皇帝的羁縻作用越来越小了，更何况现在李二实在太强势了，天下几乎是他一人的天下。

"小子，你这是韩国疲秦的旧策啊，用白玉京拴住陛下的步伐，和韩国使用郑国渠疲秦如出一辙，郑国成功了，延迟了韩国灭亡的时间，可留给了六国一个更强大的秦国，你想过没有，一旦陛下掌握了神权，那才是最恐怖的。"秦琼的样子忧心忡忡。

"我很期待陛下在白玉京的事上受挫之后的反应，不知道能不能消磨掉陛下的雄心壮志。说来惭愧，别的帝王缺少这样的恒心和毅力，咱们的陛下恒心和毅力却出奇地强大。如今陛下刚刚四十三岁，可以说是人生经历和智慧最成熟的时候了，我却不得不出此下策，说起来心中确实有愧。"

云烨离开程家，快快地往兴化坊的家中赶，月上中天，街道上空无一人，写着"云"字的灯笼照出惨白的灯光，混入月色再也难分彼此。

已经路过家门三趟了，旺财依然驮着云烨在街道上漫步，刘进宝知道侯爷在想事情，此时不宜打扰。

旺财走累了，就回到家中，走到马棚时才打了一个响鼻提醒云烨该下来了。云烨这才回过神来，也不洗漱，回到的房间倒头就睡，天没亮又起来了，匆匆赶到皇宫。

"没睡好？眼圈都是黑的，小米粥给他也装一碗。"李二严格遵守了"食不言、寝不语"的古训，两个人一个坐着，一个站着吃完了早饭，李二笑着问，"今日来见朕所为何事？难道昨日把玉牌给了朕有些后悔了？"

"确实后悔，臣认为是无用的废物，却拿给陛下费心，实在是不该，如果陛下痴迷于此道，才是臣的罪过。"

这就是云烨想了一夜的结果，既然选择了对李二臣服，那就最好一心一意，路都是人趟出来的，前面的路是黑的谁也看不见，这个时候最应该做的做的事情就是陪着李二摸黑走路，而不是阻止他。

"没用的，小子，区区一个白玉京拖不住朕的脚步。昨日见你拿出玉牌，朕心里悲凉极了，以为连你都没有追随朕往前走的勇气了，今早见到你过来，朕心大慰。牌子拿回去吧，有工夫就研究一下，没工夫研究就扔在迷林。不要多想，朕什么都不会改变，只想看着我们走的这条路能走到什么地步，会产生怎样的效果。”

云烨又拿着玉牌出了宫门，长孙看着云烨远去的背影，若有所思地问李二：“陛下这么做是何道理？您对云烨施加了那么多压力，就是为了等这一刻么？”

“滑头就是滑头，难得还有一丝忠敬之心，第一次施加压力他就远窜到了岭南，第二次施加压力他就拿出了白玉京。这两个法子虽然简单，却成效斐然，刚才朕差一点就不愿意还他玉牌了。拖朕的后腿，估计已经是他能做到的极限了，就这样还把他折磨得要死，也就这个样子了，以后可以放心地用他了。他的来历朕再也不会去追究了，这些年在陇右荒原巡梭的人可以回来了，朕信了他的话。”

云烨要回了玉佩立刻就感觉全身畅快，自己到底没有丧失做人的底线。现在的云烨又可以对着所有人嬉笑怒骂无所顾忌了，他能感觉到笼罩在自己身上的阴云散去了，原来恐惧来自自己，而不是别人强加的。

回到玉山后，他放下一切心思在老老实实地教书，每天都把课业安排的满满的，除了处理一下岭南水师的公函，就是在批改作业。

从陇右秘密回来了一批人，但云烨知道，或许这是李二故意要让云烨知道的。云烨觉得，被人彻底承认的感觉还是非常美妙的。

李渊死的不是时候，勋贵间的婚嫁全部停止了，小东的婚事也停了，许敬宗派了三个媒婆过来解释，说许家非常想把小东小娘子接过去，但是遇到国丧就只能把日子往后拖延。

小东还好说，拖到明年就行，小丫就麻烦了，被一竿子支到两年后。她都十七了，过两年就该二十了，辛月心急如焚，可是小丫却哈哈大笑，这对她来说是个大大的好消息，她一点都不想去齐州那个破地方。

李佑的表现和别人不一样，坚持为皇爷爷结庐守孝三年，这一个举动就赢得朝堂上下好评如潮，封地又往外扩了一百里，权万纪因为管教齐王有方，进官三级，阴妃也因此得晋身一级。

李佑明白，他和李恪一样，血脉里都带着原罪，想要通过正规的渠道获得功勋几乎不可能，想要给子孙不留后患，就必须在孝字上下功夫，虽说困守三年皇陵，会遭不少的罪，可是在这三年之内不会有人弹劾自己。阴家就算是有滔天大罪，但他作为李家的第五子，正在皇陵守孝，这事只能赞扬。

大雪漫天的时候，书院的寒假终于来临了，外地的学子留在书院，附近能赶路回家的学生匆匆赶路回家，书院再好，终究不如自己的家温暖。

云家的客人很多，寒辙走了，熙童却带着儿子来了，单鹰也带着大丫和两个孩子回长安省亲，李黯因为要祭拜祖父，也带着莳莳回到长安。

今年收获的北极熊的熊皮很多，单鹰和熙童走了一趟北方，熙童这才明白极光这东西每年都会出现，并不是田襄子想的那样，极光是因为他来才出现的。

由于这一次的目的非常明确，准备也充分，单鹰和熙童在北极猎杀的白熊非常多，几头驯鹿物被他们抓住当劳力，把那些珍贵的皮毛从雪原运了回来。腰缠万贯的熙童自然会到长安来售卖皮毛，很快，长安就出现了无数白绒绒的家伙。

云烨没想要白熊的皮，他把驼鹿留了下来，驼鹿奶据说是无上的营养品，他交好的人都是的上了年纪的人，非常需要这些东西，这些老家伙都是云家的宝贝，哪敢轻易损失一个。

他满世界收集最好的营养品，就是希望能把这些老家伙多留几年，因为这几年走掉的老家伙实在是太多了。

"侯爷，虬髯客进京了，要不要再把他抓起来送到一个更加荒凉的海岛上？"刘进宝专门过来禀报。

"不行啊，这里是长安不是岭南，我们就当不知道，不然李靖会发飙的，大过年的我们就不要给自己找不自在了。"

云烨和辛月正在拟定年礼单子，今年不用给李渊送，给家里省了好多钱，老钱一家一家地报数，云烨一家一家地书写，弄了一个上午都没有弄完，云烨就有些烦躁了。

"我俱名就行了，怎么还要寿儿俱名？给皇家和长辈的礼仪我就认了，魏征老匹夫坑害了我无数次，这样的家伙难道也要送礼？凭什么？"

辛月给云烨揉揉手腕，在一边打气："都是您的同僚，给了别人不给魏家说不过去。都是些小摩擦，您就大人大量的原谅他一回，魏家穷得都要揭不开锅了，您就当行行善就好，魏家能收的年礼可不多，数来数去就那么几户。"

听辛月把魏家说得可怜，云烨满意地点点头，如果是魏征本人这么说就好了。

大年初一，云烨进宫的时候是八个人，出宫的时候只有他和辛月两个，小丫被阴妃留在皇宫里陪她，云寿不知道是怎么说动长孙的，带着弟弟妹妹要在皇宫里面玩两天，主要是听说李泰研究出来一种叫做焰火的东西，在夜晚施放美丽异常。

去老程家没带孩子就惹得老程很不高兴。程处亮已经成亲了，他先生是元章，元章先生视若宝贝的一个小孙女被他给祸害了，这门亲事是元章逼着老程答应的，从下聘到成亲不到半个月，云烨都没赶得及参加婚礼，这是没办法的事情，再不成亲，小闺女的肚子就显怀了。

这件事让老程整整得意了大半年，能被一代文宗掐着脖子逼着他程家娶人家小闺女就程家有这个荣耀，为这事元章先生差点被气死，程处亮年前就被元章先生狠狠地揍了三顿，等到年后孩子生下来，估计还要挨好几顿揍。

而程处弼就是个好孩子了，斯斯文文的，书院出来后，就正在户部历练，许多豪门都有结亲的意愿。老程听说皇帝有意下嫁公主，于是老程家就拒绝了所有的豪门，说是过几年再说，必须要等到皇帝做出反应才好做决定。

老程端起酒杯跟云烨碰了一下："处亮、处弼两个我不担心。我担心的是处默，他脑子一根筋，这辈子就想着在战场上厮杀，可惜他时运不济，陛下东征他没有赶上，你在南海酣战他也没赶上，婺州民风淳朴，没战事，他就不愿意待在那里，就打折了刺史的腿跑了回来。老夫说什么他都不听，你们是兄弟，说话该比我这个当老子的有效果，多劝劝他。"

云烨嘿嘿一笑，端着酒杯回敬了老程一杯："您看着，不出三年，大唐必定会有一场恶战，处默就留在京城吧，到时候我们说不定都会出战。"

老程惊愕地看了云烨一眼："说说，怎么回事，老夫怎么就没有感觉到三年内会有大战，对手会是谁？高句丽？吐蕃？不可能！"他看得很准，大唐周边没人敢多说一句废话，整个东方世界都在看李二的脸色，绝对没人敢造次。

"开了春，我朝支援的粮草和兵刃就会交给突厥、回纥和昭武九姓那些人，他们想西征，朝廷是支持的，这能给我大唐留出足够的战略缓冲的空间，而且这样的直接后果就是吐蕃处在大唐三面包围之中，高原我们上不去，但是他们也休想下来。"

老程想了一下说："这事老夫知道，那他们厮杀于我们何干，两不相帮，看热闹就好，难道还要去帮那些突厥人不成？"

"伯伯，话可不能这么说，小侄敢打赌，突厥人打不过大食人，必然会被阻止在高原，进不得、退不得的时候，就会向我朝求援。陛下必定会同意西征，不管陛下是出于练兵的目的，还是为了煊赫大唐的武力，西征已经必不可免。突厥战败后，大食就会成为大唐的邻居，出现这样强大的邻居，以陛下的性子，您以为会如何？"

云烨站起来打开窗户看着外面飘飞的白雪，自言自语地说："这些天我总是梦见戈壁、荒漠、芨芨草，还有高大的胡杨，所以我想去看看。旺财也总是朝西边叫唤，我当初和旺财着从荒原上走出来，总觉得失去了些什么东西，所以我必定要去一趟西部，旺财今年已经十四岁了，如果这几年再不去西部，我担心它走不动了。"

大雪灌进了窗户，也落在云烨的脸上，他从突厥开始西迁就敏锐地发现了唐军西征的可能性。

去李靖家的时候，云烨极不情愿，主要的原因就是因为虬髯客，但眼看着就要到上元节了，不去就太失礼了。

李靖一身燕居打扮，戴着一顶高帽装文士，红拂也穿着一身团花袍子，两人像土财主胜过像侠士，或者大将。

"还以为你眼睛长到顶门上，看不起李家这样的小门小户呢。看来还知道'礼数'两个字怎么写，既然来了，那就开宴吧。"李靖也没说废话，直接招待云烨去花厅吃饭。

花厅里没有太名贵的花草，反而多了很多青菜，一排辣椒树长在窗台上，已经有几颗辣椒变红了，算是给亭子里增添了一点艳色。大唐的勋贵之家，要是冬日不在自己家安置一两处绿意盎然的房间都不好意见人。

没看见虬髯客，李靖见云烨东张西望的，就说："仲坚虽然是熟人，但你是带着帖子来的，今日相见不合适。老夫在招待侯爵的时候就不能给你介绍海盗，既然有规矩，就要遵守，要是谁都乱来，世道也就乱了。"

云烨起身给李靖和红拂倒上了酒，叹口气说："礼下于人必有所求，伯伯还是直接说吧，要不然这顿饭吃不踏实的。"

李靖一口喝干了杯中酒，盯着云烨一字一句地说："仲坚势穷力颓，只是能否退进海峡暂避一时？"

"不行，"云烨一口拒绝了，"他如果敢到海峡，我会拿他的脑袋祭旗！云烨的职责所在，官船能进，商船能进，海盗不能进！"

红拂猛地站起来，李靖一把拽住她，跟云烨杯来盏往，不断喝酒，就此不提虬髯客的事情。

酒过三巡，菜过五味，云烨起身告辞，李靖非常客气地把云烨送出家门，眼看他坐着马车离开，才进了家门。

红拂怒气冲冲地指着云烨的背影大声质问李靖："这样一个忘恩负义的小子，你因何要对他如此客气？这点小事都不能应允，您的兵书就不该传给他！"

李靖看了红拂一眼："你还要他如何？他替陛下看守门户，重任在肩，何能徇私？换了我，我会更加绝情，更何况他已经给仲坚一条活路了，不得胡言。"

"他都要拿仲坚的人头祭旗了，你还说他给了仲坚一条活路？"红拂的怒气更甚。

"官员间的对话你不懂就不要插言，你只要记住云烨给了仲坚一条活路走就行。"李靖并不解释，官员间的话，在好多时候都是出得我口，入得你耳就行了，那张窗户纸委实不能捅破。

去玉山的道路上车流滚滚，间杂着衣香鬓影，如今上元节最好的去处不是长安市上的花会，更不是朱雀街上的灯山，也不是在龙首原上放飞孔明灯，而是去玉山东羊河上看冰灯，那里才是贵人们该去的地方。

由于地势高，整条东羊河变成了一个冰的世界。好事的学生就从河里取了大块的冰，雕刻成各种各样的东西，并把蜡烛塞进冰雕里，书院的先生看了后，都大为惊叹。

学生中的首领就萌发了大赚一笔的念头，就请了经验丰富的石匠和雕刻匠。于是这条河上就布满了龙、凤、狮子、老虎等，东羊河上的瀑布也被他们因势利导地雕刻成了一尊千手观音。

今年已经是第三个年头了，规模大得吓人，冰雕足足绵延了五里地，各种雕像不下四五百座，有些雕像居然还用了染了色的冰。

程处默带着清河公主混在人群里指着云烨咧嘴大笑，长孙冲青衫飘飘，颔下短须也已经有了些规模，骑着马，载着豫章公主，男的帅气，女的娇媚，引来无数羡慕的目光。

高阳公主穿着大红的衫子，跨坐在房遗爱的马背上，兴奋得大呼小叫，要不是房遗爱紧紧搂着，她早就掉下去了。

虽然这些场景都有强烈的表演性质，但李二非常喜欢看，隔着车窗不断地指着自己的女婿笑骂，长孙也笑意盈盈。今日上玉山的都是大唐勋贵，处在这样的人群里，李二的安全毫无问题。

随着勋贵们涌进了东羊河，学生首领庞玉海向李二跪进了一把弓，李治奉上了一只狼牙箭。前方五十步远的地方，只有一豆星火在寒风中摇曳，李二张弓开箭，箭如流星，那豆星火瞬间就熄灭了。

就在众人诧异的时候，灯灭的地方忽然爆出一大蓬火焰，数十条火龙在夜色中在河面上蜿蜒而走，走到哪里，哪里的冰灯就会被瞬间点燃，河面上顿时闪耀出璀璨的灯光。

李二眯上眼睛，非常享受万民欢呼的感觉，李泰站在一旁，非常得意，这是他设计的，涂上火油和硫黄的细绳能在最快的时间内点燃，而且烧过之后细绳化为飞灰，给人留下火龙凭空燃烧的影像。

今夜注定无眠，李二隐身在一处幽暗的角落，看着灯火斑斓处的人群，满身满心都是平和，节日总能让人欢快起来，更何况今日算得上普天同庆。

他看到李治用绳子拖着兕子的冰车在冰面上来回奔跑，兄妹俩都笑得很开心；也看到李泰揽着希帕蒂亚的腰身，一边给她讲解乘龙引凤的典故，一边偷偷地把手往希帕蒂亚的翘臀上滑；也看到小丫骑在一头冰雕的巨象身上大声欢呼，底下的阴妃一脸惶急；也看到李黯和莳莳一边一个簇拥着杨妃在灯河里漫步……他看到了勋贵们豪放狂饮；也看到了贵妇们窃窃私语；看到了长者的笑容；看到了幼童的欢乐；也看到了一个强大兴盛的帝国。

李二看不够这样的美景，还想看得更多，他想看看洛阳，看看晋阳，看看益州，看看扬州，看看岳州，他甚至想穿过群山看到最遥远的崖州，他想看看普天之下的王土，是否都和长安一样陷入了狂欢。

极度有组织经验的庞玉海，带着十几个学生在球场上堆了一个巨大的柴堆，泼上火油，一支火把撂进去，柴堆就熊熊地燃烧起来。等到勋贵们都凑过来，八个短打扮的学生就在八张桌子上开始疯狂的跳起了胡旋舞，顿时就点燃了勋贵们跳舞的热情。

直到这个时候云烨才发现自己才是真正的土鳖，许敬宗都能呼喝着转几个圈，只有他对舞蹈一窍不通。薛万彻跳得兴起，甩掉衣帽，给头上扎一条红带子，大猩猩一样在胸膛捶两下，一纵身就上了桌子，和那个书院的学生对舞。

两个人跳得热气腾腾，赤裸的皮肤上全是汗水，就这还不肯罢休，依然花样百出。

李纲不时地啜一口果子露，笑眯眯地看着这群人，无比沧桑慵懒的声音在云烨的耳边响起："这就是大唐，热烈像火，澎湃如同巨浪，轻盈如和风，该快乐的时候我们不做作，该严肃的时候我们不轻浮，该勇猛的时候我们就像猛兽。多好的时代啊，小子，加把劲，让这个最美的时代多延续几年，老夫转生之后也想从幼儿时期就感受一下这样的自豪。"

李二和长孙也站在一旁，李纲的这番话与其是在对云烨说，不如说是在向李二进言，不要轻易打破现在的好时光，他觉察到了李二的变化。

薛万彻已经开始在地上翻跟头了，希帕蒂亚也把裙子撩得更高，庞玉海敲出的鼓点越发密集，云烨认为现在钻进贵妇贵女群里可以肆意的吃豆腐而无人会察觉，因为她们都疯了，手帕、汗巾，甚至头上的首饰都在往桌子上飞，她们已经把这里当成长安的歌舞肆了。

人群只要疯狂起来，就非常费酒，那么大的一堆火似乎已经驱走了冬日的寒意，一坛坛好酒被抬了上来。

云烨发现了老钱的身影，辛月担心云烨被冻着，特意让老钱送来了熊皮大氅。云烨找了一个背风的地方，准备睡一觉。

北极熊的皮裹在身上就是暖和，主要是够大，躺椅上一躺，只露出鼻子，瞟了一眼漆黑的天空，就睡了过去，今晚忙活了很久，实在是太累了。

睡梦中好像听到了高昂的喝彩声，还有悠扬的笛声，谁去管他们怎么去胡闹。

睁开眼睛的时候已是曲终人散，昨晚还在熊熊燃烧的火堆现在只有几缕青烟，地上到处都是狂欢过后遗留的垃圾，当然还有几个垃圾一样的人，比如薛万彻，他昨晚玩得开心，喝得也痛快，现在正裹着皮裘打呼噜。

刘进宝低着头，像鬣狗在垃圾堆里找东西，见云烨醒了，有些不好意思，在云烨鄙夷的目光下，这才摊开手掌，赫然是两枚簪子，价格不菲。

"送回去，咱家丢不起那个人，想要钱跟我说，用不着翻垃圾。"

"侯爷，您在睡觉，小的又不能远离，无意中发现了一根簪子，于是就随便看看，再说薛侯爷也需要照顾，他家的仆人居然走了，这也就是他家，要是在咱家，夫人会杀人的。"

云烨叹口气，昨晚伺候薛万彻的必定是公主的仆人，看样子他们夫妇间连最后的脸面都扯破了，这样的仆人确实该杀。

薛万彻也醒了，从地上找了一个酒坛子晃晃，发现还有残酒，仰起脖子一干而尽，对云烨说："把马给我一匹，我要回长安。"

云烨和薛万彻一起爬到马车上，晃晃悠悠地就回了云家，薛万彻要走，云烨要他吃完早饭再回去。两个人洗漱过后，一人端着一碗小米粥慢慢喝着。

薛万彻突然狡诈地笑了一下，对云烨说："我是不是挺惨的？"

"堂堂侯爷，混到你这种地步不如死了算了。"和他说话云烨根本就不用多想，怎么想的就怎么说，太隐晦了这家伙会领悟错。

"那你说我这种猪狗不如的惨状，陛下看见了没有？就算是陛下没看见，娘娘一定是看见了吧？昨晚是我故意激怒那些仆役的，我薛万彻也是领军的大将，人虽然粗俗了一些，智谋却不会少的，你说我现在向陛下请命镇守岳州，你说陛下会不会同意？"

"能不能去岳州不知道，反正公主府今天会死很多人，你个混蛋怎么一出计谋就是毒计啊？你把公主府的那些下人不弄得死绝你不干休是吧？"

薛万彻嘴里叼着一个包子得意地嘿两声，一口吞下包子，双手扶着桌案对云烨说："兄弟是死人堆里爬出来的，大丈夫不反击则罢，一反击就要砸在她的命门上！她以为老子这辈子就需要当一辈子的窝囊废？她忘了，老子是猛虎，困于笼中也是猛虎！"

长安确实是一个是非之地，连薛万彻都知道用计谋了，他以前打仗难道不是就知道往前冲么？被刘黑闼活捉后剃成秃瓢撵回来，难道从那以后就长了记性？

上元日过去了，今天是个好天气，薛万彻忙着回家去看那些仆役被乱棍打死，也想看看丹阳公主气急败坏的脸色，也想看看有没有机会自请外出。于是，他骑着云家的马匹，风一样地向长安驰去。

第十三章　飞天

大部分战争没有什么奇谋妙计，凭的只是战场上的实力对碰和战斗技巧的使用，谁能把自己的力量运用到最大，谁就可能获得胜利，这里面包括了勇气和技能。李靖雪夜奇袭颉利，核心内容只有一个，那就是出其不备。

薛万彻的计谋就是让皇帝和皇后看到他们的无敌猛将，如今屈辱于奴隶之手就足够了，一方面可以让皇帝夫妇看到他对皇权的无比尊敬，又一方面告诉皇帝自己往日的功勋换来的荣耀，还比不上一个被公主宠幸的奴隶。

他的计划就是这么简单，可他成功了，刚刚进了公主府，里面就传来浓重的血腥味，作为沙场上的悍将，这样的味道他最熟悉不过了。

从小就开始服侍他的老仆接过薛万彻手里的马缰绳，刚要说话，薛万彻就吩咐道："这是云侯家的宝马，不要怠慢了。多喂些豆料，给它披上毯子，刚才跑得太急，身上的汗水还没有下去。"

老仆躬身退下，薛万彻摇着马鞭进入内宅，梅树底下堆放着五六具破破烂烂的尸体，一看就知道是被杖毙的。

一个戴着乌纱的内侍抱着手站在院子里，冰冷的眼睛盯着院子里那些瑟瑟发抖的奴仆，旁边的地上又是六个仆人被按在地上接受处罚，十六名掌刑的内廷宦官，轮换着行刑。奴仆一声不吭，是因为嘴里被塞了一个穿着绳子的木核桃，只能发出呜呜的声音。水火棍打在奴仆的背上就像是敲打在装满粮食的麻袋上，只发出"啪啪"的声音，薛万彻很满意这个声音，这是丝毫未曾留手的表现。

丹阳到底是一个娇娇女，她没有经历过这些残酷的场面，想要躲开，却被两个宦官紧紧地扶住，并且保证她能看到这样残酷的行刑场面。

丹阳见到薛万彻回来了张口叫道："夫君……"她想请薛万彻求求那个宦官，放过正在受刑的那个马夫，这个人她很喜欢。

薛万彻打断她的话："公主不必关心，我在玉山已经用过早饭了，现在不饿，许久不在军中，对这些刑罚都已经陌生了，没想到在家里能欣赏到这么纯熟的手法，确实不易，公主也好好看看，他们都是用刑的好手。"

行刑完了，薛万彻瞅着满院子的死人，把瘫倒在地上的丹阳公主扶起来，送进内室。丹阳一骨碌就钻到帐子里面，抱着被子瑟瑟发抖。

李渊死后，李二就对自己的兄弟姐妹非常冷淡，除了每年参加平阳昭公主的祭日活动外，丹阳等人已经很久没有获得皇帝的接见了，最主要的原因就是李二对她们跋扈嚣张的性子非常不满，尤其是听说自己的姐妹居然在给自己的侄女介绍面首，心中就更加的愤怒，没有动杀机，已经算得上宽厚了。

薛万彻冷冷地说："知不知道，你们以前能嚣张起来，是因为太上皇还在的缘故。你看着，如果你们还是这副死样子，陛下一定会拿你们开刀，居然还敢给高阳介绍面首？你们以为所有的公主都和你一样无耻吗？房玄龄是什么人？十五年的宰相啊，你们怎么敢给他儿媳介绍面首？我们夫妻，其实就是一个表面上的夫妻，背地里，你在我心中与路人无异，你要找死，我为什么要陪你？"

"实话对你说，你找多少面首、生多少孩子关我屁事，我是太上皇封的驸马都尉，这是一个官职，不是你丈夫。这次出手没别的意思，而是不允许你肆意牵连我，话说明白了，我们以后就好好过日子。你可以继续找面首、生孩子，随便。但不要去祸害高阳她们，我下一次绝对不手软，老子杀人用不着见血。你受了惊，好好躺一会，我去给你熬一碗压惊的凉药。"

薛万彻狰狞地朝丹阳笑了一下，就出了房门，亲自去厨房煎药，这是驸马都尉该做的事情，薛万彻从来都是尽职尽责的臣子。

云烨发现了官场上的一个秘密，兼职越多，就越清闲。他是岭南水师的统领，再重新挂着岳州刺史的头衔，还是含元殿侍读、书院院判、太医院院判。

云烨现在就在这几个职位之间盘旋、偷懒。岭南水师需要做繁琐的文牍工作时，云烨说在为岳州操劳；岳州官员过来拜见时，他说正在玉山书院讲学；玉山书院开会时候，他说在和孙思邈一起研究新药方。

这一圈下来，云烨发现这几个部门没了自己都能运转得很好，所以就越发清闲了，大冬天躲在家里带着孩子们玩游戏都比公务有趣。

国家利益和个人利益没有办法达成一致的时候难免就会出现摩擦，勋贵挂刺史衔的事，让长孙皇后费尽了口舌，长孙无忌最后才勉强接受了赵州刺史，满长安的勋贵里面恐怕只有云烨担任岳州刺史算得上是心甘情愿，房玄龄、杜如晦、魏征、长孙无忌、戴胄、高士廉这些人没有一个是心甘情愿的，都想留在长安，只有云烨一门心思地想跑。

李泰在研究飞天，云烨也没有闲着，神通广大的何邵居然找到了石棉矿，真的给他弄来了十匹火浣布，有了这东西，热气球的点火口上就有了好材料。

既然有了火浣布，那么热气球的制作就提上日程了。公输家研制出了火油喷灯，只要把那些绸布缝制成一个大球就好了。

辛月倔强地揽下了这个活计，她不许云烨把这些活交给外人，自家的妇人就足够干这些了，祖师爷爷传下来的办法，可不能让外人糟践了。

于是，老奶奶、辛月、姑姑、婶婶、姐姐妹妹全部都投入到热气球的缝制工作中去了。有小五和狄仁杰负责设计，不怕制作不出合格的热气球。

云烨喜欢上了书院教书的生活，书院的围墙从来没有停止过浇筑，书院有自己的水泥窑、砖窑、煤矿、瓷器作坊、印刷厂、田地、码头，甚至还有一支船队，皇帝下过令，玉山为书院产业。军队已经入驻玉山，防卫力量等同于行宫。

许敬宗和云烨骑着马在城墙上巡视，不骑马不行，方圆三十里的城墙走一趟会累死人，一丈多宽的城墙上不到百米就会有一座箭楼，楼上站着守卫军士。

山谷里的寒风没用多长时间就把俩人冻得不轻，只好一头钻进箭楼里避避风寒。

今年的雪少，除了入冬的时候下了一场雪，直到现在才慢慢有了一点下雪的意思，云家的庄户们已经在做储水的准备，修了很多水泥池子，就等着下一场大雪，无论如何，今年的大旱已经无法避免了。

烤了一会儿火，巡视还要继续，前面都是台阶，俩人只好步行上去，许敬宗拍着水泥浇筑的墙体感慨道："云侯，咱们书院的这道墙，恐怕比皇城的还要结实，你把书院的围墙弄得固若金汤做什么？"

"为了建立万世不拔的基业，老许也就是咱俩在这里我才说，我唯一的期望就是王朝更替了，书院能够依然屹立不倒，这是我的一点私心。"

许敬宗点点头说："王朝万世不替还没有过，倒是书院很有可能长久地生存下去，既然抱着这种心思，修建得坚固些也不无道理。"

和许敬宗相处得久了就会知道他其实是一个不错的朋友，除了喜欢占点便宜和出卖朋友之外，和他在一起你总有一种如沐春风的感觉，不论喝酒、谈天，和他在一起绝对不会错，他的一个眼神，一个动作都会给你一个暗示，那就是把心里话全说出来，我会帮你保密的。

小东嫁给了他二儿子，小两口被许敬宗打发到杭州新城老家去了，目的很明确，就是打算在江南给全家留一条后路，顺便依靠云家在岭南的势力，看看能不能向西南发展一下。

云烨发现自己和好人处不来，但是和奸佞却能迅速打成一片，难道说自己天生就是一个当坏蛋的料？

站在风口上很显然不适合两个奸佞之徒的胃口，这种晚来欲雪的天气里，不喝上两杯，谋算几个人，与身份太不符了，两人断然结束了巡视工作，原路返回。

到了书院，还没有开始饮酒，就被李纲先生揪过去开书院的大会。大屋子里坐满了人，希帕蒂亚和小武也在，不光是他俩，李承乾居然也坐在后面，看他一脸的严肃，就知道有大事发生了。

果然，云烨和许敬宗刚刚坐定，就听到一个惊天的大消息，楼兰城消失了，一夜之间人去城空，皇帝问书院对楼兰的消失有什么看法。

金竹先生在这方面是最权威的，他犹豫了一下，首先拱手问太子："殿下，要问楼兰为何消失，老臣首先要问我大唐的军队在楼兰么？"

李承乾不明白金竹先生为何要这么问，云烨却很清楚，繁华的城市一夜之间成为空城，这种事情也发生过几次，比如高昌，比如昭武九姓，这些城市消失之前都有一个征兆，那就是大唐的军队恰好经过那里，恰好发现了空城，将领们回报说城里一个人都没有。

别看那些将领在长安一个个慈眉善目的，见到庄户问安都会拱手回礼，但只要出了玉门关，就无恶不作。突厥人、昭武九姓和回纥人实在没活路了，这才打算西迁，杀出一条生路。

李承乾拱手对金竹先生说："请先生放心，孤保证楼兰的怪事不是我朝大军的手笔，汇报这一情形的乃是一家商贾，他们自大食回来的时候路过楼兰，原本想停下来休整一下，结果进城之后才发现那里一个人都没了，好些人的家里，都是整整齐齐的，有的人家似乎正在吃饭，桌子上的碗碟尚在，就是人没了。"

"如此说来，还是实地查验一下的好，如果陛下有心探明真相，老臣愿意带着学生走一趟楼兰。"

李承乾点点头说："先生说的在理，楼兰消失必须查验清楚，如果是军方所为，这次定然不饶，如果是天灾，我们需要知道原因。陛下准许书院组织一队人马去查个究竟，左武卫会派出护卫力量。"

李纲坐在那里非常平静，李承乾低下身子问："难道山长看出其中有什么端倪不成？"

李纲拍了一把扶手，冷声说："还能如何？再大的天灾，也会有人能幸免，既然一个人都看不见，那么牛羊鸡鸭难道也死绝了？就算是瘟疫，人会染病，难道连鸡鸭都会染病不成？哼，这些杀才抢人抢红了眼，什么借口都编得出来！书院的人如果查出了事端，说不定会被灭口，这次去楼兰，许敬宗带队，把云烨的徒弟狄仁杰带上，金竹只负责查验，再带上你门下的十个学生，还有黄鼠，就这么定了。"

李纲发完话，云烨和小武就急了，云烨连忙说："先生，狄仁杰和小武的婚事就在下个月，您看，要不然弟子跑一趟？"

李纲撇着嘴说："心疼了？狄仁杰也是书院的弟子，他的命是命，别人的命就不是？不找些聪明人去，迟早会出娄子，婚事耽搁一半年的有什么关系。"

人群里的狄仁杰连忙站出来对云烨说："师父，既然山长认为弟子还有些用处，弟子自然遵命，正好听说西域之地视野辽阔，弟子去见识一下也好。"

李纲笑眯眯地在狄仁杰肩膀上拍了拍："好样的，男子汉大丈夫总要建功立业才好，如此才能在家里挺直胸膛，小心些，把人都安全地带回来。"

狄仁杰把身子低下来，好让李纲拍得舒服些。

李承乾却疑心大起，准备回去就好好审问一下边军信使，这一次左武卫派出去护卫的人手必须是精兵强将才行。

云烨回到家里时，程处默已经等了一会了，这家伙如今又进了左武卫，挂了一个校尉的头衔整天晃荡，不知道今天过来有什么事。

"听说左武卫要出兵，我领了这个差事，打算去西域逛一圈，到你家来混些出去用的东西。"不用说，程处默这是要去楼兰了。

有了程处默，再把狗子派过去，狄仁杰的安全就多了一层保障。程咬金的很多部将就在西域，对那里非常熟悉，他现在虽然不领军了，但威名仍在。

下朝的时候，雪依然没有停的意思，云烨哆嗦一下，赶紧上了马车，吩咐刘进宝去兴化坊。本来担心开春的时候会有旱灾，现在大家都在担忧天晴后，会不会出现水灾。

大清早一开门，两尺厚的雪墙就出现在门口，仆役们忙碌了半天才把家里的雪清理出去。坊市里的积雪都被清扫干净，朱雀大街上的雪却堆得半人高。

兴化坊里的取暖设备最好，许多的大佬冬日里都喜欢住在兴化坊，魏征、杜如晦和云烨一起看着雪墙犯愁。早朝是上不成了，云烨打算回兴化坊关门睡觉。魏征却打算解决朱雀大街上的积雪，十几天出不了门，贫寒些的人家说不定会饿肚子。

唐人很喜欢干这些公益劳动，只要有了一个人动手，全长安的人都开始动手了，开路的速度远比云烨预料的快，刚刚睡了一个回笼觉，刘进宝就禀告说路已经挖通了。

今天朝堂上的议题是赈灾，这场大雪漫卷覆盖的可不只是长安城，说不定整个关中都会受灾，现在道路被堵死了，外面的灾情一无所知。

朝堂上死一般寂静，但云烨不太在乎，云家庄子全部是砖瓦房，讲究些的人家甚至用了水泥，这点灾祸不会对云家庄子造成灾难，这时候很适合坐在暖炕上吃火锅，想到这里，云烨露出一丝得意。

"云烨，百姓遭灾，你很愉悦？"李二狠狠地盯着他，从牙缝里蹦出这几个字。

李二最讨厌自己伤感的时候，别人开心了，当初赵王李元景在李渊的葬礼上不小心笑了一声，好好的雍州牧、右骁卫大将军就变成了安州都督。

"陛下，关中遭了雪灾，微臣自然感到痛心，可是微臣刚才想到了如何查看灾情的办法，不由得喜不自胜，所以失态了，请陛下恕罪。"

听了云烨的话，旁边的薛万彻立刻把身子往边上挪挪，大雪把长安困得死死的，这不是在胡说八道是什么？

李二的眼睛亮了，疾声问道："云卿有何良策，速速道来，灾情半刻也拖延不得！"

云烨笑着说："回禀陛下，地上走不成，咱们不妨飞到天上去，只要上了天，长安周边的情形就会尽收眼底，哪里灾情重，我们就优先打通去那里的道路，这样救灾就有了先后次序，能把损失减少到最小。"

"飞天？"房玄龄忍不住大声叫起来，满朝文武都炸锅了，飞天的梦做了不少，可是从没见过谁真正飞起来过。

"此话当真？"李二还没发话，魏征就抢先问了出来。李二便半眯着眼睛看云烨如何应对，他现在相信人确实能飞起来，李泰已经证明了这个理论，证明归证明，但离送人上天还有很远的路要走，现在只能把人送到西天去。

房玄龄见到云烨脸上浮起一副熟悉的笑脸，顿时心中警钟大作，他记得很清楚，云烨把四马蹄铁卖了好几万贯的时候也是这副嘴脸。

果然，云烨伸出一只手，对着满朝文武大声说："打赌，一千银币起，如果飞不起来，我就赔出这些钱财，如果飞起来了，这些钱财云某就笑纳了。"

李二看到云烨故伎重施，立刻放下心来，只要云烨提出赌局，就说明他已经稳操胜券了，虽然飞天的事夸张了一点，但李二依然相信这小子赢定了。

"不可能！"没想到第一个跳出来的是李泰，他认为云烨无论如何也不可能在进度上超过他，他拥有世界上最庞大的资源，没日没夜地搞到了现在也不过才有了一点眉目，距离送人上天还有很远的路要走。而云烨整日四处游玩，最近听说还在主政兵部，他凭什么能轻松完成？不可能。

"我和你赌，看在朋友的份上我押少点，就一万枚银币，这就立约！"李二见李泰这么说，又有点担心，要论朝堂上谁对云烨最熟悉，一定是李泰无疑，李二仔细地看着李泰，发现他真的在发急，不是做戏，儿子做戏可瞒不过老子。

云烨气急败坏地拿笏板指着李泰，半天说不出话来。

朝堂上总有些恨云烨不死的家伙，比如令狐德棻老先生，这些年好不容易积攒了一些家当，准备好好过日子，对打击云烨的事他已经不抱什么希望了，没想到终于守得云开见月明，当即下了赌注："老夫赌云侯无法在雪停前飞上天，五千枚银币！"老家伙非常恶毒，特意把时间定死。

李承乾开始担心云烨会输得倾家荡产，赌云烨飞不起来的人太多了，比如长孙无忌就押了一万枚银币。

李泰、希帕蒂亚为飞天付出了多少心力，李承乾很清楚，他不相信云烨现在就能飞天，见云烨愁眉苦脸，就咬咬牙押了一万银币，赌云烨能飞上天，算是尽到了兄弟情义。

老程、老秦、老牛、老尉迟也都叹着气押云烨能飞上天，他们认为这是自己的义务。整个朝堂上，只有李靖丝毫不动，多年领军的直觉告诉他，其中有诈，可是飞天这种事情还是太让人挠头了，犹豫半晌，他决定作壁上观，对事态不确定摸不准的时候，他总是这么干。

云烨摇着头说："你们认为世卜没有亩产三十担的粮食时，土豆出现了；你们认为不可能解决马蹄磨损问题时，马蹄铁出现了；你们认为百炼钢需要锻打才能出现时，高炉出现了；你们认为雄关伟隘需要拿人命去填才能攻下来时，火药出现了；你们认为大海是凶险之地时，它却回报了我们无穷的财富！现在你们为什么不相信人能在天空翱翔？为什么不再相信我一次呢？"

李二嘿嘿一笑说："口说无凭，眼见为实，既然你信心十足，朕也就送你两万枚银币花花，只要能立刻飞天，朕不吝惜那点钱财。"

又多了两万枚银币，云烨立刻不哀伤了，翻拣着手里的赌约对李泰说："辛月和小丫她们正在制作飞行器，这时候也该完工了。"

"辛月！小丫？你老婆和妹子"李泰的面孔瞬间就涨得通红。

"就是她们，狗日的薛万彻居然也押我失败，不让你倾家荡产难消心头怒火。"云烨小声地对李泰嘀咕道。

李泰快要咬碎牙齿了，自己没日没夜地研制飞行器，云烨却东游西逛，把如此重要的工作交给了一群妇人，妇人能干什么？除了缝缝补补还能干什么？缝缝补补？李泰猛地醒悟过来，一把揪着云烨的衣领子，大声怒吼："你找到了火浣布是不是？你要造一个巨大的热球是不是？"

云烨拂开李泰的手："你要追求速度，我没有那个必要，只要能上天就好，飞到白云之上就能御风而行，朝辞长安，暮宿洛阳，岂不快哉？"

李泰惨叫一声："把我的赌约还给我，我最近研究飞行器很费钱，我的钱都花在这上面了。"

李二笑得很开心，他已经知道云烨在造什么东西了，一个大号的孔明灯而已，他非常享受这种掌控一切的感觉。至于两万枚银币，实在是算不了什么事，只要云烨的作为还在自己的掌控之中，还在情理之中，就能接受。如果像李泰所说，肉身飞翔才是最要命的，如果真出现这么一个妖人，李二的第一反应不是顶礼膜拜，而是亲自操持八牛弩射下来。

李二正琢磨皇后能不能从云烨那里把那两万银币收回来，云烨却扬着手里一沓赌约向皇帝禀报说："陛下，微臣赢了很多钱，不如拿出一半用于赈灾如何？"

赈灾这种事情必须问清楚。有叫花子上门，你给一碗剩饭，那是善心的表现，多接济几个，说不定官府会送你一个良善人家的匾额。如果你拿出几十万枚银币大济贫，等待你的除了屠刀不会有别的，邀买人心从来都是大忌。

"云侯，你还没赢呢，现在就卖乖，是不是太早了，你飞天的工具呢？"长孙无忌走过来，将云烨扬起的手按了下来。

"在云家庄子，只要我们挖通去玉山的道路，就能见到热气球升天的奇景。魏公深谙挖路之道，微臣建议由魏公挖通这短短三十余里的道路，这条路已经多次取直，挖起来很容易。"

魏征大笑一声："如果真能见到飞天的奇景，又能解现在的困厄，老夫就算拿头拱也要拱一条路出来！"

李二自然不会任由云烨胡闹，挖路这种事情遣一小吏就足够了，议定了章程后就匆匆散朝。

薛万彻可怜巴巴地跟在云烨身后，到了兵部衙门也不离开："我没什么学问，你是知道的，老崔也太不讲究了，随便填了单子，我就照着抄了一遍……"薛万彻说谎的样子倒是诚恳。

云烨气得不行了，翻出薛万彻的赌约，放在他面前大声说："你看仔细，上面清清楚楚地写着……"

云烨再也说不下去，赌约被薛万彻一把塞嘴里吃了，他一边嚼着纸团一边说："上面写着什么？没看见啊。"

给了薛万彻两拳，云烨甩甩袖子进了衙门。

薛万彻嘻嘻笑着跟进了门，一坐下就抱怨："还是兵部暖和，我最近在鸿胪寺里当差，差点被冻死，大唐也不缺少这点柴炭，陛下这是何苦来哉。"

"闭上你的嘴巴，大佬们都没有说，你哪来那些怪话？话说你去岳州的事情，我已经给你报上去了。陛下巴不得勋贵出京呢，八成会同意，不过自从侯君集出事以后，五蠹司马的权力更大了，百人队里就有一位五蠹司马，以后统兵除了作战，就没别的权力了，你确定要去？"

云烨一边说，一边给薛万彻倒了一杯茶。

薛万彻笑了起来，放下茶杯说："我早没了雄心壮志，就想离妻儿近一点，征战了半生，总要图点什么。我能安稳地过完这一生，吃一口富贵饭就心满意足了，去了岳州总比长安活得舒坦，你以为我不在乎那些闲言碎语？

还不是打掉门牙往肚子里咽，早走早好。"

"你下手那么狠，还没调教过来？"云烨吃惊地问。

"你觉得那样的女人还能怎么调教？不说这些脏事，免得污了你的耳朵，说说，你真的能飞起来？"

已经挖开的道路只需一夜又会被白雪覆盖，贞观十六年的这场大雪连下了六天，依然看不到有结束的意思。荐福寺的钟声彻夜响个不停，钟楼、鼓楼每隔一个时辰就会重新敲响一次，整个长安城都陷入了莫名的恐惧中。

云烨再也睡不住了，老天爷似乎要把一个冬天没下的雪一次性的补足，院子里的雪已经有齐腰深了，这绝对是大灾难。

云烨骑上旺财往玉山赶，昨日道路已经挖到三十里铺了，今天应该能打通到云家的道路。

魏征真的在监工挖路，这个时候的魏征看不到一丝的名臣风范，铁青着脸，不断地对那些蛊吏下令，语气生硬而严厉。

眼看路要挖到牌坊了，云烨套上宽大的藤鞋往家走去，巨大的鞋底能确保他不陷下去。百十个信使就穿着这种鞋子，去传递消息的。前四天的时候李二还能镇定地发布命令，到了今天，他的两只眼睛已经变得血红，像一头随时都会吃人的猛兽。

云烨回到家里，辛月、那日暮、铃铛已经哭得快死了，因为谣传长安已经被大雪埋掉了。老奶奶见到孙儿回来了，松了一口气，又回到自己的佛堂里拜佛，希望大雪早点停。

云烨没工夫安慰辛月她们，来到后院的棚子下一看，悬着的心这才放下来。热气球已经完成了，巨大的竹筐也已经安装到位，如果今天云烨还回不来，小武也打算让热气球上天，顺风去长安城看看。

头发散乱的魏征进入了云家，看看巨大的热气球，阴着脸对云烨说："能飞么？"

"大雪天很危险，热气球上如果积雪，很可能会飞不起来，或者飞到半路上掉下来。"云烨一点把握都没有，如果现在飞，找死的可能性很大。

浑身湿漉漉的断鸿从月亮门里走进来，红着眼睛对云烨说："陛下有令，热气球必须升空！"

能理解李二的心思，大雪把长安城困成了孤城，这时的他极度想知道外面到底是什么情形。封闭的空间里最容易让人产生无奈感，更何况李二这种心里一直装着天下的人，被大雪把他和天下割裂开来。他如何都不能安定下来。

退不得，也不能退，这个时候的李二是没有感情的，不要说是云烨，就算李承乾，他也会命令强行升空，想要安慰长安城的军民，热气球无论如何都要飞起来。

李承乾、李泰赶过来时，云烨已经在为热气球加热了。瘪的时候还看不出它到底有多大，当它鼓起来以后，李泰才发现它竟然如此巨大。它有八丈高，被风吹得胡摇乱晃。

云烨跳进了藤筐里，吩咐家将们将一小袋一小袋的沙子扔进藤筐。随着沙袋被扔进藤筐，云烨下令逐一解开绳子，直到所有的牵绊绳索都解开，只预留一条保险绳的时候，云烨把火油喷灯开到最大，铜铸的喷火口立刻就发出轰然的巨响，火焰瞬间升高两尺。

看着熊熊燃烧的火焰，云烨也在心里嘀咕，自己就没打算上来了，原来准备找几个不怕死的先上去试验，都是这场该死的大雪，害得他没时间培训炮灰，只能硬着头皮上了。

辛月几个哭得更厉害了，因为云烨以前就说过，这东西没准，需要摔个十七八次才能正式坐人。

李泰忽然窜进竹筐，帮云烨整理热气球上的各种绳索，理顺了盘好放在脚下，云烨低下头小声对他说："滚下去，非常危险，我一个倒霉就行了。"

"这种名载史册的事情，干嘛要你一人独享？嘿嘿，我李家子孙也不缺少胆量，万一完蛋了，有一位亲王陪葬，你知足吧。"

热气球从众人眼前缓缓升起，逐渐越过了云家的房顶。百十个人牢牢地拽着牵绊绳，就连李承乾、魏征都忍不住上前搭把手。云烨发现热气球平稳后，就解开了牵绊绳，没了牵绊的热气球迅速升空，李泰在哇哇怪叫，鬼才知道他喊些什么。

云烨一直在注意热气球的积雪，结果发现多虑了，积雪都沿着球面掉下来了。低空的风很小，想要飞行就必须再往高处升一些，李泰没有意见，按他的话来说，现在已经几十丈了，足够摔死，是飞到一百丈摔死，还是飞几十丈摔死，他宁愿选择一百丈。

李泰不断地把沙袋往下扔，至于会不会砸死人，他完全不考虑，老子堂堂亲王都在天上玩命，地上的倒霉鬼被砸死也是活该。

看着越飞越高的气球，辛月已经忘了哭了，那日暮还跳了两下，回过神来发现气氛不对赶紧又换上哭丧脸，但已经晚了，被辛月在大庭广众之下抽了两巴掌。

旺财眼见云烨坐着大球出了院子，嘶鸣一声就跑出了家门去追，这下提醒了所有人，李承乾找了一匹马也跟着跑了出去，辛月催促仆役套马车，坐上马车就沿着刚刚挖开的雪道往长安跑。

云烨用望远镜四处看去，到处都是白茫茫的，八条黑黝黝的带子将这片平原割裂成了棋盘的模样，这就是所谓的八水绕长安。他还发现，挖路的不光是长安，蓝田、三原都在玩命地向长安挖路，那些人猛然间看到色彩斑斓的大热气球出现在天空，似乎有些骚乱，不过挖得更起劲了。只是有些莫名其妙的家伙在朝热气球射箭。

热气球飞得很慢，简直和牛车差不多，李泰一个劲地怂恿云烨飞到云层上面去看看，这家伙就是一个疯子，飞到乌云层里，就算侥幸出来，也会被冻成冰棍。

断鸿骑着马疯子一样地在雪道上狂奔，到了皇宫也不下马，直奔到太极宫才停下下马，三两步就窜进了宫殿，一进门就大声嚷嚷："回禀陛下，云侯和魏王真的飞来了，已经快飞到城里了！"

"飞多高？"李二猛地站起来，三两步走到宫外往外望，却被白茫茫的大雪阻挡了视线，什么都看不见。

"最后见到热气球在贴着云层飞，然后就什么都看不见，雪太大了。"

帷幕后面传来瓷器落地的声音，群臣都知道长孙在后面守着，她听到儿子不见了，心神激荡之下不小心摔了瓷器。

李二挥挥袖子，想要把眼前的雪花拂开，房玄龄伸出一只手接了几片雪花，对李二说："陛下，雪已经小了很多。"

长孙无忌却回头问断鸿："魏王上去做什么？他不知道其中的凶险么？胡闹！"

"云烨既然能上得，青雀为何不行？大雪成灾，这个时候还论什么身份，只要能飞过来，让百姓们看到国朝有飞天的本事，不再惊惶，就是大功一件！"李二皱着眉头打断了长孙无忌的话。云烨说得没错，李二这个时候就是一个纯粹的帝王。

欢呼声从东墙开始蔓延，那些正在挖路的长安居民开始非常恐慌，一听说这是军中的神器立刻就欢呼起来。

李二听到了欢呼声，终于露出了难得的笑容，太极宫是整个皇宫中地势最高的存在，站在这里可以俯瞰整个长安。

云烨的热气球上装了一叶风帆，有了这面小帆，就能在小范围内控制热气球的方向，两个已经几乎被冻僵的人，笨拙地调整着帆绳，脚下就是熟悉的长安街市，五十丈的高度能避开所有的建筑，还能让长安人勉强看见热气球。

"皇宫进不进？"云烨哆嗦着问李泰，他现在能动的就只有嘴皮子了。李泰缩在藤筐一角，点着头大声说："进啊，除了皇宫，我们还能上哪降落？"

很多人跟着热气球跑，云烨看到了旺财，这家伙居然从玉山跟着跑到这里来了，这个憨货！

李二和长孙眼睁睁地看着一个庞然大物出现在宫墙上，喷着火，一路往太极宫飘过来。即使对这一幕早有心理准备，李二和长孙依然吃惊得合不拢嘴。

热气球还在缓缓地降落，离地面还有十丈的时候，李泰吃力地把一个铁锚扔了下来。这种扔东西的事情都是李泰的，云烨担心砸死宫里的重要人物，那就倒霉了。

"抓住绳子！"李二朝那些吃惊的侍卫大声吼叫，断鸿反应最快，抓住绳子，被拖在地上不断滑行，侍卫纷纷上前，好不容易才让热气球停了下来。

热气球刚刚停稳，李二就过来往藤筐里面看，只见里面两个冰人除了眼珠子还在不停转动，浑身都僵硬了。

云烨被抬到担架上时，转动着眼珠，瞅着那些围观的大佬，好不容易挤出来一句话："我上天了，赌注归我，不许耍赖！"满朝文武无不捧腹大笑。

谁都知道雪终归是要停的，这个时候安抚人心才是最重要的，既然做到了，长安的危机就会解除，房玄龄向皇帝请旨，要求宣布朝廷特使已经从天上下来了，大雪这两天就会停。

李二苦笑一声："眼见为实啊，百姓们看见热气球从天而降的人不少，这时候恐怕不必朝廷下令，他们也会心安，不多说，就说大雪这两天就会停。"

长孙随着太医进了暖房，伤心地拿手帕替云烨和李泰擦掉脸上的冰，不断说"苦了我的孩儿了"。

高阳把脑袋凑过来小声地问李泰："四哥，四哥，你见到神仙了没有？"

第十四章　生杀予夺

　　能被神眷顾是幸福的，至于拥有一个能和神直接对话的帝王，就是百姓们最大的幸福。皇帝淡淡地说了一句"大雪这两天就会停"，结果下午太阳就出来了。这是天神在给陛下面子。

　　目前长安城无非是雪多了些，常平仓的粮食足够大家吃三年，官家会无偿发放粮食给穷苦人家。

　　贫富没有一个切实的标准，云烨很好奇官家如何辨别贫富，到了分发粮食的地点一看，就为自己的卑劣感到羞愧。

　　官家根本就没去分辨什么贫富，而是只要有人来领，他们就给，没有说一句难听的话。来领粮食的也都是老弱妇孺，各个脸上都有愧色，好像拿了官家的粮食是一种耻辱。

　　云烨咧着嘴问李泰："如果我跑去领救济，会不会被全长安的人笑话？"

　　李泰奇怪地看了云烨一眼："你怎么有这样奇怪的念头？我们是发放救济的人，不是去领救济的人，你要是敢这么干，以后别想在大唐混了。"

　　云烨"哦"了一声，就不再说话。勋贵杀人放火地把钱财弄回来，就是为了能在人前面显摆一下，所以长安城会出现一掷千金的好人，修个桥，补个路，济个贫什么的，大家都会抢着去做。如果门前的桥坏了，官府修桥前都会去问问为首的富户，要不要出钱把桥修好给官家省下点银钱。富户要是遇到这种事，都会好好感谢一下官家，感谢他们给自己一个扬富贵、显善名的好机会。

　　这次的赈灾的粮食都是云烨从大臣手里赢来的，分发粮食的官吏会随口提一句，这次的粮食是云侯和人家打赌赢来的，云家的钱太多，家里没地方搁，索性就买了粮食请你们这些穷鬼们吃一顿饱饭。

　　这是哪个缺心眼儿的教他们这么说话的？这不是赤裸裸地炫富么？不过看到辛月的马车从雪道上经过，所有人都拱手行礼时，云烨才弄明白，这世上就没有傻子，不管官吏嘴里说什么，赈灾就是善举。

　　云烨和李泰的手脚都有轻微的冻伤，一直住在皇宫的偏殿里。立功就会受到奖赏，李二在这一点上从不小气，云家草原上的牧场终于摆脱了贼名，正式定在蓝田侯云的名下。

　　大雪还是将长安封锁得严严的，今天将有三位勇士乘坐热气球做一次远途航行，这是不可取的，热气球远远没有达到能够支撑远航的条件，云烨一直认为能从玉山飞到长安已经算走狗运了。

　　结果很快就听到皇宫里一声巨响，想都能想到，那个燃油罐子爆炸了，云烨从玉山起飞的时候为了保险，罐子里只装了一半火油，李二既然要派人远航，自然要装得满满的，不炸开才是怪事。

　　不一会儿，李泰走进偏殿烨说："热气球才离开地面就炸了，三个人被烧成了焦炭，热气球也毁了。我说了不安全，没人信，还说我不愿意让别人建功。没人相信咱们兄弟三天前是在拿命拼，哈哈哈，死得好啊！他们以为随便找两个阿猫阿狗就能替代我们兄弟？"

　　雪困愁城，云烨莫名其妙地多了两个仇敌，其实是两个失去了儿子的老人，一个是宇文士及，一个是高季辅，都是重臣，不是重臣抢不来这个能够让儿子扬名立万的机会，剩下的一个乘客，人们都不知道他的名字，或许只有李二知道。

　　头一回被两位老人指责为凶手，云烨没有辩解，没有办法说他们是皇帝急功近利的牺牲品，只能保持沉默，人都死了，任何争辩都毫无意义。

　　热气球被烧成了灰烬，消息被严格封锁在皇宫里，宇文家和高家连置办葬礼的机会都没有。皇帝严厉禁止那两家向云烨寻仇，还要求云家在最短的时间里重新制造出一个新的热气球，要秘密进行，能动用的人手依然只有云府内宅的女眷。

　　长安大雪，并不是所有人都忧虑，其中有一些人却非常的开心，比如年前才从吐蕃来到长安的禄东赞，大雪在第六天的傍晚停止的时候，他一拳砸在门框上，该死的大雪难道就不能再坚持几天么？

　　他一想到那个在空中飞行的巨兽，一股寒意就从脚底延伸到顶门。有了这样的东西，吐蕃险要的地势还能对唐国形成有效的威胁么？李二那道强横到极点的诏书，吐蕃到底还遵守了，老老实实地出兵夹击南诏蒙舍龙，唯一能讨价还价的就是吐蕃的粮草、军械由谁来提供。而李道宗在奢州屯兵不进，眼睁睁地看着吐蕃大军和蒙舍龙在松州厮杀，准备坐收渔翁之利。

强大难道真的就能拥有一切么？

"高句丽特使荣华见过云兵部！"荣华女的礼仪非常周到，语音里也带着一丝庄重，这和云烨印象里的荣华女差别很大。

"荣华特使光临兵部，乃是我等的幸事，请坐。"人家礼仪周到，云烨必须肃手延客，并且吩咐胥吏给荣华女上了茶水。

云烨坐到主位上笑着问荣华女："却不知特使此次前来兵部有何要事？"

荣华女坐得笔直，眼睛看着云烨一字一句地说："荣华此次前来想与兵部继续进行上一次未尽的谈话，不知云兵部能不能继续上一次荣华与卢兵部达成的共识。"

"哦？云某初来乍到，对兵部的事宜还在熟悉之中，不知特使与卢大将军达成了何种协议，云某洗耳恭听。"

荣华女眼光凝重起来，她对云烨非常熟悉，知道这个人对高句丽半点好感都没，一心想要的就是把高句丽并入唐国的版图，求他没有半点希望，于是她就抛开了和卢承庆说过的话，直接放炮：

"唐国是上国，也是礼仪之国，获得小国的尊敬是理所当然的事。陛下登基时，我国君上以血誓的形式献国书，昭告对大唐的恭顺，大唐以刑部尚书沈叔安为使，册封我国君上。得知这一喜讯，高句丽上下无不欢欣鼓舞，国朝勋贵无不以说唐音为荣，我们挑选了最饱满的粮食，最润泽的玉石，最美丽的女人献给了大唐君主。

"那个时候，我们的边关没有战火。只需要陛下休书一封，遣一小吏，我高句丽就会毕恭毕敬地将那些遗骸恭送回唐国，何用云兵部扬兵千里？更可怜我大王城生生被烧成了人间地狱，小吏能办到的事情，何必动用大军？何也？

"即便如此，高句丽依然不敢违背当初的血誓，年年纳贡，岁岁来朝，贡献一年比一年丰盛，我们几乎集全国之力侍奉一国，大唐陛下也安抚了高句丽使节，并且言明高句丽为大唐的不征之国。

"言犹在耳，墨迹未干，大唐陛下就亲自统帅虎狼之师再入高句丽，一时处处烽火，小民泣于荒野，士子奔逃于山林，女子与猪猡同圈，男子与野兽争食。安市城不过稍加抵抗，被你攻破，屠城三日！唐军马后载妇女，马首悬人头，得胜回国了，身后只留下一个废墟一样的高句丽，何也？

"小国侍奉大国，大国要是能以德相待，我们就能活得像个人一样恭顺，大国要是不以仁德相待，我们就只能活得像鹿，情急之下，慌不择路。如今，唐国的要求没有定数，我们必死无疑，所以我们打算将我们最后的一点血拿出来在辽东与你们决一死战！我们做好了必死的准备，如今就等着你们进攻了。

"强者拥有一切，弱者一无所有。我们幸好还有一点血气之勇，临死也想啃下大唐的一块肉，好让天下臣服的邦国们好好地看看，这就是拿全国之力侍奉上国的下场！"

荣华说完这些话，就拱着手，躬身后退了三步，转过身后，大踏步地离开了兵部衙门。

云烨一只手托着下巴，一只手轻轻地敲击着桌子，《告大唐书》说得有礼有节，有情有义，柔中带刚，她到底要干什么？她竟然想煽动其他小国一起来反对大唐？没见突厥、吐谷浑、回纥、昭武九姓都已经打算搬家了？

下面的蛋吏连呼吸都快要屏住了，唯恐影响了上官的思索，云烨实在是想不出荣华到底想干什么，想的时间有点长，忽然想起了自己放在火上的粥，不由得开口问："我的粥好了没有？"

蛋吏们面面相觑，不知道如何回答，云烨起身去了偏殿，粥正咕嘟咕嘟地冒着泡，看样子火候刚好。

端着粥回到大堂时，房玄龄正在看刚才的谈话记录，捋着胡须赞叹道："好一篇檄文啊，高句丽有这样的女子，活该不得灭国啊！"

云烨愣了一下，差点把粥锅掉在地上："难道有了这样一篇文章就能救高句丽？高句丽既然要把他的那点饿得半死的人马摆在辽东，我们就该碾压过去！如果您几位觉得这样有失脸面，下官不怕丢人，给我十万兵马，我去收回我九州的最后一只鼎器，恶名不用你们背。"

房玄龄从桌子上拿起一个小碗，给自己盛了一碗粥，闻着莲子粥香甜的气息，笑着说："杀光他们容易，可是我大唐要一大片没有人烟的土地回来做什么？是你去开垦，还是老夫过去？如今我大唐的羁縻州、羁縻国不下百数，一旦都有了决死的心思，我们就要不断地去灭火，一次两次不要紧，要是十几次、二十次，云侯还认为无所谓么？人心不在我们这里，土地要回来也没用，所以陛下认为，我们只要收回汉朝四郡即可，以鸭绿水为界。高句丽的武装必须交出来，由大唐兵马负责提供保护，一旦我朝的人口有了富裕，就会慢慢地向高句丽移民，再把高句丽人转移到西边去，这样我大唐的百姓开垦的就是熟地，不用费那么大的力气去垦荒。"房玄龄说完拿勺子喝粥，赞不绝口。

云烨这才弄明白这些大佬想干什么，先让这些高句丽人开垦那座半岛，过上几十年，等到国内的人口多起来了，就把高句丽人弄到西边去开垦荒地，李二好在辽东继续推行他的均田制。

荣华女是哀求也罢，是威胁也好，都无法改变大唐固有的运转节奏，就像这连续十天的晴天，让地上的雪化了好多，其实也没有多少变化，只不过转化了一下形态而已，雪变成了冰。变成冰了，人可以出行了，虽然一天能摔好几百个跟头，好歹外面的消息能传进来了。

云烨看着面前这个鼻青脸肿的信使，接过他手里的公函，验过火漆后就让置吏带他下去休息了。

开门就没有好消息，李道宗兵败龙王岭，三千前军逃回来的不过百数，李道宗在公函里说蒙舍龙有巨象相助，打了唐军一个措手不及。他准备亲自前往龙王岭，不把那里的土人杀光不足以泄愤。

"蠢！马援平定南诏的时候就和大象对过阵，诸葛亮进南诏的时候也和大象对过阵，为何他们都能战而胜之，唯独我大唐就要丧师辱国？"长安和外面取得了联系，李二立刻恢复了往日的气势，空旷的大殿之上只有他一个人在咆哮，原本以为能轻松取胜的战役，现在被人家崩掉了门牙，脸面丢光了。

"云烨你熟悉南诏，你说说，大象很难对付什么？"李二咆哮了一阵子，见群臣都不作声，就亲自点名。

"微臣没有和大象直接对过阵，只是在岭南玩了一次山神打鼓，那些大象似乎非常害怕火药爆炸产生的巨响。"

听了云烨的话，李二更加愤怒，拍着龙案大声说："身怀利器却不知道用，李道宗空负名将之名！这封战报的拟定日期是三个月前，现在龙王岭的第二次战役恐怕已经结束了，胜败先不说，必须全力支援，兵部从武库中拨取火药，支援李道宗！"

李二就是这样，自家人犯了错总是骂得很凶，处罚起来却很轻，李道宗走的时候已经把武库里的火药拿光了，现在哪里有火药再给他，五万斤火药李道宗就算当粮食也能吃一阵子。

"陛下，武库里的火药只有五百斤，这还是微臣从岭南水师份例里面硬扣下来的，主要是为了好看，实在无力支援。"

实话实说就好，仓库里空的可以饿死老鼠，就是兵部武库清吏司的现状，没什么好隐瞒的，按理说李二应该清楚才是啊，怎么还下这么没脑子的命令？

想担大任的人被关在皇宫外面进不来，不想担大任的被牢牢按在官位上起不来，这就是李二的用人之道，你越是把官位看得比天大，他就越不会把官位交给你。因为云烨不在乎官位，所以他敢告诉李二兵部军械库空空如也的现状。所以李二认为，把云烨放在那个位置上打熬几年，说不定就能派上大用场。

云烨不喜欢光秃秃的兵部大堂，认为添点绿色能让人心情舒缓很多，于是他在巨大的盘子里养了很多大蒜，如今已经长得半尺高了。没事干的时候，云烨就把这些大蒜摆出各种造型，今天摆出是个巨大的桃形，看起来不错。

杜如晦站在云烨身后看了好久了，见云烨放下了剪刀，才笑着说："云侯好兴致，兵部主征伐，五行属金，重威严，积煞气，如今被云侯以东方青乙木中和一下，果然柔和了很多，国朝如今戾气太重，是该好好冲和一下了。"

杜如晦才是兵部的真正主人，云烨拱手施了一礼之后才说："杜相过奖了，云烨和朝中诸公比起来不过一介浮华小儿，哪里有杜相这般的四海心思，不过是觉得大堂上色彩单调，养一些青蒜为这里增添一两分艳色罢了，既然杜相喜欢，那就再好不过了。"

杜如晦坐定后，从袖子里拿出一张文札递给云烨："这是户部今年重新调拨给兵部的预算，共计一百三十万枚银币，云侯以为，这些钱用在哪里最为妥当？"

"您才是兵部的主官，自然由您说了算。"不能僭越的道理，云烨还是明白的。

"老夫倒是很喜欢做主，但是这笔钱烫手，既然钱是你挣来的，还是你做主吧，老房正在中书骂人，他好不容易刮掉了兵部的一点油水，结果你就狠狠地给兵部贴了一层肥膘，这一巴掌扇得老房晕头转向，所以啊，还是你自己拿主意吧！"杜如晦嘿嘿地笑着，非常得意。不管他是不是文官，只要坐在兵部尚书的位子上，就必须为军队考虑，这是操守。

云烨再次看到荣华女到兵部办理通关文书时，这个该死的女人居然嘴角上翘，看不到一点悲哀，难道她不该号啕大哭或自尽么？就在刚才的朝会上，高句丽降了，条件只有一个：保证高句丽王族和渊盖苏文全家的安全。

此时，高建武和渊盖苏文一起从陆路向大唐的京城长安出发，张俭已经接手了平壤的防务。

从此，高建武就成了豢养在长安的一头肥猪，倒是渊盖苏文成为了大唐的安州刺史。只要看看地图就知道，安州就在邕州的边上，死死地守着邕州的出海口，也就是说李安澜以后想要出海，必须要看渊盖苏文的脸色。而高山羊子如今也能大摇大摆地穿过海峡，将舰船停泊在安州的海港上了。

渊盖苏文把高句丽卖了，把高建武卖了，把高句丽卖了，目的居然是海洋。这一招和突厥、吐谷浑、昭武九姓、薛延陀的选择有异曲同工之妙，只不过一个把目光盯向西方大陆，一个把目光盯向了辽阔的海洋。

这憋着气还没使劲呢，人家就投降了。荣华那天的哀告书，让云烨有一种一拳打在棉花上感觉。房玄龄、魏征一定在欢庆，能用大唐的威能令敌国投降，这就是教化的力量。他们一定会这么吹，史书上也一定会这样写，至于大军对高句丽的封锁，一定会被一笔带过。

云烨离开兵部衙门的时候，恰好碰见了出宫的荣华女，她浑身光鲜，身后跟着十几个捧着各色赏赐的宦官。见到云烨，她大大方方地走过来施礼："前些时间，荣华言语不周冒犯了云侯，请恕荣华莽撞之罪。如今，您与苏文同殿为臣，还请看在社稷的份上能和睦相处。"

云烨也不回礼，烦躁地问："渊盖苏文是否已经过了涿郡，如今在河口等着运河开河之后西行？"

荣华女警惕地看着云烨说："您要做什么？您夺了苏文所有的荣耀，如今他就剩下一条性命了，难道您还不打算放过吗？"

"荣耀？原本我以为渊盖苏文是条好汉，这也是我对你礼敬有加的原因。现在不必了，渊盖苏文连战死的勇气都没有，你以为我堂堂传国侯云烨会和可怜虫一般见识？你放心，我已经命令武选司在长安找地方给你们建造一所华丽的住宅，等他到长安的时候你们就能入住了，好好享受你们的余生吧。"云烨说完，看都不看荣华女一眼，举步向外走去。

"云烨！高句丽已经完了，被大唐压垮了，百姓们靠着吃树皮草根活命，这个冬天，百姓饿死了三成！苏文是为了让更多的高句丽人活下来才选择投降的，他努力过，他抗争过，他做了他能做的一切！因为他想给高句丽百姓一条活路，才放弃了自己的尊严，他的心高贵无匹！"

这个该死的女人越来越会说话了，云烨走出宫门的时候心想。

路边的泥地里已是葱绿一片，玉山山顶依然白雪皑皑，呼吸一口冷冽的空气，云烨纵马狂奔，这种高原上才能出现的奇景，今年的关中遍地都是。

热气球又飞起来了，虽然上次死了三位大唐精英，但想上气球上的勋贵子弟依然络绎不绝。这回来的是长孙家的勇士，因为气球是皇后的杰作，长孙无忌不愿意这个功劳被别人抢走，哪怕是死，死的也该是长孙家的人。也只有死长孙家的人，皇后才不会受到诟病，成了，皇后娘娘功德无量；失败了，皇后娘娘宁愿自己伤心，也不愿意把失去亲人的痛苦转嫁给百姓。

热气球在空中狂飙，骑士在大地上狂奔，高空紊乱的气流东西不定，地上的骑士就在地上跟着打转。长孙家的子孙确实不凡，明明已经很危险了，他们依然不愿意降落。不断有红色的小降落伞被丢下来，下面挂着一个坚实的竹筒。直到这个时候云烨才晓得，长孙家十几队骑士在地上乱跑，不是为了找人，而是在找那些竹筒。

气球飞到了云层之上，效果是非常好，完全证明了人可以飞天，只是半个月过去了，长孙家还没有找到人，谁也不知道气球落在什么地方了。

官员逛青楼不是什么大事，但以云烨的身份，也不是什么小事，如果不是李鹏程以死相逼，他万万不会来，尤其还是教坊司的青楼，那里面可都是曾经同事的家眷。

同去的除了一众熟悉的纨绔之外，还多了一个叫黎大隐的活宝，长得极为猥琐，但言谈举止却极为风趣，能和长孙冲讨论《韶乐》，又能与萧锐辩论经学，最难得的是他还能和李怀仁讨论一下拳脚功夫。

这新上任的都水监，又新晋苍梧县男爵，显然是本次聚会的主角了。

云烨自顾自地喝着酒，不肯和他说话。大唐没人敢怠慢晋阳过来的人，别看这些人土，爵位也不高，但他们的势力非常庞大，以云烨目前的身家，都只有抱着敬而远之的态度和他们交往。

"云侯，俺黎大隐也是一个喜欢热闹的人，只要您和俺相处得时间久了就会清楚。俺最喜欢结交朋友，只要我们兄弟齐心合力，定能在长安横着走！"

如果黎大隐没说这话，云烨最多认为他是一个初到长安就想迅速融进纨绔圈子的人，可这话一出口，味道就变了，这绝对是李二的密探，但能把话说得如此直白的密探，云烨头一次见。

想到这里，云烨就站了起来，这个黎大隐果然居心不良，还是躲远些为好。刘进宝见他站起来，就把斗篷给他披上。

李鹏程的脸色变了一下，赶紧走过来："云侯这就要离开？听说怀化娘子的墨舞乃是不可多见的绝技，为何不多留片刻，欣赏了再走？"

云烨拍拍他的脸，笑着说："我主要是不喜欢横着走，横着走的是螃蟹，有两只大螯，我没有啊。"

黎大隐的笑容有点尴尬，云烨不给他面子是必然的，六品都水监的来头再大，堂堂传国侯都不必给他留什么面子。

都水监难道不该是管水的官员么？六品官在长安城多如牛毛，他黎大隐为何能在从三品的侯爵面前要威风？据云烨所知，现在都水监多了一项监察天下舟桥、河道、湖泊、山林的权力。这就对了，不监视怎么行，朝里朝外都是些魑魅魍魉之辈，少了百骑司，让皇帝如何安心？

新官上任三把火，这黎大隐居然想把上任的第一把火从云烨这里烧。不挑明也就罢了，现在既然挑明了，他想不烧都不行。

在李鹏程的再三请求下，云烨的脸色阴晴不定地变了变，解开斗篷，又哈哈笑着坐了下来。

事实证明，他的猜测一点没错。黎大隐总是撇开那些重量级的纨绔来找自己说话，虽然都是些日常的琐事，但云烨发现这家伙最终目的是想问自己为什么会从陇右荒原上出来。

"不瞒云兄，那个叫做张诚的队正，因为第一个发现了云兄，现在已经是地方上的一个小官了，小弟特意去拜访过，他说您当时从荒原上跳出来的时候狼狈异常，连兜裆布都没有一块，而今却金银满谷，享受人间的极品富贵，真是难得啊！"

听到这句话，云烨笑着对黎大隐说："既然黎兄在探查小弟的隐私，就不要怪罪小弟接下来要做的事情了，你放心，不会太严重。"

黎大隐嘻嘻哈哈地笑着，饶有兴趣地瞅着云烨，他很想知道这个年轻人到底要干什么。都水监高调改制，只要是官员没有人会不清楚自己的来历，有哪只猎物敢对猎人龇牙？

很不幸，云烨把手里银酒壶砸在他那张猥琐的脸上，鲜血飞溅，甚至还有一颗门牙粘着血丝挂在嘴角。黎大隐不知道是惊呆了，还是被砸晕了，就这么看着云烨，躲都不躲一下。

云烨扔掉酒壶，提起一只椅子，抡圆了就砸在他脑袋上。黎大隐像一棵被砍倒的大树轰然倒地，椅子不断地被抡起，直到散成一堆木头才消停。

云烨把冰镇的葡萄酿倒在黎大隐身上，被冰水浇透了的黎大隐立刻清醒过来。他到现在都很迷惘，居然真的有人敢打他。

"你能不能告诉我张诚怎么样了？你到底把他怎么样了？本来最后一击是想把你脑袋砸碎的，忽然想问问故人的情形，所以留了你一条命，说清楚留你一条命，说不清楚，你就去死吧，我是传国侯，打死你，罪减三等，发配岭南三年，仅此而已，你说呢，黎大隐？"

"我只是询问了一下张诚，没干别的。"黎大隐含含糊糊地说了一句话。

"呵呵，这样就很好，你一个管水的官员对我的过去哪来那么多好奇？陛下都没有这样问过我，你算什么东西？收拾一下，我家的水井不冒水了，你去看看，别一天到晚不干正事，尽打探别人隐私。"

黎大隐吐了一口血，艰难地说："您家里的水井不冒水，容小弟过几日再去查验。您现在带着小弟去找孙先生治伤如何？小弟的手脚断过好几回，想要治好很麻烦。这事想要瞒过陛下恐怕不可能了，不是小弟要告你黑状，主要是明日陛下要见小弟准备划拨些人手下来，没法子告病。"

"你就不能说被马踏了？就说是被我家旺财踏了几脚也好。"云烨检查了一下黎大隐的腿脚，发现真的打坏了。

既然他不肯当小人告黑状，云烨只好带他回家，请孙先生给他治伤。

老孙检查了黎大隐的伤势，上上下下地看个没完，古怪地问："你是怎么活到现在的？"似乎这个人身上充满了秘密，丑陋不堪的黎大隐在他老人家的眼里简直就是稀世珍品。

云烨插嘴说："我也在奇怪，我没下多大力气，不该断腿断手才是……"

"老神仙不知，小子从八岁起就开始骨折，到现在，全身的骨头没有几处是完好的。刀砍斧凿，火烧水淹，饥饿生病，再加上刑讯逼供，这身体已经完了。能活到现在已经是上天垂怜了，用这一身的伤，才换来苍梧县的男爵之位。大喜之下难免嚣张了些，惹得云侯不快，原想拼着伤让云侯消消气，可是身子骨实在是糟，云侯下回要出气，最好朝肉厚的地方招呼，小弟绝对不会皱眉。"

孙思邈又从头部开始，重新给他验伤，想看看这家伙到底受了多少伤："顶盖骨，凿伤，有人要给你开瓢？枕骨下陷，你挨过闷棍？耳侧的风骨整体移位，怪不得你耳朵招风。第三节颈骨上有异物，唔，谁给你的颈骨上穿的钉子？能知道这法子的一定是名医，虽然能让你的脑袋抬起来，可是铁锈已经长在的你的骨头上，你活不过三年……"

孙思邈一边数这家伙身上的伤，一边在纸上写下来，当一张纸写了大半，这才检查到黎大隐的小腿上。

"老黎，对不住，我没想到你的功勋也是拿命拼来的，等你伤好之后，我再次召集各路勋贵，为你庆功。这次是云烨对不住你，你如果气不过，随时可以砸我几下……"

孙思邈本来开心地点着头，见云烨说话了，就烦躁地挥挥手："闭嘴，你去给皇帝说，这个人我准备留下来半年，看看能不能让他的身体恢复生机。明明能活八十岁的身体资本，被这样的糟蹋，最多能活三十岁，暴殄天物啊。"

这对云烨来说，是最好的消息，明天皇帝一旦问起来，一切都可以推到孙思邈身上了。

第十五章　翻盘

云烨说到底还是小看了黎大隐对皇帝的重要性，上午才打的人，到了下午断鸿就飞马赶到药庐，怀里揣着两张手谕，一张是要求孙思邈全力救助黎大隐，另一张则是要求云烨立刻进宫。皇帝准备问问，云烨是不是吃了熊心豹子胆，才敢干出这样天怒人怨的事来。

孙思邈穿着一件皮围裙从帘子后面走出来，手上的血迹还没有清洗干净，一巴掌抽在断鸿的脑袋上："谁准许你进来的？不知道我在治病吗？黎大隐要是感染死了，都是你这个蠢货的错！"

断鸿抓抓脑袋，疑惑地问："孙先生，黎大隐被云烨打得全身骨折，就算小命不保，那也是云烨的错，为何会怪罪到我头上？"

"他的骨头是老道打折的，我准备给他重新接骨。好好的一个人，让那些庸医活活害了大半条命，右腿骨头居然都接偏了，走路如同鸭子一般很好看么？这个人半年之内不能下床，他身上还有很多的伤口，我要重新给他清理一下，你要是把病虫带过来，老道连你的腿也打折了。"

孙思邈说完就去了里面，他爱死这个黎大隐了，刚才告诉他，要把他的骨头打断重新接，只是过程非常痛苦，只要意志崩溃，生命也就到头了。没想到黎大隐立刻就答应了，说如果撑不住，死了都活该。

在被断鸿押着去皇宫的路上，云烨乐了一路，老孙真是太仗义了。断鸿想破脑袋也想不到有人居然心甘情愿地让别人打断自己的骨头，就是为了不走鸭子步，不常年累月地佝偻着腰。

听完事情的原委后，李二抬头看看大殿外面的华表，叹口气说："朕不管你打伤黎大隐是好心还是恶意，朕的时间不多了，每天看着日升日落，朕就恨不得挂长绳于青天，系此西飞之白日。黎大隐于朕有大用处，被你轻易地废掉了，就算是没废掉，你也浪费了朕半年的时间。既然如此，你就去给朕物色一个人，起码能在半年内撑起一个架子的人，你书院里有没有？"

云烨想了一下说："陛下，有两个人选，一个叫庞玉海，一个叫李义府，这两个人都不错，如今两人正在书院里斗得你死我活，说实话，有些触目惊心。"

"庞玉海从李义府出身平民，贪财好色的毛病下手，把书院学生上元节时赚到的大笔钱财交给了他打理，还收买了一个歌妓诱惑他，如果微臣所料不差，最近就要水落石出了。

"而李义府依仗才华出众，大肆结交其他学生首领，妄图在书院学生中一言九鼎。他们已经交锋过几次了，如果李义府不能堪破庞玉海的圈套，微臣想，过不了几天书院就该开除一位精英学生了，却不知陛下要不要这样的人手？"

李二似笑非笑地看着云烨："你为人师长，难道眼看着自己的学生步入歧途，也不打算帮一把吗？"

"陛下有所不知，书院只负责教学问，不负责品鉴良善。人其实都是有劣根性的，只要能在理解的范畴内，书院不会轻易地放弃任何学生，他们之间的斗争能让他们快速地成熟起来，所以书院对这样的斗争从不去管。"

"原来如此，怪不得书院子弟个个都是争斗的好手，你就不担心带坏了朝堂的风气？"

云烨想呕吐，到底是谁带坏谁？

李二也觉得这么说不合适，又说："既然你已经找出来人选了，那就把事情的经过写出来，当做密折送过来吧，黎大隐乃是大唐的功臣，这次有些薄待他了，你去药庐的时候，替朕告诉黎大隐，朕从来都没有忘记他的贡献。"

云烨被断鸿遣送出宫，还顺手把云烨的内宫行走腰牌收走了，也不知道是李二担心戴绿帽子，还是长孙想保证自己丈夫的尊严，总之，现在没有召唤，进不了后宫了。

这个权利云烨不在乎，既然已经成功地把两个叱咤风云的学生推荐给了皇帝，他的目的就达到了。至于小武在其中的挑拨，只要不太过，就当狄仁杰去楼兰以后，她无聊找的乐子好了。

长孙家飞天的三位子弟活着回来了两个，剩下的一个被风干在树上了。活着的两个，在秦岭里嚼着草根熬到了冰雪消融，回来的时候，已经瘦得没人样了。

长孙家的钢铁，现在被高炉作坊冲击得七零八落，只能走一点高精的路子，低端的铁制品市场已经没他们的份了。没了钢铁业，就想把主意投到飞天上，于是长孙冲带着老婆长乐公主来云家了。看看长乐公主拉着那日暮说东道西的样子，用脚趾头都能想到，那日暮知道的那点飞天尝试现在已经变成长孙家的了。

"虫子，你这样明火执仗地抢劫，也不顾及一点大唐的王法啊？"

"谁抢你了，不是给你说了么，给你三成干股，你贡献一点学识难道不应该？别不知足，陛下那里也有三成，我家只有四成。如今我全家快要饿肚子了，只好向你们这些豪强讨一点剩饭果腹，你也不觉得哥哥可怜？说说，这样的飞行器既然能从长安飞到秦岭里，那将来一定能从长安飞到洛阳，是不是？"

"那是肯定的，只要你能解决热气球不被风向干扰的问题，就绝对能做到日行千里——别勒脖子，气快喘不上来了，你找错人了，你该去找青雀或者公输家，他们才是研究这个的，找我有个屁用，我只能把孔明灯放到天上去。"

长孙冲松开手，眨巴两下眼睛，觉得很有道理，抱起刚刚送给云烨的一套瓷器："说得太对了，我这就去玉山拜访一下公输老先生，看看他老人家有没有什么法子，毕竟他家老祖先制造的竹鸟在天上飞了九天九夜。"

老奶奶正在设宴款待长孙无忌夫妇，三个人谈得非常愉快。云烨想起小武说庞玉海和李义府的冲突在今天会有个了结，就和长孙冲一起坐马车去了书院。

长孙冲抱着瓷器去公关了，云烨独自进了议事堂，里面非常的热闹，学生们把那里围得水泄不通，揪过来一个学生问过才知道，李义府正在接受所有学生的质询。

金钱想要腐化一个人需要一个时间过程，尤其对书院学生这样一个对金钱并没有太多欲望的群体来说，几个月的时间远远不够，庞玉海的计划有些仓促了。

不过当他看到小武时，就明白了七八分，这事要不是小武催熟的才是怪事情。必须给她找点事情做，要不然这个小妖怪会把书院弄得鸡飞狗跳的。

庞玉海很聪明，没有直接出面，现在愤怒地质问李义府的是另一个学生领袖："吾辈出身贫寒，自当恪守节操，都说时穷节乃现，李义府，你身在书院，衣食不缺，区区几枚铜钱就让你斯文扫地，燕来楼上贪花恋色，歌舞酒肆间声色犬马，我且问你，你还不知错么？"

李义府拱手答谢道："裕民兄的金玉良言，李义府犹如醍醐灌顶，这就改过，请裕民兄莫要弃我于不顾，时时鞭策才是为友之道。"

"只要你今日能够将所有的账目对上，我等自然不会鄙薄与你。账目能对上就说明你亏损的只是私德，大节无亏，只要时时警惕，自然可以改过自新，现在，就请玉海兄与你核对账目。"

庞玉海拿着账本走了出来，朝四周的学生拱拱手说："君子耻于言利，玉海也相信义府兄断然不至于行差踏错。众所周知，这些银币都是我们在上元冰灯会上赚到的，是为了补充我等膳食的不足。这里面每一枚铜币都沾满了我等同窗的汗水，所以啊，玉海只希望这里的每一文钱，都能用在大家的膳食上。如果有人胆敢向这些钱伸手，庞玉海就会视他为我的生死仇敌。"

众人听到庞玉海这么说，顿时安静了下来。

李义府躬身对庞玉海说："玉海兄说的是极，莫说疾恶如仇的玉海兄是这样的看法，李义府也是如此认为。账簿共有三份，却不知玉海兄拿到几份？只要三份账簿一致，若有丝毫的偏差，李义府当即自尽于书院外，不敢对我书院有丝毫亵渎。"

庞玉海神情不变，缓缓地说："不是三份，而是四份，你手里一份，饭堂总务里还有一份，书院备案还有一份，你忘记了，学生署还有一份，这是从我管理账目的时候就制定好的规矩，从无缺漏。"

李义府的脸抽搐两下，他从未听说还有第四份账簿的存在，如果出问题，必然会出在这份自己并不知道的账簿上，因为管理这份账簿的恰好是庞玉海。

"二月十二日，购进猪肉三千九百斤，羊肉一千零八十三斤，二月二十六日……总账丝毫不差，不但这三本账簿的总账能核对上，我手里的这一份也没有问题，出了多少钱，收回多少货物，义府兄确实费心了。

"但是，我想问的是，买家的折扣哪里去了？在义府兄接手账目前，我用同样的价格买到同样的货物，交易结束时商家必须给我一定的折扣，玉海没心思享用他们的吃请，总是把这部分折扣，让商家折算成货物，虽然少了些，想到同窗们能够多吃到一两口肉食，玉海也就接受了。所以，我的这本账簿后面总是有多余出来的一些货物。义府兄，我想问的是，这部分的货物哪里去了？一个人将百十斤肉食一次吃光，你就不觉得撑得慌？"

庞玉海此话一出，众人无不哗然。书院学生不同于国子监那些十指不沾阳春水的学子，居家理财为必修的课程，对于折扣这类东西很熟悉，如果李义府借用大宗采办的机会吃掉了折扣，确实不容原谅，好多的贪官也是这么做的。

李义府艰难地抬起头，看着庞玉海："折扣确实有，我把那些钱安排了其他用处，玉海兄，难道李义府的品性就如此不堪信任吗？"

裕民小声说："李义府，你如果能说清楚那些折扣的去处，我们不会追究的。"

"此言差矣，李义府最近缠绵于花丛，钱财何来？燕来楼的燕姿姑娘身价不菲，据说见一次的缠头不会少于五头猪的价钱，老天爷，他现在只要遇到休息日就去燕来楼，一次五头猪，两个月下来，至少三五十头猪不见了！李义府，燕姿的三尺软红就是你给那些折扣安排的去处吧？"

话说的阴损古怪，却没有人发笑，谁都知道事情严重了。男儿最讲究的就是守信、抱节，书院里的学生相处融洽，兄弟情义深厚，这种感情经不起欺骗和隐瞒，一旦在这上面犯了错，李义府从此再无操守叫言。庞玉海下手极狠。

云烨站在外围，瞅着孤零零站在中间的李义府暗自发笑，要说对李义府最有信心的，恰恰就是云烨。

果然，李义府昂起了头，对周围的议论声毫不在意："玉海兄如何看法？既然我兄想要置李义府于死地，只有这点证据可不行吧？不妨全部拿出来，让小弟开开眼。李义府喜欢眠花宿柳乃是本性使然，这并非过错。你玉海兄出身名门，去采办时找的是那些买办和豪商，借用你庞家的名头，一分钱买两分货乃属寻常事。李义府不同，没人愿意给脸面，一分钱只能买一分货，所以也就没有多少折扣。"

云烨听得满脸欢笑，好一招连消带打，庞玉海的身份是他最大的骄傲，也是他最大的软肋，既然庞玉海想用折扣来打击李义府，李义府就果断说出身份不同得到的待遇也不同，从这一点下手，不但引起一部分贫寒学子的同情，还引发人们揣测庞玉海，瞬间化被动为主动。

庞玉海也是一个狠角色，见自己受到质疑，立刻对裕民拱手道："既然李义府质疑我的公正性。那就请裕民兄主持大局，现在要洗刷污点的不光是他，我庞玉海也需要洗刷陷友于不义的恶名。"

当学生纷争不休的时候，李纲坐着熊车走了过来，要过四本账簿，吩咐看热闹的厨子就地烧掉。

小武有些无奈地看着老先生，老先生一出现就彻底没戏看了，因为李纲的观点必然就是各打五十大板。学生已经有了分裂的迹象，这是书院所不能容忍的。

果然，他老人家既没有问原因，也没有分谁对谁错，看着账簿变成一堆灰烬，李纲饶有趣味地说："书院还不是朝堂，你们也都是年轻俊彦，一群小马驹子关在一座棚子里还会互相撕咬，更不要说你们这些聪明的小家伙了。书院里的孩子太多，老夫能用的手段不多，没精力、没心思去判断对错，这时候难免会用到马棒，谁叫唤，谁就挨棒。"

"庞玉海，你一心想做名臣，咄咄逼人并不是君子的行事准则，你去担水十天以儆效尤，给你这个惩罚不是因为你有什么过错，而是要磨炼你的性子。你看那劈开水流的巨石，能一往无前者唯不动而已。

"李义府，你凭借自己的聪慧躲过一劫，这是你的长处，也是短处，书院里的聪明人很多，为了一己之利就分化书院的同窗，你是第一个，心思太过自私。所以，你去垒一座假山吧，老夫希望你能把这座山垒到心里，有了这座假山压底，你做事就不会过于轻狂了。"

庞玉海、李义府躬身受教，去了洪城那里领罚了，李纲先生又朝裕民招招手，示意他过来。

裕民走过来弯下腰等候先生训斥。李纲拍着他的肩膀说："唉，你还是不要出仕了，留在书院教书研究学问吧，烂好人没办法去官场，不如定下心好好做学问为上策。"

裕民连忙躬身说："能留在书院教书育人，正是学生期望。"

李纲满意地捋着胡子，示意裕民跟他一起去办公室。熊车在路过云烨和小武身边时，老先生哼了一声，扬长而去。

"师父，您说老先生会不会知道是弟子挑起来的事端？"小武担心地问。

"当然知道，别看他整天眯着眼睛睡觉，他老人家现在就是一只老蜘蛛，书院就是他的网，只要有半点的风吹草动他都会知道的。不过，小武啊，师父看戏是准备从这两个人中间挑一个送给陛下当赔礼，你这么胡闹，所为何来？就是因为看热闹？"

"才不是呢，弟子在研究人心，结果发现庞玉海和李义府之间的纠葛很深，如果任由他们发展下去，再来半年，李义府就会被书院开革，庞玉海也会被李义府弄死。咱们书院好不容易出了两个精彩些的人，不能毁了啊。"

云烨呵呵一笑，小武说得没错，在这个时候把事情挑开，远比等他们两个人成了生死仇敌时再爆发要好很多。

戏看完了，师徒两人就去孙先生的药庐去看黎大隐。远远听见黎大隐的嘶吼声，也不知道孙先生又在拿他做什么实验，听起来似乎很痛苦。

"慢慢来，你的骨骼正在愈合中，老夫把你的骨骼上长出来的骨刺都清除了，这样长出来的骨头才会健康有力。"

"孙先生，黎大隐不在乎疼痛，可是这些蚂蚁身上流出来的东西，让我痛痒难当，难道这也是治病？"

"这个不是，我只是想看看人的精神能不能抵抗的住这种蚁酸侵蚀，如果能抗住，我准备把它合进药方，对风湿骨痛非常有效……"

孙思邈拿着一把小刷子，正在给浑身赤裸的黎大隐清洗身上的蚁酸，只要看看他满身的红疙瘩，就知道他刚才忍受的痛苦是多么恐怖了。

见云烨进来，黎大隐龇牙咧嘴地说："云侯，那个李义府我们都水监要了，嘿嘿嘿，不要脸，还能心思缜密。那个庞玉海也不错，会是一个标准的官吏，这样的人还是留在朝堂里吧，我们不需要他那些算计，狠毒、卑鄙才是我们所需要的。"

云烨奇怪地说："你这里受罪，怎么也知道书院里的事情？你以为书院是什么地方，你最好不要胡来。要是被那些夫子发现你监视书院，我告诉你，陛下或许只有拿你的人头才能平息他们的怒火。李义府确实不错，但愿你能控制住。这种猫一样的人，本事大，心思毒，手腕多，有你苦恼的时候。"

离开药庐后，在回家的路上，云烨看到了咆哮的东羊河，往日静若处子的东羊河现在变成了一头巨兽，消融的雪水给它增添了无数力量，张牙舞爪地向下游倾泻，河堤上不断地有人在巡视，再有两尺，河水就会溢出河岸。

不光是东羊河，关中的大小河流都是如此，积雪融化了总要找到一个出处，听说下游地势低一些的地方已经遭灾了。

云家庄子的优势非常的明显，地势高，东羊河又处在山谷中间，只要加高一小段河堤就能安然无恙，几个小吏坐在棚子里喝茶，神态悠闲。现在已经是东羊河水位最高的时候了，再有七八天，水位就会恢复正常。

忧国忧民现在已经成了云烨的一种习惯，不管是不是归自己管辖，都要先忧郁一下，然后就能心满意足地吃晚饭了。一边流眼泪哀叹民生之多艰，一边大口地往嘴里塞山珍海味，这是一种境界，忧国忧民之心和吃喝玩乐勾搭在一起，显得和谐无比。

云烨拒绝了长孙家的歌舞晚宴，打算在家里再忧一阵子国，总是白拿俸禄不干活也不好，至少表面上要为国家考虑一下才行。

"夫君，您好像不喜欢长孙家？"辛月坐在蜡烛底下装勤快地绣花，消耗的蜡烛钱都比她的刺绣值钱。

"长孙家的上进心过于旺盛了，咱家现在需要的是不思进取。我其实想不明白，长孙家为何要全力支持禄东赞，害得我到现在都不能对他们下手；还有李靖，他也不知道是怎么想的，也在全力支持张仲坚；朝堂上对高句丽人的看法也在改变，不就是看中了的高山羊子么？

"我递上去的请求剿灭海盗的折子，一到中书就杳无音讯，没有中书的印章和陛下的批红，岭南舰队就不能越过海峡一步，原以为能够轻松达成的目标，现在被这些老家伙搞得困难重重。如果等到岭南水师吃了大败仗，那个时候想要警醒，就太晚了。我今天看到东羊河水不由得想到了大海上漂泊的将士，如果有可能，我想趁这些海上豪强没有成长起来的时候，掐死他们。"

李二对"大帝号"成为了一艘货船的事实非常满意，只是想起那些昂贵的陈设就一阵阵的肉疼，没办法，昂贵的维修保养费用早就让关庭珑恼怒不堪，一连上了三道折子要求朝廷拆毁。

李二不想拆，这艘船是属于他一个人的荣耀，但是岳州上折子说将不再负担这艘没用的船的费用，李二只好下令开放这艘船，作为游船或者成为货船。

皇后的凤船就不一样了，在曲江池里游得异常开心，天上还总有两只凤凰在船顶盘旋，船上丝竹声声，还有女子婉转的歌声传来。

云寿抓过一次凤凰，因为他老子告诉他，那东西叫做极乐鸟，不是什么凤凰。他喜欢极乐鸟尾巴上的那三根长长的尾羽。凤凰抓到了，但是想带出宫门是不可能的，傻小子便把凤凰塞进书包，卫士看到那只半死的凤凰，吓得腿肚子直哆嗦。

长孙对漂亮的衣服没兴趣，对首饰也没兴趣，对钱财更是没兴趣，这主要是这些东西太多的缘故，唯独对李泰送来的十二只凤凰视若命根子，每天要是不逗弄几下凤凰就浑身不舒坦。为此，宫里面建了一个硕大无朋的暖房，温度常年保持在一个恒定的度数上，云家的香蕉树这里也栽了好几颗，虽然活着，却从来不结香蕉。

听说云寿捉凤凰后，长孙气得发昏，逮着云寿就一顿揍。从那以后，云

163

寿就对凤凰一点好感都没有，见到凤凰就躲得远远的。

今日是皇家的家宴，家宴开在曲江池的凤舟上，只要在京城里的皇亲国戚今天都必须来。长孙现在已经不避讳云烨和李安澜的关系了，参加酒宴的名单上赫然就标注着云烨的名字。

春分有雨家家忙，先种瓜豆后插秧，能让一向勤俭的长孙开宴会，只有在自己的生日或者春分这一天，因为从明日起，就要开始大忙了，这一天承办酒宴，也有犒劳一下，让大家努力干活的意思。

"到钱庄来帮帮我，快顶不住了。"见到云烨，李承乾从来都不会客气。他最近对云烨充满了怨念，云烨回到京师就躲在玉山不出来，前段时间接手了兵部，就更加忙碌了，两个人见面的次数少得可怜。

而现在钱庄的弊端终于爆发了，铜银的比对已经到了非常危险的地步了，虽然云家宁愿吃亏也把身家都换成了银子，算是给了他最大的支持，但是李承乾认为，云烨这时候该去钱庄任职而不是去兵部。朝堂上最不缺少的就是兵部左侍郎，随便从十六卫里拉出来一位大将军都能胜任，但是钱庄需要的人才却凤毛麟角。

需要大量铜币的是普通百姓，铜币变得金贵，最吃亏的就是他们，一进一出，一两成的收获就没了。李承乾不愿意看到这一幕，使出浑身解数来也力不从心。

"不行，本官现在执掌兵部，天下武卫全部受我节制，一令出，鬼神惊，一令收，山河变，谁有工夫鼓捣几枚铜钱。"

"胡说八道，有本事你下个鬼神惊的命令给我看看？还没有金水河里的王八大的官职，也好意思卖弄！"

云烨尴尬地咳嗽两声，小声说："做好准备，估计明天起，就会有山一样多的铜币到达长安、洛阳、扬州这些地方，你以为我岭南水师不出海去剿海盗，躲在内河里干什么。"

"哪来的铜钱？李道宗那边的战事还胶着呢，松州、潘州都打烂了，铜矿还没有来得及开采，哪来的铜钱？"

"嘿嘿，陛下下了封口令，你等着看好戏就好了。"

长孙今天可谓是盛装出席，以前这样的聚会都会在中极殿举行，今年在楼船上倒也显得风雅。不过往年邀请的都是命妇，今年邀请一群公主驸马不知道何意。

曲江距离皇宫很远，云烨看不到万民宫的百官汹汹的盛况，在那里皇帝也在召开春日宴，堂堂兵部左侍郎云烨是这群女婿里面官职最高的一位，像他这样的重臣本应该去万民宫，既然李二连太子、魏王都扔过来了，不用说，那些参加春日宴的勋贵现在一定过得凄惨无比。

李二不愿意让李承乾、李泰、云烨看到自己无耻的嘴脸，特意把他们三个人调开，铜钱的改革事宜要在今日的宴会上宣布。

云烨低头大嚼，李承乾酒到杯干，李泰亲自拿着小勺子招呼儿子吃羹，长孙冲坐立不安，总想靠近云烨说话，每回等不到他说话，云烨就会和他碰杯，碰完杯子就走，半点机会都不给他。

云寿非常有胆量地问长孙，什么时候能把烟容娶回家去，惹得满堂宾客哄堂大笑。长孙也笑得花枝乱颤，杨妃抓着云寿的手，眼泪都出来了。

"你儿子真的想娶我闺女？"李承乾一脸得意地问。

"少臭美，是我儿子见不得烟容在你东宫遭罪，这是想早点把她救出来！"

长孙冲再次凑了过来，他非常想知道云烨在和太子说什么。最近长安城很不对劲，不管他家换了多少铜币，市面上的流通的铜币依然不见减少。还以为是太子从钱庄拆借的，所以又狠狠地购进了好多铜币，全是高价，就等着朝廷改变铜银之间的兑换比例之后再大量地放出去，好大赚一笔。

经过多方打听才知道钱庄的铜钱也见底了，谁也不知道那些铜钱是从哪里来的，或许是太子说动了一些大户人家放出来的存量。

见云烨和太子不说话了，长孙冲连忙说："别停啊，继续说，就当我不在，你说你的，我听着就好，如果能把一些我不知道的秘密说出来就最好了。"

这已经是不要脸了，仗着人头熟套交情。说到对货币的把握，李承乾才是大掌柜，这一点必须承认，户部现在对钱庄又没了控制权，所以他老子长孙无忌也不清楚。

李承乾哈哈一笑："看把你急的，也没说什么，就是在和烨子谈论降低铜银兑换比率的问题，现在一枚银币兑换六百枚大子，这个比率太高了，老百姓都没了铜钱使唤，正在想着是不是把比率调整到一枚银币兑换一千枚大子。既然你要听，就说说你的看法。"

长孙冲瞅瞅云烨，疑惑地说："办法自然是个好办法，可是咱们大唐自古以来就缺少铜，您想把比率拉下来，那就需要大量铜钱，咱们上哪去找那么多铜？所以啊，殿下，这条路行不通，没有铜说什么都没用，铜币的兑换比率下不来，唯一的办法就是提高铜币的兑换比率，这样才有可能让那些人把手里的铜钱放出来。"

云烨不耐烦地说："谁说没有铜，南海上有一座大岛，那座岛就坐落在一个巨大的铜板上，只要派人去挖就成，铜币的兑换比率已经被炒到天上去了，再这么下去，老百姓就没办法活了。"

"你说的都是道理，没有错，你南海就算是有一座铜山，也是远水不解近渴，当下的问题如何解决？要知道有能力储存铜钱的都不是一般的人家，陛下想要动他们都要深思熟虑才行，咱们几个小辈能有什么办法。"

云烨想不通，长孙冲为什么能够义正词严地讨伐囤积铜钱这种恶劣的行径，一边又大肆地从民间购进大量铜钱。他难道就没有一种矛盾感么？

"既然虫子你也这么认为，我想一枚银币兑换一千枚大子应该是符合所有人利益的，也不知道陛下现在下达旨意了没？"

长孙冲闻言大惊，直愣愣地看着云淡风轻的云烨。

事情不会因为长孙冲吃惊就会发生变化，李义府和庞玉海之争之所以会虎头蛇尾，那是因为被李纲掐死在摇篮里了，李二的计划没人敢掐死，所以它就像脱缰的野马在大唐的地界上蔓延开来。

参加酒宴的人都想跑回家安排一下家里的事宜，可是长孙和皇帝把所有的人都关在一起，谁都没机会跑回家。

云烨就无所谓了，带着儿子和李烟容在酒池肉林间穿梭，长孙今天是下了血本了，各种各样的美食让人眼花缭乱。

最难得的是一大群宾客都没有什么胃口，只能一杯接一杯地往肚子灌酒，对美妙的歌舞视而不见，对动听的音乐听而不闻，全部都在焦急地等长孙宣布宴会结束。

李二这回算是发狠了，他连皇亲国戚都没有放过，可以想象李二对于勋贵们的贪婪有多么愤怒。

云烨远远地眺望了皇宫一眼，估计那里也是哀声一片，估计老程、老秦、老牛、老尉迟的笑声一定非常洪亮，这几家的铜钱存量，最多能应付平日里的日常所需，坐在大殿里喝酒都能有无数的金砖砸到脑袋上，这种感觉一定非常美妙。

云烨端着盘子，教两个孩子怎么把水果搭配在一起好看，刚和两个孩子天伦一下，就有碍眼的走过来，薛万彻脸上一片青灰色，手都在抖，一过来就哭丧着脸说："兄弟，哥哥不小心把银币都给换成了铜钱，现在怎么办？"

"怎么办？就当赌输了，死不了人。你马上就要去岳州了，多吃点。"云烨把盘子里的风干牛肉全部倒给了薛万彻。

"没救了是吧？"薛万彻往嘴里塞了一大块牛肉，抱着最后一线希望。

"没救了。朝廷在南诏打下来一个硕大的铜矿，又在益州设立了铸币厂，日夜不停地制造铜币，岭南水师不分昼夜地往全国各地运送铜币，你说有没有救？"

很快，就有公主哭起来，长沙、丹阳几位公主泪眼婆娑地想跟皇后求情，但看到长孙阴冷的面孔，就只好坐在座位上继续哭。

云烨头一回发现长孙的厉害，端着一个银杯，喝着殷红的葡萄酿，眼神跟电一样地扫视着船上所有的人，虽然一言不发，却没有一个人敢出来造次。

李承乾只能好言劝慰这些姑姑、妹妹，李泰和清河公主坐在一起小声地说着话，他们两个说不定大赚了一笔。

庞大的怨念笼罩着整个曲江池，谁都看见自己的钱财长着翅膀不知道飞到哪里去了。善财难舍，一个个都是属貔貅的，都想只进不出。

"圣祚无疆，庆传乐章。金枝繁茂，玉叶延长。海渎常晏，波涛不扬。汪汪美化，垂范今王。"

船上的歌声依然在飞扬，可是在这样宏大的乐章中，总是夹杂着低低的哭泣声。拿人钱财宛如割肉，这种痛苦云烨很清楚，说不定万民宫里还有拿脑袋撞柱子的。

宴会终于散了，云氏父子乐陶陶地回了家，马车上载着云寿和李烟容。小姑娘头一回走出皇宫禁苑，看什么都新鲜，燕子衔泥她要问，倦鸟归巢她还是要问，看到云家庄子上的竹林她还是想问。虽然只有十天，但对李烟容来说，十天的时间能看到自己以前从没有见过的人物和景致。

而云烨看到了老百姓们的欣喜，因为皇家在购买了他们的余粮后给付的是黄灿灿的铜钱，而不是白花花的银币，从春分这一天开始，一切似乎都有了一些变化。

第十六章　国事家事

每年耕种的时候云家都会全家出动，这是老奶奶定下的规矩，云家的人必须知道庄稼是怎么从地里长出来的，男男女女一个都不放过。

云烨蹲跪在湿润的泥土上，拿铲子挖出一个小坑，小心地把带着泥土的辣椒苗栽种进去，再拿手按实泥土，铃铛跟在后面拿一个喷壶浇水。这片地很大，因为云家每年的辣椒消耗量惊人，要储存够一年的辣椒，就必须种这么多。

辛月就在旁边的一条地垄上栽种，那日暮不耐烦地跟在后面，辛月非常挑剔，那日暮浇多了水或浇少了水都会受到训斥，所以她羡慕地看着铃铛和云烨柔情蜜意地干活，而自己偏偏要受这个恶婆娘的气。

一场大雪似乎改变了整个关中的气候，田野里到处都是人，吆喝耕牛的声音传得很远。空气湿润，每呼吸一口，胸间就一片清凉，白白的云彩从头顶飘过，蓝宝石一样的天空显得格外悠远辽阔。

云露和云香在地里乱跑，头上的蝴蝶结已经凌乱，但没人去管这些，一年之计在于春，耕种从来都是家里的头等大事。

按说云家种地是一种浪费，但老奶奶一声令下，全家就来到了。种地已经不再是一种谋生方式，而是一种生存的仪式，这是一个农耕民族的命脉，融进了每一个人的骨头和血肉里。就在今日，皇帝、皇后也需要去种地，没有拿金锄头，没有做样子，和老百姓别无二致。

种完辣椒，云烨就在自家的土地上巡视起来，看着和风里的辣椒苗，云烨觉得种一辈子地也不错。这个念头刚起，一匹快马来到地头，一个红衣卫士大声禀报："陛下有令，蓝田侯云烨火速进宫，不得延误！"

这是红翎急使，来不及换衣服了，唤过旺财，云烨就跨了上去，指一指长安方向，旺财就兴奋地叫着，一路跑了过去。

跑到半路，云烨发现不止自己一个人在往长安赶，十六卫的大将军都骑着马在跑，都穿着麻衣，浑身泥土，看样子刚才都在田地里忙活。

一匹快马赶了上来，是右威卫的大将军裴度，他兴致很高，只要是做大将军的没有人不希望发生战争。

几人都没带护卫，快马闯进城门，此时大将军的队伍已经变成了十八人，都是京城里的军事主官。

"看样子出了大事了，哈哈哈！"裴度大笑一声，"诸位兄弟，如果有战事，诸位哥哥让给小弟去如何？"

这种事如何能让，现在的唐军所向披靡，只要出战，军功就稳稳地落在手心，傻子才会放过。

朱雀门就在眼前，卫士开了皇城大门，示意大将军们可以直接打马进入。看到这一幕，这群人的脸上就浮现出狂喜之态，这真的有战事了……

在万民殿外都能听到李二的咆哮声，抢先一步的裴度甩鞍下马，几步窜上宫殿台阶，还没进门就大声禀报："陛下勿恼，此事交给末将去办就好，末将定会屠其城，灭其国，焚其祖庙为陛下泄愤！"

等云烨走进大殿的时候，裴度一脸的喜色，李二站在龙案后面，双手扶着案子，头上的冠冕摇晃得厉害，刚才一定被气得不轻。

所谓主辱臣死，这个时候就讲究这个，十几个人一起单膝下跪，请求皇帝下令，消灭那个带给皇帝怒火的蠢货。

"诸卿平身，有尔等能征善战之辈，朕无忧矣。"李二的怒火似乎平息了一点。

云烨很奇怪，大唐正北的国土已经跨过北海，西边是突厥和昭武九姓的残余，西南方是吐蕃，正南的邻国被云烨杀干净了，东方隔着大海是倭国，朝鲜半岛上就剩下新罗和百济了，还有谁能让李二如此大动肝火？如果边境有什么不好的动态，兵部应第一个知道，为何自己什么都不知道？

"云烨，你可知道安西都护府的都尉是谁？"李二阴沉的声音响起来。

云烨赶紧站出来回答："陛下，自我朝平定高昌之后，安西都护一直都是驸马都尉乔师望，他已经担任安西都护府的都尉四年了。"

李二点点头说："兵部考功司对乔师望的考评如何？"

"回陛下，乔师望镇守安西以来，虽无寸进，却也未曾丧师辱国，所以兵部考功司对他的考评为中平。"

"倒也算得上公平，民生不在你兵部考评之列，所以乔师望的过错与你兵部无关，你且退下。"

民生？云烨很是意外，安西哪来的民生？除了安西的治所吐鲁番，剩下的全是羁縻州，乔师望只要慑服那些羁縻州，不让他们自立、保证商道畅通就是大功一件，民生和他有什么关系？

"房玄龄，你给诸位将军说一下西域的情况，让他们了解一下这些年我朝大军在西域到底干了些什么，他们能引以为戒最好。"

房玄龄从左边走出来，来到诸位大将军的面前，沉痛地说："自贞观八年侯君集平定高昌以来，我朝不断向安西用兵，吐谷浑、薛延陀、回纥纷纷西撤，于阗、龟兹、古大月氏、疏勒、焉耆尽落我朝掌握。然而仅仅过去四年，古大月氏就消失了；龟兹人口四十万，如今已不足十万；焉耆国四年换了六任国王，再加上前段时间突然消失的楼兰，不知道诸位大将军听到这些事，有何感想？"

"关我们屁事。"听到不是外敌入侵，一群大将军立刻就没了兴致，裴度小声地在人群里嘟囔一句。

这话没错，如果外敌入侵，这些人必然会拎着脑袋来见君王，但现在一群不知道什么人遭了这些惨事，确实引不起多少共鸣。安西都护府每年的孝敬，大家都没少拿，只要不丧师辱国，谁会去理睬遥远的安西到底发生了什么。

李二要干什么？这些情况他都清楚，因为他拿的银子永远都是最大的一头。这些钱可不是献给朝廷的，而是献给关陇李家的，作为关陇李家的族长，李二不可能不知道这些银子上的鲜血，今天突然发疯，所为何来？

房玄龄听到了裴度的嘟囔，呵呵一笑，接着说："按照惯例，确实算不得什么大事。老夫现在只想问问你们，关内道为何会多了许多胡人牧奴？那里的牧场动辄百十里，甚至还有超过三百里的，你们能告诉老夫都是谁家的么？"

关内道就是黄河"几"字地区，是漠南军事要地，北通塞外，南临关中，西邻甘凉，东连幽燕，为长安北方藩篱。

"关内道"三个字足以说明问题，草原民族最大的梦想就是能够入主关内道，现在倒好，不用入侵了，直接被那些不知死活的贪财之辈带进了关内道。卧榻之旁睡了无数仇恨大唐的胡人，怪不得李二会发怒。

"云烨，你批复了多少张异族进关的文书？"李二又开始拷问云烨，因为云家就在阴山下有一个非常大的牧场。

"陛下，微臣一张都没有批复过，如果不是陛下有令，微臣连高句丽人进京纳降的路引都不想批。"云烨幽怨地瞅了李二一眼，只要想到坏事情，这家伙就要问问和他有没有关系，好像云烨真的是一个祸国殃民的混蛋似的。

李二尴尬地咳嗽一声，继续说："没有就好，总算还有几分忠敬之心，高句丽人纳降和胡人进关内道是两回事，不可混为一谈。现在朕问你们，关内道的三十万胡人到底该如何处置？既然人是你们放进来的，那就给朕一个章程。"

云烨哀叹一声，好好地种着地，突然就被弄到万民宫操持公务，这种事情是那些文官的责任，怎么让一群武官来想办法？那些文臣哪里去了？为什么房玄龄都闭着眼睛不吱声？

武人会干什么？他们最大的本事就是拿刀子砍人，皇帝向武官问计，难道这三十万胡人活不成了？

如果是两军交战，杀再多的人云烨也没有心理负担，但现在是三十万手无寸铁的牧奴，云烨下不了这个手。白起坑杀四十万降卒，就被冠以"人屠"的称号，现在要是坑杀三十万牧奴，天知道老颜家会把你写成一个怎样残暴的人。

能做到大将军一级的武官哪有笨蛋，如果有战事，自然个个奋勇向前，现在既然是杀牧奴，就没意思了，再说了，把那些牧奴杀光了，还不被那些牧场主恨死啊，他们不敢恨皇帝，所有的怒火必然会倾泻在武将头上，这些酸臭的文官就是恶毒。

大殿上非常安静，云烨劳作了一整天，他感到有些疲乏了，强忍着不打哈欠，低头玩着自己的手指。

"怎么，没有人替朕分忧？裴度，你刚才说说什么来着，难道仅仅过了一炷香的时间，你就忘记了？"李二直接把矛头对准了之前跳得最欢的人。

裴度立刻就变成了苦瓜，单膝跪地请罪道："启禀陛下，若是有外贼入侵，内贼祸乱，微臣粉身碎骨在所不惜，但让微臣去杀那些手无寸铁的牧奴，微臣实在是下不了手，请陛下责罚。"他思前想后，权衡厉害，觉得还是拒绝皇帝的要求比较好，因为得罪同僚比得罪皇帝可怕多了。拒绝皇帝的要求，皇帝最多将他革职，要是没了同僚的庇护，以后还混个屁啊。

李二冷笑着走下来，一脚就踢翻了裴度："一群杀才，就知道杀！三十几万全杀掉？朕是夏桀，还是商纣？谁告诉你朕要杀人？三十几万人能给大唐带来多大的收益，怎么能杀掉？"

裴度听皇帝这么说，立刻就爬起来："微臣为陛下鹰犬，自然要为陛下解忧，只要不去杀那些手无寸铁之人，玷污大唐的名声，陛下的吩咐微臣无有不遵。"

　　"好啊！户部要重新厘定关内道的牧场，为了预防不测，你就带着右威卫去，所有的牧奴都必须登记造册，不入户籍，需要另外造册。哼哼，三十余万青壮塞到朕的眼皮子底下来了，一个个想发财想疯了？当年颉利就是从那里直趋泾州，你们想让朕再来一次白马之盟？"

　　现在知道李二为何要把大将军都找来万民宫了，他是在警告这群手握兵权的家伙，你要的富贵能给你，你要的权利也能给你，但是不能胡来，铜钱的事让文官们吃尽了苦头，现在轮到武将了。

　　一群人出了大殿，裴度可怜兮兮地朝大家拱手道："诸位哥哥也看到了，兄弟我实在是迫不得已，陛下这是铁了心要拾掇关内道了，诸位哥哥如果能给相熟的兄弟去封信，替我解说一二，裴度在这里感激不尽。"

　　"老裴，这事怨不得你，那些人把事情做得过头了，陛下的忧虑不是没道理，关内道啊，怎么就敢放三十几万胡人进来？那些人跨上战马就是兵，咱们十六卫守卫关中要地，一旦有变，首当其冲的就是我们！这些人做事不讲究，你这次去，一定要管束好这些胡人，事关我们十六卫的利益，弟兄们都会帮你，他们如果不接受，动起刀枪来，十六卫怕过谁？"

　　云烨摇着头说："不妥，军伍里起纷争是大忌，再说了，那三十几万人留在关内道，迟早都是祸害，咱们需要想个办法，把这些人分出去，不能让他们留在关内道，多留一天，我们就多一天的麻烦。"

　　"云侯说得对，你是出了名的聪明人，给兄弟们想个两全其美的法子。"一群人离开了万民宫，直接到兵部去商议对策。

　　云烨站在巨大的沙盘边上，拿着竹竿点着关内道说："这里绝对是塞上江南，全部用来养羊可惜了，书院农学院的先生说，这是一片风水宝地，黄河在这里拐了一个大弯，这一带水网密集，气候湿润，种稻子都没问题，全部用来养羊太可惜了。土地这东西是没办法再生的，你多分一点，别人就会少分一点，整个关中就这么大点，怎么够分啊，你们看着，不出十年，关中就会无地可分。想要解决这个办法，大唐就必须有足够多的土地，土地哪里来？还不是需要咱们去打天下。既然关内道适合农耕，我们就用关中多出来的人口去填关内道。只有这样，咱们兄弟才没有这么大的压力，才算是从源头上解决胡人威胁京师的问题。"

"不行啊，那些羊毛已经让他们赚得眼睛都红了，咱们这么一搞，他们说不定会造反，那样罪过就大了。"

"如果羊毛的价格忽然往下掉呢？"

一人拍着桌子说："这很难，羊毛织出来的布料很抢手，我婆娘家就是做这一行的，我清楚。"

云烨嘿嘿笑着说："诸位知道春分那一天发生的铜钱事件吧？家的钱财是不是少了很多？"

"哎，头一天六百个铜钱换一枚银币，谁知道一天之内，就一千个铜币换一个银币了，俺家里存了好几马车的铜钱，亏死了——只是这和羊毛有什么关系？"说话的是金吾卫的梁建方。

云烨拿出一枚银币放在桌子上："铜币的价值回到了原位，现在没人敢打铜币的主意了，大宗的交易变成了金币和银币结算。可是钱庄现在不给大家银币，只给铜币。也就是说没人能用银币买羊毛了，用铜币买羊毛，他们的利润就少了四成，少了这四成，他们也就没利润了。而且，大唐最大的纺织作坊是皇后娘娘的，他们要是敢抬价，就是在找死！所以，最后的结果是，羊毛会成为他们的鸡肋。"

梁建方捶着脑袋嚷："你直接说怎么才能把胡人弄出关内道就行，不要说这些，听着头晕。"

"陛下说那些牧奴不上户籍，意思就是说他们还是奴隶！陛下把球踢给我们，就是要我们去当恶人，所以那些胡人一定是要走高句丽战俘的旧路，去挖矿或者修路！房相那边年初搞了一个庞大的修路计划——兄弟我本来不想说这个杀千刀的主意的，被你老梁这么一逼，不说不成了，先说好啊，出了这个门我就不认了！那些文官要脸，不想把陛下的主意捅破，咱们也得要脸啊。"

裴度吸着凉气，艰难地对云烨说："也就是说，哥哥我成大唐最大的监工头子了？"

"没错，中原要大修路，蜀中要凿天堑，岭南要修驰道，河北要挖运河。这样的一个大计划陛下一定琢磨了很久，等这些目标全部完成，大唐江山就真的成了铁桶了，隋炀帝也想这么干，但是他拿自己百姓的人命往进填，这不是找死么？陛下聪明，但不好意思说出来，只能我们扛。"

云烨说话的时候，满屋子的大将军个个坐立不安。怪不得突厥人、吐谷浑人、薛延陀和昭武九姓的人宁愿西迁，也不愿意留在原地接受大唐的羁縻。

商定对策，众人结伴出了宫门。云烨并不急着回家，刘进宝已经赶了过来，俩人牵着马缓步走到西市，云烨很想看看李二引起来的金融风暴到底对大唐的商业产生了什么样的冲击。

西市出奇的平静，买卖依然红火，除了几个蠢货割了脖子外，很多的商人立刻就反应过来，铜其实也是一种商品，只不过以前被高估了而已。现在恢复到它本来的面目，商人们也就平和的多了。

最喜欢看见胡人卖种子，云家从来都是先行者，去年秋天的时候，云家给皇帝的礼物是巨大的南瓜，云寿出足了风头，因为那南瓜是他废了九牛二虎之力才从万民殿外面轱辘进去的。

不管认识不认识的种子都买了一些，种出来就知道是什么东西了，反正云家的土地很多，糟蹋掉两三块不要紧。

刘进宝嘴里叼着一块肉饼，身上挂满了袋子。旺财坚决不让刘进宝把袋子挂到它的身上，它旁边的那匹马已经被一大捆甘蔗盖得严严实实。

许久没见到魏征了，听说他一直在生病，今日从集市上遇见，才知道那些言官是在胡说八道。老头子须发皆白，精神矍铄，看他背着褡裢龙行虎步的样子，就知道这个老家伙最近活的不错。

凉粉摊子上一连吃了两碗凉粉，他这才住嘴，抹抹嘴巴笑着对云烨说："从田地里回来，腹中饥渴，身上没带钱，老夫又不好赊欠，幸好遇到了云侯，解我燃眉之急啊。"

没法说了，堂堂国公爷硬是搞出一副穷酸相，仆人都不带一个，就在集市上晃荡，也不知道是怎么想的。

魏征见到刘进宝身上的种子袋子，眼睛一亮，每一样都拿走一把，说是要在花园里种种。

云烨从来不和魏征说政务，只要和他说政务，自己就会倒霉，老狐狸贼精贼精的，只要是云烨的分内事，他就会光明正大地分派下来，然后等着云烨的处理意见，这种明显是刁难的政务，云烨已经接到好几回了。

"云侯这就算是入了正途，堂堂兵部才是你该待的地方，老卢、老杨虽然称不上尸位其上，却也没有多大进展，你不知道啊，自从你主政兵部以来，老房、老杜都不知道夸奖过你多少回了。能成人所不能成之事，当为能臣。再历练历练，等你年过三十，就让老杜把那个尚书的头衔去了，你主政兵部吧。"

"我这个兵部左侍郎本来就是一个虚职，现在坐在兵部动弹不得。您也知道我就是一个懒散的性子，一时半会还成，时间久了，说不定就祸国殃民了。"

魏征哈哈一笑，捋着胡须说："你虽然自私、懒散，但说到祸国殃民，你好像还没干过。牵扯到百姓的事，你可是小心谨慎得很哪，年轻俊彦里，你当为第一。好好在朝堂这个大染缸里混吧，老夫很想看看刁钻古怪的云侯会被染成什么样子。"说完就在云烨的肩膀上拍了两下，一副我很看好你的恶心样儿，临走还从马背上抽下一根甘蔗当拐杖。

魏征走了，云烨继续逛街，这样清闲的时候并不多。

路过燕来楼的时候，看见一个青衣少年坐在对面的茶水摊子上，让一个游方郎中给他挑手上的血泡。云烨看着都疼，这李义府却眉头都不皱一下。

"好好的少年郎，总盯着青楼看什么？实在是想上去，就上去呗。"云烨坐到李义府的面前，一副鄙视的眼神。

李义府愣了一下，起身对云烨施了一礼："先生，弟子在这里吃了一个哑巴亏，这次在书院垒汗山，就是拜它所赐。您说弟子要是不经常过来温习一下自己吃过的亏，是不是太没有心了？"

"罚你的是山长，怎么把气头撒在青楼上了？青楼里哪里有什么情义，你早该有觉悟才对，你拿钱买欢，人家让你买，一个愿打一个愿挨，生么气啊。"

"先生说的在理，可是李义府觉得，不把别人欠我的拿回来，心头总是不舒服。被山长惩罚那是天经地义，您总要让弟子有个出气筒不是？燕来楼就不错，我正在琢磨怎么能把这座楼弄塌。"

云烨回头看看燕来楼，点点头说："确实辉煌大气得让人生厌，小子，弄塌可以，别出人命，给你一根甘蔗，解解渴，嘴角都是白沫子，看着恶心。"

趁着李义府慌忙擦嘴的工夫，云烨背着手，和旺财一起直奔玉山。

旺财最近喜欢去书院，自从上回被熊猫痛殴一顿之后，它有很长的一段时间不愿意去书院，它现在之所以喜欢去书院，原因就是熊猫全部被赶到竹林里去了，书院还在竹林周围砌了矮墙。

图书馆的管理员不小心没有关紧门，结果十几只熊猫跑进了图书馆，两架子珍贵的典籍，被这些熊猫扯得粉碎，暴跳如雷的元章先生立刻就下令将熊猫关进竹林。现在旺财每天都要去看看那些被关起来急得嗷嗷叫的熊猫。

知道它在幸灾乐祸，但云烨忙着和老丈人的老爹玉山先生商讨辛家的麻烦事，没工夫去管它。

"你岳父一辈子不得意，蜀中的家产虽然丰厚，但到底少了几分底蕴，家里的几个子弟也不争气。你妻兄年纪比你大五岁，别的成就没有，小妾倒是娶了十几个。两个小的，也是活生生的纨绔啊，现在又闯下滔天的大祸。我这一辈子有你和辛月照看，倒是能落个富贵下场，可是以后呢？老夫把一辈子交代在了教书育人上，谁知自己家里却尽出不孝之子啊。"老人摇着一颗白头痛不欲生。

老丈人以前总是瞒着他，报喜不报忧，现在瞒不住了，云烨的小舅子现在正在押往京师的途中。为什么被抓，到现在都搞不清楚，抓人的不是地方官吏，而是巡查蜀中的御史。

"爷爷放心，他们能犯多大的过错，文不成武不就的，胆子又小，杀人放火没他们的份，造反他们还不够格，最多一个欺压良善的罪名，算不了大事。我觉得两位弟弟是受了我的牵累啊，能被御史带回京的无一不是通天大案，杀了人都没有押解京师的习惯。"

玉山先生摇着头说："你不要替他们说话了，苍蝇不叮无缝的蛋，如果他们的行为能经受得住问责，谁拿他们都没有办法。御史就要入京了，你做好准备吧，能救他们就救，救不了他们也不要埋怨，千万不要硬来。"

丈母娘刚住到家里，小门小户的妇人，不敢进云府大门，要不是辛月一声撕心裂肺的"娘"喊住了她的脚步，她都想转身跑。

一见到云烨，她就哭着求姑爷救救自己的两个儿子，老丈人一路陪着两个儿子的囚车，要从遥远的蜀中走到关中。

云烨问到底犯了什么事情，她居然一问三不知，最后就说了一句和吐蕃人有关，再问别的就说不知道。

只要是和吐蕃有关的事情，云烨从来没有认为是什么大事。既然已经进了关中，就没必要烦恼了，明天到灞桥堵住问一下就知道了，哪个蠢货御史居然敢这么干？就算两个小舅子把吐蕃的赞普干掉，又能有多大的事，怎么还被御史揪住不放？御史的大头子魏征前两天还和自己坐在西市的凉粉摊子上吃凉粉来着。

丈母娘很狼狈，和姑爷说话总想站起来，被辛月牢牢地按在椅子上接受了云烨的拜见，老奶奶还特意从佛堂里出来和亲家说了一会家长。

"娘，您放心，既然小然和小虎都已经入了关了，那就绝对不会有事，狗屁大点的御史居然敢造次，这一次如果不让他们知道一点厉害，还当我云家是泥巴捏的！爷爷总是不愿意让家里来关中，真是亏大了，现在好了，低调低得让人家欺负上门来了。"

听闺女吹嘘得厉害，丈母娘也就安心了，面条一连吃了两碗，这一路的操劳真是把她折磨坏了。

辛月陪着丈母娘去休息，老奶奶小声对云烨说："乖孙，亲家的忙这一次一定要帮，这些年，亲家从来没有求过咱家半点事，这一次看样子实在是没法了才求到咱家，你多想想办法吧。"

"奶奶，您放心，这是自然，只是辛月嫁到咱家十二年了，我居然没有去拜见过，真是失礼啊。"

老管家拿着云烨的拜帖去了刑部侍郎老崔家，结果老崔一无所知。云烨不放心，又去了孙思邈那里，揪着木乃伊一般的黎大隐质问，结果黎大隐嚎叫着说根本就没有这回事。

云烨这才放下心来，天刚亮，就带着全副武装的家将去了灞桥。老钱已经在那里搭好了一个棚子，云烨一身戎装，坐在棚子里等着御史一行人的出现。

日上三竿，御史没来，禄东赞倒是来了，也站在灞桥边上，像是在等人，还有一个长孙家的管事陪着。管事见到云烨脸色变了一下，刚要走，就被禄东赞按着肩膀动弹不得，额头上的汗水如同小溪一般往下淌。

云烨笑了，吩咐一声，一个家将骑马就直奔岭南水师大营。云家的人一向讲究将敌人消灭在向自己进攻的路上，所以三十几位家将都配备了强弩，皇帝三令五申地命令私人不得拥有超过三担弓力的强弩，云家的没有，一石力都没有，加装了偏心轮的强弩用不了那么大的力气上弦。

"没想到能在这里遇见云侯，多日不见，云侯一向可好？"禄东赞笑吟吟地跟云烨打招呼。这家伙在长安住的时间长了，居然变白了，一口别扭的大唐话也变得流利了。

"禄东赞，好本事，你是怎么撺掇长孙家向我发难的？"云烨说话半点不留情面。那个长孙家的管事汗流得更多了，不知道禄东赞对他干了什么，说不了话，也动弹不得，只能用哀求的眼光看着云烨。

禄东赞笑着说："这是哪里话，云侯爵高位尊，禄东赞只是荒原上的野人，怎敢对付云侯？老夫今日等待的是两个胆敢戕害我吐蕃百姓的恶贼。想要亲自将他们送到陛下面前分说个清楚明白。"

云烨不再说话，回到棚子里继续喝茶，就知道小舅子是受了自己的牵累，果然没错。百骑司以前把铅粉混进食盐卖给吐蕃人，也没见皇帝发怒，要不是后来又想把无忧草弄进吐蕃，他们绝对会受到嘉奖。

云烨现在一点都不想知道自己的小舅子对吐蕃人干了些什么。等一会槛车到了，把人直接带走，把那个御史狠狠地教训一顿，然后就可以去长孙家兴师问罪了，不用说，那个御史一定是长孙家的门生。

等了很久，槛车还是没来，倒是岭南水军的一个队正领着九十八名军士过来了，超过一百人才需要去兵部备案，现在不到百人自然不需要报备。

三具架在马车上的八牛弩，一过来就形成了一个半圆，将禄东赞一群人困在中央。随着令人牙酸的吱吱嘎嘎的上弦声，粗大的攻城凿对准了禄东赞。

"云烨，你要干什么？"禄东赞实在没想到，云烨竟然立刻就翻脸了，一点情面都不给长孙家留，难道大唐勋贵们最讲究的不就是妥协和让步么？

云烨根本就不信长孙无忌会联合一个不知所谓的吐蕃来人对付自己。云家是所有勋贵里最先铺设好家族百年事业的人家，以长孙无忌的老辣无论如何也不会犯这样的过错，长孙冲更不会。

所以云烨就把目光盯到了那个汗流浃背的管事身上，只有一种可能，那就是这位管事私下里做了这件事。那个倒霉的御史要是知道辛家兄弟是云烨的小舅子才是怪事，就算老丈人自报家门，他们也不信。一个乡下的土财主怎么可能有机会把闺女嫁给一位传国侯？

一队人马从灞桥上走过来，旗子上写着"奉旨出京"。都说御史出巡不能山摇地动，百官惊惶就算失败，看这架势，确实有几分地动山摇的架势。

云烨摇晃着马鞭，站在桥头，轻轻地抽打灞桥上的石狮子，笑着说："打劫！"

为首的旗牌官不为所动，他已经看到灞桥对面的情形，八牛弩都祭出来了，这哪里是什么贼，府兵什么时候也开始打劫了？面前的这个留着短须的白面男子，光是头上的金冠就够马贼打劫一辈子的。

"这位公子，这是巡查御史归京，不是开玩笑的，请公子让开，如有得罪之处，待我禀明上官之后再做区处。"

"你很机灵啊，怎么尽干傻事啊？那个鸟御史叫什么？以为抱住长孙冲的大腿我就不敢动他是不是？让他滚过来吧，如果不能给我满意的交代，我刨了他家的祖坟！"

旗牌官也是京城里的老人了，看见云烨腰间的卷云玉佩，再印证一下云烨刚刚说的话，立刻就把云烨的身份猜了个八九不离十。他很想现在就打马落荒而逃，那个土财主说的居然是真的，他们果然是蓝田侯府的亲戚！

"下官裘熙叩见侯爷！"旗牌官从马上滚落下来，立刻就拜伏在地上。不过这个家伙还算忠心，故意把声音喊得很大，好让后面马车里的御史听到。

"喊什么？我老丈人这一路上把我的名号喊了无数遍了吧，你们还不是当成了耳旁风？现在本侯亲自过来了，不知道这个鸟御史是不是还不放在眼里？"云烨看在他忠于职守的份上，没有下鞭子抽。

整支队伍僵在灞桥上了，一个枯瘦的老汉哭喊着就跑了过来，一个劲地喊："贤婿在哪里，贤婿在哪里？"

这就是老丈人了，辛月说是一个胖胖的老人，怎么瘦成了这样了？云烨上前扶住老人，待他站定了，大礼拜了下去："小婿云烨恭迎来迟，还请老丈人不要见怪。您先在棚子里歇息片刻，小婿处理完这里的事，咱们回家再叙！"

老头子抹着眼泪连连点头，老钱走上前来，搀扶着他往棚子里走，边走边劝慰说："老大人走了远路，现在在该歇歇了。一点小事，我家侯爷很快就处理完了，两位少爷一会就可以回家了，夫人还在家里等候老大人呢。"

云烨待老人走回棚子，瞅着御史的马车说："下来吧，在外面你可以地动山摇的，进了长安，你不清楚你是个什么货色？我可以很负责地告诉你，你死定了，就算长孙无忌保你，你也死定了，如果不想祸及家人，你就出来把事情讲清楚，和吐蕃人勾结祸害本国子民，就这一条罪状，我就可以将你先斩后奏！"

车帘掀开了，一个子很高的中年人下了马车，除了面色苍白了一些，人还算镇定，躬身对云烨施礼道："陆中庭见过云侯，下官孟浪，听信了小人的谗言，如今大错已然铸成，两大之间难为小，杀剐存留，随云侯的便。"

云烨笑了一下说："还算是有骨气，你为何不一口咬定我妻弟戕害吐蕃人，这样说不定还能反咬我一口说我劫囚车。"

陆中庭惨笑一声："那个罪名在大唐简直就是功勋！那位老人说自己乃是勋贵的亲眷，我一直不信，太自大了，现在看到云侯，我如何不知自己绝无生路！"

云烨把鞭子收起来，坐在栏杆上对陆中庭说："你想攀附长孙家我没意见，我老丈人报出了我的名号，你却置之不理，攀附权贵的心思将你的心智蒙蔽了。告诉你吧，这件事我保证长孙无忌、长孙冲都不知情，你看到了没有，就是对岸的那个人，是长孙家的管事，给你的信函一定是出自他手。一个官员被一个下人指挥得团团转，为了媚上不惜戕害大唐百姓，陛下知道了一定会将你生吞活剥。"

"哈哈哈，明日早朝的时候，终于有一件事可以让我嘲笑魏征了，老家伙这些年总是看我不顺眼，不知道他明日的表情会何等精彩。算了，我没心思和你一个死人计较，把我小舅子放出来，我去找长孙无忌的麻烦。你聪明的话，回家见一见父母，和妻儿告别一下，赶快自杀，要是等长孙无忌找你，你会死无全尸，说不定全家都完蛋。"

那个叫做裘熙的旗牌官已经把两个脏兮兮的少年放了出来，哥俩畏畏缩缩地走过来，不明白发生了什么事情。

"小然，小虎，我是你姐夫云烨，没事了，去那边的棚子里喝口水，我们马上就回家。"云烨走上前去，拉着两个少年的手上下打量一下，见他们也没有吃太大的苦也就放下心。

大的一个连连点头，显得很木讷，小的那个犹豫了一下，小声问："你真的是姐夫，我听说姐夫是我大唐的不败名将，怎么也该是一条大汉才是。"

云烨哭笑不得说："你是小虎吧？你姐夫就是这副样子，没长三头六臂，先去那里喝口水，姐夫还有点事情，处理完了我们就回家。"

辛然去了父亲那里，辛虎却跟在云烨身后，打算看看姐夫准备干什么。

云烨不再理睬陆中庭，这的确已经是个死人了，用不着在他身上多费口舌，让他告别家人已经是额外开恩了，云烨现在都能想到长孙无忌知道这件事情后会何等的暴跳如雷。

明日的早朝，云烨定然会将这件事上奏给皇帝，长孙家这回不死也会脱层皮，禄东赞这手把戏玩得非常精彩，云家和长孙家两家都没有选择的余地，云烨必然选择进攻，长孙家必然选择防御。这是家族间的事，与私交无关，长孙家有错在先，不付出相应的代价不会获得云家的原谅。

云烨回头问禄东赞："大相，你苦心孤诣地想在云家和长孙家制造裂痕，现在达到目的了，就是不知道长孙无忌会如何面对你这个座上客？"

"云烨，你休要血口喷人，老夫何时离间你们了，是这两个小子罪有应得，他们居然在卖给吐蕃皇室的绸缎上撒尿，这是对吐蕃最大的侮辱，是可忍孰不可忍，不拿他们以儆效尤，吐蕃的颜面何存？"

云烨顿时就笑了，回头摸着小虎的头说："不错，不错，不愧是我妻弟，有你姐姐的几分脾气。"

禄东赞在三架八牛弩的威逼下动弹不得，咆哮着说："无知小儿，我去问问大唐的皇帝……"

话音未落，只听一声弦响，一个吐蕃武士在地上翻了两下就不动了。禄东赞目赤欲裂，才要冲过来，一只攻城凿"嗡"的一声就扎在他脚下，让他一下子冷静下来。

云烨笑着说："你咬我？"

辛月站在牌坊前迎接父亲，诰命的服饰穿在身上，张牙舞爪的，像螃蟹一样。给老爹行了礼，她揪过两个弟弟，在他们的脑门上抽了两巴掌就当是惩罚了，老丈人高兴地跟着女婿从正门跨进了雄伟的蓝田侯府，然后去拜见了老祖宗和玉山老先生，解说了事情的过程。于是那兄弟俩就被玉山先生下令关了禁闭，不到事情完全结束不得出门。

中午把人接回家，长孙冲下午就带着一颗首级来了，装在盒子给云烨看了一下，就吩咐拿走了。

"遭人算计了。"长孙冲发愁地看着云烨。

"知道，你家家大业大的难免有一两个不肖之徒，能理解。"云烨给长孙冲倒了一杯茶安慰他一下。

"那你明天能不能不在万民宫说这事？"眼睛亮了一下的长孙冲接着问。

"这个要求就过了啊，这是家里的事情，又不是我私人的事情，你把那个管事的脑袋拿来，我已经不生气了，咱们还是兄弟，可是家里的事情可不是这么论的。为了不再发生类似的事情，保护自己家的人命，我要是不禀报，会被人看不起的，说不定连你都看不起我，这事没得商量。"

长孙冲烦躁地拍着桌子大骂家门不幸，被云烨止住："你就庆幸吧，这事幸好发生在我头上，要是换一家强横的，你家麻烦就大了，光是一个奴驭诰命的罪名就够你家受的。明日上殿我只说事情经过，不说别的，也不打算再追究，能不能摆平这件事就看你家的了。作为兄弟，这是我能做到的极限。"

有了云烨的这句话，长孙冲立刻站起来深深地作了一个揖，算是谢过了云烨的大度，留下来整整俩马车的礼物送给云烨的老丈人。

到了晚间，刘进宝就来报告，吐蕃大相禄东赞搬出了长孙家的别院，这个保护了他好几年的院子终于不再保护他了。

禄东赞第一时间就住进了鸿胪寺的驿馆，他直到现在才知晓自己在大唐勋贵的眼中并没有那么重要。

如今的大唐已经不能用猛虎来形容了，相比军力，唐朝人强大的财力最让人绝望，连续多年不断地用兵，他们的财政似乎看不到半点的萎缩，国内歌舞升平，边疆战火连天。李道宗亲手砍下了蒙舍龙的人头，然后用石灰腌好送到长安，如今安放在武德殿，成为李二功勋的见证。但他们对外说蒙舍龙依然在逃，需要大唐将士深入莽荒擒杀此獠。

吐蕃人已经不种青稞了，因为大唐的粮食很便宜，多养几只羊就能换回足够的粮食。想起这件事，禄东赞就忧心如焚。唐人一定在等待高原上连一颗青稞种子都没有的时候，到了那个时候，他们要是不立刻切断对吐蕃的粮食供应才是怪事情。

云烨踏着月色去上朝，才到宫门就得到了陆中庭昨夜在家中投缳自尽的消息，留下一纸万言书道尽了自己的苦楚。魏征拿着万言书浑身发抖地接受着云烨的揶揄，长孙无忌面无表情宛若没事人一般。

宫门开了，鞭子响了，武士排了班，侍御史开始整肃百官队伍了，却听说皇帝的身体不适，罢朝一日。

云烨哈哈一笑，就打算回去补觉，魏征须发皆张地要求面圣，被断鸿冷冷的拒绝，皇帝说了谁都不见。

长孙无忌却施施然地走向了皇宫，他要去探望一下自己的皇后妹子，也不知道被妹夫抽了多少嘴巴，出宫的时候神情很不自然。

内侍很快就把陆中庭的处理结果带了出来：陆中庭知法犯法罪在不赦，既然已经畏罪自尽不予追究；长孙家骄奢淫逸，驭下无方，罚铜千斤；云烨骄横跋扈，肆意妄为罚铜五百；禄东赞胆大妄为，挑拨离间其心可诛，念在他是吐蕃大相身份尊崇，责付西席。

禄东赞没有老师可杀，过去宣旨的内侍随便在吐蕃人中找了两个看起来聪明些的，斩下了首级带回宫交差，其中一颗首级就是禄东赞的大儿子长赞悉若的。

第十七章　辞官

　　一艘战舰在海面上画了一个圆弧挡在侯杰的舰队前面，看旗号是刘仁愿的坐舰。侯杰带着六名家将划着小船上了刘仁愿的战舰。

　　刘仁愿拿着一支铅笔在海图上不断标出航线，侯杰对这张海图非常陌生，不过看附近的海岛的形状，这很可能是海峡外面的海图。

　　标注好了海图，刘仁愿卷起来递给侯杰："小杰，做好准备，高句丽人投降了，高山羊子马上就会成为大唐的臣属，拥有和我们一样的权限。从今以后，岭南水师没办法再对付这个女人了，一切都要看你们的了。云侯要你们在最短的时间里成长起来，联合冯盎重新控制海域，不给高山羊子半点可乘之机。我回程的时候会给你留下十一艘退役的战舰，人手你自己想办法了，加入'安魂计划'的勋贵都是你最强有力的盟友，他们可以信任。"

　　侯杰看着刘仁愿说："这是自然。如今爪哇岛已经成了我们的天下，正是建设的时候，这里不缺木材，缺少的是建造城池的石头和水泥，我希望你下一次来的时候能给我们带一些。"

　　刘仁愿气得七窍生烟，水泥也就罢了，为何还要带石头过来？

　　侯杰无奈地说："我实在受不了那些土著拿着象、檀木做的锄头刨石头，建一座安魂城，损坏的工具都比这座城池贵！"

　　刘仁愿哈哈大笑，在侯杰的肩膀上拍了一巴掌，朝护卫招招手，让他们抬了一个大箱子过来，从脖子上解下钥匙拍在侯杰的手里说："你马上要成亲了，这是长安里的叔伯兄弟给你的礼物。好家伙，你侯家说到底还是驴死不倒架啊。"

　　侯杰摩挲着手里的铜钥匙，笑着说："这都是家父当年结交的英雄好汉，所以才有我这后辈享受不尽的福萌。我现在只希望我的子孙也能够得到那些长辈的庇护，老刘，我们一起共勉吧。"

　　刘仁愿嘿嘿一笑，送侯杰下了船，他现在军情紧急，一定要赶在高山羊子越过海峡之前做好所有防备。

岭南水师的舰队和侯杰的舰队并行了一日之后就分开了，侯杰需要赶到安魂城按照云烨提供的模式建立秩序，爪哇岛上的顺民和叛民需要区分出来，最重要的是要在这些土著中间制造出一个身份上的区别出来。

如果只有唐人高高在上，这样的社会迟早会崩溃，一个不能满足大多数人意愿的社会注定了无法长久，所以在唐人和土著人之间必须出现两到三个缓冲阶层。这部分人不需要很多，权利不需要多大，能够奴役剩下的那些土著就足够了。以后杀戮的执行者将会是那些最早跟随唐人征战的土著，他们全部都是利益既得者。

安魂城是这座岛上最辉煌的建筑群，崭新的港口里密密麻麻地停泊着船舶，唐人的主体依然是海商，他们在这座大城里交换货物。侯杰知道，这里一定会有皇帝派来的探子，他并没有刻意去隐瞒，只需要让皇帝知道这里是自己这样的罪人一拳一脚打下来的安身之地就好。

大唐的势力到不了这里，李二也清楚这个道理，海洋上能有一座以唐人为主体的城市，他只会感到荣耀，在他看来，在时机成熟的时候，只需要派出几名官吏就能完成对这座城池的掌控。他不了解的是，勋贵们已经达成了一致，安魂城的官吏只能是出自勋贵子弟，其他人没有机会。

安魂城，安得不止是那些海商的魂，还要安抚那些在长安斗争中失败的勋贵，让他们再不济也不会沦落到妻女为奴的惨况。

侯杰看着躺在床上的侯虎，不断地挠头，书院几乎教会了他所有的生活技能，唯独没有教会他照顾年幼的弟弟。一个十二岁的小男孩，根本就无法适应从天堂跌落到地狱的变化。看着瘦弱的弟弟，他有点手足无措。

他和侯英都是从书院那座大染缸里泡出来的，不管是富贵还是艰苦，都能适应，可小虎从小就被娇惯着长大，没有吃过一点苦，现在来到这个鬼地方，能撑到现在已经是父亲在天之灵庇佑了。

一个盛装女子坐在房间里，她在房间里等待自己的新婚丈夫，已经三更天了，侯杰依然没有来。她有些伤感，知道自己不论身份还是容貌都配不上昔日陈国公的长子，侯家哪怕没落了，依然没有人胆敢小觑，更何况这个英武的男子，已经在海外打下了一片大大的疆域。

凤娘从侯家多嘴的姨娘那里听说了，自己的丈夫以前爱着的女人是长安城里最骄傲的一朵牡丹，大概他此时正在怀念她吧。

凤娘咬紧了牙，离开新房去找丈夫，却发现他正在笨手笨脚地照顾弟弟，这让她立刻就高兴起来，原来他不是在怀念谁，而是在照顾弟弟。

"夫人来了，正好，小虎今晚多吃了一点葡萄酿就全身冒虚汗，你帮我看看，我实在是不会照顾人。"看到凤娘过来，侯杰如蒙大赦。

"夫君，小虎的身体不要紧，岭南本来就热，这里更热，他的脾胃虚弱，冒点虚汗是正常的，只要注意不要吹了风，明早就会无碍的。"凤娘接过侯杰手里的毛巾，轻轻地帮助小虎擦汗。

夫妻二人的新婚夜是在照顾弟弟的过程中度过的。看到小虎终于沉沉的入睡，侯杰这才松了一口气，倒了两杯葡萄酿说："我们辜负了良辰美景，对不住，以后再补吧，如果在长安我们的婚礼要比这里热闹一百倍，也荣耀一百倍，可惜都是明日黄花不可再提。"说着，他把酒杯往凤娘的酒杯上碰一下，一饮而尽。

凤娘呆呆地看着侯杰，不知是什么意思，侯杰笑起来："这是碰杯礼，书院里很流行，以后我有工夫再教你。我是没机会回长安了，但是你有，我侯家在长安还有一些产业，都在叔伯手里，你要去接收，和他们的内眷打交道免不了这些，现在先见识一下。"

凤娘瞪大了眼睛，一个犯了谋反大罪被抄家的人家为什么还会有产业，那些叔伯难道不会趁机吞没么？

侯杰见凤娘吃惊，立刻就明白了她的想法，坐在窗框上看着海上的明月说："侯家的遭遇和你家不同，那些叔伯兄弟都是父亲的挚交，你家的财产会被别人吞没，侯家的不会。只要你去了，他们会一样样地清算给你，可能比原本的还要多。"

窗外的月亮明晃晃的，侯杰揽住凤娘纤细的腰身，抱着她一起坐到了窗框上。抱着爱人赏月，这是侯杰很久的梦想，那个仙子一样的女子跟狄仁杰定亲了，已经不属于自己了，那抱着自己的女人看月亮也不错。

云烨坐在兵部大堂上，看着眼前的公函发愣，高句丽人还没有进京，高山羊子要求进入大唐内海的公文已经批示下来了，现在需要自己最后签章，而后就能放行了。

"你叫华三？高山羊子派你来的？我记得你以前是虬髯客的兄弟，要不要我介绍卫公李靖给你认识一下？他也是虬髯客的兄弟，兄弟的兄弟也是兄弟，卫公一定会好好地招待你一下。"

华三并不吃惊，依然站得笔直，他已经把自己当成死人了，不管云烨问什么，他都只说自己是大唐水军的一个校尉，哪怕鞭子已经把他的衣衫抽得片片碎裂。只要是海上讨生活的，都清楚兵部大堂上坐着的这个人有多么可怕，没有必死的决心最好还是不要见他，都说是大唐水军了，这个人似乎还是没有放过自己的意思。

"你不要怨恨我啊，这顿揍有个名堂，叫做杀威棒，是好汉子的就熬过去，熬过去了我们就能做兄弟——你看你，满脸的桀骜不驯啊，都是当海盗当出来的臭毛病，那个谁，给鞭子蘸上盐水，多抹点，对，就抹在鞭子上，继续抽！想当兵吃粮，长官问话得回答，一问三不知的，谁知道你是不是海盗派来的探子！"

离兵部不远的中书省，房玄龄放下手里的笔，烦躁地对杜如晦说："你就不能去看看啊，这已经抽一上午了，知道的当这里是中书六部，不知道的还以为到了阎王殿！"

杜如晦朝兵部的方向看了一眼："这是兵部的杀威棒，当年翼国、潞国公、卢国公谁没有挨过？云烨教训自己的属下，那是人家职权范围内的事情。再说了，来的就是个海盗，云烨统领的水师都是正经八百的府兵，混进来这么一个东西，也难怪他恼火。"

房玄龄叹口气说："我是担心高句丽的事发生变故，海上那个高句丽王后，还是个倭国公主，她万一要是投靠了倭国，对我大唐没半点好处。"

"老房啊，云烨的性子你是知道的，他恨不得在鱼屁股上都盖满大唐的公章，他能允许一个没名堂的人带着舰队在我大唐耀武扬威？"

云烨的鞭子抽不下去了，因为华三昏过去了，对于一个不要命的人，他一点办法都没有。

拿鞭子抽属下，是将军的权利，谁都没话说，包括皇帝，断鸿站在一边观看，他说没见过军中杀威棒，特意过来长长见识。

当华三昏过去以后，断鸿这才意犹未尽地对云烨说："完了？"

云烨无奈地点点头："完了，你现在可以给陛下禀报了，云烨无能，没能打死他，也没能问出一点有用的东西。"

断鸿笑了一下："陛下让我来看看你把人弄死了没有，只要人没死，随你折腾，海盗成了府兵，野性难驯，不去去他们的火气难堪大用。"

"大用？陛下要他们做什么？如果征战，自然有岭南水师和东海水师可供陛下随时调用；如果需要运货，洞庭湖里面还有大帝号，一艘船顶一支船队！为什么要把海盗塞进水师？你看着，我不把这些混蛋弄到螃蟹岛挂起来才是怪事！"云烨越说越火，三两笔就签了高山羊子的过关文书，狠狠地丢给从吏。

杜如晦从门口走了进来，不断地抽着鼻子，华三已经被拖下去了，但满屋的血腥味还没有散掉，杜如晦捂着鼻子说："云侯莫要气恼，大海上你一家独大是行不通的，国朝之所以设立三省，就是在分权，只有相互制衡，相互监督国朝才能长治久安。大海上你云烨说一不二，这怎么行，也就是你，换个人试试？"

"怎么是我说一不二？还有东海水师呢，就算是朝廷需要制衡，难道就不能从良善子弟中挑选人手，再建立一支庞大的水师不就完了，非要这些海盗？"

"那可不一样，谁不知道张亮和你好啊，再弄出一支水师，以你在勋贵里的人缘，还不是跟你穿一条裤子？只有这些海盗合适，你把他们又是喂鲨鱼，又是穿杠子的，只有他们和你没法走到一起。现在大唐需要安定，你就好好地盯着他们不干坏事就成，你难道还害怕手下败将不成？"

云烨叹了口气说："我的梦想就是御敌于国门之外，岭南水师玩命地封锁海峡就是为了这个。海上作战不同于陆地，作战周期往往需要以年来算，一走就是成千上万里！杜相，一旦高山羊子叛乱，大唐的万里海疆岭南水师和东海水师是顾不过来的，沿海的广州、明州、扬州、泉州都已经是人口过十万的大城，一旦有事，举国震惊。到时候云烨的一颗人头恐怕难平息民怨。"

"我辛辛苦苦把海盗撵到了大食人的地界，就是想去掉这个忧患，如今倒好，你们的一封诏令，就把最他们招回来了，把大食海域部留给了虬髯客！你看着，不出十年，虬髯客必定会成为海上豪雄，而高山羊子也成了放在我大唐床下的火药桶！"

杜如晦摇摇头，无奈地说："老夫也无可奈何，高句丽人投降的时候就要求把这一点写入文书，如今木已成舟，徒呼奈何？"

这帮人总以为高山羊子是个弱女子，对她的印象还停留在她当年跳天魔舞的时候，有几个人仔细看过岭南水师的奏报？那个女人如今麾下战船三百余艘，每艘船按照五十人来算，也足有上万人。这股力量经常去天竺人的地面上骚扰，被她攻破的王宫不少于十座。这女人要是肯老老实实地交出兵权，回到渊盖苏文的府邸里当女主人，云烨敢把脑袋拧下来！

岭南水师的统领当不成了，这是一个随时会掉脑袋的差事。云烨找齐了印信，直接就去了万民宫找皇帝辞职，卢承庆总对岭南水师流口水，话里话外地说了好几回了，就举荐他好了，他要找死，怨不得别人。

谁知云烨刚见到李二，还没说话，李二就骂起来："你好大的胆子，竟然敢对朕的旨意阳奉阴违！你给刘仁愿下的是什么命令？如果不是五蠹司马禀报，朕还不知道！你居然还想灭掉高句丽水师，谁给你的胆子？难道你真想要成为海洋之王不成？"

卢承庆站在大殿里，一脸无辜地看着云烨。想找死也不用这么急吧？

"微臣知罪，自知罪孽深重，请陛下责罚。"云烨立刻就趴地上请罪，辩解的话都没一句，这个反常的行为反而让李二愣了一下。

"陛下，微臣为了私怨确实昏了头，给刘仁愿下了不该下的命令，罪在不赦，请陛下责罚。"云烨见李二没反应，赶紧接着请罪，能被李二罢官最好了。

"你什么时候这么好说话了？"李二狐疑地盯着云烨，这家伙平时没理都要搅三分，今天怎么了，似乎在盼着受处罚？

"陛下，微臣自知骄横跋扈了一些，请陛下恩准微臣回家读书自省。刘仁愿也是骄狂自大，不足以担任领军一职，请陛下下旨严惩。"

卢承庆喜不自胜，正想着去了岭南水师如何对付刘仁愿，想不到云烨就递枕头来了，真是识情知趣。

李二的眼神越发迷惑，和云烨相处时间太长了，他对这个小子了解到骨头里去了，什么时候能够自责到这种地步，还把刘仁愿给抽出来？这里面一定有问题，

李二只想让卢承庆过渡一下，让高句丽人彻底安静下来，原因就是云烨对高句丽人的抵触实在是太大了，今天将高山羊子的特使差点打死就是例证。他担心云烨会对高山羊子下手，影响自己的全盘计划。要是高山羊子被云烨干掉了，天下三百羁縻州如何看待自己这个言而无信的大唐皇帝？

李二思虑再三，对云烨说："读书自省不必，你读的书不少了，也从没改变过，你继续在兵部主事，刘仁愿调任洞庭水师。你去杜如晦那里交出岭南水师统领的印信。"

云烨前脚交还了印信，卢承庆后脚就接到任命，云烨就当着房玄龄和杜如晦的面，再次交代他小心高山羊子，前前后后跟卢承庆说了四遍，见卢承庆笑眯眯的，就知道他没往心里去。

云烨甩甩袖子就走了，心里却琢磨着要给牛见虎那里去一封信，他如今

是明州刺史，必须告诉他严加防范。

到家的时候，辛月已经知道了，委屈看着云烨说："都怪妾身那两个不争气的弟弟，害的您没了军权。"

云烨愣了一下，随即笑起来："不关他们的事情，那样的事情我管一百件也不会丢差事，你不懂就不要多插嘴。"

辛月的眼珠子转了一圈又问："夫君，接您差事的不会是卢家吧？定然是卢家！卢夫人今天一大早就来家里拜访，说什么要仰仗咱家的时候很多，送的礼物也很丰盛，妾身一直没弄明白，现在知道了，这就把礼物扔出去，害了人还敢上门嘲讽！"

这就对了，云烨点点头："卢家马上就要倒大霉了，赶紧趁着这个由头把关系断掉，要是有什么秘密信函之类的赶紧要回来，免得我还要像上回一样再去找戴胄。"

暴怒的辛月立刻就冷静下来，见夫君不像是在开玩笑，半晌才问："什么罪名？"

云烨立刻就笑开了："什么罪名，丧师辱国！卢家完了。"

辛月不但没有吃惊，反而笑得开心："夫君坐镇岭南水师尽是大胜的消息，卢家一接手立刻就要丧师辱国，还想跟我夫君争权，死了活该！"

狗男女就云烨夫妇这样的，算计别人还要义愤填膺。在恰当的时候做恰当的事情，这是云烨梦寐以求的境界，谁知道今天就歪打正着了，只要卢家遭遇了大祸，以后岭南水师这个位置绝对不会有人再和云烨争。

太阳落山之前，李二在用晚膳，他严格坚持着入夜不食的习惯，他吃着吃着放下饭碗对长孙说："云烨的话还是有道理的，大唐要论到海战，云烨当为第一，海上的事情他最熟悉，绝对不会无的放矢。他这些年一直在苦心孤诣地经营南海，还把关卡放到了几千里之外，这样确实能有效地御敌于国门之，但是朕绝对不相信一个女子有突袭大唐的胆量，如果统带海盗的是渊盖苏文，朕一定会同意云烨的做法。"

"朕担心云烨的心思里掺杂了私人因素，渊盖苏文担任安州刺史，卡在邕州的出海口上，如果再拥有一支得力的水师，就会成为云烨的眼中钉。制衡原本就是皇家统治的基础，现在云烨的反常，反而坚定了朕派渊盖苏文去安州的决心。朕不相信高山羊子一个女人能有这样的胆量和斗志——来人，传卢承庆进宫，朕要面授机宜。"

长孙叹了口气，就命内侍将饭菜撤了下去，皇帝一时半会不会再用饭了。

云家和卢家翻脸了，决裂得非常彻底，云家不但退还了卢家的礼物，并且隔绝了和卢家的一切往来，就连生意上的往来也彻底断了。

云家做得绝，卢家更绝，岭南水师来了一场大换血，冬鱼、人熊都被清除岭南舰队，陆战队因为是云烨自主筹建的，更被卢承庆扫地出门，幸好明州刺史牛见虎收留，否则只能回兵部等重新安排。

卢承庆没有等到来自兵部的小鞋子，能给岭南水师的物资兵部从未欠缺过半分，几乎有求必应。李二对云烨的大度夸奖了一番，为了弥补云家的损失，一个银青光禄大夫的职衔又挂在了云烨的头上，让长安的勋贵们大为羡慕，现在文散官比武散官值钱。

高句丽人终于要进京了，如今被鸿胪寺安排在新丰县驿馆等候朝廷的安排，这是一场非常大的庆典，高句丽一灭，国朝再无忧患。

皇帝去了五凤楼，三省五部全部去了朱雀门，两台御史风仪赫赫地拱手立于道边，十六卫兵马盔明甲亮地一字排开。长安市民将朱雀大街围得水泄不通，街道两边的高楼上不时有歌妓在唱鼓舞人心的军乐，往日里油头粉面的纨绔纷纷穿上了戎装，装模作样地弹剑高歌，一副恨不得立刻就投笔从戎的模样，当然，这都是为了烘托一种泱泱大国的气氛，要是真被抓去戍边，这群混蛋跑得比谁都快。

朱雀大街上响起了山呼海啸般的万岁之声，巨大的钟鼓同时响起。李二刚从百姓欢呼万岁的陶醉中清醒过来，就看到城楼下的百官群怎么看怎么别扭，三省六部为阳数九，现在生生少了一块，看起来少了很多威仪。

"云烨在干什么？这样的大典也不参加？"李二回头问断鸿。

"回禀陛下，兵部在抓紧制定《海疆防卫疏》，所以就没来。"不等断鸿回答，陪侍在皇帝身边的杜如晦连忙替云烨说好话。

"哼，朕看他就是故意的，这个时候制定什么方略，就算紧急公务，也没有紧急到这个份上，这是故意给朕难堪呢。"

"陛下，话可不是这么说的，据岭南水师禀报，高山羊子的船队极为庞大，光是战舰就不下四百艘，通过海峡时足足用了两天。陛下，老臣以为云烨的担心不是空穴来风，几万人的队伍进入大唐海域敌友难明，兵部做出适当的对应，绝对没错。"

李二愣了一下："几万人？怎么会如此之多？哪里来的这么些人？"

"陛下，她的船队里不光有高句丽人、倭人，还有唐人罪囚、犯官，更多的是天竺人、大食人，这样一只船队进入内海，老臣都担忧，怪不得云侯一心想灭掉高山羊子。"

李二把目光转向了城下，看着高句丽王、渊盖苏文和浩浩荡荡的高句丽勋贵背缚着双手缓缓地从远处走来，脸上阴阳不定。

"派八百里加急，命卢承庆小心应对，如果出了差错，提头来见。"

大典继续进行，李二接受了高句丽王高建武的请降，整个仪式繁琐，听说还要献祭太庙，就是让高建武在太庙里跪一会，再把投降的诏书诵读一遍。

云烨到底还是来了，一群兵部的官员在侍御史的喝令下迅速站好位置，荣华女看到云烨寒冰一样的眼眸，不由得打了一个冷战。

渊盖苏文经过云烨身边的时候，眼珠子转了一下拱手道："云兄别来无恙？"

"你为什么不去死？你如果死了，我会在四时八节时时怀念，你活着，我真的很失望。"云烨看着天上的云彩问，不像是在渊盖苏文对话。

"千古艰难唯一死，让云兄见笑了。"

"算了，你去接受封赏吧，我认识的那个渊盖苏文已经死了，我今夜就给他准备灵位，需要好好地祭奠一下，我们今后还是不见为宜。"

渊盖苏文努力挤出一丝笑容："这样最好，云兄若能替我给那个渊盖苏文多上一炷香，渊盖苏文感激不尽。"

云烨点点头，渊盖苏文抱了抱拳，就一步步上了五凤楼，上了此楼，一生的雄心壮志就会化为飞灰，不会再有半点死灰复燃的机会。

荣华女深深地朝云烨施礼道："高句丽已成昨日烟云，惟请云侯怜惜。"

"不知道你们对高山羊子还有多大的控制力，你最好祈求她不要发疯，否则我会将你们全部杀尽。"

"高山羊子从来就不是高句丽人，以前不是，现在不是，将来也不是。我已经向陛下禀明了，不管她做了什么事都与我们无关。"

荣华女一句话就把高句丽和高山羊子完全割裂开来。云烨仔细看过高句丽的降表，非常详细，但对于高山羊子的事情只字未提。高句丽人知道自己无力控制海盗，也清楚是祸患，他们不愿意沾上高山羊子。

云烨想知道高山羊子的降表是谁送过来的，为什么自己毫不知情，原先以为是渊盖苏文提出来的，现在看起来，完全不是那么回事。

文书都是有存档的，还专门分了类别，这是三省从玉山书院学来的办法，云烨按照字头找出了高山羊子的降表。看了后，太阳穴胀得厉害，高山羊子投降的日期，在渊盖苏文之前，在高建武之后。

这是三股势力在投降，不是一股，这才符合他们的实际情形。云烨拿着三封降表坐回椅子上，高山羊子的降表附页上面签着卢承庆的大名。那个时候，坐镇兵部的是卢承庆，怪不得提到高山羊子的时候，皇帝第一个想起来的人就是卢承庆，原来这一切都是这家伙一手操办的。

这两个人是什么时候勾结到一起的？难道说在高山羊子大跳天魔舞的时候就已经有了默契？这太恐怖了，怪不得当初高山羊子知道李泰在自己的船队里，怪不得高山羊子总能莫名其妙地起死回生，原来卢承庆才是高山羊子最大的盟友。

现在清楚了，高山羊子的海盗团需要一个固定的销赃者，别的国家吃不下这么大宗的货物，只有大唐的勋贵才有这个能力。

为了赚钱，卢承庆彻底疯了。不当兵部主事是他早就谋划好的，他最看重的其实就是岭南水师，只要掌握了岭南水师，就能放高山羊子进入内海，为他们谋取最大的利益。

这个世界上有什么会比抢劫来钱快？云烨敢肯定，卢承庆被高山羊子算计了，这个女人之所以进入大唐内海，不是如云烨想的那样要攻伐海边的城市，她是要攻伐岭南水师……

卢承庆把精兵悍将全部逐出岭南水师，更是让高山羊子笑开了花，干掉岭南水师，她至少有三年的喘息之机，依靠大海带来的财富，云烨不敢想三年后的高山羊子的势力会有多么庞大。

辽东水师现在被新罗、百济、倭国拖在东海上，想要救岭南水师，根本就来不及，只要辽东水师放开海禁，大唐封锁这三个国家的打算就会落空。不管新罗和百济多么倾向大唐，高句丽的例子摆在面前，想不被大唐吞没他们能选择的盟友只有大海深处的倭国，估计倭国也是他们最后的据点。

云烨背靠在墙上，一种无力感从心头升起。赫赫帝国，如同一位强壮的巨人可以拔山举鼎，可以横扫一切，但是想对付那些嗡嗡嗡到处飞舞的苍蝇，却有心无力。

他又笑了，高山羊子想要从遥远的大食海域回到大唐内海至少需要四个月，而且信风现在已经停止，她到达广州的时间至少在三个月以后，还有机会！但愿卢承庆不会带着岭南水师去迎接高山羊子，否则，有心算无心，非吃大亏不可。

云烨回到兵部写了一封信，又在刘进宝的帮助下穿好盔甲，把信递给他："进宝，你马上回家，命冬鱼、人熊火速赶往岳州，让他们把这封信亲手递交给洞庭水师的刘仁愿，我们尽人事、听天命吧。"

刘进宝一听侯爷这么说，立刻就带着那封信跑了出去。

云烨在案几上砸了一拳，戴上头盔，径直往万民殿走去。他需要得到李二的授权，拿到"大帝号"的指挥权，只有"大帝号"才能解除危机，也只有"大帝号"才能让高山羊子的图谋成空，也只有大帝号才能在大海上面对无数的海盗有战胜的把握。

断鸿看到云烨一身戎装，非常惊讶，而且还挂着剑，虽然李二特许云烨能在皇宫带剑，但这个时候穿这一身进入大殿也太不合时宜了。

大殿里散发着浓郁的酒香，这是李二珍藏的佳酿，不遇到大典从不拿出来，云烨一进大殿，李二就发现了他。

"你胡闹什么，还不去换衣服！"杜如晦匆匆来到云烨身边，把他拖出宫殿小声说。

"杜相，岭南水师就要完蛋了，卢承庆和高山羊子穿一条裤子！"云烨把手里的三张纸递给杜如晦，以老杜的政治经验，他要是看不出来危机这辈子就白混了。

"你说卢承庆是有预谋地要夺你的岭南水师统领的位置？为什么，兵部主事要比岭南水师统领实权也大的多。"

"还不是钱闹的。高山羊子抢来的货物卖给了卢承庆，以前的交易都是在外海进行，他们嫌麻烦，还要经过岭南水师的关卡，减少了利润，现在好了，卢承庆成了统领，您说会发生什么事？"

"说到底也就是一些钱财上的事情，算不得大事，你以前这么干的次数也不少，也没见我们穿着铠甲去讨伐你。"刘弘基也端着酒杯走了出来。

"夔公，您如果和卢承庆有关系，就赶快断了吧，晚辈不是虚言，一旦岭南水师遭殃，任何参与高山羊子赃物销售的人定然难逃一死！你们不了解高山羊子，以为她是妇人就好控制是不是？你们太小看她了，云烨拿脑袋担保，这个女人这次就是冲着岭南水师去的！只要干掉了岭南水师，她最少有三年时间，等水师重新建成，她的势力已经大得没边了！"

刘弘基被云烨一语道破，老脸一红，嘿嘿笑着说："小子，你在海上发了这么多年财，轮也轮到我们了，好好的兵部主事做着有什么不好，如果不满意，我们联名具保你成为兵部尚书如何？"

云烨左右看看，发现尚书左仆射长孙顺德也在，拱拱手说："小子没打算堵谁的财路，我只问诸公，一旦高山羊子突袭岭南水师，诸位如何自处？小子和高山羊子打了快十年的交道，知道那是一个什么样的女人。你们都想着现在给了她一个身份，她就该替大家好好赚钱才对，是也不是？可我要告诉你们的是，那个女人的目的就是毁掉岭南水师！"

长孙顺德握握拳头，发出嘎巴嘎巴的声响，半晌才问："你打算怎么做？现在就干掉高山羊子？万一你的猜测是错的，我们的财源没了，你如何补偿？"

云烨哈哈笑了两声："你们的钱财关我屁事！我心里能想着救你们全家性命已经是把好人做到极限了！否则，我只要待在兵部不闻不问，等高山羊子袭击了岭南水师，我再带着'大帝号'去平了她，绝对是大功一件，到时候问陛下要个兵部尚书很难吗？用得着你们推荐？"

"无理！"长孙顺德勃然大怒，指着云烨的鼻子骂道，"老夫要问问程咬金、牛进达平日是如何做你长辈的！"

"滚蛋！老夫的晚辈用得着你叽叽歪歪？"程咬金劈手就把鸡腿砸到长孙顺德脸上。

第十八章　危机

　　战斗已不可避免，程咬金如同下山的猛虎，长孙顺德如同闹海的蛟龙，都是悍将，现在又在气头上，从拳脚的风声听起来，两个人都下了狠手。直接就把万民宫的花门撞得粉碎，李二气得酒杯子都砸了，断鸿才插进两人中间结束了斗殴。

　　"这次又是为了什么？"李二在偏殿里咆哮，太丢人了，万民宫里有无数的使节亲眼目睹了大唐朝的两位公爷大战。

　　武将斗殴李二从来不在乎，就没有当成一回事，在他看来，武将们通过斗殴解决问题要比耍心眼让他轻松得多，有时候他甚至都想通过这种方式解决问题。

　　不等老程和长孙顺德回答，李二又冲着一身甲胄的云烨怒吼："朕还没死呢，好好的庆典你穿铠甲做什么？告诉朕，你打算去干掉谁？"

　　云烨什么话都没说，举起手里的三张降表，让断鸿给皇帝看。

　　李二扫了一眼降表，这东西他早就看过，面无表情地说："有问题么？"

　　"微臣从这三张降表上看出来一个问题，高山羊子准备袭击岭南水师。"

　　李二皱着眉头又仔细地看了一遍降表，没看出什么不对来，云烨特意上前把高山羊子的引荐人那一页翻开，请皇帝再看。

　　"卢卿为国分忧，有什么问题么？"李二问完话后，就命其他人退出偏殿，他清楚这里面一定有交易，有些话不能在大庭广众之下说。

　　长孙顺德瞄了云烨一眼，就出了偏殿，一会儿工夫，偏殿里就剩下李二、云烨和断鸿。

　　云烨还没开口，李二先说话了："说清楚，一定要说清楚，否则朕决不轻饶！自从高句丽人投降，你就不阴不阳的，朱雀门外大典你也敢迟到——站起来说，谁允许你坐地上了！"李二看到云烨摘掉头盔坐在地板上，怒火又升了起来。

"高山羊子早就和卢承庆结盟了，一个抢劫，一个销赃。我就奇怪了，高山羊子一直处在岭南水师的严密封锁之下，她从哪得来的新式战舰的图纸，怎么越是封锁，就越是强大？上次在海峡交战，他们居然清楚地知道青雀就在船队里，攻击'青雀号'比攻击我的座舰还上心，青雀上船，岭南水师里只有几个人知道。我特意给陛下上过折子，能看到折子的人不多，卢承庆就是其中的一个。

"高句丽投降，微臣确实感到不舒服，总认为像渊盖苏文这样的英雄，至少应该死战到底才是，最后被战马踏成肉泥也算是死得其所了，怎么也不能像狗一样的被我们牵着游街？而那个高山羊子就是一个疯子，一个有着雄心壮志的疯子，她一门心思地想成为海洋之王。

"陛下，您可能对海洋没有一个确实的认知，茫茫大海里到处都是岛屿，南海之上的岛屿密密麻麻的不下两万座，合起来比整个中原也小不到哪里去。有的岛屿上有香料，有的岛屿上有铜，有的岛屿有锡，有的岛屿上全是宝石，最普通的岛屿上也能种粮食，有火山灰做肥料，一年收三次都不是问题。这样的宝地谁都想拥有，所以微臣才把大唐的国门推进到了海峡，远离大唐本土五千里！

"咱们现在用不完，就留给子孙去开发，大唐人口一直在增长，自贞观一来，人口就已经多了一倍。您看看，关中的均田令还能进行下去么？没了均田令，咱们的府兵制度就成了无源之水，无本之木。历朝的崩溃都和土地有直接关系，我们现在多存点，就算子孙将来不争气，都是败家子，也能多败几年。

"所以南海的风吹草动无时不牵动微臣的心，南海是宝地，是我们将来留给子孙最大的一宗财源。高山羊子进入内海，就是放进来了一匹饿狼。一旦我们海上有一个强敌，数万里海疆都会成为边关，我们需要随时随地提防来自海上的威胁。所以，请陛下准予微臣重新装备'大帝号'，准予微臣自长江顺流而下剿灭高山羊子，带着她的首级回来，这就是微臣今日披甲的原因。

"蓝田侯云烨待命出征，请我皇示下！"

云烨单膝跪地。李二目光闪烁，一言不发，整个宫殿死一般的沉寂。

过了良久，李二的声音才在大殿里响起：

"多年以来，朕一直希望这样的云烨出现在朕面前，你总算不再逃避自己该承担的责任了。杀不杀高山羊子朕无所谓，卢承庆出卖国朝也无所谓，岭南水师毁掉也无所谓，因为朕知道这些都是暂时的，这点损失大唐经受得起，这没什么大不了，几个蛆虫还毁不掉大唐江山。

"朕今日很开心，比看到高句丽投降还开心，一个终于知道责任并一心去承担的云烨来了！你去吧，高山羊子有没有反叛不重要，既然她敢进大唐的财富之地，那就消灭她，你说得对，任何有敌意的人都不能进入南海。"

说到这里，李二命断鸿将房玄龄、杜如晦，东西二台的阁僚全部喊进来。等所有人都到齐了，李二缓步走到单膝跪地的云烨身前，将手按在云烨的肩膀上说："蓝田侯云烨，朕命你为南海道行军总管，统御岭南水师出征南海，挟'大帝号'荡平不臣，敢有阻拦者，杀无赦！"

在刘弘基、长孙顺德阴晴不定的神色中，在程咬金、牛进达拊掌大笑中，云烨大声应诺。出了偏殿，他看着侍立在大殿外面的渊盖苏文说："渊盖苏文，我会把你王后的人头带回来！"

"陛下，您这样就让云烨出征是不是太儿戏了？"回到后宫里的李二刚刚坐定，长孙就匆匆赶了过来，云烨的事情她还是能过问的。

李二自得地拍着桌子说："儿戏又如何？云烨想做事，朕为何不能给他一点支持？他今年刚满二十八岁，文治武功都已崭露头角，最可喜的就是还没野心，人机敏还不迂腐，多好的宰相人选，等他回来，朕就打发他去地方上历练两年，就北庭都护府了。由他监督突厥。吐谷浑的西迁，朕最是放心！"

"那些名臣宿将都老了，没了进取的心思，还畏首畏尾的，担心朕猜忌，云烨不会啊，他知道该怎么做，还知道怎么做。观音婢，你以为朕真的不知道卢承庆的底细？那个女人是不是要偷袭岭南水师，对朕来说根本不重要。这小子今天在万民宫的表现让朕有点感动，他是在为大唐的将来做准备啊。不谋全局者不足以谋一域，这小子有远见，有眼光，就是缺少担当大任的勇气。朕会一点点地给他磨炼出来。"

长孙皱着眉头看着李二说："您这样折腾他，就是想让他去北庭？"

"对啊。这小子滑溜得像泥鳅，这一次，朕同意他去南海，那么，下一回他是不是该无条件去北庭都护府？哈哈哈！"只要算计云烨成功，李二就会龙颜大悦，长孙摇摇头都不知道说什么好。

这时断鸿来报："启禀陛下，刘弘基、长孙顺德求见，现在正在两仪殿外等候。"

李二瞬间就收起了笑容指着殿外对长孙说："你看，朕只不过派云烨南下，他们就来请罪。云烨说的没错，捞钱捞疯了，他们现在除了捞钱还能干什么？"

长孙叹口气说："您还能怎么办？都是功勋卓著的老臣，虽然喜欢捞钱，但背叛还是不敢的，我这位族叔啊，看来需要妾身好好敲打一下了。"

"如果朕不念旧情，只是一条泄露军机的罪名就能让他们死无葬身之地，断鸿，宣他们进来，听听他们怎么说……"

云烨带着两百名亲卫火速赶回了云家庄子，他只有一晚上的时间处理家事，明日一大早，就要立刻出发。

老钱亲自爬上屋顶将一杆带着红色长缨的大戟插在云府大厅的房顶，随即，沉闷的点将鼓就"咚咚咚"地响了起来，此时正是红霞满天的时候。

云家庄子立刻就沸腾了起来：背着耕犁回家的汉子听到鼓声，立刻就把肩上的耕犁抛到了地上，撒腿就往家里奔；正在街市上和别人讨价还价的掌柜听到鼓声，推开客人匆匆进了后院；刚才还被老婆揪着耳朵教训的汉子听到鼓声，一巴掌就把老婆推到一边，从床底下拽出一个大箱子，吼着婆娘让她赶快帮着披甲……

白胡子的老汉瞅着云家房顶的大戟，神色迷离，多久没听到聚将鼓了？家主这是要出征啊，就是不知道这是要去漠北还是去南海……

云府外面马蹄声络绎不绝，悠长的号角声也响了起来。云烨坐在大厅闭目养神，案上点着一只粗大的时香，老奶奶、辛月、那日暮、铃铛都穿着诰命服饰站在后面花厅门口，几个孩子好奇地把脑袋探进来，瞅着坐在椅子上一言不发的父亲，云寿的眼睛里全是炽热的光芒。

从明州赶回家的赖传峰笑得嘴差点撕开，捶着胸口狼一样嚎叫："大将军要出征，老子这趟家回得不冤，狗日的卢承庆不要老子，现在大将军要出战，活该老子封妻荫子！"他是第一个赶到的，大礼参拜后，就站立一边向对面的刘进宝挤眉弄眼。

匆匆赶来的长安折冲都尉检验了虎符、公文和旨意后，正要向禀报长安折冲府的兵力状况，被云烨止住："不必，此次出征乃是海上，我会调用洞庭湖水师，长安府兵动用云家庄子的就足够了，你且退下。"

鼓声停，号角将歇，桌子上的时香也燃尽了最后的一点火头，云烨出了大厅，来到府门前，有校尉大声禀报人数。

云烨并没有处罚那些来晚的或者没来的人，毕竟自己的命令下的仓促了一些怪不得他们，看着府门前的五百多人，云烨扯开嗓门喊道："陛下有令，出征南海！"

天亮的时候，云府门前已是人嘶马叫，云烨给老奶奶请安后，就跨上烦躁不堪的旺财，率先向秦岭山口奔去，刘进宝寸步不离，赖传峰大呼小叫地押着粮草在后面压阵，府兵和民夫喊一嗓子就缓缓启动。

书院的学生不甘心地跟在后面奔跑，除了庞玉海、李义府和裕民，云烨谢绝了所有的学生。三个人激动得脸发烫，能被大总管选为记室参军，是天大的荣耀，书院里的那点破事实在不值一提。

秦岭山口，也是一大群人，老程、老牛、老秦、尉迟恭都来了，就连许久不出府门一步的李靖、李勣也出来了。

长孙冲抱着一个酒坛塞进云烨怀里："知道你喜欢葡萄酿，这是家父窖藏多年的好酒，送你了，愿你百战百胜。"

云烨伸手抱住长孙冲，在他的后背上拍了两下："放心，在你回来之前，我会小心的，断然不会出事，虫子不在，你替我照顾好家里。"

老程把顶盔掼甲的程处亮往云烨身后一推，送上来一碗酒，云烨拜谢，端起酒一饮而尽。

李靖神色肃然地说："如果张仲坚阻碍了你的军略，不必顾忌老夫的颜面，尽管放手去做，南海不容有失。"

没想到他居然在这个时候说这样一番话，云烨点点头，拱手向众人告别道："南海危机刻不容缓，云烨这就告辞，他日得胜还朝再去诸位长辈的府上致谢！"

牛进达在旺财的屁股上拍了一把，旺财就叫着向山口奔去……

云烨行军的速度很快，三天的时间就出金牛道上了直通汉中的驰道，三天后又拐进褒斜道。走到曹操写字的地方，褒水还是那样汹涌澎湃，汉水的水量非常充沛，行船没有任何问题。给刘仁愿的将令是装备好"大帝号"，只要军械全部上了船，这一路上就能迅速装备好。云家的家将已经日夜不停地走陆路赶往岭南，封锁梅岭古道势在必行，只要给自己争取十天的时间，云烨相信，京城勋贵的消息绝对没有自己出兵快。

汉江上游水浅，只能坐竹筏子前行，云烨不讲究这些，上了竹筏子就命南郑的民夫玩命赶路，这些巨型竹筏非常快，一日百里。

到大冶汉江就辽阔许多，由于行军速度比朝廷的驿马还快，大冶的官员还不知情，程处亮亲自跑了一趟官衙，无数民船被征用。

从大冶顺流而下，汉江的水面越来越宽广，江面上白帆点点，从岳州过来的船只将无数的货物运往汉江上游，再由褒斜道进入关中，这是一条繁忙的水道。

云烨在江夏见到了久违的"大帝号"，虽然当了一阵子货船，但彪悍的姿态依然没有丝毫改变，无数工匠正在忙碌地恢复"大帝号"的武装，这艘水上霸王想要恢复往日的雄姿还要等一阵子。

刘仁愿过来见云烨，查看了各种文书后就悲伤说："我们能赶得及么？"

"我不知道，但事在人为，我们不去做，肯定赶不及。我们必须抢在那些吃里爬外的人通风报信之前赶到南海。"说到对岭南水师的感情，刘仁愿比云烨更加浓厚，他长年累月地统御着这支舰队，岭南水师早就融进了他的血里。

号角响了，"大帝号"升起帆，冬鱼掌握着船舵，"哇啦哇啦"地喊着什么，非常兴奋。

"大帝号"入南海瞒不了有心人，它巨大的身姿在长江里游弋，君王般的巡视，就连瞎子都能感受到它带来的压迫感。补给船只跟不上它的速度，云烨也不愿意被拖累，顺着滚滚长江一路直下。

和云烨的烦躁不同，卢承庆十分欢乐，他没有想到自己掌控岭南水师会如此顺利，清除陆战队的时候还以为会受到阻碍，谁知那些人一言不发地收拾行礼上了海运行的几艘大船，直接去了明州，听说明州刺史牛见虎会收留这些人。

云家和牛家是个什么关系卢承庆非常清楚，有这样的举动丝毫不奇怪，他只是奇怪高山羊子的要求，说这一次回国，带的货物太多，她的船几乎装不下，需要得到岭南水师的帮助。

"这个女人分不清主次了么？"卢承庆看着手里的信函对副将说。

"确实如此，哪怕她带的是金山，也没有岭南水师过去迎接的道理，钱财虽然重要，末将认为颜面更加重要。"

卢承庆点点头："我们初来乍到，千头万绪的，自己的事情都没有理顺，这个时候没必要出动，就停在泉州。你写信命高山羊子即刻带着船队赶到泉州接受整编，现在钱财不重要，重要的是接收高山羊子的部族。将他们打乱后，分散进入各营，命五蠡司马加紧甄别，手上有大唐人命的一律斩除，这是祸害留不得。海盗野性难除，如果在大唐的内海发生哗变，你我的脑袋难保，所以，当务之急就是紧急削弱高山羊子的力量，给她留一部分人能够帮着我们敛财就好。"

副将去了，卢承庆闭上眼睛慢慢地回忆自己遇见高山羊子的点点滴滴，只要一回忆，脑子里全是她粉嫩的身子。天魔舞虽然去除了魔性，但是那种原始的诱惑依然存在，卢承庆非常想再见识一下，那个妖精一样的女人嫁给渊盖苏文实在可惜了。

国家强大到如此地步，放眼望去，四海无敌，正是吾辈纵情欢乐之时，小小的一股海盗焉能坏我大唐江山，以前就看不惯云烨将一个弱女子赶得满大海乱窜，现在好了，等美女过来，需要搂在怀里肆意好好安慰一下她这些年的苦楚。

心里像装了一团火，卢承庆走上甲板，从船头走到船尾，见一切都在有条不紊地进行，他也就放下心来，直接去了船舱休憩，明日和五蠡司马的会面事关岭南水师的归属，大意不得。

茫茫大海上一支巨大的船队在黑夜里挂了满帆向东行驶，高山羊子平静如水，自从入了海峡，她就保持着这种平静的面容。

一直不见岭南水师的船来，不管是云烨，还是卢承庆，都没有把她的舰队当一回事。

高建武投降的时候，高山羊子就知道渊盖苏文必降无疑，可怜自己还在大海上奔波，为高句丽筹集军备，然后一点点地送回高句丽。高建武的降表上没有自己的名字，渊盖苏文的降表上也没有。霸业成空，自己成了海中的孤儿……

船过螃蟹岛时，红日初升，高山羊子特意去岛上凭吊了那些逝去的将士，踩着能没过脚踝的散碎枯骨，高山羊子亲手从木杠上解下一具残尸，顾不得令人作呕的尸臭，解下披风将残尸盖好，而后便放声大哭。这具残尸是华三的，云烨在长安拿华三没有办法，华三刚刚下海，就被冯盎抓住，按照惯例，钉在木杠子上立在螃蟹岛示威。

高山羊子大哭，她身后的海盗都在大哭，这些哭声蔓延到了大海上，整支舰队都在放声大哭。她举起一个骷髅，面对所有的海盗大声说："苍天作证，此仇不报，誓不为人！"

高山羊子把舰队分成三股，她亲自带着最大的一股押运着无数的珍宝向泉州开进，另外的两股海盗则驶向茫茫大海。

冯盎带着广州的一支船队监视着高山羊子的船队，看着他们一路向东往泉州方向驶去。直到高山羊子的船队消失在海平面上，冯盎才松了一口气，云烨给他的信里说这个女人很有可能要偷袭广州，现在既然走了，广州或许能够保全吧。这支舰队太庞大了，冯盎看着自己的三五十条战舰，不禁摇摇头："船还是太少了，太少了。"

"公主，您不必进入唐人的军营，这一次还是由奴婢去吧。"一个貌似高山羊子的侍女拿着梳子轻轻地梳着头，小声地向躺在床榻上的公主建议。

"蒙混不过去的，卢承庆这样的色中饿鬼，他能一眼就看穿你不是处子之身，这样会招来报复，我身为王后却还是处子，这已经是唐国勋贵宴会上的笑谈，瞒不过去的。秀美，说来真是一个笑话，我半点都不在乎这些，却偏偏成了贞洁烈女，我看上的男人正眼都不看我一眼，我讨厌的男人却像苍蝇一样挥之不去。女人的身体是武器，也是价码，需要获取最大的利益的，我至今没有找到与我身体相等价的利益，现在或许有了，岭南水师就值这个价码。我只想知道云烨知道这个消息后会不会气得吐血，毕竟这是他的心血。"

船队现在就漂泊在泉州港的外围，黄昏之时，卢承庆发布了命令，天色已晚，所有船只不得入港，所有交接事宜需要等到明日清晨才能进行。

"公主，我们一旦进入了海港一切都不由我们做主了，您此去真的很危险。"

"有什么了不起的，不就是让我们解除武装，然后将我们分散编入每艘船么？秀美，这就是我需要的，不分散上船，我们的人没有机会靠近那些战舰。"

泉州港的港口，二十余艘岭南水师的战舰并没有入港，攻城弩上闪烁着寒光，只要高山羊子有任何异动，迎接他们的就会是铺天盖地的打击，海港内的战舰也随时做好了起锚的准备。卢承庆多少还记得李二的叮嘱。

高山羊子一夜无眠，一遍又一遍地推演各种变化，直到天色大亮，她才肯定没有破绽了，重新收拾了妆容，穿上最华丽的衣衫，敛去豪雄的本色，换上一副楚楚可怜的神态。一夜的无眠让她显得格外的憔悴。

卢承庆的副将上了高山羊子的座舟，打开手中的文书，宣读对高山羊子的任命，一袭诰命夫人的冠带就轻飘飘地剥夺走了高山羊子所有的骄傲。

虹裳霞帔步摇冠，钿瓔累累佩珊珊，每条霞帔宽三寸二分，长五尺七寸，服用时绕过脖颈，披挂在胸前，下端垂有金或玉石的坠子。高山羊子着服之后显得更加明艳动人。

高山羊子抚摸着衣服上绣着的雄鸡，心中冷笑连连，自己的衣冠本该是九龙四凤的冠带，现在却穿上这身雉鸡服，不知高建武、渊盖苏文更衣的时候是不是也有这样的心思。

"将军辛苦，高山羊子感激不尽。来人，将礼物抬上来，妾身可是听说过，报喜的喜官绝没有空手而还的，小小礼物不成敬意，请将军笑纳。"

副将也很高兴，这个海盗婆子骤然得了四品的诰命头衔，必然得意忘形，收点礼物也是应有之意，当他看到两个壮汉抬上来的箱子后，还是吃了一惊，居然装满了金沙。

"将军您也知道，妾身此次归降，就打算上岸去长安安居。妾身这些年能纵横于大海之上，多亏了手下这些忠心耿耿的兄弟，妾身别无所求，只求将军垂怜，给这些兄弟安排好一点。风吹浪打三年，才能出一个合格的水手。他们都是好汉，都是有用的人才，希望不要让他们辱于奴隶之手。"

副将含笑点头，不等他要求，那些海盗就自觉地将兵刃扔下，随后被打散了分派到别的船上。每艘船最多分配五个人，那些身上有残疾，年纪偏大或者幼小的都被留在原地。

卢承庆没有亲自出面，听了副将的禀报，见高山羊子如此的听话，也就大度地给高山羊子留下了三十艘船，那些海盗想要谋生，无论如何是离不了船的。

高山羊子固执地和那些老弱病残待在一起，只给自己留下了很少的一部分钱财。

卢承庆对那些钱财也不眼红，他从来都不会把事情做绝。看着眼前琳琅满目的财宝，他深深地吸了一口凉气，这些海盗也太肥了，就这些财宝，足足能抵得上十个卢家的家产，如果不是到了生死关头，想要让他们交出来一定很难，云烨栽树自己乘凉，确实让人得意。

"大将军，这些都是要上缴国库的，末将现在还没有来得及登记造册，大将军如果想欣赏也只能是今日而已，明日录事参军和五蠹司马就会过问，再想要看就千难万难了。"

卢承庆嘿嘿一笑，他是识货的人，随手指指象牙、犀角，还有一箱子宝石，又在两块很大的玳瑁上面敲击了两下，就算是看完了。副将一招手，立刻就有亲卫过来将这几箱子宝贝抬进了卢承庆的房间。

"我卢承庆也不是小气的人，既然有我的，就一定会有大家的，仲方，将这些宝物分出一成出来，去泉州变卖之后将金银发放给将士们。你们几个不妨多拿些，千里做官只为财，更何况我们来到了这万里之外，都松快些，我不是云烨那个小家子气的，有财大家发才是长久之计。"

卢承庆在等朝廷的宣慰使，只要宣慰使宣慰过后，那些看不上眼的海盗就会分散进入各州府落籍，高山羊子的势力就彻底烟消云散了。

忙碌了一整天，又到了日落时分，整个岭南水师上下喜气洋洋，高山羊子的人除了那些老弱病残，全部被瓜分一空。那些穿着破衣烂衫跪在甲板上洗地的海盗，将头垂得更低，唯恐眼中的恨意被那些高傲的军士发现。

再次天亮的时候，一轮艳阳跳出海面，照着海上的雾岚显得格外美丽，欣赏了一会美景，高山羊子吩咐道："备礼，我们去拜访卢承庆卢大将军，时间差不多了。"

秀美将高山羊子送上了小船，就带着一群侍女在船上扯着纸鸢玩，金灿灿的纸鸢在天空中非常醒目。

卢承庆听到高山羊子备了厚礼特意来拜访时，更加开心了，特意给身上喷了一点云家秘制的香水，听说具有神秘的效果，卢承庆虽然讨厌云烨，但是对云家出产的好东西却从不拒绝。

高山羊子带着九名侍女、两个护卫上了卢承庆的座舟，卢承庆见只有几个女子和两个瘦弱的倭国护卫，也特意遣散了自己的侍卫，只留下了十二个最忠心的家将，香艳的场面并不适合所有人都见到。

"直到今日才来拜见大将军，羊子失礼了。"高山羊子一见到卢承庆就盈盈下拜，宽大的衣领微微张开，两座玉丘若隐若现，弄得卢承庆百爪挠心，但人家是正式拜见，他只能按捺下蠢蠢欲动的心思，按照礼仪接待。

"不知夫人见本帅有何要事？且不说我们过去的合作非常愉快，现在你我都是一家人，有什么要求尽管直言，只要是在本帅能力范围之内，定会如你所愿。"

"羊子先行谢过大将军美意，这次过来，羊子有一个小小的要求还请大将军应允，羊子此次率军来归，海路迢迢，身边的船只都已经破败不堪，现在还要沿着长江北上，这些船只已经不堪重负，舰船的要求羊子是不敢提的，只想问大将军讨要一些桐油，重新整修一下舰船，好让羊子能乘坐这些破船坚持到长安，免去我陆路劳累之苦。"

高山羊子的话还没有说完，卢承庆就大笑起来，指着岸边的一个大仓库说："还以为是什么要求呢，原来是桐油啊，那座仓库里都是，还有石灰膏，你要补漏尽管派人去拿，不值钱的物事也值得夫人特意过来央求？"

卢承庆迅速写好手令，递给高山羊子，在两手相接的时候，卢承庆意味深长地说："高建武、渊盖苏文被豢养，京城里有你的死敌云烨，夫人早作安排为上策。"

"亡国之人身如飘萍，哪会有什么打算，妾身只求回到长安后有一室可避风雨，有两餐能够果腹就心满意足了，焉敢奢求其他。"

卢承庆哈哈大笑："你们既然已经降了，那就是一家人，大唐不光是唐人的天下，也是所有兄弟部族的天下，你看看朝中那些外族将领就清楚了，他们哪个不是被陛下委以重任？高建武、渊盖苏文这样的人自然需要豢养起来以观后效，但是夫人您就大大的不同。只要夫人继续留在南海，我们还有非常多的事情要做，而这些事情，就如夫人所言养家糊口而已，说到对南海的熟悉，云烨当为天下第一，这没有什么好争论的，但是说到第二，恐怕非夫人莫属了。"

"云烨向来都有智将之名，你高句丽国应该深有体会，李卫公的兵书战册尽为此人所得，再加上他生性如狐，凶残如狼。夫人和他对峙多年，不但未落入下风，反而壮大到如此地步，卢承庆佩服之极。只是，我们如果合作就必须坦诚相待，夫人将最精锐的部下遣开是何道理？"

高山羊子的手抖了一下，掌中的茶杯的水也溢了出来，卢承庆似笑非笑地说："夫人乃是降人，多留一点心思也是该的，可是您不了解，我们唐人的心思，要投降就不留余地，这样才会被接纳，要么你的那点海盗会被大军碾成齑粉。何去何从，夫人思量。"

瞅着匆匆离去的高山羊子，卢承庆笑得越发开心，剥除女人的衣衫也是很有讲究的，就像吃核桃一般，必须把那层坚硬的外壳砸碎，这样才有可能吃到美味的核桃。到了午时三刻，如果那支隐藏的队伍还不出现，自己对岭南水师下的第一道命令就是剿杀令。

回到了船上，高山羊子才松了一口气，瞅着在高天上飘荡的纸鸢，露出了难得一见的笑意，鬼冢的船队该过来了。

"秀美，派人去岸上的仓库领桐油，如果有火油也领一些过来，数量不要多，免得招来怀疑。唉，唐国的人才何其多啊，卢承庆这样的蠢货都能说出那样一番话语，绵里藏针地突然发难，还好我们做好了准备，鬼冢的舰队该回来了吧。"

"是的，当初说好了的，看到纸鸢，鬼冢就会前来投降，公主，我们的赌注越来越大了，万一出了岔子，该如何是好？"

高山羊子拿手支着前额道："没办法，我们太渺小了，不拼命就会没命，拼了命也不一定能见到曙光，岭南水师换将是我们唯一的机会。"

卢承庆看了高山羊子领走的货物清单，桐油很多，火油也领走了七八桶，还好，在预料范围之内，如果这跟女人大规模领取火油，就该好好思量一下了。

日头还没有走正，副将就禀报说来了一支舰队，在离海港还有十里的地方就落了帆，靠水手划船慢慢靠近大营。

"传令，命他们就在海港外面下锚，收缴武装，等候大军点阅。"当卢承庆听到副将说这些人全部都是外族水手后，终于放下心，这些人该是高山羊子最后的力量了。在他看来，高山羊子最后的一层外壳已经被他敲得粉碎，或许今晚，就该是自己邀约高山羊子共进晚餐的时候了。

随着卢承庆的命令，海港里一片匆忙，无数战舰进进出出，不时地有欢呼声传了进来，这一切都说明在收缴武装的时候没有遇到任何阻碍。

欢呼声里也夹杂着一些低沉哀婉的异族歌谣，沉痛的让人泣血，这些歌声进入卢承庆的耳朵里无异于世上最美的曲子，一切都在自己掌握中的感觉非常的美好。

高山羊子扶起来头脸上都是鞭痕的鬼冢，拿手帕蘸着烈酒给他擦拭伤口，有一道鞭痕斜斜的越过眉眼，如果下手再重三分，就把眼珠子抽爆了。

"鬼冢，再忍忍，刀没了就没了，我知道那是你祖上传下来的，就让他们替你多保存一会。今晚，就由你去突袭那艘该死的唐人战舰，夺走他们的战船。"

鬼冢匍匐着后退几步，把头磕在木板上，神情狰狞可怖，他嘶声说了几句倭话，高山羊子轻笑着说："卢承庆就交给我去对付，他很想看我跳舞，我会给他跳一曲安魂舞。我们的大计今晚实施，岸上的唐国官员中有我们的人，成九运给他的武器还有火油就在离你不远的乙字号码头，他们会借着送粮草的工夫将武器送给你们，可惜只有短刃和弓箭，一切就拜托你了。"

鬼冢又磕了一个头，就离开了船舱，来的时候怒火滔天，走的时候却沉稳无比，胜负就看今晚，家传的宝刀不容外人染指。

第十九章　烂摊子

"大帝号"的船头猛地扎进海水里又突然抬了起来，汹涌的海水漫上甲板，在船头抬起的那一瞬间，又随着凹槽流回了大海。五面巨帆被大风吹得鼓胀起来，整艘船正在以最快的速度前进。云烨烦躁地在舰桥上来回踱步，刘仁愿依然沉稳地如同一座山，两只手操持着船舵，他注意的是前方，不理会身边发生的事情。

云烨不会缩地成寸，也不会展翅高飞，所以老老实实地让风吹着大船在海上赶路。他自问没有偷懒，从发现问题到感觉到危机一点时间都没有浪费，走的时候连妻妾都没时间安慰，如果这样还不能挽救岭南水师，他觉得问心无愧。

冯盎也发现了问题，把高山羊子将舰队分流的消息传给卢承庆后，就带着三千兵马火速从陆地向泉州赶。泉州也是他的治下，两地相隔一千五百余里，又多为山路，他已经顾不得许多，一个斥候带着三匹马将警讯传给了泉州。而这个时候，高山羊子已经离开广州三天了。

谁都在惦记泉州，而卢承庆正急切地盼望着天黑，只要天黑，高山羊子就会前来赴宴。管家回来禀报说，高山羊子非常高兴，答应一定准时前来赴宴，到时会带着侍女为大将军表演一下重新排练过的天魔舞。听到天魔舞的消息，卢承庆的身体就燥热难耐。

天终于黑了，一叶扁舟带着九位戴着锥帽的丽人缓缓而至，两个穿着倭国服饰的少年将小船的缆绳抛上了岭南水师主帅的座舟。

这个时候在海上穿梭的扁舟不止这一艘，今天是岭南水师按照惯例接受补给的时间，那些驾着小船的民夫不断地将各种食物送上战舰。因为有倭人，官府为了安抚，特意送来了一种难喝至极的酒，装在竹筒里送到了每一个海盗的手里。船长打开竹筒喝了一口就吐掉了，把竹筒还给海盗，恨恨地骂一句："这他娘的就是马尿！"

一条条长长的竹管将清水补上战舰。穿着绿袍的官员站在码头上，不断地调度着逐一靠近码头的战舰。泉州是大港，这样的繁忙算不得什么，只是偶尔有一两个小小的误差，比如一位民夫发现火油被当成清水补给给了一些破破烂烂的船只。

官员谦虚地接受了民夫的意见，还奖励这个民夫早些回去。那些破船也需要把运上去的火油重新运回来，就让那些海盗搬，用不着大家费力气。

那个官员来到船上，指着船上的倭人大声训斥，那些倭人无不垂首低耳，不敢争辩，他们不知道这个官员也是一个倭人，是高山羊子早年间带来大唐的遣唐使。经过多年的磨炼，这些人除了不能担任主官之外，和唐人无异。

"秦元先生，这次成功之后，您就和我们一起走吧，这里对你来说太不安全了，公主再三吩咐，您是难得的人才。"

"公主都已经不再怜惜自己的生命，我秦元载胜的生命又哪里值得珍惜？请告诉公主，我在天国祝她成功！"武器运上去了，秦元甚至将火油装满了这三十余艘大船，既然公主要胜利那就干脆胜利得彻底一些吧。

鬼冢想要拉住秦元，却听秦元大喝一声："放肆！"鬼冢立刻就拜伏于地，眼睁睁地看着秦元离开了码头。

卢承庆未饮酒已经半醉，美人如玉，虽然不是高山羊子伏在自己的怀里，但是这个酷肖高山羊子的女人却已经噙着酒杯要将最醇香的美酒灌入自己口中。怎可辜负美人恩，卢承庆不但接住了那个小小的酒杯，连美人的樱唇都一起接纳了。

呼出一口气，卢承庆将嘴里的小酒杯喷了出去，指着高山羊子说："夫人啊，卢承庆确实痴心一片，为何您总是要搪塞我呢？"

高山羊子娇笑道："自古以来都是男人负心，我等女子只能逆来顺受。得到的就不值钱，这个道理羊子还是知道的，至今为止，您的诚意都不过是说说罢了，难道大将军以为羊子乃是无知女子，您的两句甜言蜜语就能让我自荐枕席不成？"

卢承庆的酒意似乎在一刹那就消失得无影无踪，推开怀里的秀美，从一个锁着的箱子里拿出一个檀香木盒子，推到高山羊子面前道："这就是我的诚意，其间还有长安城里贵人的保证，不知道这样的诚意够不够。"

"如果是珍宝就算了，羊子虽然只是一个倭人，但是珍宝也见过几样，还不会被一点珍奇所迷惑，您说呢，大将军？"

卢承庆坐直了身子，指着盒子严肃地说："这是给你的保证，里面是京城七个人家的令牌，有了它，你就能接手这七家在岭南的所有人手和生意渠道。这是我们仔细商议后，在我的大力推动下达成的一致意见。从今往后，你就是我们七家在岭南的大掌柜，仍然可以带着船队在外海纵横，只是不能超过五千人。有五千人足够你在外海折腾了。以后你若有难，我可以准许你退进海峡休整，但不能越过海峡一步。这是我们的底线，夫人必须接受，没有商量的余地。你的人日后可以去高句丽、倭国或者羁縻州居住，我们会给你安排，一定会是富贵终生，但唐国本土不许进入。"

"这是为何？难道我们不是在为大唐效力，怎么连居住在大唐的权利都没有？"高山羊子勃然变色。

"夫人想多了，您还没有资格为大唐效力，您是在为我们七家效力，我们得到钱财，你得到保护。夫人不明白，为了能把在下安插到岭南水师统领的位置上，我们付出了多大的代价！云烨有多难缠您是有数的，我们付出了一个兵部尚书的职位，才能救您于水火之中，难道夫人就不该投桃报李？"

"救我于水火之中？"高山羊子咬着牙一字一句地问。

卢承庆摇着头，又从箱子里拿出一张军事布置图扔给高山羊子："好好看，这是云烨剿灭海盗的兵力布置图，你以为你躲在外海就能安然无恙？"

高山羊子看着手里的图，哀叹一声，匍匐在地上向卢承庆拜谢，如果云烨的布置能够施行，自己的势力会被彻底摧毁，想要重新崛起，只有从头再来的份。

卢承庆亲自扶起高山羊子，一只手非常自然地搭在高山羊子的腰上，两个指头弹一下，他的贴身侍卫就全部退了下去。高山羊子也挥挥手，除了秀美，剩下的侍女也躬身告退。

待船舱里只剩下三个人的时候，卢承庆长笑一声就抱起了高山羊子，就准备登榻，这一刻他已经等得太久了。

秀美轻声对卢承庆说："公主殿下还是处子之身，还请大将军怜惜。"

"这是自然，卢某不是一个辣手摧花之人，自然体贴，不过对你就用不着了吧？哈哈哈哈！"卢承庆抱着高山羊子直奔那个松软的床榻，秀美娇笑着解开了重重帷幕，将内舱和外舱隔成两个世界。

波斯的地毯，昂贵的熏香，柔软的大唐毛绒料子铺满了床榻，一对金杯放置在床头，这里本是一个幽会叙私情的好地方，如今却弥漫着一股浓浓的血腥气。

秀美在卢承庆将高山羊子抱到床上的时候，把一根足有半尺长的细针刺进了卢承庆的后颈，而后卢承庆就像一截木头一样倒在地上。

高山羊子和秀美将卢承庆抬到床上，示意秀美可以给外面发信号了。秀美将自己的衣领扯得更大一些，露出半个乳房就随手端起一个漆盆走了出去，见到卢承庆的护卫就小声说："大将军不许任何人打扰。"又对公主带来的侍女说："公主今晚不回去了，吩咐你们回去，留下欢奴就好。"

卢承庆的胸膛起伏得厉害，眼睛都几乎要裂开了，但是他的身体却丝毫动弹不得。高山羊子趴在他的头顶，玩味地看着他说："我高山羊子乃是日出之国的皇女，高句丽的王后，尊贵无匹，你算什么？一只野狗也要对一只凤凰狂吠吗？"

"你不要露出这种万事好商量的神情，没得商量啊，我要的你给不了，我想做大海上的女王，卢大将军认为有这个可能么？自从云烨第一次抢劫了我，我就明白了一个道理，是强者拥有一切，弱者一无所有。"

"在你看不见的地方，我的武士们正在悄悄地下水，他们嘴里咬着刀子，腰里挂着绳勾，身上背着火油瓶子，正在慢慢地往你的舰船上爬——你听，你的部下没有发现，岭南水师的军纪严明，大家都很听话的去睡觉了，只有你还在饮宴……"

秀美竖起耳朵听外面的动静，当船舱门传来一重两轻的敲门声时，她才打开船舱，浑身湿淋淋的倭人从外面走了进来，足足三十几个人。

"公主，整艘船都在我们的控制下了，鬼冢问是不是现在就点火？"

高山羊子推开舷窗，看看外面黑漆漆的天空，侧耳听听大海的叹息，点点头："就是此刻，毁掉所有的船只，杀掉所有的人！"

一只火箭窜上了天空，那些被分配到舰船上的海盗毫不犹疑地打开自己的竹筒，倒尽那些难喝的液体，一支火把扔了上去，火焰顿时就腾空而起。同时燃烧的不是一艘两艘，而是上百艘，那些放了火的海盗将舱门拿缆绳拴住，而后便纵身跳进了大海。

很多的船上都发生了激烈的战斗，仓促应战的副将死命要求部下向主帅的舰船靠近，无奈被蜂拥而至的海盗船拖住寸步不得前进，最让他肝胆欲裂的就是那艘旗舰缓缓地移动了，上面传来的灯火讯号居然是原地固守待援。

巡夜的五蠡司马忽然发现海港里火光冲天，眼一黑差点栽进大海，稍一镇定就催促战舰往回，今天大家都活不成了，只有将这些海盗碎尸万段之后才有脸去死。

泉州的官府带着火龙队用最快的速度赶往码头，迎接他们的却是密密麻麻的弩箭，泉州别驾瞬间就被射成了刺猬，他到死都不明白为什么大唐的战舰会向他发射弩箭。

云烨也看到了泉州方向火红的天空，仿佛整个泉州都在熊熊燃烧，这一幕云烨太熟悉了，他攻击三山浦的时候见过，攻击卑沙城的时候也见过，现在大火烧到自己头上了。

沉默了一会儿，云烨下令："泉州不必去了，该发生的一定会发生，如果岭南水师打不退那些海盗，活该他们被消灭，我们去海港外面堵截海盗。这一次，我要让他们下到地狱里都记得我的愤怒！"

成九忽然发现前面有一个巨大的黑影挡在了出海口上，借着明灭不定的火光，他终于看清挡在面前的是什么东西了，惨叫一声："大帝号！这是一个圈套，这是云烨要杀我们的圈套！"

他的舰队立刻星散开来，但是不论他们往哪里逃，都会有一道火光追上去，而后整艘船就会爆裂开来。那道火光异常精准，几乎每一道都扎在船舷上。又一艘船爆裂开后，成九跳上一艘小船，"大帝号"在这里，整个突袭已经不可能完成了，现在该想的是如何逃命，必须通知公主，这是成九唯一的信念。

正在厮杀的高山羊子忽然停下了脚步，因为她发现海港外围总有岭南水师的援兵涌进来，而成九的舰队却不见踪影，难道成九反叛了不成？这个念头刚刚升起，立刻就被她打消了，如果成九背叛自己，自己绝对没有机会将仗打成现在这个地步，那只能说明海港外面发生了变故。

迅速衡量了一下形势，高山羊子正要发布全员向港口突击的命令，披头散发的成九冲了过来，拖着高山羊子就上了小船，还死命地摇桨。恐怖的"大帝号"已经吓破了他的胆子，他唯一的念头就是带着高山羊子走得远远的，越远越好。

高山羊子一记耳光抽在了成九的脸上，这才将他从混沌中打醒。

"说，出了什么事，你的部下呢？"

"公主，快走，'大帝号'来了，就在海港外面，这里是陷阱！"

高山羊子愣了一下，随后看着火光熊熊的海港笑起来，云烨到底还是来了。她抓着缆绳快速爬上一艘战舰，对鬼冢下令："烧毁舰船，向泉州突击！"

当官兵从最初的混乱中恢复过来的时候，战争就逐渐变得有利了。船长、校尉都在努力集结人手，他们先是清扫出一艘船，接着就开始清扫第二艘，当高山羊子脚踏到实地上的时候，海港里的战斗已经呈一面倒的形势，红眼的官兵对已经战死的海盗都不放过，直到头颅被砍下来才罢休。

海面上传来一阵低沉的号角声，官兵知道援兵到了，厮杀得更加起劲，而海盗终于开始了大溃败。

卢承庆躺在担架上，被两个海盗抬着走，不断闭合的眼睛说明他依然坚强地活着。

泉州是一个大城，一千府兵重点的防御对象就是海港，刺史在得知别驾遇袭后的第一反应就是请府兵出击。如果这一千府兵是关中府兵，刺史考虑的就不是防御而是进攻，可惜这里是百年无战事的南方，当凶悍的海盗蜂拥而入的时候，校尉大喊着杀了上去和海盗酣战，直到战死，他都是在孤军作战。

于是泉州成了海盗的天堂，高山羊子要将泉州人全部围拢起来，这些人是她和这些海盗能活下去的唯一依仗，万万不敢有失。

当海港里战事平息时，天也亮了，战舰上的火焰也被将士们逐一熄灭，海面上飘着无数的死尸和碎木。昨日还帆樯林立的泉州港，如今变得满目疮痍，一些无人的海盗船上还在冒烟。

"大帝号"推开破船的残骸，缓缓驶进泉州港。云烨看着眼前的惨状久久不语。"大帝号"上所有的人都肃立在甲板上，看着眼前破破烂烂的岭南水师，破烂的船，破烂的人，破烂的海港，这就是那支无敌于天下的舰队吗？残存的岭南水师官兵见到云字大旗，拜倒在废墟里痛哭失声。

至少少了三成的人，云烨心里的石头到底还是落地了，这样的损失已经比他预料的要好很多。

"大帝号"上放下一艘小船，云烨下到小船里，回头对哭得稀里哗啦的庞玉海、李义府、裕民三人吩咐道："重新登记岭南水师名册，今日晚间我要看到受损的情况。"

卢承庆的副将少了一条胳膊，居然没死成，跪在一艘船的甲板上等候云烨的发落，和他跪在一起的还有十几名五蠡司马，以及百十名大小校尉。

云烨上了船，很小心，似乎担心自己的新靴子被炭灰弄脏，还掏出手帕抽打了一下鞋面上的灰尘，抬眼看看甲板上的这些人，走到副将身边小声说："你怎么还活着？卢承庆呢？他是不是也活着？"

"云侯，大将军落入敌手，请云侯施以援手，至于末将，这就去死！"副将磕了三个头，用剩下的一只手举刀抹了脖子。

云烨又拍着为首的五蠹司马的肩膀说："你负有监察之职，你来告诉我，你认为自己接受什么样的惩罚，才能对得起漂在海里的兄弟？我知道选择这个时候整肃军纪不是一个好时候，这是白白地在给那个女人送去胜利，可是啊，我担心海里那些枉死的兄弟们怨恨，你听没听见他们的惨嚎？"

五蠹司马脸色惨白一片，良久才说："我是活不成了，但是下官的处罚权不在你云侯手上，需要押解进京，听凭陛下处置。"

云烨"呛啷"一声抽出横刀，抡圆了砍在五蠹司马的脖子上，血溅了云烨一脸。他抛掉染血的横刀，咆哮着对那些跪在甲板上的大小军官们吼道："这就是战无不胜的岭南水师？谁告诉你们可以把人随便安排到船上的？谁告诉你船上可以接受外食的？谁告诉你们入港之后军舰可以摆这么密集？告诉我，岭南水师的规矩什么时候改的？谁告诉你们大将军有权改动水师条例？你们告诉我，出了这么大的篓子谁能担得起？卢承庆？还是你们这群蠢货？"

"高山羊子现在就在岸上，抓了上万人打算跟我讨价还价，你们告诉我，我是答应还是不答应？奶奶的，这时候和老子说处罚权，败坏军纪的时候干什么去了？知道老子是干什么来的么？为了来救你们的狗命，老子两个月跑了一万多里，还是晚了一步，这些弟兄的命再也救不回来啊！"

那些大小将校号啕大哭，不住地拿脑袋往甲板上撞。云烨流了一会眼泪就止住了，敲着船舷下令道："挑出五千人随我上岸，剩下的人开始打捞弟兄们的尸体，一个都不能落下！"

云烨上岸的第一件事不是包围高山羊子，而是原地修筑工事，第一道工事筑好后，就开始准备第二道工事。高山羊子不作声，但是底下的海盗却鼓噪起来，因为第二道工事的材料是从海里捞出来的海盗尸体，尸体很多，以至于工事已经接近了海盗的防御圈。

五千人就想围困住上万人这不可能，云烨只有先声夺人，靠精良的装备让海盗崩溃，他希望无谓的牺牲能少一点。

一万多人被关在狭小的空间里自然有很多的事物，泉州的百姓却在海盗的钢刀下不敢有任何异动。就在刚才，那个想为妇人争取如厕权的夫子，就被海盗乱刀砍死了。

"公主，弟兄们非常烦躁，已经有人在鼓噪着杀人，说是把这些人杀掉后进山当山贼，也比这样和官军耗着强。"

"成九，我看这是你的想法吧？你也不想想，海盗跑到山上去，就是自寻死路！云烨不进攻，就是想把我们赶到山里去。我早就说过，陆地是唐国的天下，我们想要壮大和发展起来，只能在海上想办法。"

日上三竿，高山羊子劫掠过来的那些百姓开始骚动了，大人一两顿不吃还能忍住，孩子不吃饭立刻就叫唤起来，高山羊子躲在窗户后面偷偷地看云烨的反应，她不相信云烨那里会没有动静。果然，一个青衣少年赶着一辆巨大的马车走了出来，手里拿着一个白旗使劲摇晃。

高山羊子下令将这个青衣少年带到自己身边。少年人的步伐很稳健，走到高山羊子面前也不失礼，拱拱手说："我家侯爷说给孩子送一点吃食，头领还要依仗这些百姓活命，我想您不会苛待他们吧。"

高山羊子饶有趣味地看着面前的少年，拿手指弹弹他的青衫，笑着说："你来自玉山书院吧，名门高第果然不凡，处险地而不惊，知必死而不畏，大唐人才何其多啊，难道说已经多到了可以随便糟蹋的地步了吗？"

"玉山书院共计两千三百余名学生，庞玉海是其中最没用的那个，所以这种危险的活计都是我来干的，在书院我也是专门挑水的。"

成九一把扯开庞玉海的衣领，露出了肩头，只见庞玉海的肩膀上果然布满了茧子，确实是长期挑水留下来的印记。

既然是个下人，高山羊子也懒得过问，摆摆手就让庞玉海去把那些食物送给孩子。书院的人都有些偏执狂，所以高山羊子看到庞玉海把饭团亲自送给那些孩子的时候也不觉得惊讶。只是当庞玉海打算出去的时候，他被拒绝了，这个地方只许进，不许出。

庞玉海回到了人群，泉州刺史被高山羊子关到了小楼里，还好有几个小吏还在，他小声吩咐了几句，就找了个角落坐了下来，身边就是泉州常见的水沟，泉州人就是靠着这些水沟提供清水。

一个海盗刚刚站起来，就被一只弩箭射穿了脖子，其余海盗大惊，连忙隐藏起来，就这样依然不断地有弩箭射过来，将他们露在掩体外面的手臂或者大腿射穿。

高山羊子的眉头皱了起来，云烨这样做只会逼着自己杀人，难道他不想背上杀百姓的罪名，要借我的手来破局？

"鬼冢，从人群里找几个妇人过来，只要云烨那里再有弩箭射出来，就将这些妇人杀掉。"

云烨看见了十几个嚎哭的妇人被扯了出来，挡在道路的中央，那些妇人看到对面寒光闪闪的八牛弩弩矢死命地要往后躲，无奈那些海盗毫无怜惜之意。

官军身后响起了鼓，一排提着大盾，长矛架在豁口的盾兵出现在街道上，迈着整齐的步伐一言不发地向前挺进。

高山羊子的脸顿时变得煞白，他没有想到云烨居然真的打的是这种盘算，既然是自己先动的手，云烨现在有理由冲进去，不顾任何人的死活。

"准备火把，一旦云烨的军队越过那道白线，就立刻投掷火把，我们活不成，那就让整个泉州给我们陪葬！"高山羊子脸上的青筋都起来了。

三排盾兵在海盗的胆战心惊中越过了那些闭目等死的妇人，在即将越过白线的时候，忽然停下了步伐，大呼三声"杀"，手中的长矛也伸缩三次。

"他的目的还是这些百姓，这就好，从现在起不得滥杀，违令者斩！"高山羊子高声下了命令。

闭着眼睛假寐的庞玉海听到了，在一张小纸条上写了一句话，装在一个小竹管里就丢进了水沟。

很快，一支弩箭带着风声钉在小楼的窗棂上，尾部还在微微的颤动，箭杆上绑着一个小布条，高山羊子命人取过布条，展开一看，只见上面写着一句话："你要什么？"

高山羊子终于露出久违的笑容，在布条上写了一个字"船"，就让人射出城外。

刘仁愿拿到布条后，看了一眼就交给了正在看地图的云烨。云烨看都不看直接说："告诉她仅限一艘，用八牛弩射进去！"

刘仁愿在布条上写下了一艘这个答案，就把它绑在粗大的攻城凿上，手一挥，攻城凿"嗡"的一声就钻进了小楼，一个躲在柱子后面的海盗被弩射了个对穿。

成九心惊胆战地取过布条给高山羊子看，高山羊子眉头皱了一下："把泉州主簿的人头扔下去！告诉云烨，如果天黑以前还不答应五十条船的要求，再把'大帝号'的船舵卸掉，他就等着给所有人收尸吧！秀美这一次你去，表示我的诚意。"

秀美见到云烨的时候，她全身上下被刘进宝检查了三遍。

"公主说了，今日天黑之前，给我们五十艘船，'大帝号'卸掉船舵。另外公主为了惩罚你的无理，命我特意将泉州主簿的人头带了过来，请侯爷验看！"秀美打开了带来的盒子，放在云烨的餐桌上。

云烨瞄了一眼盒子里的人头，继续吃饭，把饭碗里的最后一粒米吃进嘴里，才用茶水漱了口，对秀美说："我最多给十艘船，这是我最后的底线，去吧，告诉高山羊子，我给她的期限也是天黑以前。冯盎天黑就到了，他才是这里的正主，我不知道冯盎是不是也和我一般怜惜百姓的性命。"

秀美走后，冯盎端着饭碗从后帐走出来，坐在椅子上继续吃饭，见云烨有些黯然，就劝道："算不得什么大事，这个主簿现在不死，事后老夫还是会砍他的脑袋。你这就打算从水沟里进去突袭那些海盗？那个女海盗在所有人身上淋上了火油，只要一把火就能让这些百姓化为飞灰，这样太冒险了。"

"庞玉海是书院最懂得如何组织人的学生，我估计这个时候他最少也该组织起一批人了。早结束要比晚结束好一些，再拖下去，那些海盗会发狂，到时候死伤一定更大，这可是上万人。"

高山羊子听着秀美的报告陷入了沉思，云烨的用心非常恶毒，十条船只能带走部分人，只要这个消息传出去，内讧是必然的。

她想封锁消息，但云烨没有这个打算，一个大嗓门的军士一遍又一遍地往里面喊话，内容就是答应给十条船，放生一部分。

维系一个组织的，无非就看他们和最高掌权者的远近亲疏，这些话顿时让所有的海盗慌乱起来。一部分聪明人趁着自己的后路没有被截断，往草丛里一钻就朝远处跑了，却不知四府八乡的府兵都在向泉州涌来。

高山羊子看了鬼冢一眼，鬼冢瞬间拔刀，砍死三个叫嚣得最厉害的海盗头目。

死人的脑袋让海盗安静下来，但就在这时，一枝拇指粗的长箭从门缝里钻了进来。这一箭无声无息，等高山羊子发现那点寒光，只能微微一侧身，胳膊却被那支箭射了个通透。

喊杀声顿起，无数盾兵冲了进来，庞玉海高呼一声："高山羊子死了！"

所有的海盗都愣了一下，就在这短短的时间，广场上的百姓已经脱掉了沾满火油的衣衫，玩命地向官兵跑去。

鬼冢刚刚举起火把，正要往人群里丢，就被一支力大势猛的长箭射飞，直接钉在墙上。冯盎手里的长弓每响一次，就有一个海盗被射穿。

一大片空地上的人群变成了没头苍蝇，不知道该往哪里跑，绝望的海盗只想杀人，人群一片片地倒下，于是就变得更加惊恐。庞玉海无奈地放弃了指挥，这些人没有脑子，没有思维，有的只是本能地奔跑。

一大群海盗朝着庞玉海的方向跑了过来，他们也没有地方好去，和那些已经疯狂的百姓一样也在东奔西窜。庞玉海随便找了一具尸体，弄了一点鲜血涂在自己的脸上，倒在一个没人在意的角落，为了不被乱箭所伤，他还找了一个肥硕些尸体压在自己的身上。

大军不断地涌进来，逐渐肃清了海盗，还是不见高山羊子的踪影，同时不见的还有庞玉海及泉州的重要官吏，卢承庆也不见踪影。

"找，找出来，一定要找出来！"云烨朝着护卫嘶吼，满地的尸体让他产生了从未有过的挫败感。

高山羊子没有走远，就在旁边的刺史府里，大军迅速将刺史府邸围起来。大门顶上挂着一个胖胖的中年人，一看到云烨，他就踢腾着短腿大叫："云侯，云侯，莫要强攻啊，王爷在里面，狗日的卢承庆告了密，把王爷在泉州的消息告诉了海盗，那个海盗说了，只要您强攻，第一个被砍头的就是我家王爷。"

江王李元祥是李渊的第二十一个儿子，是李渊被李二囚禁之后的产物，今年只有十三岁，进了书院后因为太蠢被李纲驱逐出书院。他虽然只有十三岁，却是一个地道的吃货，书院里面吃红烧肉的记录就是他创造的，一口气吃掉了十个人的份，被誉为书院的第一吃货。除了吃，他最拿手的就是睡，居然能在李纲单独教育他的时候呼呼大睡，李纲先生的咆哮亦不能让他有丝毫的悔改。

李元祥就封两年，越州的民生就仅次于钱塘郡的杭州，所依仗的是和泉州密切的商贸往来。一个能吃能睡的家伙花费的并不多，他的属官彭渡把他当猪养起来，将越州所有的权利一手抓。李二知道实情，却从未追究，因为让李元祥去管理越州，只会是当地百姓的灾难，而彭渡几乎是孝子的典范，也从不滥用权力。

云烨敢肯定，只要李元祥死了，背着屠戮兄弟恶名的李二会压力巨大，而云烨自然也会倒霉。他派人把李元祥的管家放了下来，总算是知道了李元祥来泉州的原因，他是来为李二大寿选礼物的。

"云侯，您就算是看不起我家王爷，但被贼人裹挟的三百多妇女、孩童的性命，您顾是不顾？那个女海盗说了，现在府里的海盗只有三千多人，只要您答应给她十艘船，并卸掉'大帝号'的船舱，她立刻离开，发誓永世不踏进海峡一步。"

云烨冷笑起来，揪着管家的领子说："你去告诉那个婊子，船我给，'大帝号'的船舵我也卸，让她赶紧给老子滚出泉州！"

管家连滚带爬地进了刺史府，不一会儿，成九就出来了，对云烨拱拱手说："云侯，在下这就去海港看着'大帝号'拆卸船舵，只要拆了船舵，公主就立刻登船，三个时辰后我们留在里面的人就会把人放掉。"

云烨懒得和海盗说话，挥挥手就让刘仁愿带他去了。李义府和满身血迹的庞玉海前来禀报，泉州百姓死伤居然多达千人，而将士也死伤超过千人。俘虏的海盗被赖传峰用铁线穿过锁骨，十人一队地送往海港，等候装船运到螃蟹岛挂在杠子上。

"大帝号"的船舵卸起来很容易，但是装起来就非常繁琐，必须得拖到船坞里进行，哪怕船工不吃不喝地抢修，最少也需要三天才能将船舵装好。它那重达两千斤的尾舵就根本不是人力所能安装上去的，一定要借助机械的力量才行。三天过后，"大帝号"想要在茫茫大海上找到十艘海船，真的就是大海捞针了。

天色暗了下来，成九回来了，不一会儿，高山羊子就带着大队海盗从刺史府走出来，经过云烨面前时，她盈盈施了一礼："这一次云侯为庸人所误，小妹有幸与您打成平手，下一回海上争锋，谁生谁死，各安天命吧。"

云烨阴沉着脸瞅着高山羊子队伍里的卢承庆："你贵为公爷，难道连家小都不顾了，这就要准备投敌？"

憔悴到极点的卢承庆惨笑一声："卢承庆自作聪明，养虎为患，如今自食其果，徒呼奈何？这样的滔天大祸，卢家人的性命全部填进去都不够，上一次陛下灭卢氏，我因为乃是远枝逃过一劫，这一次断无生理。既然如此，我卢承庆何不逃得远些，娶一个蕃女为妻，重新诞育子孙？云侯就可怜我卢承庆一次，放我一马如何？"

云烨听得后背发凉，一个人能自私到如此地步确实旷古烁今，老母妻儿全然不顾，任由他们去死？摆摆手就示意他快滚。

高山羊子没有乘坐云烨为她准备好的战舰，而是重新挑选了十艘，带着人迅速登船远去。云烨没有做任何阻拦，只是看着远去的大船，第一次露出了笑意。

云烨没有等三个时辰，在水龙齐备的情形下迅速进入刺史府，进了门才发现院子里倒了一地的死尸，还好都是倭人的，被裹挟的妇女、孩童都安然无恙地捆在一起。墙上写着一行大字："这是敬重你是一个好人，给你留的礼物。"落款是高山羊子。

云烨从怀里掏出一个小沙漏，看着不断的流沙喃喃自语："老子真的是一个好人么？为什么我不这么觉得？"

大厅里有一个巨大的圆桌，上面堆满了食物，一个少年巨胖正在胡吃，看到云烨，他支支吾吾地说："孤王早就知道云侯不会弃本王于不顾的。嘿嘿嘿，本王说遍了好话，才让那个倭女不杀人的，也是本王告诉卢承庆应该跟着那个倭女走的。不过啊，我的那个管家的性命您还有没有办法救一下？我答应以后和那个倭女做交易，还给她写了投效状，您看看能不能一并拿回来？这可都是为了救这些女人和孩子才做的权宜之计，但要是被我皇兄知道了，我还是会倒大霉的。"

云烨惊讶地看着这个肉山一样的胖子，忽然感觉自己以前好像看错人了，这混蛋绝对是在扮猪吃老虎。

胖王爷抬头看了云烨一眼，叹了一口气说："这么说我那个忠心的管家回不来了？我猜，不管那个倭女选哪艘船，哪艘船都会沉，是不是这样？您倒是说话啊，张着嘴巴干什么。"

"那十艘船不会沉，只会变成一堆烂木片。"

"会爆？可怜的，我的那个管家果然回不来了。"

云烨掏出那个沙漏放在桌子上，两个多时辰过去了，沙漏里的沙子只流了很少的一点，李元祥把胖脸凑过去，仔细看了一下沙漏，小心地问云烨："为什么把时间设定这么长？你不担心出意外？"

云烨叹了口气说："你这样的蠢材都变成了精明人，高山羊子那种有枭雄之志的女人就更不能小觑。那个女人只要出了海，肯定会转移到小船上让大船拖着走。只有等到七八个时辰后，她才会觉得安全，才会上大船，那个时候火药爆炸才会起效果。可惜啊，岭南水师就剩下不到三十艘能扬帆的船了，泉州又成了烂摊子，还没办法补给，只能眼睁睁地看着那个女人离开，不能手刃此贼，云烨心中不甘啊！"

李元祥用胖手将沙漏抖了两下，发现并不能让沙子流的更快，就把沙漏放在桌子上，拍拍肚皮对云烨说："那是你的问题，先说好，奏折里不要提起我，就当我从没来过，我只要见到我二哥腿肚子就哆嗦，能不见他，就不见他。"

处理完了刺史府的事情，沙漏已经流淌了一半，冯盎已经开始收拾烂摊子了，云烨带着仅有的十五艘船出了海。

沙漏依然在流淌，顶上的沙子只剩下薄薄的一层，此时是凌晨，天边已经发白，在黑夜里行了一夜的船，所有人都毫无倦意，都在看着沙漏，沙子流尽之时，就是海盗授首之日。

　　桅杆上的冬鱼举着望远镜四处观察，眼看着最后一粒沙子流了下来，所有人都趴在船舷上朝周围看，很想看到冲天而起的烟柱。没动静，这让很多人失望。

　　人熊摇着手辩解说："这不可能，俺把火药藏得非常隐秘，就算海盗把船拆开都不一定能够发现，时香用的也是没有味道的那种，他们断然不会发现。"

　　就在众人面面相觑的时候，冬鱼叫了起来，众人抬头，只见冬鱼把手指向了左方。只见左面的天上升起大片的烟雾。欢呼声顿起，船长不用人指挥就改变了航行的方向，直奔烟柱腾起的地方。

第二十章　收拾摊子

李二用红笔在一封北庭都护府送过来的简报上批了字，搁下笔，拿起冯盎和云烨联名上的奏折瞅了一眼，喃喃自语："泉州打烂了，岭南水师被打烂了，军民死伤不下五千，船被毁了一半……唔，确实很严重啊，不过海盗灭掉了就好，岭南水师这些年锋芒太盛，吃点亏也在情理之中，有'大帝号'在那里镇守，该不会有人起异心。"说完就把奏折抛在一边，走到屏风前，牢牢地盯在地图上的安西和北庭，久久不语。

房玄龄走进大殿后，断鸿将云烨和冯盎的奏折拿给他，他仔细看过后，长长地叹了一口气。

"看到了？云烨到现在还帮着卢承庆说话，明明已经投敌，被他炸死在海上，你看看云烨是怎么说的，卢承庆战死在军营！这不是睁眼说瞎话么？"

"陛下，卢承庆乃我朝显贵，他投敌不要脸面，大唐还要脸面。云烨这么说，就是为了我们的脸面着想，老臣以为捏着鼻子认了为上策。"房玄龄这些年已经很少有往年的那股子锐气，取而代之的是和煦一片，现在已经有和事佬宰相的名头传出来。

李二皱起眉头看着房玄龄说："这样做虽然名声好听一些，却乱了法纪纲常——唉，也罢，去职，罢爵，七家！"

房玄龄出了宫门，杜如晦和一干勋贵围住他打听陛下对刘弘基这些人的处置意见。

房玄龄对刘宏基的大儿子说："云烨的奏折里说卢承庆是战死的，对他投降海盗的事只字未提，所以陛下对你们几家人的处置是夺爵罢官。这已经是好的不能再好的结果了，泉州百姓遭此罹难，都是因为你们玩弄权术的结果。泉州的安抚之资需要你们来出！"

刘正武软软地坐倒在地上，抹了一把眼泪就对房玄龄说："小侄明日就南下，亲自去向泉州百姓谢罪，也去谢谢云兄的不杀之恩！"

长孙无忌叹了口气，背着手上了马车，对车里的长孙顺德说："听见了？都是你们造的孽！云烨在海上的事我都没有敢插手，为什么？就是因为不熟！族叔，我就不明白，你们怎么敢插手岭南的事？皇后在那里有产业，太子在那里有产业，魏王在那里还是有产业，再加上一个云烨，你们真的是虎口拔牙啊。"

长孙顺德早就被他这个晚辈训斥过无数次了，这一次也不还嘴，只是看着长孙无忌说："老夫怎么总觉得这件事是云烨安排出来的？说不定那个女海盗早就是他的人，这一次借助女海盗的力量一举将我们七家击溃，好手段啊！"

长孙无忌嗤笑一声："怎么，你还不服？打算再去找他掰掰手腕？不管那个女海盗是不是云烨的人，人家这一次是不是放了你一马？没将你置于死地你就该感恩！族叔，这样吧，您以后就不要再登我的家门了，有您这样的亲眷，长孙无忌睡不踏实啊！"

李二看着墙上密密麻麻的勋贵牌子，吩咐宦官将一些牌子摘下来，墙上有了一些空余，他觉得顺眼多了，欣赏了一会就回到了寝宫。

长孙一边将他迎进去，一边问："刘弘基、长孙顺德这些人都算得上有功之臣，可是这一次犯的错实在是太大了，云烨故意隐瞒，妾身是否该去一封信责备一番？"

"用不着，杀人并非是一个帝王唯一的选择，现在不光刘弘基、长孙顺德这些人已经落伍，就连房玄龄、杜如晦这些老臣也跟不上朕的步伐了。过几年等年轻人都历练出来了，这些老臣也就该颐养天年了。朕很想他们能够善终，我们君臣有情有义，必将成为万世之楷模。"

岭南水师需要塑造的不光是阵型，还需要恢复原来的精气神，船没了再造就是了，精气神没了这支队伍也就垮了，但是这次伤亡太大了。

泉州港口大军云集，无数大军在周边的山林里扫荡，不断有海盗被大军从山林里搜出来，只要押解到街市上游街示众，一趟下来海盗就已经死得不能再死了，愤怒的泉州人恨不得将这些海盗撕成碎片。

如何安抚这些情绪暴躁的泉州人，是冯盎的事情，云烨从不过问，也不能过问，南海道的行军总管过问民事是邀买人心的罪过，云烨不会越雷池一步。

等"大帝号"的船舱装好后，云烨就带着舰队拖着受损的战舰回了邕州，给海峡守军的军令是一年之内，海峡只许进不许出。

邕州现在彻底变成了一座大城，城墙已经向外扩了两。刘福禄这家伙不是一般的好使，整个邕州被他打理得井井有条，城市的功能甚至开始向周边拓展，再这么下去，蒙家寨子迟早会成为邕州的卫星城。

住在蒙家寨子侯夫人现在气色很好，虽然荆钗布裙，但看上去更加健朗。她现在没了当年贵妇人的样子，完全一幅农家小户的模样，能迅速扭转自身价值观的女人，怎么样都能好好活下去。

"杰儿信里说媳妇已经有了身孕，人也送回来了，老身还以为他还想着小武不肯成亲，现在好了，有了孩子就能安心了。你这次回去的时候就把凤娘也带过去，让她留在玉山待产，侯家在京城还有些未了的事宜，你照看着让凤娘一并了结掉，带着资财来邕州。今后我们就在岭南安家落户，就是你侯叔叔的坟茔还希望你多照看一下。"

说到这里，侯夫人的眼睛里闪烁着泪花，擦了一把眼睛，就呼唤凤娘赶快把鸡端出来。

云烨看了一眼凤娘，是一个很能干的妇人，相貌算不得漂亮，清秀而已，礼仪倒是不缺，出身怎么也该是书香门第，小腹还没有显怀，这个时候走远路很危险。

云烨把自己的担忧说给老夫人听，老夫人笑着说："侯家人没那么娇惯，跟着你一路上也不会遭罪，我再让一位姨娘跟着她回去就好，一路上总会照顾好的。"

云烨吃了一罐子鸡，又去给过世的长老添了一把松柴，就带着凤娘回了邕州。

"大帝号"自从修好后就没有停止巡游，现在想要让那些商贾们放心，只有让他们不断见到"大帝号"的雄姿。

船坞里的新船正在督造，云烨把这活计交给了刘仁愿，他天生就喜欢大海和船，有他在，万事无忧。

但愉快的家庭生活并没有持续多久，满天都是从北方飞来的大雁的时候，天使也就到了，刘仁愿进忠武将军、岭南水师统领，封爵阳山县子，掌管南海事。云烨进怀化将军、北庭都护府大都护，东起伊吾，西至咸海一带，北抵额尔齐斯河到巴尔喀什湖一线，南至天山，这一片土地都在云烨的治下，治所在庭州。

旨意下来了，就留不成了，去北很明显不是一年半载能回来的。云烨以前对于离别看得很淡，在大唐生活了这么些年后也就变得有些伤感了，临走的时候，他拉着李安澜的手说："此去北庭任职，多则三五载，少则两三载，你我一在北海，一处南疆，善自珍重吧，如果在南疆不得意，就去长安。"

李安澜吓得脸都白了，拉着云烨的衣袖颤声说："您要是觉得此去不妙，不如不去，拼着父皇发怒，我们去大海里住，只要你活着，万事都好商量。"

云烨揉了一把脸，在李安澜的鼻子上按了一下，没好气地说："气氛全没了，我还指望你说一些肝肠寸断的话来暖人心，谁知道你竟然撺掇着我当逃兵，没意思！"说完就在李容的脑袋上揉了两下，骑上旺财就上了路。他不是岭南水师的统领了，自然没有动用军舰送自己回家的权利，他也不愿意乘坐慢悠悠的商船，那东西太危险了。

出了横浦关就进入了梅岭古道，梅岭古道是一条幽深的古道。宽不过丈二，高低不平的石头，铺就了古今的时光。细细的小草从石头缝里长了出来。古道泛绿，看上去有些年轻。古道两边，树木很多，投注着相当多的荫凉。树木高大苍劲，气度非凡。清亮亮的沟水，发出细小的声响，可饮，可洗。

出了梅岭古道再走百十里地就到了江西南道的大余关，当云烨一行赶到关下时，此时城关紧闭，这里是李二屯居甲兵之所，以前是在防备冯盎叛乱，现在防备云烨叛乱，六千最精锐的玄甲军屯驻在这里。玄甲军统领还放出话来，要是云烨的岭南水师敢有异动，他们立刻就会沿着梅岭古道南下，踏平邕州。

玄甲军的统领一般都是出自段志玄家，段猛以前就在玉山书院就读，现在也不知道分配到哪里去了，玄甲军一直对云烨的岭南水师抱有敌意，自从段志玄过世后，就更加没了来往。估计这也是李二的策略，他治军从来都是把两个不对付的家伙放在一起。这里的统领也不知道是谁，对云烨的腰牌不屑一顾，只说想要入关必须等到明日鸡鸣。

这倒不是难为谁，玄甲军就是这德性，让他们变通一下比杀了他们还难，到现在，他们的督粮官还是板着一副死人脸就要糜子，给他们大米白面就要翻脸。

整个大唐玄甲军只有三万，一个不多，一个不少，死一个替补一个，这也是大唐唯一的一支需要执役到五十周岁的军队。

云烨在别的军队面前可以耀武扬威，但是在玄甲军面前实在是没有多少面子。不过城上的那些玄甲军也没有把事情做绝，从城头送下来好几大筐糜子馍馍，黄黄的，看着就没胃口。

刘进宝咬着牙将这些糜子馍馍拿好，随着玄甲军士卒指的方向摸黑向山神庙走去。那里有座破庙，有片瓦遮身总比睡在野地里强。

家将把马匹围拢到山神庙的后院，在大殿里点了一堆火，仔细搜查过后才请云烨进去。今晚的晚餐就是肉汤和糜子馍馍，本来有干粮的，但是没人会浪费粮食。

云烨咬着牙勉强吃了半个，就吃不下去了，拿了一个树枝子串在上面打算烤热了吃，刘进宝拿出卤肉和腌好的鱼对云烨说："侯爷，您吃不下去这黄馍馍就不要勉强了，您还是吃咱家的东西吧。"

在这些人跟前没必要装模作样地委屈自己，云烨找了一只鸡，撕下来一条鸡腿，就把其余的肉分给了身边的护卫。

一阵风吹了过来，云烨拿袖子遮了一下眼睛，等那阵怪风过后，他发现自己穿在树枝上的鸡腿没了，朝火堆里看看，也没有，别的护卫都在大口嚼着，没人发现侯爷举着一个空树枝子在发愣。

云烨把树枝子一扔，朝房顶上说："小苗，赶紧出来，多大的孩子了，怎么还是这么顽皮。"

"不出来，师傅说了，我们只能行走在黑暗里，不能让别人看见。朝饮东海水，暮宿苍梧山才是我们应该追求的。"

众人叼着馍馍抬头朝房顶上看，一片淡绿色的裙角从房梁上垂了下来，一只白皙的小手稍微晃一下，云烨身后的卤肉就不见了。

"别听你师父的，他待在家里享福，整天和刘方先生饮酒喝茶，把你轰出去风餐露宿，狗屁朝饮东海水，东海水是咸的，多喝两口会死人！赶紧下来，以后就跟着云叔，不要听你师傅的话，他就是嫌你在身边烦！这些日子吃苦头了吧？可怜的，大闺女就该坐着马车，不该坐房梁，下来吧，马上就要找婆家嫁人了，到现在嫁衣还没着落吧，东奔西跑的，哪有时间绣花！"

人影一闪，一个灰头土脸的小丫头就出现在云烨面前，头发乱蓬蓬的，身上的绿裙子也脏兮兮的，手里拿着一大块卤肉，瘪着嘴就要哭。

云烨掏出手帕帮小苗擦脸，越擦泪水就越多，这孩子痴于练武，心性还是小姑娘心性，一个人在大唐漫游了一年多，显然吃了不少苦，如今在梅岭古道里见到云家人，亲近感大生，又担心云烨不理睬自己，这才躲在房梁上偷看，现在听到云烨絮絮叨叨的关爱，哪里还忍得住，眼泪一流出来就成河了。

有眼色的刘进宝在小苗面前铺开了一张很大的油布，把李安澜给准备的吃食一样样地往油布上放。她娇小的身子却能吃下那么多的东西，家将们没一个笑话的，反而说她没有在家里的时候多。

小苗吃饱了，羞涩地朝云烨笑一下，就窜上了房梁，从上面拿下来一个不大的包裹放在云烨面前。这时候刘进宝已经把洗澡水烧好了，倒进一个大木盆就给小苗端到偏殿里去了，大声喊小苗快去洗洗，他帮着小苗把风。

小苗孩拿着换洗的衣服蹦蹦跳跳的就去了偏殿洗澡，云烨疑惑地打开包裹，想看看小苗到底收集了些什么宝贝。一颗烂珠子，七八枚银币，一个破旧的扳指，啃了半截的甘蔗，一支鎏金的步摇还是铜的，一个难看的布娃娃一看就是小丫出品，只是为什么还有一枚怀化大将军印？

云烨赶紧从怀里掏出自己的怀化将军印，两相对比后，发现自己的比人家的少了一个狰狞兽头，把大印翻过来一看，上面写着"怀化大将军段"。

姓段的怀化大将军除了段和还能有谁？怪不得今天大余关城门紧闭，原来是大将军的印丢了。这就有趣了，段和就在大余关，怪不得城头看不见他的旗子，原来没了大印，哈哈，小苗真是一个好孩子！

刘进宝凑到云烨身边，见侯爷不断地把玩一方印信，就问道："侯爷，这不像是您的印信啊，多了一个兽头。"

云烨把那方印信端在手上斜着眼睛对刘进宝说："当然不是侯爷我的，是段和的，一个把自己命根子都丢掉的怀化大将军还真是少见，进宝啊，你觉得咱们明天进城问段和要点什么好呢？想好，一般的东西侯爷我可看不上。"

刘进宝撇着嘴不屑地说："段家是出了名的穷鬼，他家能有什么好东西，段老公爷的俸禄都救济了自己的部下，自己吃糠咽菜的，长安城谁不知道。不过，侯爷啊，他家的老兵可是出了名的厉害，上一回演武，咱家被人家打得很惨，老赖在家里休养了半个月才能起身，就这，老赖还说人家留了手，要不，咱家问他要几户老兵过来，他家的负担太重，咱家帮把手救济几户老兵也是该的。"

云烨点头道："确实如此，眼看着勇士的日子过得恓惶，侯爷我也看不下去，能帮把手，就帮把手，同袍之义还是该有的，到时候多要几户给段家节省一点钱粮，他家的石狮子上面都长草了。"

清晨，阳光满地，云烨洗漱过后，走到门外搭好的灶台编，掀开蒸笼拿了两个肉包子，端了一碗稀粥坐在石头上开吃。家将、护卫也走过来，排着队拿食物。就在这时，一阵急促的马蹄声由远而近。

大胡子段和眼睛都是红的，远远地就抱着拳头大笑着说："段某失礼了，昨晚就该请云兄进城，无奈玄甲军军纪森严，日落关门这道军纪段某是万万不敢破坏的，还请云兄海涵！"

云烨挠着头皮对段和说："小弟在长安就算是纨绔了些，也不至于让段兄如临大敌吧？你防备着岭南没错，防小弟是个什么意思？我现在要去北庭，难道你就要把玄甲军安置到安西不成？"

段和张了张嘴，低声尴尬地说："与你无关，愚兄昨日不慎将印信丢了，现在正在找，城池都翻了一遍了，还不见踪影。"

云烨感同身受地揉揉鼓鼓囊囊的胸口，里面放俩印信确实让人不舒服，他同情地对段和说："确实是一个大麻烦啊，以前我岭南水师的印信被犬子拿去在猪屁股上盖章，结果掉河里找不到了，小弟被娘娘骂得好惨，在大日头底下整整站了两个时辰惨不忍睹啊！"

段和吃惊地看着云烨说："你把印信拿给你儿子当玩具？"

"是啊，娘娘重新给我发了一个，估计你也一样，了不起回京被陛下臭骂一顿，最多打两板子，一个破印章丢了就丢了，算不得大事。"

段和苦笑道："玄甲军与岭南水师不同啊，这是陛下亲自建立的，怀化大将军印就是我指挥这支大军的依仗，五蠹司马只给了我两天的时间去找。虽然陛下还不至于砍我的脑袋，但是段家的脸面这次被我丢尽了，哥哥我自杀的心思都有了。"

"回去找找，锅台旁边，水缸后头到处找找，说不定就找到了，如果你找不到，就交给小弟我去找，保证会找到的，多大点事儿，至于寻死觅活的？"云烨大大咧咧地挥挥手，大包大揽。

段和的眼睛猛地一亮，抱拳道："哥哥我实在是没办法可想了，就请兄弟帮哥哥一下，感激不尽啊，以后有用到哥哥的地方尽管开口，俺老段欠你一个人情。"

"小事情，至于这么郑重其事吗？你要是把上一次揍我岭南水师的那五十个老兵送给小弟，保证你万事无忧。"

段和猛地勒住马缰，恶狠狠地对云烨说："莫非这件事是你做的？"

"少冤枉人，昨天我还在梅岭古道欣赏美景呢，问你要人就是觉得那五十个老兵跟着你太亏了，那么好的身手，却整天吃糠咽菜，时间久了，谁还给你效命！"

段和的脸色阴晴不定，他的任务就是盯紧云烨在岭南的一举一动，自然知道云烨的行程，事实上云烨刚从邕州出来，他就知道了。昨日云烨确实在梅岭，这个没什么好怀疑的，可是他凭啥打包票，说能找回印信？

玄甲军的重重护卫下，段和根本不信这个世界上还有人能够在玄甲军营里来去自如。他一直以为是内鬼，绝不相信是外人所为，现在府邸里的丫鬟仆役正在一个个的经受五蠹司马的盘问，就连他的小妾都不例外。

"好，一言为定，只要你能找到印信，我立刻准许那五十个老兵卸甲，至于他们能不能为你所用，我不打这个包票。"段和咬着牙答应了云烨的条件。

"没打算让你逼他们，你只要让他们落户在云家庄子就行，成与不成那是云家的事，与你无关。"

"那你打算怎么找，从哪里找？我这就给你安排。"段和还是非常的怀疑。

"简单！"云烨说完就从怀里掏出怀化大将军印给段和递了过去。

段和的脸色精彩极了，各种颜色不断地在脸上浮现，云烨眼睛一眨不眨地看着段和，他等这一刻很久了，一种变化都不肯放过。

"印信以后要放好，不要随随便便就被偷走，小弟与独脚大盗在梅岭之上大战了三万多个回合才侥幸抢回印信，你应该学学小弟啊，你看看，我在印信上拴了一条绳子挂在腰上，这样就安全多了。"

没上过战场是段和最大的憾事，虽然只要大唐有战事，他必然第一个请战，很可惜李二从不动用玄甲军出征，现在能让李二自己冲锋陷阵的时代早就一去不返了，所以段和到现在还是战场白丁。

他根本就不相信云烨的胡说八道，但大印确实是云烨弄回来的，而云烨必然认识盗印信的人，说不定他们之间的关系很亲厚。今天的哑巴亏吃定了，被人家教训也只能强忍着接受。

"不知云兄在和独脚大盗激战时有没有见到一枚扳指，那是家父的遗物，万万不敢有失，如能找回，段和感激不尽！"当段和强忍着愤怒抱拳施礼时，就见云烨翘起的大拇指上套着一枚扳指，正是自己遗失那枚。

云烨赶紧收敛了玩笑的心思，玩笑必须有个限度，既然这东西是段志玄留下来的，云烨就不能糟蹋了。

从指头上褪下扳指，云烨恭敬递给给段和，歉疚地说："小弟无礼，委实不知这是段伯父的遗物，还请段兄见谅！"

段和再一次感谢了云烨后，云烨愉快地接受了他的邀请，去他府上小坐，当然，这也是为了监视段和完成自己的承诺。

分宾主坐定，云烨说："老段，我实话说了吧，你的印信确实是被人从你府邸里偷走的，玄甲军的防卫有漏洞，人家原本是要揍你一顿的，结果没有得逞，就随手拿走了你的印信以示惩罚。至于他是怎么进来的我还真的不知道，以后我知道了，一定会告诉你。"

俩人正说话，一个精瘦的汉子走了进来，很没礼貌地要求段和拿出印信让他验看。段和不以忤，当着云烨的面掏出印信让他鉴别。

"是真的。"那个汉子将印信翻看了好久，忽然把脑袋转到云烨这边，"卑职听说印信是云侯找回来的，却不知贼人现在何处？"

你都"卑职"了，问话的口气怎么像天下兵马大元帅？对于这种人，云烨从无好感，瞎话张嘴就来："我在梅岭与独行大盗大战了三万回合，费尽心力才抢回印信。"

"云侯，我在问你贼人现在何处？"

"我在梅岭与贼人大战了三万回合，费尽心力才找回印信。"不管这个家伙问什么，云烨都用这句话搪塞，一边搪塞一边和段和谈笑言欢。

看样子段和也不喜欢这家伙，这家伙见云烨不理睬自己咬咬牙就走了出去。

第二天天一亮，云烨的队伍就出发了。旺财跑得很起劲，总想跑到最前面去，云烨对旺财从来都不加限制，什么事都由着它的性子来，结果这一跑，就一直跑到商州，身上的衣服也不断加厚，三千里远路，耗去了整整两个月的时间，从十一月一直跑到了一月。

金竹先生在楼兰人的墓区里挖出来很多死人，其中有一具女尸面容居然栩栩如生，穿着华贵的裘袍静静地躺在一整节胡杨木挖出来棺木内，面容安详。

金竹先生拿着小刷子轻轻地扫落了那具女尸脸上的灰尘，端详了片刻对狄仁杰说："这具尸体已经埋在这里至少两千年了，居然能保存得如此完美，确实罕见。这是先民，不可不敬，来人，将棺木重新订好，掩埋好，我等对先民当存敬畏之心，而后祭祀！"

他的两个弟子走上前来，看着躺在棺木里的女尸问金竹先生："先生，我们在这里挖出来的尸体不下十具，何故只有这一具能够保存的如此完整？”

金竹犹豫了一下，然后才说：“这里面需要的条件很多，但是老夫认为最重要的一个条件就是福萌。智慧越高就越是能把握自己的命运，农夫的儿子不一定会成农夫，而猪的孩子逃离不了被屠宰的命运。所以，你们在研究学问的同时，也要修饰自己的品德，积攒自己的福萌，很多时候一个不经意的小变化，就能让你受用终生，或者悔恨终生，慎思之，熟虑之，笃行之，切记，切记！”

金竹先生在这里忙碌，一大队骑兵却在另外一面山坡上忙碌，作为这个世界上最具有破坏力的一群人，拆开坟墓上的木头对他们来说并不是难事。他们干得非常顺手，波浪一般连续不停，这是拆除敌人工事的标准手法，快速而有效。

狄仁杰怎么也没有想到墓会如此庞大，它竟然占据了整个山坡，拆下来的胡杨木料已经堆得像山一样高，这才不过揭去了两层而已，据黄鼠说，这样的木料层至少还有五层才会看到主墓室。

狄仁杰看着面前堆积如山的木料皱起了眉头，这些人为了建造墓室居然砍伐了如此多的胡杨树。楼兰如今成了一片破败之地，说不定就与他们随便砍伐胡杨林有关。楼兰人这是在自取灭亡啊，就算是没有这次的失踪事件，他们一样会被沙子埋掉。

狄仁杰愤怒起来：“继续拆，我要看看里面到底埋着什么样的高贵人，老子要将他烧成灰！”

军士们不明白这个少年贵官为何会发怒，校尉手一招，立刻又有一队人马加入了清除木料的队伍，木料太多了，忙碌到了夜晚，也只剥开了四层。

夜晚回到楼兰城休整，忙碌了一整天，所有人都感到非常疲惫，用过晚饭后，就钻进帐篷里睡觉。

睡到半夜，狗子猛然间坐了起来，唤醒了沉睡的狄仁杰，俩人侧着耳朵倾听，今夜的风声里夹杂着人声，这是哭声，夹杂在夜风里非常明显。当狄仁杰冲出帐篷的时候，两队骑兵已经打着火把包抄过去了。

狄仁杰翻身上马，许敬宗拉住他的马缰小声说：“等到有了结果再去，你要是出了事，你那个小心眼的师父会把老夫活活地折腾死。”

狄仁杰立刻就从善如流，在地上不断地踱步，等待结果。报信的骑兵很快就回来了：“抓到了三个人，都是老头，他们哭拜祖宗，见咱们出来了，想跑，被堵了个正着。”

狄仁杰不相信世上有鬼神，一个字都不信，所以楼兰的黑风长老说的话，他一个字都不信。

"你们触怒了太阳王，必将遭受最可怕的惩罚，黑风暴将从天而降，会把所有人都埋到黑沙下。沙魔王会吞噬掉你的眼睛，你的头发，你的每一寸皮肉，他还会把你的灵魂抽出来绑在柱子上天天暴晒，无论你怎样哀嚎，祈求都无济于事。"

会说大唐话的长老比较少见，狄仁杰笑眯眯地听完黑风长老的话，让随从给长老喂了一些水。

"明天的下午的时候，我们就会发现太阳王，在他把我绑在柱子上暴晒之前，我会先把他绑在柱子上暴晒。黑风长老，说说吧，你的族人为何会突然藏起来？是因为这几年注入大泽里的河流已经改道，你们也对这片地方绝望了吗？搬家我能理解，可是你们为何要突然失踪？家具、器物全部弃之不顾，我不相信你们会有这种破釜沉舟的决心，说说吧，你的族人去哪了？

"你们的失踪，让我皇大怒，一度以为是遭受了外族入侵，或者被边军祸害，因此派我们过来专门调查此事。你们是陛下的顺民，陛下严令，不管此事涉及到谁，都会严惩不贷，有什么冤屈你们可以说了。"

狄仁杰说完就命人解了黑风长老的绑绳，盘着腿坐在一张毯子上看黑风的反应，一个人再紧张，或者慌乱的时候总会有破绽露出来。

黑风也算是见过世面的长者，盘腿坐在狄仁杰对面的沙地上，把两只手抱在胸前虔诚地祈祷："尊敬的太阳王，您的仆人再也压抑不住心中的痛苦和愤怒，请允许您的仆人用最激烈的语言来驳斥这些强盗和骗子的无耻！他们是吸血的魔鬼，食人的饿狼，人世间最卑劣，最无耻的强盗！"

除了金竹先生和书院的学生们皱起眉头，那些当兵的，包括程处默和边军校尉都一起露出了得意的笑容，外族人的痛恨对他们来说就是最好的赞美。

"我们是楼兰人，不是鄯善人，你们将这个恶心的名字强加给了我们，两个世代仇恨的人群不得不在你们的皮鞭下共用一个名字！你们的到来，无数像楼兰一样的部族消失了，我们儿时的玩伴在我们生长的土地上见不到，却能在遥远的长安街头相遇。我们向皇帝进贡，希望能用族里最美的少女，土地上长出的最甜美的果实，牧场里最肥硕的牛羊向强大的帝王献媚，希望能让楼兰人在自己的土地上继续生存……"

金竹先生忽然打断了黑风长老的倾诉："据老夫所知，你们确实向陛下进献了丰厚的礼物，这是你们作为属国必须承担的义务，而且我们陛下并不是白要你们的礼物，每回都有丰厚的回赠，回礼的价值甚至超过了你们敬献的礼物价值，陛下需要的是你们的臣服，而不是需要你们的那点礼物。难道这些恩典你们都忘记了么？"

"我们是楼兰人，不是鄯善人，我们从来都是楼兰人，从生下来就是我们的姓名不是你们皇帝的一张旨意能改变的！"黑风昂起头大声地咆哮。

"放肆！"边军校尉甩起横刀，连鞘砸在黑风的脸上，两颗牙顿时从他嘴里喷了出来。

黑风吐掉嘴里的血，看都不看周围愤怒的人群，慢慢坐直身子接着说："确实如此，我们在长安确实得到了丰厚的赏赐，族里的孩子们非常的高兴，他们在长安购买了漂亮的刀，结实的马鞍、美丽的衣衫、结实的铁锅，甚至还有些傻孩子专门购买了美味的糕点……"

黑风说到这里似乎还沉浸在长安的繁华之中，梦呓一般地说："我们当时都认为长安城是这个世界上最雄伟美丽的都市，也是世上最富饶的地方，大唐皇帝是一位威严而仁慈的皇帝，有这样开明的宗主，我们无比的幸运。但厄运从我们回家的路途上开始了，出了玉门关之后，豪爽好客的唐人就变成了饿狼，皇帝赐给我们的礼物被抢走，给皇帝跳舞的舞娘也被抢走，矫健的小伙子多说了一句话，就被拖在马后面活活碎尸，他们还用马鞭抽打我这样的老人，你看看，你们看！"

黑风扯开衣衫，他干枯的身体上到处都是横七竖八的鞭痕，可能是太气愤的原因，他的胸膛起伏不定，那些鞭痕像是活过来一般在他的身上蜿蜒行走，显得触目惊心。

狄仁杰看了边军校尉一眼，对黑风说："这样吧，我给你两个选择，现在就去把你的族人找出来，要不然我就像挖老鼠一样的把你的族人挖出来。"

黑风呵呵一笑把脑袋扭了过去，他已经做好了熬刑的准备。

"其实我不用你说，我就能把你的族人都找出来，都是你告诉我的！"狄仁杰并不急躁，慢悠悠地说。

黑风鄙视地看了狄仁杰一眼，还是一句话都不说。

"我是从昨日上午开始挖掘太阳墓的，这那个时候，想必你一定躲在某个隐秘的地方偷窥。这个地方会是哪呢？我们想想，太阳墓处在向阳坡上，北面看不见，南面是大泽，西面是沙漠，你们藏得地方就在东方，你说是不是？"

狄仁杰见黑风避开了自己的眼神，笑了笑接着说："我们再来算一下距离，其实很好算，白天你躲在隐秘的地方哭号，咒骂了我一天，又不敢出来，等所有人都睡了，才是你们出来的好时候，一个时辰里，你们在黑夜里能走五里路就不错了。所以，不管你怎么狡辩，你们的族人就在东面五里左右的地方，是也不是？"

黑风长老很想一头撞死在石头上，被校尉又给拉了回来，他哆嗦着嘴不住地哀求狄仁杰："行行好，行行好，就给我的族人留下一块活命的土地吧，我们把楼兰城已经献出来了，肥沃的土地我们也不要了，把这块地方留给我们吧。"

狄仁杰仿佛没有听见黑风的哀求，半眯着眼睛不断看着东方，那里是大片的岩石，但狄仁杰仿佛看见了一片满是黄金的宝地。

"或许可以在这里建造一座大城卡住吐蕃人出山的道路，这里有石材，有人力，还有大片的湖泊，楼兰人不知道怎么整理自己的生存环境，那就让汉民来教会他们吧。"狄仁杰自言自语了几句，对黑风说，"把你的族人喊出来吧，我可以保证你们从今往后不会再受到欺凌，或许从现在该给你们一个唐人的身份了。"

"你如何保证，你又凭什么保证，你穿的是绿袍子，还没有任何资格保证！"

听到黑风的嚷嚷声，边军校尉又在他肩背上抽了一横刀，这让他反抗的心思更加浓重了。

程处默一挥手，无数穿着黑衣的士兵开始前进，经验丰富的斥候很快就找到了一条路，程处默带着大队人马向岩石区走了进去。

走了半天时间，眼前豁然开朗，狄仁杰大喊了一声："好一个世外桃源！"

不但狄仁杰惊呆了，程处默也把嘴巴张得老大，外面朔风扑面，尘土飞扬，而里面却仿佛江南，竟然还有郁郁葱葱的青草长在一个镜子一般的湖边上。

"这是太阳王恩赐给我们的土地，你们不能拿走！"黑风不知道是在哀求还是在威胁，那些早就受够风沙的军士哈哈大笑着就向那些低矮的茅屋扑了过去。对他们来说，能在这里过冬绝对是人生中最值得怀念的事情。

"约束部下不得杀戮！"程处默也很高兴，对校尉下达了指令，又对黑风说，"约束你的族人不要反抗，没有反抗，就不会有杀戮。"

"小杰，你觉得这里适合建城？你打算给你师父在这里修建一座北庭都护府的官邸？"程处默在湖边坐了下来，脱掉鞋袜，把脚泡进水里，舒坦地呻吟了一声。

"不可能，我师父一定会把治所选在轮台，这里太远了，只能成为防备吐蕃的一座要塞。将来大军如果进吐蕃，从这里进攻能让吐蕃腹背受敌，而且这里能够长期驻扎，我这就请许先生上书给陛下，但愿陛下能够准许。"

程处默穿上鞋子，和狄仁杰一起来到楼兰人面前，吵闹的现场立刻安静了下来，两个少女被楼兰人从人群里推出来，颤抖着拜伏在地上，等候发落。

狄仁杰忽然觉得自己想多了，这些人为了自己能活下去，不但把美女推了出来，还把刚刚释放的黑风也推了出来。意思很明显，美女是贿赂的，黑风长老被推出来是给自己杀掉泄愤的，这些人考虑得非常周全。

如果说刚才的黑风还能保持一个硬汉的尊严，现在的他仰面朝天躺在地上，瞅着天空，泪如雨下，这是真正的死了心的人。

"从今往后，黑风长老就是你们的族长，你们依然生活在这里，而且从现在开始，你们被正式纳入大唐的领地，你们的户籍也将属于羁縻州户籍，除了不能随意进关，待遇与大唐子民相同！"狄仁杰轻描淡写地宣布命令。

第二十一章　西进

北庭都护府的都护是军方这些年唯一被任命的大将军级别的官职，所以来云家的人很多，武将家的孩子没有多少当官的渠道，只能吃军粮，现在既然有了一位光杆大将军，自然要把孩子塞进去。

很多人都是老部下，都是熟悉的面孔，原本憨厚耿直的汉子带着媚笑，一个劲儿地把自己的孩子往前推，希望大帅能多看一眼。

"好了，收下了，看看你们那张脸就想吐，我要进宫办事，你们留在家里喝酒。老钱，把他们的礼物折算成钱，发给他们，一个都不许少，谁要是不拿，明天就别让孩子去了。"

云烨知道这些人的日子其实过得很窘迫，一个校尉的俸禄不但要养活全家，有时候还要周济其他混得更惨的兄弟，在长安这座销金窟，多少钱都不够用。云烨说完就进了后堂换衣服，他打算去昭阳宫赌钱，本以为李渊死后这个传统消失了，谁知道李二全权继承了。

到了昭阳宫，云烨才发现自己来早了，瞅了很久都没有发现一个认识的宫人。云烨估计，以前那些人如果不在献陵里面睡觉，就是在献陵外面结庐而居。

在遵守打麻将的时间上，李二和李渊相差的不是一星半点，往年这个时候，李渊早就等候在大殿里了。云烨百无聊赖地摸出一张牌，闭上眼睛感觉，摸出来了，就放在一边继续从盒子里抓牌。

"你手上的是八条。"一个陌生的声音传了过来，云烨睁开眼睛看了一眼面前的人，不认识，很老，老家伙拄着拐杖，侧着头看云烨面前的牌。

云烨的眼睛绷得圆圆的，他很想知道这个老鬼到底是谁，把脖子四处转转，没发现老家伙带着钱箱。

"小子，你在看什么？"

"小子在看您身上有没有什么值钱的物事，一会输光了也好抵账。"和老人打交道云烨很有经验，且不说颜之推先生，就是书院里的几位先生就够磨炼他的了。

老家伙果然笑得前仰后合，拍着桌子大声道："好小子，难怪颜之推那个死鬼会向老夫极力推荐你，果然不俗。"

老家伙提到了颜之推，云烨就坐不住了，连忙起身施礼道："小子无状，敢问老丈尊姓大名，问明白了也好大礼拜见。"

老头子似乎更加高兴了，拍着手说："果然是一个不肯吃亏的，按理说见到老人家就该大礼参拜才是，你倒好，先要问清楚了才下手。也好，你难道不知道颜之推是在和谁比活得更长？告诉你，就是老夫袁守诚！他到底是输了，坟上的草都枯荣几次了，老夫还没死，就是青楼没有办法再去了，小子，你问问孙思邈，还有没有治？"

袁守诚是谁？

长孙无忌从殿外走了进来，见到这个老头立刻就把腰快弯到脚面上了，还搀扶着他坐在椅子上，亲自倒了一杯茶。老头子好像认为这是理所当然的事情，没有半点的不适应。

"小长孙，你妹子呢？这些年就看见这么一个乖娃，原本以为这孩子不能长寿，谁知道居然拖到了现在，昨日见了一面，她的身子骨反倒健壮起来了，哈哈，老夫当年算错了。"

长孙无忌的妹子是谁？不就是长孙皇后吗？给皇后随便批命弄错了，居然哈哈一笑就了事了？

云烨的嘴巴张得老大，他现在唯一的念头就是想搞清楚这个老家伙是谁。

"你张着嘴巴做什么？还不去坐好，老人家已经等不及要开始了。"李二在云烨的脑袋上拍了一巴掌，就大咧咧地坐上了主位，赌局就算正式开始了。

云烨抬手把一张白板打出去，又被皇后抓了回来，好好的三张八条被她扔出去了一张，云烨正打算叽歪两句，后脑勺就被长孙拍了一巴掌。

八条点炮了，老家伙和了，狂笑着摊手要钱，还恬不知耻地对皇后说："老夫今日出门的时候给自己算了一卦，大吉大利啊，哈哈哈……"

"这小子就要远行，一会您心情好了给他看一下凶吉，北庭太远了。"长孙笑得像只母鸡一样。

"大军征伐，在势，在威，在谋划，要是靠占卜，学生这个北庭都护府的大将军也就不必做了，坐在军帐里捣鼓乌龟壳算了。"云烨很是不服气。

"太对了，这才是活人的态度，尽信命不如无命，不信命的大将军陷入绝地还知道努力求生，说不定能活，信命的，死定了。"老家伙用两只枯瘦的双手码牌，十指居然非常的灵活，一边说话也不影响他的效率。

李二一言不发，长孙无忌也闷头打牌，似乎他们两个今日就是牌架子。

"小子从来都不信命，娘娘好心学生心领了。老先生哪怕是神仙转世，前知五百年，后知五百年，学生也不愿意知道自己的命运，我宁愿在被敌人砍死的那一瞬间后悔，也不想提前知道——五饼，老先生您的簪子很漂亮，我想赢过来。"云烨说完就甩出一张五饼。

李二嘿嘿一笑："和了！"

有李纲这位活字典，云烨很快就搞清楚了袁守诚的来历，据说老家伙能看到过去和未来，定山川，分水脉，见婴儿而知良莠，百日云游而不知饥寒。现在他的寿数将满八百岁，到时候要举国狂欢。

"什么，您说他已经活了八百岁？"云烨怎么都不信，这个老淫棍有八百岁，这要祸害多少无知的良家女子！

"是啊，有什么问题，老人家已经活了七百二十岁了，如今依然眼不聋耳不花，听说还有兴致进青楼，啧啧！"

云烨带着一肚子的不相信，又问一句："先生，听说袁天罡是袁守诚的族侄可有此事？"

"无稽之谈，袁天罡是老先生的亲儿子，道家不好说亲儿子，就胡乱安了一个名头充数。天下人都知道他们是父子而非叔侄，你问这个做什么？"李纲回问一句。

"小子只是好奇他的寿数如此之长，为何还要跟颜老先生比命数？这不合理啊，六百多岁还能生出袁天罡来，太神奇了！"

"有什么神奇的？哦，对了，我忘了告诉你了，神仙的寿数和我们的不同，他们六十天算一年，彭祖就是这么算的。"

听了这话，云烨立刻就正常了："原来如此啊，要这样算，您老人家的寿数也过五百岁了，不如咱们书院为您举办一场五百岁寿宴如何？"

李纲斜了云烨一眼，慢慢地说："颜老先生就是受不了这种沽名钓誉的算法才鄙视袁老先生的。袁老先生身后是偌大的道门，有十几万徒子徒孙需要靠他的名头吃饭，所以啊，这是没办法的事情，这事他能做，老夫就算了，还不够丢人的。"

离开书院后，云烨骑着旺财往家里走，路中间站着一个穿着月白长衫的胖子，云烨第一眼没认出来，看了第二眼，就开心起来："小恪，你可算是回来了，三四年不见，想死我了！吴地的水土就是养人啊，你居然长成这样了，哈哈！我这就召集弟兄们给你接风，让每个人都看到吴王恪的风采！"

云烨高兴地拉着李恪的手使劲摇，从没想到这个自诩风流倜傥的家伙也有今天。

李恪把手从云烨的手里抽出来，笑着说："我这次回京是来给我母亲祝寿的，我和小黯都不在，多亏了你时常去看她，还帮她弄了一个大棚让她排解忧愁，小弟感激不尽！"说着就躬身施礼。

这个礼云烨没有避开，受他一礼也是应该的，免得他总是觉得欠着自己人情。

"我这回为了减肥专门骑着马从吴郡赶到京师，算得上一路风尘仆仆，欢宴一顿也是该的，不过先给我弄碗面条吧，馋死我了！"

云烨瞅着他胯下那匹气喘吁吁地宝马，很是担心地问："减肥的效果如何？"

"不但没减下去，反而肥了两斤，倒是我母亲非常喜欢。"

"母亲的心思就是这样，恨不得自己的儿子长成一头猪，不过说回来了，你这几年难道就没有击剑骑马吗？怎么能肥成这样？"

"烨子，你不懂，肥点好，肥点好啊……"

云烨正纳闷，李恪忽然流下泪来，哽咽着说："你不知道，我被人批了命，说我龙颈凤肩，贵不可言。然后有个人就告诉我，只要吃得胖胖的，就能躲过灾祸。"

云烨瞅着李恪的眼睛问："你想变得贵不可言么？"

"不想，我只愿意平平安安地终老此生。"李恪回答得斩钉截铁。

云烨点点头，终于明白自己为什么会见到袁守诚了，为什么杨妃生日李黯没来，李二这是打算让袁守诚看看李恪到底怎么贵不可言。

不过变胖的这个主意很妙，云烨不由得想起另外的一个胖子李元祥，觉得现在的胖子都不可小觑。

李恪的身份非常微妙，在李二所有的儿子中间，他的血统是最高贵的，身负两代皇族的血脉，让那些前隋老臣不由自主地想要亲近他。所以这几年李恪总是在逃避，只要朝廷上有丝毫的风吹草动他就像一只鹌鹑一样立刻钻进窝里，抱着脑袋在里面瑟瑟发抖。

李承乾的储位安稳无比，长孙的地位稳如泰山，李泰被他老子喜爱到了骨子里，这就让李恪的处境变得无比艰难。

不是你自己说不想争就不争的，李恪自己手底下有一群人，李承乾、李泰同样有一大群手下。为自己的主子效力，荡平所有潜在的危险被他们各自的属下认为是自己的天职。于是，李恪就倒霉了，一个英俊少年也就变成了一个胖子。

"李元祥除了教你胖没有教你点别的？他还能不能有点别的追求，你们叔侄俩明明都是身负大智慧的人，现在非要把自己弄得和猪一样？你别看我，李元祥就是我从海盗手里救出来的，知道这家伙的厉害之处，你说我现在要是告诉陛下吴越之地出了两个了不得的人才，你说会有什么后果？"

李恪苦笑一声道："你要是不想让我活，就去说——赶紧想办法，没时间和你磨牙，明天袁守诚就要给我看相，名义上是给每一个皇子都看看，其实只有我和小治需要被看看。"

"去哪看相？明天我也想让老袁看看，最近吃的不合适头上长了一个脓包，总感觉神思恍惚，找高人指点一下。"

李恪虽然担心会有不好的事情发生，但云烨答应明天一起去，这多少安慰了一下他慌乱的心。

云烨回到家里洗了一把脸，就站在镜子面前仔细观看自己，看了好久，发现除了英俊之外实在是没什么好说的，一个人怎么就能从面相上看出来别人以后到底会不会大富大贵，或者称王称霸呢？

"龙肩凤颈，贵不可言！"

袁守诚果然说出了这句话，大殿里所有人顿时色变，长孙的眼睛里已经有了寒光冒出来，就像一头择人而噬的母老虎。

"龙肩凤颈却长了一个狴犴的脑袋，真是怪哉！白白糟蹋了一副好身板，命数虽好，却注定无子，如果好好修性养心，修桥补路多做善事，或许上苍会给你一男半女，君子之泽，三世而斩，可惜了！"

长孙又坐直了身子，云烨偷偷抹了一把汗，刚才长孙身上泛出的寒意他都能感觉得到，为了自己的儿子，她绝对不会在乎死多少人。

"袁先生，您再摸摸，小子一心想要大展一下宏图，弄成一个贪财的狴犴怎么能行，您再摸摸，是不是哪里出了差错。"李恪强忍着眼中的泪水，想要袁守诚再确认一下。

"狂狴犴而已，老夫法眼无差，退下，不要让铜臭之气沾染老夫！"袁守诚袖子一挥，就让李恪退下来。

李恪刚刚下来，李治就急不可耐地跳了上去，他是最没有心理负担的一个，就算是被摸出皇帝命也不算什么事，他和李承乾岁数相差了整整十四岁，又是一母同胞，就算摸出和李承乾同样的命数，最坏也不过是一个兄终弟及的场面。

"赑屃之辈，看守祖坟足矣！"袁守诚说得干脆无比。

李治茫然地抬起头，想要发怒，又不敢，他知道那是什么东西，就是驮着碑文的那个东西，和乌龟长得一模一样，再一想到自己的封号晋王，可不是被发配在老家看守坟墓吗，一时间眼泪都下来了，回头看看自己的母亲，又低下了头。

长孙觉得不忍，把李治拉到自己身边小声安慰，但是云烨却忍不住笑了出来。长孙恶狠狠地看过来，李治涨红了脸大叫道："请老神仙也给你看看，孤王是赑屃，好歹也是龙子，我要看看你会是什么！"

"云烨的不用看，老夫已经看过三遍，只有去处，却无来龙，他的命数层层叠嶂，老夫力不能及，算到最深处，只见明月不见人！"

云烨的神情变得迷茫一片，低声吟诵道："天上白玉京，十二楼五城，仙人抚我顶，结发受长生。唉，连老神仙都不能看穿白玉京的迷雾，难道小子这一生就要这样浑浑噩噩地度过去了？此去北庭，定当重登西昆仑，再去看看瑶池的真面目，或许能解我胸中疑惑。"

袁守诚一把扯掉眼睛上的红布："此去北庭，带上老夫如何？老夫心中还有无数的疑惑准备请教神仙！"

"小子是肉眼凡胎，看到的瑶池只是一片水洼子，老神仙能去自然最好，说不定小子能借您的慧眼看穿神仙地的真面目。"

"云烨慎言！"长孙吼了一声，她不知道神仙地是什么样子，但是她能看出云烨嘴角的那一丝坏笑。这小子算计人的时候就是这样的一副德行，袁守诚是大唐硕果仅存的人瑞，岂能折损在北庭的风沙荒漠里。

袁守诚大笑："老夫决心已下，能死在神仙地总比掩埋在人间要好，这是老夫多年的夙愿，就算云烨不去，老夫也会组织道门远赴西昆仑朝拜！佛门的玄奘已经去了一趟天竺，归来时万民空巷，佛法大盛，西昆仑路途不及天竺一半，老夫又是在大军保护中前往，这是千古难求的机缘，焉能不走一趟？"

答应了袁守诚的请求，云烨赶紧回到云家庄子，没办法，家里来了很多老帅，都是来指点他出征的。

在云烨的书房里，秦琼指着地图说："自长安出发，经陇右过敦煌，西出阳关可达鄯善、且末、于阗、莎车等西域诸国，小烨既然需要坐镇北庭，治所必然处在庭州，就是城池差了一些，不过不要紧，敌人不敢妄动，小烨去了北庭要做的第一件事就是筑城，城高壕深才能保证自己的安危。"

云烨摇摇头："小侄去了北庭不打算筑城，小侄这次遴选的全是骑兵，北庭太大了，在一地筑城，小侄就必须将兵马都驻扎在庭州，这样一来，敌人只要绕过庭州就如同进入无人之境，这样的驻扎军队没有任何意义。"

秦琼吃了一惊道："不筑城你如何熬得过那里漫长的冬天？你不要忘记了，你带的都是关中子弟，他们熬不过严寒的，陛下东征高句丽时就冻死冻伤了很多的士卒，此法不可取！"

"伯伯，这个世界之大无奇不有，小杰在楼兰找到了那些楼兰人，还发现了一个非常适合筑城的地方，据他信中说，那里有一座暖湖，冬日的时候青草还是绿的，可以筑一座十里之城。北庭的大军只有三万六千人，再加上仆从军，人数不会超过十万，这样的一座城足矣容纳。那里距离敦煌只有一千五百里，容易补给。开春之时，小侄就带着大军在北庭巡梭，严寒之时就回到楼兰休整。"

云烨的话让几位老将陷入了沉思。长年跋涉在边荒，这需要的不但是强悍的意志和强健的体魄，还需要庞大的后勤支援才能做到，云烨太想当然了。

鉴于云烨给大家的惊喜太多，尉迟恭问了一句："子何恃而往？"尉迟恭拽文没人笑话，这是他现在不多的几个喜好之一，自从儿子成为文官并干得风生水起的以后，尉迟恭就开始读书了。

"唯驼城与母马而已！"自从见到夜陀的驼城后，云烨就喜欢上它了，那简直就是一座移动的城池，一万头骆驼就能组成一座庞大的城池，而西域从来就不缺少骆驼，只要给它饱餐一顿，数日就可以不加理会。而母马的奶水是最好的食品。

"走的时候就不送你了，白发人送黑发人不吉利，你好自为之。"老程出门的时候拍拍云烨的肩膀就骑上马走了，他们本来就不是婆婆妈妈的人，生死别离对他们来说都是家常便饭。

不管辛月如何的不愿意，不舍得，出征的时日依然在一个普通的黎明到来了。

　　既然是出征，除了执意随军的袁守诚、无舌、小苗和那日暮外，连云烨都没有坐马车的权利，这是云烨早年间跟着老程、老牛学会的统兵之道。

　　赖传峰在前面开路，云烨坐镇中军，五蠡司马范洪一在后面压阵，这是标准的行军方式，至于辎重五天前就已经出发了。

　　大军迤逦而行，刚出了长安地界，云烨就下令按照作战队形滚动前进，前哨收缩，后卫跟进，轮流着担任前卫，行军的速度立刻就提了起来，左右两翼的哨探，不时地出现在两边的山岭荒坡上。

　　过州府不入，夜晚只能在城外驻扎，云烨谢绝了一切招待，军中大营不许外人进入，从现在起就必须给军士们养成战时的习惯。

　　大军吃过朝食，穿过秦州古城再一次走进了大山，赖传峰的先头部队已在十里之外，范洪一的后队还在秦州，人数不算多，多的是战马。

　　此次出战云烨对骑兵最低的要求就是双骑，一位战士最少需要两匹战马，一些家境富裕的子弟甚至配备了三匹马，两匹骑乘，一匹载重。数年前一袭光明铠，还是少数人的宝贝，到了现在，一具光明铠，并不比一匹马值钱。原因就是钢铁泛滥，价格掉得厉害，始作俑者就是长孙家族悍然掀起的价格战，他们家准备用低廉的价格占领钢铁制品的市场，在云烨出门之前，长安的铁匠铺子已经不知道倒闭了多少。

　　云烨无数次梦到那股山谷里的泉水，现在离他越近，云烨就有一种近乡情怯的感觉，但它最终还是出现在云烨眼前。

　　泉眼还在汩汩地冒水，水质清澈，云烨捞了一把水放嘴里尝尝，还是一样的清甜。

　　他坐在泉水边上一动不动，那日暮靠在云烨的身边也还不动弹，无舌选了一块干净的地方盘膝闭目。袁守诚带着三五个道士拿着罗盘到处奔走，他们想从紊乱的磁场里找到一个明确的解释。

　　刘进宝带着家将们开始搭帐篷，侯爷说了，这就是目的地。

　　"挖开这个泉眼！"云烨忽然说。

　　家将们这就开始挖了，初春的土地很松软，这里只有很少的石头，大部分都是松软的沙子，不一会，泉眼就变成了一个冒水的大坑。家将开了一条水渠把泉水引开，继续挖掘。云烨计划在这停留十天。

　　袁守诚像一个热锅上的蚂蚁团团乱转，老家伙昨晚一夜没睡，又是观天象，又是察地脉，还拿出五枚铜钱摆弄了一晚上，到了中午时分，老家伙再也安定不了了，拉着云烨的手说："我们该离开了，老夫总觉得大难就要来临，昨夜星象昏暗，岚气冲天，地脉飘摇不定，这是杀局，小子，你一定要相信老夫！"

云烨不相信这里会有什么死劫，唯一有危险的就是坑底下正在挖沙子的四个家将，既然老家伙这么说，就相信他一次，正要让家将从坑里爬上来，就听刘进宝在坑底大声地说："侯爷，我挖到了一个东西！"

云烨刚要趴到坑边上往下看，就听轰隆一声巨响，大地开始颤抖起来。一道比水缸还要粗的水柱冲天而起，刘进宝几人被巨大的冲力掀翻在大坑的周围，惨呼不已。

"快走，地陷了！"云烨把那日暮扔到马背上，在马屁股上拍了一巴掌，那匹马就蹿了出去。

所有人玩命地往远处狂奔，荒原上的野兽也在逃命，云烨一口气跑到了山口，这才勒住缰绳，回头望去，不由得大吃一惊。

一道明晃晃的水珠冲天而起，在阳光下非常诡异，不到一炷香的时间，水柱下面已经变成了一个小小的水潭，旁边的土地还在继续崩塌，不管坍塌多少泥土下去，依然填不满这口水潭，黑黑的洞口最中间就是那道水柱。

"侯爷，那个洞会吞没掉多少土地？不会停不下来吧？"灰头土脸的刘进宝心惊胆战地问，不就是挖一个大坑么，怎么就弄得天塌地陷的。

"当然会停，等洞被填满了，这里就会出现一个湖泊，挺不错。"

无舌看着眼前的大坑，对云烨说："老夫所思所虑者就是白玉京，这是刘进宝从坑里挖出来的，你还要说白玉京与你毫无关系么？"

云烨很诧异地看着无舌，等看到无舌手里的一面玉牌时，他的眉头就皱了起来。饕餮纹，这是什么？其余的三枚玉牌就在军营里，拿回去再看看。

大地塌陷似乎对泉眼没有任何的影响，袁守诚再一次掏出罗盘查看这里的地气风水，苦笑着对云烨说："现在变得风水绝佳了，尤其是中间的那口喷泉，更是了不得，小子，你打不打算在这里埋你家老夫人，如果不打算埋，我准备死了以后埋在这里，好保佑我的徒子徒孙衣食不绝！"

"别想了，这片地方是旺财的，天下之大，无奇不有，好墓地多得是，我们不是要去西昆仑吗？到时候把你埋在神仙家的花园里岂不是更好，至于和一匹马争？"云烨说着，就把旺财的长脸拉过来，"这里是它的家，生生死死都该在这里，你就不要想了，告诉你，抢东西没人能抢得过我云烨。"

袁守诚看看傻乎乎地舔着云烨手背的旺财，长叹一声，就不再言语。

泉水变成了喷泉，山谷变成了大坑，这就是云烨给这座山谷带来的变化，他拿着玉佩对着太阳看，或许是角度不太对，什么都没有。

旺财站到山坡顶上叫了一嗓子，看了天边的马群一眼，就快跑了两步追到云烨身后。

五蠡司马将云烨在山谷的一举一动都写成了奏折，派遣了心腹星夜送往长安，他对山谷变化的描写是："初三日，云侯掘水泉，须臾，水龙升高十丈，地陷千尺，有幽魂敲鼓，又神人显圣。及日出，袁师曰，此乃绝世明堂，欲归葬于此。云侯曰，此乃马冢而已……"

李二手捧密信翻看了三遍，又找出兰州地方的奏报，上面说金城县有轻微的地龙翻身，百姓稍惊，旋即安定。

"马冢？倒也洒脱，这样也好，白玉京到底是镜花水月，如今全然毁弃，也没有什么可惜的，只可惜好好一座明堂，变成了马冢。"

云烨将四面玉牌角度摆好，想看看有什么惊人的变化，阳光照在玉牌上，前面三面玉牌都显出了影子，只有那枚玉牌什么变化都没有。无舌不死心，把玉牌再一次调整了角度，还是什么都没有出现。

云烨把玉牌全部丢给无舌道："你慢慢研究，找出什么不同的地方告诉我就行，大军就要进入沙州，事务繁杂，我没时间捣鼓这些东西。"

他拍拍手扬长而去，无舌颤抖着手把玉牌拿绸布包起来，小心塞进怀里，然后对小苗说："敢靠近为师营帐者，杀无赦！"

大军不入沙州是惯例，张、索、曹、阴、令狐这些河西大族早在李氏皇朝平灭薛举父子的时候就已经用战功换取了朝廷大军不入沙洲的条件，而沙洲每年也向长安进贡不绝。不但沙州是在这些人的控制之下，肃州、凉州也都听这些大家族的，这是心腹之患。

河西走廊乃是进入安西、北庭的要道，以李二的霸王性子岂能放这样的心腹之患在这里，云烨这次入北庭，其中一个任务就是顺手铲掉这些祸害。

李二现在看到地上多一个绊脚的石头都不舒服，焉能任由这几家人在自己的国土上割据？李二从来不认为当初签订的文书有什么约束力，只是恼怒这几家人的不识进退。

借助大唐与西域的商业往来，沙州在很短的时间内就发展成了通都大邑，商旅不绝于途，财货也就纷纷落入了这五家人的口袋。

现在云烨的大军到了沙州，苏定方换的防大军也在逼近沙州，这是一股足以灭国的力量，云烨看不出以沙州刺史令狐周为首的大家族有什么反抗的余地。接替令狐周的官员就在五蠹司马所在的后营，只要大军屠灭了这五姓，他们就会立刻接手地方的政令。

云烨派了一队士兵进入沙州把关庭珑的妻儿老母接了出来，当老关的妻子问起这是何故的时候，接人的队正笑着说："大军就要攻城了，我家大帅与关刺史乃是至交，岂能看着老夫人被战火牵连？"

关家的老少顿时急慌慌地出了城，整个沙州顿时就陷入了无边的恐慌，百姓们不明白自己国家的大军为何要进攻自己的城池，一些好事的跑到城头，看见无边无际的大军正在缓缓地向沙州围拢了过来。

云烨其实很不理解这些人，大唐已经平安这么久了，他们到底依仗什么把持着沙州？建国的时候万事艰难，李家当然会许诺，那个时候只要把薛举父子干掉就是大胜。登基后，李二一直在等这些大族邀请朝廷派官员入驻沙州，这样一来，给那些大族一些名头上的荣耀也是应有之义。结果，他从贞观二年等到十四年，都没有任何消息，于是他决定让派云烨顺路过来问问。

三通鼓后，大队甲士开始从四面八方进城，云烨下了马，坐在一把椅子上等候消息。

初春的荒原上非常的干燥，那些尸体流出来的血很快就渗入了砂石地，并没有浓重的血腥味传过来。

还没到中午，五蠹司马范洪一就回来了，带出来了七具尸体，把账册递给了云烨过目，云烨耐着性子检查完毕抬头问范洪一："杀了多少？"

"按照大将军的意思并没有过度的株连，斩首三十七级。"范洪一站得笔直。

"上报吧，请沙州刺史开始安民，三日后大军西出阳关。"

"诺！"

春天正是魔鬼城最恐怖的时候，云烨决定西出阳关，避开魔鬼城，沿着沙海到达婼羌国，再折回向南到达楼兰，然后一路经过尉犁国，龟兹国，越过石漆河，绕一个大圈子最后到达天山下的庭州。

算算路途，已经超过六千里，这是名副其实的行军，大军每日走五十里也需要四个月的时间，就算是都是骑兵，每日走一百里，也需要走两个月。

看着地图上的红线，云烨在发愣，这是临出发前，几位老帅精心为自己准备的行军路线，时时刻刻都保证自己的大军有两条路可以选择，这样一来，就把被伏击的危险降低了一半，剩下的一半就只靠云烨的智慧来应对了。

胡人四十万大军，两百多万妇孺全部聚集在怛罗斯城，伺机进入吐火罗。现在准备西征的胡子已经不光是突厥、吐谷浑、薛延陀、昭武九姓，还有西域小国萨车、疏勒，连早就灭亡的大宛国都有余孽，更不要说乌孙、康居、奄蔡、大小月氏、安息、条枝、大夏这些遗族了。

当云烨看到自家商队统计上来的情报，头都大了，扜罙、于阗、楼兰、姑师、黎轩、身毒、骊潜、大益、苏薤这都是些什么国家，为什么去长安朝拜的就那么几个？难怪李二认为苏定方的权限不足以处理这些事务，非要把自己弄过去。

怛罗斯城置优越，康国位于石国的西南，而石国都城的东北方向依次是白水城和罗斯城，这几地仿佛是一件大衣上一排斜斜的纽扣，而罗斯就是这件大衣的领子，北是茫茫沙漠，东被千泉山阻隔，西临药杀河，具有"提裘之势"的战略地位，云烨最终目的就是到达这里，监视这些人西进。

大食人是他们迁徙途中的鳄鱼，萨珊人或许算得上是河马，沿途的那些小国家或许算得上是鬣狗，那么大唐在这里代表着什么样的角色？

戈壁滩上看星光是一种享受，尤其是在这种见不到月亮的夜晚，天空就像是一匹巨大的黑绸布，而那些不断闪烁的星星就是点缀在绸布上的宝石。

"从此以后，这片土地该是何等的寂寞啊！"

第二十二章　卧底

　　鄯善城北门口有一家羊肉铺子，店铺的主人是一个汉人，据说是经商失败，无颜再回汉地，只能在鄯善城开一家羊肉汤的铺子维持生计。

　　店铺主人是一个脾气很好的人，而且为人和善，也不知道是哪年走了运，娶了一个南诏的野女人当了老婆，现在已经有了两个娃娃。

　　他做的羊肉汤堪称一绝，城主大人每天要是不吃一碗，就抓耳挠腮的无法入睡。在城主大人的保护之下，这个铺子的生意一直很好。

　　曲卓麻利地从锅里舀出一大勺羊汤，将一些撕碎的羊肉烩进了羊汤，又从怀里取出一颗绿豆大小的黑色丸子丢进去，带着讨好的笑，将食盒送到外面一个妖艳的胡姬手中。

　　胡姬把一个银饼拍在曲卓手里，娇笑着拿手指挠一下曲卓的手心，扭着肥硕的臀部离开了，站在里间的茧娘看得清清楚楚，不由得哼了一声。

　　回到了里间，曲卓随手把银饼子抛到一边，就开始在案板上揉面团，他的手法非常熟练，操持这一行已经久得让他快要忘记自己还是大唐的七品官了。很多时候，曲卓都在想，长安是不是已经忘记了自己，最初的命令是要自己收集西域各国的动向，如今收集的材料已经装满了三口大箱子，却没有人来取。

　　直到六个月前，一个翩翩公子来到自己小店里喝了一碗羊肉汤，付账的时候却是一块木牌，那一刻，曲卓几乎要大叫，居然还有人记得自己。那一夜，他喝得大醉，抱着茧娘说了无数遍："他们没有忘记我，他们需要我！"

　　日头渐渐升起，忙碌的早上很快过去了，曲卓从水井里拎上来清水，准备给孩子洗脸。这是他们家最欢快的时间，只要曲卓喊一声开始，两个孩子就会立刻把头扎进盆子里。

　　但就在曲卓的眼光扫过木盆的时候，他发现平静的水面上居然出现了涟漓。他脸色大变，伏在地上听了一会儿，就将两个莫名其妙的孩子夹起来，朝着四处张望的茧娘大吼一声："快走，有大队的骑兵过来了！"

曲卓将妻儿关进了地洞，从柴堆里翻出来一把横刀，他明白，大股的骑兵只可能是那些吐蕃马贼，他们不但抢钱、抢粮食、抢女人，还喜欢杀人，屠城一直都是他们最喜欢干的事情。

大地开始颤抖了，曲卓感到绝望，有这样威势的骑兵至少有万人。趴在门缝里，他看到城主跪在地上，浑身抖得像在筛糠。

在这样的大军面前任何躲藏都没有意义，不管是逃跑，还是抵抗，最后的结果不会有差别。鄯善城的居民都从家里拖儿带女地走了出来，把头杵在沙子里，所有人都在等待城外的人进来。

曲卓咬咬牙，提刀走了出来，他不想和这些人一样跪着等死。

"曲卓，你要干什么？"城主沙哑着嗓子朝他吼道。

曲卓深吸了一口气，努力不让自己的腿发抖，用力挤出一个比哭还要难看的笑容，对城主说："城主，对不住，我是唐人，不能跪着死！"

城主想要再说点什么，大地的颤抖居然停住了，只有一股的骚腥味道随着风飘了进来，这是战马的味道，每个鄯善人都极为熟悉。

曲卓有点后悔，怎么就没有把那身皮甲穿上呢？那是自己花了十五枚银币才买来的，现在来不及了，就这样吧。

一辈子都在受苦，当了官后依然在受苦，不能光宗耀祖，只能在黑暗里行走，太亏了，自己的名字需要有人记住，至少那个将要杀死自己的人必须记住，于是他深吸了一口气，攒足气力，大声吼了一嗓子："吾乃唐人曲卓！谁敢与我一战？"

"吾乃唐人曲卓！谁敢与我一战？"整个鄯善城只有一个声音。

茧娘从店里跑出来，死命拖着曲卓，她想让曲卓都躲到地洞里去。

"躲不过去了，茧娘，躲不过去了，人太多了，这座城必定要被毁掉，我们是唐人，不能像老鼠一样被人烧死在洞里！"曲卓拍拍茧娘的脸，让她回去陪孩子，然后提着刀向城门走去。他没有招呼这些跪在地上的人，这些都是死人，早就没了血性，他们不配和自己并肩作战。

一匹披着重甲的高大战马出现在城门口，骑士头上的羽缨几乎要碰到城门顶，他浑身黑甲，手里握着一把丈二的长刀，背后插着五只投枪，上弦的强弩就挂在身后，连枷硕大的锤头轻轻摇摆着，狰狞的面甲后是一双阴森的眼睛。

曲卓想要大喊大叫，嗓子却哽咽得厉害，一句话都说不出来。茧娘尖叫着跑过来，伸开双臂挡在他身前。

骑士没有理会曲卓，只是从腰里抽出连枷丢在曲卓的脚下，而后便马不停蹄地穿过街道。

他身后是潮水一般的唐军。

"你烧的羊汤还行，就是腥臊味重了一些，记得拿香料遮一下。茧娘不错，能陪着你在沙漠里苦熬是个好女子，我改了她的出身，回到长安就没人说她是蕃女了，要不然你这个官是当不安稳的。官员不能娶胡女为正妻，这一条法理，督查非常严格。"

曲卓坐在云烨对面，安静地听着云烨讲述这些官场的忌讳，他必须竖起耳朵听着，他虽然为官很多年，却从来没有在官场混过。

"想做地方官呢，就去岳州，在关庭珑手下做事不会被欺辱，想做京官就去兵部，我虽然不再主政兵部，但是我塞进去的人，想必不会被人挤兑。这是你该得的，南诏三年，沙漠五年，连升三级不过分，给你请功的折子已经走了。现在我需要你和狄仁杰一起整理好你搜集的这些文书，北庭都护府留一份，另一份你带回去交给尚书省。"

云烨皱着眉头，一口气喝完了羊汤，把碗一丢，继续说："狄仁杰秋天的时候就要回去了，到时候你跟着一起回去，去吧，带着三口箱子随辎重去楼兰找他。"

曲卓见云烨要赶自己走，连忙说："侯爷，不如就让学生在这里帮您，没有比学生更熟悉西域的人了，只要小杰把茧娘她们母子带走就好。"

云烨笑眯眯地看着曲卓："就你这身板抗不过行军的辛苦，听说你在大军进城前吼了一嗓子，说什么谁敢与我一战，你是一心在求死吧？"

"能活谁会求死，学生只是认为，咱们大唐人要是像狗一样活着，不如死了。您就答应学生的要求吧，学生打算在北庭再吃几年苦，好歹给孩子挣一个荫补，这样就算是死也值了。"

"既然你有这个心思，那就留在帐前听用，至于到时候有没有功劳可挣，天才知道。"

鄯善城的人头一回发现城里满是兵卒却安稳无比，没有人过来把女人从屋子里拖走，也没有人过来把那点可怜的粮食拿走，做买卖的商人惊奇地发现，这些士兵买东西竟然给钱，还都是精美的铜币或银币。

云烨自然不会一直驻在鄯善城，北庭太大了，这点人马如果分兵驻守，结果就是被人家各个击破，最后全军覆没。现在能做的就是保持一支强大的军队，把五根手指头收回来，再重重地一拳打出去，这样才具有威慑力。

守在龟兹的郭孝恪也不敢把兵力散开，他只有一万两千人，其中一半还是步兵。同样都是都护府，郭孝恪的职衔要比云烨低两级，但两个人却没有任何统属关系，皇帝依然不允许统帅五万以上强兵的统帅出现。

当然，临时受命的行军总管不在此列，像云烨这样能带着三万四千名关陇精兵的统帅已经是皇帝所能信任的极限了。郭孝恪职衔没有云烨高，但是两个人的权利却不相上下，都有密折专奏的权力，云烨唯一比郭孝恪多出来的权力就是能自主决定攻伐。

大军到达楼兰时，新城已经筑得差不多了，袁守诚看了地形后，声称要把这座乱石城改造成八阵图。云烨没工夫搭理他，就连无舌把那四枚玉牌弄得光芒大作也没心思搭理，因为他发现西域到处都透着诡异，因为铺天盖地的马贼比往年任何时候都多。

庭州有苏定方留下来的一整套文官班子，一些人是从书院出去的学生，这些人必须全部接出来，北庭的马贼最近太多了，只有一千人驻守的庭州，可以说是危如累卵，如果那里被攻击，绝对会造成非常大的灾难。

"我现在只想知道吐蕃原本在和勃律国交战，为何会在这两年休战？虽然各有胜负，主要还是吐蕃人的赢面较大，以吐蕃人的好战，我不相信他们会放弃勃律国这块肥肉不去吃，找出原因来！"

云烨说完，就把目光盯在范洪一的身上，大军里只有他有权利接触都水监的人。

范洪一捶捶脑袋，对云烨说："卑职查看了所有文档，从长安出发前就翻过都水监的档案，没有发现有什么不正常的，吐蕃停止入侵勃律国，卑职认为很有可能是力所不逮吧，或许与我大唐进驻北庭有关？"

"我要的是证据，不是猜测，北庭现在到处都是马贼，天知道这些马贼是不是那些人派出来的军队！我需要确实的证据，来决定我军的下一步动向。"

没人能给云烨一个确实的答案，遥远的路途造就了消息的迟缓，为了弄清楚碎叶城、怛罗斯城、阿拉木图到底是什么状况，黑风作为商队的首领，带着小苗、曲卓、狗子踏上了漫漫西行路。

狄仁杰也走了，程处默大醉一场后，郁闷地带着军士护送狄仁杰和金竹先生他们回去了，许敬宗无比渴盼回家，却被云烨任命为北庭都护府的长史。

如今郭孝恪远在龟兹建立新的治所，把交河、高昌抛在身后不顾，雄心勃勃地想要将安西都护府远拓千里，他不知道整个西域的局势如今更加复杂，宛如一锅沸水，一个应付不当，立刻就有倾覆之忧。

云烨行军路上一共遇到了三股马贼，在广漠无垠的戈壁上想要围歼马贼几乎是一个不可能完成的任务。三百人的马贼群已经是很大的马贼群了，云烨遇到的这三股，每一股都超过了八百人。范洪一审讯过后也向云烨回报说，发现这些人是薛延陀人的军队，他们是在到处劫掠物资，为自己西行做准备。

交河、高昌的官员接到命令来到大营后，未曾开言已是眼泪滂沱："大将军，卑职身居高昌，可谓一日三惊，自从苏帅东归、郭帅西下，高昌就成为了马贼的天下，一千将士疲于奔命，战损十之二三，仆从军对内如猛虎，对外如羔羊，卑职身受国恩，自然不敢临阵脱逃，只求大帅能将卑职的家小带走，卑职就算是战死也无憾事！"

田元义早年是侯君集的幕僚，侯君集攻破高昌后，就委任他为高昌留守。幸好远在高昌，侯君集造反的时候没有通知他，他也没有响应，所以才能在继续为官。

"我在这里留下五千精骑，你守好交河、高昌。仆从军既然违反军令，队正以上军官全部正法，士卒十一抽杀！当务之急就是让高昌安定下来，至于人心，我们既然从没有得到过，也就谈不上失去了。"云烨拿起令箭，丢给田元义，一拳砸在案几上。

田元义闻言大喜，拿过令箭就走，这几年的委屈在拿到令箭的一瞬间烟消云散。

云烨在交河停留了三天，田元义回来缴令的时候，云烨仿佛还能闻到他身上的血腥味。

"斩首几何？"

"一千六百四十三级！"

诸将倒吸了一口凉气，谁都没想到这个看起来文质彬彬的文官，杀起人来会如此的狠。

"可有骚乱？"云烨愣了一下，就算是十一抽杀，五千人的队伍也杀不了这些人。

"回大帅，卑职将高昌的属官、衙役也算了进去。"田元义的回答很平静，似乎刚刚杀了一千多人对他来说并不算什么事。

云烨点点头，不再说话。在高昌补足了粮草，大军翻过山口去折箩满山（博格达山）的对面的庭州治所。如果有可能，云烨打算将庭州的治所撤回来，安置在高昌。郭孝恪喜欢开拓，他只好采取守势了。或许这也是郭孝恪的想法，一个年轻人爬到他头上可能让他不满了，尤其是高昌划归北庭都护府后，这位老将充满了斗志。

从云烨进入西域，两军之间的联系很少，大部分都是云烨率先发出信息，郭孝恪才会不痛不痒地回几句，连上下尊卑的礼仪都不顾了。

庭州原为车师后国王庭，因为该王庭由五座城市组成，故称为别失八里，意为"五城之地"。侯君集把西突厥人赶跑后，就在这里设置了庭州。

天山的雪水浸润了这里的土地，大地上阡陌交通纵横，乃是少有的鱼米之乡。本来应该是和煦美好的土地，云烨到达时，这里竟然正在厮杀。俱六守捉城黑烟四起，杀声震天，城上的唐军正在竭力抵抗，城下的突厥人也在疯狂进攻。

云烨来到俱六城下时，战场上终于安静了。

突厥人仿佛在一瞬间就失去了所有气力，攻打了三天，在城池即将陷落的时候，在突厥人认为必胜的时候，却发现自己身后有无数的唐军铁骑正铺天盖地般压了过来。

云烨下了战马，站在山包上俯瞰战场。城门大开，里面仅存的百十匹战马冲了出来，除了分出一匹战马向云烨大旗所在的方向跑过来，剩下的都在追杀突厥人。

田元义再次请命，准备亲自处置突厥降俘虏，事实上用不着云烨再说什么，军队就会做出最合适的举动。

守城校尉衣甲残破，处处披伤，一只臂膀已不见踪影，脸上没有泪水，只有胜利的欢喜："先生自长安来，自然知晓故乡事，家父身体可还康健？"

"老头子爵位没了，但是心胸开阔，依然肉吃十斤，饭进一斗，只是燕来楼去的次数少了，听说是要给子孙多留点家底。我来西域前，老头子去送我，没提到你，但他走后，我发现摆放在桌案上的一只紫金貔貅没了。"

听了云烨的话，刘心武开怀大笑，面朝长安大礼叩拜三次之后才起身，拱手道："启禀大将军，昭武校尉刘心武请战！"到底是刘弘基的儿子，少了一条臂膀，他依然悍勇。

"准！沙场不留降俘！"云烨一声令下，不留活口的军令顿时传遍四野，原本已经被捆起来的突厥人，也被军士们再次挥刀斩下首级。

俱六守捉城距庭州城只有五十里，听说那里也有突厥人在骚扰，已经有五千大军赶去了那里。官员和家眷们都好，只是军卒的伤亡情况不容乐观，刘心武麾下的一千军卒，现在只剩下不到三百人，而且个个带伤。

"大将军，自今年开春以来，西域暗流涌动，那些准备西进的部族似乎疯了，他们不知疲倦地在戈壁上奔走，收集一切能收集的东西，末将以为他们的西征已经迫在眉睫了，这些人在给自己准备西征的物资。"

刘心武是苏定方留下来的最高军事长官，他的话或许最能表现出那些西域大族的心态，但云烨感觉并不美妙，他总觉得这里面有事情会发生，自己西进一定要慎之再慎。

看着墙上的地图，云烨的眼睛忽然间亮了。他拿手比划一下北庭到碎叶城的距离，又翻看了曲卓给的路线图，最后又计算了一下时间，没头没脑地问刘心武："从庭州到怛罗斯足足有一千八百余里，中间无数高山，你来告诉我，他们在庭州抢劫到的粮食，能够支撑他们来回四千里奔袭所用？你告诉我，有哪位将军会派他的部下远去两千里之外筹粮？如果是我，我会立刻兵进勃律国，或者吐火罗！哪怕是进入莎栅国抢劫也比回到庭州要好得多。呵呵，这些突厥人舍近求远为哪般？"

云烨把许敬宗留在楼兰的乱石城，就是要他看好退路，云烨总是觉得西域好像不太安稳。三年前强盗打劫的次数只有九起，还都是针对商贾的，两年前强盗打劫的次数下降到三起，这是边军大力整治后的情况。可是今年，强盗袭击城镇的次数达到了四十一次，这说明什么？说明这些强盗的背后势力在准备一次大的行动，他们的目标到底是哪里？

庭州，还是安西？如果让云烨来选择，郭孝恪该是最佳目标。他再次提笔给郭孝恪写信，老生常谈也要说，不知道郭孝恪是怎么想的，把那么大的一片空挡留给强盗四处流窜，却眼巴巴地去开拓新土地。

云烨的大军开始不断地在天山下扫荡，按照以前制定好的方略，将所有碍眼的势力全部连根拔起。

庭州终于安定下来了，再也没有听说过哪里再发生大股马贼劫掠的消息，最欢喜的自然就是这段时间被困在各个城池的商队，长长的驼队又开始出现在商道上。云烨勒令所有的官员家眷全部离开庭州，转道去楼兰乱石城，一时间，这条大道上车水马龙，行人不绝。

庭州的官员都很清楚，大帅很可能要有大行动了，如今大军的哨探最远已经到达了石漆河，对这条河流，云烨的兴趣不是一般的大，石油能从地下冒出来，最后汇进河流形成一条漆黑的河，这简直太浪费了。

有石油，云烨就有数不尽的火油，在这里用不着像长安一样珍惜原材料。庭州制作灯油的商家发财了，云烨的大军无限收购猛火油，只要你能制造出来，他就会全部收购。

范洪一看着堆积如山的陶罐忧心忡忡："大帅，我们的猛火油太多了，按照我们现在的消耗速度，十年都用不完，而且咱们随军带的钱财已经快用完了。"

云烨推开文书，揉揉自己的眼角，对范洪一说："多？等到我们的驼城建立起来后，你就会觉得再多也不能满足大军消耗。你现在要加紧制作热气球，它就是我们的眼睛，绝对不能少于五个，没钱你去找田元义商量。我们有大军，又处在繁忙的商道上，你居然说没钱！"

一场大雪似乎将庭州给禁锢住了，同时禁锢的还有时间，云烨动不了，那些西域人也一样动不了，冬天的戈壁滩，不是人能够轻易活动的时候。

只有坎儿井里的水是自由的，地面上见不到一个人，但是在地下的坎儿井隧道里人来人往，非常热闹，云烨所需的火油依然源源不断地运进了地下仓库。

范洪一愉快地清点完这个月的火油，看着那些商贾谄媚的表情，他有点不好意思，白白拿了人家三千罐子油抵税，一文钱都不用出不说，还要接受人家的感激，这一幕对他的冲击很大。

派兵护送商贾，原本就是自己的职权内的事情，现在这个职权，也被田元义拿去卖钱了，而且还是价高者得。云烨听了哑然失笑，范洪一被弄得面红耳赤，他感觉自己要是再和田元义来往下去，迟早会变成和他一样的无耻小人。

为了保住自己的德操，范洪一这些天一直住在军营，和军士们一同训练，一起巡营，甚至一起修建营寨。

大雪断绝了天山路，云烨在营帐里发愁，就算曲卓他们得到了情报，这样的天气里也没有办法送到庭州，所有的事情只能从明年开春雪化后，也只有到了那个时候，大军才可以行动。

寒辙是个聪明人，在书院翻遍了那些典籍最后得到的结论是这是一个虚假的世界，是一个骗子横行的世界，越是能骗的家伙越是活得风生水起，吹出去的牛皮越大，他的权力也就越大，浩如烟海的典籍最后被寒辙总结出一个金灿灿的"骗"字出来。这里面有权利，有财富，有美女，有军队，还有荣誉。王侯将相宁有种乎？我寒辙禀天地大运而生，为何不能在这天地间占有一席之地？

于是，寒辙神王诞生了，庞匙儿神女也诞生了，吐蕃从此多出来一路神仙。

云氏马车厂出产的顶级豪华马车，被十二匹雪白的骏马拉着，满高原溜达，力大无穷的力士扛着巨锤守卫在马车边上，如果有人敢质疑神王的正确性，力士的巨锤就会飞过去，把罪人砸成肉酱，如果有人敢对神女稍微流露出一点不敬，力士的巨锤也会飞过去。

追随寒辙的人越来越多，长长的车队后面自发跟着十几个部落的骑兵。太神奇了，曲麻莱部族带头人已经快死了，他的脚已经全部烂掉了，是神王亲自给他锯掉了那条烂腿，给他诵念了经文，从而让他起死回生。这样的荣宠，头人想用自己的一生来报答。

神女更是慈悲，在雪山下跳舞祈求雪山把多余的大雪分给干涸的草原，一支舞蹈跳完，雪山神就被感动了，抖动了身子，让身上的雪花纷纷落下，结果给的雪花太多，形成了大雪崩。所有的牧民都在顶礼膜拜，这是真正的神迹，不是那些只会在嘴上说神迹的上师们所能比拟的。

别的上师只会向大家索要牛羊，神王和神女不会，他们会拿出自己的食物和所有人一起分享，神女不知疲倦地给牧民祈福，神王把恶魔狼王的脑袋带了回来……

前面就到了西月河，车队停在了河边，无数的信众已经拜伏在河边等候神王祈福。这里是吐蕃为数不多的能够种植青稞的地方，田地里的青稞已经低下了头，饱满的禾穗意味着这是一个丰收年，寒辙给那些百姓一一摩顶之后，就来到田地边上，恭敬地祭拜过青稞神。

他从地里摘了一个禾穗，青稞的麦芒很长，寒辙拿在手里轻轻地搓着，不一会手里就有了十几粒青稞，他把手放在一个老人的头顶，青稞粒就源源不断地从的手里流下来。所有人都看到了这一幕，他们看到寒辙摘了一穗青稞，但是从没想到青稞竟然能够源源不断地从寒辙手里往外淌，不一会流下来的青稞就淹没了老人的脚面。

就在所有人都跪拜磕头的时候，一个粗豪的声音传了过来："春三月若不播种，秋三月难收六谷；冬三月若不喂牛，春三月难挤牛奶。骏马若不常饲养，临战逢敌难驰骋。虽饿不食烂糠，乃是白唇野马本性。虽渴不饮沟水，乃是凶猛野牛本性。神王来到我神山，难道也是本性？"

听到这段歌谣，寒辙手里流淌的青稞顿时就停了，他叹息一声对所有人说："眼见你们缺少衣食，我祈求青稞神多赐给你们一些青稞，没想到却被这位上师用法力断绝了供应，惹怒了青稞神，明年不会再有好收获了。也罢，就让我为你们祈福一曲吧。"

听了寒辙的话，跪在地上的蕃民开始号啕大哭，如果明年不再受青稞神的庇佑，这些人都会被活活饿死，他们不敢责骂那位穿着兽皮、头上戴着鹿冠的上师，只能不断地哀求神王能够救他们一救。

"碧玉蓝天九霄中，青色玉龙震天响，电光闪闪红光耀，丝丝细雨甘露流。用这洁净甘露精，大地人间酿美酒，要酿美酒先种粮，五宝大地金盆敞。大地金盆五谷长，我是神王做保证！"

寒辙唱完就从怀里掏出一瓶烈酒，倒在陶碗里，喝了一大口。酒下了肚子，他在胃部击打了一拳，只见一条火龙就从嘴里喷了出来，火龙径直向那位上师蹿去，点着了兽皮衣，烧着了鹿筋冠。

那位上师嚎叫一声就带着满身的火焰蹿进了西月河，熄灭了火焰后，狼狈地游过西月河，匆匆进了河对面的黑山。

寒辙吐出最后一丝火焰，微笑着对蕃民说："不要紧了，我已经惩罚了那位上师，青稞神也接受了你们的祷告。他说了，只要你们今年多酿造几坛子青稞酒，供奉给他，明年还是一个丰收年。我已经做了保证，你们千万不要忘记了供奉青稞神。"

他说完就转身离开，回到了豪华的大马车上，无数蕃民对他的背影顶礼膜拜。

寒辙进了马车里，就从嘴上取下来两片透明的乌贼鱼骨，又从高高的帽子里取出一个瘪瘪的布口袋，这是刚才装青稞的袋子。他倒了一大杯水狠狠漱了两遍嘴，这才对靠在车厢上看书的庞匙儿说："云家的酒精不能吞到肚子里去，我的胃到现在还在发烫，我担心用多了会伤身体。"

"大哥，那个上师就是一个骗子，您怎么还帮他圆谎？"

"这是互相给脸面的时候，这个世界上最不相信神灵的就是我们这些人，他有他的神灵要维护，咱们有咱们的神灵要维护。他也知道我们是假的，我不拆穿他的把戏，他就不会来拆穿我们，因为拆穿了对谁都没有好处。"

庞匙儿看了看哥哥，放下手里的书，娇笑着说："要骗人，先骗己，哥哥已经登堂入室了！"

寒辙掀开车窗上的帘子，指着那些狂热的蕃民对庞匙儿说："你看看，那个老人拿刀子割开自己的脸，摊开了双手在向我祈祷，你能感受到这种虔诚么？匙儿，被人骗一辈子也是一种幸福。相信这个世界上善良会有好报，相信恶人迟早会受到惩罚，相信善良的东西都有冥冥中的神佛在庇佑。这个体系崩塌不掉，只要所有的大人物需要百姓相信美好，那就必须维持这套体系，我在书院里早就看透了。"

第二十三章　局势堪忧

庭州被大雪覆盖的时候，碎叶城却是阳光灿烂的好日子，黑风穿着昂贵的黑狐裘，带着五十个买来的战奴，紧张地跟着小苗。这些战奴是专门被训练出来作战的奴隶，他们无惧生死，只知道战斗，最妙的是他们不在乎为谁战斗。

小苗染着亚麻色的头发，挎着一个装满食物篮子，不停地把食物分给那些围着她的孩子。那些肮脏的孩子们从来没有见过整张的馕饼，也没有吃过大块的羊肉，只有安吉姐姐的篮子里才有这些食物。所以"安吉姐姐"的名字迅速就传遍了碎叶城，只要到了吃饭的时间，他们的住所就会人满为患。

曲卓不止一次地警告小苗，这样招摇过市对差使没有一点好处，但小苗依然我行我素。

碎叶城里面的主流说法是准备西进，可这里的勃律人、吐火罗人、莎姗人、大食人并不惊慌，他们在碎叶城悠闲地做着生意，和突厥人、薛延陀人、吐谷浑人、昭武九姓以及回纥人相处得非常融洽。曲卓认为这不是一个正常的关系。

回到住所后，两个侍女簇拥着小苗去洗脸换衣服，一个战奴对曲卓说："大人，老奴今天算了一下，小苗殿下又花掉了十几个币。"

曲卓看了老战奴一眼："你知道什么，不知道就不要多嘴！记住了，在家里不许一口一个'老奴'，这个家里没奴隶，这是你们的契约，拿去烧了。"然后把一沓羊皮契约拍在老战奴的胸口上就气冲冲走了。

老战奴愣在当地许久没有说话，只是把习惯性弯曲的腰板逐渐挺直了，然后就去告诉所有战奴这个不可能发生的事情。

"瓦希提，薛西斯……"老战奴每念到一个名字，就把一张契约投进火盆，等到契约全部烧完后，笑着对所有人说，"小苗殿下说，我们自由了。"

他说后就掏出匕首，揪着脖子上的一块皮肉把他割了下来，扔进了火盆。虽然血流的汩汩的，他却笑得开心，因为那块皮肉上面有一个烙印，他不想要那块肉了。

老战奴带着其他人来到院子里，在小苗不知所措中，匍匐在地上亲吻小苗的鞋子。

"干什么？"小苗低头看看自己的鞋子，疑惑地问。

"世间仁慈者莫过于您，莫阿斯向您效忠，我尊贵的殿下。"莫阿斯恭敬地行礼。那群战奴都上前轮流亲吻小苗的鞋子。

小苗想了好久都没有想通亲吻鞋子和效忠到底有什么关系，她性子粗疏，不愿意多想这些乱七八糟的事，她最喜欢做的事情就是练完武后，美美地洗个热水澡，坐在小楼上伴着夕阳绣花，等到吃饭的时候，再去给那些孩子送食物。

她身上的钱很快用完了，狗子的钱也被她搜刮光了。于是，曲卓最担心的事情发生了，碎叶城的城主在遭到了恐怖的酷刑后彻底疯了。

小苗又有钱买食物了，一大早，小乞丐们都眼巴巴地等在巷子口，见到安吉姐姐出来，都排好了队伍，急切地盼望着食物。

每个孩子一张饼，一块肉。这样的施舍速度，小苗的钱很快又用完了，于是，她蹲在房顶上瞅着高大的寺庙出神，听说僧人很有钱。

吃晚饭的时候，曲卓把一袋子银币扔在小苗的桌子上，一言不发地回到房间里继续去研究小苗从城主府拿回来的公文。结果发现这个城主什么都不知道，想要知道他们的真正意图，需要找身份更高的人。

黑风回楼兰了，曲卓和狗子带着三十个战奴去了怛罗斯，他准备在那里继续探听消息，只留下小苗在碎叶城作为一个中转站，没心没肺地存在着。

安吉姐姐的名声传得很远，所有肚子饿的孩子都能在安吉姐姐那里得到食物，也可以窝在安吉姐姐家的屋檐下睡一晚上。她的名声甚至在大人中间也开始流传。

流言这种东西，传着传着就会变味道，当安吉姐姐从一个善良的女子变成天使的时候，无数的求婚者就纷至沓来，如果不是莫阿斯阻拦，小苗早就把这些无耻之徒打死了。

那些围在门前唱情歌的人作为第一批倒霉的人，领教了小苗的蛮横，每个人都被打折了一条腿扔了出去，这是云家的惯例。

和小苗相处的时间越长，莫阿斯就越喜欢这位殿下，那些人没有说错，这是一位善良的天使，只要不惹怒她，她就是雪山上最灿烂的雪莲。莫阿斯觉得，那些土狗一样的人想要迎娶殿下就是对殿下的侮辱。因为土狗向狮子求婚，不管土狗表现得多么真诚，对狮子来说都是羞辱。

今天是自己的生日，所以小苗特意准备了很多的食物，她想都送给这些可怜的孩子，饿肚子的滋味，小苗至今不忘。

急促的马蹄声密集而且沉重，小苗倏然一惊，抬头看时，发现那个被打断腿的阿史那家族的小儿子，带着百十名骑兵疯狂地冲了过来，马蹄下到处都是小乞丐凄惨的身影。

还没等小苗惊呼出来，阿史那博坦指着小苗大吼："抢走她，老子就要她！"

莫阿斯举着大盾勇敢地向战马扑了过去。小苗手里的篮子掉在了地上，她怎么也不相信面前发生的这一切，刚才还在讨要食物的孩子现在躺在血泊里抽搐。

两个战奴用力地拖着小苗，希望能把她拖回去，莫阿斯也退过来护住小苗，他已经没有还手之力了，肩背上有一道能看见骨头的伤痕。

小苗的眼睛瞬间变得血红，她甩开战奴，随手捡起一把刀就冲了上去，她准备把这些都抓住好好问，为什么要伤害那些孩子。

突厥人的战马跑得很快，他们想把小苗撞飞，就像对付莫阿斯一样。小苗果然飞了起来，踩着马头就飞了起来，凌空一脚就把那个骑士踢下马。她利索地骑到马背上，伸手取过挂在一边的长弓，抽出一支箭，将离她最远的那个突厥人射死。她特意放过了博坦，因为一会还有问题要问……

一辆白色的马车就停在路边，车内的主人撩开帘子看着这场战斗，对身边的少年说："阿史那家不去也罢，他们今天逃不过此劫。"

"长老说笑了，难道那个女子还能杀光阿史那家不成？"

"会。"长老掀开帘子问马夫，"此女何名？"

"安吉，天使安吉！"

"阿史那家的人很多，她一个人可以么？我们要不要帮她？"少年很兴奋。

"不行，贺鲁，我们和阿史那家是一个祖先，既然不愿意帮他，也不能去害他们。金狼王的子孙已经凋落了很多，没想到这里又要消失一家……"

"我们就帮阿史那家，驳马叔叔一定能打败这个安吉的。"少年显得更加的兴奋。

"不能，我们不能帮助阿史那家！贺鲁，你今年十三岁了，马上就要成为雄鹰一样的男子汉，你有大义，却实力不足。你看，安吉作为外来人，在大街上公然屠杀阿史那家的人，从街道那头一路杀到阿史那家的大门口，而围观的突厥人却在为安吉欢呼，这说明什么？说明阿史那家族到了该灭亡的时候了。"

长老的话，少年并没有听进去，他兴奋地指着车窗外对长老说："长老，您看呐，她爬上阿史那家的墙头了，她要进去杀人吗？"

阿史那家的大门口围满了人，围观的突厥人神色木然，听着院子不断发出的惨呼声，却松开了握着刀柄的手。

莫阿斯几次想要冲进院子里帮助小苗，都被一个山一样粗壮的光头突厥人拦住了："安吉如果能杀光阿史那家，那是她的本事，事后不会受到任何责难。如果你们也冲进去，突厥人不会眼看着你们去屠戮突厥人的，无论如何，阿史那家都属于突厥一族。"

薛西斯不管这些，殿下就在里面作战，作为仆人，哪有不冲进去的，他用大盾护着身体，想要撞开那个大汉。

大汉一记重拳播在薛西斯的大盾上，薛西斯连退四五步，一屁股坐到了地上，扛着盾牌的左肩膀已经没了知觉。莫阿斯吃惊地看着铁皮盾牌上那个清晰的拳印，只能守在门外，焦急地等待战果。

半个时辰过去了，里面的厮杀声渐渐平息，那个壮汉看了莫阿斯一眼说："你的主人赢了！"说罢就离开大门，回到那辆白色的马车旁边。

大门终于开了，像从血池里捞出来的小苗木着脸走了出来，黑压压的人群自动分开一条路。小苗走到街道中间，缓缓地把刀插到地上，冷漠地说："城西之地不许骑马，违者，死！"

第二天一大早，小苗依旧提着篮子来到了家门口，打开门，门外一个人都没有，往日里那些流着口水等待孩子一个都不见了，街口那些卖馕饼和羊肉的小贩也不见了。

小苗放下篮子，坐在门槛上发呆，两个侍女远远地站在她的身后。

"姐姐，我饿了，三天都没吃东西了，能不能给我一块饼和一块肉？"一个披着破羊皮的少年贼头贼脑地走过，露出一嘴大白牙，笑着向小苗伸出来手。

"有，当然有……"小苗很开心低头给少年拿食物，但看到这小家伙的牛皮软靴后，顿时就火了，"滚！"

"为什么？你给别人都给，为什么不给我！"少年涨红了脸颊，大声质问。

"把你的牛皮靴子卖了，够你吃半年馕饼！"小苗鄙夷地瞅了小少年一眼，最讨厌这种装穷套近乎的傻瓜。

少年人看看自己的靴子，面红耳赤地跑开。小苗轻笑一声，觉得这个少年人非常有趣，再回头的时候就发现一大群孩子从巷子口冲了进来，和昨日一般无二。

放下云烨的奏章，李二背着手走出万民宫，遥望着西方，久久不愿收回目光。云烨说的有道理，西域人在怛罗斯停留的时间太长了，烧杀抢掠无恶不作，这彻底将西域变成荒漠的做法完全不合情理。都水监已经很久没有从西域传来有用的情报了。

"传李靖、李勣、程咬金、秦琼、牛进达、尉迟恭、房玄龄、杜如晦、长孙无忌进宫！"

因为是战时，几位老将随时在家待命，见天使来招，便即刻进宫，被太监一路领到万民宫。巨大的殿里，李二背着双手，静静地面对着一幅巨大的地图。

"云烨说无力西进，只能勉强自保，你们怎么看？"

几个老将都不说话，李靖从案子上拿起云烨的奏章看了一遍，问诸位："你们谁缺粮的时候会派人去几千里地以外筹粮？"

"五百里是极限，还必须确认那里的粮草很多，大军袭击一次就能补全所有缺失才成，否则，这样的筹粮没有任何意义。"牛进达疑惑地看看李靖，凑过去看云烨的奏折。

"但突厥人就是这么干的，越过两片盐渍，一片沙漠，从怛罗斯出发去北庭筹粮。"李靖把奏折递给牛进达，拿手在地图上量了一下从怛罗斯到庭州的距离，"直线一千八百里！"

"事出反常即为妖，朕也是想不通这一点儿，才找几位爱卿商议一下。如今郭孝恪兵进伽师城，云烨的左翼空荡，为了维护商道，他不得不收缩兵力，在楼兰设大营，交给许敬宗统领。据说那里是一个攻守咸宜的好地方。袁老先生还在那里布置了八阵图，算得上固若金汤。有了这样的一个支点，西域就乱不了。"

说话的时候，房玄龄、长孙无忌到了。长孙无忌皱着眉头说："但这些人在西域停留两年多了，依然看不到西进的姿态。微臣以为他们是在观望，或者说内部起了纠纷，我们应当准备援军以防万一。"

房玄龄见众人脸上的忧色越来越浓重，赶紧说："老臣以为增兵不妥，今年的预算已经全部派出，还支用了明年的一部分，户部不但没有一个铜币，反而欠了一大笔款项。国库无力支持大军征伐，请陛下明鉴！"蜀中的新路，河北的运河都是重中之重，如果错过这次的机会，下一次动工就不知道是何年何月了。

李靖说："陛下，以老臣看来，云烨虽然在人数上吃亏些，也不是完全没有还手之力，他所忧虑的就是西域地方太大，他的兵马照顾不过来，再加上郭孝恪西进后左翼空虚，只要陛下命郭孝恪东撤，填补空白也就没有大碍了。五万大军在北庭，安西一线驻防，就算是不能威逼胡人西进，至少也能保证我朝边关无战事，拖上个三五年，等我们腾出手来，再找这些胡人算账不迟！"

李靖的话，让房玄龄等人不住点头，这样做是最稳妥的，西域虽然重要，但是还没有重要到超越国内建设的地步，只要云烨能把西域人拖上三五年，到时候援军西进，自然能荡平一切妖孽。

程咬金把云烨的奏折放在桌案上，忿忿不平地说："这样一来，云烨的担子更重了，五万人驻防五千里防线，一里地只有十个人。戈壁滩上到处都是路，他怎么驻防？我们在这里说得轻松，云烨在戈壁滩上就会跑断腿。他的兵力远远不够，至少需要给他能轮换的兵力才成。"

"驼城！"李勣忽然喊了一嗓子，"云烨离开长安时和我们提到过驼城，不知道他现在弄成什么样子了，有了这样一个活动堡垒，他就能长期的在戈壁上活动而不用担心士气疲惫。"

秦琼摇摇头："把大军性命寄托在一个我们从来没有见过，也从来没有使用过的驼城上，跟把将士的性命拴在老天的裤裆里有什么区别？我建议舍弃北庭，全师防守高昌，天山以北的地方全部放弃，熬过这几年，我们再从头计议。"

李二马上摇摇头："此一时彼一时，现在只要我们大唐的军马回撤，那些西域人就会迅速回流，我们前些年的心血就全部付之东流——拟旨：命云烨无论如何也要坚守北庭、安西一线，郭孝恪撤到龟兹，归云烨指挥，相机逼迫胡人西进，不得有误！"

一行人从万民宫出来，程咬金对牛进达说："我们抓紧给云烨弄骆驼，就算是抢也要给他抢够五万头！"

尉迟恭说："我把洛阳的骆驼都给弄过来了，只有两千八百余头，再去掉老骆驼和小骆驼，能有两千之数就不错了。我昨日发现吐蕃人竟然有一千多头骆驼，今日就再去找找禄东赞，他要是给老夫则罢了，若是不给，老夫就打算硬抢。"

李勣刚要说说话，牛进达摆摆手说："算了，你家的留着吧，你那几个儿子没一个是省油的灯。"

李勣被弄了一个大红脸，争辩道："家里还是我说了算，我还没死呢，轮不到他们插嘴！"

李靖嘿嘿地笑着说："有一个地方骆驼很多，就不知道几位敢不敢下手了。最少一万头，都是清一色的好骆驼。"

"哪有？就算是天王老子的，老夫也要去抢抢！"程咬金立刻就凑到李靖面前。

"娘娘那里！娘娘这些年运羊毛的可都是骆驼，现在老百姓开始喜欢穿棉布，羊毛不值钱了，娘娘的作坊现在分出来一半开始织布了，骆驼没了大用场，你说我们去找她要骆驼，你看如何？"李靖瞅着天，好像这个主意不是他出的。

此时的云家热闹极了，天南海北的朋友聚集在云家参加小武的婚礼。

有一些礼物非常珍贵，却找不到送礼的人，门房说这些送礼的人很奇怪，有和尚，有道士，也有赤着脚的行者，一个眼睛糊满眼屎的乞丐从怀里掏出一方碧玉，递给门房说是贺礼，差点把门房吓死。

好在远在吐蕃的寒辙也赶来了，在大门上做了一个记号，总算是看不见这些碍眼的人，不过，寒辙让人在单鹰的小院子里单独布置了席面。

李纲先生今日非常精神，穿着团花图案的寿字锦衣窝在自己的小车上一小口接一小口地啜着杯子里的葡萄酿，眼睛不断地扫视着屋子里的宾客。

和尚没什么好说的，一个苦行僧而已，还是一个头发卷曲的番僧，没有念珠，没有穿僧衣，全身上下没有一点僧人的标志，可是当他坐在那里的时候，你只会认为他是一个和尚，除了和尚之外不可能有其他的身份。他此时正在全神贯注地对付一只烧鹅，毫不理睬李纲探究的眼神。

道士也一样，腰里拴着一根草绳，脚下踩着一双露出脚指头的破鞋子，头上插着一根荆簪，身边放着一把剑，看到这把剑，李纲的眉毛抖了一下对道士说："请借剑一观。"

道士随手就把剑抛了过来，单鹰接住，瞅了道士一眼，就把剑放在李纲的膝上。道士拿起酒壶很没有风度地对着壶嘴狂饮，也不知道云家的烈酒他能喝几壶。

"钟离权，这里是白玉京，不是你崆峒山，正阳真人的名号在长安并不好使。"正在嗑瓜子的寒辙扔掉手里的瓜子，出言讥讽。

"听说神王如今在吐蕃传道，却不知信众几何？缘何不在汉地？"道士反唇相讥。

"这把剑确实是汉剑，只是钟离权乃大汉的将军，不知道长高寿几何？"李纲先生笑着把剑插回剑鞘，让单鹰送回去。

"坐卧常携酒一壶，不教双眼识皇都，得道真仙不易逢，几时归去愿相从！先生年高德劭，难道还窥不破这举世红尘？不如归去。"

"老夫垂垂老矣，恐怕学不来那些深奥的大道，只愿埋骨书院于心足矣。"

"本真人游走于人世间，就是为了给世人一个机会，可惜世人愚顽不识大道，去休，去休！"道士说完话就接着喝酒，无礼之极。

李纲并不在乎，把目光转向一个老农。不等他问话，老农就抱拳说："老汉只是农人，在土地里刨食，听说白玉京大弟子成婚，特意过来混顿酒饭，莫笑，莫笑！"

这是个藏拙的，既然他不愿意说，李纲也不在意，又把目光转向那个赤脚的行者，拱手道："自秦皇以来，墨家已然式微，八百年未曾听说有杰出者，如今还能守住自己的主张？老夫听说田襄子已陨落在北海之滨，却不知墨家何去何从？"

"我们所坚持者无非兼爱和非攻，田襄子的生死与兼爱、非攻何干？如今人世大兴，世上无非攻，墨家也仅余兼爱，老夫行脚天下，唯兼爱而已。"

李纲大惊，连忙起身作揖道："玉山书院所求者，就是愿弟子仁爱世人，李纲不才，愿尊先生为师求取兼爱大道。"

行者看看李纲身上的锦衣，又看看桌面上纷呈的酒宴，那人摇头道："你那玉山书院，教的是人间智慧，用的是世间奇巧，道尽了人间的利害，只取一个'巧'字。老夫只愿凭借双脚踏遍天下，告诉每一个人兼爱的本意，不留姓名，只留馨香。到了那时，墨家和天下化为一体，李纲，你能分得出哪些是玉山，哪些是墨家？"

李纲思索片刻，再一次躬身致谢道："谨受教！"

老乞丐睁开双目，糊满眼屎的双眼竟然清澈得如同幼儿："听闻白玉京主人正在神山下，日日操演兵马，西王母托老夫问一声，白玉京主人意欲何为？"

"我恩师带领兵马纵横西域，只是为了保家卫国而已，西王母缘何见责？"门被推开了，小武一身红装，托着一个木盘走了进来。

老乞丐拍着手说："白玉京尽出好人才，宾媚人当年鼓动唇舌游走四方，如今的白玉京主人居然开始统兵征战四方，难道百万冤魂还不够他重建白玉京？役使阴魂者必遭天谴，慎之，慎之！"

小武掩着嘴轻笑一声，放下手里的木盘，木盘里装着十碗面条，她双手端起，恭敬地在每个人面前都摆了一碗，施礼道："诸位远道而来，白玉京不敢失礼，小女子亲手做了几碗面条敬献诸位，为长者寿，为尊者福，请用！"

老农率先端起面条闻了一下对小武说："真是个好女娃，老汉一日不吃面条就浑身不自在！乖女娃，替老夫问问你师父，土豆、玉米是从哪里来的，老夫连着吃了十年，也没有吃出毛病，中间还生了两个娃，看样子确实是一门好庄稼。"

小武笑着向老农致谢："晚辈也不知道，师父从未提起过，等师父回家以后，小女子一定问问师父，只是拿到了答案，如何禀报给您呢？"

老农嘿嘿一笑，从怀里掏出一小袋种子递给小武说："用不着回答我，你只要将这袋种子在来年春天种下去，你师父自然知道该去哪里找老夫，如果你师父也不知道，那就算了。"

说完话就开始吃面条，再不发一言。

老乞丐见小武不愿意搭理自己，拍了一下大腿，对坐在屋子角落里的那个黑衣人说："你不是要找侏儒和美女吗？现在事主在这里，为何不问了。"

"因为不用问了，我不打算复仇，你就不要多说了。"声音非常娇媚，是个女子。

小武瞅着这个女人，忽然道："他们被困在雪山上，没有东西吃，女的把男的吃了，然后女的掉下悬崖了。"

那女子撩起了面纱，慢慢地吃面，也不回答小武的话。碗很小，女子吃完面，把汤也喝的一干二净，然后拿起斗笠扣在头上，对小武说："我的路途远，就不送你出阁了。"

有了一个走的，其余的人也就起身准备离开，老农最是和善，笑眯眯地赶着牛车从大路离开，道士最是奇特，他是翻到房顶上走的。

只有那番僧还在嚼烧鹅，吃完东西，他念了一句经文，用怪声调问小武："孔雀明王安在？"

小武摇头表示不知，她确实不知道，孔雀明王当年被刘进宝扛到酒坊里烧成灰了，她自然一无所知。

"光明盘断成两半，我找到了其中的一半，告诉我，另一半光明盘在哪？老僧自己去取。"番僧理直气壮，似乎小武一定知道。

李纲看了单鹰一眼，叹息一声，就拉着小武出了门。门还没有关上，里面就传来拳脚破风的声音。

小武担忧地问："师父说光明盘是拜火教的圣物，被他一刀砍成了两瓣，这是不死不休的仇恨。今日这个番僧既然提起往事……不知单鹰姑父和寒辙是不是那番僧对手？"

李纲想了一下说："离石告诉我，这个世界上如果说有人能有攀上武道极限，在他看来不超过两个，一个是无舌，一个是单鹰。别担心，好好地当你的新娘子，你看，小杰的马车已经过来了。"

过完年后，还没到元日，被云烨撵回长安的程处默带着五千大军，护送着几万头骆驼，开始向北庭出发。这次护送任务不容有失，到了玉门关，苏定方的大军随之出动，一直将骆驼送到高昌。在那里，云烨开始建造安装，训练驼城。北庭不失，所有人都把希望寄托在驼城上。

这段时间里，云烨在北庭无所事事，大军动弹不得，除了那日暮的肚皮鼓起来了以外，他没有任何成果。

主帅闲散，但是属官们差点在这个寒冬里累死，从军队里挑选那些懂得牲口脾性的军士加以训练，让他们知道该如何操控脾性温和的骆驼。能知道骆驼的脾性只是第一步，给骆驼治病才是让这些文盲军士们头疼的事情，连大字都不识，怎么能看得懂那些报告？

想要让数万头骆驼做到令行禁止没有严格的操作条令就是一个妄想，想了解这些条令，识字是第一要素。

于是，识字开始出现了，云烨将这个不可能的完成的任务交给了交给了五蠹司马，老范从来没有想过有一天需要教会属下识字。

只要是识字的都需要去当老师，云烨也不例外，于是，在北庭就出现了奇怪的一幕：

"队正，您还是一刀砍死我吧，我确实学不来啊，俺老刘在军中十五年了，拿惯刀把子的手握着笔就发抖，您饶了我行吗？我去石漆河监工还不成？"

队正铁青着脸，揪着部下的脖领子："一天认识五个字，这是军令，你懂不懂什么是军令？你一天只需要认识五个字，老子现在看的是兵法！什么时候队正也需要懂兵法了？我可怜你，谁可怜老子？"

驼城绝对不是一朝一夕能建成的，不说别的，光是一个转向的问题，就足够让人头疼，大城所到之处需要平坦的土地，不能别的骆驼走路，一些骆驼掉坑里。所以挽具非常重要，道路也非常重要，只要这座大城能够左右横移两千里，云烨就能锁死这片区域。但愿书院的研究能带来福音。

书院的图纸送来了，同时过来的还有一班学生，他们的任务是负责把驼城装好，也就是把五万头骆驼按照图纸的要求放在合适的位置上，并且负责将驼城上的重量均匀地分布在每头骆驼的身上。这是一个繁杂的工作，公输甲亲自赶过来。

驼城出发的起始点是高昌，终点是乱石城，也只有这一代的隔壁才符合驼城来回移动的要求，这里也是唐军须要驻防的重点区域，一旦西域胡人突破了云烨的防线，他们就会沿着伊吾州进入隶属关内道的突厥草原，或者攻破玉门关直扑陇右。只要两种状况出现任何一种，云烨除了自杀谢罪，没有第二条路走。

对碎叶城、怛罗斯、阿拉木图，云烨毫无办法，大军不能开过去，只要开过去的，身后就会盗贼蜂起。扫荡已经是家常便饭，他把能用上的招数全用上了，终于给自己营造了一个安定的大后方，这里终于显现出一种健康的社会秩序。

沙漠里出现一座移动的城池，什么人才能想出来这样的法子？除了云烨没别人。

在李靖看来，云烨之所以能够战无不胜，就是仗着聪明脑袋，总能想出了来一些出人预料的法子，将手中的武器运用到极致，至于战术、战略，他不认为云烨有这个东西，他认为云烨做一个校尉都有高抬之嫌。

李二颇为认同，所以正规战场上从来不用云烨，只有在一些需要冒险、运气和智慧的地方才会让云烨放手大干，这是兵法中的用之以奇。

驼城的出现让李二喜不自胜，不止一次地对长孙说云烨就是一颗豆子，不砸不出油。

第二十四章　最后的匈奴

小苗的禁令是有效的，那把刀就插在街道中间，这条大街也被人叫做插刀街。突厥人一般不来这条街上，短短的一个月的时间，这条街变得非常繁华。

小苗现在买食物不用给钱了，每天早上都有商人把食物装在篮子里送过来，都是她的侍女伊利斯姐妹打理，她只需要早上起来后提着篮子给孩子们送食物就行了。

有一天，小苗看到侍女伊利斯姐妹艰难地抬着一个大箱子走进卧室，就上前帮了一把，箱子很沉，打开一看，才发现里面全是零零散散的铜币和银币。

"这是谁的钱，怎么这么多？"小苗吃惊极了。

伊利斯姐妹拿过来一个账本放在小苗的跟前："这些当然是殿下您的钱财了，整个城北都是属于殿下您的，这些都是那些商人们缴纳的赋税。"

"赋税？"小苗挠挠头，怎么自己也开始收税了？难道自己也成了官府的人？

不过有钱就很好，谁去管这些钱财是哪里来的。

小苗不知道的还有很多，就在此时，莫阿斯每天都要带着五百人在城外操演，他们拿着大盾，排着整齐的方阵一步一刺，这样的训练要维持到中午，吃过午饭后，他们又开始进行一对一的训练。莫阿斯原本就是最好的教官。

薛西斯抬头看一眼太阳，吹响了号角，让所有人坐在地上休息。他把手里的羊皮水袋递给满头大汗的莫阿斯："这些人太瘦弱了，想要成为合格的战士至少还需要一百天。"

莫阿斯喝了一口水，拍拍薛西斯的肩膀，笑着说："这正是我们的意义。上帝把殿下赐给我们，我们就要抓住这样的机会显露战士的荣光。"

薛西斯小声说："殿下好像是鞑靼人，你有没有发现，她的头发是染的，现在慢慢变成黑色的了！难道她是来自鞑靼的贵族？"

莫阿斯摇摇头说："殿下是贵族无疑，而且是来自一个非常有教养的家庭，她不在乎钱财，说明这个家族非常的富有；她非常的优雅，你看她绣的花像真的一般，这需要非常高明的老师才能教出来；最明显的就是她高明的武技，我们可以想象他的父兄该是何等的勇猛！有这样的殿下，我们还要去计较她的身份吗？"

薛西斯摇摇头："我不是在怀疑殿下的身份，我这几天去街上买东西，听到有人说阿提拉的故事，殿下的黑发让我想起了那支鞭子，那支属于上帝的鞭子！"

"阿提拉？"莫阿斯惊讶地看着薛西斯。两百年前，那只鞭子让整个世界都疼痛不已，只不过他的帝国建立得迅速，崩溃得也同样迅速，留下的未解之谜太多了。

"我们回去问问殿下，如果这一切属实，我们一定要追随殿下成为另一支鞭子！"薛西斯的眼神狂热至极。

刚刚到达碎叶的刘方听到这个消息后哈哈大笑，抚着小苗的头发说："我家闺女武艺高强，装成阿提拉的后裔正好合适，高贵的血脉配上无尽的财富，再合适不过了！从今天开始，你就叫咄图拉·安吉，一个无比高贵的姓氏！曲卓和狗子还在像商人一样到处拍马屁打探消息，咱家闺女已经能堂堂正正地和那些胡人领袖坐在一起商谈军国大事了！"

"您会留下来陪着小苗吗？"小苗无比期待，相比曲卓和狗子，她更信任刘方。

"那是自然，从今天起爷爷就是长老，咄图拉家族的长老，自然要陪着小苗。"

"别人不信怎么办？"

"呵呵，一部分人我们用钱买到他们相信，另一部分我们就打到让他们相信。花钱的事情爷爷去做，打人的事情你去做。哦对了，人熊也来了，他也能帮你打人。"

目送小苗小鸟一样欢乐地出了门，刘方坐在窗户边的胡床上，陷入了沉思。

对付游牧民族，进攻才是最好的防守，云烨的五万人太少了，进不足以攻，退不足以守。但草原胡人和西域胡人都聚集在一起，必定会有矛盾，刘方原打算从突厥人中找一个亲向大唐的势力扶持，以打开西进的大门，让那些胡人断绝东进的念头。

但驼城的出现让刘方大为震惊，一个移动的城堡，亏云烨想得出来。他觉得无论如何也要到西域走一趟，云烨就算有了驼城，也只能被动防守，僵局依然存在，大唐只有三五年后才能大举西进。

皇帝和宰相们都说是国力不济，可刘方不这么看。在他打开云家的库房，准备寻找宝贝贿赂突厥人时，看到了云家满满当当的库房，他就知道国力不济是一句骗人的鬼话。既然云家的库房都能支持一场战争，皇后的库房不会会比云烨家的小。只要长孙从指头缝里漏一点，组织十万大军易如反掌。

皇家是在戒备，在观望，准备看看国家在进行大规模建设的时候，会不会发生隋炀帝的旧事，这一次国家开发的力度，要比隋炀帝开凿大运河更大。他们不想重蹈隋炀帝东征高句丽的覆辙，他们认为这是一个导致一个辉煌的帝国覆灭的魔咒，国家在大开发的同时就不该发生大规模的战争。

不管是皇帝还是大臣，他们已经在这一点上达成了共识。

这个共识导致的结果就是广袤的北庭、安西只有五万人防守，成败无关紧要，估计李二已经做好了在陇右或者关内道决战的准备。

程咬金、李靖他们看到了这一点，所以才倾尽全力帮助云烨，每个人的心头都是焦灼的，他们并不看好云烨，只希望建造好驼城，云烨在失败的时候可以跑快点儿。皇后估计也是这个意思，所以才会把内府的骆驼全部交给云烨。

西域的胡人现在有两个可能，要么怀着满腔的怒火结成同盟，向东杀过来重回故土；要么怀着一颗悲壮的心西进，重新找一片可以生存的土地。

来到西域后，刘方发现怛罗斯、阿拉木图被军队围得水泄不通，谁都没有办法知道城里的那些统治者的真实想法，无奈之下，他只好返回碎叶城，跟小苗、曲卓、狗子汇合。

不过，当他了解到小苗的作为后，他发现用不着费力气去收买胡人了，小苗就是最合适的人选。因为她的善举和武艺，让她在混乱的碎叶城赢得了极大名望，甚至有人说她是"匈奴王阿提拉"的后裔。刘方认为，只要将小苗的身份善加利用，就能武装起来一支强大的军队，那是曾经的"上帝之鞭"！

莫阿斯、薛西斯一进门就看到小苗的装束：头戴牛骨头饰，腰里挂着一柄粉红色的小弯刀，纯黑色的头发梳成了无数的小辫子，脚上的船靴小巧精致。两人互相看了一眼，从彼此的眼神里看到了无尽的狂热。

"莫阿斯，薛西斯，我的大家臣来了，你们去见他，让他把你们的名字抄录到家族的名录里，以后你们就会有份例可以领。"小苗对家臣的理解就是能从辛月手里领钱，听刘方说要把莫阿斯和薛西斯的名字也记录到名册上时，她的第一个反应就是他们可以领钱了。

莫阿斯、薛西斯看到一个白胡子的老人背着手站在门口，旁边还有一个像狮子一样凶悍的人。

刘方鹰隼一样的眼睛看了莫阿斯和薛西斯一会，遗憾地对小苗说："忠诚有余，武力不足。"

那个狮子一样的壮汉捧过来一个散发着香味的精致木盒，刘方打开盒子，从里面取出一本天蓝色的册子，用毛笔写下了几个字，那个壮汉就抓过莫阿斯的手臂，用一把银色的小刀在他的手腕上割了一下，示意他用血把名字写上去。

没有发誓，没有恫吓，也没有警告，小苗就说了一句："我们是一家人了，你们以后可以领钱了。"

莫阿斯摸着脖子上挂的木牌，疑惑地问小苗："我们是一家人？我们是匈奴人吗？"

"对，我们是匈奴人！"

莫阿斯心神激荡，匈奴人就该化作那支恐怖的鞭子抽打整个世界，匈奴人就该率领着大军四处征战一直到死。生的时候狂欢，死的时候壮烈，享尽人间富贵，受尽世间苦难，在熊熊的战争烈火里咆哮，在尸骸遍地的城市里狂欢。

莫阿斯低头亲吻了木牌，然后就躬身对小苗施礼道："我的殿下，臣这就去为您准备纵横大地的军队！"

很多人都去了西域，辛月从程夫人那里听到消息，北方的事情不太妙。刘方先生从家里带走了很多宝贝，也去了西域。不过没关系，只要夫君能回来，夫妻俩就算是睡茅屋，也比现在这样牵肠挂肚好。

回到家里后，她就摊开信纸，给夫君的朋友写信，熙童、寒辙、贺天殇都是她求援的对象，没说别的，只求他们能把云烨平安带回来，她知道这些人都神广大。

单鹰也走了，他看出了辛月的不安，骑着马，背着长刀就出了长安，骄傲如他，甚至不愿意和程处默一起走。

云寿开始打理家里的一些小事，比如去太常寺参加庆典。

皇帝在开春的时候进行大规模的郊祀，云家的主人出征在外，只好由长子代替。云寿挑着献礼咬着牙跟在老程后面。

今年的路程虽然只有三十里，但那些老人还是非常凄惨，秦琼走了一段路就感觉心慌得厉害，幸好有程咬金和牛进达挽着他，才能勉强跟上。

魏征没来，他有病在身，据太医说病得非常厉害，李二答应这次祭天的时候帮着魏征向老天说好话。这话说得非常狠，祭天的表上面除了皇帝的尊号外，剩下的只能是死人的名字，如果魏征这一次侥幸不死，后果堪虞。

当年的一番良臣、忠臣论让他在李二的面前享尽荣宠。良臣和忠臣是有区别的，良臣不但享有盛名，而且也能使得君主流芳百世。而忠臣就不一样了，他们常常犯颜进谏，哪怕惹来杀身之祸也在所不惜。徒留忠实勇敢的虚名，还要害得君主背上杀害忠良的坏名声。

魏征想做良臣，结果事与愿违，他多次向皇帝进谏，反复提到隋朝灭亡的根本原因就是频繁征战，徭役不息，再三要皇帝把隋朝的灭亡当做教训。

这里面的意思很值得玩味，因为北击突厥、东击高句丽，早就成了大唐的既定国策。在这一点上，李二和隋炀帝实际上是一脉相承的，只不过做事的方式方法不同而已。

攻击高句丽会动用山东的人力、财力，会伤害山东士族。这就是魏征的私心，如果不是云烨在中间和稀泥，李二早就和魏征翻脸了。

这一回不一样了，褚遂良给了魏征致命的一击。魏征竟然将自己平时对皇帝的劝谏之言拿给史官，并叮嘱他将其记录在《起居注》中。

《起居注》是什么东西？那是史官记载的君王平日里的一言一行，丝毫不得隐瞒避讳，哪怕是丑事恶行，也得秉笔直书。即便是贵为九五之尊的皇帝，也没有权力看《起居注》，这是帝王身上的最后一道束缚。李二去找颜家索要《起居注》看，却被人家一句"陛下欲自作传记焉"给羞得满脸通红。

魏征在上面添加文字，不管他说的是不是事实，欺君之罪如何都逃不掉。

山东的士族已经被马周搞得妻离子散家破人亡，早就没了当年显赫的声威了，魏征这时候往《起居注》里添加文字的行为，被李二认为是那些山东士族发出的最后哀鸣。

这次长孙没有劝谏李二，夫妻二人站在万民宫一起破口大骂魏征的可能性更高一些，长孙是一个没立场的人，李二的立场就是她的立场。

天子一怒，这次没有伏尸百万，只是让勋贵们跑了三十里地。魏征的骨头果然很硬，如果他拖着病体跑一趟，哪怕是被儿子背着走一遭，李二的怒火也会平息，毕竟魏征大多数时候都很懂得说话，很懂得如何在其他人面前明贬实褒以抬高皇帝的声望。冲这一点，皇帝也不会把事情做得太过分。

但魏征没来。

这次连房玄龄都没有替魏征求情，自从王珪死后，朝廷上很少有人会激烈地和皇帝碰撞。不过，他和杜如晦一起上了告老的折子，只求能有一个善始善终的结局。

魏征依然坚强地活着，自从褚遂良弹劾后，他就在努力喝药，努力吃饭，他想活着看看自己到底会不会被砍头，现在只不过没了爵位而已。

李二在万民宫来回踱步，暴躁得就像是一头被关在笼子里的野兽。

长孙小声劝着他："算了，那就是一个不怕死的，你去杀他，说不定正中他的下怀，然后史书上就有的写了，您的名声也就毁了，还是忍忍算了。"

"他就是拿准了陛下不会对功臣开刀，所以才如此肆无忌惮，朕岂能让他如意！当年朕说过要共富贵，所以哪怕他作下如此恶事，朕依然留他一命，此人为何如此的不知好歹？来人，拟旨，升魏征为九品城门郎，即刻上任，不得有误！"

看着断鸿出去传旨，长孙无奈地拍了拍李二的手，知道他小心眼的毛病又犯了。

李二嘿嘿一笑："明日咱就去看魏征守城门的样子。"

断鸿宣读完圣旨，极不好意思地把旨意放在魏征手里，匆匆地离开了魏府。

"父亲，陛下这是要羞辱您啊！"魏叔玉伏地大哭。

"胡说八道！"魏征不怒反笑，"官员的告身乃是国朝重器，九品和三品有什么区别？城门郎的执事就是检校进出城门的不法之徒，你去给为父置办袍服，明日就上任。"他反复翻看手里的圣旨，似乎非常喜欢，看了一会就吩咐魏叔玉把这张圣旨送到颜家，请颜家的人备案。

第二天一大早，年迈的魏征就穿着皂袍，腰里挎着一柄横刀，站在长乐门前站班，老家伙身体虚弱，站了一会就浑身冒汗，不断地咳嗽。

不管身体如何难受，魏征都在兢兢业业地办差，不到一个上午，他就拦住了两位公主，三个勋贵，十几个纵马逍遥的纨绔，还有俩小孩儿，外加一个和尚。

和尚倒是显得从容不迫，往那里一站，不论是谁都要赞一声好风仪，月白色的僧衣套在身上，如果不是顶着一个秃头，无论是谁都会认为这是一位浊世佳公子。他的罪名是身上携带的钱财太多，需要盘查确定没有问题才会放行。

就这会儿的工夫，漂亮的和尚已经隔着车窗和两位公主交谈得异常愉快。

魏征叹了一口气，一个走火入魔的和尚，几个糜烂颓废的公主，遇到一起只能让事情变得更坏。想到这里，他挥挥手立刻放行，用不着惩罚这几个人，他们自己会走到断头台上去的。

皇帝如今志得意满，雄心几乎可以吞并天下，因为自身的原因，他不会容忍任何道德上的瑕疵，自己只要犯的不是什么谋反之类的大罪，死了以后一个"文"字的谥号还是会有的。

勋贵们走了，纨绔们走了，只有云寿依然贴着墙根罚站，不是不想走，而是因为魏征规定的时间没到。

魏征满意地点点头，走到云寿身边，坐在椅子上，笑眯眯地对云寿说："你的护卫呢，去宫里就守规矩，不要总欺负那些皇子皇孙，好好的玉山书院不去，怎么就喜欢去乱糟糟的皇宫里受罪？"

"老匹夫，你倒是给朕说清楚，朕的皇宫怎么就乱糟糟的了？"李二的声音突然从旁边传了过来。

魏征丝毫不感到惊讶，起身就要恭敬地给皇帝施礼，礼才施了一半，就见李二没穿龙袍，没戴冠冕，就硬生生地止住了将要弯下去的腰。

"您还是喜欢白龙鱼服，既然未着冠冕，小臣就不行朝觐大礼了，至于说皇宫乱糟糟的，这是小臣一时的口误，请陛下恕罪。如果您觉得不惩戒一下不足以平息怒火，不如就让老臣去守玉门关如何？三千里发配正和朝廷典律。"

李二挥挥手让云寿滚蛋，阴着脸对魏征说："兼听则明，偏信则暗，这个道理你说了无数回，今天朕就给你一个说清楚的机会，再有惩处，也不会有人再说朕不给你分辨的机会。"

"《起居注》的事确有其事，褚遂良没说错，小臣确实将自己和陛下之间的交谈呈送给了颜家抄录在《起居注》上。昨天，微臣将陛下的那道旨意也送给了颜家，颜家向来公正无私，断然不会胡说八道。这是微臣在弥补《起居注》缺少的内容，律法规定陛下不能看，可没有规定微臣不能看。都说盖棺才能论定，微臣贪心了些，想要在棺材盖上之前看到自己青史留名，就这些。"

"你真的如此在乎身后名吗？"

"这是自然，微臣一生不好财货，不在意官职，倒是对身后名看得极重，有何不妥吗？"魏征还是那副侃侃而谈的模样，对自己在《起居注》里添加文章的事情毫不在意。

"你想留一个好名声朕不阻拦你，朕只问你，这些年来，你竭力护佑山东豪族，所为何事？青天白日下，就不要说鬼话了。"

"呵呵，确实有私心，不过这样做对我魏征没有半点的好处，老臣想问问陛下，现在您的权力已经达到了顶峰，一言出可令江山变色，四海震惊，拥有这样的权力陛下的心可曾安稳？"

"朕乃天子，替上苍牧民，拥有无上的权力，有何不可？老匹夫，你处心积虑地想要为朕设置绊索，可恨，可恼！"

"脱缰的骏马跑的并不是最快的，我的陛下！"

"朕是神龙，自当在九霄行云布雨，握雷电鞭策世人！"

魏征愣了一下，摊开双手说："陛下自然是神龙。敢问陛下，我等蝼蚁一样的人，是否不管陛下降下的是冰雹还是暴雨，都必须鼓掌称快？既然陛下现在已是九天上的神龙，载舟、覆舟对陛下已无牵碍，微臣无话可说，请容许微臣在这里继续为大唐效力至死。如果死了，臣也不敢要坟茔，只求将我的尸体烧成灰炭，铺在这城门里，或许在敌军进城的时候，老臣的幽魂还能拖住敌人的脚步。"

"大胆，你敢诅咒我大唐？"

"如果陛下再这样一意孤行，不听劝谏，亡国之祸迟早就会到来，即使不是异族进城，也有乡农揭竿而起。不管如何，老臣生是大唐的臣子，死也是大唐的死鬼，老臣不会诅咒大唐，因为这个国家也有老臣的血汗。时候不早了，陛下请回，老臣这就要去执役了。"

魏征说完，就整理一下衣衫，将腰里的横刀摆正，回到了城门旁，继续看着来往的人群进城出城。

他们的谈话没有别人听见，只有两只落在城头的麻雀似乎听到了一些。

李二怒气冲冲地回了宫，然后就病了。这个消息被严格锁在皇宫里，对外面宣布的消息是皇帝心有所感，决定闭关半月，参悟一些道理。

魏征每天都穿着九品官服去城门上班，魏叔玉特意到云家要了一些金丝楠木，日夜赶制，一口气做了三口棺材。

房玄龄已经告病一个月了，对外面的事情充耳不闻，只知道抱着小孙子四处闲逛，到云家打秋风的次数越来越频繁。

关中已经是杨柳依依的时节了，天山脚下依然冰天雪地，不过河里的水已经开始上涨了，不时地有大块的浮冰从上游流下来。万物开始复苏，人心也该复苏了，被冻结了五个月的人心，现在开始浮躁了吧？

云烨马上就要擂鼓升帐，但苏定方还是赖着不走。这人带着大军盘踞在河西这样的富庶之地，还能让自己的军队过得和叫花子一样，还有脸向云烨讨要火油，准备顺路带回去一些，好改善一下军队的贫困现状。

这就是没有根基的难处，云烨只要不涉及谋反，就能在西域为所欲为，苏定方就不成了，驻守在河西，所有的军需都是兵部下拨下来的，敢劫掠立刻就会有无数道本章弹劾他。

当然，弹劾云烨的更多，一般情况下，中书省只要发现不是弹劾云烨造反的奏折都会扔到一个小车里面，然后会有蠹吏推着小车把这些奏折倒进炉子里。

"云兄你不知道，小弟过的苦啊，边军们能够捞钱，可是我老苏不成，动弹一下，五蠹司马就会跑过来问我为何要派出一支军队，有什么目的，您说，这样的环境下我能干什么？咱兄弟都是在一个锅里搅马勺的，论不起亲疏远近，这一回你怎么也要帮帮哥哥，哥哥的大军和你一比都成叫花子了。"

"行啊，火油这事交给你也成，反正我不能靠近玉门关五百里，你如果能在玉门关放一支凶悍的部队，在我困难的时候帮我一把，火油的事情就全部交给你。我总感觉西域不太对劲，现在还没有拿到确实的证据，害得我只能在北庭、安西瞎转悠，不敢去碎叶城，陛下交代的差事只完成了一半，逼迫胡人西进的事还一点眉目都没有。"

"那就这么说定了，火油的事情交给我，我派副将驻守玉门关，随时注意你的动向。除非我确定你受到了攻击我才会出兵，否则我不会动弹，这是规矩，你知道的。"

苏定方志得意满地走了，范洪一从后面走出来，小声问："大帅您真的认为那些西域人图谋不轨？他们已经离开了，难道还要返回来不成？"

云烨点点头道："以土地换时间，以土地换空间，这对兵家来说并不稀罕，我们驻守的北庭、安西，对于大唐来说太远了，补给非常困难。胡人去了更远的怛罗斯和阿拉木图，还带走了所有的部族，就是不愿意让我们得到补给。他们纵兵抢掠，差不多算得上是坚壁清野，如果我们去了怛罗斯，他们正好以逸待劳。此消彼长之下，我们想要获得胜利很困难，而且我们人少，去那里将是一场灾难。"

范洪一想了一下又问："大帅，难道您的目的就是死守乱石城到高昌一线不成？"

"没错！老范，你以为这时候难受的只有我们吗？我们难受，胡人也一样的难受，西域土地贫瘠，怛罗斯、阿拉木图并不是丰饶的土地，现在那一小片地方上聚拢了三五百万人，再加上上千万头的牛羊，光是食物就会让他们头疼，你听说过不转牧场的牧人吗？"

范洪一笑起来："大帅，他们在收缩，我们也收缩，看谁能耗得过谁，一旦耗无可耗，他们就必须做出决断来，到底是西进还是东进，到时候总要有一个结果的。"

"很可惜，我前几年一直把目光盯在南海，对西域很陌生，如果早几年能在他们中间暗中扶持一股势力，在他们即将做决断的时候率先西征，就由不得他们不西征了，到时候他们往西走，我们跟在后面捡便宜，这样多好啊。"

云烨后悔地敲着桌子，有点生都水监的气，黎大隐这个蠢货，难道就没有预料到现在的场面早点做出一些布置吗？

点将鼓响了，等手下的将校全部到齐后，范洪一就开始按照早就制定好的方略开始布置，今年的工作依然是防守、收缩，如果想要出击，那也该是驼城建立起来以后的事情。

郭孝恪也必须向后撤退，以前没有统属关系的时候，他可以自作主张，现在云烨既然成了天山道行军总管，自然不会容忍他打小算盘。

郭孝恪的副将满脸悲愤，在他看来，撤退到龟兹，去年所做的所有努力就会付诸东流，这分明是云烨在惩罚郭孝恪去年不听劝阻所做出的决定，但军令已下，没有任何反驳的机会。

即使这个副将的言语足够挨军棍了，云烨依然没有生气。这样的蠢家伙不值得大动肝火，也不想想，占了点空城有屁用，田元义抱怨郭孝恪所部跑得太远，粮秣无法随时跟进，导致安西军的将士经常饥一顿饱一顿。连吃饭问题都无法解决，还提什么西进？

"军略既然颁布了就要施行，张庭月，你们的补给已经成了问题，你去军司马那里看看，这次多领一些辎重粮秣，固守龟兹即可，养精蓄锐，等待应付接下来的大变。想要立功有的是机会，我们不要城池，我们要的是突厥人西进，就算是有反复，我们也必须让突厥人西进，这样一来，西疆将会百年无战事，这样的大功足够我们所有人分的。这是我最后一次给你解释军略，下一次，五蠡司马用刀给你解释！"

云烨说完话，就结束了这次会议，驼城那里还需要亲自盯着，万万不能出岔子。

书院的学生带着工匠正在按照图纸制作安装各种机构，公输甲对于这种大型的建筑丝毫不陌生，进展很快，现在一个巨大的横隔已经出现在云烨的面前。

小苗的军队人数不需要多，一万人就足够了，为此，刘方整整买了五千匹战马，这一万人都需要是最凶悍的人才行，只有亡命徒才能真正不在乎自己的性命，至于理智的人，刘方认为有自己一个就够了。

天使安吉在招收卫队，这是碎叶城里的人们最近的话题，一张巨大的牛皮上写着一句话："只有最勇猛者才配加入！"

如果说这句话并不足以打动人心的话，那么另外一张牛皮上的话就让碎叶城的男人陷入了疯狂："一个月两个银币！"

一个银币就能在碎叶城养活一家五口，两个银币，足够过上中等人家的生活，现在的世道不好，吃饭不容易，最强悍的战士都只能勉强果腹，于是，报名的人非常多。

人熊招收人手从来不问这家伙过去是干什么的，面相越凶恶，他就越是喜欢，只要这些人能在战奴的大盾短剑下坚持十个回合，他就会立刻同意他们加入。

小苗只要一万人，多一个都不需要，当小苗的卫队已经招满人手的时候，营寨外面还是围满了想要加入。

"你们需要我，你们绝对会需要我，大人，如果你不招收我一定会后悔！"一个衣衫褴褛的囚徒大声朝营寨里喊叫。扯得脚下的铁链哗哗作响，铁链子另一头拴的那个家伙不愿意靠近营寨，想要把他拖离这个地方。

碎叶城主没有多余的粮食养活囚徒，所以他的办法就是拿粗大的铁链把两个人的脚脖子锁在一起，然后扔到街道上，让他们乞讨为生，如果其中一个被饿死了，立刻就会再换一个。

刘方命人熊把这个囚徒带进来："如果你说出来的道理被我们认可，恭喜你，你加入了卫队，如果你的理由不能说服我们，那我就砍下你的脑袋！"

"请杀掉我旁边的这个家伙，我不愿意再看他一眼！"囚徒大声对刘方说。

人熊随便喊过来一个新招收的士兵，吩咐了一句，那个士兵很干脆，一刀就把另外一个囚徒的脑袋砍了下来。

囚徒整理了一下身上的破衣裳，恭敬地朝刘方鞠了一躬："您不会后悔您今天的决定，卑微的阿巴斯愿意为大人效劳。"

刘方笑了起来："阿巴斯，你的理由呢？"

"阿巴斯最大的天赋就是从来不会认错人，还有一个灵敏无比的鼻子。您看到那个穿着皮甲、拿着弯刀的家伙了吗？他是城主的武士。相信我，我不会看错的，安吉小姐一定不愿意自己的军队里无缘无故地出现城主家的人。还有那个抱着横刀躲在阴影里的人，一个傍晚，阿巴斯在墙角睡觉的时候，不小心看到了他和阿史那家的人在密谈，虽然月亮只照在他的半边脸上，请您相信我，一定是他！安吉小姐杀光了阿史那家的成年男人，阿史那家族的人出现在安吉小姐的军队里难道不值得大人您思考一下吗？"

"我暂时相信你了，"刘方笑起来，扭头对人熊说，"让人去除他的脚镣，让他去洗澡，再给他干净的衣服和食物，我们需要他来找出军队里暗藏的敌人。"

阿巴斯忽然跪了下来："我不需要金钱，不需要美女，我可以不眠不休，甚至可以签订卖身契！我的大人，我只有一个要求，我只要求安吉小姐取得最后的胜利后，借给我五百个骑士，让我带着他们回到我的家乡去攻破一个堡垒！我的大人，请您答应我的这个要求。"

"愤怒和仇恨果然是最刻骨铭心的东西。阿巴斯，你的要求得到了同意，不管对方是善良的，还是邪恶的，大军都会站在你的一边，因为你是自己人了。"刘方拍拍阿巴斯脏乱的头发，背着手离开了营地。

他终于可以放心地离开营地做自己的事情，很明显，阿巴斯是一个有着很好出身的人，他非常聪明，记忆力很好，却被仇恨冲昏了头脑。只要答应帮助他复仇，这种人会做出世上最疯狂的事。

从此，小苗惊讶地发现自己的餐桌上又多了一个文质彬彬的家伙，他对谁都非常有礼貌，哪怕是最卑微的仆人也能得到他的赞美。他灰色的眼珠子里充满了温情，充满了对所有人的信任。可小苗一点都不喜欢他，因为她从这家伙的身上闻到了浓浓的血腥味。

小苗是个非常有恒心的人，从来不会因为自己过于忙碌就不给那些孩子送吃的，这一天她和往常一样提着篮子出门，给那些孩子分完食物以后，就准备去城外看看自己的军队。

还没有进门，背后就有一支箭射了过来，她随手就拿篮子拍飞了那支箭，然后就怒气冲冲地转过身来，打算看看是谁这么不长眼。

一个少年拿着一张弓，正在亡命地往巷子口窜去。

又是这个小王八蛋，小苗一下子就火了，这小子总是来捣乱，先是装可怜，问自己要吃的，要到了又不吃转手就给了别的孩子，见小苗不给他了，然后就从商贩那里买了饼子和羊肉，也在那里分发，结果那些孩子拿了他的食物，又围到小苗身边。

瞅着那小子气急败坏的模样，小苗开心了两天。没想到他今天居然拿弓箭射人了，还好那支箭没箭头，但是这么恶劣的行为，小苗认为还是应该教训这家伙一下。

她从墙上掰下来一块土块，随手丢出去，那小子惨叫一声就摔倒在地上。

小苗从地上捡起了那支箭，慢悠悠地走过去，学辛月的样子，一边拿箭杆子抽这小子的屁股，一边说："谁给你这么大的胆子，敢拿箭射人？"

那个小子却愤怒地转过身来冲着小苗大叫："骗子！"

"我骗你什么了，给我说清楚，如果说不清楚，今天就把你的屁股打开花！"

巷子口依然停着一辆白色的马车，那个山一样的壮汉担心地问马车里的人："长老，如果少主人受伤了怎么办？"

"你想多了，驳马。贺鲁不会有任何危险，这个女孩子虽然来历诡异，人却善良。贺鲁喜欢这个女孩子，如果能够赢得这个女孩子的心，家族壮大已经是可以预期的事了。"

"长老，有谁会比我们清楚匈奴人的存留？阿提拉在我们的世界里都是个传说，这个女子居然敢妄称是阿提拉的族人，实在狂妄！"

少年人努力地在地上爬，想要挣脱小苗的脚掌，无论他怎么努力，小苗的脚都牢牢地踩在他的屁股上。

"前几天你的头发和我的差不多，这几天就变成黑头发了，和那些把我们从草原上掳走的唐人一模一样，你是我的敌人！"气急败坏的贺鲁口不择言地说出了心里话。

小苗的眼珠子转了两下，就蹲下来看着贺鲁的眼睛说："傻子，我是匈奴人，不是突厥人。我是阿提拉的后裔，注定要重新回归我们的荣耀之地，所以我在准备军队，到时候我们会像阿提拉一样越过草原，越过沙漠，去大地的西边，我要让那些城邦统统都臣服在我的脚下！小子，你们就窝在这里继续当你们的绵羊吧。"

小苗说完，拍拍贺鲁的脸庞，就起身走了。

"我是金狼神的子孙！安吉，我不会输给你，我也要去准备我的军队，看看我们谁打下的地盘多，到了那个时候，我会带着千军万马来娶你！"

小苗走了，驷马走过来，把坐在地上发呆贺鲁拎回马车，赶着马车出了城，就在山的那边，他们的军队正在枕戈待旦。

第二十五章　全面战争

第一个小驼城制作好了，粗大的木架子搭在骆驼的背上，在骆驼的背上有一个万向节，它能控制骆驼的行走方向，云烨坐在这个小驼城上，军士驱赶着骆驼随意地在荒原上行走。

"还是不行啊，木架子的重量并没有被分担到每一头骆驼的背上，左右很不平衡，左面的骆驼几乎感受不到重量，右边的骆驼被压得直叫唤，最惨的是中间的，一排骆驼掉坑里了，这才走了不到五里路就成了这个样子，以后要走好几千里呢。"

公输甲听着云烨的抱怨，黑着脸说："人家的驼城其实就是把骆驼当城墙，你的驼城是一座真正的城池！一个大的方格子，底下有五百个点，想要做到每个点受力平均，那就需要同样高矮的骆驼，还有平坦的地面，这两样条件你给我创造了吗？"

一个正在干活的书院学生猛地站了起来，神思恍惚地对云烨说："让骆驼一样高不可能，要求地面绝对平坦这也不现实，不过我们是不是可以在链接点上下功夫？把鞍座上的铁杆子调整一下，这样说不定能行。"

说完话就自顾自地蹲下来拆其中一头骆驼背上的杆子，还拿过来一个指头粗的弹簧，塞到管子里，踩上去试了试，这才对云烨说："先生您看，这个弹簧是只需要一担的力气就能压下去，骆驼想要完全直起身子，就必须给弹簧施加一担的力气，而这一担的力气恰好就是每头骆驼需要担负的力道，这样一来，通过调节弹簧的高低，就能让这些骆驼背负一担的重量。"

公输甲检查了那个学生的设计，点点头说："确实可行。看样子我是老了，现在书院多了很多新材料，铁丝、钢丝、弹簧到处都是，我只知道利用旧有的材料，对这些新的材料一知半解，大师之名都快成了一个笑话。"

云烨没心没肺地笑了起来，指着公输甲说："长江后浪推前浪，前浪死在沙滩上，你守着偌大的一个玉山书院不加以利用，自艾自怨做什么？"

公输甲气得浑身都在发抖，想要说话，又觉得无话可说，坐在木头格子上生闷气，也不知道是在生自己的气还是在怪云烨不修口德。

"你公输家执机关牛耳一千年了，如果不想被人家超越，最好的办法就是指望家里的年轻子弟，他们年轻，接受新事物的能力很强，说不定还能挽狂澜，你干点修修补补的活计算了。"云烨没打算放过公输甲，这些道理现在不说，以后就没有好机会说了。

公输甲摇摇头："这些学生想要取代我还有很长的路要走，老夫现在学起不算晚，新材料的运用而已，算不得难事，公输家一千多年的传承没那么容易被超越。"

云烨点点头，看看这个大木头格子又走回了原地，从格子上跳下来说："单鹰来了，你不打算过去喝一杯？"

公输甲摇摇头，继续看着手里的图纸，他准备再完善一下那个学生的想法。

云烨骑着旺财回到了守捉城，一进门就看到无舌正在向单鹰吹嘘自己的神光，强烈建议单鹰晚上的时候和他去地窖里感受一下，让单鹰神往不已。

"大嫂很担心你的安危，所以我就来看看。"单鹰见到云烨进来，开门见山地说出来意。

"她总是这样，不过你来了也好，替我去碎叶城一趟吧，小苗、狗子他们到现在都没有消息，我非常担心，刘方先生也去了，也不知道他去碎叶做什么。"

"刘方先生带了很多钱去了碎叶城，他打算在碎叶城收买、分化一个强大的部族，然后支持这个部族西征，这样一来，你在这里的压力就会减小，甚至消失掉。"

云烨愣了一下，然后他摇摇头说："这几乎是一个不可能完成的任务，在部族的生死存亡面前，多少钱都不会管用。我只是希望，那些人还没有做好准备，能够把攻击的时间往后拖延一下，至少让我的驼城能有时间建成。"

"情形很糟么？难道真的就像是大嫂说的那样，人家几百万人打你五万人？"

"那倒不至于，西域很大，大到了他们没有法子蜂拥而至的地步，不过拿些精锐到我这里来试探一下的可能性是存在的。既然他们准备离开了，知道自己没有什么后路，但试探一下是不是能击退我们，长久的霸占西域也是一个选择。"

云烨给单鹰倒了一杯水,见无舌闭着眼睛不说话,就笑着说:"您老怎么还在生我的气,没错,我对那个神光没好感,说实话,我对所有的神光都没好感。那日暮躲着您,就是担心她肚子里的孩子受到那个光线的伤害,您要是喜欢,多照照。我们是俗人,就按照俗人的法子走。"

"暴殄天物!亏你还是白玉京的弟子,没有神光,哪来的神奇!"

单鹰从无舌那里要过玉牌,仔细地翻检了几遍后,又还给了无舌,想请无舌给他摆弄一下,到底怎样就会有光冒出来。

无舌狠狠地白了云烨一眼,就带着单鹰去了自己的小院子,云烨特意命人给他挖了一个大地窖,在那里摆弄神光不但能避开垂涎三尺的袁守诚,还能预防可能会发生的伤害。

云烨习惯性地走到沙盘前面瞅着上面发呆,距离和时间这两样东西都是自己的致命伤,该如何克服?

从信上得知小苗的情况事后,云烨就彻底地不淡定了。她居然拥兵一万,随时准备杀进莎栅王国,开启西征的序幕?

把信放到一边,云烨的手指头不断地在案子上敲来敲去。这是一个新的变化,做梦都没有想到事情居然会走到岔路上去了,刘方如何用这一万人来勾引所有人西征?

单鹰去了碎叶城,寒辙、熙童、贺天殇也去了。寒辙希望能在西域传教,这是他的条件,葱岭以西不是大唐能够控制的,他爱在那里干什么就干什么;熙童希望能过一过当国王的瘾,也随他去;贺天殇纯粹是脑子被驴子踢了,他竟然想带着军队打到天边去。

随他们,这些祸害离大唐越远越好。狼放出去了,就不要指望他们吃素,寒辙带了一大群信徒,熙童带了一大群悍匪,贺天殇带着老母的骨灰,碎叶城现在一定非常热闹。

碎叶城春光明媚,处处绿草如茵,到处都是羊群在啃食刚长出来的青草,羊太多,一直铺到了天边,远处还有牧羊人在唱着悠扬的牧歌。

贺鲁的心情一点都不好,眼泪都要流出来了。一个赤裸着上身的壮汉正在和突厥第一勇士驳马较量,驳马在不断地后退,每退一步,地上就会留下一个深深的脚印,很明显,他打不过这个钢铁一般坚实的巨汉。

"突厥人,还不错!"熙童咧着大嘴哈哈大笑,"是条好汉,西边有无数的城池等着我们去劫掠,留在这个鬼地方做什么?是汉子的,就跟我去西边打天下，大碗肉、大口酒管够，有顺眼的女人你先挑，财宝你先拿，爷爷我只图个痛快，怎么样，有没有兴趣？"

寒辙擦拭敢金冠上的灰尘，端端正正地戴到头上，对熙童说："突厥人已经被唐人打得没了胆子，发财不必喊上他们。"

驳马的眼睛都要冒火了，被贺鲁扶着回到了马车边上。

"唐人，这里是突厥人最后的出发地，难道你们准备赶尽杀绝吗？"长老的声音从马车里传了出来。

熙童抹了一把胸口的汗水随手一甩，胸脯拍得山响："爷爷是唐人，是专门做无本生意的唐人，国内没法混了，所以来西面看看有没有发财的途径。赶你们走，那是官军的事，爷爷可没打算替皇帝老儿卖命！"身后的那些绿林盗贼也跟着起哄，场面热闹极了。

寒辙身边全是美丽的吐蕃女子，他见长老发问也笑着说："我是来自大雪山的神王，准备将神的意志传播到四方，突厥人，听说你们准备西征，多一个朋友总好过多一个敌人，我们一起去西方世界看看如何？"

长老沉默了良久，熙童是盗贼，寒辙是神棍，都是大有来头的人，吐蕃人能指认寒辙的出处，他确实来自大雪山。

"如果我们东进，你们以为如何？不知道两位还准备不准备去富饶的唐国施展自己的身手？"长老犹豫了一下，说出来这个建议。

"不去！"两个家伙回答得非常干脆。

长老有些迷惑，又问："为何？"

熙童叹了口气说："如果能在唐国站住脚，傻子才会来这么遥远的地方，老头子你可能不知道，狗日的官军现在已经不拿着刀剑和你硬拼了，带着火光的弩箭远远地射过来，一炸就死一大片，只有他打你，没有你还手的份！老子不愿意糊里糊涂地死掉，这才来西边看看，老头子，省省力气吧，我们西进，不往东走。"

贺鲁惊讶地看着熙童，在他看来，像熙童这样的英雄好汉能在任何地方横着走，怎么会是一副吓破胆的模样，他疑惑地问长老："长老，唐人真的很恐怖吗？"

长老痛苦地闭上眼睛说："贺鲁，他们是无恶不作的恶魔，我们肥美的草原，已经变成了他们的牧场，我们祖先的埋骨之地，现在大概已被荒草掩埋了。"

马车载着驳马和贺鲁走了，长老没有回答熙童的话，或者连他自己都找不出一个合适的答案来。

熙童看着寒辙说："我打算找刘方借些钱再招些马贼，你打算怎么办？总不至于真的要帮那个小苗打天下？"

寒辙摇摇头："现在我们既然已经到了碎叶城，当然要做自己的事。单鹰和贺天殇是死脑筋，一心留在小苗军中帮忙，咱们三路倒是以他们的力量最为强大。刚才听你的意思，你是不是要找突厥人结盟？别想了，对于他们来说，我们是外人，没机会的。"

"朋友就要往四海里交才成，到了突厥人的地盘，交好他们有利无害。"

寒辙又摇摇头："你的队伍最乱，你小心些，分赃不均，争权夺利是强盗的本质，我宁愿自己的人数少些，也不混杂外人。"说完就回到马车上，指挥信徒在小苗的营寨旁边立下寨，互为掎角之势。

看到熙童把营扎在很远的地方，他叹息一声。

看着熙童营寨的人不只有寒辙，刘方也在看着这些人，他不明白熙童为何会变得如此野心勃勃。

单鹰拿着酒壶过来了，曲卓笑嘻嘻地跟在身后，刘方看了一眼离小苗很远的狗子，跟小苗说："曲卓从怛罗斯回来，带回一个重要的消息。他从每日进出城门的人数判断出怛罗斯的军队正在逐渐减少。这说明了一件事，这些人打算东归了，吐蕃的使节也离开了，这大概他们已经做好了决定。呵呵，那里竟然能见到新罗人。他们要干什么？老夫觉得有必要试探一下，三天后大军转移到山里去，开始骚扰莎栅国，如果可能，就攻取一两座城池，碎叶城我们就不回了。"

"碎叶的家怎么办？"小苗有些舍不得。

"送给熙童，然后再问问寒辙，是不是要和我们一起走。"

"为何不通知熙童和我们一起去？"单鹰对刘方的布置很不解，他这些年和熙童在一起的时间很长，感情很好，不忍心抛下他。

刘方看了单鹰一眼，又看着远处的土匪营寨："我感觉那座营寨里说话算数的并不是熙童。你去告诉他吧，怎么决定让他自己拿主意，最好劝他快点，突厥、吐谷浑他们和可能已经达成了协议，转过头来对付我们的可能性更大。如果熙童幻想和突厥人结盟，我们即刻出发。"

单鹰飞马去了熙童的营寨，准备尽一下朋友之意。刘方的意图非常明显，他希望熙童留下，稳住突厥人，给云烨尽可能长地拖住敌人，让那些想要东归的人不能全力发动战争。如果能让所有人看到莎栅大食人的软弱，说不定就能让他们看到一线生机，转而西进。

这样的想法虽然很好，但是熙童就死定了。单鹰在心里咒骂了熙童无数回，一个游侠，脑袋被驴子踢了才会去想着建国。

单鹰昂首直入熙童的营寨，没有任何阻拦，他一直走到最中间的营帐都没有人问他是谁，拉他去喝酒倒有三四个。

站在空地上环视了一下，他发现，这是一群废人，在大唐东躲西藏的日子他们已经过够了，好不容易有了一个可以放松的地方，他们彻失去了警惕，只想着放纵，然后等着熙童带着他们去抢劫，好将这些年积蓄的怨气倾泻出来。

这样的人打打顺风仗还能凑合，一旦遇到艰苦的僵持战，第一个放弃逃命的也是他们。这是山贼的本性所决定的，刘方舍弃他们当替死鬼真是再合适不过了。

"你是来杀我的么？"熙童的声音从身后传了过来。

"如果我要杀你，这时候你该是死人了。"单鹰强压着怒火回答。

"这是大军的营寨，你到这里一定费了很多心思，进去喝杯酒吧。"熙童还是那样的好客。

"没费心思，一步步地走到这里来的。刚才我在想，如果我数三个数你还没有出现，我就真的要杀了你，死在我的手里，也好过死在胡人手里。"

熙童挠挠后脑勺，尴尬地说："弟兄们刚刚稳定下来，警惕心少了一些也是有的，他们想要看住你，这不可能。"

"收拾行李，立刻跟上大队离开，你只有一个时辰的准备时间，这里主事的不是云烨，是刘方。云烨不会伤害你，刘方就说不定了，他是兵家，眼中只有胜负没有人情。赶快离开，要么和我们一起走，要么立刻找地方躲起来，战争就要来了，我们首当其冲。"

熙童的命令倒是传下去了，可是执行起来就有很大的麻烦，总有人来问熙童为何要晚上出发，就不能等到天亮？

突厥人的速度要比刘方预料得快些，他们刚刚离开，就有大股骑兵轰破了他城里的住宅，从怛罗斯赶来的军队干的第一件事就是准备擒杀安吉。贺鲁反对了两声，就被为首的将领斥骂了一顿。

胡人大军迅速从城里涌了出来，又向城外的营地扑去，寒辙没有跟随刘方行动，他很轻松地消失在西方，只有熙童的人马被突厥人咬住尾巴劫杀，损失了三成人手才摆脱，此时他身边的山贼还不到一千。

没有粮草，没有补给，熙童反而高兴起来，这才是山贼的本质，现在就要靠手里的钢刀在这片土地上讨生活了，没吃喝需要抢劫，没衣服需要抢劫。

熙童拎着横刀对剩下的土匪说："小子们，现在才是咱爷们发威的时候，从这里出去就有一个小镇子，先抢到今晚的吃食再说。"

八百马贼进入小镇的时候，不由得愣住了，眼前一片焦土了，不要说活人，一只活鸡都没有，好在粮食还有，熙童郁闷地看着镇子大门上的神王图案，居然被寒辙抢先了一步。

吃饱了饭，熙童就带着马队继续上路，在判断了寒辙的去向后，他选择了一条相反的道路。

刘方的军队去了遥远的吐火罗，他部下大部分都在碎叶城有亲眷，离碎叶城太近，说不定就会受制于人，所以全军进发吐火罗是一个最好的选择了。

曲卓放飞了笼子里的三只鹞鹰，他只希望，他们能把消息传到北庭和长安……

广袤的原野上，驼城在不断地散开再慢慢聚拢，往复不断地进行，甚至还能摆出几个变化出来。云烨的驼城再一次被分解了，变成了五十头骆驼载负一个小的木格子，组装成坚城的时间也延长了三倍，但是考虑到戈壁上糟糕的地形，也只好如此了。

突厥人好像销声匿迹了，程处默的巡视范围不断扩大，依然一无所获。他非常的郁闷，没来的时候，北庭到处烽烟，等他到了北庭，连敌人的影子都看不到。

三更眠，五更起才打熬出来的一身武艺，现在已经没了用武之地。投石车、陌刀、马槊都从军中消失了，取而代之的是弩，强弩，八牛弩。拿着刀剑，程处默一个人对付十个不成问题，但是对付三个拿着弩箭和火药武器的士兵，他就会陷入绝境，这才是让他突然感到伤感的原因。

刘正武只剩下一只胳膊，这丝毫不影响他指挥，随着手里的旗子不断地变化，驼城转瞬间就会变换成各种姿态。

程处默极力要求统领骑兵，军中没人能争得过他，刘正武只好到驼城上去当驼城的指挥官，干了两个月后，他发现自己已经爱上了这座驼城。

云烨的全军识字计划彻底泡汤了，悍卒们早上好不容易认识两个字，到了晚上，就会和着米饭一起吞了，只有很少一部分人能掌握。看着那些识字的军士上了驼城耀武扬威的样子，其他人只能骂一声娘，发誓要让孩子读书识字，要不然将来连兵都当不了。

训练很苦，火焰山下的夏日简直就是人间地狱，不但人受不了，就是骆驼都会昂起头吼叫两声。只要是从驼城下来的人，就立刻会从坎儿井提上来一桶凉水，先把脑袋塞进去喝几口，然后把水浇在身上降温，水喝得太多，只要一走路，肚子就会"咣当咣当"地响。

七十岁的杜如晦在这个时候来了，这出乎了所有人的想象，他穿着短褐，摇着蒲扇，在云烨的陪同下参观了整个驼城。

看了一整天，直到吃晚饭的时候，杜如晦才向云烨问起突厥人的动向，郭孝恪说突厥人已经准备远征，他建议唐军应该即刻西进，迅速控制整个西域，不让吐蕃人染指。

"郭孝恪这样的奏折超过了十封，将帅不和乃是大忌啊，云侯当慎之。"杜如晦把话说得意味深长。

云烨笑道："我的资历不足以服人，老郭又是一个心高气傲的主，发出这样的不同意见也是有的，不过依我看，西进不可取，至少三年之内不能提。去年的时候马贼横行，我还不是很担忧，今年开春以来，马贼全部销声匿迹了，这才让我担心。杜相，我感觉今年会有大事发生，所以我准备固守高昌，只要守住高昌不让他们流窜进草原和陇右，就心满意足了。"

"老郭既然不喜欢留在我的麾下，那就分出去吧，我不在乎他的一万多人，相反更担心他会捅出大祸。其实他只要看着吐蕃人，不让他们从高原下来就是大功一件，我不明白他为何会如此激进。或许他自己当了主帅就会安静一些，我的折子该有回复了吧？"

杜如晦点点头："我就是从郭孝恪那里过来的，你的折子，陛下已经准了，就恢复旧制吧，至于他不敬上官，回到京师后，兵部自然会有公论。"

云烨摇摇头："这是小事，我只希望他不要忘了防备吐蕃人，一旦吐蕃人撕开了他的防线，就会兵临乱石城下，乱石城固守有余，进取不足，吐蕃人只需要派遣少数的军队看住乱石城，剩下的大军就可以扣关。到时候沙州、阳关、玉门关就危险了，这个罪名才是他担当不起的。既然您带来了一万援军，我希望他们能加紧训练，我总感觉时间不多了。"

杜如晦掏出兵符交给了云烨，云烨交给了程处默，程处默立刻就去清点兵马。

杜如晦带来了一万五千兵马,留给了郭孝恪五千,给云烨带回了一万,而云烨要求的援兵数量至少是三万。

"今年以来,朝廷从关陇之地抽掉了三万兵力远赴西域,但是陛下和老将们认为,河西不能有失,河西有警就会天下震动,所以那一万五千兵马补充给了苏定方。云侯你要体谅兵部的难处。"

"我知道,您一个即将致仕的老人专门走这一趟,就是为了安稳将士的心,我也明白陛下的心思,关内不容有失,关外就算是打烂了也不要紧,我觉得陛下的这个打算不会得逞的。"

杜如晦呵呵一笑道:"老夫这是最后一趟公差,完事以后我就会含饴弄孙,不问世事。国事到底是要交给你们这些年轻人去管理了。有些年轻官员做的账目,可怜房玄龄需要找书院的学生特意给他讲清楚了才能明白。房谋杜断,呵呵,老矣!"

"你知道吗?老魏现在成了城门官,身体却见好了,每天挎着刀,气昂昂地往长乐门一站,已经成了长安的一霸。上次他居然摘走了老夫的玉佩,说是该给的进门红包,还说城门郎的职位太有油水,早几十年的官白当了。"

说到魏征的事,杜如晦抚摸着肚子乐不可支:"老夫现在羡慕老魏啊,把一个城门郎当得比宰相还风光,老夫致仕后能有老魏的一半威风就心满意足了。"

云烨看得出来,杜如晦现在真的是在为自己退休做准备,老家伙们都打算混个善始善终,也不知道能不能成功。

"大帝号"的船舷上挂满了大食人,十几个穿着华丽的大食人被牢牢地捆在桅杆上,他们没有恐惧,对自己的同伴被高高跃起的鲨鱼撕咬仿佛视而不见,听而不闻。

"告诉我你们发动战争的目的!"刘仁愿摘下头盔,质问一个浑身都是伤痕的老者,他该是这支舰队的首脑才是。

"目的,哈哈,目的当然是消灭你们!你们难道没有发现,因为你们的无理和蛮横,已经引起了所有人的愤怒吗?就在这个时刻,突厥人、薛延陀人、吐谷浑人、吐火罗人、吐蕃人从西面向你们国家发起了进攻;室韦人和靺鞨人也在北面进攻;东边是新罗和百济;而南面,就是我们!我只是进攻的一个前奏而已。难道到了这个时候,你们依然还不醒悟吗?全世界都不喜欢唐国，一个残暴国家最后的结局就是灭亡，罗马如此，波斯如此，唐国何能例外？"

"哈哈哈哈！"刘仁愿大笑了起来，眼中露出炽热的光芒，"大唐从来就不是用来让人喜欢的，大唐是用来让人畏惧的！感谢你们给我们送来了战争，既然你们要把战争强加给我们，将来就不要埋怨我们将战争还给你们。你们将会被送往长安，当然，你们最后的归宿只能是螃蟹岛！"

自从袁守诚去了天山后，许敬宗就在停地加固他留下的八阵图要塞，省钱的事他是不做的，多少钱也没有老命值钱，所有从玉门关回来的商队都必须给他托运水泥，不托运就休想在楼兰获得补给。

每天巡视乱石城，已经成了他的例行公务，当看见一只鹞鹰落进府邸里的时候，他匆匆下了城墙，心里不断地打鼓，只希望鹞鹰传递过来的消息是好事情。

从竹管里倒出纸条仔细看了一眼，他就一屁股坐在椅子上，副将接过纸条一看，立刻就嘶声喊叫起来："整军备战！"

许敬宗长长叹了一口气，即刻挥笔写了两封信，两队骑兵就快马出了城，一向关中，一向高昌。

突厥人不会来，前面还有郭孝恪挡着，能来的只有吐蕃人。想到这里，许敬宗就恼了，狗日的郭孝恪跑到龟兹去做什么？胡人联军不会少于五十万，你不退回来整理防线，还一个劲往前突击，这是找死啊！

许敬宗又叹了一口气，郭孝恪死不足惜，他手下的将士不能不救，于是又喊进来一队斥候，重新写了一封信，命他们无论如何也要用最快的速度把这封信送到郭孝恪手中。

上了城墙，他看着副将和校尉们正在奋力准备城防，不由得抬头看着天空，这才发现乱石城的上空布满了乌云，风从乱石堆吹过，发出胡笳一样的呜呜声，满是凄凉。

狼烟从玉门关的烽火台开始点燃，黑黄色的烟柱直冲上天，沙洲的烽火台紧跟着也冒起了黑烟，这样的烟柱不断出现，从陇右进入河西，再进入关内道，当龙首原上的巨大烽火点燃的时候，长安城的号角声就再也没有停息过。

"哪里来的烽火？"房玄龄站在中书省的大门前，这一瞬间，老家伙目光如电，哪里还有半点老态。

"玉门关！"兵部官员仔细分辨了一下烟柱的颜色，又补充一句，"楼兰！"

"从即日起，官员取消所有休沐！从即日起，府兵开始做好准备！从即日起，关闭玉门关！"房玄龄想都不想，就在第一时间下达了政令，这是他这个宰相的职权。

魏征站在长乐门前看见了那道烟柱，手里的梨子掉在了地上，喃喃自语道："绝对不会只有一道狼烟啊。"

第二十六章　援军在哪？

张俭放下手里的表章，面无表情地看着新罗使者："你们确定没有写错？善德女王是不是疯了，她以前的表章不是都用绣的吗？"

"我们受够了唐人的无理，再这样下去，我们只能步高句丽的后尘。将军，不但是我们，百济使者也一样。"新罗使者挺起胸膛，这也是他作为使者第一次在唐人面前挺起胸膛。

"归还平壤、预水、泥河、南埔，唔，还有泊汋城，要我退到鸭绿水以北？大冒荣，你们打算造反吗？"

"我们不是造反，我们只想拿回自己的土地，唐人必须退过鸭绿水……"

"来人，将大冒荣拉出去砍了！"张俭把表章一扔，大声下达了命令。

"我是使节！两军交战不斩来使，你不能……"

"你这是犯上，拖出去！"

张俭敲响了聚将鼓，还没来得及命人点燃狼烟，北面的烽火台就传来了警讯。他总算明白新罗和百济为什么有胆量递交战书了，原来渤海的靺鞨人和室韦人也造反了，执失思力那边已经开打了。

狼烟果然是最快的传递方法，两天时间，长安烽火台上就狼烟四起，将天空都染成了焦黄色，东南西北同时出现警讯，这还是大唐立国以来的第一遭。

大唐开启了全面应战模式，李靖去了玉门关，李勣去了关内道草原，程咬金去了松州，牛进达去了营州，李道宗正在南诏固守。冯盎再次就任了岭南道行军大总管的职务，积极准备岭南沿海的防御，一旦岭南水师有失，他就要担负起护卫岭南的重任。

李二就看着面前的大唐山河图思考，仔细衡量所有的力量对比后，已是日落时分。他把竹竿放在高昌的位置上，叹了口气，对一直守在身边的长孙说："余者不足为虑，大军自然能够荡平不臣，唯有高昌太凶险了。只要突厥人突破高昌，向东就能沿着渍口进入草原，向南可以直接叩关。吐蕃人这一回变得非常坚定，从许敬宗传来的消息来看，他们兵出黑石山已经是板上钉钉的事情了。郭孝恪远在龟兹，许敬宗那里不到八千人马，希望不要在这里出现纰漏。"

"不知道云烨的驼城有没有完成，否则面对数十万胡人，他的防线太长，一定会出现大麻烦。"

"现在杜如晦也被陷在北庭，看样子反而是好事。有他在，云烨的底气也能足一些，放手一搏，输赢天定吧。"李二抛下竹竿，回到座位上端起茶壶喝茶。

棋子已经落定，剩下的就看胜负了，如果这一战获胜，大唐才真正算得上无双的霸主。

"启禀陛下，魏征朱雀门前求见。"断鸿走进太极宫向李二禀报。

李二龇着牙朝着长孙笑道："老家伙这就来嘲笑朕了，你猜猜，他这一回会说什么？会不会说朕是暴君，引得天下人围攻？举世攻唐啊，老家伙有的说了。"

长孙皱着眉头道："陛下，这个时候还是不要见他了，要是您再被气出个好歹来，这天就算是塌了，关键时候不能让这些无聊的评论影响陛下的心智。"

李二摇摇头："他魏征再是铁齿铜牙，也难动摇朕半分——断鸿，传见吧，听听他的废话也好。"

长孙见李二已经下了决心，就退入了帷幕后。

过了一会儿，穿着皂袍的魏征出现在太极宫门口，自动解去仪刀，李二的声音从宫殿里传了出来："不用了，进来吧，朕想听听你今天有什么话说。"

魏征进了大殿，自动报名："城门郎魏征拜见吾皇！愿吾皇圣体安康。"

"没被你气死已经算是朕命大了，你有何事禀报，现在说吧，总不至于是你城门上发生的那些小事吧。"李二抿了一口茶水，淡淡地说。

"陛下谬矣，城门郎也是陛下亲选的官职，既然设立了官职，就说明非常有必要，事无大小都是公务，陛下岂能因为事小而不加以过问？"

李二捶捶脑袋说："那好，你就说说你城门上的事情吧，今天你又勒索了谁？听说你在任上春风得意，连身子都变得康健了，看来朕还是知人善用的。"

"微臣今日前来，确实不是说城门上发生的事情的，臣今日是来向陛下认错，并且准备官复原职，去山东担任观察使。"魏征说得理直气壮。

"什么？你来道歉认错？"李二腾地一下就站了起来，以为听错了。

"微臣是来认错的，前些天微臣昏悖，以大逆不道之言指斥君王，有失为臣之道，损伤了陛下的圣明，所以前来请罪。"魏征嘴里说着请罪的话，脸上却没有半点羞愧。

李二呆坐了一会，忽然大怒："你既然知错，当初为何不来请罪，而是拖延到这个时候才来？"

"当初没必要请罪，是对是错只有上苍知道；现在不行了，陛下必须是对的，微臣必须是错的。微臣的请罪表已经递给中书省，请他们明发天下，以警后人。"

"什么叫做没必要请罪，什么叫做朕必须是对的？对就是对，错就是错，你必须把话说清楚，不然朕这次真的会治你大不敬之罪！"李二很容易就被魏征挑起了怒火，躲在帷幕后面的长孙很是担心。

"天下太平时，皇帝必须戒骄戒躁。适时地向陛下进谏逆耳忠言，乃是御史台的职责。现在狼烟四起，陛下不能被杂事羁绊，我大唐才能百战百胜，任何损伤陛下英明的言语和行为都是大逆不道，都是在资敌。所以此一时也彼一时也，微臣自然会向陛下请罪。"

魏征的话让李二不知道如何应对，他太清楚这个老家伙的性子了，简直就是茅坑里的石头又臭又硬，现在他不但认错，还写了认罪表明发天下，他难道连最珍惜的名声都不要了？

"陛下不必惊讶，微臣的确爱惜名声，可是和大唐江山社稷比起来，名声实在微不足道，大唐的江山里蕴含着微臣无数心血。如今陛下需要将精力用在四方的战事上，微臣能做的就是竭力为陛下分忧。狼烟刚起，山东、河北之地人心不稳，那里不但需要供应前线的粮秣，还要安抚百姓，引导他们建立第二道防线。非重臣不能担此重任，微臣思前虑后，觉得自己是不二人选！"

李二狐疑地看着眼前精神矍铄的魏征，追问了一句："你为何如此自信，以为朕会答应你的要求？朕被你之前的话气得都昏过去了，现在你轻描淡写地就指望朕原谅你，还对你托以重任？"

"确实如此，魏征平生只做自己认为该做的事情。如今举世攻唐，陛下需要确立无上威严，魏征自然会认错，河北山东两道需要有人去安抚，魏征乃是最好的人选，自然会毛遂自荐，岂会因为一点小小的私怨，就裹足不前？"

"好一个大公无私的魏玄成！"刚走进大殿的房玄龄，捧着笏板就跪倒在皇帝面前，"陛下，老臣愿为魏征作保，如若魏征不能成事，老臣甘愿一体受罚！"他后面跟进来的长孙无忌等人也纷纷跪倒，唯有褚遂良面无表情地做泥菩萨状。

他们上殿就是为了来商议河北山东事，如今那里正在被靺鞨、室韦联军不断骚扰。大队游骑甚至深入到营州，如果不能尽快布置第二道防线，牛进达能不能在营州站稳脚跟都成问题。

据执失思力回报，室韦乌丸部、那礼部、山北部、如者部、蒙兀部、何介部这些大的部落已全力发动，正在猛烈地攻击契苾何力，而靺鞨人会同黑水靺鞨，连世仇都完全放下了，将执失思力的人马牢牢的困在黑水原。张俭的五万大军正在元山、平壤与新罗、百济杀得难解难分，一旦河北道有失，身在高句丽的张俭大军就有倾覆之忧。

这个时候一定要派一位在山东、河北有着极大声望的重臣重新整治城防，力保张俭大军的后勤供应线，或许只有魏征这样的人前往才能真正地将百姓发动起来。

李二也不含糊，他早就想清楚了这里面的门道，只是碍于颜面下不了这个决心，现在房玄龄等人给了他一个台阶下，自然就会顺水推舟。

"玄成兄，此去河北，山水迢迢，形势险恶，还请你大发神威，将北地的将士臣民的心拧成一股绳，扭转目前这种对我朝极为不利的局面。"房玄龄向魏征一拜之后开始托付。

"老夫自然知道该如何应对，你还是多把心思用在北庭上比较好，郭孝恪已被突厥人包围在龟兹，云烨在高昌成孤军，吐蕃人绕过乱石城攻打沙州甚急，苏定方的大军已经顶了上去，估计没有什么大碍。这些吐蕃人眼见无法攻克沙州进入河西，说不定就会转头攻打云烨所在的高昌，他那里才是大麻烦。"

房玄龄叹了口气说："可恨禄东赞竟然逃过重重劫杀回到了吐蕃，这个贼子留在京师，就是为了稳住我们，这些年他对剑南道了解颇深，这一路竟然有惊无险，这个恶贼，老夫定然不与他干休！"

长孙无忌的脸色很难看，他们家一向与吐蕃人交好，这些年依靠禄东赞的关系发了一大笔横财，作为吐蕃的保人，他现在已经快被御史弹劾成筛子了。

送魏征出行的还有云寿，半大的少年人学着长辈的样子恭祝魏征一路顺风。想起云烨的凶险处境，魏征的心头一阵酸楚，摸摸云寿圆圆的脑袋说了声好好做学问，就上了马车，顺着古道朝着河北道急去。

近一个月来，杀不光的突厥人不断出现在守捉城附近，又开始重复去年的那一套，不杀光这些游骑，云烨就没办法去救援远在龟兹的郭孝恪。

两千多枚人头垒成的京观，就矗立在守捉城外的荒原上，腐肉发出的臭味勾引得野狼群在远处发出此起彼伏的嚎叫。

"云侯如此匆匆去救援郭孝恪，就不担心中埋伏？郭孝恪的两万人被数十万敌军包围快两个月了，那些西域人为何还没有攻下龟兹城？"杜如晦问烦躁的云烨。

"他们是要围城打援。把主意打到我头上，他们就不担心撑死？如果他们在戈壁上流窜还真的会让我头疼，既然他们抱成团想要和我硬碰硬地打一场，我自然求之不得！"云烨非常有信心，论正面的杀伤能力，他的军队绝对是天下第一。现在又有了驼城这个最佳的防御工事，就算是面对再多的敌人，云烨也想去试试。

既然主帅已经下定了决心，杜如晦只能同意，他是被险恶的局势强行留在西域的，既然回不去，不妨就帮着云烨处理一下各种政务，在这方面，云烨拍马都赶不上他。

云烨没在高昌留一兵一卒，只要他敢留下，这些人就会成为西域人的祭品。大唐派驻北庭的人员，不管是文官还是蠹吏，都是能骑马抢刀的家伙，人才难得，云烨把这两千余人全部塞到驼城上，从现在起，北庭的治所就在驼城上。

杜如晦一夜签发了三百余张委任状，都是品级不超过七品的小官，在羁縻州，他和云烨有足够的权力任命官员，敢分封五品官只有侯君集那样的笨蛋。

和长安的热气球不同，驼城上的热气球上拴着一根绳子，如果有警讯，就会有一个竹管顺着铁线滑到地面上，敌人想要偷袭驼城，几乎是不可能的。

郭孝恪在发现敌人向他扑来的时候，派出了斥候向四方告警，但一个字都没有提到需要援兵。云烨从他的文书里嗅到了浓浓的死意，他的两万人根本守不住。如果他的治所不在龟兹而在于阗，他就能和乱石城相呼应，向北防卫吐蕃人，向西防卫突厥人，现在他孤军深入，是策略上的失误，他这个主帅责无旁贷，只求战死沙场了。

云烨可以不在乎郭孝恪的死活，但两万将士跟着他踏进鬼门关是何等的无辜。

驼城踏上了戈壁上，浩浩荡荡，天上的老鹰都远远地躲开，程处默的骑兵不断地在驼城的前后左右奔驰，清剿检查热气球指明的可疑区域。

从日出走到日落，只走出了不到五十里，这是驼城最大的短处，想要救援郭孝恪，这样走下去，需要四十天。

驼城行军极为壮观，到处都是马夫吆喝骆驼的声音，热气球上总是有简短的号角声传过来。最艰苦的就要数游弋在前方的骑兵了，虽然行军的时间都被选择在了清晨和傍晚，但是沙漠里急剧变化的气候还是给他们造成了不小的影响。

现在的局面已经很明朗了，西域人和突厥人、吐蕃人目的就是想要摧毁大唐，但他们并没有占到便宜，程咬金的大军迅速挺进大非川，一路上攻城拔寨，迅如烈火，在遇到气之后才不得不将大军退到山口，与松赞干布对峙于大非川。

松赞干布再三向程咬金说明，进攻沙洲的乃是吐蕃大族所为，他对藏北的部落没有多少控制权，并派了使者进京。李二轻描淡写地关上了和谈的门窗："吐蕃人可以挑起战争，但是，想要停止战争，那需要朕的同意！"

而李靖的大军已经出了玉门关，在独山岭构筑城寨，并派斥候前往乱石城准备与许敬宗前后夹击吐蕃的先头部队。

张亮在新罗、百济沿海进行毁灭性的破坏，一度沿着汉江侵扰汉州城，新罗善德女王不得不将行宫搬到熊津城。即便如此危急，善德女王也没有撤回正在和张俭大战的军队，她清楚地知道，一旦这一次攻唐失利，等待她的将是末日。

何邵清空了所有的资产，带着大笔现金汇票准备去玉门关，这是一个发财的好机会，也是一个重新布置商业布局的好机会。西域虽然是一片不毛之地，但是那里有大片的绿洲和雪山，袁守诚在雪山发现了水晶洞府并准备建造神宫的消息，何邵在第一时间就知道了。

可以想象，集天下道门之力修建的雪山神宫会是如何的奢华、宏伟。雪山顶上就不和老道争了，但雪山底下修建一座镇子，肯定能发大财，满世界的信徒到大雪山朝拜的时候总需要一个落脚的地方，更何况并不是所有人能有机会上雪山一观。

一想到又要重新走的发家之路，何邵就兴奋得不能自抑，这一回他带上了三个胖儿子，想要继承家业又不吃苦，那完全是在做梦。

何邵的驼队、马队、车队、热气球队都已经准备妥当，现在唯一需要等的，就是唐军的反击，只要开始反击，何邵就会半点都不犹豫的一头扎进茫茫瀚海，跟在大军的背后如同秃鹰一样捡拾大军不需要的任何残渣剩饭。他有这样的经验，老虎吃过东西后，剩下的总是能让秃鹰吃饱肚子。

小苗摘掉头盔，露出了满头秀发，伊丽丝姐妹拿着湿毛巾替她擦着脸上的血迹。薛西斯骑着马，远远地跑过来对小苗说："殿下，孽多城已经被我们控制，城主投降了，现在能把坦驹岭的兄弟撤回来了，我很担心时间长了，会有危险。"

"单鹰在那里，会有什么危险！"小苗嘀咕了一句，还是派人去通知负责狙击敌人援军的单鹰回城，莫阿斯也在那里充当单鹰的副将。单鹰打不过会跑，可是莫阿斯这个一根筋的家伙一定会战斗到最后一口气。

和这些人相处了这么长的时间，小苗舍不得他们去送死，如果是阿巴斯，她就不在乎了。听伊利斯姐妹说，这家伙有次审问犯人时，居然用嘴咬下来一块犯人的血肉，嚼嚼就咽下了肚子。

"小苗，我们来这片土地就是来传播仇恨的，所以阿巴斯要做什么，你不要阻拦，只有这片大地彻底混乱了，我们才能帮到侯爷。老夫知道你喜欢侯爷，等这场仗打完了，我和你师父就把你许给侯爷。"刘方捋着胡须，笑眯眯地说。

小苗红着脸不接话，提起刀对众人说："我要去看娑浉水的水势，如果不深我们就过河去犍驮罗。"

刘方摇着头说："我们哪里都不去，就在孽多城屯留，小勃律的苏失利之已经被斩首，他的家族也被阿巴斯杀光了。现在我们不急着进攻，就让部分士兵回去将他们的家眷接来孽多城居住，我们都在过舒坦的日子，没理由让老幼饿肚子。"

"好啊，好啊！"小苗放下刀，高兴地拍着巴掌同意，部下已经恳求过自己好多回了，碎叶城现在实在是太穷了，今年又是大旱之年，已经听说有人饿死了。

瞅着兴冲冲地跑出去的小苗，埋头吃饭的曲卓和贺天殇一起抬头问刘方："是不是太仓促了一些？"

刘方笑着摇头道："正是时候，我们的雪球想要滚大，就必须有足够多的人，我们的人多一个，东归的人就少一个，所以只要是想来小勃律追随圣女安吉的人，我们都要接纳，给回去的士兵发放丰厚的酬劳，越多越好！"

曲卓点点头就去了，整个小勃律都被打了下来，苏失利之很富裕，他的财宝和粮食正好用来奖励战士。

为了能让自己的部下安心回家，单鹰特意去了大勃律军营一趟，带了大勃律国王的人头回来，于是大勃律国匆匆撤兵，三个王子开始了艰难的夺权之路。

衣锦还乡的天使军受到了英雄般的欢迎，最大的原因就是钱多、粮多，他们谢绝了同乡要求他们一起东征的要求，而是带上亲眷返回了小勃律。

当一个人知道了这些天使军已经打下了一片安身立命的土地后，基本上所有的碎叶城的人也就知道了这个消息。

看到天使军的富足，立刻就有人责问族长："我们有强悍的战士，为什么要把生命白白的耗在和唐人的作战的过程中？我们是狼，狼就该去咬兔子，为什么要去和强大的狮子作战？"

如果这还不足以动摇民心，当神王寒辙拿出巨量的金钱招募勇士时，整个碎叶城就沸腾了，这个时候，盗熙童要求用赎回他往日被突厥人抓住的兄弟，这是两个发了大财的人。

寒辙的身份敏感，但对待熙童这样的强盗就没什么好客气了，突厥人提出了苛刻的条件，一斗金银财宝换一个人。谁知熙童连价都没还，他的豪迈让整个城里的人眼珠子都红了。

于是进入莎栅、大食的人群就多了起来，等到城主想要控制这股风潮的时候，又一批发了大财的突厥人回来了，他们亲眼见识了莎栅人的软弱，大食人虽然强悍些，但是那里也更加富足。

现在一心想要去发财的都是一些小部落，他们实在是活不下去了，大群人把这片地方塞得满满当当，牛羊吃光了草场上的草皮，想要转个草场都不可能。眼看着在长膘的季节里，牛羊却在掉膘，只要是牧人，心中就急得像火烧。

男人都去打仗去了，听说已经围住了两万唐军，眼看就能将这些唐人全部干掉，可是后面的突厥人听了没有丝毫的欢喜。唐人不是小部落，你杀了他两万人，说不定马上就会有二十万人杀过来。

"信神王者得救！"穿着白衣的汉子手里捧着神王雕像，虔诚地在街巷里穿行，每走十步必然呼喊一声。见到那些饿得奄奄一息的人，他还会默默地放下一大块干饼，继续呼喊着。

那些人吃了一点饼，有了一点力气就会勉强站起来，跟着白衣人向城外走去，神王的使者不在乎跟在后面的是什么人，依然保持着自己原来的步伐，每隔十步就会呼喊"信神王者得救"，只不过开始只有他一个人喊，后来就变成几个人喊，慢慢地，整支队伍都会发出参差不齐的呼喊："信神王者得救！"

突厥大长老看到这一幕时心都碎了，不能任由寒辙再这样下去了，他迟早会把碎叶城掏空的。

"长老，让我带人去一次吧，就这一回，再这么下去我们就没有活路了。"驳马单膝跪倒在大长老的身前，低声哀求。大长老现在每天都只吃一顿饭，贪嘴的贺鲁现在只要有一块干饼就能狼吞虎咽地吃下去，驳马昨日去了胡杨林，打回了三只黄羊，看着自己的小主人贺鲁抱着羊脖子贪婪啃食的样子，驳马就想立刻去莎栅国真正地打一回猎。

"驳马，你是突厥的英雄，是我们最后的依靠。既然现在已经到了拿名声换粮食的时候，那就用我的名声去换，我老了，名声臭了没关系，你的名声不能受到玷污。"长老缓缓地走下城墙。

"长老，我去，我是小孩子，没人会在意我，就说我饿得不行自己带着侍卫去找吃的……"

"胡说！"长老的声音忽然变得严厉，按着贺鲁的肩膀说，"你将来一定会成为突厥人的王，现在我们做的一切都是为了你能成为那杆狼旗上的灵魂，我和驳马都能牺牲，唯独你不行！给我准备军队，我带着他们去向莎栅国王讨要一些粮食回来。"

"长老，您慈善的心胸完成不了这样的任务，还是我驳马去吧，莎珊国现在已经是烽烟四起，从他们的嘴里想要粮食，很困难！"驳马说完就大步下了城墙，跨上战马就向突厥军营跑去。

大长老长长叹了一口气，对贺鲁说："其实我们最好的办法就是去小勃律攻打安吉，可是我们的粮食不够，坚持不到小勃律，既然离我们最近的就是莎珊国，那就像他们讨要好了。只要有了足够的粮食，我们就立刻去讨伐安吉，她的部下大部分都是我们突厥人，我们很快就能击败她，这样我们就能心安理得地享受小勃律的粮食，牛羊也就有了新的草场。在那里我们就能坚持到战争结束，不管是唐人赢了，还是联军赢了，我们都能安然无恙地将族群壮大。"

贺鲁知道长老说的一定是对的，可是一想到安吉骑着马大战四方的飒爽英姿，心头总是不愿意和安吉在战场上相遇。

曲卓和阿巴斯变成了好友，两人敲诈勒索，无恶不作，整个小勃律的贵族阶层被他们一扫而空，土地分了，财宝分了，牛羊分了，天使军的口号变成了"我们为穷人作战"，于是小勃律迅速平静了下来，穷人拿着富人的牛羊和土地，一瞬间爆发了极大的热情。作为既得利益者，他们自发地想要保住突然间得到的财富，没有人比他们更明白属于自己的土地和牛羊有多珍贵，这值得豁出命去保卫。

碎叶城有好消息传来，驳马带着五千大军横扫了莎栅国的东部富庶地区，现在正在和莎栅国的军队激烈交锋。

刘方再一次将所有人招来开会，指着娑洢水对单鹰说："过了这条河我们就进入了健驮罗国，他们的军队已经守卫在了天蓝水的旁边，时刻防备着我们。我们想要突破到底还是缺少了一些机缘，现在的机会来了，老夫敢说，一旦贺鲁得到了粮食补给，他的大军就会向我们扑过来，咱们的军士大部分都是突厥人，我们和他们不能打起来，一旦打起来，我们的军队就会溃散。"

单鹰不耐烦地说："那我们那就接着走，玄奘大师说天竺人的战力很糟糕，估计我们能将他们一鼓击溃，我已经开始讨厌这片土地了。"

"天竺很富有，我的主人！"阿巴斯在旁边小声插了一句。

"还有十一天援军就要过来。"郭平对身边的部下很认真地说，他受了三处伤，前些天吐了一口血，当时好像没有大碍，现在病症显露出来了，只要一吸气，胸部就疼得厉害。

土墙上的垛堞已经消失得无影无踪，城墙上到处都是散落的土块，连下脚的地方都没有。自从上了城墙，郭平就没有下去过，校尉陈数已经下去休整了，却没有叫上自己，很明显，这又是老头子捣的鬼，谁让他是郭大帅呢。

"或许我死了他才会感到舒坦一些。"郭平悲哀地想。

城里的骑兵在三天前终于损失殆尽了，他们背着油囊和突厥人的攻城车同归于尽了。想到他们，郭平心里就充满了悲愤，五百人面对五千敌人的骑兵毫无惧色，厮杀得难解难分，在最后关头还能冲出去百十人点燃了那些投石车。郭平认识那个最勇猛的人，站在城头眼看着他左冲右突无法突出敌阵，被四五支枪刺透了身子。看惯了生死的郭平眼泪如同泉涌，只因为那个人是他的大哥郭威。

不知道老爹现在后悔没有？云侯当初三令五申地要求他退守于阗，不要进军龟兹，他就是不听。这里距离高昌太远，而且非常难走，陷进了这样的境地，不知道他有没有后悔。估计不会，他这个人根本就不知道什么是后悔。

大丈夫死则死耳，有何惧哉！这是他常说的一句话，现在就要死了，他不会害怕的，估计只有一点懊恼。

郭平想到这里心里就舒坦极了，大哥死了，自己也快死了，就剩下他一个孤老头子抱着和长安的那所宅子一起变老吧。

号角又吹响了，突厥人又杀上来了，他们很快攻破了左面的城墙。郭平没有理会，那里自然会有人替补上来，砍死了一个满脸流血的突厥人，百忙中回头看了一眼那里，那里竟然没有人补上来，而突厥人已经爬上来三个了。

郭平拿起手弩，一矢三发，两支弩箭奏效，第三只弩箭被光头突厥人拿刀拍开了。郭平挺着长枪就冲了过来，对手非常强悍，用刀格挡了一下，抬起右脚踹在郭平的小腹上。

郭家三兄弟，就数郭平的武艺最差，他总认为头脑灵活能够弥补武力上的差距，但是突厥武士的这一脚彻底瓦解了他的战力。他抱着肚子蜷缩在墙角，气都喘不过来，估计有一根肋骨骨折了。

粗壮的光头武士大吼一声，就抓着郭平的束甲丝绦将他举了起来，用他的身体荡开了刺向他的几柄长枪，就在他准备将郭平扔下城池的时候，郭平手上终于捞到了一截铁丝，这是上面带着尖刺的阻拦网。

他快速地把铁丝缠绕在壮汉脖子上，上面的尖刺刺进了壮汉的咽喉。壮汉手一松，郭平掉在地上，一口血喷得老高。

"杀了他！"郭平从嗓子眼里喊出了这句话，他仅剩的四个部下一起将长矛刺进了这个壮汉的身体，将他推出城墙。

"郭孝恪！我尽力了！"郭平仰面朝天躺在城墙上，张着嘴大喊，"我下辈子再也不做你的儿子了！"

多日以来压抑在心头的怒火再也抑制不住，眼泪哗哗地流，四个人无论如何也守不住两百步宽的城墙了。这城，就要被攻破了……

第二十七章　大胜

郭平躺了很久，还是没有等到蜂拥而上的突厥人，转过头左右看看，发现四个部下在跳跃欢呼。

他耳朵里嗡嗡地响个不停，听不清楚到底发生了什么事，爬到城头往下看，只见一大队的大唐骑兵正在城池底下左冲右突，为首的一员黑甲将军悍勇绝伦，一杆马朔在马上抖得如同盛开的梨花。

"这是谁啊？这么猛？"郭平喃喃自语的时候，发现校尉陈数也趴在墙上往下看。这家伙头盔不见了，半边头发也消失了，俊秀的脸上有一道狰狞的伤口，透过伤口能看到牙床。

陈数忽然指着天空呜呜呜地叫起来，郭平抬头一看，只见天空中一队热气球正在缓缓地向城头飘过来，巨大的热气球底下悬挂着一个个巨大的木头箱子。

这一幕不但郭平看见了，就连突厥人同样看见了。

程处默见热气球飞到了龟兹城里，拨转马头，带着部下向东退去。热气球降低高度，扔下来了大批木箱子后就随风远去。

一口大箱子就掉在离城墙不远的地方，郭平让仅有的四个手下打开箱子，里面装的全是八牛弩的弩矢，还是带有火药的那种。

"这是援军的先头部队，云侯的大军就在附近了！弟兄们，咱们再坚持一两天，大军到了，我们一起出去杀敌！"陈数在脸上贴了纱布后就开始动员部下。

藏在民居里面随时准备毁掉的八牛弩被推了上来，一字排开八架。但一整天，突厥人都没有动静，东面的战火好像早就熄灭了，大地一片安静，只有风吹的战旗哗啦啦的在响。

郭平吃一口行军干粮，就喝一大口水，肚子已经被塞得满满的了，但手还是停不住。

陈数看着他，嘴张了好几次，才低声说："仲康，去看看大帅吧！"

"不去，我就是一个队正，没资格见大帅。"郭平眼皮都没抬，心里想着，等这场仗打完后，无论如何也要去玉山书院读书，哥哥没了，老娘还要靠自己，必须好好活下去。

"再不去，恐怕就没机会再见了！"

"我求之不得——什么？你再说一遍？"郭平一下子就坐了起来。

"大帅三天前被射雕手偷袭，长箭贯穿了他的右胸，当时还能杀敌，但昨日突发高烧，昏迷不醒，到现在都没醒过来。"

郭平手里的水壶"当啷"一声掉在了地上，怎么可能？那个人是杀不死的，他从洛阳城头掉下去都没有摔死，东突厥人的连枷敲在脑袋上都没有把他敲死，三十几匹战马从他身上跑过去也没有把他踩死，这样的人怎么可能会倒在一支箭上？这不可能！

郭平艰难地露出一个笑脸："没事的，他死不掉的，我知道，这世上没有什么东西能击垮他……"

踉踉跄跄地走到帅府，几名亲卫见他进来了，低声唤了声"少爷"就退到一边。走进卧室，老远就能听到郭孝恪牛一样的呼吸声，掀开帐子，他终于看到了一个和往常不同的父亲。

父亲胸口插着一只竹管，白色的浓汁从竹管里缓缓地流出来，他面容蜡黄，眉心的悬针纹依然清晰可辨，哪怕在昏迷中，他的威严气息同样没有变化过。

听着父亲沉重的呼吸声，郭平接过亲卫端来的水，小心地给他喂着，眼泪吧嗒吧嗒地往下掉。

城头的号角忽然响了，郭孝恪猛地睁开眼睛，看着儿子，张了张嘴，没发出声，便抬着颤巍巍的手指着门外，那是号角响起的地方。

郭平从未忤逆过父亲，见他如此，就放下碗，给郭孝恪磕了三个头，大步往外走去。

就在他要跨出大门的时候，郭孝恪忽然用嘶哑的声音说："替我跟你母亲赔个不是，我没能把他的孩儿全部带回去……"

城头上的号角声一直在响，张庭月的帅旗已经升起，死战的时刻到了。

城外的胡人在唱歌，婉转而苍凉。他们在龟兹城下耽搁的时间太长了，吐蕃人已经快支撑不住了，李靖的进攻迅猛而毒辣，程咬金将松赞干布拖在大非川，李道宗乘机沿着南诏杀进了吐蕃谷地。今夜是最后一战，他们将冲上龟兹城头，再不突破安西，一旦吐蕃战败，战胜的唐军必将来援。

郭孝恪被亲卫背上城墙，站在最高处，就像一只旗杆，腰背挺得笔直，张庭月站在他身边，面色沉静。

半圆的月亮将戈壁照耀得一片惨白，胡人抬着巨大的木盾缓缓地向城池逼近，高大的攻城车也在牪口的牵引下缓缓地向龟兹城靠近，攻城车上铺了一个很大的斜坡，一旦搭上城头，骑兵就会沿着这条斜坡攻进城池。

"标高三，仰射！距离五百步，毁掉敌人的木盾！"

城头的八牛弩扬起头，"嗡"的一声巨响，无数支火药箭带着火花落在人群里，随着霹雳般的响声，破碎的木盾四处乱飞。

郭平什么都不想，只是一遍遍地将八牛弩的弩机砸下去，根本就用不着瞄准，眼皮底下到处都是人。

敌人的脚步被遏制在百步以外，这是八牛弩威力最强大的距离。在死亡的威胁之下，终于有一个人挥刀砍死了压阵的人像没头苍蝇一样朝后跑去。骚乱从一小块地方产生，然后就变成了大骚乱，最终变成了集体大溃逃。

郭平、陈数快活得想要跳起来，却听见后面的城墙上响起了天崩地裂般的吼叫："城破了！"

两人回头望去，只见后城方向尘土飞扬，黄黑色的烟柱直冲天际，两人对视一眼，又分开眼神，默默地重新给八牛弩上弦，只不过郭平的八牛弩冲外，陈数的八牛弩向内，事已至此，唯搏命而已。

惊天动地的巨响接二连三地响起来，这是后面的弟兄引燃了火药，火油弹也爆炸了，连串的大爆炸把半面天空变成了红色，整座后城的民宅都在瞬间被大火点燃。

大火照亮了天空，战场陷入了死寂。

郭孝恪依然站在最高处，没有人知道他临死的时候在想些什么，不管是在担心战局，还是在忧心妻儿，都没人知道了。

张庭月解开甲胄，将丝绸内衣脱了下来，罩在郭孝恪的头上。听着城外的厮杀声，他痛苦地摇摇头，对五蠡司马说："吹号，命程处默离去吧。"

云烨看着满目疮痍的龟兹城，没有下令追杀刚刚破城就仓皇退出去的胡人，而是将驼城稳固在龟兹城边上，大队辅兵开始搜寻将士的遗骸，由于大军来得太快，突厥人并没有来得及打扫战场。

郭平和陈数两个人也被辅兵从尸体堆里拽了出来，辅兵以为两个人已经死了，扔到板车上的时候听到惨叫，这才发现还有两个活人。

云烨见到他们时，两人全身浸泡在石灰水里，脑袋已经被烈酒冲洗过无数遍，云烨捂着鼻问："郭帅在哪？张帅在哪？五蠡司马在哪？"

陈数哽咽着说不出话来，郭平忍着浑身的疼痛说："家父的遗体被张帅烧了，我们又把张帅的遗体烧了，可能烧得不彻底，应该就在城墙上，韩司马在南墙作战，我们不知。"

"安西军就剩下你们俩了，陛下会重建这支英雄的军队。你们既然活下来了，那就好好活着，把郭帅的精神传下去！"

云烨来到城头，看见一个粗壮的大汉被彻底烧焦了，须发皆无，陌刀依然握在手中。死者嘴角有一截细细的铜链子，居然拽出来半枚虎符和一方印鉴。云烨仔细辨认后，发现是枚大将军印，这个是郭孝恪的印信才对，既然郭孝恪先死，那么这个人就该是张庭月。

"把骨灰收敛，带回关中。"云烨对身后的田元义吩咐一声就回到了驼城，郭孝恪的骨灰，韩晃的遗骸都已找到，他要如实地写给皇帝写一份奏章。

收敛完将士的遗骸，云烨下令驼城后退了四十里，在野马滩扎营，此地为胡人东进的要道，如果不攻下驼城，他们要穿越五百里沙海才能到于阗。

胡人见到云烨的驼城固守在山谷口，只好驻扎在三十里外有水源的地方。或许是攻打郭孝恪让他们师老兵疲，一连三天他们并没有主动向云烨发起进攻，倒是云烨的游骑正在无时无刻地寻找攻击他们牧民的机会。

牧民被杀多了，他们坐不住了，也派出小股的骑兵，不大的野马滩，就变成了斥候与斥候之间的生死场，而奖赏就是在野马滩放牧的牧民的生或者死。

云烨最不害怕的就是消耗战，李靖的大军已经在阳关外面的旱塬上击溃了吐蕃头人金簪丹朱，解了沙州和玉门关的危机，正准备向楼兰进发。许敬宗把守的乱石城正在经受极大的考验，溃退的吐蕃人与后来的吐蕃人合兵一处，正在日夜攻打，想要拿下这个要塞来抵御李靖。

野马滩是个好地方，到处都是汩汩的清泉，这些泉水从石头缝隙里流出来，汇集到旁边的龟兹河里，养育了这一片丰美的绿洲。但往日的美景现在成了人间地狱，到处都是残肢断臂的死尸，以至于荒原上的狼群都没有办法将这些残尸全部吃光。

云烨将游骑全部收缩了回来，关紧驼城，不许任何人出。只是将热气球升起来，远远地监视着突厥人的一举一动。

突厥人不得不向后退却，粮食和补给是个大问题，三四十万人的肚子问题在荒原上显得格外重要。龟兹城已经毁了，那些散落在绿洲上的小部族就遭受了灭顶之灾，突厥人所到之处全部变成了死地。

在没办法判断敌人意图的时候，云烨依然保持按兵不动，突厥人既然在后退，就不需要多加理会，只要突厥人不向东走，爱去哪里去哪里。

很快云烨就发现自己的决策好像有点不对头，因为背后竟然出现了吐蕃人，而且这个领军的人是吐蕃大相禄东赞。能让禄东赞放下玉龙雪山不顾，说明突厥人的成败关系到整个战略的成败，只有把大量突厥人放进来，他们才能减轻压力。

禄东赞出手不凡，他一出现就在戈壁上挖掘了巨大的壕沟，突厥人也学着挖，半个月的时间里，驼城前后就被两道深深的壕沟挡死了。禄东赞以为，剩下的就是继续用优势兵力攻打城池了。

但云烨一直在努力遵循着沙漠里的行动规则，那就是尽量少动弹，杜如晦现在就像是一只老乌龟，除了坐在无舌的玉牌底下看书外，就是把自己搁在躺椅上，瞅着沙漠上的日出日落消磨时间。

云烨不慌不忙地和胡人联军对峙着，但朝廷里已经开了锅了，八百里加急使将郭孝恪全军覆没的消息送到长安后，立刻就传出来云烨也被四十万大军困在野马滩，情形甚至比郭孝恪当时的情形还要糟。

天下震动！

自李二登基以来，从来没有如此高级别的将军战死沙场，更没有成建制的军队被全部消灭，郭孝恪的死，第一次让大唐的百姓感受到了战事的残酷。现在，云烨的大军为了将突厥人和吐蕃人阻挡在玉门关外，再次身陷重围，这个消息如同阴云一般笼罩在所有人的头上。

"驼城到底如何？杜如晦在云烨军中的事情必须封锁，不得泄露出去！"李二焦躁地在万民宫的大殿里走来走去，七月的长安骄阳似火，但他感受不到丝毫的炎热。

都是那道军令害的："拒强敌于国门之外！"郭孝恪为了这道命令战死龟兹城；云烨为了这道命令自愿陷入重围；张俭为了这道命令，正在经受新罗百济两国的狂攻；锲必何力为了这道命令死守朝阳岭，两个儿子全部战死都没有后退一步；至于岭南水师，早就穿过海峡，浩浩荡荡地杀向大食海域。

有这么多遵守命令的将领，李二一会儿感到无比自豪，一会儿又感到无比酸楚。云烨的奏章铺在龙案上：

"臣见郭孝恪时，只余三两块未烧化的残尸，惨烈者莫过于副将张庭月，据侥幸生还的校尉陈数所述，张庭月全身着火，依然挥舞陌刀酣战不休。战后，臣上城墙，只见张庭月已成焦炭，惟口中军符印信尚在，臣自他口中取出时，尚留有余温。司马韩晃中箭流血而死，军士给他入殓时，自他体里取出来的箭头足有半斗……"

"龟兹城下尸积如山，几与城墙平，贼人弃尸不顾，状若疯狂，如此悍贼，微臣万万不敢任其入我大唐境内，必誓死将之阻挡于国门之外，如此，臣虽死而无憾事矣！"

李二深吸一口气，揉揉太阳穴，目光又落在另一份奏折上，那是李元祥的。

李元祥是一个非常有想法的人，他喜欢自己做主，越州现在很富庶，但自由却在逐渐失去。大唐的封王已经没有实际的封地了，你能用的封地府库里的钱粮，但是绝对没有任何加减赋税的权利，就算府库里的钱粮，王爷能动用的并不多，很多时候还要看刺史的脸色。

大唐注定会在这场战争里取得最后的胜利，当所有人的目光盯在令人不安的战局上的时候，他已经在考虑自己能在这场大纷争里赚到多少。

打开地图，在将敌人的名字全部遮盖住后，他的面前出现了一个庞大无比的疆域图。作为李氏子孙，他天然地认为这片广袤的国土上必定有他的一块儿。

随着目光向外扩展，李元祥发现有很多地方没有派人去治理，比如说云烨所在的北庭，偌大的一片地方只有不足五万唐人，他认为那里需要一位王爷去治理。他不在乎那里是否贫瘠，是否会活得艰难，他只想给自己保留一个能自由呼吸的空间。

李二盯着李元祥的奏折，一言不发。当看完第三遍后，他才对长孙说："可以，不过以后入京只能按照藩王例，每年的朝贡也不可断绝。但凡有战事，他们依然会处在大总管的管辖下。如果他同意了，九州之外的土地任他挑拣，我还会将他的母亲送到他那里由他供养。"

"就算是为了这一条，估计元祥也会豁出去，怎么，您非常希望将所有的王爷送到穷乡僻壤去？"长孙疑惑地问。

"宗室自古以来就是大麻烦，他们能想到自己开疆拓土，也不辜负身上的李氏血脉——只是不知道云烨那里现在是什么情况。"

"龟兹大捷!"

李靖吸着凉气问副将苏定方:"你在四十万大军包围中能不能取得如此战绩?"

苏定方摇摇头,羡慕地说:"云侯不愧是我大唐的名将,身处四十万大军围困之中还能阵斩十万,这样的战绩耀古烁今!"

李靖忽然咆哮起来:"他当然能阵斩十万!你看看你的麾下,再看看他的装备,火药、火油、八牛弩、新式投石机、热气球,应有尽有!驼城就跟'大帝号'一样,是军人的耻辱。云烨先是毁了我们对圣人的敬仰,现在又毁了千古以来赫赫有名的兵家,他终于可以在书院大规模地培育将军了。

今后的将军只要知道怎么把武器的效用发挥到最大就行了,不需要谋略,不需要运气,只需要强大的武器!你看着,这条路走到最后,总会出现一下子能杀死所有人的武器,甚至我们自己!"

苏定方不明白李靖为什么会这样激动,在他看来,云烨获得了胜利,扭转了不利局面,作为同僚,这个时候应该欢喜才对,怎么会如此的失态?难道是妒忌?

"兵发黑石山!"李靖指着地图上的一点说,"我们去看看被云烨打得半残的禄东赞,问问他为何要背叛大唐!"

一日三惊的陇右诸州县听到这个消息后欢声雷动,马上的信使用不着下马,立刻会被驿站的人从马上扛下来,洗漱、灌水、捶背、捏腰,只想多得到一些西域的消息,想知道那些敌人到底会不会再来。

"来个屁啊!现在轮到我们追了!"信使吐掉嘴里的鸡骨头,"你们不知道到那一仗打的,天昏地暗鬼神愁啊,前几天你们这里也下沙子了吧?就是爷儿们作战扬起来的沙子。"

见听众无不倒吸了一口凉气,信使心中得意剔着牙齿说:"老子砍折了两把横刀,第三把刀只能当锯子使了。"

听了信使的话,众人肃然起敬,这样的好汉都只能给大帅当做信使,军中不知道还有多少虎狼之士呢。

眼看着驿马备好,信使拎起没吃完的半只鸡,上了战马再次向关内狂奔起来,这样的消息可不敢耽搁。

信使在狂奔,每过一个州县就在背上多插一面小旗子,留下一个个欢呼的城镇。眼看着就要进入长安城，他们换上血迹斑斑的战袍，从怀里取出烟灰胡乱抹到脸上。

这是路过乱石城的时候，长史大人亲自吩咐的，说进入长安城的时候越狼狈越好。大军打胜仗固然重要，但是这些表面文章也一定要做漂亮，长史太对了，仗是大帅带着弟兄们打出来的，万万不能让它在封赏上有半点损伤。

喝了一口水，清清嗓子，所有信使在将嗓门调整到了最佳状态后对视一眼，默契地上了战马："龟兹大捷！阵斩十万！"

猛然间爆发的嗓音惊得树林子里的鸟儿都蹿了起来，五十余骑排着整齐的队形向长安城奔去，这辈子也没有几次能在长安城跑马的机会，此时不显摆，更待何时？

"龟兹大捷！阵斩十万！"

城门官一愣，手搭凉棚往西面一看，只见五十余骑烟尘滚滚地奔了过来，隐约能看见帽盔上红翎，什么地方大捷了？

"龟兹大捷，阵斩十万！"这一次算是听清楚了，是龟兹，郭帅阵亡的地方，城门官赶紧推开城门里的行人，不管他是勋贵还是百姓，统统靠边站。

彪悍的长安人还没有张开大喉咙喝骂，就看见远处跑过来的红翎急使，赶紧闭上了嘴巴，闪到一边。

还以为这些人带来的又是哪里起狼烟的消息，长安人已经麻木了，全世界的人都不喜欢大唐，现在正在合起伙来攻打大唐，听说将士们在外面守得很辛苦，大将军都有阵亡的，这让人心里直发虚。

"龟兹大捷！阵斩十万！"信使拼着老命吼出了这一嗓子，就从城门洞子里疾驰而过。

"轰"的一声，城门口就炸锅了，一个学生模样的家伙，把马车卸下来，骑着光背马就向玉山奔去。

老钱正在门前送人出门，猛然间看到两匹快马从牌坊钻了进来，丝毫不顾及集市上的人群，他心里咯噔一下，眼前发黑，勉力扶住门框，坚持着准备听噩耗，没想到那两个欠揍的却从嗓子里哭嚎着喊出来："龟兹大捷，阵斩十万！"

老钱一下子就觉得浑身充满了力道，腿脚生风地冲进后院嚎了一嗓子："夫人，夫人，龟兹大捷，侯爷阵斩十万！"

没想到屋子里并没有欢喜声传出来，反而传出了辛月撕心裂肺的嚎哭声。

"不错，不错！朕都没想到他能制造出如此大的惊喜！"李二扬着眉毛在地图上看了看，用红笔在龟兹的位置上画了一个圈，然后又对身后研究报捷文书的长孙说，"别研究了，必然是一场大胜仗。朕在乎的是突厥人向西走了，吐蕃人向黑石山退去了，只要这两点是真的，云烨就算是说他杀了一百万人，朕也捏着鼻子认了。"

"您看看这句话，杜相什么时候有胆子亲冒矢石了？洛阳城下的时候他都没有这样。"

李二哈哈大笑。

信使带回来的首级被传讯九边，西疆首开大捷，让大唐所有的边军有信心起来，只要最强大的两个敌人被赶跑，剩下的这些疥癣之疾迟早会根治。

作为大唐的战神，从来都是别人给李靖收拾残敌的，但现在他要给云烨收拾残敌。他怒火万丈，见到吐蕃人后，在第一时间就发动攻击，陌刀队卡在黑石山口，居高临下，三步一挥刀，挡者披靡。

禄东赞已经带着大军从白羊原钻进了茫茫群山，翻越一座雪山就能回到吐蕃，被他拦住的这些是没有办法翻山的老弱。李靖极度失望，禄东赞宁愿翻越凶险的雪山，也不愿意和自己照面，云烨把他打得有多惨？

此时，那日暮就要临盆了，局势明朗后，云烨大部分时间都陪着她。

"还有几天就要生了，就不要到处乱跑了，原本想能在这里让你把孩子生下来，可是军情紧急，我们终究还是要出发的，辛苦你了。"

那日暮笑着不说话，她喜欢听丈夫说战事，只要说到战事，她知道夫君不需要她给出意见，只需要有一个听众就好。

云烨把手放在她肚子上，轻声说："你知道吗，小苗他们已经打下了一个国家，现在正在向天竺进发，把天竺打穿后就到大食了，到了大食，他们的任务才算完成。寒辙和熙童这两个家伙将莎栅国搅得乌烟瘴气，莎栅国的灭亡就在眼前了。仗打得差不多了，现在要干私活了，京城里的大户人家都等着呢，何邵已经快到于阗了。"

何邵没有正版的驼城，于是就找了几个书院的学生鼓捣出来一个冒牌驼城，虽然只有五百头骆驼，但出玉门关的时候还是让守将大为惊恐。

坐在驼城上欣赏着波斯舞娘妖媚到极致的表演，何邵对自己此行充满了希望。大唐的市场已经被分割完毕了，作为低级勋贵他只能在这个巨大的市场上分食一点残渣剩饭，如果自己不注意防护，在那些大鲨鱼们狼吞虎咽之时，说不定就会把自己也当成一块肉吞下去。

想发财就要先吃苦，所以何邵认为很有必要亲自走一趟西域。

发财的路果然是艰辛的，坐在驼城上不长时间，他就晃荡到了乱石城，结果许敬宗认为驼城属于帝国机密，不能落入商贾之手，给了他五百枚金币，就将这个简易版的驼城征用了。

许敬宗还讥讽地问他："你来西域是准备发财的还是准备来这里显摆的？"

"当然是准备来发财的，长史可有什么好门路照顾一下小弟？"何邵对于这事并没有太大的抵触，帮云烨就是帮自己，这个道理他还是知道的。

"现在说发财为时过早，等西域彻底安静下来后，我们才能说私事。"

何绍对许敬宗的话深以为然，在缴纳了两百枚金币的捐助后，终于取得了独家经营乱石城权利，乱石城作为大西域物资的中转站，何邵认为这些钱花得很值。

越往西走就越是荒凉，云烨的驼城排成一条长长的队伍走在戈壁上，地面上蒸发起来的水汽，让远处的景致都变得模糊起来了，好在不用担心迷路。一路上到处都是腐烂的战马尸体，它们从龟兹坚持到了这里就再也挪不动了。

云烨知道突厥人的大队就在前面，如果自己加快行程，用不了五天就能追上突厥，但是云烨一直保持着现在的速度，不紧也不慢，只要保持一定的压迫感就行。

两军的斥候倒是征战不断，郭平和陈数都已经下到斥候军里去了，程处默也在不断地积累功勋，对他来说只要有仗可以打，怎么样都行。

无舌那里出现了大麻烦，玉牌的神光最近变弱了，照射出来的光芒变成了暗红色，云烨估计，等能量释放的差不多的时候，玉牌也该变得和普通石头没有什么区别了。

连续走了七天，在遇到新的水源地后，云烨下令驼城停止前进，因为突厥人停下来了。云烨命令斥候将自己到来的消息传递给刘方、寒辙、熙童知道，他们单独玩了这么久，总该收收性子了。据探马回报，小苗的天使军现在已经发展成了五万人，在击垮了小勃律后，如今正在天竺国境内作战。

大唐之所以认为西域不可失守的原因之一就是吐蕃这个心腹大患。为了保卫长安必须占领河西，为了保卫河西必须控制青海，为了控制青海必须占领西域来分吐蕃的兵力。

很早以前，李二曾经和禄东赞商谈过这件事情，他认为只要吐蕃彻底放弃青海一带的土地，大唐就彻底放弃西域，结果被禄东赞一口回绝。

随着大唐的国力日渐强盛，禄东赞打算同意皇帝的这个要求的时候，李二一口回绝了。现在的局势非常明显，大唐需要西域，自然也需要青海，李二从来都不把吃到嘴里的肉再吐出去。

阴谋需要时间来发酵，云烨打算给突厥人留下足够的时间来确定走向，贺鲁所部全军转向了小勃律，紧紧地咬着天使军的尾巴不放，有点拿天使军当开路斧的意思，天使军因为自身构成原因，假装上当，不断地把突厥人朝大食人的领地引。

双方就这样互相纠缠着，互相牵制着，也互相依赖着在陌生的土地上厮杀。云烨认为自己的力量不宜过早介入。贺鲁才是真正意义上的突厥王，眼前这个据说叫突施的联军首领不过是个临时推举出来的，他现在如果和族人汇合，就不能忽视贺鲁的存在。

大长老作为突厥族内最有威望的长者，坚定不移地站在贺鲁身边，而且号称突厥第一猛将的驳马带着最精锐的金狼旗也守护着贺鲁。

突施需要权衡得失，所以云烨并不急。让贺鲁带走族人，是突施犯下的一个不可原谅的大错。现在东征的失败，他没有办法继续统治各族的联军了，作鸟兽散乃是迟早的事。

驼城不再逼近，但是骑兵却在程处默、陈数、郭平的带领下日夜不停地袭击胡人联军。终于，在一个晴朗的晚上，仅剩的五千薛延陀人悄悄地离开了大营，一头钻进了茫茫的戈壁。

突施在戈壁上站了一夜，天明的时候，斥候告诉他，五十里以外的地方发现了薛延陀人的尸体。他丝毫都不感到吃惊，对剩余的人说："离群的羔羊必然会被野狼吞噬，这是祖先传下来的话语，难道薛延陀人都忘记吗？"

突施看着地平线上升起的那个巨大的热气球，继续说："唐人似乎非常希望我们去西征，虽然说敌人喜欢的我们就一定要反对才是，但是现在，我们没能力反对了。你们知道云烨为何远远地留在那里不来么？"

不等诸将回答，他又说："他在等我们崩溃，薛延陀人是最好的例子。他就像是一头站在羊圈外面的饿狼，不断地吓唬我们，让我们从心里感到恐惧，我们失去战力后，就会任他宰割。我本来想着带领你们进入莎栅国，彻底吞并掉这个国家，然后我们再从长计议西征的事情，现在我们没时间了，云烨不给我们时间。贺鲁带走了族人，你们去追随他吧——我很想砍下这个小鬼的人头啊，真是遗憾！"

吐谷浑长老抓着突施的手急切地问："你准备干什么？"

突施笑着说："我不死不成，龟兹的血债就在我的身上，云烨不允许我轻易逃脱的，只有我死了，剩下的人才能有机会活着。我当初就在这里烹熟了我的妃子，将她贡献给天神，现在我把自己摆到祭坛上去吧，但愿他保佑你们顺利到达西边。"

第二十八章　继续战斗

眼看着突施的最后一个亲卫倒在驼城下，云烨窝进宽大的椅子上，漫不经心地问杜如晦："那日暮要生产了，你说，我因为这个原因在碎叶城外多停留两天，回到京城会不会被兵部问责？"

"老夫是兵部尚书，你是兵部左侍郎，只要我们两个不问，谁会多事吧？倒是言官会把你弹劾成筛子。你携带女眷出征已经是犯忌讳的事情，现在还致使其有孕，嗜色如命的名声是逃不掉了，不论你在西域立下了多大功劳，因为这些瑕疵，恭喜你啊，能升迁一级爵位就了不起了。"懒洋洋的杜如晦说到这里时，意味深长地看了云烨一眼，"不过，做官做到我们这个地步，不思进取是最好的，你现在犯这个错误，倒是恰到好处，老夫平日里还是小觑你了。是李靖点拨的？他已经老了，能开着大门让百姓看见他在厅堂里睡觉，你年纪轻轻的，恐怕还没这个脸皮吧？"

范洪一在云烨的强迫下写了一道弹劾云烨的奏章，大意就是云烨少年心性，在碎叶城下阵斩了突施后就变得骄奢之极，因为宠妾生子，就命大军在碎叶城停留三天，没有积极地追击敌军，致使突厥残部遁入小勃律，尾随突厥大酋贺鲁一路向西逃窜。

正在黑石山与吐蕃大相禄东赞对峙的李靖听到这个传闻后，下令强攻黑石山。战事进展顺利，无奈攻上去后，三军为气疫所困，将士们呼吸困难，为了大军不致有失，李靖不得不退军到乱石城休整。

苏定方经营的河西之地终于赢得了大收获，进攻河西的吐蕃人被他困在交河，两万三千余名吐蕃军被赶进了正在发洪水的交河，河道为之淤塞。

突施、吐谷浑长老的人头被装进盒子送到了长安。李二皱着眉头看云烨辩解的屁话，直到见到突厥人终于开始西进后才松了一口气，掀开盒子瞄了一眼里面的人头，就吩咐断鸿送去祖庙献祭。

他匆匆回到了两仪殿，兕子的病情又开始反复了，李二忧心不已。

所以云烨料错了，皇帝皇后因为儿子的病情没工夫理睬云烨在万里之外怎么打仗，御史台的言官们因为看到皇帝这些天非常容易暴怒，不敢拿云烨的事开炮，毕竟他们只想让皇帝看到自己没有吃白饭，并没有打算将云烨从西域弄回来受审。

"师父自污的法子没起作用啊，他老人家现在运气不好。"长安的夏日热得像蒸笼，小武躺在葡萄架子下，将腿横搭在狄仁杰的腿上。

"师父最近的运气确实不好，长安城现在也不知道怎么了，平静得厉害，大理寺上一次办案，还是淫僧辨机的案子，我都闲了这么久了。"

小武抚摸着自己隆起的肚皮，虽然孙思邈说是个闺女，小武依然欢喜得要命，感受一个小生命在自己身体里生根发芽，每一天都让她有新的体会。

眼看着到了中午，丫鬟将小武种在小花盆里的东西搬了过来，一个个都怪模怪样的，其中一盆花居然还吃荤，两片厚厚的绿色叶片张着，一旦有蚊虫飞进去，叶片立刻合上，直到把蚊虫吃干净了才会重新张开。

狄仁杰看小武在给这株奇怪的花喂食，若有所思地问："那个老农为何会给你这些奇怪的花草？你觉得师父会知道这东西是那里产的吗？"

小武点头说："是啊，师父来信了，说这东西叫做捕蝇草，但没说出处，只说如果那个老农再出现，一定要请他留下来，师父说有很重要的事情找他。"

云烨自污的法子没起到作用，相反，礼部已经在考虑升他为公爵了，听说礼部已经在为他做传了，鸿胪寺正在考证，何样的县公才能彰显云侯的绝世功勋。

就在这个时候，云烨想要冠军侯的事，忽然就传得人尽皆知，气得礼部的尚书在朝堂上咆哮："大唐何来冠军侯？八百军州难道就找不出一个合适的封号？难道准备恢复汉制不成？"

也就在这个时候，那股小道消息也终于传开了：云烨原本能将这次冒犯大唐的所有突厥人全部斩于马下，但因为宠妾生孩子，为了孩子的安全，云烨的大军在碎叶城下多停留了两日，造成大部突厥人逃遁进了小勃律。

此时再给一位骄奢跋扈的将军晋爵是否合适，变成了朝堂上的主流声音，风闻奏事的言官们终于显露出狰狞的面目，将云烨的生平事无巨细地暴露在大庭广众之下，一位战无不胜的将军在一夜间变成了蝇营狗苟的蛀虫，皇帝能强忍着不杀这样的败家子，已经是仁慈义尽了，焉敢奢求其他？

"这是谁传的？"李二莫名其妙地问长孙。长孙也摇摇头说："听说最先从昭化坊传出来的，然后就传得人尽皆知。"

"是不是朕对长安的百姓太宽容了，他们怎么敢如此评论一位为国征战的将军？让长安府尹全力追查，严惩不贷！朕以后要是奖励臣子，岂不是都要被这些百姓言论所阻？此风断不可长！"

"防民之口甚于防川，您打算去抓谁？怎么抓？说句您不喜欢听的话，陛下，百姓想要说什么，咱还真的没有太好的办法。您打算首开我大唐因言获罪的先例吗？"长孙知道李二只是在发脾气，所以就随意多说了几句。云烨到底怎么样，她心里清楚，李二也清楚，封不封公爵，实在是多此一举。

长安的气氛依然没有好转，张俭兵败金刚山，四万唐军在损伤过半的情形下，不得不退守平壤。驻守在白石城的牛进达，携带大量物资艰难地向高丽内地挺进，一路上叛民处处，道路损坏的情形极为严重，每日前行不超过三十里。

在这样严酷的情形下，云烨在西域取得的大捷再也无人提起，有郭孝恪的前车之鉴，所有人都对张俭能否固守平壤持悲观态度。

是年七月，张亮的辽东水师自椒岛袭破长口镇，陆战队长驱直入，张亮与新罗大将阏川率领的三万大军交战于南埔，溃敌三百里。

新罗、百济联军不得不停止攻击张俭，转头追击在平壤城外游击的张亮，张亮率军转战十六日，所到之处血流成河，无奈敌我之力甚为悬殊，不得不再次回到海上，寻找破敌良机，而张俭得到了喘息的机会，整个辽东战场再次陷入僵持状态。

房玄龄放下手里的战报，长长地松了一口气，没想到向来懦弱的张亮这次竟然会立下如此功勋，他不得不佩服皇帝的遣将之策，把身负血海深仇的张亮安置在辽东确实是高瞻远瞩。

刚刚松了一口气，他就看到了常山王李象的奏折，整部奏折只有一首《素冠》："庶见素冠兮，棘人栾栾兮。劳心博博兮。庶见素衣兮，我心伤悲兮。聊与子同归兮。庶见素韠兮，我心蕴结兮。聊与子如一兮。"

房玄龄心中一惊，翻开首页，上面写着几大大的字：祈母书。见到这个名字，房玄龄眼前一阵发黑，强忍着心头的震撼，将这一个手札放在文书的最下方，黜落这本奏章是他唯一能为太子做的事。

什么是《素冠》？这是一首谈论同情心的诗歌，恻隐之心，人皆有之。这是人之常情之一，同时也是仁爱之心、博爱之心的体现。可是太子妃的悲剧是谁造成的？正是当今的皇帝，是他权谋斗争之后的产物，就算是不对，也不能说，事关侯君集谋反，谁敢参合？

不得不说太子这几年做的还是不错，从不提起，也从不过问，每月的初一十五会住宿到冷宫陪伴前太子妃，没有重新立太子妃的打算，就是向自己的父亲表达了自己的心声，算是尽到了夫妻的职责。最近闻听太子妃有喜，这才是让太子妃重新返回东宫的契机，等到孩子生下来后，皇帝皇后无论如何也不会再让太子妃留居冷宫，这件事情就会悄无声息地化解掉。

现在好了，常山王这一胡来，竟然胆敢指责皇帝缺少同情心，一介妇人的生死，皇帝是不会在乎的，这样做不但起不到任何作用，反而会将自己的母亲置于危险的境地。

自从举世攻唐以来，无数人指责皇帝的好大喜功，征战不绝，才会有这样的祸事，为此皇帝已经黜落了不下七位言官。这时候逆鳞一旦被触动，常山王的下场一定凄惨无比。

固执的人一旦钻进了牛角尖，就无药可救，鲁莽的常山王居然换上了白衣白冠，跪倒在万民宫前为母亲求情，不顾李烟容的阻拦，惊动了正在午睡的皇帝。

太子远在营州救济灾民，房玄龄匆匆跑到万民宫，看到眼前的一幕几乎昏厥过去。

李象居然当着皇帝的面，大声地吟诵《素冠》，虽然恐惧得全身发抖，依然一字一句地念了下去，李二的脸色如同恶鬼般狰狞。

李象念完了，还没有说出自己的要求，就听见皇帝冰冷的声音："念完了？你是在指责朕没有同情心？朕的孙子在指责朕没有同情心？谁教你的？"

李象抬头看到皇帝爷爷扭曲的面孔，呆滞地说："成先生教我说的。"

"成大庸？李象，你要问计为何不问明白人，为何偏偏要问一介腐儒？"李二忽然就不生气了，声音也变得平缓。

李象的身子抖得像筛糠，结结巴巴地说："孙儿问过云寿，云寿说他爹早就说了，这事不能提，也不能说，最后会慢慢解决的；孙儿也问过内府詹事李义府，李义府说，为什么现在要提这事？没有必要。"

说到这里，李象的声音忽然拔高了三分，恨恨地说："他们都看不起我，都是在敷衍我！我娘有了身孕，她不能再留在冷宫，再这样下去，她会死掉的，只有成先生肯帮我出主意，他说只要我念了这首诗歌，一定能让您升起恻隐之心，皇祖父，求求您，饶了我娘吧！"

李二的脸色彻底平缓了，他走上前去将李象扶起来，仔细打量了一下李象，温言道："你继承了你父亲的善良和孝顺，却没有继承你父亲的智慧，也罢，善良、孝顺也是美德，不算错，你付出了如此大的代价来为母亲求情，朕怎会不应允，来人送苏氏出宫！"

立刻就有宫人奔向冷宫，准备苏氏出宫的事宜。

"加封常山王李象为衡山王，表彰他的一片孝心。"

房玄龄站在台阶下，痛苦地闭上了眼睛，原本以为皇家的传承能够平安顺利地传承三代，现在全部化为泡影。他现在唯一希望的，就是李象的举动不会影响到太子的地位，否则祸乱就在眼前。

他还想再说别的，就看见李二冲他招手，就随着李二走进了万民宫。

进了宫殿，君臣站在大殿里谁都没了说话的心思，过了许久，李二惨然一笑，对房玄龄说："以前就听人说，一个人太强势，否则会占尽子孙的灵气，朕算得上雄才伟略，承乾也算是得到了天地的钟爱，青雀更不必说，李恪、李治的才智都是一时之选，就连李黯、李佑现在也变得处事得体，虽然不堪大用，但是作为王爷抚佑一方还是没有问题的。可是我的孙儿，怎么就成了这个样子？聪明人的正确意见他没有听进去一点儿，反而认为是在敷衍他，把一个腐儒的话当成好主意。这样的人，这样的智慧如果真的成了帝王，可怎么得了？"

李二说完就盘膝坐在地毯上，神情沮丧之极。

房玄龄也盘腿坐了下来："陛下不必忧伤，衡山王的智慧确实不适宜继承大统——如果是别的宰相，断然不会说出这句话，但今日这一幕事实告诉微臣，衡山王确实不合适。陛下和微臣都想得太乐观了，原以为我大唐至少三代之内不会有内乱的危险，现在看起来，萧墙之危依然存在啊。"

两个人互相说着颓废和失望，长孙面色苍白地端进来一壶茶放在他们君臣的中间。她看得出来，君王和首相真的已经对李象心灰意懒了。

"这是朕的错，本该把李象早早送进玉山读书，观音婢，明日将宫里的孩子全部送进玉山吧，宫中不再聘请教习，以后皇子必须入玉山读书，着为永例吧！朕明日就向李纲先生认输赔罪，并且自认失败。"

一向刚强自负的皇帝说出这样心灰意冷的话，房玄龄闭目不言，长孙暗自垂泪。

李二干笑两声，又说："世上的事不如意者十之八九，朕不会消沉。现在朕的将军正在外面浴血奋战，朕的臣民正在发愤图强，此为千万年未有之盛世，朕独步古今，就不相信到了垂暮之年还不能解决大统延续的死结。这点小麻烦算不得什么，朕之所以难过，主要是皇家从未出现过这种波澜，一时有点不适应而已，你们也打起精神来，这不算是什么事……"

一连半个月，李象都开心极了，母亲回到了家里，东宫立刻变得秩序井然，虽然母亲依然愁眉不展，有时候还会暗暗落泪，大概也是欢喜所致。

成大庸获得了李象丰厚的赏赐，云寿也接到了李象一篇讥讽气十足的信笺，通篇都是对聪明人的挖苦。

对云寿还算是客气，对李义府，李象准备让他去养马，一封弹劾李义府的奏折进了尚书省之后，但他没有等到李义府被罢官的消息，那个家伙反而从从七品变成了正七品，正式主持内府的对外事宜。

只是，烟容为什么不和自己说话了，那张小脸绷得紧紧的？整个东宫的气氛都变得非常紧张。终于，李象在迷惑中等到了父亲回来，他不但把自己的功绩向父亲作了汇报，也把自己的疑惑告诉了父亲。

李承乾痛苦地闭上了眼睛，看着忐忑不安的儿子，心痛如刀割。云烨说过一句话，我又不是你老子，为什么要教你聪明？现在到了自己必须教会儿子聪明的时候了。

他拥抱了一下儿子，轻轻地对他说："都是父亲的错，才让你沦落到如此地步，你不忍心母亲受苦，冒险去求情，这是大孝之举，爹爹非常开心，有你这样的一个儿子，是爹娘的福分。可是象儿啊，你付出的代价太大了，实在是太大了！孩子，你母亲有了身孕，其实就是爹爹救你母亲出来的法子，只要你的弟弟或者妹妹出世，你母亲也就会安然无恙地出来。你听不进云寿和李义府的正确意见，直接穿着白冠哭宫，还好你祖父发现你只是单纯地想要救母亲，还好给你出这个主意的人也恰好是成大庸，所以你只是丢掉了皇储的身份。你祖父可怜你的愚鲁，这才提前将你母亲放出来，封你做衡山王作为补偿，孩子，你的皇储名分没了，为了你的母亲你付出的代价太大了！"

李象嘴里咬着一颗梨子，脑子里就像有一万面锣鼓在敲响，巨大的声音就一直在脑子里回荡，父亲的一句"皇储没了"，将李象顿时就抛进了万丈深渊。

他艰难地转过脑袋，看着哀痛的父亲，痴痴地问："爹爹，我真的把这件事做错了？"

"错了，错了！我的孩子，娘就算是死在冷宫，你也不该这么做！"苏氏再也忍不住哀痛，从帷幕后面奔了出来，抱着李象失声痛哭。

李象木讷地咬着梨子，眼泪泉水般地往外涌，成为皇帝是他从小开始做的一个梦，他苦读诗书，勤练武艺，熟读兵书，翻阅了历朝历代的札记，现在，一切都成空了。

心如同撕裂般疼痛，却也有一种前所未有的轻松，肋下几欲生风，想要腾空而起，回想了前因后果，李象流着泪问父亲："难道说孩儿这一次把事情做得奇蠢无比？我把正确的意见和错误的意见正好弄反了？"

李承乾点点头，这个时候不能再对李象有任何隐瞒，男人的成长有时候需要伤痛来做养料，一旦熬过去了，面前就会出现坦途。

熙童感觉世道变了，变得不好抢劫了，自从胡人联军进入小勃律后，莎栅国的抵抗也变得逐渐坚决起来。往日只要斩掉为首的将领，剩下的人就会乖乖地跪在地上接受抢劫，现在不同了，也不知道突厥人到底做了什么，现在想要攻破城池比以前艰难十倍不止。

寒辙的处境要好很多，他打着传教的旗号劫掠，总有人会心存侥幸，认为只要自己虔诚的信教，就能够幸免，往往这样的人死得最快。寒辙沿着香城一路向西前进，只可惜独木难支，进攻变得无比的艰难，只能退守香城。

木鹿城是熙童最想攻克的城池，只要将这座城攻下来，占领的三座城池就会呈品字形护卫住这个三角区之内的肥沃平原，这是可以传给子孙的基业。

云烨就在身后不足五百里的地方，但是他守在碎叶城未曾向前走近一步，如果向云烨求援，一定会得到援助。熙童自认为英雄，当然想要在西域的乱世里建功立业，但除了杀戮，他没有任何能够征服人心的武器。

云烨匆匆赶到中军大帐，好半天才发现站在眼前的是狗子，这家伙满身污渍，看样子吃了不少苦。

"侯爷，刘先生要我告诉您，您必须进军莎栅国，帮小苗将莎栅国的重兵吸引到东面，否则，他们进入大食的时候就没有任何退路了。"

这一点云烨和杜如晦早就料到了，现在要做的就是按照原计划进入莎珊国，沿着大河一路向大食逼近，迫使大食的东方总督优素福派兵防备，这样就能给小苗创造出一个宽阔的走廊，好让他们把身后的突厥人引往西方。

伊吾、鄯善、高昌等西域小国的反对势力已经被云烨连根拔起，整个西域终于安静了下来，杜如晦趁机建立了以安西四镇——龟兹、疏勒、于阗、焉耆为核心的西域统治体系，将边远的人集中到这四座大城中进行管理。因为皇帝的旨意，他和云烨特意将碎叶城空了出来，准备交给将要到来的李元祥，既然他有雄心壮志，那就去统治西域昭武九姓吧。

驼城再一次开始行动，这一次云烨打算从莎珊国直接穿过去，把这个国家横切为两半。如果可能，他很愿意亲手结束波斯帝国的最后残余。长条形的莎栅已经被大食人蚕食得差不多了，既然这个国家注定灭亡，自己为何不能在这里分一杯羹呢？

越境作战本该受到皇帝的授权，只可惜长安距离碎叶太远，军情一日三变，大食人正在准备合围小苗，突厥人又阻挡住了她的退路，云烨在和杜如晦商议后，一面遣使告知皇帝，一面开始施行战略部署。

驼城自从踏入莎栅国的那一瞬间，明智的萨珊王朝让开了一条大路，将国家的西部划分出来，作为两个强横的王朝兵戎相见的战场，他们再三申明，保持中立，不参与任何一方。

将大食人打疼，并建立一个缓冲区，是云烨目前的打算，既然人手装备一概不缺少，趁着士气如虹，进行一场必要的决战是非常有必要的。

云烨期望优素福能将东方的大食兵马都带过来，只有敌人数多了，驼城才能发挥最大的效能。也只有彻底击溃大食人，突厥人才能沿着这条通道去遥远的西方，像一条鞭子狠狠地鞭笞那些西方人。

离开中军帐后，云烨找了一壶酒自斟自饮，多么无趣的人生啊，笑不开怀，哭不流泪，熙童、寒辙也不知道哪来的那些野心，玩命地折腾这个世界，他们或许就是因为无聊才给自己找事情做吧？

无舌已经魔怔了，他屋里不断地有刺眼的白光射出来，前些日子奄奄一息的玉牌，在烈日下暴晒了几天后又恢复了往日的状态。

从无舌屋里出来的杜如晦一头就撞到了旗杆上，眼睛被强光闪耀了那么久，不撞才怪。他揉揉额头，为了掩饰自己的窘态，立刻就正色问云烨："陛下准备在西域分封三十二个都督府，云侯怎么看？"这是房玄龄的主意，皇帝准备分封诸王到西域，那么将每个人的封地缩小一点是最好的主意。但西域这个地方，你不亲自走一趟，是没办法对它的广袤有一个清楚的认识的，哪怕房玄龄再苛刻，也无法凭借想象做到准确的判断。

"不错啊，就是数量太少，六十四个更合适。我不想将来年纪大了，还要领兵重新将西域征伐一遍，来这一趟我就已经腻味了，只想找个山清水秀的地方养老。"

杜如晦坐了下来，叹了口气说："你想养老恐怕不成，三十岁的年纪正是当用之年。老夫倒是该隐退了，这次大战后，恐怕很多的老臣都该退下来了。作为上一个时代终结者，和下一个时代的见证者，老夫心中无欢喜限。云烨，新的世界是你们的，莫要让我们感到失望。"

杜如晦的话让云烨感到了恐惧，他不认为自己的胆略和学识能够应付铺天盖地而来的新问题。

沙漠月如钩，云烨将旺财从马厩里放出来，一人一马踩着软绵绵的沙子在月色下漫步。驼城圈出的空地并不算大，走了一圈也用不了两炷香的时间，很快就回到了起点，旺财不愿意再走了，他今晚的草料还没有吃，陪着云烨走一圈已经非常给面子了。

只是不知道家里怎么样了，摸着旺财的耳朵，云烨暗自苦笑，赵奢在接到军令以后就不再过问家事，自己注定做不到。李靖的来信总是充满了鄙夷，云烨并不恼火，这个世界上配让李靖惋惜的将军不多，作为其中的一个，是一种荣耀，而不是侮辱。

万事纷杂，不管是夸赞也好，鄙夷也罢，都不过是外人的看法，自己的路要自己走，爹娘都不一定靠得住。

对勋贵来说，讨小老婆不比买一匹好马更重要，但这次不同。云烨以前总是关心小苗的生活起居，虽说是看中了小苗的一身好武艺，有小苗在后宅待着，他干什么都放心，但现在好了，一个大叔关心一个小姑娘，最后居然把小姑娘关心成了小老婆！

这对云烨的冲击太大了，只是罪魁祸首的无舌，为什么一副理所当然的样子，小苗到底是不是他徒弟？

云烨现在能做的就是闭嘴，因为小苗这时候正在战场上，一千九百里的征途，七道防线，都需要她冲杀过去。只有抢在大食人到达悉蜜言城之前将天使军接应出来，才能保证他们的安全，否则，吐火罗、大食联军会将他们困死。

那里的形势太复杂了，大食人、吐火罗人、大勃律人、突厥人杀得天昏地暗，力量最薄弱的，就是小苗的天使军。

巴格兰城笼罩在黑烟下，喊杀声充满了整座谷地，莫阿斯举着长剑，在人群中奋勇厮杀，突厥人已经在身后不到百里的地方了，天使军只有奋力劈开一条道路，才能有活路。激烈的战事已经让他忘记了满身的伤痕，薛西斯率领的骑兵正在发起最后的进攻，马蹄踏在大地上就像是惊雷一般。

贺鲁远远地看着巴格兰城，身边的驮马勒住了大军步伐，大长老从白色的马车里探出头来，看着浓烟滚滚的巴格兰城，笑着点点头。

安吉的身份已经呼之欲出了，她一定是唐人，长老可以肯定，只有唐人才能在短时间里装备起这样的一支大军。当所有突厥人还在庆幸有人在前面开路的时候，大长老已经想带着族人向相反的方向逃遁了。

敌人想要你做的，那么一定不是一条好路，哪怕回头是一个错误的决定，也比跟着敌人的脚步走要好一千倍。

巴格兰城被天使军攻破了，探马的回报更是加深了长老的忧虑，他们在进行了短暂的劫掠后就准备离开巴格兰城，目标是活路城。

巴格兰城的居民缩在墙角，脸上涂满了烟灰的妇人紧紧地抱着孩，惊恐地看着魔鬼一般的单鹰。

单鹰扫视了她们一眼，忽然觉得极度无聊，自己的征战没有任何的意义，自己的存在也没有任何意义，砍下的人头不代表荣耀，也不代表勇武，唯一能代表的就是彰显自己的邪恶。老子说，在世风日下的时候，美好的人心就会远离，邪恶就会抬头，这样的邪恶，单鹰已经见识太多了，现在已经变得麻木和无聊了。该回家了，大丫还在等自己。

他眯着眼睛看看远山，回头又看看浓烟四起的巴格兰城，喊了一声："回去了。"说完就转身离去。

在他身后，无数的士兵或者背着财货，或者系着腰带，慢慢地从四面八方汇集了过来。

破城的杀戮结束了，对巴格兰城的人来说，苦难才刚刚开始，太阳升起的时候，天使军在惊恐而仇恨的目光中离开了巴格兰城。

刘方透过马车的车窗看着外面的人，回头对身边的阿巴斯说："我们不是来征服的，我们只是来传播仇恨的，只有仇恨才是这个世界上最隽永的！"

阿巴斯崇敬地看着面前这位枯瘦的老人，这一路上，他见识到了这位老人如何纵横捭阖，在无数敌对势力中杀出一条血路来。那个硕大的头颅是如此的睿智，花白胡须上的那张嘴，总能在看似绝望的时候说出最正确的计谋，这才是智者。

"阿巴斯，我们的目的地快要到了，我马上也要回到我的国家了，从此退隐山林，在这之前，我想把你安排好，怎么样，有什么想法，就说吧！"闭着眼睛的刘方似乎知道阿巴斯正在看着自己，张嘴就说出阿巴斯这几天最忧心的事情。

"我尊敬的主人，阿巴斯不敢奢望能得到您全力的帮助，只求您允许我借助您一点点的力量，将我家族失去的东西抢回来，甚至不需要夺回来，只要把那座城池烧成灰烬就足够了。我希望他们全部死！"

刘方睁开眼睛，看着谦卑的阿巴斯，笑着说："你的身份不简单啊，不过这一切我不会问，到时候我会给你一种更可怕的武器，它能将石头烧化。"

得到了承诺的阿巴斯将自己的脑袋紧紧地贴在马车的箱板上再也不肯抬起来。

第二十九章　战争结束了

炎热的夏季很快过去，呼呼的北风刮过来，漫天的大雪就落了下来。这个时候，长安应该还是绿意盎然吧？

云烨放下手里的望远镜，搓搓冰冷的手，对身边的杜如晦说："马上就到达活路城了，汇合小苗他们后，我们选一个对我们有利的战场，把大食人干掉，然后就可以回长安了，把这里全部交给李元祥他们去治理吧——这些疯子，为什么会舍弃了江南的秀美山川，来到这个荒漠？"

杜如晦喝了一口茶，慢慢地说："他们很正常，作为皇子，哪个没点儿心思，但皇位与他们无关，所以只能退而求其次，宁为鸡首不做牛尾，哪怕是在荒僻之地。"

"哦，就是说，李元祥他们都觉得自己才高八斗，学富五车，不能容忍自己的才华被埋没，这才准备来西域大显身手？"

杜如晦吐了一口气："陛下之所以将十六王分封在西域，其实就是想将老虎都锁到一个笼子里。别看他们都是亲兄弟，一旦分封了国家，我相信不出十年，战国故事就会重演，但陛下不是周天子，不会容忍他们成一个国家，必定会分化拉拢。这片土地将永无宁日，不信你看着，陛下对十六王的封地安排会非常有趣！"

无舌用小火炉煮着茶，煮得非常用心，他准备一壶茶来迎接自己的老友刘方，现在他们已经在三十里以外了，经年不见老友，在这荒僻的异国他乡再次见到，心中充满了期待。

那日暮披着火红的狐狸皮氅，走到云烨身边小声说："小苗也来了。"

云烨的手忽然停住了，随后笑着摇摇头，这个时候只能欢迎小苗，知道了她的所有作为后，云烨对这个小女子充满了敬意，不管对小苗有没有爱意，以后好好待她就是了。

云烨骑着旺财出了驼城，杜如晦接管了驼城，按照驼城的军律，主帅不得离开城池，云烨既然一定要去迎接刘方，交出指挥权乃是必然。

刘方远远地就下了马，从漫天风雪里走到云烨跟前拱手道："幸不辱命！"

"刘老辛苦了，快进驼城歇息，无舌先生已备好了热茶！"

刘方哈哈一笑，上马而去，大雪天里，茶水里不放姜片可不行。

单鹰骑着马绕着云烨跑了一圈，笑了一声："战事已了，我想家了，走了。"

云烨点点头，从怀里取出一面玉牌扔给了他，单鹰凌空接住，从刘进宝手里接过一个巨大的马包，就隐没进了漫天的白雪中，多余的话都没有。

看到羞涩的小苗，云烨骑马上前，小声地对低着脑袋揉衣角的小苗说："回去换掉戎装，那日暮在等你，好好休息，云家以后再也用不着女子上阵了。"

贺天殇很想学单鹰"事了拂衣去"的潇洒，可他实在是没有那种能在大风雪里辨别方向的本事，只好尴尬地站在原地。

"老贺，这一趟辛苦你了，请功的折子已经进京了，你以后入北庭都护府，不隶属刑部，也不属大理寺。"

贺天殇惊讶地看了云烨一眼，迅速下马，单膝跪倒，沉声说："多谢大帅！"

人熊、狗子、曲卓控制着不足一万人的部下，在他们疑惑的目光中，曲卓大声说："我们隶属于大唐北庭都护府，从现在起，你们就是北庭都护府治下之民，你们每人都会有一块丰美的草场，十头牛，一百只羊。从这一刻起，你们就再也不是谁的部下了。"

贺天殇惊讶地对云烨说："这是一支百战雄师，这样轻易地被解散掉太可惜了。"

"没什么好可惜的，压榨太久并不是一个好事情，给他们一个自由的地生活来酬谢他们的功绩正是相得益彰，算什么事。"

两个人正谈话的时候，小苗又跑回来了，凑到云烨的跟前说："我有几个仆人，希望您不要阻拦他们去追求自己的生活。"

云烨笑着说："这是你的事情，你自己处理。不管你做出什么样的决定，我都会同意，你用不着为难。"

小苗"嗯"了一声，来到了莫阿斯、薛西斯等人跟前，当初跟随她的五十名波斯武士，现在只剩下不到十五人。

莫阿斯指着云烨问小苗："那就是您的丈夫？"

小苗点点头："是的，他就是我的未婚夫婿。"

薛西斯急切地问小苗："主人，您如何处置这些强大的骑兵？"

小苗犹豫了一会，对薛西斯说："薛西斯，我知道你想法，如果你依然没有厌倦战争，那就去为你自己战斗吧，只要你能把这些骑兵都带走，他们就是你的部下，我会请我的夫君给你们配备最好的武器。"

莫阿斯摇摇头对小苗说："我已经厌倦了杀戮，就让我跟着您吧，我想娶妻成家。薛西斯喜欢战斗，就让他去战斗吧。"

果不其然，愿意回到北庭去放牧的人连一千人都不到，薛西斯在得到大量补给后就带着骑兵离开了，留下来的人不是伤残者，就是已经对战争极度厌烦的人，但凡心中还有想法的人全部跟着薛西斯离开了。唐人和突厥人之间的仇恨毕竟太深了，分裂无可避免。

云烨对这些事情无所谓，只要这些人不要再带着武装回到西域，他是无所谓的，能给大食人多增加一点麻烦，他更是求之不得。

眼看着薛西斯的队伍走远了，阿巴斯虔诚地向云烨拜了一拜说："阿巴斯感谢您的仁慈，感谢您让他们无忧无虑地离开，感谢您没有在利用完我们之后痛下杀手，您是一位真正的仁慈的将军。"

当小苗把阿巴斯的话翻译给云烨听后，云烨苦笑着说："对一个将军来说，仁慈恐怕不是赞美，更像是讽刺，不过，我原谅你的无理，我也需要感谢你们将小苗平安送回来。如果你们没有地方可去的时候，就来东方吧，我给你们一条活路。"

阿巴斯听了小苗的转述，再次拜谢了一遍说："我要跟薛西斯回到西方去，我的复仇才刚刚开始。"

云烨笑而不言，眼看着阿巴斯追着薛西斯去了，不知道他们去的方向是不是吉利，适不适合创业。若干年后，当他听到薛西斯的大名在遥远的西方响彻大地的时候，才觉得有点后悔。

优素福的大军终于赶到了活路城，眼前的一幕，几乎让这位百战名将目赤欲裂，破败的城门上悬挂着城主的尸体，城门口，无数的尸体倒伏在地上，在大雪的掩盖下成了一个个小小的雪包，活路城里听不见一丝半点的人声，只有一股股的黑烟升起。

优素福知道这一切都是突厥人造成的，但是他依然固执地将这些罪恶归结到唐人身上，哪怕突厥人就在附近，他也没有下令追击，只是安静地将营寨扎在了活路城旁边。

驳马立在山包上，远远地看着大食人的举动，大长老说优素福不会在第一时间向自己发起进攻，果然被老人家说中了，优素福在防守，并且打算经营这道防线。

见到这一幕，驳马招招手，无数的突厥骑兵就从山包两侧缓缓地退了出去。

云烨和杜如晦、刘方研究了一晚上的战术。大雪对驼城来说并不是一个好天气，杜如晦认为驼城已经完成了使命，该缓缓地退回唐境，而不是这样漫无目的地四处游荡，更何况擅起边衅，这时候朝堂里一定吵翻了天，此地不宜久留。

而刘方认为这一战必须在吐火罗进行，有两个好处，其一，可以彻底将吐火罗打成废墟，大幅度削弱吐火罗的实力。其二，吐火罗的实力被削弱后，熙童、寒辙就会乘虚而入，趁火打劫。他们两个人是天然的亲唐派，他们占领吐火罗，可以为大唐的边疆起到缓冲的作用。

但是，当他得知李元祥等十六王将要到达西域后，立刻就同意了杜如晦的意见。

十六王到达西域后，自然会掀起惊涛骇浪，他们富足而且有野心，随着他们的到来，不管有多少合约，也不够十六位野心勃勃的家伙撕扯。

大食人肯定会追上来大战一场，这无法避免，他们就在三十里之外，而突厥人就在五十里以外。局面过于微妙，都不想动，都希望别人主动发起攻，谁最早发起进攻，谁就最倒霉，没人愿意当那只捕蝉的螳螂。

大雪初晴，在号角声中，驼城在两支骑兵的交错掩护下，缓缓地向东撤退，离开这片是非之地。

突厥大长老叹了口气，对英姿勃勃的贺鲁说："我们向西走吧，从今天起，我们就再也无法借力，战斗开始了。"

驳马拍拍贺鲁的肩膀："你领着前军在前面开路，我来断后。"

贺鲁点点头，告辞了长老，就带着自己的亲卫接手了前军的指挥权，云烨的离开彻底让三足鼎立的局面分崩离析，每支队伍都开始了征程。

优素福很快就知道了两支敌军的去向，他只能在这两支队伍中选中一支去进攻，他执着地选择了唐军，在他看来，突厥人不过是一头流浪的野狗，而唐军则是一头捞过界的猛虎，只有把这头老虎打怕了，打残了，才能真正保证国家的疆域不受侵害。

当驳马得知大食人去追击唐军后，就迅速向长老建议大军开始全力赶路，不能有片刻的迁延。

活路城一带河网交错，并不适宜驼城行进，幸好现在寒冬，河流里水结了冰，这给了驼城辗转腾挪的余地。

优素福追过来了，就在身后三十里的地方，刚刚跨过一条河流的云烨就将驼城的防御地选择在河岸上，骑兵全部回撤到驼城，这个时候没有必要用骑兵和大食人死磕，多死一个人都是失算。

云烨不相信，在无遮无挡的一里宽的河道上，优素福能玩出什么新的花样来。军事从来都是为政治服务的，大唐的军队进了大食人的传统势力范围，这对大食人来说就是一个巨大的挑衅，相信这个时候，哈里发的怒火可以烤干幼发拉底河和底格里斯河。在这样的情形之下，优素福必须和唐军作战，战败都比不作战要好。大人物考虑事情的方向和普通人不同，一次试探性的攻击就足以试出各自的深浅，只要心里有底，下一次的博弈说不定就会变得更加具有针对性。

说到底，这是李二和哈里发之间的战争，云烨和优素福并没有太多的选择。

当皇帝的马车经过云家的时候，李二掀开车帘，看看云家屋顶上插着的画戟，满意地点点头，好好地替帝国征战总会有好处的，虽然被人家不断地弹劾说什么嚣张跋扈，一个刚刚打了大胜仗的将军，能指望他低眉顺眼？李靖整天低眉顺眼的，弄得自己心里七上八下的，想给点赏赐都担心出意外。

李二是带兵出身的统帅，很清楚大胜之后将帅的心理。云烨擅起边衅？大食人的战舰在被刘仁愿杀得片甲不留，现在还不是杀进大食？想想就让李二舒坦。

眼看着云寿的马车鬼鬼祟祟地进了云家的侧门，李二笑呵呵地对长孙说："你看到没有？烟容进了云家。"

长孙面无表情地说："看到了，堂堂郡主不留在皇宫，偏偏喜欢去别人家当小媳妇，您觉得很舒坦？"

李二挠挠下巴，尴尬得不知道说什么好

长孙哀叹一声："现在的小鬼头越来越难管了，一个个年纪不大，鬼心思不少，李奇、李默居然怂恿别的子弟欺辱衡山王，他们是要干什么？"

李二撇撇嘴对长孙说："那样的蠢材也配觊觎储位？象儿就算是有万般的不是，但是一个仁孝还是在牢牢恪守的，他们有什么？"

长孙皱着眉头小声说："总不能全部发配到西域大漠里为王吧？您已经分封十六王了。"

"把西域的土地封得越零散越好，几百年后，他们就会自动成为一门李姓百姓，让他们的爵位传承得久一些，就算对得起他们身上流淌的血脉了。从今往后中原的土地将不再分封，衡山王李象是最后一个。"

对于大唐来说，大勃律就是一只鸡，莎栅可能是一只兔子？吐火罗勉强算得上一只鬣狗，所以敢凶猛扑上来攻击驼城的就只有大食这只猎豹了。

大食的三千骑兵凶猛地选择了长蛇阵的中部，打算一鼓作气，将驼城从中间冲断，然后让大的骑兵将驼城分割包围，聚而歼之。

很明显，优素福没有读过李靖的《六军镜》，不明白一字长蛇阵的特质。在三千骑兵和中腹的驼城作战的时候，大食人眼睁睁地看着驼城在不知不觉中变成了一个巨大的圆环，无论他们派出多少兵力阻止驼城合围，都无济于事。程处默、郭平、陈数率领的骑兵沿着驼城冲杀过来，躲在驼城的八牛弩范围内，借助强大的远程攻击，将前来救援的大食人斩杀在五百步外。

被包围三千人在一盏茶的时间内就被吞噬得干干净净。吃饱了的大蛇再一次结成方阵，在号角的指引下缓缓地向东移动，云烨想要回家的欲望无人能够阻挡。

范洪一严格遵守着大帅的命令，在军中不断巡视，身后跟着十几个军法官，他们所到之处，无数的将官都会立刻检查自己的装备和衣着。百人队长小声地传递着命令，要那些邋遢的部下注意了，千万不要被军法官抓到，这些天大帅在整顿军纪，不能出岔子。

范洪一对自己的威慑力非常满意，他虽然不知道大帅为什么会突然开始整顿军纪，在他看来最需要整顿军纪的就是大帅本人，连闺女都生出来了，还怎么要求别人？

想想那顿满月酒，范洪一就哭笑不得，这是自己这辈子第一回在军中喝满月酒，云家的人都讲究，礼仪半点都不能少，客人还需要遴选，听说那日暮拿着将官的花名册翻了三天，丑陋的不要，杀气重的不要，不会说话的不要。

这是对部下的羞辱，当他打算当面指责云烨时，有人悄悄地拉了他一把，示意他不要太认真，反而端起酒杯祝贺云家小娘子福寿康宁，还从怀里掏出两件精美的银器送了过去，笑着说是贺礼。

"老范，大帅这是在自污，你怎么就看不出来？咱们这一次立下的功劳太大，大得有些过分了。胜利之后我们就该考虑退路了，只有大帅遭到人家的弹劾，陛下原谅了大帅的这些举动，我们才有好日子过，大帅才能顺利晋爵。"

刘方拿着望远镜，不断地观察优素福的大军，连续四十天的不间断追击，大食人的军阵明显开始散乱了，大队人马拖拖拉拉地跟在后面，前军和后队已经被扯开了足足有五十里的一道缺口。

大食人已经疲惫了，该程处默穿插到敌后去了，只要他带着四万骑兵挡住一个时辰，驼城就会沿着这道谷地将这十万人碾成肉泥。

又一个下弦月，程处默终于听到了期盼已久的号角声，清冷的月辉洒在黝黑的铁甲上，反射着幽幽寒光，包裹着棉布的马蹄踏在布满霜花的碎石上，心情激昂到了极点，终于又有一场仗可以打了。

此时，秋风漫卷了关中，树上的最后一片叶子被寒风从树冠上撕扯下来，随着寒风婉转飘逸，打着旋越过高高的皇城，从金甲武士的耳畔悄悄地飞进了宫里。

宽阔的广场一尘不染，高大的宫殿挡住了寒风，寒风不甘示弱，想从这座阻碍他前行的宫殿里找到前进的道路。于是，风声就越发急促，在一个宦官开门的一瞬间，携带着那片树叶闯进了这座属于帝王的殿堂。

李二身前的纸片被吹得漫天飞舞，他眉头一皱就打算发火，无意中看到被寒风带过来的那片树叶，不由得安静了下来，捏起那片树叶仔细端详片刻，就把它夹进了那本《大唐西域记》，然后重新拿起一本奏折继续批阅，没有理睬那些战战兢兢地到处捕捉纸片的宦官和宫娥。

以前每年到了这个时候，李二都要去云家做客，云烨烹煮的肥羊肥而不腻，一把青盐就将羊肉的美味烘托到了极致。

已经有三年没有去过云家吃羊肉了，看来今年也吃不上了，这家伙孤军钻进了别人的领土，虽然满朝文武都说这小子嚣张到了极点，却不得不承认这样做确实长精神。

隔着两个国家去打第三个国家，什么人干过这种事情？不过，从目前的军报来看这家伙居然干得有声有色。莎珊国保持中立？这让朝臣们的下巴都要掉下来了，一个老虎一样的家伙冲进你的国家，攻破你的城池，问你的子民要补给，你居然保持中立？

这在大唐是不可想象的，别国的野猪冲进唐境拱坏了一些玉米，当地的官员也会习惯性地问对方国君，是不是对大唐产生了敌意。

举世攻唐的战火熄灭了，现在轮到大唐去问罪了，善德女王已经自杀，王位传给了侄女金胜曼，但张俭依然不打算放过这位新女王。

靺鞨人、室韦人回归了原始状态，丢失了所有能住的简陋房子后，他们现在只会从山洞里出来拿自己的女人换酒喝。

李二对于李治干的缺德事很满意，白登山下已经开辟了无数的女人牧场，这些原本属于野人的女人，在吃饱肚子后，就再也不愿意回到寒冷的山洞里去了，她们很勤劳，喜欢牧羊，喜欢在草原上抓兔子，更喜欢和干净的汉人在天地间野合。

想到这里李二就笑得气都喘不上来，那个古灵精怪的儿子，已经快把魏征折腾疯了：魏征老先生主导了美酒换女人的大计；魏征老先生主导了人口融合的大计；魏征老先生同意边军每年在这些妇人的部族里停留十天；魏征老先生……

李二笑着命史官将郑国公魏征的事迹记录下来，并将这些当成恢复魏征爵位的证据明发天下，还特意派了断鸿走了一趟晋阳当面向魏征宣读旨意。据断鸿回来讲述，魏征听完后面如土色，撕扯着晋王的胸衣当堂就翻脸了。

李二现在非常满意，百姓的生活日渐改善，哪怕在战事最紧张的时间里，也没有增加任何赋税。明年开春，已经停止的大工程就能继续开工了，这一次投入的力量和资金会更多，因为多了几十万的战俘，有了他们，百姓们就能喘口气了。

狭长的山谷就像一锅烧开的水沸腾不休，将士的咆哮声，弩箭的破空声，战马的嘶鸣声，火药弹的爆炸声，烈火燃烧的声音汇集成一股沸腾的海水。优素福肥胖的身躯跨在一匹巨大的顿河马上，声嘶力竭地指挥着大食骑兵向程处默的防线发起又一波攻击。

不管程处默的弩箭有多密集，总有一些拿着圆盾的大食人可以来到军阵前，陈数挥刀砍下一个大食人的头颅，气息未定，就听见身后传来了呜呜的牛角号声。

不知道郭平能不能挡住后面的大食人，只要牛角号响起，就说明敌人的援军到了。正在踌躇着要不要派人去支援，却听见后阵传来震耳欲聋的欢呼声，陈数抬头望向本阵的热气球，看见代表自家援军的旗子正在拼命地晃动。

援军？哪来的援军？大帅那里就剩下一万五千骑兵了，哪里能分得出人手支援我们？

"陈数，别发愣！弟兄们加把劲儿，我们就要赢了！"程处默如同惊雷般的声音在陈数的耳边响起。

陈数也忍不住大声呼喝起来："弟兄们加把劲儿，就要赢了！"一传十，十传百，就要胜利的消息立刻传遍了战场。

这个时候，郭平反而有点儿迷糊了，他已经做好了接受敌军冲击的准备了，没想到山坳里杀出来两支队伍，每支也就五千人的样子，却非常凶悍。一支队伍盔明甲亮的头上插着鲜艳的鸡毛，每个人都披着白色的披风，宛如神仙下凡。另一支军队简直就是一个大杂烩，什么样的人都有，什么样的盔甲都有，还有光膀子作战的。

优素福等了很久没有看到对面的唐军有任何骚乱，再回头看看越发靠近的驼城，他闭上眼睛哀叹一声，山谷里的军队在劫难逃了。唐人的那些铁丝网和尖刺，完全让大食人引以为傲的骑兵变得没有了用武之地。

他仿佛已经看到了哈里发鹰隼般冷酷的眼神，自己的大帝，万王之王，还沉浸在战无不胜的美梦里，以为只要派出一个总督就能将整个东方收入囊中。

"这场战争的失败不是我的过错！"优素福大叫一声，就从高大的顿河马上掉了下来。

一个大食贵族无奈地闭上眼睛，抛下手中被攥出汗水的弯刀，随着"当啷"的一声响，大食人缴械了。

打扫战场是范洪一和田元义的活，此时，云烨在小苗和刘进宝的陪同下，正跪坐在茫茫戈壁上仔细地烧烤一只肥羊，旁边堆着七八个酒坛子，上面的数字很统一，都是五十。周围静悄悄的，驼城远在十里以外。

云烨在等候朋友，自从他成为了大将军，朋友们也成为一方霸主后，信任就变成了奢侈品。

远远地来了俩骑，一个从南边过来，一个从北面过来，边走边四处张望，谨慎得就像两只惊鸟。

熙童摸摸光头想要说话，云烨抢先发话："闭上你的嘴，除了兄弟情义，你要是敢说半个字，我就立刻命人剿了你的土匪窝，你以为我找不到你的老窝？"

相比熙童的谨慎，寒辙就显得很轻松，他走到酒坛子堆上，仔细检查了上面的数字："难得你喝酒不坑人。"

熙童指着云烨身后，慢腾腾地说："何邵那个死胖子也来了，他就是一只专门吃死尸的秃鹫！"

"他要是不来，你们两个在这片地方根本就立不住脚。"云烨用刀子将上面那层已经烤熟的羊削了下来装在盘子里递给满身都是血污的熙童。

熙童放下烤肉，拎过来一个酒坛，撕开上面的封蜡猛喝一口，然后抱着酒坛不再说话，寒辙也失去了说话的兴致。

云烨把烤肉的活交给了刘进宝，盘着腿在毡子上坐好，对两个如同被霜打的兄弟说："见识大食人的凶悍了？听郭平说你们死伤惨重，怎么样？想当国王的心减了没有？"

寒辙扭头看着走近的何邵，指着他问云烨："有了这个死胖子，难道说你就能扭转我们的颓势？优素福在你这里惨败，接下来一定会向我们开战，你走了，倒霉的是我们，我们以后的日子难熬了！"

何邵公鸭一样的声音传过来："熙童兄，寒辙兄，万万不可离开这片风水宝地！小弟盘桓在西域已经一年有余，对这里的风物人情已经有了一个大致了解，西域物产丰富，不管是麦子，还是棉花，或者是山里的玉石、铁矿、铜矿，都不是咱们中原能比拟的，两位只要能在这里站稳脚跟，小弟就能打通从这里到中原的商道。你们负责在外面抢劫，小弟负责向中原贩售，再时不时借用一下云烨的威风，禁止西域的商贩进入中原——哈哈，你们想想，我们会发多大一笔财啊！"

肥得不像样的何邵喘着粗气，艰难地坐到毡子上，走了十里路，确实要命。

寒辙笑道："正有此意，何兄果然是商贾中的大人物，随便说说就立刻为我等兄弟找到了一条发财大计，小弟求之不得，想必熙童兄也没有什么意见吧？"

熙童大笑道："正该如此，我等兄弟纵横西疆，个个都是英雄好汉，只要我们联起手来，定能大大的发财，何兄放心，抢劫杀人之事就交给为兄来做，只要你能把货物运到长安贩卖就成，却不知云侯意下如何？"

云烨的脸黑得像锅底一样，瞪着眼睛看他们三个喜气洋洋地喝酒，心里愁肠百结。

这三个人现在都疯了，他们不知道西域马上就会成为战国时代，只要十六王到了西域，能保住命就不错了。云烨原本就没指望想能说服他们两个，而何邵的到来彻让他的努力成了泡影。也罢，天要下雨娘要嫁人，随他去吧。

不说那些恼人的事实，气氛就变得非常好，觥筹交错之间太阳已经西下，瞅着天边的红霞，云烨在熙童、寒辙、何邵的肩膀轻轻地按了一下，指着营寨的方向说："明天我就要走了，你们的生意就不要算我了，既然你们喜欢，那就去做吧，只是小心十六王，他们没有一个善与之辈。这次出征，或许是我最后的一次出征了。我回到长安之后你们记得给我来信，好让我知道你们还活着……"

说到这里，云烨强自一笑，一口喝干了酒坛里的残酒，踉踉跄跄地就往大营的方向走，小苗赶紧搀扶住他。

"小烨！"熙童喊了云烨一声。

云烨停了一下，朝后面摇摇手，就慢慢爬上旺财的背。早就想回驼城的旺财带着他一溜烟地向驼城奔去。

"我家侯爷给诸位留了些东西，等我们明日走后，你们就能去拿了。"刘进宝朝他们三人拱拱手，也陪小苗上马离开了。

回到了驼城，整个驼城一片死寂，将士们也一个个阴沉着脸。范洪一闭着眼睛，一言不发。他确实说不出来话，一天之内杀了三万多降俘，不管是谁心里都不会太好过。

杜如晦很给云烨面子，为了不让云烨难堪，请他去安抚盟友，然后拿出皇帝的旨意，命令范洪一将三万多俘虏带到山脚分割开来，然后用五个时辰的时间全部杀掉。

唯一的原因就是没有办法将这三万多俘虏全部带到大唐，杜如晦固执地认为，这些人迟早会是大唐的祸害，也不能放在西域，这只会大大增强十六王的实力。

"杜老贼丧尽天良！"程处默咬牙切齿地看着云烨。

"你还要杜相怎么做？陛下的旨意下来，谁敢违抗？我们故意放走突厥人已经在朝中引起轩然大波，这一次倘若再对大食人心慈手软，回到长安后，你程处默所有的功劳都会化为乌有！我知道你对奋勇作战的大食人心存敬意，但这是军人的想法，不是政客的想法！可是现在，战争结束了！你带着两万骑兵连夜开路，我们从现在起要全速回国，驼城的补给已经不多了。"

程处默到底用马鞭狠狠地抽了一下虚空，骂骂咧咧地向骑兵的营地走去。

第三十章　斗争还没结束

"陛下就打算拿这东西糊弄我征西军？没有大把的银子，金子，珍宝，土地，女人，高官厚禄只有这么一个破铁片片？铸造的还不够精美，放到当铺能当一枚银币吗？"云烨咆哮的声音，连驼城上的士兵都能听见。

"这缺德主意是你出的？"云烨盯着眼前的许敬宗，双眼都要冒出火来。

"这可不赖我，你别冲我发火啊。我从乱石城跑到这里来，就是来告诉你这件事情的，这是朝廷今年的新举措，你看这个金龙牌，就是专门颁发给大将军一级的，你有一枚，老汉也有一枚，对了，这一枚金龙拖着书卷的牌牌是老杜的，他是文官，只能获得这样的牌牌。"许敬宗兴致勃勃地摆弄那些牌牌，似乎非常高兴。

"你也是文官，怎么就没得到一枚四脚蛇拖纸的牌牌？"

"不同，不同，大大地不同！"许敬宗把脑袋摇得像拨浪鼓似的，"老夫可是亲领着大军和吐蕃人厮杀过的，获取的是真正的军功，老杜这样在后方支援的文官怎么能和我比较？"

许敬宗说起这事就充满了得意，文官的功劳不管立多大，都比不上军功实在。在大唐，军功有时候能保住老命，就算是一不小心犯错了，有军功在，皇帝说不定看在你卖过命的份上，就给你一条活路。要是文官，基本上就没什么希望了。

不贪污，不谎报军功，不强抢民女的武将叫武将吗？夜御十女的李弘基，贪污成性的长孙顺德，爵位都被拿掉了，只是在皇帝大寿的时候，他们抱着皇帝的腿大哭了一场，寿宴过后，爵位就恢复了，连这些年没给的俸禄都一并算给了。

相比之下魏征就没有这么好运了，爵位恢复了，但名声也臭大街了。

"云侯，千万不要小看这些牌牌，金贵着呢，你这回一口气得了六枚勋章，这些东西可是能挂在朝服上显摆的，见官不拜是起码的。"许敬宗从桌上拿起一个白银制作的猛虎徽章放在云烨的胸口上不断比划。

"你傻还是我傻？朝堂上现在有我必须大礼参拜的人吗？这个徽章给我有个屁用！不行，我这就上奏，陛下不能这样糊弄将士，兵变就不好了。"

"兵变？这东西在长安试过，获得奖章的将士哭声震天，尤其是锲苾他们几个，拿刀子割破脸向陛下发誓效忠，军中将士更是齐呼万岁，你居然怕兵变？陛下说了，这些东西是酬谢将士们英勇杀敌的，回到长安之后还有封赏。"

听到还有封赏，云烨这才高兴起来，都是老实巴交种庄稼的汉子，总归是真金白银才能动人心，这些牌牌作为一种额外的抚慰手段其实也不错。

功劳簿被范弘一送上来了，云烨翻看了一下，拿起笔把自己的名字划掉，再把杜如晦的名字划掉，又把排在后面的郭平、陈数的名字提到前面，和程处默的名字并列。放下笔，他对范弘一说："把弟兄们的功劳在现在的基础上提高三成。"

"啊？"范弘一的嘴再也合不拢了。

"啊什么？老杜是兵部尚书，我是兵部左侍郎，我俩在带兵打仗，总会有些便宜可以占的，嘿嘿，这个时候就体现出这个破职位的好处了。"

云烨非常得意，自己监督自己嘛，就算是再严格也会被人家挑出毛病来，已经可以想象那些毒蛇一样的言官正在盯着自己的一举一动。这个时候如果不娱乐一下大众，就对不起那些苦心找茬的言官了。奶奶的，云寿在自家酒楼吃了顿包子，扔掉两个也成了这些家伙攻击的口实。

这些人疯了，弹劾张俭在战争初期丧师辱国；弹劾契苾何力堂堂正正之师居然打不过一群野人；弹劾程咬金将大军屯驻在大非川屁事不干，靡费军资；弹劾牛进达救援不力，致使善德女王轻易遁走，没被擒住送到长安；弹劾李靖不在黑石山建城，没有把吐蕃人消灭光，致使人家逃回了吐蕃高原；弹劾刘仁愿暴虐成性，螃蟹岛上又增添了无数白骨；整个大唐唯一的亮点就是云侯以少胜多，大败突厥，纵横万里所向披靡，私自出国作战都能扬威于域外，乃是大唐第一名将！

这还不如弹劾，心思阴毒得比毒蛇还要恐怖三分！至于云烨私自出境作战，就更加让人喜闻乐见了，不管打赢还是打输，犯禁在先，就能让大家好好地过一回嘴瘾。

大唐没有杀功臣的习惯，所以他们就把所有的火力都集中在对云烨的封赏上，如果是财货，自然不会有人有意见，但是传命侯拔若变成传命公，这就要了很多人的老命了，这比封王还自在，大臣里不该有这样的异类！

弹劾大将军是惯例，是为了控制大将军的骄纵之心，让大将军感激皇帝的宽宏大量。皇帝这个时候只要稍稍给一点儿赏赐，就能让出征的大将军珍惜无比。这是标准的帝王术，言官们都在向这一目标前进，皇帝还不能阻拦，因为这是对皇帝好。

李二皱着眉头看完奏章，将奏折合上就出了太极宫，准备去太液池边上散散心，虽然这个时候太液池已经上冻了，被寒风吹吹，这样能赶走心里的烦躁。

各路大军都开始缓缓地回归，替换云烨的守将已经出发，等云烨到了北庭，估计孙仁师也会到达高昌。现在不需要这么多军人留在西域了，孙仁师手头只有两万府兵，薛仁贵手里也只有一万人，有这三万人镇住天山南北就足够了。

至于乱石城，那里还是要囤积重兵的，环望大唐四周，唯有吐蕃还在苟延残喘，如果不是军队上不了高原，李二也不打算放过。

想起契苾何力等人送上的尊号，李二的心头就一片火热，"万王之王的光明天可汗"，自古以来谁有这样的尊荣？唯我李世民而已！

驼城进了关内道，越过了秦州，沿途就不断地出现折冲都尉和录事参军。他们不挡路，也不阻止大军前进，只是一遍遍地朝大军呼喊所在折冲府的名字，于是就不断有人默默离开军阵，站在折冲都尉身后。

直到没有人出现后，就五蠡司马过来向折冲都尉交付这一折冲府将士的功劳簿，都是用火漆密封好的，只有一州的刺史能够打开观看。这样的故事每天都在上演，等到云烨过灞桥时，身边就剩下不到五千人。

大军回归自然会有仪仗，刚刚过桥，就看见对面的有百十人载歌载舞的过来，有牵着羊的，有挑着酒的，还有在笸箩里装满瓜果梨桃的，这些东西只能看看，吃不得，都是蜡捏的，跳舞的是长袖宫娥，一组一十六人，共三组，这是云烨这个级别能享受的最高标准。

牵羊的是宫里的一位太常，这家伙一刀子就把羊捅死了，找了一个玉杯接流出来的血，然后就把手指探进玉杯沾了点羊血，就在云烨的脸上开始涂抹，虽然只是淡淡的两笔，云烨还是闻到了羊的膻气。

这回是拜将出征，所以回来后要先去皇家的庙宇戒斋，沐浴三天，向皇天后土报告自己的战绩后才轮到皇帝亲自慰问。

云烨笑着看了一眼满脸泪水的辛月，在两位宫娥的服侍下解下征衣，换上紫色的官服，踏上一辆暖车，然后就被皇宫的侍卫簇拥着直接去了皇家祖庙。

负责引导云烨进祖庙的是李泰，这家伙一脸严肃，轻咳一声就大声喝道："大军出征可曾取胜？"

"万胜，万胜，万胜！"云烨扯着嗓子大声回答。

"既如此，进！"

然后就有四个宦官走上前来拆掉了门槛，云烨脚下踏着软底的便靴，随着李泰进了一间小院子。

李泰本该向云烨讲述这里的礼仪，他刚刚念了两句就将手里的金册扔到一边："这些东西你以前学的，我就不念了。"

云烨笑着点头，四目相对，两个人的眼眶都有点湿润，同时转过身子狠狠地吐了两口唾沫，这才相拥了一下，然后就如同触电般松开。

云烨打量了一下房间，直接掀开帷幕，从后面拎出一个食盒来，里面的食物算得上样样精致，甚至还有几只炸好的鸡腿。云烨立刻就取出一只三两下就吃个精光。

李泰帮云烨倒了一杯热茶："果然是个吃货，你怎么知道我会帮你带吃的，还专门藏在帷幕后面？"

"你不藏在帷幕后面，难道藏在怀里？我这三天只能喝稀粥，你要是不给我送吃的，咱们这几十年的交情岂不是白瞎了？"

李泰点点头算是认可这句话，瞅着大吃鸡腿的云烨说："这几年长安发生了很多的变化，多得你可能都无法预料，你其实从来都没有好好地看过这个城市，这一次，我建议你真真正正看一遍，浮华下面隐藏着非常多的危机，人心确实发生了很大的变化。当初魏征所担心的事情，正在一件件地变成现实。有钱人依旧有钱，劳苦者依旧劳苦，虽然不缺少吃食，我却更加怀念十年前的那个朴实敦厚的长安！"

"那些豪商巨富就像是一条条游弋在鱼塘里鲨鱼，正在大肆吞噬那些弱小，我担心将来大唐这个鱼池里会只剩下那些贪婪的大鲨鱼，而那些小鱼会消失。到时候那些大鲨鱼就会相互撕咬，直到将整个鱼池都弄坏掉。"

云烨放下手里的鸡腿，瞅着李泰叹了口气说："你是不是对何邵说过这些？"

李泰点点头说："是的，我向他发出过警告。"

云烨重新拿起鸡腿将它吃完，用茶水漱了口笑着说："难怪他宁肯冒着巨大的危险去战场，把时机掌握得那样好。我就说么，他自己不该有这样的魄力，也没有这样的胆量，原来是被你吓坏了。"

"你不在乎这样的变化？一个新的利益团体正在向国家要求更多的话语权，他会打破旧有的平衡，这样迟早会出很大的乱子。"李泰盯着云烨的眼睛，一字一句地说。

"在所有图形中最稳固的是什么图形？"云烨玩味地问李泰。

"自然是等边三角形，这已经是至理，何须再问。"

"你觉得现在的大唐权利分割是个什么状态，只要来自那些阶层？"

"农人和士人！"

"是，只有农人和士人，门阀已经消亡，那第三个阶层会是谁？是商人！勋贵们喜欢钱，但是不喜欢商人，百姓们羡慕商人的富足，却鄙视他们的唯利是图，所以这样的一群人绝对是陛下手头最好的一个棋子，可以随意使用，却没有任何危险，一旦出现不好的苗头，绞杀起来连借口都不需要。士人和农人都有倾覆天下的能力，独独商人没有。所以，青雀，你看到的都是表象，这是陛下刻意纵容的结果，自从商人可以雇佣书院学生的时候你就该晓得，陛下在扶持商人。当陛下将商税提高到十税一的时候，你就该知道陛下开始正眼看商人了，当商人的子弟可以进入玉山书院读书的时候，你就该明白，商人的春天来了。"

云烨说了一大堆话，又吃了两个鸡腿，端起茶壶咕嘟咕嘟地一口气喝下去了半壶。

李泰崇拜地看着云烨，起身恭恭敬敬地朝他施礼："我以前没发现你有这么聪明啊，难道说去沙漠能让人变得聪明？"

"快滚吧，我累得要命，打算洗完澡就去睡觉。"云烨打了一个大大的哈欠。

轰轰烈烈地庆祝了三天后，云烨终于回到了家，相比在万人中央享受万丈荣光，他更喜欢云暮那声甜甜的"爹爹"。

"兵部尚书、检校吏部尚、参议朝政"就是云烨的新职位，除此之外再无其他。云烨不在乎，辛月不在乎，奶奶更不在乎，她们只希望云烨从此之后再也不要离开家，安安静静地在家里种地都好，至于荣华富贵，云家不缺那东西。侯爷和公爷有什么区别，再大还能大过皇家？

"父亲，云烨自从回到长安，就从未踏出府门一步！"

"这样做是对的，能洗刷流言蜚语的只有时间，云烨年纪虽然不大，但他在人心的把握上无疑比很多老头子都深刻，元日大典，诸将都有封赏，唯有云烨一人没有，嘿嘿，陛下还真是宠溺自己的福将！"

"宠溺？父亲，现在长安盛传云烨已经失去了帝宠，不日就会大祸临头，云烨恐怕也是因为这样才会闭门不出的吧？"

长孙无忌放下手里的茶杯，看看长孙冲叹口气说："你是我的儿子，所有的孩子里面我对你的期望最高，现在看起来你还是不如云烨啊。为父只是奇怪，你从哪里看出云家大祸临头了？"

"为何为父看到云家将会因此世代永昌呢？你不过是一介银青光禄大夫，人家已经是兵部尚书检校吏部尚书，参议朝政了，尤其是最后参议朝政四个字你就没有好好的解读过么？这是宰相才有的职权。

"自我大唐建国以来，你见过有谁因为打了胜仗而被降罪的？如果云烨战败，陛下自然会问他一个擅起边衅的罪责，如今打赢了，这个时候有谁会去问他为何要出国作战？胆量和魄力这东西都是天生的，冲儿这两者你都欠缺，最近你也不要出门去丢人现眼了，好好地留在府里帮你娘亲打理家事吧。"

长孙冲被老爹狠狠地批评了一通，心里不由得大恨程处默，这个混蛋见云烨最近深居简出的，就逼着自己去问老爹，现在被老爹当成白痴了。

在长孙冲将要出门的时候，长孙无忌又小声说："有兄弟情义自然是好事，但是你不要忘了，你还是一位世家子，顾得了家，就顾不了兄弟情义，这一点上你要把握好一个度，我们家的利益和他们几家有冲突，唉！你小心些吧。"

长孙无忌也不知道在这个问题上该怎么教育儿子，在云烨的身上，他早年坚持的好多道理好像都不太对，现在弄的是是非非的，根本就没办法分清楚。

树欲静而风不止，那些对云烨不疑问的言官终于在上元节爆发了，因为他们只能在这个节日里见到不出家门的云烨。

这是非常犯忌讳的事情，一般情况下没有人会在年节上给别人找不痛快。但这一次，他们忍不住了，听说云烨过完年就打算去岳州住一段时间，等他从岳州回来，再找云烨的麻烦就起不到太大的作用了，怎么可能让云烨犯下这么多的错误之后逃之夭夭？

"云侯，我听说一些小儿辈今日要拿你作伐，不知你可曾有应对之法？"魏征回来了，他就坐在云烨的上首，老家伙最近被下属攻击得体无完肤，现在居然还有心情开云烨的玩笑。

"您老人家不是都挺过来了？我有什么挺不过去的，一会我掀桌子的时候，您往后靠靠，免得汤水溅到您的新衣上。"

"哈哈，按照礼制，你至少会被扣掉三年的俸禄，官降一级的，然后……"

"然后我就坐上快船赶到岳州去，专门在自家的宅子里享清福！你看，人家已经来了，只要他敢站在我面前说我半个不字，我就把整桌宴席扔到他身上去。"

魏征点点头，很自然地把身子往后缩一缩，还拿了一块大布巾以防不测，云烨这样的手法叫做耍无赖，这在朝堂上经常使用，一旦这一手被使用出来，对手的弹劾罪名立刻就会变成"君前失仪"，而这位弹劾的御史也会成为笑柄。

房玄龄挠着头看着在底下窃窃私语的御史对杜如晦说："看样子你也少不了被弹劾啊，你看，好些人在朝你指指点点。云烨打算掀桌子，你打算怎么办？"

"接着掀桌子，云烨能用，老夫为何不能用？今日乃是上元佳节，他们要找老夫的不痛快，老夫为何要让他们痛快？反正我的告老文书已经上交给了陛下，忍了一辈子，为何还要忍耐？如果掀桌子都不能让他们安静，接下来那就你死我活地拼一下，这些小苍蝇，老夫一只手就能捏死他！"

房玄龄大吃一惊，这还是那个温文尔雅的杜如晦么？转眼一想也就释然了，当了一辈子的官，其实也是受了一辈子的气，现在不发泄一下，以后就没机会了。

坐一个桌的长孙无忌抬手就把一盘肉端了下来，放在自己身边，又把身边温酒的炭炉放到桌子上，笑着对杜如晦说："杜相要发威，无忌自然大力支持，只是宫中的肉做得确实不错，扔掉可惜，我留着慢慢吃，这个温酒的小炭炉放在桌子上想必能增添不少威力。"

杜如晦拱手谢过，斜着眼睛看东西两阁的言官，心中还有一点小小的期待。

张行成自问一生耿直，如今又到了往三品官这个极限迈进的时刻，自然需要进取一下。其实官做大了后，最要不得的就是进取心，这是无数勋贵家族总结出来的经验，但是张行成没有这样的家世，自然就不会有人告诫他，他以为凭着一腔的热血忠肝就能获得皇帝的认同。

郝处俊、杜茂将、任雅相这三人平日里也是心性坚毅之辈，但是今日却没了往日的果决，国之大贼就正襟危坐在上面，他们却担忧破坏上元佳节迟迟不愿出头。鼠胆之辈不足与谋，国有难，为何还要有这样多的顾忌？

云烨眯着眼睛，努力回想从祖庙出来后接受皇帝和群臣祝贺的场景，他记不清别人都说了些什么，只记得人很多，说了很多的话，只记得到处都是笑脸，到处都是赞美之词，美丽的宫女不断地端上美酒，殷勤的宦官不断地换的美食，他醉倒了，坐在步撵上被宫女抬着到处欢笑，荣宠到了极点。

走到极高处就是满身寂寞，一股烦躁没来由从云烨的心头升起，来得如此迅速又是如此猛烈，满大殿的人虽然带着笑容，却是如此的虚伪，满桌的看盘虽然精致，却没有一个能吃的，甚至看着身边的魏征愁眉苦脸的样子，也觉得是那样讨厌。

眼见张行成虎步龙行地走过来，云烨起身向皇帝启奏道："陛下，微臣不胜酒力，唯恐失仪于驾前，这就请辞。"

李二玩味地看了一眼云烨，又看看张行成，以为他不愿意起冲突，点点头道："既然如此，准你退下。"

云烨刚刚施礼准备离开，就听张行成大叫道："蓝田侯休走！今日老夫要与你将西域之事辩个清楚明白！"

云烨无奈地站定，回头对张行成说："我刚才说的是真的，我很担心自己出丑。除非你是大食人的奸细，或者是你收了人家的好处，如果不是这两条，那就是你急着加官晋爵。平日里我还能忍住，因为这是官场的规则，大家你踩我我踩你的，都是阶梯。但今天我喝多了，没了耐心，原本想把酒桌砸在你身上，但是刚才忽然想起一些事情，心里烦躁得不行，所以才让你逃过一劫。西域的事情我只需要向陛下做个交代，你还不配问我，现在我要走了，你如果敢追上来，小心我踢死你！"

这些话一出，不但张行成成了大红脸，就连李二都惊愕地放下了筷子，云烨这是半点颜面都不给张行成留，满嘴市井俚语，活脱脱的就是一个市井泼皮。

云烨再次给皇帝施礼后，趁着他们还没有从震惊里里醒过来，就快步出了万民宫。

羞刀难入鞘的张行成无奈之下想要重新确定目标，却见杜如晦站了起来，拱手对皇帝说道："陛下，老臣已经醉了，陈情表已经到了陛下桌案上，老臣现在只愿告老，还请陛下早早恩准为盼。"

李二沉默了许久才说："爱卿虽然年事已高，但身子依然康健，为何不为江山社稷再出一把力？"

杜如晦伤感地回答道："老臣自从龙以来，至今已有二十七载，殚精竭虑于君前，呼号奔走于乱世，眼看着天下平定，四海归一，眼看着陛下登基百姓安居乐业，眼看着我大唐贞观盛世浮现，这里面都有老臣的一丝身影，够了啊，此生足矣！微臣如今已经年届花甲，不管精力还是体力都大不如前，求陛下容臣退隐于泉林，好好地享受余年，臣感激涕零！"

欢乐的气氛荡然无存，刚才还有窃窃私语之声，现在全部住嘴，大殿里鸦雀无声，掉根针都能听见。

张行成的汗水已经湿透了衣衫，到杜如晦告老的这一刻他才明白自己成了一根出头的椽子，怪不得郝处俊等人选择了闭嘴。

"杜相，本官身为西阁御史，只想问问西域到底发生了什么，难道也不对吗？"满头汗水的张行成鼓足最后的勇气向杜如晦发问。

"自然应该，不过征西军的日志文书你难道没有看过？那里面记录的难道还不够详细？至于你不知道的东西，那就是些不该你知道的事情。云侯烦躁不堪，老夫现在也烦躁不堪，等陛下同意老夫告老后，你再问不迟，老夫一时半会会留在京师，等你质询。"

金钟响起来，贞观一十九年的上元宴会戛然而止。皇帝拂袖离去，群臣面面相觑，谁都没有想到会是这样的一个结果，云烨的不耐烦之意让人触目惊心，杜如晦告老之心已经坚如磐石，都不打算做官了，或者说都不耐烦做官了。

杜如晦的告老只是一个前奏，紧接着，房玄龄、魏征、戴胄、萧禹、李靖纷纷向皇帝上表，准备告老还乡。

身处繁华就会向往平淡，而平淡的人做梦都想进去繁华，这就是人的两重性。李二和长孙商议之后，认为云烨是在发神经，是好日子过的太多了，需要敲打一下。

上元节的繁华慢慢褪去，一切都走上了正轨，现在至少没有人再提起西征军，也没有人再提起那场发生在沙漠里的大屠杀，云烨的职位没有被消减，老臣们的告老奏折也被驳回，所以老杜依然是光禄大夫、兵部尚书，云烨也是兵部尚书，然而主持兵部运转的却是兵部右侍郎杜正伦。

李靖大将军回来了，经历了和云烨一样的流程，然后他的身上也挂了一个兵部尚书的职衔。同时挂兵部尚书职衔的还有张俭、契苾何力、牛进达以及正在从大非川得胜归来的程咬金，一时间兵部尚书泛滥成灾。

现在只要是放马血战过的大将军，头上都会挂兵部尚书职衔，李二这是明明白白地告诉云烨，兵部尚书有很多人选，不一定启用云烨这样一个脾气暴躁的将军。

当时在宫殿上，不管云烨是要反击，还是要逆来顺受，其实都是一个正常的应对方式，张行成的下场没人关心，就算被弄死了，大家见了面也是哈哈一笑的事情，这在权利倾轧中乃是再正常不过的事情，真正让大家关心的是云烨当时说了实话。

满世界的官员戴着各种假面具在朝堂这个巨大的假面舞会上玩得不亦乐乎，突然有一个人摘下面具露出自己的本来面目不玩了，这个人唯一的下场就是被清除出去。

长孙将李二扶着坐下，笑着问：“您知道云烨最后的打算是什么吗？妾身保证您猜不出来。”

李二拉着长孙的手，摇摇头说：“他准备混吃等死？现在功劳够大了，官职也做得够大了，封公根本就是一个时间问题，三十来岁太年轻了，这在我大唐还是头一遭，遭受些反对也是情理之中。这一点他应该没什么抱怨才对。”

长孙点点头道：“他得胜后给妾身写过一封信，说他不打算出去了，以后就打算在长安，书院才是他的根基所在，所以他想统领书院的一切事物。他说这些东西都是书院弄出来的，所以回归书院也是正理。书院现在产出的东西越来越危险，有些东西一旦控制不好就会酿成滔天大祸，他甚至提到了后山山洞里封存的那些病毒，一旦出事，大唐的精华地区就会遭受横祸。所以他建议，有些仓库应该搬到秦岭的深处。”

李二沉思了片刻，摇头道：“朝廷是一个讲规矩的地方，所谓名不正便言不顺，云烨能毛遂自荐很好，但是他必须随着规矩走，只有出任兵部尚书，朕才能赋予他管理玉山后山的权利。玉山的后山关系到大唐的生死存亡，他去掌管朕自然是放心的，但是规矩不能破，以后每一届的兵部尚书，都会有这项职权。”

长孙点点头，不再言语，因为这已经涉及到朝政了，她不能接触太多。

“告诉云烨，想要拿到管理玉山后山的权利，就乖乖地给朕去当兵部尚书，他这辈子也就这个本事了，当宰相他会害死大唐百姓的。"

愁眉苦脸的云烨和兴高采烈的许敬宗形成了极为明显的对比。相比云烨的重权，许敬宗认为自己这个侍中终于有了一个坚实的依靠。傻子都看得出来，云烨的官当到头了，书院后山是个什么地方，没人比他更清楚，那里才是真正的军国重地，比起护卫京师的十六卫不遑多让，甚至有过之而无不及。皇帝找云烨去看守软肋，一时半会是不可能找到一个合适的人来代替的，甚至可以说一生之中也只有那么一两个人合格，云烨无疑是最合适的一个人选。可是能让宰相去看守后山吗？一旦云烨达不到宰相的高度，那么只有他许敬宗才能去触碰那个位置，让程咬金、尉迟恭去当宰相那是大唐百姓的不幸。

第三十一章 谢幕

温室里有一株捕蝇草长得郁郁葱葱，肥大的叶片正在努力地张开，露出里面粉红色的肉壁，肉壁上长着几根黑色的尖刺，看似尖锐实则柔软。

云烨坐在凳子上，小心地往叶片里面放一条米虫，随着米虫的挣扎，两片树叶缓缓收合了起来。

"这是捕蝇草，来自非常遥远地方，它是一种会抓虫子吃的草，非常神奇。我对这位留下种子的老农非常感兴趣，联系他一下吧。"

等小武出去后，云烨端起捕蝇草端详了很久，自言自语道："这只有美洲才有的东西居然出现大唐，难道已经有人去过哪里吗？"

云烨表面上一副无所谓的样子，其实心里非常焦急，但从大雪纷飞的冬日一直等到第一场杏花雨落下，门前的那张告示被老钱换了又换，依然没有半点老农的消息。

后来云烨就不去想这些事情了，这段时间赋闲在家，正好享受一下愉快的家庭生活，操太多心会老得快。那天在田间种庄稼，云寿很认真地说想要出去历练时，他才突然醒悟，儿子已经十六岁了，再也不是那个胖乎乎的小子了。

只是儿子的要求过于突然，云烨一时也不知道该如何应对，想了想才说："爹爹没什么意见，只要你能说服你娘和老祖宗。"

云寿见父亲没有拒绝，立刻就来了精神，兴冲冲地去找母亲。

辛月放下手里的绣花绷子，冷着脸说："从军？去外地？好啊，你爹爹出去三年多，这才回来，你就想出去了？就算你想出去建功立业，可是咱的大唐已经没有敌人了，你去哪？儿子，听娘亲的，你现在不是已经在千牛卫当中郎将吗？只要在宫里好好地干几年，就能像你爹爹一样当兵部尚书。以后你爹爹不干了，就交给你，这职位永远是咱云家的！"

辛月一根手指头指东画西，仿佛她就是兵部尚书。和这不讲理的娘亲就没办法说事，云寿脸上的笑意还没消去，就一句话都没说从屋里出来了。

云烨不知道云寿在半天时间里做了些什么，傍晚回家吃饭的时候，发现儿子已经坐在饭桌旁等着自己，于是笑着拿手指敲敲桌子道："想好了？"

"想好了，孩儿准备去漠北！"

辛月的手抖了一下，刚要说话，被云烨给阻止了。

"为什么？漠北没人了，那里的草原上只有野马，如果喜欢打猎那里倒是一个好去处，只是皇家园林的秋猎你都没什么兴趣，去那片寂寞的荒原做什么？漠北只有驻军一万二，主要的工作就是替帝国牧马，你如果喜欢养马，不如去贺兰山下，至少那里你还能见到些许的人烟。"

"爹爹，孩儿想去最艰苦的地方，磨炼一下意志。"

云烨笑了起来，慈爱地看着长子说："用严苛的环境磨炼意志算是落了下乘，突厥人世世代代都生长在北海边，依然不是我关中弟子的对手。可见环境打熬不了筋骨，只会伤害身体。娇生惯养谁的坏毛病都没有你爹爹多，可你爹爹还不是做了很多事？你是家里的长子，总是要继承家业的，继承了家业就不能随心所欲地去做自己想要做的事情，这对你来说其实是不公的，你有没有去岳州的打算？"

云寿低着头，慢慢地吃饭，他其实真的很想去草原，去岳州和在家区别不大，老管家会把自己照顾得比在家还要舒坦。

云烨看着儿子，又笑起来："那就是不愿意喽？也罢，想去就去，不过你只有三年时间。"

云烨说话的时候，辛月一般不会插嘴，但是今天不成了，听到丈夫答应了儿子的要求，她一下子就站了起来，尖着嗓子说："不成！他要去漠北，等我死了再说！"说完就扔下碗筷，径直回了自己的屋子，估计在大哭。

"这是你的麻烦，儿子，想去荒原就去把你娘哄高兴，我要去看欢儿，昨日的一顿板子，估计还不能下地。"云烨用菜汤将碗里最后一点米饭泡一下，一口吃光，擦擦嘴就去出去了。

刚出大厅的门，云烨的眼睛再也挪不开了，围墙上站着一只黑色的大狸猫，脖子上挂着一个牌子，上面写着"惠凤阁"三个字。

那只狸猫似乎通灵，等云烨看清楚上面的字迹后，就跃上一棵大树，在屋脊间闪现几下，消失得无影无踪。

长安有名有姓的建筑，云烨大体上都知道一些，就是没有听说过这个"惠凤阁"的地方，龙凤之类的词也是可以随便用的？家里的几个老人全都不知道这地方，最后众人一致把目光放在一言不发的无舌身上。

"有这个地方，在感业寺，是先帝妃子修行的地方，云烨，你进不去的。"

云烨笑起来："这真是一个绝妙的藏身之地，以陛下之尊都不好意思去那里，娘娘就算身负统领六宫之责，恐怕也不好常去那里吧？现在我更加好奇了，一个老农为何会身在感业寺？那里可是尼姑的天下，这么说来，我还非去不可了！"

第二天，云烨就带着狄仁杰和小武进了皇宫，打算向长孙申请去感业寺。

"感业寺？那里是先帝妃子出家修行的地方，你去作甚？"长孙愣了一下。

"有一只黑色的狸猫出现在我家，脖子上挂了一个小牌子，上面写着'惠凤阁'三个字，似乎在邀请我去那里一叙，事出古怪，所以微臣就打算去看一下。"

"你从哪里见到那只黑色狸猫的？"长孙站了起来，眼神也变得尖锐起来，声音也变得急促。

"我家围墙上，刚吃完饭，就看到那只猫站在围墙上，也不叫唤，就那样瞅着我。"

长孙又坐了下来："那里不是你一个外臣能去的地方，阴风惨惨的，有什么好看的。"

云烨呵呵一笑，从怀里取出四枚玉牌，一一安放在无舌做好的架子上，当最后一枚玉牌放进去后，四面玉牌就一起发光。光线很足，无舌这几天一直把玉牌放在太阳底下暴晒。

"无舌说这东西发出的光芒是神光，可以祛除一切污秽，所以带着它应该无碍的。"

女人对发光、发亮的东西总是充满好奇，长孙也不回答云烨的问题，光顾着摆弄玉牌，一会放进去，一会又拿下来，刺眼的光线明灭不定，云烨的两只眼睛都已经被晃得什么都看不见了。

"这东西借我玩几天！"

"您把玩几天可以，不过要还给我，这东西我送给无舌了，他现在把这东西当宝贝，一天都离不了，要是您拿走不还，无舌估计就没几天活头了。"

"小气，要个东西还往别人身上推，一点孝心都没有。好了，我玩几天就还给无舌，一个老奴才，现在也变得金贵起来了。"

东西到了长孙手里就要不回来了，她一手提着玉牌，一手提着架子，随便向宫娥吩咐一声"起驾"就往外走，皇宫里顿时就骚乱起来。

前面是千牛卫开道，后面是成堆的皇家侍卫，云烨和狄仁杰骑着马随在后面吃灰，小武倒是被长孙叫到车架上去聊天去了。

感业寺在长安城的西北角，到处古木森森，不说别的，气温就比别的地方低很多，狄仁杰小声问云烨："师父，您为何一定要请皇后娘娘过来？这是咱们白玉京和其他隐士高人的会面，这样做是不是太不尊重对方了？"

云烨反手在狄仁杰的脑袋上抽了一巴掌："什么叫做白玉京，别人不知道你还不知道？这是师父当年随口说的一句胡话。这么些年来，为了这句胡话，你师父我都快要被逼疯了，你真以为自己就是狗屁宾媚人？收起你的鬼心思，不要胡来。感业寺都是些妙龄女尼，我们师徒想要进来，如果没有娘娘带路，传出去，不但皇家的颜面没了，我们师徒的面子也没了，孰轻孰重你都分不清？"

感业寺住持是一个叫无色的老尼姑，两腮无肉，刁钻模样看着就让人难受。这里尼姑很多，一个个穿着宽大的僧衣，好些光着头的女尼突然发现有男子进来，立刻就轰然散开。

惠凤阁里空空荡荡的，除了墙上有些字画外，就别无长物，地上胡乱扔着几个蒲团，不过整个楼阁非常干净，上过红漆的地面光可鉴人。

云烨的眉头再次皱了起来，趴到窗户上往外看了看日头，还不到午时三刻，唐人的规矩，午时三刻后，主人就不会再等待未上门的客人。

长孙把玩着手里的玉牌，不急不慢地说："你说有人约你在这里见面，如今马上就要午时三刻了，你的客人在哪？"

云烨转过头看着面色阴晴不定的无色说："我徒弟成亲的时候，有一个老农前去祝贺，留下了几颗种子，对我徒弟说，只要种出这种花，他就会和我见一面。你看，我把花带来了，不知道是无色主持和我谈，还是那位老农来和我谈？我很想知道这种不可能得到的种子，你们是从哪里得来的？"

狄仁杰从拎着的篮子里取出那盆捕蝇草，放在地上，长孙从蒲团上站起来，仔细看了一遍，没发现有什么奇怪的地方。

无色尼姑苦涩地看着云烨说："云侯，世外的事，您为何非要将娘娘这样尊贵的人也牵连进来？难道你宾媚人、狐媚子的身份说出去好听吗？"

长孙听到无色这样说，立刻就来了兴致，重新坐到蒲团上对无色说："没想到皇家寺庙里居然还有世外高人，倒是本宫怠慢了。不要紧，本宫好奇得紧，你们谈，全当本宫不存在。"

云烨找了一个蒲团坐下，笑着说："我就知道娘娘好奇，所以才请您过来听故事。微臣可以保证，他们的故事一定精彩绝伦。我云烨也算纵横四海，对他们到的那个地方却有心无力，所以我好奇他们是怎么到达那个地方的，如果可行，我这就请娘娘召回岭南水师，全力寻找那地方。"

无色见事已至此，也坐下来说："你云家的辣椒、玉米、土豆都来自那个地方，你既然已经拿到了这三样，怎么可能去不了那个地方？"

云烨摸了一下鼻子说："我的东西都是家师留下来的，你看我的年纪像是去过那种地方的人么？我只知道那地方在大洋的另一边，远去不知几万里，如果没有海图，谁可以轻松地到达？"

小武看到师父在摸鼻子，心里又乐起来，只要师父开始摸鼻子，那他一定是在胡说八道，从小就跟在师父身边，她再熟悉不过了。

"你也知道一路九死一生？你也知道那条路需要拿人命来填？这么重要的消息，你以为我会轻易地告诉你？"无色越说越愤怒，她实在是没有想到云烨会是一个如此卑鄙无耻的人，居然借着皇家的威势让自己退无可退。

"换！不白要你的，我拿神光跟你换！我家的一个老头，就是因为照射神光才得以延年益寿，现在掉了的牙齿都长出来两颗了，我拿神光跟你换！"

长孙看看自己手里的玉牌，又看看无色，果断地就把玉牌交给了云烨。

云烨接过玉牌，把它一枚一枚地往架子上安装："让你也见识一下我白玉京的宝贝，见识了神光后，你就知道你这一次的交换是多么的值了。"

无色疑惑地看着云烨，猛然间，一道刺眼的白光将昏暗的惠凤阁照耀得如同白昼，她赶紧匍匐在地上，大礼叩拜。

长孙惋惜的神色怎么都掩饰不住，这可是能让人长生的神光啊！就被这个败家子想都不想地拿去交换什么破海图了。她已经想好了，只要云烨完成交易，她就立刻收回这些玉牌！

云烨将玉牌拿了下来，看着无色痴迷的眼睛说："去那个地方不是一两个人能行得通的，我很想知道你们到底用什么办法到那里的，而且还能活着回来？"

无色有些失望地看着云烨手里的玉牌，转身向长孙行礼："老身是出家人，也就这一身臭皮囊可以任人处置，生死之事还动摇不了贫尼的道心，但隐瞒身份游走于人世间，这是我们的过错，请娘娘见谅。"

长孙摇摇头："大唐不是容不得人说话的天下，长安市上鼓噪喧声，质疑朝政、指摘君王之辈数不胜数，你可曾听说有谁因言获罪吗？你们当初道明身份，难道我皇皇大唐就容不下一个新的学派么？本宫自幼束发就学以来，学的无非就是一个正大光明，大师正因为佛学精深，这才被皇家邀请主持感业寺。但你自己就立身不正，如何管束这上千修士？"

无色稽首："此中缘由不足与外人道，娘娘乃是贵人，不问也罢。"说完这句话，无色就垂首低目默默诵经，再也不说一句话。

云烨叹了口气对长孙说："他们确实有苦衷。田襄子一派，百足之虫死而不僵，当年他困足于天门外，徒劳呼号不得进，最后身死道消。你们作为田襄子的弟子，我无论如何也没有想到，你们竟然会越过冰川踏上另外一片土地！如此坚韧的意志令云烨钦佩万分，我不知道你们这一趟探险到底死了多少人，但是我相信，这一路必定是血泪斑斑。无色大师，我之所以将娘娘请来感业寺，不是要彻底清除你们，而是要将你们这一次的传奇经历通过娘娘之手，宣告于天下！"

"智者无忧，勇者无惧，而无敌于天下的，唯有仁者。如今天下清平，我们用不着行侠义于道衰，为天下人做个表率还是没问题。这一趟行程算上是大智大勇，如果能将所见所闻告知天下，就会成为与上古先哲比肩的仁者。田襄子因为罪孽深重，得天门而不入就是他最大的惩罚，大师何苦要守着那些陈年的老规矩不撒手，难道你也想步田襄子的后尘么？"

无色的脸庞抽搐一下，涩声问道："难道你白玉京就已经把自己的胸怀彻底地向世人敞开了么？宾媚人、狐媚子荼蘼天下近千载，难道如今一朝顿悟，立地成圣了？"

长孙伸长了脖子瞅着小武，实对宾媚人、狐媚子的说法早就听说过，自从云烨不肯把小武嫁到皇家，她就认为小武就是传说中的狐媚子，如今听无色这么一说，不由自主地就确认小武就是狐媚子。不过当她瞅见小武和狄仁杰十指紧扣时，不由得发出会心一笑。

"白玉京当然向世人敞开了胸怀，玉山书院教授的许多科目就是脱胎于白玉京，大师也是我大唐人，自然可以去玉山书院一观。"

"你说贫尼这样的人也能一窥你白玉京大道？"无色吃惊地看着云烨。

"当然，每年前来玉山书院交流学习的学者不下百人，只要是我大唐人，自然百无禁忌。现在云某正式邀请大师前往玉山驻锡，如果那位老农也在，不妨一同前往，玉山农学院一定扫榻以待先生光临。"

长孙接口道："无色大师，你身份不明，不宜留在感业寺，看在你主持感业寺并无差错的份上，本宫会特意在山清水秀之地为大师修建一座无色庵，感业寺乃是皇家隐秘之所。大师就放手吧，本宫今日要彻底清查感业寺。红袖，你这就回宫，命几位老供奉前来，与本宫一同清查！"

长孙的贴身宫女匆匆出了惠凤阁，无色老尼的脸上顿时一片死灰。

云烨悄悄地向长孙挑起了大拇指，然后对无色拱手说："恭喜大师，贺喜大师，从此真正地跳出三界外，不在五行中。感业寺里能有什么，说白了无非就是一些从太阳神国带来的植物，云烨能够依仗土豆、玉米封公封侯，大师也自然可以，在这种事情上，陛下非常的大方，只要你开口，断无不准之理。"

无色长叹一口气，苦涩地说："同行两百四十人，一路走，一路死，有的病死，有的被寒冰覆盖，有的被骄阳烤干，有的葬身于猛兽之口，更有人埋骨于蛟龙之腹，苦苦行走，苦苦求索，回来的只有三人，如今全部为他人做了嫁衣裳。"

无色做了一个请的手势，长孙和云烨就下了楼，随她去了感业寺的花园。这是一片很大的土地，周围全是围墙，百十亩田地被圈在中间。如今正是春天，田亩里有无数的尼姑正在耕作，远远地看到皇后的依仗，全部拜服在地，都是宫里出来的，哪里会不知道皇后娘娘到了。

一个老头从远处走了过来，小武拽拽云烨的衣服，示意这个人就是参加自己婚礼的那个人。云烨定睛一看，这个老头确实充满了沧桑，而且还瘸着一条腿。

"从太阳神国回来的人，就剩他一个了，其余两人都先后去世了，那一趟路，耗尽了他们所有的精气神，你能想象他今年只有三十七岁吗？他也快死了，田襄子一脉就剩下我一个人了，之所以把捕蝇草送给你，就是想看看你是不是真的知道那片土地。如果你知道，这里的东西就会全部交给你，所以说，这里的东西其实都是你的，云侯，现在你还觉得把皇后娘娘扯进来，是一件好事吗？"无色说完，纵声长笑，笑的涕泪横流，不能自抑。

"我本来就是要将这件事弄得举世皆知，娘娘就算今日不知道，以后迟早会知道的，我不会犯忌讳，私自进入感业寺的。"云烨面色如常，小武的眼睛里却有了浓重的悔意，狄仁杰倒是和云烨一样，神情没多少变化。

长孙郑重地对无色说："确实如此，任何事都按照规矩来没有坏处。"

无色牵着老农的手，走到皇后和云烨面前："贫尼别无所求，只求你们能救救我的孩儿，他的生机将要断绝，云烨，你要答应我，你一定要竭尽你的全力救助我的孩儿，这里所有的一切就当是贺礼！都是为人母亲的，贫尼请娘娘做个见证。"

"本宫可以让你的孩儿先去照耀神光。"说到续命，长孙首先想到的就是那些神奇的白光。

"无色大师，你不要心怀死意，告诉你，如果你现在就死的话，我会立刻赖账，像我这种见惯生死的人，生死之事实在是算不得大事。"云烨心底暗暗地叹息一声，这个看起来足足有七十三岁的人竟然只有三十七岁，也不知道他到底经历了什么，才会变成这个样子，不管从哪一方面来说，都需要帮这个人一把。

田襄子一脉的人好像都有自毁倾向，任何事情只要牵扯到生死存亡就变得非常无趣，云烨在威胁好久后，总算说服老尼姑不自杀了。

那个不知道是老农还是小农的人被送去和无舌一起待着，这样就能无限地照耀神光，至于能不能活下去，就要看孙思邈能不能挽救他的性命了。

花生被他们找到了，西红柿也带回来了，剩下的都是杂草，云烨想捶着胸口嚎啕大哭，以表达自己的失望之意，幸好发现了烟叶，这才止住了悲伤。

"观音婢，你真的发现云烨手上有什么神光？"从洛阳回到长安的李二在第一时间就问长孙这件事，别人说这些会被李二臭骂，但是出自长孙的口，这种真实度就会大幅度提高。

"有啊，妾身把玩了半日，确实有神奇的光芒发出，能让黑夜变成白昼。"长孙笑着帮皇帝脱掉外袍。

"速速命云烨带着玉牌进宫！"李二一刻都不耽搁就对断鸿下了命令。

"陛下，不急，现在玉牌正在给一个人治病，过些时日您再要云烨把玉牌拿进宫也不迟。"长孙阻止了将要出宫的断鸿。

"什么人这么重要，还需要朕慢慢等候？"李二连忙问道，好奇心又增了几分。

听长孙说完田襄子以及无色的事情后，李二慢慢坐了下来，脑海里不住地翻腾，海的那一边居然还有一片那样广袤的大地。他雄心刚起，旋即就哑然失笑，如今的大唐已经拓展到了能拓展的极限，自己的土地都治理不来呢，谁有心思多想那样遥远的地方。

那些新的粮食作物才是李二所看重的，只要能吃到嘴里的东西，李二从不嫌多，烂在自家地里都比没有强一万倍。

无色？无非就是一个孤零零的老婆子罢了，当初连寒辙那样的猛虎都能放他一马，区区一个生机全无的老婆子，确实没有必要多想。

"云烨还没有上任？你怎么能准许他如此逍遥自在？朕这个皇帝都要在三京间不断地巡视，他就能躲在家里休养了四个月？告诉他，下个月的大朝会朕要是再见不到他，朕就派他去西域监国！哼，越来越没有规矩了……"

于是，逍遥了几个月的云烨不得不去兵部坐班了。春天很快过去，云寿去了漠北，无色的儿子竟然挣扎着活过来了，甚至越来越健旺，虽然外表还是一如既往的苍老，但枯瘦的脸上已经有了光泽，就像春雨后的树叶，或者，这就是生机。

于是，玉牌就理所当然地落到了李二的龙案上。

上朝的时候，云烨盯着那几个玉牌，怎么看怎么别扭，于是向皇帝告了一声罪，请断鸿将玉牌取出安装到架子上，顿时万民宫就光芒大作，明亮的烛山都黯然失色。

除了杜如晦，所有人的眼睛里都流露出迷醉的神情，云烨指指万民宫房顶，示意断鸿把架子挂上去。在取得李二同意后，断鸿跃上了房顶，大殿里立刻就光明的如同白昼。

云烨走到烛山边上，把烛山上的蜡烛一一熄灭，然后对李二拱拱手说："陛下，这就是这四枚玉牌最正确的用途。说这是神光，都是以讹传讹。为了这东西死伤的人命不下千条，包括大名鼎鼎的田襄子。还有一支队伍，为了寻找神仙地，您知道他们走了多远吧？足足有八万里！"

云烨这句话立刻就让整个大殿的人长吸一口气，李二的脸上也有了汕汕之色。

"诸位同僚莫以为我在胡说八道，那两百余人就活着回来了三个，两个回来不久就死了，还有一个正在玉山接受孙先生治疗。

"陛下，微臣之所以将我白玉京的隐秘公之于众，就是想说一件事，这个被无数人浴血争夺的宝贝最大的用处就是照明，仅此而已。微臣请求陛下将这东西安在万民宫大殿上，让它在晚间照明！"

李二的脸色更加尴尬，这些天他不断地威胁无舌，才把这东西弄到手里，没想到这东西的正主居然毫不犹豫地就想把这东西挂到万民宫上了。

房玄龄笑着出班道："此言甚妙，如果此物真的能够让人延年益寿，挂在万民宫，臣等也沾沾陛下的光，落点好处。"

房玄龄一发话，剩下的诸人自然纷纷景从。从此，万民宫的夜晚就亮如白昼，四面玉牌发出白色的光芒，将整座大殿照得光辉无比，从长安街上抬头就能看到这座辉煌的宫殿。现在万民宫已经很少有人叫了，当初连皇帝名讳都没有避讳的宫殿名字已经逐渐被世人遗忘，取而代之的是"光明殿"。

贞观二十一年注定是大凶的一年，在这一年，秦琼、魏征等一帮老臣纷纷谢世，昭阳宫的哀钟几乎每个月都没有闲着。

当刘弘基不幸马上风阵亡之后，再也无法忍受的李二终于下了一道诏书，今年什么都不干，不兴刀兵，不讨伐不臣，不大兴土木，国体不做任何改动，甚至连自己的皇陵建造都停了下来，在老君观焚表谢罪，下了罪己诏。

即便如此，依然没有阻止肱骨老臣纷纷谢世，萧禹死了，姚思廉死了，薛万彻死在凉州，唐俭死在鄞州……

第三十二章　贞观二十三年

李二的大赦天下，让很多人感到不满，因为除了大逆之罪，其余的都在他的赦免之列。

云烨认为这样无原则的赦免是不合适的。自贞观以来，天下大富，民风逐渐变得奢华，什么稀奇古怪的罪案都有发生，唯独大逆、谋反之类的罪名很少见。如今大赦，天下牢狱为之一空，这样做真的合适吗？

抗辩的奏折递交了上去，如石沉大海一般杳无音讯，同时上抗辩折子的还有房玄龄、马周等人，连长孙无忌都认为这样做很不妥当，现在牢狱里关押的人犯都是被确定有罪的人，他们的罪行还没有得到彻底惩罚就轻松出狱，法律何在？

然而，李二并不为所动，大唐境内所有的囚犯都高兴地走出了监狱，包括杀人的凶手。

云烨闷闷不乐下了差，刚从皇城里出来，就看见曲卓站在路边。他没有和云烨说话，只是指指自己，又向南边指了一下，就混在人群里消失了。

曲卓现在供职于都水监，已经算得上是里面的高层了，看到他的奇怪手势，云烨心里一片舒坦，能让他这样认死理的人帮着通风报信，简直太难得了。

都水监的人去了南边。

看来李二还是被说动了，他在为南巡做准备，至于他有没有派人去远岛，这都不是问题，只要他的目光面向了帝国南方，就是一个好兆头。

写好了给侯杰的信，云烨又把它放在烛火上烧了，不是因为这件事情见不得人，而是因为没有必要，都水监的人即使踏上远岛，势单力薄也毫无作用，唯一能够传递给李二的消息就是远岛的见闻。

恐惧来源于无知，担忧也来源于无知，猜疑更是因为无知，让李二自己看到一个真实的远岛，要比云烨给他讲述一万遍都要强得多。

广州湾。

这里是水手的世界，刚刚从大海归来、身上还带着海腥味的汉子，胡子拉碴的，一头就钻进酒馆。用不着吩咐，伙计就会端来大盘的青菜、果子和米酒。

原本应该大碗喝酒，大口吃肉的汉子如今虽然也下大碗喝酒，但是下酒的却是各种青菜。生萝卜最受欢迎，胡瓜次之，至于两尺长的水芹，只要干净，拿在手里就像啃甘蔗一样的咔咔吃个不停。

这个时候就算是老板娘将水蛇腰扭成麻花，也没有人会多看一眼，先满足了口腹之欲才能轮到别的。真正的菜过五味，痛痛快快地放两个如雷的响屁，这个时候才是全身通泰的好时候。

"奶奶的，这海上的日子算是没法过了，邕州的云家，广州的冯家，还有什么远岛的侯家，他们三家现在才是海上的大爷。最好的香料岛，没我们兄弟的份，最好的土人也没我们的份，咱兄弟只能漫山遍野找野果子吃！"

这是上了岸的水手必定会说的一番话，只要有人说这话，也必定有人阴阳怪气地接话："不好混你倒是上岸啊，朝廷给的地你都荒着，每年还要给官府缴纳罚款，何苦来哉！"

这两句话其实就是用来打开话匣子的，只要是海上的人，骂这三家已经是惯例了。至于上岸种粮食，那点收益还不够酒钱，安南的粮食多得吃不完，好多都烂在地里了，前些年朝廷还用船队一船船的往北面运粮食，这几年已经见不到运粮船了，现在谁要是在运粮食，一定会被所有人称呼一声"憨大"。

"虬髯客的宝藏找到了没有？听说就在魔鬼海，崔老大，你们不是去外海了吗？没进去搜寻一下？只要找到你就发达了。"

"你还别说，爷爷我路过魔鬼海的时候还真想进去打探一番，不过看了那里的回流和礁石，爷爷我还是乖乖地走了海峡。奶奶的，船队过一次海峡缴的税能让我心疼半年，那里的将爷也是个死板的人，让他睡了俺船上的胡姬，想着能少那么一点半点的，谁知道那混蛋吃抹干净了，裤子一提还是那副死人脸！老周，你以后就不要上这种当了。"

就在海商们吹嘘各自见闻的时候，一个中年人站起来插话："诸位船老大，小弟关内人，这一次想去远岛探亲，不知哪位老大要路过远岛，小弟一定会重重酬谢。"

酒馆一下子就安静了下来，好半天，一个姓周的船老大才说："知道你是朝廷的探子，你去远岛无非就是想去那里打探一下消息，其实啊，你没必要这么费劲，拿着腰牌，去找云家的船，或者找冯家，侯家的都行，他们一定会把你像大爷一样地请上船，坐八个月的船也就到远岛了。如果嫌弃坐船艰难，就去斜对面的书铺子里找一本叫做《远岛》的书，上面有你想知道的所有东西。俺要是你，就找一家合胃口的窑子在里面住上两年，然后再告诉朝廷远岛的情形和书上说的一样，回去就升官，真的太美了！"

"老兄是如何知道在下是探子的，难道说小弟的脸上写着'探子'二字？"中年人脸上的神色不变，都水监的探子这点城府还是有的，只是被一个船老大随口揭穿身份，还是让他有一种没穿衣服的感觉。

另一个粗汉笑道："你如果去安南，我们就信你是去找亲眷的，因为安南现在到处是罪官，但是远岛就算了，那里是人家祖祠的存续之地，凡是过去的，都是受了家里的命令去那里看守祖祠香火的。那里的人家也都是有名有姓的，想要去远岛，人家只会选择这三家的船。像你这样鬼鬼祟祟的，除了是朝廷的探子还能是什么人？老周刚才说得没错，找个窑子蹲两年，然后拿着那本书去交差，那本书上说的要是有一个地方不对劲，你过来砍俺的脑袋！"

从酒馆出来，中年人又选择了好几家酒馆，想要搭便船去远岛，结果遭受所有人的嘲讽，人家远岛都没有遮遮掩掩的，你一个心怀不轨的探子还遮掩什么？海上的人最大的忌讳就是船上有人不一条心，一艘船就是一个整体，一个地方出了毛病很有可能会葬送掉所有人的性命。

站在海港上，瞅着如山的樯帆入港，一艘大得过分的船在众多战舰的护卫下缓缓地驶进了海港，难道说这就是传说中海上的君王"大帝号"？

听着探子不由自主地叫出"大帝号"的名字，周围的汉子都下意识地离他远点，这就是一个土包子，能把"鲨鱼级"的战舰当作"海鲲级"的"大帝号"真是傻得不一般。

从别人的神色上，聪慧的黄峰知道自己可能丢人了，羞臊得几乎要找个地方钻进去。

"中原来的客人，你是在陆地上找饭吃的人，不认识战舰也不用感到羞愧，你让这些人去辨认一下马和骆驼的区别，他们也一样会闹笑话。听说你要去远岛，跟我来吧，明天就有一艘船去远岛，你正好一起跟着过去，能把你看到的远岛告诉朝廷，也是一件造福的事情。"

黄峰听到这些话，汗水一下子就从全身的毛孔往外涌，转瞬间，身上的衣衫就湿透了，自己的任务就是去打探远岛。

既然是密探，当然越秘密越好，能神不知鬼不觉地完成任务最好，到了广州后他才发现，与自己同行的三个人都没有办法保密了。

"你不用惊慌，这里是大唐的土地，你是大唐的官员，在这里你有什么可怕的？远岛虽然还没有纳入大唐的管辖范围内，但那里的人大部分还是我大唐人。官府之所以管不到那里，唯一的原因就是太远了，现在你既然来了，就去那里看看。"一个白发苍苍的老头站在那里，带着微笑对黄峰说，"老朽是云府在广州管事的掌柜，你可以向长安汇报这件事，请你的上官定夺，但，季风不等人，如果错过了这一次季风，你就只能等到明年了。"

"我去！"黄峰回答得非常坚决。

"呵呵，很正确的选择。你看，我家大少爷下船了，刚才那艘海鲨就是我家的船，吃海上饭的，没有船可不行。"

黄峰转头望去，只见一个青衣少年从跳板上走到了陆地上，身子稍微踉跄了一下，这是长途航行带来的症状。

李容远远地见到老头，就紧走了两步笑着说："刘爷爷，您怎么亲自过来了？海边的风硬，您不该吹风的。"

刘掌柜看着眼前的少年，心中满是欢喜："人老了，身上的差事差不多都交卸了，闲来无事就喜欢在码头上溜达，大少爷今日回家，正好过来看一眼。"

李容和刘掌柜说着话，见黄峰垂着手站一边，有些奇怪地看了他一眼。刘掌柜就把黄峰的来历给李容讲了一遍。

"皇爷爷也真是的，我上了折子邀请他老人家来广州看看大海，给我的旨意总是推脱，现在好了，密探都派过来——明天'海鱼号'出航，你就跟着一起走吧，你不亲眼看一遍，皇爷爷也不会放心。"李容说完就搀扶着刘掌柜径自走了。

黄峰隐隐约约地听见李容在评论皇帝的小心眼，这个国家敢这样评论皇帝的官员不多。

远岛太远了，黄峰也是到了广州才对它的遥远有一个新的认识，原来大船在海上走不了直线，需要沿着弯弯曲曲的海岸线航行，看直线似乎并不太远，但是在绕了好大一个圈后，就遥远得让人胆寒。

没错，遥远其实就是远岛最大的屏障，想在大海上瞒过云家、侯家、冯家几乎不可能，大唐的航海业就是这三家一手扶持起来的，不管他们有意还是无意，对海洋的严密控制权已经形成，而且这样的控制权不会因为岸上的势力介入而有什么变化。

如今下海的人多了，也就慢慢地对海洋有了一个初步的认知，这个认知就是海洋是最后一片能带来巨量财富的地方。

传闻很多，最有名的就是海盗王的传闻，虬髯客纵横四海，被云烨屡屡围剿却次次死灰复燃，听说他在大食海域劫掠另一个富饶的王国，将人家几百年积累的财富劫掠一空，但是在回程遇到了强大的岭南舰队，不得不仓皇逃窜，最后在无处可逃之下钻进了魔鬼海，从此再无踪影。

有人信誓旦旦地说自己看到了那艘船，就在魔鬼海的边缘晃荡，只是上面一个人都没有；也有人说只要在月圆时分，就能在海面上见到那艘船随着涌浪上下起伏，上面有女子在歌唱，海盗王虬髯客不是因为迷途才消失的，而是遇上了海妖，被美丽的海妖所迷惑，周而复始的在海上撑船，直到变成骸骨……

如果在广州收集这样的传说，你能收集到成百上千个不同的版本，在所有的故事里面，有一条从来没有发生过任何变化，那就是海盗王的财富依然存在。

云家不信这一条，出面辟谣却被人家说成居心叵测，准备独占海盗王的财产，所以很多人冒着最大的风险驶进了魔鬼海，从此杳无音信。

这一回不一样，一块镶着黄金兽头的木板从魔鬼海飘了出来，一些见过虬髯客的老水手鉴定后，确认这个长着翅膀的猛虎头，就是虬髯客的标志。

于是大海再次沸腾起来，无数人开始乘船出海，勇敢些的，居然敢驾着一个小舢板就匆匆下海，抱着对金钱的无比渴望，向滔天的海浪发起冲击。

李容的书房里，刘掌柜闭目养神。李容翻看着手里的信笺，重新将信笺放进信封后问刘掌柜："刘爷爷，虬髯客您是见过的，您老人家认为这个飞虎头是真是假？"

刘掌柜睁开眼睛，呵呵一笑："说他积累了一点财富，恐怕是有的，老朽与虬髯客打过几次交道，都是奉老侯爷的指令去警告他不得擅自越过海峡的，至于什么黄金飞虎头，那就是一个笑话，虬髯客的船上连船帆都是补了又补的破玩意，何来那些华贵的装饰？以讹传讹，不足信也。虬髯客活着的时候都需要向咱家进贡，他的那点财富不用去惦记。老朽估计，是有人想要兴风作浪！"

主仆二人交谈着，不觉间已是入暮时分。九月的岭南依然炎热，李安澜坐在凉亭里悠闲地用扇子扇着凉风，想起云烨来的那封信就不由得狠狠唾骂一下。说闺女的情形用了一半的笔墨，问儿子的情形用了一半笔墨，等到问候自己的时候就说了一句：不许偷人！

该死，你又是纳小妾，又是左拥右抱的，偏偏给老娘下禁令。不过通过这句话，也能看得出来，这个死人也知道老娘寂寞？想到这里，她不由得嗤嗤地笑了起来，除了寂寞一点自己活得还算不错，李容过年就要成亲，不管云家还是冯家，都非常期待有一场圆满的婚事。云家在岭南的事物交给了容儿，而且交的痛快无比，小心眼的辛月大概快要被气死了吧？

满朝堂的人都在等着看云家和冯家联姻，只要婚礼成功，皇家就能名正言顺地插手岭南事务了，固守在梅岭古道上的玄甲军也就能回长安了。这样一支精锐的队伍，常年在外并不符合朝廷强干弱枝的布防状态。

黄峰上了云家的"海鱼号"战舰，说是战舰，其实也是商船改装的，和岭南舰队的真正军舰还是不能媲美的。昨晚和上司商量了一晚上，黄峰决定走一趟远岛，即使需要两年时间也在所不惜。没有亲眼看到就不能算数，这是都水监的铁律。

只是没有见到"大帝号"海上的雄姿，黄峰觉得十分遗憾。

整整征战了四年，侯杰才把远岛上的野人清理干净，最早跟随的野人，现在已经同化了。有些聪明的，甚至能说大唐官话，穿着蓝衣小帽穿行于奈何州的大街小巷。

不大的城市里只有寥寥几个顶着香蕉或者水果的商贩在有气无力地叫喊，成群的苍蝇在海港上飞来飞去。

大象背上铺着坐垫，一个赶象人不断地拿手拍着大象的脑袋，指挥它转向，不管是用鼻子卷着树干，还是拖着高大的柴山，都不能改变它优雅的步伐。

侯杰坐在自家的天井里抬头看着四角的天空暗暗发愁，该死的雨季就要到来了，每年到了这个时候，天河就像是溃堤一样疯狂地往下掉雨水。

雨非常大，让人根本感觉不出这到底是在下雨还是在泼水，闷热潮湿的天气里什么东西都会发霉，监牢里的那些海盗也会发霉长毛，想要活着从暗无天日的地牢里出来几乎就是一个奢望。

远岛的统治是残酷的，至少现在这个时间段，侯杰认为镇压手段必不可少，只有死亡和凶狠才能让那些桀骜不驯的海上汉子服软。

大海不干，海盗不绝。这确实是一句至理名言，云烨大规模的扫荡过后，大海平静了一年多，很多小股海盗在风声急的时候就抬船上岸，一旦风声小了，他们就会接着干起老营生，没有别的原因，就是因为海面上漂满了各种各样的肥羊。

远岛的海盗很少，因为这里太远，野人们的独木舟走不了多远。抓到野人用处也不太大，他们什么都不会干，只有抓到大唐、倭国，甚至流亡在大海上的高丽、百济、新罗的海盗才能派上用场，远岛有数不清的活需要有人来干。

奈何州上自然会有奈何桥，过了奈何桥此生不能归故乡。桥头上写满了各种离魂歌、诀别诗，家族中犯了重罪的，一般都会被遣送到这里来。这些富家公子从长安繁华之地乍一到这洪荒之地，自戕者络绎不绝。

侯杰在看到这一幕后，就严禁长安的勋贵再将家里的罪犯送到远岛来，这些人意志薄弱，到了远岛只知道醉生梦死，对远岛没有任何用处。

整座岛上有三十万人，听起来不少，散进远岛后，就百十里见不到一个人的踪影，这座岛太大了，如果说岛上还缺少什么，侯杰一定会大呼"缺人"！

品质极好的铜矿找不到人来开采，溪流里就能采到的黄金也没有人来开采，一片风水宝地唯一缺少的就是人，可用的人。

这座岛上建设的最好的一个地方就是云家的庄园。这座庄园非常大，与其说是一个庄园，不如说是一座小城市。侯杰去和云家的管事谈过后才清楚，那些工匠根本就不是云家的人，人家来这里只是为了赚钱的，每人一百枚银币的安家费已经拿到了，只要在这里干满三年，还能拿一百枚银币回去。

强迫和高压出不了效率，相反，只要把这里建设好了，后来的人才不会有被抛弃的心思，管事费力地把云烨的原话告诉侯杰后，侯杰才为自己的愚蠢举动后悔不已。

越是精英就要越发进行有目的的锻炼，不能让他们躲在家里享受别人的血汗。这就是侯杰领悟到的东西，云家来这里的管事个个都堪称人杰，只有在远岛待了三年，才会被分配到各个商队或者产业里面当主管。

雨水如期而至，不见风，只有雨，河流湖泊里的鳄鱼和蟒蛇都出动了，七八丈长的蟒蛇一口就能吞下去一只山羊，电闪雷鸣时甚至能看到古树上缠绕的巨蟒在努力地把头向天空升去。

黄峰坐着船，艰难地在瓢泼大雨里航行，四个月的航行早就让他和水手打成一片，见到下雨，他和别人的第一反应都是一样的，脱光衣服端着木盆就冲上甲板，终于能够痛痛快快地洗个澡了。身上因为长久地在海上漂泊，早就被盐碱浸透了，如果不好好地洗个澡，黄峰觉得自己迟早会成为腌肉。

这个时候还想什么任务？想什么会不会有人在海外建立一个基地对大唐图谋不轨，这个念头出海两个月后就已经消失得干干净净，如果这时候谁要是再敢对他说一些忧虑谋反的语言，他会一口唾沫吐在这个人的脸上。

直到这个时候他才发现，码头上的那些船老大说的话是如此高明，自己就该在码头上买一本书，再找个妓院蹲两年，从书上抄一些内容送上去就好。

他们就算是把远岛修建成一座长安城，黄峰也不觉得有什么意义，太远了。

农田里的麦苗再次已经长出来了，广阔的田野就像一张绿色的地毯，一直铺到天边。每一年都有燕子双飞的场景，却总是看不够，湿润的泥土气息让人从头到脚都感到舒坦，走两步路都显得精神。

俗事多了，人也就变得庸俗，云烨想让自己尽量的保持一些童真。

李纲的新坟边上不知道谁新栽了两颗红杏，或许是还没有熟悉这里地气的缘故，别地方的红杏早就凋落了，这里才开始盛开，一阵风吹过来，枝影摇红，就像李纲爽朗的笑脸一般。

云烨习惯去颜老先生的坟前坐坐，现在又添了李纲的坟墓。有些话只能和死人说，不能对活人讲，云烨在给两位睿智的死人说了一大通话后，他的清明节过得非常愉快，因为他不但祭祀了自家的祖宗，还祭祀了颜老先生和李纲。前者有些木然，后两者就让人愉快了。

时间会慢慢流淌，有时候时间能酝酿出绝世的美味，有时候时间却会催生野心，不管是绝世的美味，还是最阴暗的计谋，都会在时间这张温床上慢慢成熟。

云烨终于有时间去李纲家门前的松树下去挖那几坛子美酒了，这些酒不是云家的烈性酒，而是纯正的米酒，如果时间再长一点就该叫做状元红，或者女儿红，如今这几坛子酒已经足足十年了，想必里面的酒浆已经变成琥珀色了吧。

小心打开上面的泥封，将已经腐朽的红绸去掉，浓郁的酒香就散发了出来。这一坛子酒谁都不给，喝这坛子酒就等于和李纲进行了一次深层次的对话，和鬼神说话用不着出口，心有所悟，鬼神自然会有灵。

两年时间，长安城除了变得更加雄伟和壮丽外，实在是没什么好说的，如果把眼睛放在高空就能看到不断有农民在进入城市。

如今，种地如果不能大规模种，实在是没有什么奔头，所以被束缚在土地上几千年的农民开始向城市进发，做工赚到的钱的也比从土地里刨到的多。

城郭已经被外来的人口塞得满满的，甚至在靠近城墙的地方都开有民居了，这两年的平静给了大唐社会强大的发展契机，随着几个大工程的相继结束，背负在大唐国库上最沉重的几座山终于被卸了下来。

一条绵延的大路将整个关中牢牢地抱在怀中，运河一路向西，因为担心潮汐倒灌，只能绕过幽州，最后和海河相连；蜀中的道路也已经突破了剑门关，成都平原就在脚下，蜀中再也不可能只要烧掉栈道就自成天地了。

作为一个封建帝王，李二的一生是绚烂精彩的，治下的唐王朝国力强盛，四海威服，经济繁荣，百姓安居，呈现出生机勃勃的盛世景象。空前强大的唐王朝以尚武的精神、开阔的胸襟笑傲东方，长安在汉亡四百年后又重新成为亚洲的中心，无一不是盛唐大胸襟大手笔大气魄大格局的真实写照。

金戈铁马，大漠黄沙，巍峨宫阙，迢迢大道，罗衣飞扬，轻歌曼舞，丝竹管弦，奇珍异宝，诗词歌赋，皎皎梨花，辽阔疆土，万国来朝……这的确是一个光辉灿烂的伟大时代。

少年李二的身份是一个贵族公子，有鲜卑血统，并与隋王朝的统治者有亲密的血缘关系。北周大将军独孤信的三女分别嫁给了三位帝王，其中一位嫁给了隋文帝，另一位嫁给了李二的祖父唐国公。身背着这些荣耀的光环，李二的仕途是顺利的，并且在青年时代就表现出了军事方面的才华，他曾经率兵击退过围困雁门关的突厥人，因为隋炀帝此时正被困在关中，这是他第一次在这个世界上崭露头角。

建成和元吉与李二同是独孤皇后所生，建成是一位合格的继任者，但是帝位之争从来都充满了阴谋血腥与变数。比起野心勃勃的秦王来说，建成的力量是弱小的，他的死很容易令人联想起扶苏的命运。

李二登基后，就像人们所希望的那样，大唐迅速走向了强盛，作为一个杰出的政治家和军事统帅，他不惜余力地将帝国带入了一个自信、富足和强力扩张的时代。这当然不仅仅是他个人的功劳，贞观年间所取得的文治武功得益于一大批才华横溢的文臣武将。

凌烟阁，一个不起眼的小亭，因为大画家阎立本手绘的二十四功臣像而名留青史。

今天，李二在高兴地观看歌舞，云烨怀着难以描述的心情，醉倒在一棵大树下。

今天是贞观二十三年五月二十六日。

（全书完）